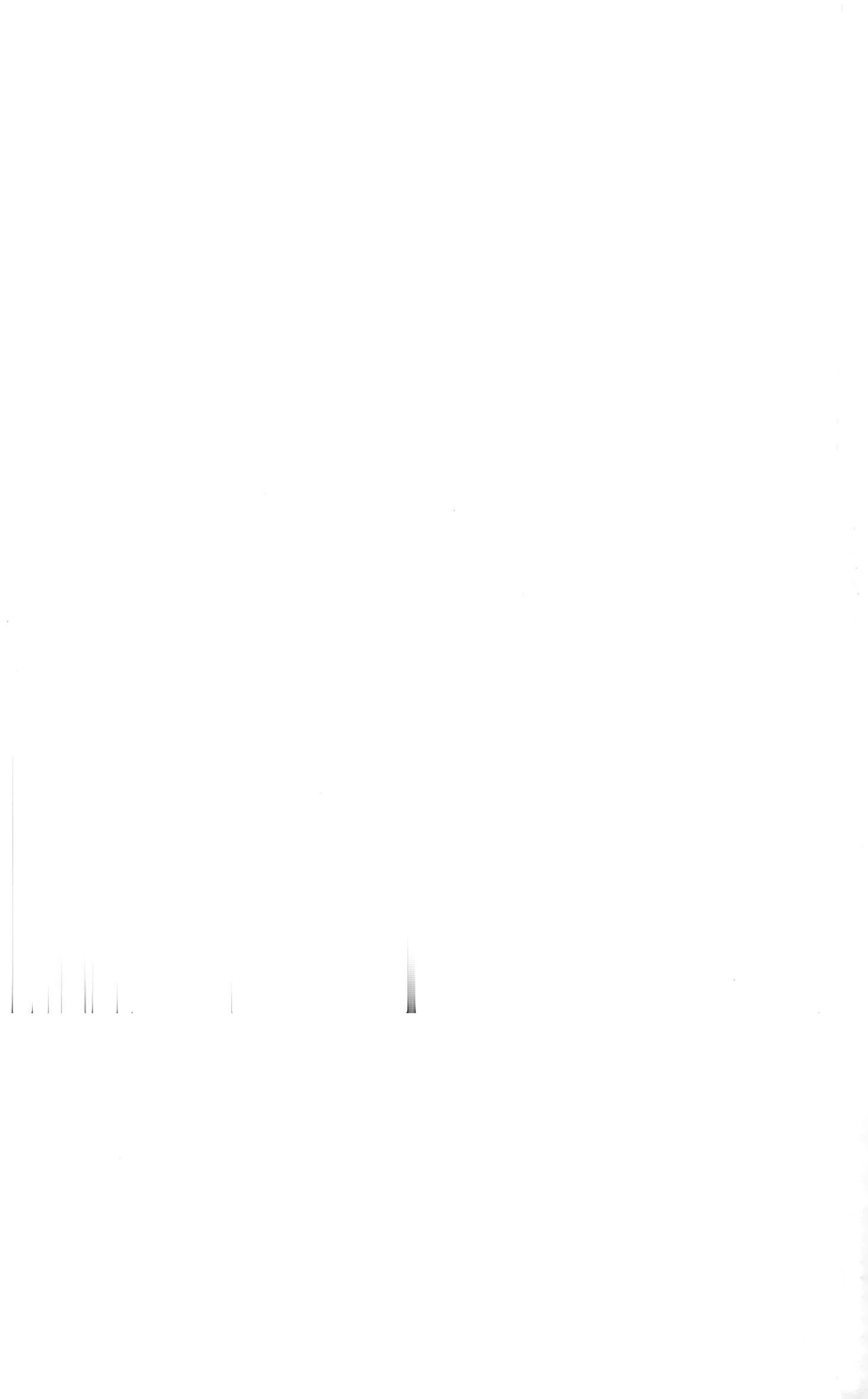

SUR LA ROUTE DE TARA

Maeve Binchy

SUR LA ROUTE DE TARA

ÉDITIONS FRANCE LOISIRS

Titre original : *Tara Road*
Traduction de Dominique Mainard

Édition du Club France Loisirs
avec l'autorisation des Presses de la Cité

Éditions France Loisirs,
123, boulevard de Grenelle, Paris
www.franceloisirs.com

ISBN : 2-7441-3547-X

A mon très cher Gordon,
avec tout mon amour

1

La mère de Ria avait toujours adoré les stars de cinéma. Elle éprouvait une grande tristesse à la pensée que Clark Gable était mort le jour de la naissance de sa seconde fille. Tyrone Power, lui, était mort le jour de la naissance de Hilary, tout juste deux ans plus tôt. Mais, d'une certaine manière, ce n'était pas aussi tragique. La venue au monde de Hilary n'avait pas coïncidé avec la disparition du grand roi du cinéma, comme c'était le cas de Ria, qui, par conséquent, ne pouvait jamais voir *Autant en emporte le vent* sans se sentir coupable.

Elle confia cela à Ken Murray, son premier flirt. Elle le lui raconta au cinéma, au moment précis où il l'embrassait.

— Comme tu es ennuyeuse, murmura-t-il en essayant de déboutonner son chemisier.

— Ce n'est pas vrai ! s'écria-t-elle avec colère. Clark Gable est là, sur l'écran, et je viens de te parler de quelque chose de palpitant, d'une coïncidence. Ça n'a rien d'ennuyeux !

Ken fut gêné de se retrouver la cible des regards. Certains spectateurs leur chuchotaient de se taire, d'autres riaient. Il s'écarta et se tassa dans son fauteuil, comme s'il n'avait nulle envie d'être vu en compagnie de Ria.

Elle se serait giflée. Elle avait presque seize ans. A l'école, toutes les filles aimaient embrasser les garçons, ou du moins le prétendaient. A présent l'heure avait sonné pour elle aussi, et elle avait tout gâché. Elle lui tendit la main.

— Je croyais que tu voulais voir le film, marmonna-t-il.

— Je croyais que tu voulais me prendre dans tes bras, répliqua-t-elle d'un ton plein d'espoir.

Il sortit de sa poche un sachet de caramels et en mangea

un, sans même lui en proposer. L'heure n'était plus au romantisme.

Parfois, Ria l'avait remarqué, il était possible de discuter avec Hilary. Mais ce n'était pas le cas ce soir-là.

— Est-ce qu'on est censé se taire quand quelqu'un vous embrasse ? demanda-t-elle à sa sœur.

— Oh, bonté divine, gémit Hilary qui s'habillait pour sortir.

— Je posais la question, c'est tout, répliqua Ria. Tu devrais savoir, toi qui as une telle expérience des garçons !

Hilary promena un regard inquiet autour d'elle, de peur que quelqu'un n'ait entendu.

— Arrête de parler de mon expérience des garçons, veux-tu ! siffla-t-elle. Maman va t'entendre, et on n'aura plus le droit d'aller nulle part.

Leur mère les avait souvent prévenues qu'elle ne tolérerait pas de comportement déluré dans la famille. Une veuve qui élevait seule ses deux enfants avait suffisamment de soucis sans avoir à supporter, en plus, des filles coureuses qui ne trouveraient jamais de mari. Elle mourrait heureuse si Hilary et Ria avaient des époux gentils et respectables, et des maisons bien à elles. De belles maisons, dans un quartier plus chic de Dublin, peut-être même avec un jardin. Nora Johnson nourrissait l'espoir que ses filles parviendraient à se hisser de quelques degrés sur l'échelle sociale. Qu'elles vivraient dans un lieu plus agréable que la vaste cité où elles habitaient alors. Et on ne trouvait pas un bon mari en se jetant à la tête de chaque homme qui passait.

— Je suis désolée, Hilary, murmura Ria, l'air contrit. Mais de toute façon, elle n'a rien entendu. Elle regarde la télé.

Il était rare que leur mère fasse autre chose de ses soirées. Elle était fatiguée, disait-elle, quand elle rentrait du pressing où elle travaillait à la caisse. Après être restée debout toute la journée, c'était bien agréable de s'asseoir et d'être transportée dans un autre monde. Leur mère n'avait rien pu entendre de ce qui se disait au sujet des garçons, là-haut, au premier étage.

Hilary pardonna à sa sœur ; après tout, elle avait besoin de l'aide de Ria cette nuit-là. Leur mère avait établi un système selon lequel Hilary, dès son retour, devait laisser son sac à main dans l'entrée. Ainsi, quand leur mère se levait pour aller aux toilettes, elle savait que sa fille était rentrée et elle pouvait s'endormir tranquille. Parfois, Ria avait pour mission de poser le sac de sa sœur à sa place à minuit, ce qui permettait à Hilary de rentrer discrètement à n'importe quelle heure, n'ayant emporté avec elle que ses clefs et son rouge à lèvres.

— Qui le fera pour moi quand le moment sera venu ? demanda Ria.

— Tu n'en auras pas besoin si tu papotes ainsi quand les garçons essaient de t'embrasser, répliqua Hilary. Tu n'auras pas envie de rester dehors très tard, tu n'auras nulle part où aller !

— Je parie bien que si, répondit Ria.

Mais elle n'était pas aussi sûre d'elle qu'elle feignait de l'être. Ses yeux s'étaient mis à picoter.

Elle était pourtant sûre de n'être pas trop laide. Au collège, ses amies lui disaient qu'elle avait beaucoup de chance d'avoir ces boucles noires et ces yeux bleus. En outre, elle n'était pas grosse, ni couverte de boutons. Mais on ne la remarquait pas ; elle n'attirait pas l'œil comme certaines filles de sa classe.

Hilary vit son visage s'assombrir.

— Ecoute, tu es très bien. Tu as les cheveux naturellement bouclés, c'est déjà un bon point. Et tu es menue, les garçons aiment cela. Ça va s'arranger. Seize ans, c'est l'âge le plus difficile, quoi qu'on puisse en dire.

Parfois, Hilary pouvait être très gentille. Généralement les soirs où elle voulait que Ria dépose son sac à main dans l'entrée.

Et bien sûr, Hilary avait raison. Cela s'arrangea. Ria quitta l'école et, comme sa sœur aînée, suivit des cours de secrétariat. Il y eut beaucoup de garçons, en fin de compte. Aucun d'eux n'était vraiment remarquable, mais elle n'était pas pressée. Elle avait envie de parcourir le monde avant de se marier.

— Pas trop de voyages, recommandait sa mère.

Nora Johnson était d'avis que les hommes risquaient de considérer les voyages comme un signe de mœurs légères. Ils préféraient épouser des femmes plus posées, plus calmes. Des femmes qui n'allaient pas courir à droite et à gauche. C'était une bonne chose de savoir ce dont il retournait, répétait Nora à ses filles. Ainsi, on était armée pour se lancer dans la bataille. Elle laissait entendre qu'elle-même n'avait pas été avertie comme elle aurait dû l'être. Feu Mr Johnson, en dépit de son sourire éclatant et de son chapeau fièrement campé sur l'œil, n'avait pas été un mari très fiable. Il ne croyait pas aux assurances vie et n'en avait pas souscrit. Nora Johnson travaillait dans un pressing et vivait dans une cité miteuse. Elle ne voulait pas que ses filles connaissent la même expérience, le temps venu.

— Quand crois-tu que le temps viendra ? demanda Ria à Hilary.

— Le temps de quoi ?

Les sourcils froncés, Hilary contemplait son reflet dans le miroir. Ce qu'il y avait de délicat avec le fard à joues, c'est qu'il fallait en appliquer juste la bonne quantité ; si on en mettait trop, on ressemblait à une tuberculeuse, et si on en mettait trop peu, on avait l'air sale, comme si on ne s'était pas débarbouillée.

— Je veux dire, quand crois-tu que l'une de nous se mariera ? Tu sais bien que maman est toujours en train de répéter : « Le temps venu. »

— Eh bien, j'espère qu'il viendra d'abord pour moi, parce que je suis l'aînée. Tu ne dois même pas imaginer te marier avant moi !

— Non, je n'ai personne en tête. Simplement, j'aimerais connaître l'avenir et savoir où nous serons dans deux ans. Ne serait-ce pas formidable, si nous pouvions en avoir une petite idée ?

— Eh bien, va consulter une voyante si tu es impatiente à ce point !

— Elles ne savent rien du tout, rétorqua Ria avec mépris.

— Ça dépend. Si tu en trouves une bonne, elle saura.

Beaucoup de filles du bureau en consultent une qui est fantastique. Si tu l'entendais, cela te donnerait la chair de poule !

— Non ! Tu n'as pas été la voir ? demanda Ria, stupéfaite.

— Eh bien si, juste pour m'amuser. Toutes les autres y allaient, je ne voulais pas jouer les trouble-fêtes.

— Et... ?

— Et quoi ?

— Qu'est-ce qu'elle t'a dit ? Ne sois pas cruelle, continue !

Les yeux de Ria pétillaient.

— Elle m'a dit que je me marierai avant deux ans...

— Génial, est-ce que je peux être demoiselle d'honneur ?

— ... que je vivrai dans une maison entourée d'arbres, que son nom commencera par un M, et que nous serons l'un et l'autre en pleine santé toute notre vie.

— Michael, Matthew, Maurice, Marcello ?

Ria récita tous ces noms l'un après l'autre pour juger de leur effet.

— Et combien d'enfants ?

— Elle m'a dit que je n'aurai pas d'enfants, répondit Hilary.

— Mais tu ne la crois pas ?

— Bien sûr que si ! A quoi cela servirait-il de gaspiller une semaine de salaire si je ne la croyais pas ?

— Tu n'as pas payé autant !

— Elle est excellente. Elle a un don, tu sais.

— Allons !...

— Non, vraiment, elle a un don. Des gens très haut placés vont la consulter. Ils ne le feraient pas si elle n'avait pas ce pouvoir.

— Et où a-t-elle vu cette bonne santé, l'homme dont le nom commence par un M et le fait que tu n'aurais pas d'enfants ? Dans des feuilles de thé ?

— Non, dans ma main. Regarde les lignes sous ton petit doigt, sur le côté de ta main. Tu en as deux, je n'en ai pas.

— Hilary, ne sois pas ridicule. Maman a trois lignes...

— Et souviens-toi qu'il y a eu un autre bébé qui est mort, alors cela fait bel et bien trois.

— Tu parles sérieusement ? Tu la crois vraiment ?

— Tu m'as posé une question, je te réponds.

— Et tous ceux qui auront des enfants ont ces petites lignes, et ceux qui n'en auront pas, non ?

— Il faut savoir regarder, précisa Hilary, sur la défensive.

— Dis plutôt qu'il faut savoir faire payer les clients !

Ria était troublée de voir que sa sœur Hilary, d'ordinaire si réfléchie, s'était fait berner ainsi.

— Ce n'est pas cher payé, si tu considères que... commença Hilary.

— Ah, Hilary, je t'en prie. Une semaine de salaire pour entendre ces sornettes ! Où habite-t-elle, dans un palace ?

— Non, dans une caravane, en fait, sur un terrain vague.

— Tu plaisantes ?

— Non, c'est vrai, l'argent ne l'intéresse pas. Ce n'est pas du racket, ni un travail, c'est un don.

— Mais oui, c'est ça.

— Alors il semblerait que je puisse faire ce que je veux sans tomber enceinte.

— Ça pourrait être dangereux de jeter la pilule au panier, répliqua Ria. A ta place, je ne me fierais pas entièrement à Mrs Fifi ou je ne sais qui !

— Mrs Connor.

— Mrs Connor, répéta Ria. C'est incroyable ! Quand maman était jeune, elle allait consulter sainte Anne ou je ne sais qui ; ça nous semblait déjà insensé... Maintenant c'est Mrs Connor, sur son terrain vague !

— Attends d'avoir envie de savoir quelque chose ; alors tu iras la voir en courant !

C'était très difficile de savoir à quoi allait ressembler un emploi avant de s'y essayer, et alors il était trop tard.

Hilary travailla dans une boulangerie et une blanchisserie, puis elle se fixa définitivement dans un collège. Elle avait peu de chances d'y rencontrer un mari, disait-elle, mais la paie était un peu meilleure et elle déjeunait gratuitement ; elle pouvait donc mettre davantage d'argent de côté. Elle était déterminée à se constituer un petit pécule afin d'acheter une maison le temps venu.

Ria économisait, elle aussi, mais dans l'idée de parcourir le monde. Elle fut tout d'abord secrétaire dans une quincaillerie, puis dans une société fabriquant du matériel destiné à la coiffure ; enfin, elle fut engagée par une grande agence immobilière. Elle était à la réception et répondait au téléphone. A son entrée dans l'agence elle ne connaissait rien à ce monde, mais c'était de toute évidence un domaine extrêmement florissant. L'Irlande était entrée dans une ère de prospérité au début des années quatre-vingt et le marché de l'immobilier était le premier à la refléter.

Le premier jour, elle rencontra Rosemary. Svelte, blonde et superbe, mais aussi gentille que les filles du collège ou de l'école de secrétariat. Rosemary vivait chez sa mère, elle aussi, en compagnie de sa sœur, et un lien se noua immédiatement entre les deux jeunes filles. Rosemary semblait pleine d'assurance et d'expérience, au point que Ria la crut diplômée ou douée d'une immense connaissance du marché de l'immobilier. Mais non, Rosemary ne travaillait là que depuis six mois ; c'était son deuxième emploi.

— Ce n'est pas la peine de travailler quelque part si on ne sait pas ce dont il retourne, disait la jeune femme. C'est tellement plus intéressant d'être au courant de tout !

Cela rendait également Rosemary beaucoup plus fascinante aux yeux des hommes qui travaillaient dans l'agence. Ils avaient beaucoup de mal à lui arracher un rendez-vous. En fait, Ria avait entendu dire qu'ils pariaient secrètement sur celui d'entre eux qui serait le premier à y parvenir. Rosemary en avait entendu parler, elle aussi. Ria et elle en plaisantaient ensemble.

— Ce n'est qu'un jeu, disait Rosemary. Ils n'ont pas réellement envie de sortir avec moi.

Ria n'en était pas si sûre ; presque tous les hommes du bureau auraient été ravis de servir de chevalier servant à Rosemary Ryan. Mais celle-ci était inflexible : sa carrière d'abord, les hommes ensuite. Ria l'écoutait avec intérêt. C'était un discours très différent de celui qu'elle entendait chez elle : sa mère et Hilary semblaient accorder une importance bien plus grande au mariage.

La mère de Ria disait que 1982 était une terrible année pour les stars de cinéma. Ingrid Bergman était morte, ainsi que Romy Schneider et Henry Fonda ; puis il y eut l'affreux accident au cours duquel la princesse Grace se tua. Tous les gens vraiment intéressants mouraient les uns après les autres.

Ce fut également l'année où Hilary se fiança à Martin Moran, professeur dans le collège où elle était secrétaire.

Martin était pâle, anxieux, et originaire de l'ouest de l'Irlande. Il répétait toujours que son père était un petit fermier ; non seulement un fermier, mais un petit fermier. C'était difficile à imaginer, car lui-même mesurait un mètre quatre-vingt-cinq. Il était courtois et manifestement très épris de Hilary, pourtant, quelque chose en lui manquait d'enthousiasme et de passion. Quand il venait déjeuner à la maison le dimanche, il tenait des propos pessimistes. Pour lui, tout était source de drame. Le pape allait se faire assassiner pendant sa visite en Angleterre, Martin en était convaincu. Lorsque cela ne se produisit pas, il affirma que c'était seulement un coup de chance, et d'ailleurs la visite du pape n'avait pas été aussi bénéfique que les gens l'espéraient. La guerre des Malouines aurait de graves répercussions sur l'Irlande, on pouvait lui faire confiance. Et les troubles au Moyen-Orient allaient empirer, et les bombes de l'IRA à Londres n'étaient que la partie visible de l'iceberg. Les salaires des professeurs étaient trop bas, les prix des maisons trop élevés.

Ria observait avec perplexité l'homme que sa sœur allait épouser.

Hilary, qui était jadis capable de gaspiller une semaine de salaire chez une voyante, parlait maintenant du prix que coûtait un ressemelage de chaussures et de la folie de téléphoner en dehors des périodes de réduction.

Enfin, ils arrêtèrent leur choix sur une petite maison et versèrent un apport. Il était impossible d'imaginer à quoi le quartier ressemblerait à l'avenir. Pour le moment, on y voyait surtout de la boue, des bétonnières, des pelleteuses, des routes inachevées et des trottoirs inexistants. Et pourtant, cela semblait être exactement ce que la sœur de Ria attendait de la vie. Jamais celle-ci ne l'avait vue si heureuse.

Hilary souriait sans cesse et tenait la main de Martin lorsqu'ils discutaient, même quand il s'agissait de sujets rébarbatifs tels les honoraires des notaires et les droits de timbre. Elle ne cessait d'admirer sa bague de fiançailles ornée d'un tout petit diamant, qu'ils avaient choisie après mûre réflexion et achetée dans la bijouterie où travaillait le cousin de Martin afin d'obtenir un rabais.

Elle était très excitée à l'idée du mariage, qui se déroulerait la veille de son vingt-quatrième anniversaire. Pour elle, le temps était venu... Elle célébrait l'événement en manifestant un esprit d'économie frénétique. Martin et elle unirent leurs efforts pour organiser une cérémonie sans grands frais.

Il était beaucoup plus judicieux de se marier en hiver. Hilary pourrait porter un tailleur et un chapeau couleur crème, une tenue qu'il lui serait possible de remettre par la suite, puis de teindre d'une couleur plus foncée et de porter encore longtemps. Un déjeuner sans prétention dans un hôtel de Dublin, où seule la famille serait invitée, tiendrait lieu de réception de mariage. Le père et les frères de Martin, étant de petits fermiers, ne pouvaient se permettre de quitter leur propriété plus d'une journée. Il était impossible de ne pas partager la joie de Hilary. De toute évidence, c'était le mariage dont elle rêvait. Ria, quant à elle, savait qu'elle n'aurait rien voulu de tout cela pour elle-même.

Elle assista au mariage vêtue d'un manteau d'une éclatante couleur pourpre, un bandeau orné d'un nœud de velours rouge dans ses boucles noires. Elle était probablement l'une des demoiselles d'honneur les plus colorées du mariage le plus terne de toute l'Europe ! se dit-elle.

Le lendemain, elle décida de porter son manteau pourpre de demoiselle d'honneur au bureau. Rosemary fut stupéfaite.

— Tu es superbe ! s'exclama-t-elle. Je ne t'avais jamais vue aussi élégante, Ria. Sérieusement, tu devrais faire attention à ce que tu portes, tu sais. Quel dommage que nous n'ayons nulle part où aller déjeuner, il faudrait en profiter !

— Allons, Rosemary, ce ne sont que des vêtements.

Ria avait honte. Elle avait le sentiment d'avoir été habillée comme un épouvantail jusque-là.

— Non, je ne plaisante pas. Tu devrais toujours porter ces couleurs vives ; je suis sûre que tu as été le clou du mariage !

— J'aimerais le penser, mais j'étais peut-être un peu trop voyante, trop tape-à-l'œil. Tu n'as aucune idée de ce à quoi ressemble la famille de Martin.

— A Martin ! suggéra Rosemary.

— Comparé à eux, Martin est un vrai feu d'artifice ! répliqua Ria.

— Je n'arrive pas à croire que tu es la même personne qu'hier !

Dans son tailleur lilas immaculé, maquillée à la perfection, Rosemary exprimait une admiration sincère.

— Eh bien, tu m'as vraiment convaincue. Maintenant, je vais devoir refaire ma garde-robe !

Ria tourbillonna encore une fois sur elle-même avant d'ôter son manteau pourpre, et croisa le regard du nouvel employé du bureau.

Elle avait entendu dire qu'un certain Mr Lynch devait arriver de la branche de l'agence située à Cork. De toute évidence, il était là. Il n'était pas très grand, à peu près de sa taille, pas vraiment beau non plus, mais il avait les yeux bleus et des cheveux blonds qui lui balayaient le front. Son sourire illuminait toute la pièce.

— Bonjour, je suis Danny Lynch, dit-il.

Ria le regarda, gênée d'avoir été surprise à pirouetter dans son nouveau manteau.

— Vous êtes tout simplement superbe ! s'exclama-t-il.

Elle éprouva une étrange sensation, comme si elle venait de gravir une colline en courant et qu'elle ne parvenait pas à reprendre son souffle.

Rosemary prit la parole, ce qui était tout aussi bien parce que Ria aurait été incapable de répondre quoi que ce soit.

— Eh bien, bonjour, Danny Lynch, dit-elle en esquissant un sourire. Et bienvenue dans nos bureaux. Vous savez, nous avions entendu dire qu'un certain Mr Lynch allait arriver, mais nous nous imaginions qu'il s'agirait d'un vieux monsieur !

Ria sentit un pincement de jalousie qu'elle n'avait jamais éprouvé envers son amie. Pourquoi Rosemary savait-elle toujours précisément quoi dire, comment être drôle, flatteuse et chaleureuse en même temps ?

— Je m'appelle Rosemary, voici Ria, et sans nous cette agence ne pourrait pas fonctionner, aussi vous faudra-t-il être très gentil avec nous !

— Oh, je n'y manquerai pas, promit Danny.

Ria sut alors qu'il prendrait sans doute bientôt part aux paris concernant le premier chevalier servant de Rosemary. Et probablement gagnerait-il. Curieusement, c'était à Ria qu'il semblait s'adresser en parlant, mais peut-être était-ce le fruit de son imagination.

— Nous étions justement en train de chercher où nous pourrions aller pour fêter le nouveau manteau de Ria, poursuivit Rosemary.

— Merveilleux ! Eh bien, il ne nous reste plus qu'à trouver cet endroit et à savoir combien de temps peut durer ma pause déjeuner, afin d'éviter que je fasse mauvaise impression dès mon premier jour à l'agence !

Son sourire radieux s'adressait aussi bien à l'une qu'à l'autre ; il n'y avait qu'eux trois sur terre.

Ria ne pouvait prononcer un mot ; sa bouche était totalement sèche.

— Si nous pouvons faire l'aller-retour en moins d'une heure, je pense que ce sera parfait, annonça Rosemary.

— Alors, il suffit de trouver où ? demanda Danny Lynch en regardant Ria dans les yeux.

Cette fois-ci, il n'y avait qu'eux deux sur terre. Elle était toujours incapable de parler.

— Il y a un restaurant italien juste en face, répondit Rosemary. Cela nous éviterait de passer trop de temps pour y aller et en revenir.

— Allons-y, s'exclama le jeune homme sans quitter Ria du regard.

Plus tard, Ria ne put se rappeler quoi que ce soit du déjeuner.

Rosemary lui rapporta qu'ils avaient parlé des biens immobiliers gérés par l'agence.

Danny avait vingt-trois ans. Son oncle était commissaire-priseur. En fait, il occupait à peu près tous les emplois que l'on peut trouver dans une petite ville, patron de bistrot, entrepreneur de pompes funèbres, mais il avait également une licence de commissaire-priseur et Danny avait travaillé avec lui après avoir quitté l'école. Ils vendaient des céréales, des fertilisants et du foin au même titre que du bétail et de petites fermes, mais l'immobilier se développait toujours davantage au fur et à mesure que l'Irlande changeait. Puis Danny était allé à Cork, ville qu'il avait adorée, et à présent il venait de trouver cet emploi à Dublin.

Il était aussi excité qu'un enfant le jour de Noël, et les deux jeunes femmes se laissèrent gagner par son enthousiasme. Il déclara qu'il détestait rester au bureau, et qu'en revanche il adorait visiter des maisons en compagnie des clients ; mais n'était-ce pas le cas de tout le monde ? Il savait qu'il lui faudrait du temps avant de disposer d'une telle liberté à Dublin. Il avait souvent visité la ville, mais n'y avait jamais vécu.

Et où habitait-il ? s'enquit Rosemary. C'était la première fois qu'elle semblait s'intéresser autant à l'un de ses collègues. Ria l'observait avec morosité. N'importe quel homme du bureau aurait été prêt à tout pour voir cette lueur scintiller dans ses yeux. Elle ne leur avait jamais demandé où ils habitaient ; mais avec Danny, c'était différent.

— Oh, dites-nous que vous ne vivez pas à des kilomètres et des kilomètres d'ici !

La jeune femme avait incliné la tête. Aucun homme au monde ne pouvait résister à la tentation de donner son adresse à Rosemary et de lui demander la sienne. Mais Danny ne sembla pas considérer cela comme une question personnelle. Les regardant à tour de rôle, il leur raconta comment il s'était débrouillé. Il avait vraiment eu une chance extraordinaire : il avait rencontré un homme, une espèce de fou, vraiment, nommé Sean O'Brien ; un vieux un peu perdu. Un véritable ermite. Il avait hérité d'une vieille maison à Tara

Road mais il était incapable de s'en occuper, et il n'avait nulle envie de s'en soucier ; il voulait donc trouver quelques garçons pour y habiter. Les garçons étaient plus accommodants que les filles : ils ne voulaient pas que tout soit bien propre, net et organisé. Danny leur sourit d'un air d'excuse, comme pour dire qu'il savait bien que les garçons étaient incorrigibles.

C'était donc là qu'il vivait, en compagnie de deux autres jeunes hommes. Chacun d'eux avait une chambre meublée, et ils s'occupaient des lieux en attendant que le pauvre vieux Sean décide de ce qu'il allait faire. Cela arrangeait tout le monde.

De quel genre de maison s'agissait-il ? voulurent savoir les filles.

A Tara Road, on trouvait vraiment de tout ; de grandes villas entourées de jardins arborés, de petites maisons donnant directement sur la rue... Le numéro 16 était une grande et vieille maison, déclara Danny. Décrépite, humide et miteuse. Le vieil oncle du pauvre Sean était sans doute une espèce de fou comme son neveu ; jadis cela avait dû être une splendide villa.

Le menton dans les mains, Ria buvait les paroles de Danny. Il était si enthousiaste ! La maison était entourée d'un grand jardin en friche, et il y avait même un verger tout au fond. C'était l'une de ces maisons qui semblent vous ouvrir les bras.

Sans doute Rosemary avait-elle entretenu la conversation et demandé l'addition. Ils traversèrent la rue pour retourner à l'agence, et Ria reprit sa place derrière son bureau. Les choses ne se passaient pas ainsi dans la vie. C'était une simple toquade, un béguin. Danny Lynch était un garçon parfaitement ordinaire, qui avait la langue bien pendue. Il se comportait de la même façon avec n'importe qui... Alors pourquoi avait-elle le sentiment qu'il ne ressemblait à aucun homme et que, s'il avait voulu partager ses projets et ses rêves avec quelqu'un d'autre, elle aurait été prête à tout pour l'en empêcher ? Ce n'était pas raisonnable... Puis elle se souvint du mariage de sa sœur, le jour précédent. Ce n'était pas du tout ce qu'elle souhaitait.

Juste avant la fermeture des bureaux, elle se dirigea vers le bureau de Danny.

— J'aurai vingt-deux ans demain, commença-t-elle.

Puis elle s'interrompit, à court de mots.

Il lui vint en aide :

— Avez-vous prévu quelque chose ?

— Pas vraiment, non.

— Alors nous pouvons le fêter ensemble. Aujourd'hui, c'était le nouveau manteau, demain, c'est l'anniversaire de vos vingt-deux ans... Qui sait ce que nous aurons à fêter mercredi ?

Alors Ria eut la certitude qu'il ne s'agissait pas d'un simple béguin mais bien d'amour. Celui dont parlaient les livres, les chansons et les films... Et elle l'avait rencontré dans les bureaux mêmes où elle travaillait.

Les premiers temps, elle s'efforça d'être discrète, de ne parler de lui à personne. Lorsqu'ils étaient dans sa voiture, elle se serrait contre lui comme pour l'empêcher de jamais quitter ses bras.

— Tu m'envoies des signaux bien étranges, Maria, murmura-t-il. Tu voudrais être avec moi et pourtant tu ne le veux pas. Ou bien suis-je un rustre qui ne comprend rien ?

La tête inclinée de côté, il la dévisageait d'un air interrogateur.

— C'est exactement ce que je ressens, répondit-elle simplement. Je ne sais plus où j'en suis.

— Eh bien, nous pouvons décider de cela ensemble, non ?

— Tu comprends, pour moi, ce serait un grand pas... Je ne veux pas en faire toute une histoire, mais je n'ai encore jamais fait l'amour avec un homme. Et pourtant...

Elle se mordit les lèvres. Elle n'osait pas lui avouer qu'elle ne ferait l'amour avec lui que lorsqu'elle serait certaine qu'il l'aimait.

Danny prit son visage entre ses mains.

— Je t'aime, Ria.
— Vraiment ?
— Mais oui, tu le sais bien.

Lorsqu'il lui demanderait à nouveau de le suivre dans sa grande villa délabrée, elle accepterait. Mais curieusement, il ne le lui proposa pas au cours des jours et des soirs qui suivirent. Il lui parla de lui, de l'école où les autres le taquinaient parce qu'il était petit, de ses frères aînés qui lui avaient appris à se battre. Ils vivaient tous les deux à Londres. L'un était marié, l'autre habitait avec une fille. Ils ne rendaient pas souvent visite à leurs parents. En général, ils passaient leurs vacances en Espagne ou en Grèce.

Ses parents habitaient la maison où ils avaient toujours vécu ; ils aimaient la solitude et faisaient de longues promenades avec leur setter roux. Elle eut l'intuition qu'il ne s'entendait pas très bien avec son père, mais en dépit de sa curiosité elle ne l'interrogea pas. Les hommes détestaient discuter de sujets intimes. Rosemary et elle l'avaient appris en lisant des articles de magazines, et l'expérience le leur avait confirmé. Ils n'aimaient pas parler de leurs sentiments. Alors elle ne lui posa aucune question sur son enfance, ni sur la raison pour laquelle il parlait si peu de ses parents et leur rendait rarement visite.

Danny ne l'interrogea pas non plus au sujet de sa famille ; elle se retint alors de lui raconter que son père était mort quand elle avait huit ans, que sa mère éprouvait encore de l'amertume et de la déception quand elle pensait à lui, et que le mariage de Hilary et de Martin avait été mortellement ennuyeux.

Ils n'étaient jamais à court de sujets de conversations. Danny lui demanda quel genre de musique elle aimait, ce qu'elle lisait, quels endroits elle avait visités durant ses vacances, quels films elle allait voir et quel style de maisons elle préférait. Il lui montra des catalogues d'immobilier et lui fit observer des détails qu'elle n'aurait jamais remarqués seule. Il rêvait d'être propriétaire de la villa du numéro 16 Tara Road, lui confia-t-il. Si c'était le cas, il la restaurerait et s'en occuperait avec beaucoup d'amour !

Rosemary était une merveilleuse confidente. Les premiers temps, Ria hésitait à lui faire partager ses secrets. Elle craignait que Danny ne la quitte pour un simple sourire de son amie ; mais au fil du temps, elle se sentit un peu plus sûre d'elle. Alors elle lui raconta tout, où ils allaient, ce qui intéressait Danny, son étrange famille solitaire qui habitait à la campagne.

Rosemary l'écoutait avec intérêt.

— Tu as l'air très amoureuse, déclara-t-elle un jour.

— Tu ne penses pas qu'il s'agit d'un simple béguin ? Tu en sais beaucoup plus long que moi sur ce sujet...

Comme Ria aurait aimé avoir le visage ovale et les pommettes saillantes de son amie !

— Il me donne l'impression d'être aussi amoureux que toi, répliqua Rosemary.

— Oui, c'est ce qu'il dit... répondit Ria.

Elle ne voulait pas sembler trop sûre d'elle.

— Mais c'est évident, cela saute aux yeux ! s'exclama Rosemary en enroulant une mèche de cheveux blonds autour de son doigt. C'est une histoire tellement romantique. Si tu savais comme nous t'envions tous ! Un coup de foudre pareil... Et tout le bureau est au courant. Mais ce que personne ne sait, c'est... si tu couches avec lui ?

— Non, répliqua Ria d'un ton ferme.

Puis, d'une toute petite voix, elle ajouta :

— Pas encore.

La mère de Ria se demandait si elle ferait sa connaissance un jour.

— Bientôt, maman. Ne précipite pas les choses, s'il te plaît.

— Je ne précipite rien, Ria. Je te fais simplement remarquer que tu vois cet homme tous les soirs depuis des semaines, et la courtoisie la plus élémentaire voudrait que tu l'invites ici de temps à autre.

— Bientôt, maman. Je te le promets.

— Hilary nous avait présenté Martin, n'est-ce pas ?

— Bien sûr, maman.

— Alors ?
— Alors, je te le présenterai bientôt.

— Est-ce que tu rentres chez toi pour Noël ? demanda Ria à Danny.
— Chez moi, c'est ici.
D'un geste large, il désigna la ville de Dublin.
— Oui, bien sûr. Je voulais dire chez tes parents.
— Je ne sais pas encore.
— Ne s'attendent-ils pas à ce que tu leur rendes visite ?
— Ils me laissent le soin d'en décider.
Elle avait envie de lui demander ce qu'allaient faire ses frères, et quel genre de famille ils formaient s'ils ne se retrouvaient pas autour de la dinde le jour de Noël. Mais elle savait qu'elle ne devait pas se montrer trop curieuse.
— Bien sûr, murmura-t-elle d'une voix peu convaincue.
Danny prit ses mains dans les siennes.
— Ecoute-moi, Ria. Ce sera différent quand nous aurons un foyer. Ce sera un vrai foyer, que l'on n'aura jamais envie de quitter. C'est ce que je désire. Pas toi ?
— Oh oui, Danny ! s'exclama-t-elle tandis que son visage s'illuminait.
Elle le connaissait bien. Le vrai Danny débordait d'affection, tout comme elle. Aucune femme au monde n'avait autant de chance.

— Invite-le à dîner le jour de Noël pour que nous puissions faire sa connaissance, lui suggéra sa mère.
— Non, maman.
— Va-t-il chez ses parents ?
— Je n'en sais rien, et lui non plus.
— Il me donne l'impression d'être un curieux personnage.
— Mais non, maman.
— Un homme bien mystérieux, en tout cas... S'il ne se donne même pas la peine de venir saluer la famille de sa petite amie...
— Il le fera le moment venu, maman, répliqua Ria.

Chaque année, quelqu'un faisait des siennes durant la fête du bureau. Cette fois-ci, ce fut Orla King : elle avait bu une demi-bouteille de vodka avant même le début des festivités et s'efforçait de chanter *Le lion est mort ce soir*.

— Fais-la sortir d'ici avant que le grand chef ne la voie, souffla Danny.

C'était plus facile à dire qu'à faire. Ria essaya de persuader Orla de l'accompagner aux toilettes.

— Va au diable ! s'exclama la jeune fille.

— Tu sais, intervint Danny, nous n'avons encore jamais dansé ensemble.

Orla le regarda avec intérêt.

— C'est vrai, acquiesça-t-elle.

— Pourquoi n'irions-nous pas dehors pour avoir davantage de place ?

Quelques secondes plus tard, il l'avait entraînée dans la rue. Ria alla chercher le manteau d'Orla. L'air frais rendit la jeune fille malade, et ils l'emmenèrent jusqu'à un endroit discret.

— Je veux rentrer chez moi, sanglota-t-elle.

— Nous allons te raccompagner, déclara Danny.

Ils glissèrent leurs bras sous les siens pour la soutenir. Par intermittence, Orla essayait sans succès de les convaincre d'entonner *Le lion est mort ce soir*.

Quand ils ouvrirent la porte de son immeuble, elle leur lança un regard surpris.

— Comment suis-je rentrée chez moi ? demanda-t-elle avec intérêt.

— Ne t'inquiète pas, répondit Danny d'un ton apaisant.

— Veux-tu entrer ? lui demanda Orla, sans prêter la moindre attention à Ria.

— Non. A demain, répliqua-t-il.

— Tu lui as évité de perdre son emploi, déclara Ria alors qu'ils reprenaient le chemin du bureau. C'est une vraie tête de linotte. J'espère qu'elle t'en sera reconnaissante.

— Ce n'est pas une tête de linotte ; elle est jeune et elle se sent seule, voilà tout, rétorqua-t-il.

Ria sentit un vif pincement de jalousie. Orla avait dix-huit ans et même lorsqu'elle était ivre, le visage sillonné de larmes, elle était ravissante. Et si Danny la trouvait séduisante ? Mais non, il ne fallait même pas y penser.

De retour au bureau, ils s'aperçurent qu'ils n'avaient pas manqué grand-chose.

— Tu as bien fait, Danny, déclara Rosemary d'un ton approbateur. Et en plus, tu as eu la chance d'éviter les discours !

— Quelles sont les nouvelles ?

— Oh, l'année a été fructueuse et il y aura une prime, il faut continuer sur notre lancée, ce genre de choses.

Rosemary était ravissante, les cheveux retenus par un peigne serti de pierres précieuses, vêtue d'un chemisier de satin blanc et d'une jupe noire qui dévoilait ses longues jambes fuselées... Pour la seconde fois, Ria éprouva un pincement d'envie. Elle se sentait peu élégante et mal fagotée. Comment pourrait-elle garder un homme aussi séduisant que Danny ?

— Allons discuter un peu avec les grands pontes et partons d'ici, chuchota-t-il à son oreille.

Elle l'observa tandis qu'il adressait un hochement de tête respectueux au directeur, plaisantait avec les plus anciens employés de l'agence et écoutait courtoisement leurs épouses. Danny n'était arrivé que depuis quelques semaines, mais déjà tous l'appréciaient et étaient convaincus qu'il ferait son chemin.

— Je prends le car demain, lui dit-il.

— Je suis certaine que tu auras beaucoup de compagnie ; tous les expatriés vont retourner fêter Noël en famille.

— Tu vas me manquer.

— Toi aussi.

— Je reviendrai en stop le lendemain de Noël. Il n'y aura pas de car.

— Parfait.

— Crois-tu que je pourrai te rendre visite chez toi et rencontrer ta mère ?

Il le lui avait demandé de son propre chef. Elle ne l'y avait pas forcé.

— Ce serait merveilleux. Viens déjeuner jeudi.

A présent, Ria devait seulement s'efforcer de ne pas avoir honte de sa mère, de sa sœur et de son beau-frère si ennuyeux. Il ne s'agirait pas d'une inspection militaire mais d'un simple déjeuner. Au menu, il y aurait de la soupe et des sandwiches.

Ria essaya de voir la maison par les yeux de Danny. Il n'aurait pas aimé y vivre ; c'était un bâtiment situé à l'angle d'une rue, dans une vaste cité. Mais c'est moi qu'il vient voir et non la maison, songea-t-elle. Sa mère déclara qu'elle espérait le voir s'en aller avant quinze heures, car un excellent film passait à la télévision à cette heure-là. Serrant les dents, Ria répliqua qu'elle était sûre que ce serait le cas.

Sa sœur, elle, décréta qu'il était sûrement habitué à des repas plus raffinés mais qu'il devrait se contenter de celui-là, comme tout le monde. Au prix d'un immense effort, Ria répondit qu'il en serait enchanté. Martin était plongé dans son journal et ne leva pas les yeux.

Ria se demanda si Danny allait apporter une bouteille de vin, une boîte de chocolats ou une plante. Ou peut-être rien du tout. Elle changea trois fois de robe. Celle-ci était trop élégante, celle-là trop ordinaire... Elle était en train d'en enfiler une troisième lorsque la sonnerie de la porte d'entrée retentit.

Il était arrivé.

— Bonjour, Nora, je m'appelle Danny, l'entendit-elle dire.

Il avait appelé sa mère par son prénom ! Martin, lui, l'appelait toujours Mrs Johnson. Elle n'allait sûrement pas apprécier.

Mais Ria perçut dans la voix de sa mère l'intonation flattée que Danny ne manquait jamais de susciter.

— Soyez le bienvenu, s'exclama-t-elle d'un ton que Ria ne se souvenait pas l'avoir entendue utiliser depuis bien longtemps.

Et le charme opéra également avec Hilary et Martin. Danny écouta avec intérêt le récit de leur mariage et les questionna au sujet du collège dans lequel ils travaillaient.

Il était détendu et chaleureux ; Ria assistait à la scène avec stupéfaction.

Il n'avait pas apporté de vin, de chocolats ni de fleurs, mais un jeu de Trivial Pursuit. Quand Ria s'en aperçut, son cœur se serra. Dans sa famille, on ne jouait pas aux jeux de société... Mais c'était sans compter le charme persuasif de Danny. Bientôt, ils étaient tous plongés dans la lecture des questions ; Nora connaissait les réponses ayant trait aux stars de cinéma, et Martin brilla en culture générale.

— Quelles chances ai-je de battre un professeur ? se lamenta Danny avec désespoir.

Il prit congé bien avant que ses hôtes se soient lassés de sa compagnie.

— Ria m'a promis de venir voir l'endroit où j'habite, déclara-t-il d'un ton d'excuse. Je voudrais que nous y allions avant la tombée de la nuit.

— Il est très séduisant, chuchota Hilary.

— Et bien élevé, souffla sa mère.

Puis ils s'en allèrent.

— C'était un déjeuner très agréable, déclara Danny alors qu'ils attendaient le bus à destination de Tara Road.

Il n'en dit pas davantage. Il n'y aurait pas d'analyses, pas d'interprétations. Les hommes comme Danny étaient peu compliqués.

Ils descendirent à l'arrêt de Tara Road ; immobiles côte à côte dans le jardin envahi par les herbes folles, ils contemplèrent la villa.

— Regarde bien ses proportions, s'exclama Danny. Elles sont parfaites ! Elle a été construite en 1870 ; c'est une véritable résidence de gentilshommes.

Les marches menant à la porte d'entrée consistaient en d'immenses blocs de granit.

— Regarde comme elles sont bien taillées ! Elles s'emboîtent parfaitement.

Et les fenêtres en saillie étaient d'origine.

— Ces volets sont vieux d'une centaine d'années, et la verrière de la porte d'entrée n'est même pas fêlée. Cette maison est un vrai bijou !

C'était dans l'une de ces chambres qu'il habitait, ou plutôt qu'il campait.

— Gardons ce jour en mémoire... Le jour où nous sommes entrés pour la première fois ensemble dans cette maison, murmura-t-il.

Ses yeux pétillaient. Il était aussi sentimental et romantique qu'elle. Alors qu'il s'apprêtait à ouvrir la porte d'entrée, il suspendit son geste pour embrasser Ria.

— Ce sera notre foyer, n'est-ce pas, Ria ? Dis-moi qu'elle te plaît aussi !

Il ne plaisantait pas. Il désirait l'épouser. Danny, qui pouvait avoir toutes les femmes qu'il souhaitait... Et il voulait posséder une immense demeure comme celle-là. Un jeune homme de vingt-trois ans, dénué de toute fortune. Seuls des gens aisés avaient les moyens d'acheter de telles maisons, même quand elles étaient en aussi piteux état.

Ria n'avait pas envie de lui infliger une douche froide et encore moins envie de réagir comme sa sœur Hilary, qui ne s'intéressait plus qu'au coût de la vie. Mais Danny se faisait des illusions.

— Il est impossible d'acheter une villa comme celle-ci, répliqua-t-elle.

— Quand tu en verras l'intérieur, tu comprendras que ce sera notre maison. Nous trouverons un moyen de l'acheter.

Il lui vanta les charmes du vestibule et de son haut plafond, soulignant ses moulures afin de détourner son attention des bicyclettes qui encombraient l'entrée. Il évoqua la courbe harmonieuse de l'escalier sans faire allusion aux planchers décrépits. Ils passèrent devant une immense pièce abritée par un paravent ; ils ne pouvaient y entrer car Sean O'Brien, l'excentrique propriétaire, l'utilisait comme entrepôt où il rangeait d'énormes caisses.

Descendant quelques marches, ils parvinrent dans une immense cuisine où trônait un vieux fourneau noirci. Il y avait là une porte donnant sur le jardin et de nombreuses pièces annexes, celliers et cagibis. Ria se sentait dépassée par l'ampleur de tout cela. Ce jeune homme aux yeux pétillants de rire était vraiment convaincu qu'ils pouvaient trouver l'argent nécessaire pour restaurer une demeure de cette taille !

Si la villa avait figuré dans les catalogues de l'agence, elle aurait été accompagnée de nombreux avertissements : importantes rénovations nécessaires, possibilités de réaménagements. Seul un promoteur, un investisseur ou un acheteur doté de moyens considérables pouvait se permettre d'en faire l'acquisition.

Le sol de la cuisine, pavé de tomettes, était loin d'être plan. On avait installé une petite table de cuisson sur le vieux fourneau.

— Je vais préparer du café, déclara Danny. Plus tard, nous nous souviendrons de la première tasse de café prise à Tara Road...

A cet instant précis, la cuisine s'illumina sous les rayons d'un pâle soleil hivernal ; celui-ci se glissa par la fenêtre en se frayant un chemin à travers les branches et les ronces. Il semblait s'agir d'un signe du destin.

— Oui, je me souviendrai de la première tasse que j'ai bue avec toi à Tara Road, murmura Ria.

— Nous raconterons aux gens que c'était une merveilleuse journée ensoleillée, le 30 décembre 1982, ajouta-t-il.

Ce fut également ce jour-là que Ria fit l'amour pour la première fois. Etendue aux côtés de Danny dans le petit lit étroit, elle aspirait à connaître l'avenir. A en avoir un bref aperçu pour savoir s'ils vivraient là durant des années, s'ils auraient des enfants et feraient de cette maison le foyer de leurs rêves.

L'amie de Hilary, Mrs Connor, la voyante du terrain vague, le saurait-elle ? Ria ne put s'empêcher de sourire à l'idée d'aller la consulter. Danny, qui s'était endormi sur son épaule, s'éveilla et surprit ce sourire.

— Es-tu heureuse ? murmura-t-il.

— Je ne l'ai jamais autant été.

— Je t'aime, Ria. Je ne te quitterai jamais.

Aucune femme en Irlande n'avait autant de chance. Mais non, songea-t-elle, soyons juste, qui peut en avoir davantage ? Aucune femme au monde n'avait autant de chance.

Les semaines suivantes s'écoulèrent comme un rêve.

Ils savaient que Sean O'Brien voulait se débarrasser de sa maison. Ils savaient qu'il préférerait traiter avec eux, des jeunes gens qui ne sourcilleraient pas devant le délabrement des lieux, l'humidité des murs et le mauvais état de la toiture. Mais il leur faudrait néanmoins acheter Tara Road à sa juste valeur. Alors, comment pouvaient-ils rassembler cette somme ?

Empilant les liasses de feuilles, ils firent leurs calculs. S'ils hébergeaient quatre locataires à l'étage, les loyers leur permettraient de rembourser le prêt. Bien sûr, ils devraient se montrer discrets. Il ne serait nul besoin d'en aviser le fisc. Puis ils iraient soumettre leur offre à la banque. Ria disposait de mille livres d'économies, Danny de deux mille cinq cents. Ils connaissaient l'un et l'autre des couples qui, nantis d'une somme moins importante, étaient devenus propriétaires. Il suffisait de choisir le bon moment et d'employer la bonne méthode. Ils parviendraient à leurs fins.

Ils investirent dans une bouteille de cognac et invitèrent le propriétaire afin de lui parler de leurs projets. Sean O'Brien ne fit aucune difficulté. Il leur répéta l'histoire qu'ils connaissaient déjà ; il avait hérité de la villa à la mort de son oncle, quelques années plus tôt. Il n'avait nulle envie d'y habiter, il possédait une petite maison sur les rives d'un lac, à Wicklow, où il pouvait boire et pêcher en bonne compagnie. Il voulait rester là-bas. Il avait seulement conservé la propriété de Tara Road dans l'espoir que le marché immobilier grimperait en flèche. Et cela s'était bel et bien produit. La villa valait beaucoup plus aujourd'hui que dix ans auparavant. Il s'était montré astucieux, pas vrai ? Beaucoup de gens le prenaient pour un imbécile, mais ils se trompaient. Danny et Ria acquiesçaient, le félicitaient et remplissaient son verre.

Sean O'Brien ajouta qu'il n'avait pas pu la maintenir en bon état. Cela demandait trop d'efforts, et il ne disposait pas des compétences nécessaires pour la restaurer et la confier à des locataires qui en auraient pris soin. Il avait donc été ravi de trouver des jeunes gens comme Danny et ses amis. Mais il était d'accord avec eux, la villa n'allait pas rester longtemps un bon investissement si elle continuait à tomber en ruine.

Selon lui, son prix devait tourner autour de soixante-dix mille livres. C'était ce qu'on lui avait dit lorsqu'il s'était renseigné. Mais il en accepterait soixante mille s'il pouvait la vendre rapidement ; il la débarrasserait des vieux meubles et des caisses qu'il entreposait là pour ses amis. Elle appartiendrait à Danny dès qu'il disposerait de cette somme.

Cela aurait été une bonne affaire pour n'importe quel acheteur disposant de l'argent nécessaire aux rénovations. En ce qui concernait Danny et Ria, c'était impossible. En tout premier lieu, ils avaient besoin d'un apport représentant quinze pour cent du prix. Or, pour eux, neuf mille livres équivalaient à neuf millions de livres.

Ria était prête à renoncer à son rêve, mais pas Danny. Il ne s'irrita pas, ne se lamenta pas et refusa tout simplement d'abandonner son projet. La villa était trop splendide, trop merveilleuse pour qu'ils la laissent s'échapper au profit d'un quelconque promoteur. Sean O'Brien ayant envisagé la possibilité de vendre, il allait probablement maintenant vouloir passer à l'acte.

Ils avaient du mal à concentrer leurs pensées sur les affaires dont ils devaient s'occuper à l'agence, d'autant plus qu'ils traitaient chaque jour avec des clients qui auraient pu acheter la maison de Tara Road sans la moindre difficulté.

Barney McCarthy, par exemple. Le puissant homme d'affaires qui avait amassé sa fortune sur le marché de l'immobilier en Angleterre et qui jonglait avec l'achat et la vente de propriétés. Pour le moment, il cherchait à se débarrasser d'un immense hôtel particulier qu'il avait eu le tort d'acheter. C'était l'une de ses rares erreurs. Il était suffisamment lucide pour le reconnaître : pendant quelque temps, il s'était imaginé sous les traits d'un gentilhomme campagnard habitant une immense maison géorgienne bordée d'une avenue plantée d'arbres. De fait, la villa était somptueuse, mais elle était trop isolée, trop éloignée de Dublin. Il avait pris une décision dénuée de bon sens et il était donc prêt à perdre un peu d'argent en revendant sa propriété, mais pas trop.

Il avait déjà acheté la grande villa confortable sur laquelle il aurait dû jeter son dévolu en premier lieu. Sa femme y avait emménagé. Il rachetait des pubs et investissait dans des terrains de golf mais sa plus grande préoccupation était désormais de revendre l'hôtel particulier qui symbolisait son déraisonnable coup de tête. C'était un homme qui accordait beaucoup d'importance à son image publique. Il aimait mentionner le nom des personnalités qu'il avait rencontrées, et les employés de l'agence étaient impressionnés. Il était cependant très difficile de revendre sa propriété au prix qu'il en espérait. Barney l'avait payée trop cher, tout simplement, et il n'y avait pas d'acquéreurs sur le marché. Il n'en tirerait pas le moindre profit, et l'idée de subir une perte importante l'humiliait profondément. Les directeurs de l'agence lui firent remarquer que l'entretien d'une telle villa était considérable, et que les acheteurs irlandais potentiels se comptaient sur les doigts d'une main. De fait, ils avaient également prospecté à l'étranger, mais sans succès.

Ils organisèrent une conférence au sein de l'agence. Danny et Ria, qui y assistaient en compagnie du reste du personnel, apprirent que Barney risquait de s'adresser ailleurs. Les pensées de la jeune femme étaient bien loin des soucis de Barney, mais Danny était plongé dans ses réflexions ; il ouvrit la bouche pour prendre la parole, puis se ravisa.

— Oui, Danny ?

Il était populaire et ses idées étaient souvent pertinentes ; c'est pourquoi la direction voulait connaître son opinion sur le sujet.

— Non, ce n'est rien. Vous avez envisagé la question sous tous les angles, répliqua-t-il.

Et la discussion tourna en rond durant une demi-heure encore, sans aboutir à la moindre solution.

Ria savait que Danny avait une idée. Elle le devinait à ses yeux pétillants. Après la réunion, il lui souffla à l'oreille qu'il devait s'absenter du bureau un moment ; elle devait lui trouver une excuse.

— S'il t'arrive de prier, c'est le moment ou jamais, murmura-t-il.

— Dis-moi ce qui se passe, Danny. Dis-le-moi.

— Je ne peux pas, je n'ai pas le temps. Dis-leur que j'ai reçu un coup de fil... Invente n'importe quoi.

— Je ne peux pas rester tranquillement assise ici sans savoir ce que tu vas faire !

— J'ai trouvé un moyen de vendre la maison de Barney.

— Pourquoi ne leur as-tu rien dit ?

— C'est à Barney que je vais le dire. Cela nous permettra de nous procurer l'argent dont nous avons besoin. Si j'en parle aux directeurs de l'agence, ils se contenteront de me féliciter.

— Mon Dieu, Danny, sois prudent. Ils pourraient te renvoyer.

— Si mon idée est bonne, cela n'aura plus la moindre importance, répliqua-t-il.

Et il s'en alla.

Rosemary vint voir Ria.

— Rejoins-moi aux toilettes, murmura-t-elle. J'ai quelque chose à te dire.

— Je ne peux pas, j'attends un coup de fil.

Ria ne pouvait quitter son bureau de crainte que Danny ne cherche à la joindre ou qu'il n'ait besoin de son aide.

— Orla répondra à ta place. Viens, c'est important.

— Non, dis-le-moi ici, il n'y a personne dans les parages.

— C'est confidentiel...

— Parle tout bas, alors.

— Je quitte l'agence. J'ai trouvé un nouvel emploi.

Rosemary s'attendait à voir une expression de stupéfaction s'inscrire sur le visage de Ria, mais ce ne fut pas le cas. Peut-être ne s'était-elle pas expliquée clairement. Elle précisa qu'elle venait de signer un contrat ; elle avait trouvé une place mieux payée dans une imprimerie et l'annoncerait le soir même aux directeurs de l'agence. Elle en était très heureuse. Ce n'était pas loin, Ria et elle pourraient continuer à déjeuner ensemble. Mais son amie l'écoutait à peine tant son inquiétude était grande. A juste titre, Rosemary se sentit vexée.

— Si tu ne peux pas te donner la peine d'écouter... lança-t-elle.

— Je suis désolée, Rosemary. J'ai autre chose en tête.

— Mon Dieu, comme tu es devenue ennuyeuse, Ria ! Tu ne penses à rien d'autre qu'à Danny ceci, Danny cela. On dirait que tu es sa mère. Sais-tu que tu ne t'intéresses à personne d'autre, ces temps-ci ?

Ria était penaude.

— Ecoute, je suis navrée. Pardonne-moi, je t'en prie. Peux-tu me répéter ce que tu viens de dire ?

— Non. Que je m'en aille ou non t'est égal. Tu ne m'écoutes toujours pas. Tu as les yeux rivés sur la porte, au cas où il entrerait. Où est-il, d'ailleurs ?

— Je te raconterai plus tard. S'il te plaît, parle-moi de ton nouveau travail !

— Veux-tu bien te taire, Ria ? siffla Rosemary. Je n'en ai encore parlé à personne, et te voilà en train de le crier sur les toits. Tu dois avoir perdu la tête !

Elle le vit entrer d'un pas rapide, léger. A l'expression de son visage, elle devina que tout s'était bien passé. Il se glissa derrière son bureau et lui adressa un clin d'œil. Immédiatement, elle composa le numéro de son poste.

— Que va-t-il se passer à présent, Danny ?

— Nous devons patienter une semaine. Puis nous aurons une réponse.

Ria raccrocha. Elle eut l'impression que la journée ne finirait jamais ; les aiguilles de la pendule progressaient avec lenteur sur le cadran. Rosemary entra dans le bureau du directeur pour lui annoncer son départ, puis ressortit. Tout semblait se dérouler au ralenti. De l'autre côté de la pièce, Danny bavardait, riait, passait ses coups de fil professionnels avec un parfait naturel. Seule Ria, qui le connaissait bien, devinait l'excitation qu'il réprimait à grand-peine.

Ils se rendirent au pub situé de l'autre côté de la rue et, sans lui demander ce qu'elle désirait boire, il commanda deux grands cognacs.

— J'ai dit à McCarthy que ce serait une bonne idée d'installer un studio d'enregistrement insonorisé dans sa villa, après en avoir calfeutré les murs. Cela lui coûterait vingt mille livres de plus...

— Mais pourquoi donc... ?

— Alors, il pourrait la vendre à des stars de la musique pop. Ce genre d'endroit leur plairait ; ils pourraient même y installer une piste d'atterrissage pour les hélicoptères.

— Et il a trouvé que c'était une bonne idée ? demanda Ria avec anxiété.

— Il m'a demandé pourquoi les astucieux promoteurs qui m'emploient n'y avaient pas pensé eux-mêmes.

— Qu'as-tu répondu ?

— J'ai dit qu'ils étaient conservateurs et que l'idée leur aurait probablement semblé trop risquée. Et puis, Ria, écoute un peu ça... Je l'ai regardé dans les yeux et j'ai déclaré : « Il y a également autre chose, Mr McCarthy ; j'ai pensé que si je vous en parlais directement, je pourrais vendre moi-même votre villa. »

Danny but une gorgée de cognac.

— Il m'a demandé si j'essayais de souffler la vente à mes employeurs. J'ai répondu que oui, et il m'a dit qu'il m'accordait une semaine pour faire mes preuves.

— Oh, mon Dieu, Danny !

— C'est merveilleux, n'est-ce pas ? Je ne pourrai rien faire à partir de l'agence ; alors je me mettrai en congé maladie dès demain, après avoir emporté chez moi les contacts et les adresses dont je pourrai avoir besoin. J'ai déjà commencé à dresser une liste ; je commencerai à passer mes coups de fil ensuite. J'aurai peut-être besoin que tu envoies des fax du bureau.

— Mais si nous nous faisons prendre...

— Ne sois pas ridicule. Les affaires sont les affaires, un point c'est tout.

— Combien est-ce que nous...

— Si j'arrive à vendre la maison de Barney avant la semaine prochaine, nous disposerons de plus d'argent qu'il n'en faut pour l'apport principal de notre villa. Alors nous pourrons prendre rendez-vous avec la banque, ma chérie !

— Mais ils vont te renvoyer, tu n'auras plus de travail !

— Si je m'occupe des ventes de Barney McCarthy, n'importe quel promoteur sera ravi de m'embaucher. Il nous suffit d'avoir des nerfs en acier pendant une semaine, Ria, et nous aurons gagné.

— Des nerfs en acier, répéta-t-elle dans un souffle.

— Et souviens-toi de ce jour, ma chérie. Le 25 mars 1983, le jour où la chance nous a souri.

— Danny sera-t-il là pour mon pot d'adieu ? demanda Rosemary à Ria.

— Oui, je crois qu'il sera guéri, s'exclama Ria à la cantonade.

— Désolée, ça m'a échappé. Au fait, comment va-t-il ?

— Bien ; il me téléphone chaque soir.

Ria se garda de préciser qu'il lui téléphonait aussi souvent durant la journée pour lui demander des renseignements.

— A-t-il trouvé ce qu'il cherchait ? s'enquit Rosemary.

Ria hésita un instant.

— Il semble plutôt optimiste. Je crois qu'il est sur la bonne voie.

Une heure plus tôt, Danny l'avait appelée pour lui annoncer que les employés de Barney avaient déjà insonorisé une cave à vin et que l'équipement serait installé le jour même. Demain le manager d'un légendaire groupe pop viendrait dans son avion privé visiter la villa ; Danny l'accompagnerait. Les choses s'annonçaient bien.

Et tout se déroula à merveille. Barney McCarthy obtint le prix qu'il désirait, Danny reçut sa commission et Sean O'Brien ses neuf mille livres. Puis le jeune homme révéla son stratagème à ses employeurs et leur annonça qu'il s'en irait dès qu'ils le souhaiteraient. Ceux-ci lui proposèrent de rester à l'agence et de continuer à gérer les ventes de Barney, mais Danny répliqua que ce serait une situation délicate : eux se méfieraient de lui, et lui se sentirait mal à l'aise.

Ils se séparèrent en termes cordiaux, comme Danny parvenait à le faire avec tout le monde.

Heureux comme des enfants, ils parcouraient la maison en échafaudant mille projets.

— Ce grand salon pourrait être vraiment superbe ! s'exclama Danny.

Les caisses où étaient enfermés les secrets du pauvre vieux Sean O'Brien et de ses amis avaient disparu, et il était désormais possible d'admirer les parfaites proportions de la pièce : plafond haut, vastes fenêtres et grande cheminée.

Peu importait qu'une ampoule nue pendît à l'extrémité d'un vieux fil électrique au beau milieu du plafond, ou que des carreaux aient été brisés et remplacés par du verre bon marché.

Il leur faudrait rénover le manteau de cheminée taché et écaillé et lui rendre l'aspect qu'il avait jadis, du temps où la villa était une résidence de gentilshommes.

— Nous achèterons un magnifique tapis indien en laine, déclara Danny. Et regarde, là, à côté de la cheminée, sais-tu ce que nous mettrons ? Un magnifique vase japonais Imari. Ce sera parfait pour une pièce comme celle-là.

Ria le dévisageait avec étonnement et admiration.

— Comment sais-tu tout cela, Danny ? Tu donnes l'impression d'avoir fait les Beaux-Arts !

— Je n'ai pas les yeux dans ma poche, ma chérie ; je visite des maisons comme celle-ci toute la journée. J'observe ce que font les gens qui ont du goût et du style, voilà tout.

— Beaucoup de gens regardent, mais ils sont incapables de voir ce qui les entoure.

— Ce sera si merveilleux de décorer cette maison !

Les yeux du jeune homme pétillaient de plaisir.

Incapable de prononcer un mot, Ria se contenta de hocher la tête. Parfois, elle se sentait en proie à une exaltation trop intense pour pouvoir la supporter. Elle était prise de vertiges face à l'ampleur des projets qu'ils élaboraient ensemble.

Le test de grossesse était positif. Cela n'aurait pas pu tomber plus mal. La nuit, étendue tout éveillée chez sa mère ou dans le chantier qu'était désormais Tara Road, elle cherchait les mots qui lui permettraient d'annoncer à Danny sa grossesse.

Elle craignait tant qu'il ne veuille pas de l'enfant que la peur la réduisait au silence. Les jours se succédaient et Ria avait le sentiment de jouer en permanence un rôle, d'avoir cessé d'être une personne normale, dotée de réactions normales.

Enfin, elle finit par le lui annoncer, tout à fait par hasard. Après avoir rangé les bicyclettes dans la remise, Danny remarqua que le vestibule était beaucoup plus grand qu'il ne le croyait. Ils devraient peut-être consacrer un week-end à des travaux de peinture, demander à quelques amis de venir leur donner un coup de main... Ce serait seulement temporaire, mais cela rendrait les lieux beaucoup plus agréables.

— Qu'en penses-tu, ma chérie ? Je sais que l'odeur de peinture nous rendra malades un jour ou deux, mais cela en vaut la peine.

— J'attends un enfant, déclara-t-elle soudain.

— Quoi ?

— Oui. Oh, mon Dieu, Danny, je suis désolée. Je suis affreusement désolée que ce soit arrivé au beau milieu de tout ça !

Et elle éclata en sanglots.

Il posa sa tasse de café et vint l'enlacer.

— Ria, arrête. Arrête, arrête. Ne pleure pas.

Mais elle continua à sangloter et à frissonner entre ses bras. Il lui caressa les cheveux et la consola comme une enfant.

— Chut, chut, Ria. Je suis là, tout va bien.

— Mais non, cela ne pourrait pas être pire. Je ne sais pas comment ça a pu arriver.

— Moi, je le sais, et c'était merveilleux, plaisanta-t-il.

— Oh, Danny, ne ris pas, c'est un véritable cauchemar. Je n'ai jamais été si contrariée. Je ne pouvais pas t'en parler, pas maintenant...

— Pourquoi est-ce un cauchemar ?

Oh, je vous en prie, mon Dieu, songea Ria, faites qu'il ne dise pas qu'il serait très simple d'avorter. Qu'il dispose de suffisamment d'argent. Que nous pourrions aller passer un week-end à Londres. S'il vous plaît, faites qu'il ne dise pas cela. Car Ria ne se sentait pas capable de lui résister. Il était possible qu'elle s'exécute à la seule fin de garder son amour. Puis elle le détesterait autant qu'elle l'aimerait, ce qui serait absurde, mais elle pressentait déjà que cela risquait d'arriver.

Contre toute attente, il arborait un large sourire.

— En quoi est-ce un cauchemar, mon amour ? Nous voulions avoir des enfants. Nous avions prévu de nous marier. C'est arrivé un peu plus tôt que prévu, voilà tout.

Elle le dévisagea avec stupéfaction. Il semblait vraiment submergé de joie.

— Danny...

— Pourquoi ces larmes ?

— Je pensais, je pensais...

— Chut, chut, souffla-t-il.

— Rosemary ? Pouvons-nous déjeuner ensemble ? J'ai de merveilleuses nouvelles à t'annoncer.

— Pourquoi mon petit doigt me dit-il que c'est en rapport avec ton prince charmant ? demanda son amie en riant.

— Alors ?

— Mais oui, bien sûr.

Elles allèrent au restaurant italien où elles avaient déjeuné avec Danny quelques mois plus tôt, en novembre. Que de choses s'étaient passées depuis lors !

Rosemary était plus séduisante que jamais. Ria se demanda une nouvelle fois comment son amie faisait pour être toujours si impeccable : jamais aucune goutte d'huile ou de sauce ne venait maculer ses pulls en cachemire.

— Alors, dis-moi, lança la jeune femme. Ne fais pas semblant d'étudier le menu !

— Danny et moi allons nous marier, et nous voulons que tu sois notre demoiselle d'honneur.

Rosemary en resta sans voix.

— C'est merveilleux, n'est-ce pas ? Nous avons acheté la villa, et nous nous sommes dit qu'il était absurde d'attendre plus longtemps.

— Vous allez vous marier ? répéta Rosemary. Tout ce que je peux dire, c'est que tu t'es bien débrouillée, Ria.

Cette dernière aurait préféré que Rosemary lui dise que c'était fantastique. « Bien débrouillée » semblait impliquer qu'elle était parvenue à ses fins en trichant.

— Tu n'es pas contente pour nous ?

— Mais bien sûr que si.

Rosemary la serra dans ses bras.

— Surprise, mais très contente. Tu as l'homme de tes rêves et une magnifique villa.

Ria décida de tempérer son enthousiasme.

— Il va falloir des années de travail pour la remettre en état. Personne d'autre que nous n'aurait été assez fou pour se lancer dans une telle entreprise.

— Ne dis pas de bêtises, elle vaut une fortune et vous le savez. Vous avez été malins, vous êtes parvenus à décrocher l'affaire du siècle ! déclara-t-elle avec une admiration sincère.

Ria ressentit un pincement de culpabilité, comme s'ils avaient escroqué le pauvre vieil O'Brien en le payant moins qu'il ne le méritait.

— Personne ne connaît la maison sauf toi. Je redoute un peu la réaction de nos familles quand elles vont la découvrir.

Ria imaginait déjà l'expression de jalousie qui allait refléter le visage de sa sœur Hilary.

— Ils seront drôlement impressionnés. Comment sont les parents de Danny ?

— Je ne les ai pas encore rencontrés, mais j'ai cru comprendre qu'ils ne lui ressemblaient pas du tout, répondit Ria.

Rosemary esquissa une grimace.

— Peut-être que ses frères ne sont pas trop mal. Assisteront-ils au mariage ? Je pourrais sortir avec l'un d'eux. C'est le privilège de la demoiselle d'honneur, tu sais !

— Je ne crois pas qu'ils viendront.

— Tant pis. Je trouverai bien un moyen de me distraire. A présent, passons aux choses sérieuses. Comment vas-tu t'habiller ?

— Rosemary ?
— Oui ?
— Tu sais que je suis enceinte ?
— Je m'en doutais. Mais c'est une bonne nouvelle, n'est-ce pas ? C'est ce que tu voulais ?
— Oui.
— Alors ?
— Alors nous ne devrions pas envisager un grand mariage en blanc avec tout le tralala. De toute façon, sa famille est discrète et réservée. Ça ne leur plairait pas.
— Qu'est-ce qui plairait à Danny ? N'est-ce pas ce qui compte ? Préférerait-il le grand tralala ou une petite cérémonie ?
— Le grand tralala, répondit spontanément Ria.
— Alors c'est exactement ce que nous allons organiser, répliqua Rosemary, sortant de son sac un stylo et une feuille de papier et commençant à dresser une liste.

Ria fit la connaissance de Barney McCarthy avant même de rencontrer les parents de Danny. Elle fut invitée à déjeuner en sa compagnie ; en fait, cela ressembla quelque peu à l'injonction d'un roi. Danny en était très excité.
— Il va te plaire, Ria. Il est merveilleux. Et il va t'adorer, j'en suis sûr.
— Cela me rend nerveuse d'aller dans ce restaurant... Le menu sera écrit en français et nous n'aurons aucune idée de ce que sont les plats.
— C'est absurde ! Contente-toi d'être toi-même. Et puis évite de t'excuser ou de te dévaloriser. Nous sommes aussi bien que n'importe qui. Barney le sait, c'est comme ça qu'il est arrivé où il est aujourd'hui.
Avec un léger sentiment d'inquiétude, elle remarqua que Danny semblait tenir davantage à lui présenter Barney que ses parents.
— Oh, nous irons les voir un jour ou l'autre, répétait-il avec désinvolture.

Nora Johnson fut stupéfaite d'entendre la nouvelle.

— Tu me surprends beaucoup, répéta-t-elle à deux reprises.

Ria se sentit profondément irritée.

— Et pourquoi, maman ? Tu sais que je l'aime, tu sais qu'il m'aime. Alors pourquoi ne nous marierions-nous pas ?

— Bien sûr, bien sûr.

— Que lui reproches-tu, maman ? Tu disais que tu l'aimais bien, que tu admirais le fait qu'il ait acheté une grande maison et qu'il projette de la rénover. Il a de grands projets, nous ne manquerons de rien. Qu'as-tu contre lui ?

— Il est trop séduisant, rétorqua sa mère.

Hilary ne montra pas davantage d'enthousiasme.

— Tu devrais te méfier de lui, Ria, déclara-t-elle.

— Je te remercie, Hilary ! Quand tu t'apprêtais à épouser Martin, je ne t'ai pas dit ça. Je t'ai dit que j'étais ravie pour toi et que j'étais sûre que tu serais très heureuse.

— Mais c'était vrai.

Hilary était très fière d'avoir effectué un excellent choix.

— Dans mon cas aussi, c'est vrai, s'écria Ria.

— Bien sûr. Mais tu devrais le surveiller ; il a beaucoup d'ambition. Il ne se contentera pas de gagner sa vie comme le font les gens ordinaires, il voudra décrocher la lune. Ce crève les yeux.

Danny, qui n'avait pourtant pas l'habitude de se compliquer l'existence, discuta longuement des vêtements que Ria devrait porter lors de sa rencontre avec Barney McCarthy. Finalement, elle céda à l'impatience.

— Écoute, tu m'as dit que je devais être moi-même. Je vais mettre quelque chose d'élégant et je serai naturelle. Ce n'est pas un défilé de mode ou un concours de beauté, c'est un simple déjeuner.

Ses yeux étincelaient de colère, et Danny la dévisagea avec admiration.

— C'est comme ça que je t'aime, s'exclama-t-il.

Elle porta le manteau pourpre qu'elle avait acheté pour le

mariage de Hilary et un foulard en soie neuf que Rosemary l'avait aidée à choisir.

Barney McCarthy était un homme corpulent, vêtu d'un costume bien coupé et âgé d'environ quarante-cinq ans. Il portait une montre coûteuse et son maintien était plein d'assurance. Il était légèrement dégarni et son visage était celui d'un homme aguerri. Il semblait remarquablement à l'aise ; le restaurant ne l'impressionnait pas, mais il n'essayait pas non plus de le dénigrer. Tous les trois bavardèrent agréablement.

Cependant, en dépit du caractère plaisant et léger de la conversation, Ria avait le sentiment de subir un interrogatoire. A sa grande satisfaction, elle s'aperçut après le café qu'elle avait passé l'examen avec succès.

Ce fut Orla King qui apprit à Ria que les directeurs de l'agence n'appréciaient pas qu'elle continue d'y travailler, maintenant qu'elle était fiancée à Danny. Ils craignaient qu'elle ne lui révèle des informations confidentielles.

— Je n'en avais pas la moindre idée, murmura Ria, stupéfaite.

— Je te le dis seulement parce que vous avez été gentils avec moi quand je me suis conduite comme une imbécile, à Noël dernier.

Orla était très gentille, elle aussi ; elle n'y pouvait rien si elle était aussi ravissante. Ria se demanda pourquoi elle avait été stupidement jalouse d'elle.

Danny annonça à Barney que Ria avait décidé de donner sa démission de l'agence immobilière avant d'être licenciée.

Barney manifesta une compassion inattendue.

— Cela a dû être une décision difficile. Elle travaillait dans cette agence bien avant que tu arrives et que tu sèmes la zizanie.

— C'est vrai, répondit Danny, surpris.

Il n'avait pas considéré la situation sous cet angle-là.

— Est-elle très déçue ?

— Un peu, mais vous connaissez Ria, elle s'est déjà mise

en quête d'un autre emploi, répliqua le jeune homme avec fierté.

— J'aurais peut-être quelque chose pour elle, déclara Barney McCarthy.

Il venait d'acheter une boutique de location de vêtements. Un luxueux magasin baptisé « Polly ». Ria fut aussitôt engagée.

— Je devrais peut-être faire une semaine d'essai ? demanda Ria à Gertie, la grande jeune femme au teint pâle et aux longs cheveux noirs noués par un simple ruban qui dirigeait la boutique.

— Ce n'est pas la peine, répliqua Gertie en souriant. Mr McCarthy a donné des instructions pour qu'on vous engage ; vous êtes donc engagée.

— Je suis désolée. Ce n'est pas la meilleure façon de commencer à travailler quelque part, dit Ria d'un ton d'excuse.

— Ne vous en faites pas, vous ferez parfaitement l'affaire et nous nous entendrons à merveille, la rassura la jeune femme. Je vous explique la situation telle qu'elle est, voilà tout.

Ils allèrent rendre visite aux parents de Danny. Le voyage en car dura trois heures. Ria souffrit de terribles nausées, mais elle s'obligea à conserver sa bonne humeur. Le père de Danny les attendait sur la place où le car s'arrêtait installé au volant d'une vieille camionnette rouillée équipée d'une remorque.

— Papa, voici Ria ma fiancée, déclara Danny avec fierté.

— Ravi de vous connaître.

L'homme était vieux, voûté, et il avait piètre allure. Il avait travaillé toute sa vie pour le compte d'un frère aîné plus entreprenant, l'homme qui avait mis à Danny le pied à l'étrier. Le père de ce dernier se contentait donc de livrer des bouteilles de gaz dans les fermes isolées. Il n'était pas impossible qu'il soit plus jeune que Barney, mais il semblait être d'une autre génération.

Ils parcoururent quelques kilomètres sur des routes étroites bordées de hautes haies. Ria balayait le paysage du regard, ravie de découvrir les lieux où Danny avait grandi. Mais celui-ci jeta à peine un coup d'œil au-dehors.

— Avais-tu des amis qui vivaient dans ces fermes ?

— Oui, nous allions à l'école ensemble, répondit Danny.

— Irons-nous leur rendre visite ?

— Ils sont tous partis ; presque tout le monde est allé s'installer en ville, répliqua-t-il.

Sa mère semblait âgée, elle aussi, plus que Ria ne s'y attendait. A déjeuner, elle leur servit des tranches de jambon et des tomates, du pain sous sachet plastique et un paquet de biscuits au chocolat. Ils déclarèrent qu'ils n'étaient pas sûrs de pouvoir se rendre à Dublin pour le mariage ; le voyage était long et il leur serait peut-être difficile de s'absenter de la ferme. Manifestement, ce n'était pas vraiment le cas.

— Ce serait merveilleux que vous soyez avec nous pour un si grand jour, protesta Ria. La réception se déroulera chez nous, à Tara Road, et vous pourrez voir notre nouvelle maison.

— Nous ne sommes pas très à l'aise dans les fêtes, murmura la mère de Danny.

— Mais il n'y aura que la famille, implora Ria.

— Vous savez, le voyage en car n'est pas confortable et mon dos n'est plus ce qu'il était.

Ria jeta un regard à Danny. A sa grande surprise, il ne déployait pas autant d'efforts qu'elle pour les convaincre. Mais il avait forcément envie qu'ils viennent... Elle attendit qu'il prenne la parole.

— Allons, venez ! Cela n'arrivera qu'une fois dans notre vie.

Ils échangèrent un regard incertain.

— Bien sûr, vous n'êtes pas allés au mariage de Rich parce que c'était à Londres... reprit Danny.

— Mais Londres est beaucoup plus loin, et cela vous aurait obligés à prendre l'avion et le bateau ! s'écria Ria.

Cependant, les parents de Danny venaient d'entrevoir le

prétexte dont ils avaient besoin, l'excuse leur permettant de ne pas assister au mariage.

— Vous comprenez, ma petite... murmura la vieille femme en tapotant le bras de Ria. Si nous allons au mariage de l'un alors que nous ne sommes pas allés au mariage de l'autre, nous aurons l'air de faire des préférences.

— Nous irons voir votre maison plus tard, ajouta le père de Danny.

Ils regardaient Ria avec espoir ; il n'y avait plus rien à ajouter.

— Oui, bien sûr, répondit-elle de bonne grâce.

Et chacun sourit avec soulagement, Danny au même titre que ses parents.

— Tu ne voulais donc pas qu'ils viennent ? lui demanda-t-elle au cours du long voyage de retour.

— Tu as bien vu qu'ils n'en avaient pas envie, ma chérie, répliqua-t-il.

Elle se sentit déçue. Il aurait dû s'efforcer de les convaincre. Mais les hommes étaient différents, c'était bien connu.

Alors que Ria travaillait depuis une semaine à peine chez Polly, elle eut la surprise d'entendre Gertie lui annoncer qu'elle pouvait emprunter gratuitement une robe de mariée.

— Tu parles sérieusement ?

Le visage de Ria était illuminé de joie. Jamais elle n'aurait eu les moyens de louer une robe aussi splendide.

— Je vais te dire exactement ce qu'il en est, reprit Gertie. Ce sont les instructions de Mr McCarthy : tous les invités au mariage pourront emprunter gratuitement leur tenue. N'hésite pas, Ria, c'est ce qu'il souhaite. Accepte !

Danny choisit un costume trois pièces pour lui-même et son témoin, Larry. Pour Rosemary, ce fut une robe argentée aux boutons de nacre. Ria eut quelque peine à convaincre sa mère et sa sœur.

— Allons, maman, Hilary, c'est gratuit ! Vous ne retrouverez jamais une occasion pareille ! implora-t-elle.

Elles étaient presque décidées.

— Et pourquoi Martin ne porterait-il pas un costume trois pièces ? renchérit Ria. Il serait très élégant. Allons, Hilary, tu le sais aussi bien que moi !

Cela acheva de les convaincre ; sa mère choisit un élégant tailleur gris et un chapeau noir orné de plumes, Hilary un tailleur bordeaux aux revers rose pâle ainsi qu'un immense chapeau rose.

Puisqu'ils n'avaient rien à dépenser pour la robe et le costume de mariés, Danny et Ria engagèrent les services d'un ténor pour interpréter *Panis Angelicus* et d'une soprano pour chanter l'*Ave Maria*.

Les invités venaient d'horizons divers. Il y avait Orla, qui travaillait à l'agence immobilière, et Gertie. L'un des frères de Danny, Larry, était venu de Londres. Il était leur témoin. Il ressemblait à Danny, blond avec le même sourire malicieux, mais il était plus grand et avait pris l'accent londonien.

— Allez-vous rendre visite à vos parents ? lui demanda Ria.

— Pas cette fois, répliqua Larry.

Cela faisait quatre ans qu'il n'était pas retourné voir son père et sa mère. Ria le savait ; mais elle avait également appris qu'il était préférable de s'abstenir de tout commentaire, fût-ce d'un regard de reproche.

— Vous en aurez certainement l'occasion à un autre moment, déclara-t-elle.

Larry la dévisagea d'un air approbateur.

— C'est exactement ça, Ria.

A son immense soulagement, la mariée n'entendit pas sa sœur et son beau-frère insinuer qu'il y avait eu de l'argent gaspillé. Les relents de peinture s'étaient depuis longtemps dissipés et sur les longues tables recouvertes de nappes blanches trônaient des salades au poulet, des glaces, et l'énorme gâteau de mariage.

Barney McCarthy était présent. Il annonça que Mona, sa femme, n'avait malheureusement pas pu venir : elle s'était rendue à Lourdes en compagnie de trois amies, le voyage était prévu de longue date. En entendant cela, Gertie rit sous cape, mais Ria la fit rapidement taire. Barney avait fait livrer deux caisses de champagne et bavardait avec les quarante invités qui portaient des toasts aux mariés, le séduisant Danny Lynch et sa superbe femme.

Ria n'aurait jamais cru qu'elle pourrait être aussi ravissante avec ses boucles noires remontées en chignon et ce long voile flottant derrière elle. C'était la première fois que la robe était portée ; elle était entièrement ornée d'épaisses broderies et de dentelles, et c'était le plus beau tissu que Ria avait jamais vu.

Rosemary l'avait inondée de conseils.

— Tiens-toi droite, Ria, et garde la tête haute. Ne parcours pas l'église au pas de charge ; quand tu remonteras la nef, marche beaucoup plus lentement.

— Ce n'est pas l'abbaye de Westminster ! avait protesté Ria.

— C'est le jour le plus important de ton existence, et tous les regards seront fixés sur toi. Donne-leur ce qu'ils attendent.

— C'est facile à dire pour quelqu'un comme toi ! Avec moi, c'est différent. S'ils pensent que je me prends au sérieux, ils éclateront de rire.

Ria se sentait nerveuse. Elle redoutait d'avoir l'air affectée, de donner l'impression de jouer un rôle. Elle avait tellement peur qu'on se moque d'elle !

— Et pourquoi ne te prendrais-tu pas au sérieux ? Tu es superbe. Joue le jeu, Ria !

L'enthousiasme de la demoiselle d'honneur était contagieux, et ce fut d'un pas presque royal que Ria pénétra dans l'église au bras de son beau-frère, qui devait la mener jusqu'à l'autel.

Quand elle remonta la nef, Danny eut le souffle coupé.

— Je t'aime tant, murmura-t-il alors qu'ils prenaient la pose près du gâteau de mariage devant l'objectif du photographe.

Et Ria eut de la peine pour la jeune femme qui porterait cette robe une fois qu'elle serait nettoyée et de nouveau entreposée à la boutique. Jamais aucune mariée ne pourrait être aussi ravissante, ni aussi heureuse.

Il n'y eut pas de lune de miel. Danny se remit à chercher un emploi et Ria retourna chez Polly. Elle aimait beaucoup y travailler et s'occuper des clients extrêmement divers. Il y avait beaucoup plus de gens riches à Dublin qu'elle ne l'aurait pensé, ainsi que des couples peu fortunés mais cependant prêts à dépenser d'énormes sommes d'argent à l'occasion d'un mariage.

Gertie traitait les futures mariées avec beaucoup de gentillesse et de patience. Elle les aidait à choisir sans pour autant les inciter à prendre les robes les plus chères. Elle les encourageait à faire preuve d'audace ; un mariage était l'occasion de faire des efforts de toilette, comme un arc-en-ciel ou un feu d'artifice.

— Pourquoi la boutique s'appelle-t-elle Polly ? C'est un drôle de nom, déclara un jour une future mariée à Ria.

— Je crois que cela fait référence à une chanson, répondit Ria.

— Tu as fait preuve de beaucoup de tact, déclara Gertie un peu plus tard.

— Que veux-tu dire ? Je ne sais absolument pas pourquoi la boutique s'appelle Polly. Et toi ?

— C'est à cause de la maîtresse de Barney. La boutique lui appartient ; c'est pour elle qu'il l'a achetée, tu sais.

— Non, je l'ignorais. Je le connais à peine. Je croyais que c'était un époux modèle.

— Oui, quand il est avec sa femme. Mais avec Polly Callaghan... C'est une autre histoire.

— Alors, c'est pour cela que les chèques sont à l'ordre de P. Callaghan. Je comprends, maintenant.

— Qu'est-ce que tu imaginais ?

— Je me disais que c'était peut-être à cause du fisc.

— Pourtant, il était présent à ton mariage, non ? Je pensais que vous étiez très liés.

— Non. Danny s'est occupé de vendre sa villa, voilà tout.

— Pour me demander de t'engager et de vous prêter gratuitement tous les vêtements du mariage, c'est qu'il doit tenir ton mari en très haute estime.

— Ce n'est pas le seul. Aujourd'hui, Danny déjeune avec deux hommes qui ont l'intention de monter une agence immobilière. Ils voudraient qu'il se joigne à eux.

— Va-t-il accepter ?

— J'espère que non, ce serait trop risqué. Il ne possède aucun capital ; il faudrait que nous hypothéquions la maison. Ce serait trop dangereux. Je préférerais qu'il trouve un emploi où il serait salarié.

— Il le sait ?

— Non. C'est un tel rêveur, avec de grandes ambitions... Mais il a souvent vu juste. La plupart du temps, je ne m'en mêle pas. Je ne veux pas le freiner.

— Tu fais preuve de beaucoup de sagesse, remarqua Gertie d'un ton admiratif.

Le petit ami de Gertie, Jack, était alcoolique. Elle l'avait quitté à plusieurs reprises, mais avait toujours fini par se réconcilier avec lui.

— Mais non, répondit Ria. Les gens s'imaginent que tout va bien parce que j'ai l'air calme, mais je me fais énormément de souci.

— As-tu accepté ?

Ria espéra que Danny ne percevrait pas l'inquiétude dont était teintée sa voix.

— Non. En fait, je n'ai dit ni oui ni non. Je me suis contenté de les écouter.

Danny excellait à cela ; il semblait prendre part à la conversation, mais en réalité il hochait la tête et écoutait.

— Et que t'ont-ils dit ?

— Qu'ils voulaient s'occuper des affaires de Barney et qu'ils pensaient que je pourrais les leur obtenir. Ils savent tout de lui, même ce qu'il mange au petit déjeuner. Ils ont mentionné des compagnies et des sociétés dont je n'avais jamais entendu parler.

— Que vas-tu faire ?

— Je l'ai déjà fait, répliqua Danny.

— Mais quoi, au nom du ciel ?

— Je suis allé trouver Barney. Je lui ai dit que je lui devais tout ce que j'avais, et que des hommes qui en savaient un peu trop sur lui m'avaient fait une proposition.

— Qu'a-t-il répondu ?

— Il m'a remercié et a promis de me rappeler.

— Tu es incroyable, Danny ! Quand va-t-il le faire ?

— Je ne sais pas. J'ai dû feindre de ne pas m'en soucier. Peut-être la semaine prochaine, peut-être demain. Il me demandera d'accepter leur offre ou de ne pas l'accepter. Je suivrai son conseil. Il téléphonera peut-être demain. Je peux me tromper, mais j'ai le sentiment qu'il téléphonera demain.

Danny se trompait : Barney McCarthy téléphona le soir même. Depuis longtemps, il projetait de monter une petite agence immobilière ; il avait simplement besoin d'être incité à se lancer. Danny accepterait-il d'en assurer la direction ? Il serait salarié, bien sûr, mais il recevrait également une part des bénéfices.

Peu de temps après, le couple fut invité à une réception chez les époux McCarthy. Ria reconnut un grand nombre de visages ; il y avait là des hommes politiques, un présentateur de journal télévisé, un joueur de golf fort connu.

L'épouse de Barney, Mona, était une femme corpulente et d'allure bienveillante. Elle évoluait parmi ses invités avec naturel et assurance. Elle portait une robe de laine bleu marine et un collier de perles — sans doute véritables — autour du cou. Elle devait approcher de la cinquantaine, comme son mari. Etait-il vraiment possible que Barney ait une maîtresse nommée Polly Callaghan ? songea Ria. Un homme marié, qui avait une confortable maison et des enfants déjà grands ? Cela semblait peu vraisemblable. Pourtant, Gertie avait été formelle. Ria essaya d'imaginer à quoi ressemblait Polly Callaghan, quel âge elle pouvait avoir.

A cet instant, Mona McCarthy s'approcha d'elle.

— Je crois savoir que vous travaillez chez Polly, dit-elle d'un ton aimable.

Soudain, Ria éprouva le désir absurde de le nier et d'affirmer n'avoir jamais entendu parler de Polly. Elle se contenta de répliquer que c'était un emploi passionnant, et que Gertie et elle-même prenaient beaucoup de plaisir à partager les histoires des clientes qui fréquentaient la boutique.

— Allez-vous continuer à travailler après la naissance du bébé ? demanda Mona.

— Oh oui, nous avons bien besoin de mon salaire. Nous pensons héberger dans l'une des chambres de bonne une étudiante étrangère qui s'occuperait du bébé.

Mona fronça les sourcils.

— Vous avez vraiment besoin de cet argent ?

— Eh bien, votre mari s'est montré extrêmement généreux envers Danny, mais nous avons une immense villa à entretenir.

— A l'époque où Barney a démarré, j'ai dû aller travailler. Il me fallait gagner suffisamment d'argent pour que ses chantiers puissent continuer à tourner. Je l'ai toujours regretté. Les enfants ont grandi sans moi, et il est impossible de revenir en arrière.

— Vous avez sûrement raison. J'en discuterai avec Danny. Peut-être qu'en voyant le bébé je n'aurai plus envie d'aller travailler.

— Je n'en avais en effet aucune envie, mais j'ai dû reprendre ma place après six semaines.

— Vous en a-t-il été reconnaissant ? Savait-il à quel point c'était difficile ?

— Reconnaissant ? Non, je ne crois pas. Les choses étaient différentes en ce temps-là. Nous avions envie de réussir, vous savez ; nous avons fait ce qu'il fallait pour cela, voilà tout.

Elle était pleine de gentillesse. Elle ne se donnait pas de grands airs, ne minaudait pas ; sans doute Danny et Ria ressemblaient-ils au couple qu'ils formaient des années plus tôt. Il était dommage que Barney soit amoureux d'une autre femme, à présent qu'il avait pris de l'âge.

Elle jeta un regard à l'extrémité de la pièce. Danny se trouvait au milieu d'un petit cercle d'invités et leur racontait une histoire.

Jamais les parents de Danny n'avaient été invités dans une villa comme celle-ci. Du temps de sa jeunesse, Barney n'avait jamais mis les pieds dans une demeure aussi fastueuse. Sans doute percevait-il en Danny la passion et l'enthousiasme qui l'habitaient autrefois ; c'était probablement pourquoi il l'encourageait. Dans quelques années, les époux Lynch organiseraient peut-être une réception dans leur villa de Tara Road, et tous les invités sauraient que Danny avait une maîtresse quelque part.

Ria réprima un frisson. Personne ne pouvait prédire ce que réservait l'avenir.

— A quoi ressemble Polly ? demanda Ria à Gertie.

— Je dirais qu'elle a la trentaine ; elle est rousse, très élégante et séduisante. Elle vient nous rendre visite une fois par mois. Elle te plaira, elle est gentille.

— Je doute qu'elle me plaise. J'aime beaucoup la femme de Barney.

— Mais elle est vieille, non ?

— Elle a sans doute le même âge que son mari. Tu sais, elle a dû prendre un travail autrefois pour qu'il puisse s'acheter une camionnette.

Gertie haussa les épaules.

— C'est la vie, répliqua-t-elle. Pour Polly aussi ce doit être difficile à Noël et le dimanche, quand il joue aux époux modèles. J'imagine que je devrais me féliciter que Jack soit célibataire. Il n'a peut-être pas beaucoup de qualités, mais au moins il est célibataire.

Gertie s'était réconciliée avec lui. Il était censé avoir définitivement cessé de boire, cette fois-ci, mais personne n'y croyait vraiment.

Barney McCarthy devait aller inspecter des terrains à Galway et avait besoin que Danny l'accompagne. Barney conduisait vite, et ils eurent rapidement fait le trajet.

Une table était réservée à leur nom ; une femme séduisante, vêtue d'un tailleur crème, les attendait.

— Voici Polly Callaghan, déclara Barney en l'embrassant sur la joue.

Danny avala péniblement sa salive. Ria lui avait parlé de

la jeune femme, mais il ne s'attendait pas à ce qu'elle soit si belle.

— Je suis enchanté de faire votre connaissance, déclara-t-il.

— Je crois comprendre que vous êtes le garçon prodige, dit-elle avec un sourire.

— Non, je suis simplement né sous une bonne étoile.

— Est-ce Napoléon qui affirmait vouloir que ses généraux soient nés sous une bonne étoile ?

— Si c'est le cas, il avait sacrément raison, approuva Barney. Bon, que voulez-vous boire ?

— Un Coca sans sucre, s'il vous plaît, dit Danny.

— Vous n'avez donc aucun vice ? demanda la jeune femme.

— Je dois garder l'esprit clair pour calculer à combien les appartements seraient susceptibles de se vendre dans cette région.

— Vous n'êtes pas né sous une bonne étoile, remarqua Polly. Vous avez la tête sur les épaules, c'est encore mieux.

— Dormaient-ils dans la même chambre ? s'enquit Ria.

— Je l'ignore, je n'ai pas fait attention.

— Mais se comportaient-ils en amoureux ?

— Pas ouvertement. En fait, ils ressemblaient davantage à un couple marié. Ils donnaient le sentiment de très bien se connaître.

— Pauvre Mona. Je me demande si elle est au courant.

— La pauvre Mona, comme tu l'appelles, s'en fiche probablement. Elle a un vrai palais et tout ce qu'elle désire, non ?

— Elle n'a peut-être pas envie de partager son mari avec une maîtresse.

— En fait, j'aime bien Polly. Elle est gentille.

— J'en suis persuadée, répliqua Ria d'un ton légèrement acerbe.

Le lendemain, Polly lui rendit visite à la boutique.

— J'ai rencontré votre mari à Galway. Vous en a-t-il parlé ?

— Non, Mrs Callaghan, il ne m'en a rien dit.

Sans trop savoir pourquoi, Ria avait menti.

Polly parut satisfaite ; elle hocha la tête avec approbation.

— Il est discret, à moins que ce ne soit vous. Quoi qu'il en soit, c'est un homme intelligent.

— C'est vrai, répondit Ria en souriant fièrement.

Polly observa le visage de Gertie avec attention.

— Que vous est-il arrivé ? C'est un terrible bleu.

— Je sais, Mrs Callaghan. Je suis tombée de vélo. J'espérais que cela ne se remarquerait pas trop.

— Avez-vous eu besoin de points de suture ?

— Deux, mais ce n'est pas grave. Voulez-vous une tasse de café ?

— Volontiers.

Polly regarda Gertie monter l'escalier afin d'aller chercher un plateau à l'étage.

— Etes-vous son amie, Ria ?

— Oui, en effet.

— Alors, persuadez-la de quitter la brute avec qui elle vit. C'est lui qui lui a fait ce bleu, vous savez.

— Oh non, il n'aurait pas...

Ria était stupéfaite.

— Ce n'est pas la première fois ; elle porte les cheveux longs pour dissimuler ses cicatrices. Il finira par la tuer. Mais elle refuse qu'on lui en parle ; quand c'est moi, en tout cas. Elle pense que je me mêle de ce qui ne me regarde pas. Peut-être vous écoutera-t-elle, vous.

Quand Polly eut quitté la boutique, Gertie demanda à son amie :

— T'a-t-elle dit que Jack m'avait frappée ?

— Oui. Comment le sais-tu ?

— Je l'ai lu sur ton visage. Elle me répète sans cesse de le quitter.

— Mais tu ne peux pas rester avec lui s'il te frappe.

— Il ne l'a pas fait exprès. Tu ne peux pas imaginer à quel point il est désolé.

— Que s'est-il passé ? Il t'a mis un coup de poing en plein visage, tout simplement ?

— Mais non. Nous nous disputions et il a perdu son sang-froid. Il n'avait pas l'intention de faire ça.

— Tu ne peux pas retourner vivre avec lui.

— Ecoute, plus personne ne croit en Jack ; je n'ai pas l'intention de faire comme tout le monde.

— Mais tu vois bien pourquoi ils ont cessé de croire en lui !

— Je t'assure, il a pleuré comme un bébé tellement il avait honte. Il m'a dit ne plus se souvenir d'avoir soulevé la chaise.

— Il t'a frappée avec une chaise ? Mon Dieu !

— Ne commence pas, Ria. Je t'en prie, ne commence pas. Il y a déjà ma mère, mes amis et Polly Callaghan. Ne t'y mets pas !

A cet instant, Rosemary entra dans la boutique afin de jeter un œil aux chapeaux, et elles durent abandonner le sujet. La jeune femme avait été invitée à un mariage dans le grand monde ; à présent, elle devait sérieusement songer à trouver un mari. Elle voulait porter un chapeau qui volerait la vedette à la mariée.

— La pauvre femme ! s'exclama Ria.

— Eh oui, la vie est dure, rétorqua Rosemary.

Le bébé devait naître la première semaine d'octobre.

— Il sera Balance ; c'est un bon signe astrologique, déclara Gertie.

— Tu n'y crois pas vraiment ?

— Mais bien sûr que si.

Ria éclata de rire.

— Tu es pire que ma sœur Hilary. Ses amies et elle ont dépensé une véritable fortune chez une voyante qui vivait dans une caravane. Elles ont pris à la lettre tout ce qui sortait de sa bouche.

— Où est-elle ? Allons la voir.

— N'y compte pas.

— Elle te dira peut-être si c'est une fille ou un garçon.

— Je n'ai pas envie de le savoir à ce point.

— Allons ! Et nous demanderons à Rosemary de nous accompagner. Que pourra-t-elle bien nous dire ?

— Elle m'annoncera que je suis enceinte, parce qu'elle l'aura deviné en regardant mon ventre ; que tu sors avec un homme qui ne peut s'empêcher de jouer des poings, parce qu'elle l'aura lu sur ton visage. Et que Rosemary va épouser un homme riche, parce que cela saute aux yeux. Et nous l'aurons payée pour rien.

— Je t'en prie, implora Gertie. Ce sera amusant.

Le visage de Mrs Connor était maigre et fiévreux. Elle ne ressemblait nullement à une femme qui récolte des montagnes de billets de cinq et de dix livres en échange de bribes d'informations concernant l'avenir ; elle avait simplement l'air d'en avoir trop vu. Peut-être n'était-ce qu'une mise en scène, songea Ria en s'asseyant et en tendant la main.

Le bébé serait une fille, une fille en parfaite santé, et un garçon lui succéderait dans quelques années.

— Je n'en aurai pas trois ? s'étonna Ria. J'ai trois petites lignes ici.

— Non, l'une de ces lignes n'indique pas la naissance d'un enfant. Ce sera peut-être une fausse couche, je ne sais pas.

— Et les affaires de mon mari, seront-elles prospères ?

— Il faudrait que je voie sa main pour vous le dire. Mais les vôtres marcheront bien. Et je vois des voyages : vous traverserez l'océan. Oui, de nombreux voyages.

Ria pouffa intérieurement. Elle avait dépensé vingt livres en pure perte, et le bébé serait sans doute un garçon. Elle se demanda comment cela s'était passé pour les deux autres.

— Eh bien, Gertie, que t'a-t-elle dit ?

— Pas grand-chose, tu avais raison. Elle n'a vraiment aucun don.

Ria et Rosemary échangèrent un regard. Désormais cette dernière connaissait Jack et était au courant des problèmes.

— J'imagine qu'elle t'a conseillé de quitter ton ténébreux hidalgo, déclara-t-elle.

— Ne sois pas méchante, Rosemary, elle ne m'a pas dit ça, répliqua Gertie d'une voix tremblante.

— Je suis désolée.

Il y eut un instant de silence.

— Et toi, Rosemary ? demanda Ria, dans l'espoir de détendre l'atmosphère.

— Elle m'a raconté des sornettes, rien de ce que j'avais envie de savoir.

— Pas de mari en vue ?

— Non, mais toute une avalanche de problèmes. Inutile que je vous ennuie avec ça.

Elle retomba dans le silence et se concentra sur le trafic. L'aventure n'avait pas été une réussite.

— Je vous avais bien dit qu'il ne fallait pas y aller, lança Ria.

Aucune de ses deux amies ne répondit.

Barney McCarthy leur rendait fréquemment visite. Ria apprit qu'il avait deux filles adultes qui étaient mariées et habitaient de grandes villas modernes sur la côte. Barney affirmait qu'aucune des deux maisons n'avait le cachet de Tara Road, mais les jeunes femmes avaient insisté : elles voulaient vivre dans des maisons où il n'y avait pas la moindre trace d'humidité. Elles n'éprouvaient aucun plaisir à fréquenter les salles des enchères et les marchés aux puces pour y dénicher des merveilles. Tout ce qu'elles appréciaient, c'était des lignes de meubles flambant neufs, des cuisines équipées et des placards intégrés livrés à domicile. Il en parlait avec résignation ; elles étaient ainsi, voilà tout.

— A l'entendre, on dirait que c'est lui qui paie tout cela, remarqua Ria.

— C'est probablement le cas. Leurs maris ne dépensent pas beaucoup d'énergie. Le seul effort qu'ils aient jamais accompli, c'était pour épouser des femmes riches.

— Ils sont sympathiques ?

— Pas vraiment. Pas avec moi, en tout cas. Mais ils n'ont aucune raison de l'être ; ils ne travaillent pas avec Barney, eux. Ils m'en veulent terriblement.

— Cela ne t'ennuie pas ?

Danny haussa les épaules.

— Pourquoi cela m'ennuierait-il ? Ecoute... Barney nous a trouvé un merveilleux pare-feu et des tisonniers dans la villa que son équipe est en train de démolir. Selon lui, ils sont d'époque victorienne ; le pare-feu atteindrait deux cents livres dans une vente aux enchères.

— Pourquoi en héritons-nous gratuitement ? demanda Ria.

— Parce que n'importe qui d'autre n'y verrait qu'un tas de vieille ferraille. Ils iraient à la décharge. Ce salon commence vraiment à avoir de l'allure !

Il avait raison, la pièce était méconnaissable, désormais. Ria se demandait souvent ce que penserait le vieux Sean s'il voyait ce qu'était devenu le vieux salon délabré qui lui servait jadis d'entrepôt. Malgré tous leurs efforts, ils n'avaient pas trouvé le tapis dont rêvait Danny, mais ils avaient découvert une merveilleuse table. Le catalogue la décrivait comme une « table de petit déjeuner avec trépied en acajou ». C'était exactement ce dont ils avaient besoin pour cette pièce. Ils en discutèrent longuement. Serait-elle trop petite ? Devraient-ils plutôt choisir une vraie table à dîner ? Mais elle pouvait aisément accueillir quatre personnes, voire six si nécessaire. Au fil du temps, Ria et Danny recevraient toujours davantage.

Ria affirmait qu'elle avait perdu tout contact avec la réalité.

— Jamais je n'aurais imaginé que nous aurions une villa comme celle-ci, Danny !

D'un geste large, elle balayait les pièces immenses.

— Et que nous aurions un jour un salon aussi superbe. Qui sait, nous finirons peut-être par avoir une table à manger de douze personnes et un majordome !

Ils éclatèrent de rire et s'enlacèrent.

Non seulement Danny Lynch, né dans une ferme délabrée en pleine campagne, et Ria Johnson, qui avait grandi dans une cité peu huppée, logeaient à présent comme des gentilshommes dans une grande résidence de Tara Road, mais ils s'interrogeaient sur le genre de table qu'il fallait acheter pour le salon.

Le jour où la table ronde fut livrée, ils emportèrent deux chaises de cuisine et un vase de fleurs au salon et s'assirent l'un en face de l'autre, se tenant la main. C'était une chaude soirée et la porte de l'entrée était ouverte ; quand Barney

McCarthy arriva, il resta quelques instants immobile, les observant assis là, tout à leur bonheur.

— Cela me réchauffe le cœur de vous voir ainsi, déclara-t-il.

Et Ria comprit que ses gendres devaient effectivement détester Danny, celui que Barney préférait et qui semblait bel et bien être l'héritier en titre.

Barney déclara que le jeune couple avait besoin d'une voiture. Ils entreprirent de consulter les petites annonces afin de trouver un véhicule d'occasion.

— Je voulais dire une voiture de société, corrigea Barney.

Et il leur en offrit une neuve.

— J'ai vraiment peur de la montrer à Hilary, déclara Ria en tapotant les housses de cuir toutes neuves.

— Laisse-moi deviner... Elle va te dire qu'un véhicule commence à perdre de sa valeur au moment précis où on tourne la clef de contact, plaisanta Danny.

— Et ma mère ajoutera qu'il y avait une voiture comme celle-ci dans Coronation Street ou je ne sais quelle autre série. Je me demande ce que diraient tes parents...

Danny réfléchit un instant.

— Ils s'inquiéteraient. Ça leur semblerait trop beau. Ils seraient obligés d'enfiler leur manteau et d'emmener le chien en promenade.

Il paraissait empli de tristesse, mais également de résignation ; les gens ne changeaient jamais.

— Avec le temps, ils deviendront plus optimistes, lui promit Ria. Nous n'allons pas renoncer.

Elle eut le sentiment de s'exprimer comme Gertie, qui, contre vents et marées, se refusait à abandonner Jack. De fait, son amie portait désormais une bague de fiançailles et allait bientôt se marier. Cela donnerait au jeune homme plus de confiance en lui, affirmait-elle.

Un dimanche, les McCarthy les invitèrent à déjeuner. Il ne s'agissait pas d'une grande réception ; cette fois-ci, il n'y aurait qu'eux quatre. Barney et Danny discutèrent terrains et bâtiments durant tout le repas, et les deux femmes parlèrent du bébé.

— J'ai réfléchi à votre conseil. Je crois que je vais rester à la maison et m'occuper de lui, déclara Ria.

— Ses grands-mères pourront-elles vous aider un peu ?

— Non, pas vraiment. Ma mère travaille et les parents de Danny habitent à la campagne, à des kilomètres d'ici.

— Mais ils viendront voir le bébé, bien sûr ?

— J'espère. Ils sont très réservés, vous savez ; ils ne ressemblent pas du tout à Danny.

Mona hocha la tête comme si elle comprenait parfaitement.

— Ils changeront à la naissance du bébé.

— Avez-vous vécu la même expérience ?

On pouvait poser n'importe quelle question à Mona ; cela ne l'ennuyait jamais d'évoquer ses origines modestes.

— Oui, Barney était très différent du reste de sa famille. Je crois que ses parents ne comprenaient pas pourquoi il était si ambitieux. Eux ne faisaient pas grand-chose ; toute sa vie, son père s'est contenté d'être cuisinier pour une entreprise de construction. Mais ils aimaient beaucoup que nous leur amenions les enfants le week-end. J'étais épuisée et je m'en serais volontiers passée. Ils n'ont jamais su pourquoi Barney travaillait si dur, et ils n'ont jamais compris son sens des affaires. Mais en ce qui concernait les petits-enfants, c'était différent. Ce sera peut-être la même chose dans votre cas.

Ria aurait aimé que cette femme au grand cœur n'ait pas pour rivale la séduisante Polly Callaghan. Elle se demanda pour la centième fois si Mona connaissait la liaison de son mari. A Dublin, presque tout le monde était au courant.

Danny devait se rendre à Londres avec Barney. Ria le conduisit à l'aéroport. A l'instant même où elle lui disait au revoir, elle vit l'élégante silhouette de Polly descendre d'un taxi. Ria détourna délibérément les yeux.

Mais Polly n'avait que faire de telles délicatesses ; elle se dirigea tout droit vers le jeune couple.

— Voici donc votre nouvelle voiture. Elle est splendide !

— Oh, bonjour, Mrs Callaghan. Danny, je n'ai pas le droit de rester garée là, il faut que je m'en aille. De toute façon, je dois retourner travailler.

— Je garderai l'œil sur lui, Ria. Je l'empêcherai d'être distrait par une ravissante petite Londonienne.

— Merci, répliqua Ria d'une voix étranglée.

— Venez, Danny. Le grand patron a les billets d'avion ; il ne va pas tarder à s'impatienter.

Et ils s'en allèrent.

Ria songea à Mona, qui avait emmené les enfants de Barney voir leurs grands-parents chaque week-end, même quand elle était épuisée d'avoir travaillé toute la semaine.

La vie était tellement injuste.

Ria cessa de travailler une semaine avant la date prévue de l'accouchement. Tous ces gens qu'elle ne connaissait même pas l'année précédente étaient aux petits soins pour elle. Barney décréta que Danny devait rester aux environs de Dublin, et non voyager à travers le pays, pour se trouver à proximité au moment de la naissance. L'épouse de Barney déclara qu'il était inutile qu'ils dépensent leur argent en berceau et en poussette ; elle avait conservé tout ce qu'il fallait pour accueillir des petits-enfants, mais leurs filles n'avaient pas encore de bébés.

La maîtresse de Barney annonça que Ria pourrait disposer d'un emploi à mi-temps après la naissance si elle le souhaitait, et elle lui offrit une superbe robe de chambre rose et noir pour l'hôpital.

Rosemary, qui venait de se voir confier la direction d'une branche plus importante de l'imprimerie, lui rendait visite de temps à autre.

— Je ne peux pas t'être d'une grande aide pour les contractions et la perte des eaux, déclara-t-elle d'un ton d'excuse. Je n'ai aucune expérience dans ce domaine.

— Moi non plus, murmura piteusement Ria. Et pourtant je vais devoir vivre tout cela.

— Il fallait y penser avant, répliqua Rosemary en riant.

Danny assiste-t-il aux cours de préparation avec toi ? Je n'arrive pas à l'imaginer...

— Oui, il est vraiment merveilleux. C'est absurde mais c'est aussi très stimulant ; je crois que ça lui plaît, d'une certaine façon.

— Bien sûr que oui. Et tu lui plairas de nouveau, toi aussi, lorsque tu auras retrouvé ta ligne de jeune fille.

Rosemary, fine et élancée, portait un tailleur-pantalon rouge très ajusté. Elle essaie seulement de me rassurer, songea Ria. Elle avait cependant le sentiment d'être énorme et elle se sentit troublée.

C'était également le cas lorsque la ravissante Orla venait la voir, ce qui aurait d'ailleurs fortement déplu aux directeurs de l'agence s'ils l'avaient su. Et sa mère lui rendait visite, elle aussi, la submergeant de conseils et de mises en garde. Seule Hilary ne vint pas. Elle enviait tellement la villa de Tara Road qu'il lui était douloureux d'en franchir le seuil et de constater les aménagements qui lui étaient apportés. Ria s'était efforcée d'intéresser sa sœur aux ventes aux enchères, mais en vain. Hilary éprouvait tant de mécontentement en comparant la taille de sa maison à celle de Ria que ces sorties se terminaient par un drame. L'indignation de Hilary gâcha presque la merveilleuse journée où Ria découvrit l'immense buffet.

— C'est tellement injuste ! protesta sa sœur. Parce que tu as une immense pièce vide, tu peux acheter des meubles magnifiques pour une bouchée de pain. Personne d'autre n'en veut pour la simple raison que personne n'habite une aussi grande maison.

— Et alors, nous avons de la chance, non ? répliqua Ria, stupéfaite.

— Mais tu vas acheter ce buffet pour une misère...

— Chut, Hilary, la mise à prix va commencer dans une minute. Il faut que je me concentre. Danny m'a dit que nous pouvions aller jusqu'à trois cents livres. A son avis, il en vaut huit cents.

— Tu vas payer trois cents livres un meuble destiné à un

salon où tu ne mets jamais les pieds. Tu es complètement folle.

— Hilary, je t'en prie, les gens nous regardent.

— Que veux-tu que ça me fasse ? Et puis, il risque de grouiller de termites.

— Non, je l'ai bien regardé.

— Crois-moi, c'est absurde.

Les enchères commencèrent. Le meuble n'intéressait personne. Un antiquaire que Ria connaissait de vue le disputait mollement au propriétaire d'un magasin de meubles d'occasion ; mais ils auraient les mêmes difficultés pour le revendre. Qui disposerait de suffisamment de place pour l'acheter ?

— Cent cinquante livres, lança Ria d'une voix ferme et sonore.

Les deux hommes surenchérirent pendant une minute ou deux, puis abandonnèrent la partie. Ria était entrée en possession du buffet victorien pour cent quatre-vingts livres.

— N'est-ce pas merveilleux ? s'exclama-t-elle.

Mais elle ne perçut aucune approbation sur le visage de sa sœur, seulement une terrible déception.

— Ecoute, Hilary, je viens d'économiser cent vingt livres. Pourquoi ne pas fêter ça ? Y a-t-il quelque chose qui vous ferait plaisir à Martin et à toi ? Choisis, et nous enchérirons.

— Non, merci, répliqua sa sœur d'une voix cinglante.

Ria songea à la joie qui envahirait Tara Road quand elle apprendrait à Danny la bonne nouvelle concernant le buffet. Elle ne pouvait supporter de songer que son unique sœur allait retrouver son minuscule pavillon et son mari triste et ennuyeux. Mais elle savait qu'elle ne pouvait rien y changer. Elle aurait aimé rester et dépenser cinquante livres pour acheter un service à verres ; il y avait là un ou deux carafons qui seraient sans doute vendus à bas prix. Mais Hilary ne manquerait pas de lui rappeler qu'elles avaient grandi entourées de pots de sauce tomate et de mayonnaise, et non de carafons de cristal. Tout le plaisir de Ria en serait gâché.

— Allons-nous-en, Hilary, murmura-t-elle.

Depuis ce jour-là, sa sœur n'était pas revenue lui rendre visite. C'était une attitude puérile et blessante, mais Ria avait le sentiment d'être tellement privilégiée qu'elle pouvait se permettre d'être indulgente. Elle avait envie de bavarder avec sa sœur comme elles le faisaient autrefois, avant que leurs styles de vie si différents ne dressent une barrière entre elles.

Danny avait prévu de rester tard au bureau, et cinq jours séparaient encore Ria de l'accouchement. Elle décida de rendre visite à Hilary. Peu lui importaient les remarques déplaisantes que sa sœur n'allait pas manquer de lui faire au sujet de la somptueuse voiture. Elle voulait lui parler.

Martin s'était rendu à une réunion de copropriétaires. Hilary paraissait fatiguée et morose.

— Oh, c'est toi, marmonna-t-elle en voyant Ria.

Levant les yeux, elle aperçut la voiture garée près du portail.

— J'espère qu'elle aura encore ses roues quand tu partiras, ajouta-t-elle.

— Puis-je entrer, Hilary ?

— Bien sûr.

— Nous ne sommes pas fâchées, si ?

— Que veux-tu dire ?

— Tu ne viens plus jamais me rendre visite. Je t'ai si souvent invitée que ça en devient gênant. Tu n'es jamais là quand je vais chez maman. Tu n'as pas un seul mot gentil pour moi. Nous étions amies, autrefois. Que s'est-il passé ?

Le visage de Hilary était boudeur comme celui d'une enfant.

— Tu n'as plus besoin d'avoir des amies.

— Comment peux-tu dire une chose pareille ? répliqua Ria. Je suis terrifiée à l'idée d'accoucher. Il paraît que c'est terrible et qu'aucune femme ne veut l'admettre. J'ai peur de ne pas être capable de m'occuper du bébé, et j'ai peur que Danny ait été trop ambitieux et que nous perdions tout. Parfois aussi, j'ai peur qu'il cesse de m'aimer si je commence à me plaindre... et toi, tu oses me dire que je n'ai pas besoin d'une amie !

Subitement, tout changea. L'expression boudeuse de Hilary disparut.

— Je vais faire du thé, déclara-t-elle.

Orla sonna à la porte de la villa de Tara Road. L'un des locataires lui annonça que le couple était absent. Danny était probablement au bureau, Ria était sortie en voiture. La jeune femme décida de rendre visite à Danny à l'agence. Elle avait bu quelques verres après la sortie du bureau ; elle n'avait aucune envie de rentrer chez elle. Peut-être Danny accepterait-il d'aller prendre un verre... Il était tellement séduisant.

Nora parcourut la lettre pour la troisième fois. Le magasin dans lequel elle était employée allait être vendu. Le courrier expliquait cette décision par les nouvelles exigences des consommateurs et en exprimait des regrets. Mais la conclusion finale était qu'au début du mois de novembre elle se retrouverait sans travail.

Rosemary adressa un sourire à l'homme assis en face d'elle. C'était un important client de l'imprimerie. Il lui avait déjà proposé plusieurs fois de l'inviter et ce soir, elle avait accepté. Ils dînaient en tête à tête dans un luxueux restaurant. La société imprimait à son intention une brochure en couleur destinée à faire la publicité d'une manifestation caritative sponsorisée par des hommes d'affaires. Ce serait une excellente référence qui permettrait à d'autres d'admirer le travail de la compagnie. Rosemary avait consacré beaucoup de temps et d'énergie à s'assurer que la brochure serait parfaite.

— Avez-vous la liste complète de vos sponsors ?

— Elle est à mon hôtel.

— Mais vous ne dormez pas à l'hôtel, répliqua Rosemary, étonnée. Vous vivez à Dublin.

— C'est vrai, déclara-t-il avec un sourire plein d'assurance. Mais ce soir, j'ai une chambre d'hôtel.

Il leva son verre, et Rosemary l'imita.

— Quelle folie, remarqua-t-elle.

— Vous méritez ce qu'il y a de mieux.

— Je voulais dire que c'était une folie de ne pas vous être assuré d'abord que vous en auriez l'usage.

Il se mit à rire, persuadé qu'elle ne pouvait s'empêcher d'admirer son geste.

— J'avais l'intuition que vous viendriez dîner avec moi et que nous finirions la soirée en prenant un verre à mon hôtel.

— Et vous aviez raison sur le premier point. Merci pour ce merveilleux dîner.

Elle se leva pour prendre congé.

Il était stupéfait.

— Qu'est-ce qui vous permet de m'aguicher ainsi, puis de me repousser ?

D'une voix claire, parfaitement audible des tables voisines, Rosemary déclara :

— Je ne vous ai pas aguiché. Vous m'avez invitée à dîner pour discuter affaires et j'ai accepté. Il n'a jamais été question que je vous raccompagne à votre hôtel. Nous n'avons pas besoin de votre argent à ce point-là.

Elle sortit du restaurant la tête haute, avec toute l'assurance que lui apportait le fait d'avoir vingt-trois ans, d'être blonde et belle.

— Je n'avais pas l'intention de me montrer aussi distante, expliqua Hilary. Mais tu as tout ce que tu désires, Ria, absolument tout... Un mari qui ressemble à une vedette de cinéma... Maman dit même qu'il est trop séduisant...

— Qu'est-ce que maman connaît aux hommes ?

— Et puis cette villa, cette luxueuse voiture garée dehors... Tu sors, tu rencontres des célébrités... Comment étais-je censée savoir que tu avais besoin de quelqu'un comme moi ?

A l'instant précis où Ria s'apprêtait à répondre, elle éprouva le premier élancement de douleur qu'elle n'attendait que la semaine suivante. Le bébé était en route.

Gertie était allée acheter des *fish-and-chips*. Elle posa le paquet sur la table de la cuisine et sortit du four les assiettes qu'elle y avait mises à réchauffer. Elle avait préparé un plateau avec de la sauce tomate, des fourchettes, des couteaux et des serviettes.

Elle n'avait pas deviné la mauvaise humeur de Jack. Du bras, il balaya le paquet posé sur la table.

— Tu n'es qu'une traînée ! hurla-t-il. Tu n'as pas ta place dans la maison d'un honnête homme. Une femme incapable de préparer le dîner elle-même, qui doit aller l'acheter chez le traiteur !

— Oh, non ! Jack, je t'en prie, je t'en prie ! gémit Gertie.

Il s'était emparé de l'objet qui se trouvait le plus près de lui. Par malheur, il s'agissait d'une lourde brosse à récurer munie d'une longue poignée en bois.

Quand Martin rentra de la réunion des copropriétaires, le fils des voisins l'attendait pour lui annoncer la nouvelle :

— Le bébé va naître ! s'exclama-t-il. Votre femme ne savait pas conduire, alors c'est mon père qui les a emmenées à l'hôpital. Vous avez tout manqué !

Personne ne put trouver Danny. Il n'était pas à la villa de Tara Road, et il n'était pas au bureau. Ria donna à Hilary le numéro de Barney, mais Mona répondit que son mari n'était pas là et qu'elle n'avait pas vu Danny. Il lui avait toujours promis d'être là au moment de l'accouchement ; ils en avaient souvent parlé.

Ria voulait qu'il soit auprès d'elle.

— Danny ! hurla-t-elle, les yeux clos.

Il avait si souvent répété qu'il assisterait à la naissance. Où pouvait-il bien être ?

Quand Orla était arrivée, Danny se préparait à quitter le bureau. La jeune fille était ravissante, mais il était évident qu'elle avait du mal à articuler. Danny n'avait aucune envie de bavarder mais il n'avait pas pour habitude de se montrer grossier.

— Veux-tu aller boire un verre au pub ? demanda Orla.

— Non, ma belle. Je suis vanné, répondit-il.

— Cela te réveillerait. Allons, viens !

— Pas ce soir, Orla.

— Y aurait-il un meilleur moment que celui-ci ?

Elle humecta ses lèvres et lui sourit.

Il pouvait s'en aller sur-le-champ au risque de subir une scène, ou bien lui offrir un verre de la bouteille de whisky destinée aux visites de Barney.

— Alors un petit whisky, Orla. Mais tu as trois minutes pour le boire, après quoi nous partirons tous les deux.

Orla crut qu'elle avait gagné. Elle s'assit sur le bureau, jambes croisées, tandis que Danny se dirigeait vers le placard et en sortait la bouteille. A cet instant précis, le téléphone sonna.

— Oh, ne réponds pas, Danny. C'est sûrement pour le travail.

— Pas à cette heure-ci, répliqua-t-il en décrochant le combiné.

— Danny, êtes-vous seul ? C'est Polly Callaghan à l'appareil. C'est très important.

— Je ne suis pas seul, non.

— Pouvez-vous vous libérer ?

— Cela me prendra quelques minutes.

— Je n'ai pas le temps... Ecoutez-moi.

— Oui.

— Avez-vous votre voiture ?

— Non.

— Barney est ici. Il souffre de douleurs dans la poitrine. Je ne peux pas faire venir l'ambulance chez moi ; je voudrais leur donner votre adresse.

— Oui, bien sûr.

— Mais je ne sais pas comment l'emmener chez vous.

— Je vais vous appeler un taxi.

A cet instant s'éleva la voix pétulante d'Orla :

— Danny, raccroche, viens ici !

— Et vous vous débarrasserez de votre compagne ?

— Oui, répondit-il d'un ton sec.

Et il fit preuve d'encore plus de sécheresse avec Orla.

— Je suis désolé, ma belle. Il n'est plus question de prendre ce whisky... Je dois m'occuper de quelque chose.

— Tu ne peux pas m'appeler « ma belle » et me demander de partir ! protesta-t-elle.

Danny la poussa vers la porte, puis il enfila sa veste tout en composant le numéro de l'hôpital.

Elle l'entendit donner l'adresse de Tara Road.

— Est-ce que quelqu'un est malade ? Le bébé est-il en route ? demanda-t-elle, effrayée par l'intensité de sa voix.

— Au revoir, Orla, lança-t-il.

Elle le vit s'élancer dans la rue et héler un taxi.

Barney avait le teint grisâtre. Il était assis dans un fauteuil près du lit ; Polly avait vainement essayé de l'habiller.

— Inutile de lui mettre sa cravate, s'exclama Danny. Allez appeler le chauffeur du taxi... Il va falloir qu'il m'aide à lui faire descendre l'escalier.

Polly hésita une seconde.

— Barney déteste qu'on soit au courant de ses affaires, vous savez...

— C'est un chauffeur de taxi, Polly, pas la police des mœurs ! Il faut que Barney arrive au plus vite chez moi.

La main pressée sur la poitrine, Barney souffla :

— Arrêtez de parler de moi comme si je n'étais pas là ! Va chercher le chauffeur de taxi, Polly, aussi rapidement que possible.

Puis, s'adressant à Danny, il ajouta d'une voix douce :

— Merci d'être venu... Merci de t'occuper de ça.

— Tout ira bien.

Danny souleva l'homme avec une aisance et une gentillesse qu'il aurait été incapable de manifester envers son propre père.

— Tu t'occuperas de tout à ma place ?

— Vous le ferez vous-même dans deux jours, répliqua Danny.

— Mais simplement au cas où...

— Bien. Oui, je m'en occuperai, répondit-il pour le rassurer.

A cet instant, le chauffeur de taxi entra dans la pièce. S'il reconnut le visage de Barney McCarthy, il n'en laissa rien paraître. Il se contenta d'aider cet homme corpulent à descendre l'étroit escalier d'un luxueux appartement afin de le conduire jusqu'à une autre adresse où une ambulance viendrait le chercher. Peut-être avait-il deviné la situation, mais il en avait trop vu et il exerçait le métier de chauffeur de taxi depuis trop longtemps pour laisser deviner ses sentiments.

Hilary patientait dans la grande salle d'attente pauvrement meublée du service d'obstétrique. De temps à autre, elle passait quelques coups de fil pour s'efforcer de trouver Danny, mais en vain. Il n'y avait eu aucune réponse non plus quand elle avait appelé leur mère. Cette dernière était pourtant là, assise à la table, relisant sa lettre de licenciement. Mais elle se sentait trop abattue pour décrocher.

— Danny ! hurla Ria juste avant que la tête du bébé n'apparaisse.

L'infirmière lui parlait, mais la jeune femme l'entendait à peine.

— C'est très bien, Ria. Tout est fini. Vous avez une magnifique petite fille.

Ria se sentait plus épuisée qu'elle ne l'avait jamais été. Danny n'avait pas assisté à la naissance de son bébé. La voyante ne s'était pas trompée : c'était bel et bien une petite fille.

Orla avait l'impression que la boisson lui faisait perdre la tête. Non seulement elle se sentait coupable d'avoir tenté de séduire un homme le soir même où sa femme donnait naissance à leur premier enfant, mais la confusion qui régnait dans son esprit l'inquiétait. Elle était certaine que Ria était chez elle ce soir-là, puisqu'elle avait entendu Danny demander qu'une ambulance vienne la chercher à Tara Road. Mais tout le monde affirmait que Ria se trouvait chez sa sœur et que, celle-ci ne sachant pas conduire, elles avaient dû demander à un voisin de les emmener à l'hôpital. Orla en conclut qu'elle souffrait d'hallucinations et d'amnésie. Elle se rendit à sa première réunion des Alcooliques Anonymes.

Ce soir-là, elle rencontra un homme nommé Colm Barry. Il était célibataire, séduisant, et était employé dans une banque. Ses cheveux bruns et bouclés frôlaient son col de chemise ; ses yeux étaient sombres et tristes.

— Vous n'avez pas l'air d'un banquier, remarqua Orla.

— Je n'ai pas l'impression d'être un banquier. Je voudrais être cuisinier.

— Et moi, je n'ai pas l'impression d'être secrétaire dans une agence immobilière. Je voudrais être mannequin ou chanteuse, répliqua-t-elle.

— Rien ne nous empêche de le devenir, n'est-ce pas ? lui demanda-t-il en souriant.

Orla ignorait s'il se moquait d'elle ou s'il faisait preuve de gentillesse, mais peu lui importait. Grâce à lui, ces réunions seraient supportables.

Le soir où Gertie vit Jack saisir la grande brosse à récurer qui aurait pu lui fendre le crâne, elle s'empara d'un couteau et le lui plongea dans le bras. Stupéfaits, ils regardèrent le sang ruisseler sur le paquet de *fish-and-chips* qu'il avait jeté à terre. Puis Gertie ôta sa bague de fiançailles, la posa sur la table, enfila son manteau et quitta l'appartement. D'une cabine téléphonique située au coin de la rue, elle appela la police et leur annonça ce qu'elle venait de faire. Au service des urgences, Jack déclara qu'il s'agissait d'une querelle domestique et qu'il n'avait pas l'intention de porter plainte.

Pendant très longtemps, Gertie refusa de le revoir. Puis à la grande déception de ses amis, elle accepta un rendez-vous. Elle découvrit un homme sobre et assagi. Ils parlèrent longuement et elle se rappela pourquoi elle était tombée amoureuse de lui. Ils demandèrent à deux inconnus d'être leurs témoins et se marièrent un matin, à huit heures, dans une église glaciale. Jack se vit retirer son permis pour conduite en état d'ivresse et perdit son emploi.

Gertie donna sa démission avant d'être renvoyée de chez Polly. Elle était trop souvent absente, elle ne pouvait espérer qu'ils continuent à la compter au nombre de leurs employés. Jack s'imposait des périodes de sobriété qui ne duraient jamais très longtemps. Gertie devint anxieuse et pâle. Elle trouva un emploi dans une laverie, et ils emménagèrent dans un petit appartement situé au-dessus. Cela leur permettait tout juste de joindre les deux bouts.

La mère de Gertie s'était désintéressée de la situation. Elle espérait juste que sa fille aurait de bons amis qui voleraient à son secours quand les temps deviendraient trop difficiles. Il y en avait une, en effet ; c'était Ria Lynch.

Hilary ne pardonna jamais complètement à Danny de ne pas s'être trouvé aux côtés de sa femme ce soir-là. Bien sûr, elle savait qu'il y avait une explication à son absence, des secrets qui ne pouvaient être divulgués, et Ria n'en voulait absolument pas à son mari. Mais seule Hilary avait entendu les cris poussés par sa sœur pendant les longues heures de travail, alors qu'elle l'attendait. Cela renforça sa conviction d'avoir trouvé un excellent mari en la personne de Martin. Il n'était peut-être pas aussi brillant que Danny, et certainement pas aussi séduisant. Mais c'était un homme fiable. Il serait toujours là. Et quand Hilary accoucherait, Martin ne serait pas introuvable. Elle espérait qu'ils auraient des enfants un jour. La voyante s'était trompée en prédisant qu'ils vivraient au milieu d'arbres ; peut-être s'était-elle trompée également en prédisant qu'ils n'auraient pas d'enfants.

Barney se remit de son attaque cardiaque. Chacun répétait qu'il avait eu beaucoup de chance de s'être trouvé en compagnie de Danny, un jeune homme rapide et efficace, qui n'avait pas perdu un instant pour l'emmener à l'hôpital. Désormais, Barney devait se ménager davantage.

Il souhaitait accorder à Danny une place plus importante dans sa société mais se heurta à la réticence inattendue de sa famille. Leur rancœur était parfaitement justifiée, se disait Barney ; de toute évidence, ils redoutaient que Danny et lui ne deviennent trop proches. Il allait devoir se montrer diplomate, leur donner le sentiment qu'il ne s'éloignait pas d'eux.

Il avait parfois le sentiment que ses filles se montraient plus froides avec lui, moins affectueuses. Qu'elles avaient cessé de le soutenir inconditionnellement. Mais Barney ne se permettait pas le luxe de s'interroger sur leur état d'esprit. Les jeunes femmes lui devaient tout. Il s'était éreinté des années durant pour leur permettre d'accomplir des études supérieures et d'accéder à leur situation. Même si elles avaient entendu parler de Polly Callaghan, il était peu probable qu'elles sèment le trouble dans son ménage. Elles savaient qu'il ne quitterait pas Mona, que la famille resterait unie. Il aimait beaucoup la compagnie de Danny mais, afin de ménager les susceptibilités, il allait devoir faire en sorte que leurs rencontres prennent un caractère plus privé.

Dans l'esprit de Nora Johnson, le jour de la naissance de sa petite-fille demeura celui où elle avait appris la perte de son emploi. Elle décida de ne pas en parler à ses filles, pas avant d'avoir tout mis en œuvre pour trouver un autre travail. Mais ce n'était pas facile : durant les premières semaines de l'existence d'Annie, sa grand-mère essuya refus sur refus. Il y avait peu d'opportunités pour une femme de cinquante ans sans qualifications.

Sans grand espoir, elle se présenta à un entretien pour une place de dame de compagnie. Il s'agissait de prendre soin d'une vieille femme logeant dans un petit pavillon attenant à une grande villa, non loin de Tara Road. Les deux femmes se plurent au premier regard. Quand Nora annonça que sa fille habitait Tara Road, la famille lui proposa de partager le logement de la vieille dame. Nora pouvait vendre sa vieille maison, récolter un petit pécule et vivre à quelques rues de sa fille.

Mais qu'en serait-il de sa sécurité et de son avenir ? songea Nora. Où vivrait-elle lorsque la vieille femme dont elle allait s'occuper aurait disparu ? Il fut entendu qu'à ce moment-là elle aurait la priorité sur l'achat du pavillon.

Polly se souvenait bien du jour où la fillette était née, car ce soir-là elle avait cru perdre Barney à jamais. Depuis douze ans — depuis ses vingt-cinq ans —, elle l'aimait sans jamais prendre le temps de s'interroger. Pas une seule fois elle n'avait songé qu'il n'était pas raisonnable de fréquenter un homme qui ne serait jamais libre.

Elle n'avait même pas pensé qu'elle pourrait rencontrer un homme célibataire qui serait enchanté de lui offrir un foyer et une famille. Superbe, intelligente et femme d'affaires accomplie, elle aurait pu attirer de nombreux messieurs. Mais cette idée ne lui avait jamais traversé l'esprit. Elle savait qu'il s'en était fallu de peu, cette nuit-là. Barney était arrivé juste à temps au service des urgences. Il avait désormais accepté de changer de style de vie, de renoncer aux cigarettes et au whisky, de faire davantage d'exercice, de cesser de se conduire comme s'il était immortel. Cela faisait des années que Polly l'incitait à le faire, tandis que sa femme lui proposait des plats riches et une existence oisive.

Il venait enfin de recevoir l'avertissement dont il avait besoin pour changer. Barney n'avait pas atteint la cinquantaine : il avait encore des années devant lui.

Polly était reconnaissante à Danny d'avoir réagi aussi vite. Elle lui était reconnaissante et pourtant elle était déçue. De toute évidence, il se trouvait en compagnie d'une jeune femme lorsqu'elle avait appelé au bureau ce soir-là. Polly l'avait entendue rire. Elle était bien mal placée pour juger un homme ayant une liaison ; mais elle trouvait que Danny était trop jeune pour commencer. Et, ce soir-là, il aurait dû être auprès de sa femme qui mettait leur premier enfant au monde. Mais Polly le prenait avec philosophie ; les hommes étaient ainsi faits.

Rosemary se souvenait très bien du soir où Annie était née. Ce jour-là avait représenté une étape cruciale dans son existence. Tout d'abord, un goujat avait réservé une chambre d'hôtel en croyant qu'elle allait l'y suivre. Et c'était également le jour où elle s'était sentie attirée, à sa grande surprise, par un homme nommé Colm Barry. Il était employé dans une banque non loin de l'imprimerie où elle travaillait. Il l'avait toujours félicitée quant à la façon dont elle gérait ses affaires : contrairement à d'autres employés de banque, il ne prônait jamais la prudence et la retenue, et semblait admirer l'habileté avec laquelle elle développait la société. Il paraissait peu satisfait de son emploi à la banque. Il avait la trentaine, était grand, les cheveux bruns, bouclés et un peu longs. La banque n'aimait pas sa façon de se coiffer, lui dit-il avec satisfaction.

— L'opinion de la banque vous importe-t-elle ? demanda Rosemary.

— Pas le moins du monde. Et vous, tenez-vous compte de l'opinion des autres ?

— Dans le cadre de mon travail, un peu, forcément. Quand les clients voient une jeune femme, ils ont tendance à demander s'ils peuvent parler à un homme. A notre époque ! Je dois donner l'impression d'être sûre de moi. En ce sens-là, leur opinion m'importe. Mais dans les autres domaines, non.

Il était facile de se confier à lui. Certains hommes avaient une façon particulière de vous écouter et de vous regarder, les hommes qui aimaient vraiment les femmes. Danny Lynch, par exemple, songeait Rosemary. Les yeux de Colm semblaient tristes. Mais il lui plaisait. Pourquoi les femmes devraient-elles toujours attendre d'être invitées ? Elle proposa à Colm de dîner avec elle.

— Cela me plairait beaucoup, répondit-il. Malheureusement, je dois assister à une réunion ce soir.

— Allons, Colm. La banque se passera bien de vous pour une fois.

[illegible]

histoire, vous aurez peut-être un peu moins envie de dîner avec moi.

Il semblait désabusé, mais non gêné. Il se préparait simplement à ce qu'elle change d'attitude. Rosemary garda le silence. Juste assez longtemps pour que Colm reprenne la parole.

— Nous savons tous les deux que vous devez trouver un homme... disons un homme d'une autre envergure. Ne perdez pas votre temps avec un employé de banque porté sur l'alcool.

— Vous êtes très cynique.

— Et réaliste. Mais nous pouvons rester en contact.

— Bien sûr, restons en contact, approuva-t-elle.

Mona McCarthy n'oublierait jamais l'endroit où elle se trouvait lorsqu'elle avait appris que Barney avait été admis au service des urgences. Elle était au grenier, où elle cherchait un berceau pour la jeune Ria. Elle venait de recevoir un appel angoissé de Hilary : la jeune femme lui avait annoncé que sa sœur avait eu ses premières contractions et qu'elles cherchaient à joindre Danny. Une demi-heure plus tard, Danny avait téléphoné pour dire que Barney allait bien mais qu'on avait jugé préférable de lui faire subir un électrocardiogramme. Elle pouvait lui rendre visite à l'hôpital dès qu'elle le souhaitait ; il lui envoyait un taxi sur-le-champ.

— Où est-ce arrivé ? Est-ce grave ? demanda Mona.

Danny se montra calme et réconfortant.

— Il était chez moi, à Tara Road ; nous avions passé la soirée à travailler. Tout va bien, Mona. Croyez-moi, il est en pleine forme et m'a chargé de vous dire de ne pas vous inquiéter. Vous le verrez de vos propres yeux quand vous lui rendrez visite.

Elle se sentit rassurée. Danny était un jeune homme extraordinaire : il était parvenu à l'apaiser alors que lui-même devait être paniqué par l'accouchement de sa femme.

— Je suis ravie de savoir que le bébé est en route, Danny. Comment va votre femme ?

— Quoi ?

— La sœur de Ria l'a emmenée à l'hôpital, elle...

— Oh, mon Dieu !

— Danny ?

Il avait déjà raccroché.

Mona se sentit perplexe. Hilary avait affirmé qu'elle n'avait pu joindre Danny chez lui, à Tara Road. Mais le jeune homme venait de prétendre qu'il avait passé la soirée là-bas. C'était très étrange.

Chaque fois que Mona se trouvait confrontée à une énigme, elle se disait qu'elle n'était pas détective et qu'il existait sans doute une explication rationnelle. Puis elle chassait cette pensée de son esprit. Au fil des années, elle s'était aperçue que c'était une excellente façon de régler certains mystères. Et quand Barney fut rétabli, elle ne lui demanda aucun détail concernant le déroulement de cette soirée-là.

Pas plus qu'elle ne lui demandait où il avait dîné quand il rentrait tard ou comment il occupait ses soirées dans les hôtels où il séjournait durant ses voyages. Plusieurs fois, elle avait dû éluder des discussions qui semblaient tendre vers un éclaircissement de ces énigmes, voire une mise au point. Mona était beaucoup plus fine que nombre de gens ne l'imaginaient.

Danny n'oublia jamais sa course éperdue d'un hôpital à l'autre. Il n'oublia jamais non plus l'expression de reproche de sa belle-sœur et la vue de sa fille dans les bras de Ria, épuisée et en larmes.

Il serra sa femme contre lui en sanglotant et prit maladroitement le bébé dans ses bras.

— Je ne pourrai jamais me faire pardonner, mais je peux [illegible]

— A l'entendre parler ainsi de princesses, on ne croirait jamais que nous vivons en république ! le taquinait Ria.

— Mais tout cela ressemble à un conte de fées, répliquait-il.

Et c'était vrai.

Les affaires affluaient. Il fallait travailler dur, mais cela n'effrayait pas Danny. Désormais, Barney se montrait un peu plus discret dans leurs rapports.

Ria était une merveilleuse mère pour la petite Annie. Elle l'emmenait régulièrement rendre visite à ses grands-parents à la campagne. Les parents de Danny en semblaient très touchés. Sa mère tricotait de petits bonnets et son père fabriquait des jouets en bois. Lorsque Danny et ses frères étaient petits, il n'y avait ni bonnets ni jouets.

Danny avait une fillette merveilleuse, une villa dont un homme issu de son milieu et pourvu de son éducation aurait dû se contenter de rêver, et une femme qui l'aimait profondément.

La vie n'aurait pu lui sourire davantage.

Ria n'oublia jamais que Danny n'était pas près d'elle lors de la naissance du bébé, mais elle savait qu'il avait sauvé la vie et la réputation de Barney. Il n'avait aucun moyen de savoir que le bébé naîtrait si tôt. Elle éprouvait des sentiments partagés quant à la protection dont jouissait la double vie de Barney ; elle détestait faire partie des gens qui trompaient son épouse au cœur d'or.

Mais tout cela n'avait qu'une importance bien limitée à côté de l'amour qu'elle vouait au bébé. Ann Hilary Lynch pesait trois kilos cinq cents grammes à la naissance et elle était adorable. Ses yeux immenses contemplaient Ria avec confiance. Elle souriait aux anges alors qu'elle voyageait de bras en bras, un océan de visages ravis penchés au-dessus d'elle, chacun s'imaginant qu'elle lui vouait une tendresse particulière.

Les craintes et les inquiétudes que Ria avait confiées à sa sœur semblaient ne pas être du tout fondées. Elle était parfaitement capable de prendre soin du bébé, et Danny l'aimait de plus en plus. Il était un père attentionné et le cœur de Ria s'emplissait d'amour quand elle le voyait prendre la fillette par la main et l'emmener dans le vaste jardin encore en friche. Ils ne s'en étaient jamais occupés ; il y avait tant à faire, et les journées étaient trop courtes.

En grandissant, Annie devint une fillette pleine de gaieté ; elle avait des cheveux blonds et raides comme ceux de son père, qui lui tombaient sans cesse dans les yeux.

Ria n'avait aucune photo d'elle-même lorsqu'elle était enfant. Elle avait souvent regretté de n'avoir aucun souvenir du temps où elle était bébé, petite fille et adolescente. Mais hormis les photos de sa première communion, de sa confirmation et d'une visite au zoo, sa mère n'avait gardé aucune trace de son enfance. Pour Annie, ce serait différent. Il y aurait des souvenirs de chaque instant, de sa naissance à l'hôpital, de son arrivée triomphante à Tara Road, de son premier Noël à la maison...

Ria prenait également des photographies de la villa. Ainsi, ils garderaient tous les changements en mémoire ; Annie ne grandirait pas en s'imaginant que son foyer avait toujours été aussi luxueux. Sa mère désirait lui montrer qu'en un sens la maison et elle avaient grandi ensemble.

Le jour précédant la livraison du tapis, et le jour où le tapis avait été installé ; le jour où ils avaient enfin déniché le vase japonais dont Danny rêvait depuis toujours ; les immenses tentures de velours qu'il avait aperçues aux fenêtres d'une villa vendue aux enchères par un exécuteur testamentaire. Il savait qu'elles coûteraient une misère : c'était toujours ainsi quand les héritiers n'étaient pas des membres de la famille proche. Ils désiraient seulement que les lieux soient débar- [illegible]

chaque jour un moment dans le salon, la pièce de leurs rêves. Ils se délectaient à dénicher d'autres petits trésors qui y trouvaient leur place. Chaque fois que Danny obtenait une augmentation, ils achetaient quelque chose : de vieux bougeoirs qu'ils transformaient en lampes, des verres en cristal, une horloge française.

Il était absurde de prétendre que cette pièce était destinée à impressionner les visiteurs. Ce n'était nullement un « boudoir », comme Hilary l'appelait avec mépris. Certes, les portraits achetés et accrochés aux murs représentaient les ancêtres d'autres familles, non les leurs. Mais ils n'essayaient de tromper personne ; il s'agissait juste de portraits d'hommes et de femmes qui avaient été oubliés par leurs proches et qui, à présent, reposaient sur les murs de Danny et de Ria.

La jeune femme ne retourna pas travailler ; il semblait tellement plus raisonnable qu'elle reste à la maison. Il fallait toujours emmener ou aller chercher quelqu'un en voiture. Elle passait une journée par semaine à s'occuper de nécessiteux et une matinée à l'hôpital à distraire des enfants qui avaient dû accompagner leurs mères parce que personne d'autre ne pouvait les garder.

Le bureau de Danny n'était pas très loin. Parfois, il rentrait déjeuner ou boire une tasse de café et se détendre un moment. C'était également là que Barney lui rendait visite. Les deux hommes ne se rencontraient plus à l'hôtel comme autrefois. Ria savait ce que Barney mangeait aujourd'hui, et elle lui préparait une salade et du blanc de poulet cuit à la vapeur.

Puis elle laissait les hommes discuter en tête à tête.

En sa présence, Barney McCarthy déclarait souvent d'un ton admiratif :

— Vous avez beaucoup de chance d'avoir une épouse comme Ria, Danny. J'espère que vous le savez.

Danny répondait toujours par l'affirmative, et Ria savait qu'il était sincère. Les craintes absurdes qu'elle avait laissées échapper devant Hilary le jour de la naissance d'Annie n'avaient aucune raison d'être. Non seulement Danny l'aimait, mais l'amour qu'il lui portait croissait au fur et à mesure que s'écoulaient les années.

2

La mère de Rosemary répétait que Ria était une jeune femme bien futée.

— Je ne vois pas pourquoi tu dis ça, protestait Rosemary.

Mais elle savait parfaitement ce qui provoquait l'irritation de sa mère. Ria était mariée, et mariée à un homme pourvu d'une bonne situation. C'était ce que Mrs Ryan aurait souhaité pour sa fille et la déception la poussait à critiquer Ria.

— Eh bien, elle est partie de rien ; elle vivait dans une cité. Et regarde-la aujourd'hui qui fréquente Barney McCarthy et sa femme, et qui habite dans cette grande villa de Tara Road !

Mrs Ryan renifla d'un air désapprobateur.

— Franchement, tu trouves toujours quelque chose à critiquer, mère

[illegible]

tence aussi dorée.

Le père de Rosemary faisait du porte-à-porte et passait toujours plus de temps loin de son foyer où il ne se sentait pas le bienvenu. Ses deux fils et ses deux filles grandirent sans rien savoir de lui, si ce n'est l'amère déception qu'il inspirait à leur mère ; celle-ci s'assurait que ses enfants comprenaient bien qu'il avait failli à ses devoirs.

Mrs Ryan nourrissait de grands espoirs pour ses filles si élégantes. Elle était convaincue qu'elles épouseraient des hommes fortunés et qu'elles lui rendraient son rang dans la grande société dublinoise.

Elle fut amèrement déçue lorsque la sœur de Rosemary, Eileen, lui annonça qu'elle s'installait avec une collègue de travail nommée Stéphanie, qui était également sa maîtresse. Elles étaient lesbiennes et n'avaient nullement l'intention d'en faire mystère. On était dans les années quatre-vingt, et non au Moyen Age. Mrs Ryan pleura durant des semaines, se torturant l'esprit en cherchant quelle erreur elle avait bien pu commettre. Sa fille aînée avait une relation amoureuse avec une femme, et Rosemary semblait incapable de dénicher un mari susceptible d'améliorer leur sort.

Il n'était pas étonnant qu'elle envie la bonne fortune de Ria. Cette dernière avait un mari dont la situation professionnelle était florissante, une villa dans un quartier huppé de Dublin et, grâce au patronage des époux McCarthy, elle était invitée chez les personnalités les plus en vue de la ville.

Dès qu'elle avait pu se le permettre, Rosemary s'était installée dans un petit studio. Il ne régnait aucune gaieté dans l'appartement familial ; la jeune femme rendait cependant visite à sa mère chaque semaine et subissait un sermon.

— Je suis sûre que tu couches avec des hommes, disait Mrs Ryan. Une mère devine ces choses-là. C'est idiot de te comporter comme une fille facile. Pourquoi un homme voudrait-il se marier s'il peut obtenir ce qu'il veut sans s'engager ?

— Mère, ne sois pas ridicule, répliquait Rosemary sans rien confirmer ou nier.

Il n'y avait pas grand-chose à dire sur le sujet. En fait, Rosemary avait couché avec très peu d'hommes ; seulement trois. C'était davantage parce qu'elle était réservée et distante que par vertu ou par ruse.

Elle avait apprécié l'expérience avec un jeune étudiant français, mais l'avait trouvée déplaisante avec un collègue de bureau. Elle était ivre les deux fois où elle avait couché avec un célèbre journaliste après une fête de Noël ; mais il était saoul également et elle n'imaginait pas que cela ait été un succès. Mais elle s'abstint de partager ces détails avec sa mère.

— L'autre jour, j'ai vu Ria sortir de l'hôtel Shelbourne en prenant des airs de mijaurée, déclara Mrs Ryan.

— Pourquoi te déplaît-elle tellement, mère ?

— Je n'ai jamais dit qu'elle me déplaisait, j'ai seulement dit qu'elle s'était bien débrouillée. C'est tout.

— Je crois que c'est un simple hasard, répliqua pensivement la jeune femme. Ria ne savait pas que les choses allaient si bien tourner.

— Ce genre de femme sait toujours ce qu'elle fait. Je suppose qu'elle était enceinte quand elle l'a épousé.

— Je n'en sais rien, mère, répliqua Rosemary avec lassitude.

— Bien sûr que tu le sais. Elle a eu de la chance ; il aurait très bien pu la quitter.

— Ils sont très heureux, mère.

— C'est ce que tu crois.

— Cela te plairait-il de venir dîner chez Quentin la semaine prochaine, mère ?

— Pourquoi ?

— Pour t'égayer un peu. Nous pourrions nous mettre sur

[illegible]

les autres jours, alors cela revient au même.

— Tu déjeunes là-bas toutes les semaines et tu n'as pas encore trouvé de mari ?

Rosemary éclata de rire.

— Je n'y vais pas pour chercher un mari, ce n'est pas le genre de l'endroit. Mais on y voit un autre monde. Allons, accepte, cela te plaira.

Sa mère se laissa convaincre. Elles iraient mercredi. Ce

serait une perspective agréable émaillant une existence qui offrait bien peu de plaisirs.

Une fois chez Quentin, Rosemary désigna à sa mère l'alcôve située à l'écart où déjeunaient les clients souhaitant avoir un peu d'intimité. Un ministre et sa compagne y dînaient souvent. Les hommes d'affaires y emmenaient un employé d'une société concurrente lorsqu'ils avaient l'intention de lui proposer un emploi.

— Je me demande qui s'y trouve aujourd'hui, chuchota sa mère, gagnée par l'entrain de Rosemary.

— J'y jetterai un œil en allant aux lavabos, promit celle-ci.

A une table située près de la vitre, elle aperçut Barney McCarthy et Polly Callaghan. Jamais ils ne prenaient la peine de réserver l'alcôve. Dans le monde des affaires, leur relation était connue de tous. Elle vit également le journaliste qu'elle avait rencontré à deux reprises. Il était en train d'interviewer un écrivain et gribouillait des notes qu'il ne parviendrait sans doute jamais à déchiffrer. Apercevant un animateur de télévision, elle le désigna à sa mère, qui remarqua avec plaisir qu'il était beaucoup plus petit et plus insignifiant qu'à l'écran.

Plus tard, Rosemary se rendit aux toilettes, se trompant délibérément de chemin afin de passer devant la table privée. Elle y jeta un regard discret pour voir qui y déjeunait. Avec un violent choc, elle aperçut Danny et Orla.

— Qui était-ce ? demanda sa mère quand Rosemary revint à table.

— Personne, deux vieux banquiers ou je ne sais qui.

— Des parvenus, persifla sa mère.

— Exactement, répondit Rosemary.

Ria brûlait d'envie de faire à son amie la démonstration de sa nouvelle machine à cappuccino.

— C'est merveilleux, mais je boirai le mien sans sucre et sans crème, répliqua Rosemary en tapotant ses hanches minces.

— Tu as une volonté de fer, dit Ria en lançant à son amie un regard admiratif.

Rosemary était toujours tirée à quatre épingles, même à la fin de la journée, lorsque tout le monde semblait défraîchi.

— C'est Barney McCarthy qui nous l'a offerte ; tu ne peux pas savoir à quel point il est généreux.

— Il doit avoir beaucoup d'estime pour vous.

Rosemary parvint à déployer une serviette de table sur ses genoux juste à temps pour éviter qu'Annie ne pose ses petits doigts poisseux sur sa jupe.

— Danny se tue presque au travail pour lui, bien sûr.

— Bien sûr, répliqua Rosemary d'un ton sec.

— Quand il rentre à la maison, il est si fatigué qu'il s'endort souvent dans son fauteuil avant même que je lui serve à dîner.

— Vraiment ?

— Mais cela en vaut la peine, et il adore son travail, comme toi ; peu t'importe le nombre d'heures que tu y passes pourvu que tu réussisses.

— C'est vrai, mais je m'accorde des moments de liberté. Je m'offre de petites récompenses, je me permets d'aller dans des endroits luxueux.

Un sourire tendre aux lèvres, Ria contempla le fauteuil où [illegible]

le monde considérait comme l'héroïne du jour. Les adolescentes l'enviaient et les enseignants affirmaient qu'il était merveilleux qu'elle n'aille pas se faire avorter en Angleterre. Sa mère allait élever le bébé comme si c'était le sien afin que sa fille puisse reprendre ses études. N'était-ce pas injuste, remarqua Hilary, que certaines femmes puissent tomber enceintes aussi facilement alors que d'autres, mariées et pouvant offrir à un enfant tout ce dont il avait besoin, n'avaient pas cette chance ?

— Je ne me plains pas, ajouta-t-elle, bien qu'elle fît rarement autre chose. Mais il semble que Dieu ait une étrange conception de la façon dont l'espèce humaine doive se perpétuer. Ne penses-tu pas qu'il aurait pu mettre en place quelque chose de plus raisonnable, comme d'obliger les couples à se rendre dans une agence pour prouver qu'ils sont capables d'élever correctement un enfant, plutôt que de permettre à des adolescentes de se faire engrosser dans des garages à vélo ?

— Oui, sans doute, répondit Ria.

— Tu ne peux pas être d'accord, bien sûr. Regarde tout ce que t'a apporté ta grossesse : tu t'es mariée avec un homme qui ressemble à une vedette de cinéma, tu as une maison qui semble sortir tout droit des pages d'un catalogue...

— Vraiment, tu exagères, répliqua sa sœur en éclatant de rire.

Tout en promenant sa petite-fille dans sa poussette le long de Tara Road, Nora faisait connaissance avec les voisins et leurs histoires. Elle s'était rapidement habituée au petit pavillon du numéro 48 de la même rue. Petite, brune, énergique, elle faisait figure d'autorité sur presque tous les sujets. Ria était stupéfaite par tout ce que sa mère avait découvert.

— Il suffit de s'intéresser aux gens, voilà tout, répliquait Nora.

En réalité, comme le savait Ria, il suffisait de se montrer excessivement curieuse et de les questionner sans détour. Sa mère lui parla de la famille Sullivan, qui habitait au numéro 26 ; il était dentiste, elle tenait un magasin. Ils avaient une fille prénommée Kitty, tout juste d'un an plus âgée qu'Annie : ce serait peut-être une bonne camarade de jeu dans quelques années. Elle lui parla de la maison de retraite Sainte-Rita — où elle se rendait de temps à autre. Les personnes âgées adoraient les enfants ; cela leur donnait le sentiment qu'il y avait une continuité dans la vie. Nombre d'entre eux ne voyaient presque jamais leurs petits et arrière-petits-enfants.

Elle apportait ses vêtements à la laverie de Gertie parce que c'était un lieu de rencontre. Elle savait qu'elle pouvait fort bien se servir de la machine à laver de Ria, mais il se passait toujours une foule de choses dans un endroit comme celui-là. Elle affirmait que Jack Brennan méritait d'être pendu et que Gertie devait être tout à la fois une sainte et une folle pour le supporter ainsi. John, leur petit garçon, passait la plus grande partie du temps chez sa grand-mère.

Elle rapporta que la grande maison située à l'angle de la rue, le numéro 1, était en vente. D'après la rumeur, il était possible qu'elle devienne un restaurant. Ils allaient avoir un restaurant à Tara Road même ! Nora espérait que ce serait un lieu pas trop luxueux, où ils pourraient tous se permettre d'aller, mais elle en doutait. Le quartier devenait très chic, remarqua-t-elle d'une voix sombre.

Bientôt, chacun demanda à Nora de garder les enfants, de promener les chiens et de faire du repassage. Elle avait toujours adoré l'odeur des chemises propres, et pourquoi ne pas faire ce qu'elle aimait tout en gagnant un peu d'argent de poche ?

[illegible]

Kelly dans tel film, de celui de Lana Turner dans tel autre.

— Vous me rappelez beaucoup Audrey Hepburn, lui dit-il un jour.

— Sornettes, Danny, répliqua-t-elle d'un ton bref.

— Non, je vous assure. Votre visage a la même forme, et vous avez le même long cou, n'est-ce pas, Ria ?

— Maman a un cou de cygne superbe, c'est vrai. Hilary et moi en avons toujours été jalouses, acquiesça Ria.

— C'est ce que je voulais dire. Vous ressemblez à Audrey Hepburn dans *Diamants sur canapé*.

Nora était ravie mais se gardait bien de le montrer. Danny était un charmeur professionnel ; il ne parviendrait pas à l'amadouer. Elle ne se laisserait pas séduire par ses flatteries. Mais il insista, lui montrant une photographie d'Audrey Hepburn où celle-ci posait le menton appuyé sur sa main.

— Allez-y, prenez la pose ; je vais vous prendre en photo et vous comprendrez ce que je veux dire. Posez votre menton sur votre main, allons, Holly...

— Comment m'appelez-vous ?

— Holly Golightly, l'héroïne que joue Audrey dans le film. Vous vous ressemblez comme deux gouttes d'eau.

De ce jour, il l'appela Holly.

Nora, qui se montrait parfaitement insensible, était en fait totalement sous le charme.

Tous les vendredis matin, Rosemary se rendait à la banque. Les employées étaient admiratives : la jeune femme était toujours sur son trente et un et semblait chaque fois porter une tenue différente. En fait, si on l'observait avec attention, on s'apercevait qu'elle possédait trois vestes impeccablement coupées et une multitude de chemisiers et de foulards de teintes différentes. Et elle dirigeait la société avec une grande habileté. Le propriétaire de l'imprimerie lui laissait carte blanche. C'était Rosemary qui discutait des emprunts destinés à acheter des machines neuves. Ce fut également elle qui parvint à convaincre le directeur de la banque de leur confier l'impression des formulaires de déclaration d'impôts et du calendrier de l'établissement.

Les jeunes employées posaient sur elle un regard chargé d'envie. Elle n'était pas beaucoup plus âgée qu'elles, mais elle jouissait de pouvoirs et de responsabilités considérables. Elle semblait avoir un faible pour Colm Barry, mais c'était impossible. Colm n'était pas du tout le genre d'homme que pouvait convoiter une femme comme Rosemary Ryan. Il n'avait aucune ambition, même dans le cadre de la banque. Il n'avait jamais caché à ses supérieurs qu'il n'appréciait pas l'éthique de la compagnie et qu'il assistait aux réunions des Alcooliques Anonymes. Et ce genre de révélations ne menait pas à la promotion. Même si elle attendait toujours que son guichet soit libre et qu'elle demandait de ses nouvelles lorsqu'il n'était pas là, Rosemary avait certainement envie de fréquenter un homme beaucoup plus ambitieux que Colm Barry.

Un vendredi matin, alors qu'elle faisait la queue, elle eut la stupéfaction d'apercevoir Orla King plongée dans une conversation animée avec Colm Barry. Aux yeux de Rosemary, Orla représentait l'exemple même de la femme ravissante et vulgaire : pull trop moulant, jupe trop courte et talons trop hauts. Pourtant, les hommes n'y voyaient rien de tape-à-l'œil ; ils semblaient même apprécier. Alors qu'Orla s'éloignait, elle aperçut Rosemary et son visage s'éclaira.

— Eh bien, le monde est petit ! Je parlais justement de toi hier, déclara-t-elle.

L'expression de Rosemary était froide et désapprobatrice, mais elle se força à esquisser un sourire courtois. Orla devait savoir qu'elle l'avait aperçue dans l'alcôve, chez Quentin.

— C'étaient des compliments, j'espère ?

— Oui, des compliments mais aussi de la surprise : [illegible]

— Ils doivent avoir des vies bien ternes, répliqua Rosemary.

— Tu sais comment sont les gens. Ils ne pensaient pas à mal.

— Oh, j'en suis certaine.

La voix de la jeune femme était si dédaigneuse que n'importe qui, à l'exception d'Orla, se serait senti gêné.

— Alors, pourquoi, Rosemary ?

— Je n'ai sans doute pas encore trouvé l'homme qu'il me faut, tout comme toi.

Rosemary espéra que sa voix n'était pas aussi glaciale qu'elle en avait l'impression.

— Oh, mais je ne suis pas une fille sérieuse. Toi, tu es une femme raisonnable.

— Nous avons vingt-cinq ans, Orla. Nous avons encore le temps.

— Oui... Mais quelqu'un me disait, et il le disait vraiment pour ton bien, ce n'était pas pour te critiquer ni quoi que ce soit, que tu ferais bien de te dépêcher ; si tu ne te presses pas, les millionnaires vont se mettre à chercher des filles plus jeunes.

Orla éclata gaiement de rire. Elle ne cherchait nullement à vexer. En fait, dire une telle chose à une femme aussi belle que Rosemary signifiait nécessairement qu'il s'agissait d'une plaisanterie qui n'était pas destinée à être prise au sérieux.

Mais le visage de Rosemary était froid. C'était également ce que Danny lui avait dit pour la taquiner quelques jours plus tôt, au cours d'un déjeuner à Tara Road. A ce moment-là, Rosemary n'en avait pas été froissée ; mais elle l'était à présent. Elle était très ennuyée qu'il l'ait répété à Orla la veille au soir, d'autant plus qu'il avait affirmé à Ria qu'il devait travailler avec Barney.

Avec une parfaite insouciance, Orla s'apprêtait à retourner au bureau.

— Au revoir, Colm, à jeudi soir, lança-t-elle.

— J'ai cru comprendre que la charmante Miss King et vous-même aviez rendez-vous, déclara Rosemary à Colm.

— Oui, d'une certaine manière, répondit-il d'un ton évasif.

Rosemary devina qu'il devait s'agir d'une réunion des Alcooliques Anonymes. Les membres de l'association vous disaient qu'ils en faisaient partie, mais ne révélaient jamais le nom des autres participants. En un sens, elle fut contente qu'il ne se soit pas laissé séduire par le pull moulant et la jupe serrée.

— De toute façon, Dublin est une petite ville, n'est-ce pas ? Tout finit toujours par se savoir.

Elle avait prononcé ces mots sans y attacher une grande importance, mais elle vit une expression d'inquiétude s'inscrire sur le visage de Colm.

— Que voulez-vous dire ?

— Simplement que si nous nous trouvions à Londres ou à New York, nous ne connaîtrions pas la moitié des gens qui font la queue ici.

— C'est vrai. Au fait, je m'en vais à la fin du mois.

— Ah oui ? Où êtes-vous muté ?

— Je suis courageux comme un lion : j'ai donné ma démission à la banque.

— En effet, c'est une décision courageuse. Y aura-t-il un pot d'adieu ?

— Non, mais je vais ouvrir un restaurant sur Tara Road. Je vous enverrai une invitation pour la pendaison de crémaillère.

— Je me chargerai d'imprimer ces invitations pour vous ; ce sera mon cadeau, déclara-t-elle.

— Affaire conclue !

Ils échangèrent une chaleureuse poignée de main. Son sourire était très séduisant. Quel dommage qu'il n'ait aucune ambition, songea Rosemary. Il aurait été un compagnon [illegible]

[illegible] Annie voir ses grands-parents ? suggéra Ria.

— Non, mon amour. Ce n'est pas une bonne idée. Je serai occupé à visiter des terrains, à prendre des notes et à rencontrer des propriétaires qui ne pensent qu'à nous escroquer. Nous aurons des rendez-vous toute la journée, et même le soir à l'hôtel.

— Très bien. Mais tu leur rendras visite ?

— Je ne sais pas encore. Tu sais, il est encore plus difficile d'aller quelque part cinq minutes que de ne pas y aller du tout.

Ria n'était pas de cet avis.

— Tu pourrais partir quelques heures plus tôt.

— Je dois faire le voyage avec Barney, ma chérie.

Elle devina qu'il était préférable de ne pas insister.

— Très bien. Quand il fera beau, j'emmènerai Annie les voir ; nous pourrons peut-être y aller ensemble.

— Pardon ? Oui, très bien.

Elle savait qu'il ne l'accompagnerait pas. Il s'était détaché de ses parents depuis longtemps ; ils ne faisaient plus partie de sa vie. Parfois, Danny et l'obsession qu'il vouait à son travail inspiraient à Ria de la perplexité et une légère inquiétude.

— Aimerais-tu m'accompagner à la campagne pour rendre visite aux parents de Danny ? demanda Ria à sa mère.

— Pourquoi pas... Annie ne sera pas malade en voiture ?

— Pas du tout, tu sais bien qu'elle adore ça. Pourrais-tu leur faire une tarte aux pommes ?

— Mais pourquoi ?

— Oh, maman, pour leur faire plaisir, voilà tout. Ils vont passer leur temps à se répandre en excuses, tu les connais. Et si j'apporte trop de choses, ils seront gênés. Si c'est toi qui apportes une tarte aux pommes, c'est différent.

— Tu es vraiment compliquée, Ria. Tu l'as toujours été, répliqua sa mère.

Mais elle fut ravie de faire une tarte et la décora joliment avec des entrelacs de pâte.

Ria avait écrit bien à l'avance pour annoncer leur venue et les époux Lynch les attendaient. Ils furent enchantés de revoir la fillette, et Ria prit une photo qui irait s'ajouter à celles qu'elle avait déjà encadrées pour leur en faire cadeau. En dépit de la réserve qu'ils affichaient, ils feraient partie de la vie et de l'avenir d'Annie. Ria se débrouillerait pour qu'il en soit ainsi. Ils n'avaient jamais vu leur petit-fils, qui vivait en Angleterre. Rich ne leur rendait pas visite. A les en croire, c'était impossible. Ria se demandait pourquoi un homme qui était censé avoir une excellente situation à Londres était dans l'impossibilité de rendre visite à ses parents, au moins une fois, pour leur présenter son fils.

Rosemary était d'avis que Ria devait les laisser maîtres de leurs décisions et s'estimer heureuse de n'avoir pas des beaux-parents trop envahissants. La jeune femme était cependant bien résolue à ce qu'ils fassent partie de la famille.

Comme à l'habitude, ils déjeunèrent de jambon froid, de tomates et de pain sous cellophane.

— Dois-je faire réchauffer la tarte aux pommes ? Qu'en pensez-vous ? demanda Mrs Lynch d'un ton craintif, comme si elle se trouvait confrontée à un problème insurmontable.

Comment ce couple effacé avait-il pu donner naissance à un homme qui voyageait d'un bout à l'autre du pays en compagnie de Barney McCarthy, sûr de lui et autoritaire, discutant avec des hommes d'affaires et de riches familles devant lesquels ses parents auraient ployé le genou ?

— Vous êtes venue par ici il y a quelques semaines et vous ne nous l'avez pas dit, se plaignit le père de Danny.

— Mais non. Danny se trouvait en effet dans la région, mais il a dû rester en permanence avec Barney McCarthy.

[illegible]

— Ah bon, marmonna le père de Danny, se désintéressant de la question.

Ria savait pourquoi la jeune fille s'était trompée : Barney McCarthy était en compagnie de Polly. Elle avait dû confondre les deux hommes.

En septembre 1987, peu avant qu'Annie ne fête ses quatre ans, ils organisèrent une réception dans la villa de Tara Road.

Danny et Ria étaient occupés à dresser la liste des invités et Rosemary se trouvait là, comme souvent.

— N'oubliez pas d'inviter quelques millionnaires pour moi ; j'approche de ma date de péremption, déclara la jeune femme.

— Tu veux plaisanter ! rétorqua Ria en souriant.

— Sérieusement, Barney a-t-il des amis ?

— Non, ce sont tous des requins. Ils ne te plairaient pas du tout, Rosemary, rétorqua Danny en riant.

— Très bien. Qui d'autre se trouve sur la liste ?

— Gertie, déclara Ria.

— Non, protesta Danny.

— Mais si.

— Il est impossible d'organiser une fête sans Gertie, renchérit Rosemary.

— Mais ce fou furieux de Jack va faire irruption pour se battre ou vider une bouteille de whisky, ou les deux.

— Nous nous débrouillerons, ce ne sera pas la première fois, répliqua Ria.

Les locataires seraient là, eux aussi ; ils habitaient Tara Road, de toute façon, et c'étaient de jeunes hommes sympathiques. Hilary et Martin ne viendraient pas, mais tiendraient beaucoup à être invités. La mère de Ria viendrait soi-disant pour une demi-heure, et resterait toute la soirée.

— Barney et Mona, bien sûr, ajouta Ria.

— Non, Barney et Polly, riposta Danny.

Après une brève hésitation, Ria écrivit « Barney et Polly ».

— Jimmy Sullivan, le dentiste, et sa femme, reprit-elle. Et invitons aussi Orla.

Danny et Rosemary froncèrent les sourcils.

— Elle est trop portée sur l'alcool, décréta Rosemary. On ne peut pas lui faire confiance.

— Mais non, elle est inscrite aux Alcooliques Anonymes. Mais elle est parfaitement imprévisible, c'est vrai, acquiesça Danny.

— Oh, je l'aime bien. Elle adore s'amuser.

Ria inscrivit son nom à la suite des autres.

— Nous pourrions aussi inviter Colm Barry, l'homme qui s'apprête à ouvrir un restaurant au coin de la rue.

— Ça ne marchera jamais son truc, remarqua Danny.

— Mais si, dit Rosemary. Je suis en train d'imprimer les invitations pour la première soirée.

— Qui risque fort d'être également la dernière, rétorqua le jeune homme.

Même si elle était de son avis, le mépris avec lequel Danny jugeait Colm irritait Rosemary. Afin de l'ennuyer, elle insista :

— Invite-le quand même, Ria. Il est amoureux d'Orla, comme tous les hommes qui ne voient pas plus loin qu'une paire de seins et de fesses.

Son amie éclata de rire.

— Nous allons nous transformer en agence matrimoniale, lança-t-elle d'une voix gaie.

Rosemary eut envie de la gifler. Ria était tranquillement installée dans son rôle d'épouse : elle vouait à son mari une confiance totale et il ne lui serait jamais venu à l'esprit qu'un homme comme Danny devait attirer de nombreuses femmes. Orla n'était peut-être pas la seule. Mais Ria faisait-elle le moindre effort pour le retenir ? Non. Elle emplissait sa vaste [illegible]

[illegible] fauteuil où il tombait endormi au retour du travail. Elle le contemplait avec adoration tout en organisant cette réception tandis qu'il pavanait dans la cuisine de leur immense villa, tenant son adorable fillette dans ses bras. Il était si sûr de lui qu'il emmenait sa maîtresse à quelques kilomètres de l'endroit où habitaient ses parents. Et sous les yeux de Barney McCarthy. Ria avait raconté en riant à Rosemary que le père de Danny n'avait rien compris, comme d'habitude. Comme il était injuste que certains hommes aient autant de chance !

Ria passa ses journées et ses nuits aux fourneaux pour préparer un véritable banquet. Par deux fois, elle dut refuser les invitations de Mona et prendre garde à ne pas lui dire pourquoi elle était si occupée. Elle détestait se comporter de la sorte envers une femme qui s'était montrée si généreuse. Mais Danny était inflexible ; Polly brûlait d'envie de participer à la réception, et Mona ne devait entendre parler de rien.

La mère de Ria connaissait la situation, mais n'en soufflerait mot. Depuis qu'elle vivait près de chez sa fille, elle lui rendait fréquemment visite et était au courant de tout ce qui se passait au numéro 16 Tara Road. Jamais elle ne venait dîner ou déjeuner ; c'était ainsi qu'on se rendait indésirable, affirmait-elle. Mais elle passait juste avant ou après chaque repas, tournait en rond, faisait tinter ses clefs, annonçait son départ et son prochain passage. Cela aurait été beaucoup plus facile si elle était allée s'asseoir à table avec les autres. Ria le regrettait, mais supportait sa mère sans dire un mot. En outre, il était réconfortant d'avoir près de soi quelqu'un qui était au fait de tout. Comme de la saga McCarthy.

— Ne t'en occupe pas, Ria, lui répétait sa mère. Les hommes comme Barney ont certains besoins, tu sais.

La tolérance et l'indulgence qu'elle manifestait semblaient bien surprenantes. Mais c'était une femme à l'esprit pratique. Un jour, elle avait déclaré à Hilary et Ria qu'elle se serait montrée beaucoup plus conciliante envers son mari s'il avait eu des besoins et les avait satisfaits plutôt que de faire ce qu'il avait fait, c'est-à-dire la priver d'une pension de veuve.

— Nous devons veiller à ce qu'il y ait beaucoup de boissons sans alcool, déclara Ria le matin de la réception.

— Bien sûr, pour les invités comme Orla et Colm qui ont cessé de boire, acquiesça son mari.

— Comment savais-tu qu'elle était membre des Alcooliques Anonymes ?

— Je ne m'en souviens pas. Rosemary ou toi avez dû me le dire.

— Je n'étais pas au courant, mais je n'en parlerai à personne.

— Moi non plus, lui promit Danny.

De fait, Orla, durant cette soirée, manqua aux règles qu'elle s'était imposées. A son arrivée, elle avait surpris Danny et l'épouse qui, à l'entendre, ne signifiait rien à ses yeux tendrement enlacés dans la cuisine. La maison où il affirmait étouffer était décorée, chaleureuse et accueillante, et s'emplirait bientôt de tous leurs amis. Une fillette vêtue d'une robe neuve trottinait de l'un à l'autre. Elle aurait bientôt quatre ans, répétait-elle, et elle était persuadée que c'était sa fête d'anniversaire. Elle se pendait sans cesse à la main de son père. Orla ne s'attendait pas à ce spectacle. Elle pensa qu'elle pouvait se permettre de boire un whisky. Lorsque Colm arriva, elle était déjà ivre.

— Laisse-moi te ramener chez toi, l'implora-t-il.

— Non, je n'ai pas envie qu'on me fasse la morale, répliqua-t-elle, le visage sillonné de larmes.

— Je ne te ferai pas la morale, je resterai près de toi, voilà tout. Tu ferais la même chose si c'était moi.

— Non. Si ta petite amie se comportait mal, je te soutiendrais. Si elle était ici et qu'elle se conduisait comme une sale hypocrite, je boirais un whisky avec toi. Je ne t'infligerais pas un sermon sur la volonté du Tout-Puissant.

— Je n'ai pas de petite amie, plaisanta-t-il sans grande conviction.

— Tu n'as rien, Colm, c'est bien ton problème.

— Peut-être.

— Où est ta sœur ?

— Pourquoi ?

— Parce que c'est la seule personne dont tu te préoccupes. Je suis sûre que tu couches avec elle.

— Orla, à quoi cela sert-il de dire une chose pareille ?

— Tu n'as jamais aimé personne.

— Mais si.

Colm avait conscience de la présence de Rosemary à ses côtés. D'un regard, il quêta son aide.

— Nous devrions peut-être essayer de trouver l'homme dont elle croit être amoureuse ?

— Non, ce serait tout à fait inapproprié, répliqua la jeune femme.

— Mais pourquoi ?

— Parce que c'est notre hôte.

— Oh, je vois, murmura-t-il en grimaçant. Alors, que suggérez-vous ?

— Faisons-lui boire encore quelques verres jusqu'à ce qu'elle perde conscience.

— Je ne peux pas, je ne peux vraiment pas.

— Très bien. Je vais m'en occuper.

— Non.

— Allez-vous-en, Colm. Vous ne m'aidez pas.

— Vous pensez que je suis faible, murmura-t-il.

— Mais bien sûr que non. Puisque vous êtes membre des Alcooliques Anonymes, vous n'êtes pas censé enivrer un autre membre. Je vais m'en occuper.

Immobile, il regarda Rosemary emplir un grand verre de whisky.

— Allons, bois ça, Orla. Demain sera un autre jour. Mais ce soir, tu as besoin d'un verre.

— Je l'aime, sanglota la jeune fille.

— Je sais. Mais c'est un menteur, Orla. Il t'invite à dîner chez Quentin, il t'emmène à l'hôtel à la campagne en compagnie de Barney McCarthy, puis il joue aux époux modèles avec sa femme en face de toi. Ce n'est pas juste.

— Comment sais-tu tout cela ? demanda Orla, bouche bée.

— Tu m'en as toi-même parlé, tu ne t'en souviens pas ?

— Je ne t'en ai jamais parlé. Tu es l'amie de Ria.

— Mais si, Orla. Comment le saurais-je, sinon ?

— Quand t'ai-je raconté... ?

— Il y a déjà longtemps. Ecoute, viens t'asseoir dans ce coin tranquille et nous boirons un verre ensemble.

— Je déteste bavarder avec les femmes dans les soirées.

— Je sais, Orla. Mais juste un petit moment. Puis je demanderai à l'un des sympathiques garçons qui habitent ici de venir discuter avec toi. Ils voulaient tous savoir qui tu étais.

— C'est vrai ?

— Bien sûr. Tu ne devrais pas perdre ton temps avec Danny, c'est un menteur professionnel.

— Tu as raison, Rosemary.

— Bien sûr que j'ai raison.

— J'ai toujours cru que tu étais prétentieuse. Je suis désolée.

— Mais non. Je suis sûre qu'au fond tu m'aimais bien.

Rosemary partit à la recherche des locataires des chambres de bonne.

— Dans le boudoir de l'étage supérieur, il y a une jeune femme qui brûle d'envie de faire votre connaissance. Elle n'arrête pas de demander où sont les séduisants jeunes hommes qu'elle a aperçus à son arrivée.

Colm s'approcha d'elle.

— Vous devriez travailler aux Nations unies, remarqua-t-il.

— Mais je ne vous plais pas ? demanda-t-elle d'une voix sèche.

— J'éprouve trop d'admiration pour vous. Vous me feriez peur.

— Alors vous ne me seriez d'aucun intérêt.

Elle éclata de rire et l'embrassa sur la joue.

— Vous savez, je ne couche pas avec ma sœur, murmura-t-il.

— Je m'en doute... puisque vous avez une liaison avec l'épouse d'un patron de bistrot.

— Comment le savez-vous ? demanda-t-il, stupéfait.

— Je vous avais bien dit que Dublin était une petite ville et que j'étais au courant de tout, répliqua-t-elle en riant.

Le lendemain, Nora déclara que ces jeunes gens d'allure innocente pouvaient ingurgiter une quantité d'alcool tout bonnement stupéfiante. Et l'épisode de la jeune femme totalement ivre qui insultait les invités était incroyable... Elle était allée dans l'une des chambres de bonne… et par un drôle de hasard, quelqu'un avait ouvert la porte et on les avait vus au lit. Danny répliqua qu'il ne trouvait pas ça drôle du tout. Manifestement, Orla avait perdu l'habitude de boire et avait très mal réagi à l'alcool. Elle n'avait pas vraiment voulu coucher avec l'un de ces garçons. Ce n'était pas son genre.

— Oh, allons, Danny. Elle couche avec n'importe qui, tout le monde le savait à l'agence, répliqua Rosemary d'une voix calme.

— Pas moi, dit-il sèchement.

— Je t'assure que si, insista-t-elle avant de citer une demi-douzaine de noms.

— Je croyais t'avoir entendue dire que ce jeune homme sympathique, Colm Barry, était amoureux d'elle, intervint Ria.

— Oh, c'était le cas voici quelque temps, mais pas après sa performance de la nuit dernière, répondit Rosemary d'un ton avisé.

Danny repassa le film de la soirée dans son esprit avec morosité.

— Tu ne t'es pas amusé hier soir ? demanda sa femme en l'observant avec inquiétude.

— Si, bien sûr que si.

Mais il était absent, distrait. Le comportement d'Orla l'avait surpris et effrayé. Barney avait fait preuve d'une froideur surprenante et lui avait demandé de faire sortir la jeune femme aussi rapidement et discrètement que possible. Polly l'avait regardé avec désapprobation, comme s'il ne respectait pas les règles du jeu.

Et ce poltron de Colm Barry ne lui avait été d'aucune aide. Les garçons qui louaient les chambres de bonne étaient intervenus, mais pourquoi avait-il fallu que quelqu'un laisse la porte d'une chambre ouverte ? Seule Rosemary s'était montrée efficace, manipulant les invités comme si elle était au courant de tous leurs secrets. Mais bien sûr, ce ne pouvait être le cas.

Hilary ne put se libérer pour l'anniversaire d'Annie, mais elle vint lui apporter un cadeau quelques semaines plus tard. Aussitôt, elle demanda si le krach boursier avait ruiné Barney.

— Je ne crois pas. Danny ne m'en a pas parlé, répondit Ria avec étonnement.

— Martin affirme que les hommes d'affaires qui gagnent leur argent en Angleterre, comme Barney, l'investissent là-bas et qu'il a dû perdre jusqu'à sa chemise, répliqua Hilary d'une voix sombre.

— C'est impossible, nous l'aurions su, répliqua Ria. Les affaires semblent marcher aussi bien qu'avant, sinon mieux.

— Ah bon, très bien, murmura sa sœur.

Parfois, Ria avait le sentiment que Hilary aurait été heureuse d'apprendre de mauvaises nouvelles. Martin et elle, qui étaient totalement dépourvus d'économies, suivaient les cours de la Bourse avec un tel intérêt !

Durant toute la réception, Gertie s'était montrée silencieuse et vigilante. Jack l'accompagnait, vêtu de son costume du dimanche. Ils avaient engagé une baby-sitter et ne pouvaient rester très tard. Jack buvait du jus d'orange. La sœur de Gertie, Sheila, qui avait émigré aux Etats-Unis, viendrait rendre visite à sa famille pour Noël. Jamais Sheila ou son mari Max n'avaient été informés de la gravité des problèmes de Jack. La jeune femme avait tendance à dépeindre sa vie en Nouvelle-Angleterre sous un jour idyllique. Quand elle revenait dans son pays natal, sa richesse et sa position sociale inspiraient le plus grand respect à sa famille. Jamais il n'avait filtré, ni dans les lettres ni dans les coups de téléphone, que Gertie avait épousé un homme caractériel. La jeune femme espérait que, durant les trois semaines de sa visite, Jack n'aurait pas de rechute.

Elle avait été consternée de voir Orla se conduire aussi mal. Si une aussi jolie fille pouvait perdre tout contrôle sur elle-même, quel espoir y avait-il pour Jack ? Mais contre toute attente, il ne toucha pas à une goutte d'alcool. Il était agité et nerveux, mais sobre. Il y avait bel et bien un Dieu, confia Gertie à son amie Ria en l'aidant à servir une soupe épicée accompagnée de pita.

— Je sais, Gertie, je sais. C'est ce que je me dis chaque fois que je regarde Danny et ma petite Annie.

Gertie tiqua légèrement. Elle avait entendu l'une des filles employées à la laverie raconter que le séduisant Danny Lynch avait une maîtresse, tout comme son patron, Barney McCarthy. Elle souhaitait tellement que ce soit faux qu'elle s'était refusée à l'écouter ou à lui poser des questions.

Barney ne fit jamais allusion à la façon dont Orla s'était comportée durant la réception des époux Lynch. Il était convaincu que Danny avait dû mettre un terme à sa liaison, et ne s'était pas trompé. Le jeune homme appela Orla chez elle pour le lui annoncer sans détour.

— Ne t'imagine pas que tu vas te débarrasser de moi comme ça ! s'exclama-t-elle.

Elle était parvenue à rester sobre après l'affreuse soirée de Tara Road, mais la nouvelle que lui assenait Danny n'allait pas l'aider dans sa résolution.

— Je ne sais pas ce que tu veux dire, répliqua-t-il. Nous connaissions tous les deux la situation ; tu as toujours su que je ne quitterai jamais Ria pour toi. Nous étions d'accord sur le fait que nous pouvions prendre du bon temps sans faire de mal à personne.

— Je n'ai jamais été d'accord, sanglota Orla.

— Mais bien sûr que si.

— Eh bien, ce n'est plus le cas aujourd'hui. Je t'aime. Tu me traites sans aucun respect.

— C'est faux. Si l'un de nous traite l'autre sans respect, c'est plutôt toi. Tu viens chez moi, tu te mets en rogne, tu insultes mon patron et tu couches avec un et peut-être deux de mes locataires au vu et au su de tout le monde. Qui traite l'autre mal, si je puis me permettre ?

— Tu ne vas pas me quitter comme ça, Danny. Je peux encore te causer des ennuis !

— Qui te croirait, Orla ? Après la façon dont tu t'es comportée chez moi, qui croirait que j'ai pu te toucher ?

— Allô, Rosemary ? C'est Orla à l'appareil.
— Bonjour, Orla. Ça va mieux ?
— Oui, je ne me suis pas remise à boire.
— Bien. J'en étais sûre. Je te l'avais dit, n'est-ce pas ?
— Mais oui. En fait, je ne suis pas très douée pour juger les gens. Je ne savais pas que tu étais si gentille.
— Mais si, Orla.
— Non. Je me suis aperçue que Danny était menteur et hypocrite, et je vais aller tout raconter à sa femme.
— Ne fais pas ça, Orla.
— Et pourquoi pas ? Il faut qu'elle le sache.
— Ecoute-moi... Tu viens de me dire que j'étais ton amie, alors écoute le conseil que je vais te donner.
— Très bien.
— Danny est un homme dangereux. Si tu fais ça, il te le fera payer. Il s'arrangera pour que tu sois renvoyée.
— Il ne pourrait pas.
— Bien sûr que si, Orla. Il pourrait raconter à ton directeur que tu as photocopié des documents à son intention, que tu lui as donné des détails concernant des contrats sur le point d'être signés.
— Il ne ferait pas ça ?
— Qu'aurait-il à perdre ? Il n'a rien à craindre de Barney. En revanche, Barney ne te doit aucune faveur après ce que tu lui as dit concernant ce voyage à la campagne.
— Oh, mon Dieu, je lui en ai parlé
— Je le crains, oui.
— Je ne m'en souviens pas.
— C'est bien le problème. Ecoute, crois-moi, je t'ai donné un bon conseil. Tu ne t'attireras que des ennuis si tu vas raconter ton histoire chez les Lynch. Danny s'attaquera à toi sans pitié. Tu connais sa détermination. Tu sais combien il est ambitieux, combien il veut progresser ; il ne te laissera pas te mettre en travers de sa route.
— Alors, à ton avis...
— A mon avis, tu devrais lui dire que tu es d'accord pour prendre des distances. Les hommes aiment entendre ce genre de choses. Accepte de lui laisser un peu de temps.

Une fois qu'il aura compris que tu ne veux lui causer aucun problème, il reviendra vers toi et tout recommencera comme avant.

Rosemary entendit des larmes de gratitude dans la voix d'Orla :

— Ton aide m'est tellement précieuse ! Je ne sais pas pourquoi je croyais que tu étais prétentieuse et méprisante. C'est exactement ce que je vais faire. Bien sûr, il reviendra quand il aura compris que je n'ai pas l'intention de faire de drame.

— Voilà. Evidemment, cela prendra peut-être un peu de temps.

— Combien, à ton avis ?

— Qui sait, avec les hommes ? Peut-être quelques semaines.

— Quelques semaines ? répéta Orla d'un ton horrifié.

— Je sais, mais cela en vaut la peine, non ?

— Tu as raison, murmura la jeune femme avant de raccrocher.

Nora prenait des leçons de bridge. Le jeu la passionnait et elle racontait d'interminables histoires au sujet des subtilités de telle ou telle partie. Elle semblait manifester la même mémoire pour les cartes que pour les vedettes de l'écran.

Ria avait refusé d'apprendre à jouer.

— J'ai vu trop de gens devenir obnubilés par ce jeu, maman. J'ai suffisamment de problèmes comme ça, je n'ai aucune envie de passer cinq heures chaque après-midi à me demander si tous les carreaux ont été tirés ou qui a le sept de pique.

— Ce n'est pas ça du tout ! répliqua sa mère d'un ton moqueur. Tu ne sais pas ce que tu perds. Je vais proposer d'organiser des parties de bridge à Sainte-Rita.

Ce fut un immense succès. Des parties de bridge enfiévrées se déroulèrent dans l'un des salons de la maison de retraite. Il y avait souvent jusqu'à trois tables de joueurs. Nora passait l'après-midi là-bas chaque fois qu'ils avaient besoin d'un quatrième partenaire. Les journées ne lui semblaient jamais suffisamment longues.

Elle ne se contentait pas d'organiser ces parties de bridge ; elle régentait également l'existence des pensionnaires, les conseillait, les cajolait et les houspillait. Elle n'était jamais aussi heureuse que lorsqu'elle édictait des règles et prenait des décisions pour autrui. Y compris pour Ria.

— J'aimerais tant que tu pries sainte Anne, lui dit-elle.

— Oh, maman, sainte Anne n'existe pas, répliqua Ria, exaspérée.

— Bien sûr que si, rétorqua sa mère d'un ton méprisant. Qui était la mère de la Vierge Marie, d'après toi ? Et son mari était saint Joachim. La fête de la sainte Anne est le 28 juillet, et je lui adresse toujours une prière pour toi ce jour-là. Je lui dis qu'au fond tu as bon cœur, et que tu te souviendras qu'il s'agit de ta fête.

— Mais ce n'est pas ma fête. Je m'appelle Ria ou Maria, pas Anne.

— Tu as été baptisée sous le nom d'Anne Maria, et ta fille s'appelle Annie comme la mère de la Sainte Vierge.

— Mais c'est simplement parce que ce nom nous plaisait.

— Tu vois bien ! s'exclama sa mère d'un ton triomphal.

— Mais pourquoi devrais-je la prier, à supposer qu'elle existe ? N'avons-nous pas absolument tout ?

— Tu as besoin d'avoir un autre enfant, déclara sa mère en esquissant une moue. Sainte Anne pourrait exaucer ton vœu. Tu penses peut-être qu'il s'agit d'une simple superstition mais c'est faux, crois-moi.

Ria savait que ce serait tout aussi efficace qu'elle arrête de prendre la pilule. Elle y pensait souvent depuis quelque temps, et elle avait l'intention d'en parler à Danny. Il semblait très préoccupé par ses affaires, mais c'était peut-être le moment d'aborder le sujet.

— Oui, je prierai peut-être sainte Anne, dit-elle gentiment.

— Je savais que tu étais une bonne fille, déclara sa mère.

La sœur de Gertie, Sheila, arriverait bientôt pour les fêtes de Noël.

— Je dois l'inviter à déjeuner ici, déclara Ria.

— Oh, non ! s'exclama Danny. Pas à Noël. N'invite pas cet homme qui va jouer des poings à Noël, je t'en prie.

— Ne dis pas de mal de lui, Danny. Ne s'est-il pas bien conduit pendant la réception ?

— Oui, si tu considères que le fait de se tenir planté dans un coin consiste à bien se conduire.

— Ne parle pas comme un vieux grincheux, ça ne te ressemble pas.

Danny laissa échapper un soupir.

— Ma chérie, tu es toujours en train d'inviter du monde. Nous ne sommes jamais tranquilles.

— Ce n'est pas vrai, protesta-t-elle, blessée.

— Mais si. Aujourd'hui, c'est l'une des rares fois où nous sommes seuls avec Annie. C'est un défilé permanent.

— Comment peux-tu dire cela ? Qui vient ici plus souvent que Barney ? Il passe au moins quatre fois par semaine, un jour avec Polly, le lendemain avec Mona. Ce n'est pas moi qui les invite, si ?

— Non.

— Alors ?

— Alors, ce n'est pas très reposant, voilà tout.

— Dans ce cas, n'invitons pas la sœur de Gertie. C'était simplement une idée en l'air.

— Ecoute... Je ne voulais pas dire...

— Non, tant pis, ce sera plus reposant.

— Ria, viens ici...

Il l'attira vers lui.

— Tu es la pire boudeuse qui soit, s'exclama-t-il en l'embrassant sur le nez. Très bien... Quel jour allons-nous les inviter ?

— Je savais que tu serais raisonnable. Que dis-tu du dimanche qui suivra Noël ?

— Non, nous sommes invités chez les McCarthy. Nous ne pouvons pas manquer ça.

— Très bien. Le lundi, alors. Personne n'aura encore repris le travail. Et si nous invitions aussi ton père et ta mère ?

— Mais pourquoi ?

— Cela leur permettrait d'embrasser Annie, de voir tous les aménagements que nous avons effectués dans la maison, de rencontrer des invités américains...

— Ça ne se passerait pas très bien et honnêtement, je ne crois pas que ça leur plairait, répliqua-t-il.

Ria hésita un instant.

— Très bien, murmura-t-elle enfin.

Après tout, elle avait réussi à inviter la sœur de Gertie.

Sheila et son mari n'étaient pas revenus en Irlande depuis six ans. Depuis le jour de leur mariage. A présent, ils avaient un fils du même âge qu'Annie, Sean. Sheila sembla stupéfaite de voir combien l'Irlande était florissante, les habitants prospères, et quel succès rencontraient les petites entreprises qu'elle voyait ici et là. Quand elle était partie tenter sa chance aux Etats-Unis à l'âge de dix-huit ans, l'Irlande était un pays beaucoup plus pauvre.

— Quand je vois tout ce qui s'est passé en moins de dix ans !

Ria eut le sentiment, tout comme sa sœur Hilary — qui semblait préférer les mauvaises nouvelles aux bonnes —, que Sheila n'était pas vraiment heureuse de voir l'essor pris par l'économie. Elle semblait envieuse de la vie sociale très riche des habitants de Dublin.

— Ce n'est pas du tout ainsi aux Etats-Unis, confia-t-elle la veille du réveillon, alors qu'elles dînaient entre femmes dans le nouveau restaurant de Colm. Je n'en crois pas mes yeux quand je vois ces gens rire et bavarder d'une table à l'autre. Tout a tellement changé depuis mon départ !

Colm avait effectué une série de répétitions, de dîners peu chers où des amis expérimentaient les recettes et l'ambiance du restaurant à un prix très réduit. Ainsi, il pouvait remédier à certains défauts avant l'ouverture officielle du restaurant en mars. La sœur de Colm, belle et discrète, travaillait à ses côtés en qualité de serveuse et d'hôtesse.

— Sois un peu plus souriante, Caroline, l'entendaient-ils recommander de temps à autre.

C'était une jeune femme anxieuse ; peut-être serait-elle incapable de s'occuper d'un restaurant à succès.

Sheila était enchantée. Le jour de Noël, elles avaient prévu d'aller à Grafton Street où allaient se dérouler un grand show et une émission de radio enregistrés en direct. Peut-être même lui demanderait-on son avis sur l'essor de son pays. Rien n'était impossible dans l'Irlande d'aujourd'hui. Il suffisait de voir les amies de Gertie : toutes avaient d'excellents emplois et de superbes villas. Gertie, elle, n'était pas particulièrement riche ; sa laverie se trouvait à l'extrémité la moins chic de Tara Road. Et les projets de son mari Jack, bien qu'il soit sympathique et séduisant, semblaient bien vagues. Mais ils avaient un petit commerce et un garçonnet de deux ans. Et chacun nourrissait une telle confiance en l'avenir ! Le soupir de Sheila ressemblait tant à celui de Hilary que Ria brûlait d'envie de les présenter l'une à l'autre, lors du déjeuner qu'elle allait organiser chez elle.

Et de fait, les deux femmes s'entendirent très bien. Gertie et Ria restèrent en retrait et les regardèrent lier connaissance. Max, un homme discret aux origines ukrainiennes qui connaissait peu de choses au sujet de l'Irlande, semblait mal à l'aise. Seul Danny, bien sûr, parvint à le détendre grâce à son chaleureux sourire et à l'immense intérêt qu'il portait à tout ce qui lui était inconnu.

— Parlez-moi des maisons que vous avez là-bas, en Nouvelle-Angleterre, Max. Sont-elles en bardeaux blancs, comme celles qu'on voit sur les photos ?

Max expliqua avec franchise que la maison où Sheila et lui vivaient ne correspondait pas à l'image d'une villa de rêve dotée d'un grand jardin. Danny se montra tout aussi sincère et lui raconta comment ils avaient réussi à acheter une grande demeure comme celle-ci, à Tara Road, en se trouvant au bon endroit au bon moment, et en louant trois chambres de bonne à des jeunes gens qui les aidaient à payer les traites. Manifestement, Max se détendit avec l'aide d'une demi-bouteille de vodka russe qu'ils burent dans de petits verres. Ria observait Danny séduire le beau-frère de Gertie ; il n'avait pas été très enthousiaste quant à leur venue et pourtant, à présent, il se consacrait totalement à eux. Jack, que l'on avait menacé de terribles représailles, se terrait dans un coin sans parler ni boire.

Plus tard, Ria serra Danny dans ses bras.

— Tu es merveilleux. Et tu as été récompensé de ta patience, n'est-ce pas ? Quel homme sympathique !

— Il n'a absolument rien à dire, ma chérie. Mais tu es si gentille avec mes invités que j'ai décidé d'être aimable avec lui pour te faire plaisir, et pour faire plaisir à cette pauvre Gertie, qui n'est pas une mauvaise fille. Voilà tout.

Ria se sentit trahie. Elle avait vraiment cru que Danny avait apprécié de bavarder avec Max. Il était troublant de réaliser qu'il s'était agi d'une simple comédie.

Sheila leur demanda si elles connaissaient une bonne voyante, qu'elle pourrait aller voir avant son départ. Aux Etats-Unis, beaucoup de ses voisines allaient en consulter, mais elles n'étaient pas aussi douées que les Irlandaises.

— Je vous invite toutes les trois... C'est moi qui paie, déclara-t-elle.

Il était impossible de ne pas aimer Sheila. Plus corpulente et beaucoup moins soignée que Gertie, elle avait les mêmes yeux inquiets et la même moue triste à l'idée de quitter ce pays où tout le monde s'amusait tant.

Ria aurait voulu lui dire qu'elles jouaient la comédie, mais elle répugnait à trahir Gertie.

— Allons voir Mrs Connor ! suggéra celle-ci.

— Elle s'est trompée à mon sujet voici quelques années, mais j'ai entendu dire qu'elle était très populaire en ce moment. Pourquoi ne pas tenter l'aventure ? lança Rosemary.

Lors de leur dernière visite, la jeune femme n'avait rien confié de ce qui lui avait été prédit. Elle avait simplement déclaré que cela ne correspondait nullement à ses projets. Peut-être les choses seraient-elles différentes aujourd'hui.

— Elle m'a dit que mon bébé serait une fille, déclara Ria. Je sais bien qu'il y avait une chance sur deux, mais elle ne s'est pas trompée. Allons-y !

Elle avait arrêté de prendre la pilule au mois de septembre, mais n'en avait pas encore parlé à Danny. Elle attendait le moment opportun.

Depuis leur visite, Mrs Connor avait dû recevoir cinq ou dix personnes chaque soir. Des centaines de regards attentifs fixés sur elle, des milliers de mains tendues avec espoir et beaucoup plus de billets échangés. Mais la caravane n'en laissait entrevoir aucun signe. Le visage de Mrs Connor ne trahissait aucune satisfaction à la pensée d'avoir prédit l'avenir de tant de gens.

Elle déclara à Sheila — sans doute avait-elle entendu son accent — que cette dernière vivait dans un pays étranger, probablement aux Etats-Unis, que son mariage était heureux mais qu'elle aurait aimé revenir vivre en Irlande.

— Y reviendrai-je ? questionna Sheila d'un ton curieux.

— Votre futur se trouve entre vos mains, répliqua Mrs Connor avec gravité.

Pour une raison ou une autre, cela emplit Sheila de satisfaction. Elle considéra avoir dépensé son argent à bon escient.

Quand ce fut le tour de Gertie, Mrs Connor déclara à la jeune femme aux yeux anxieux qu'un élément de tristesse et de danger planait sur sa vie et qu'elle devait se préoccuper de ceux qu'elle aimait. Puisque Gertie consacrait toute son existence à se préoccuper de Jack, cela semblait résumer parfaitement la situation.

Rosemary s'assit et tendit la paume. Regardant autour d'elle, elle s'étonna de la décrépitude des lieux. Cette femme devait gagner cent mille livres par an. Comment pouvait-elle supporter de vivre dans ces conditions ?

— Vous êtes déjà venue me voir, déclara la voyante.

— En effet, il y a quelques années.

— Ce que j'ai vu s'est-il produit ?

— Non. Vous m'avez vue en plein marasme, sans amis et sans succès professionnels. Vous n'auriez pu être plus loin de la vérité. Je n'ai aucun problème, beaucoup d'amis et mes affaires sont florissantes. Mais vous ne pouvez pas avoir toujours raison et, en ce qui concerne les autres, vous ne vous êtes pas trompée, répliqua-t-elle en lui adressant un sourire complice.

Mrs Connor leva les yeux.

— Ce n'est pas ce que j'avais vu. J'avais vu que vous n'aviez pas de véritables amis et que vous vouliez quelque chose que vous n'obtiendriez pas. Je le vois encore aujourd'hui.

Sa voix était empreinte de détermination et de tristesse. Rosemary en fut un peu troublée, mais elle se força à demander d'un ton léger :

— Est-ce que je me marierai ?

— Non, dit Mrs Connor.

Ria passa en dernier. Elle posa sur la voyante un regard empreint de compassion.

— Cet endroit est très humide, n'est-ce pas ? Ce vieux radiateur ne semble pas bien fonctionner.

— Cela me convient parfaitement.

— Ne pourriez-vous pas vivre dans un endroit plus confortable ? Ne le voyez-vous pas dans votre paume ? s'inquiéta la jeune femme.

— Nous ne lisons pas les lignes de nos propres mains. C'est une règle.

— Mais quelqu'un d'autre pourrait...

— S'il vous plaît, montrez-moi votre paume. Vous êtes venue pour savoir si vous attendiez un autre enfant ?

Ria en resta bouche bée.

— Est-ce le cas ? demanda-t-elle dans un souffle.

— Oui. Ce sera un petit garçon, cette fois-ci.

Ria sentit des larmes lui picoter les yeux. Pas plus que la fameuse sainte Anne, morte et enterrée depuis des années, Mrs Connor ne pouvait connaître l'avenir ; mais elle était extrêmement convaincante. Elle ne s'était pas trompée au sujet d'Annie, pas plus que lorsqu'elle avait affirmé que Hilary n'aurait pas d'enfants. Peut-être existait-il de mystérieuses façons de percevoir ces choses-là. La jeune femme se leva afin de prendre congé.

— Vous ne voulez pas entendre parler de votre carrière et de vos voyages ?

— Non, cela ne fait pas partie de mes projets. Ce doit être la vie de quelqu'un d'autre qui est inscrite par erreur sur ma paume, répliqua Ria en souriant gentiment.

Mrs Connor hocha les épaules.

— Je le vois clairement, vous savez. Un commerce florissant, auquel vous excellerez et qui vous emplira de satisfaction.

La jeune femme se mit à rire.

— J'en parlerai à mon mari, il sera enchanté. Il travaille très dur en ce moment, il sera ravi d'apprendre que je vais devenir une brillante femme d'affaires.

— Et parlez-lui du bébé. Il n'est pas encore au courant, ajouta Mrs Connor en toussant et en se drapant dans son châle.

Quand Danny apprit la nouvelle, il fut loin d'être enchanté.

— Nous avions dit que nous en discuterions ensemble, ma chérie.

— Je sais, mais nous n'avons jamais le temps de parler de quoi que ce soit, Danny. Tu travailles tellement !

— Eh bien, raison de plus. Barney ne sait plus où donner de la tête, l'argent se fait rare et certains de nos projets impliquent d'énormes risques. Nous ne pourrons peut-être pas nous permettre d'avoir un autre enfant.

— Sois raisonnable... Combien peut coûter un bébé ? Nous avons tout ce qu'il faut. Nous n'aurons pas besoin d'acheter un berceau ou un landau, ou quoi que ce soit d'onéreux.

Elle était très déçue.

— Ria, ne crois pas que je ne veuille pas d'un autre enfant, tu le sais bien ; mais nous avions dit que nous en parlerions ensemble, et ce n'est pas le meilleur moment. Dans trois ou quatre ans, nous pourrons davantage nous le permettre.

— Mais je viens de te dire que nous n'aurons pas besoin de dépenser quoi que ce soit pour lui avant qu'il n'ait trois ou quatre ans.

— Arrête de dire « il », Ria. Nous ne savons pas encore ce que c'est.

— Je le sais déjà.

— Parce qu'une voyante te l'a dit ! Ne sois pas ridicule, ma chérie.

— Elle avait raison en affirmant que j'étais enceinte. Je suis allée chez le médecin le lendemain.

— Merci de m'en avoir parlé.

— Oh, Danny, ce n'est pas juste. Est-ce que j'exige que tu me parles de toutes tes décisions concernant cette maison ? Non. Je ne sais jamais si tu as prévu de sortir ou de rester là, si Barney va venir s'enfermer pendant des heures avec toi dans ton bureau. Je ne sais jamais s'il sera accompagné de sa femme ou de sa maîtresse. Je ne te demande même pas si je peux recommencer à travailler en confiant Annie à maman, car je sais que tu apprécies que tout soit prêt quand tu rentres du travail. J'aimerais avoir un chat mais tu ne les aimes pas beaucoup, alors il n'en est pas question. J'aimerais que nous passions plus de temps en tête à tête mais la présence de Barney t'est nécessaire. J'arrête de prendre la pilule quelque temps, et soudain tu me dis que « nous devions en discuter ensemble ». Quand discutons-nous, peux-tu me le dire ? Quand ?

Les larmes ruisselaient sur son visage. Le bonheur qu'elle éprouvait à l'idée de la nouvelle vie qui grandissait en elle avait presque disparu.

Danny la regardait avec stupéfaction. Il prenait lentement conscience de l'étendue de la solitude de sa femme, et ses traits se crispèrent.

— Je ne peux pas te dire combien je suis navré, combien je me sens égoïste et mesquin. Tout ce que tu as dit est vrai. Je me suis beaucoup trop consacré à ma carrière. J'ai tellement peur que nous perdions tout ce que nous avons... Je suis désolé, Ria.

Il la serra contre lui. La jeune femme lui caressa les cheveux en murmurant des mots de réconfort.

— Je suis enchanté à l'idée que nous ayons un petit garçon. Et si c'est une petite fille, je serai tout aussi heureux.

Ria fut tentée de lui révéler ce que la voyante avait dit au sujet de sa carrière et de ses voyages à l'étranger. Mais elle décida que ce n'était pas le moment ; et puis, c'était parfaitement absurde.

— Je sais que tu attends un autre enfant, Ria. Maman me l'a dit, déclara Hilary quand elle vint lui rendre visite.

— Je m'apprêtais à te le dire. J'avais oublié que maman était une spécialiste du téléphone arabe. J'imagine qu'à l'heure qu'il est la nouvelle est diffusée aux informations régionales, dit Ria d'un ton d'excuse.

— Es-tu contente ?

— Très. Et ce sera une bonne chose qu'Annie ait un petit frère avec qui jouer, même si elle risque de le détester au début.

— Un petit frère ?

— Oui, j'en suis presque certaine. Ecoute, Hilary, il m'est difficile de discuter de cela avec toi. Tu ne veux jamais parler... parler de ta propre situation. Pourtant, autrefois, nous pouvions discuter de tout, toi et moi.

— Cela ne m'ennuie pas d'en parler.

— As-tu pensé à adopter un enfant ?

— Moi, oui, répliqua Hilary. Mais Martin s'y refuse.

— Mais pourquoi ?

— Cela reviendrait trop cher. Il dit que les frais d'habillement et d'éducation d'un enfant sont totalement prohibitifs, aujourd'hui. Et à supposer qu'il suive des études de troisième cycle... Cela représenterait des dizaines de milliers de livres.

— Mais vous paieriez la même chose si c'était votre enfant.

— Ce serait difficile, tu sais ; et si nous adoptions, nous aurions le sentiment de nous sacrifier pour l'enfant de quelqu'un d'autre.

— Mais non. Bien sûr que non. Une fois que le bébé est dans ta vie, c'est comme si c'était le tien.

— C'est ce qu'on dit, mais je n'en suis pas sûre.

Hilary contempla sa tasse de thé d'un air songeur.

— Est-ce facile d'adopter ? insista Ria.

— Plus aujourd'hui. Toutes les femmes gardent leurs

enfants et reçoivent des allocations de l'Etat. Si cela ne tenait qu'à moi, j'y mettrais un terme, je te le garantis.

— Et elles seraient terrifiées, comme quand nous étions jeunes.

— Ce n'était pas ton cas, rétorqua Hilary comme elle le faisait souvent.

— Eh bien, la génération qui nous a précédées, alors. Rappelle-toi les histoires de ces filles qui se suicidaient ou s'enfuyaient en Angleterre, et dont on ne savait jamais ce qu'il advenait. C'est bien mieux aujourd'hui, non ?

— C'est facile à dire pour toi, Ria. Si tu voyais cette petite au collège avec son gros ventre... Maintenant, sa mère ne veut plus élever le bébé, alors c'est de nouveau le drame.

— Peut-être que toi et Martin...

— Sois réaliste, Ria. Peux-tu nous imaginer travaillant dans ce collège, élevant l'enfant de cette gamine et nous sacrifiant pour lui offrir ce dont il a besoin ? Nous serions la risée des gens.

Ria songea que sa sœur jugeait le monde trop dur et impitoyable ; mais elle était bien mal placée pour essayer de la réconforter. La vie lui avait tant donné, alors que Hilary avait reçu si peu de l'existence...

Orla avait recommencé à fréquenter les réunions des Alcooliques Anonymes. Colm se montrait toujours aussi amical avec elle, mais la jeune femme se sentait gênée, d'autant plus qu'elle avait des souvenirs imprécis de la soirée chez les Lynch. Enfin, elle évoqua le sujet :

— Je voulais te remercier d'avoir essayé de m'aider ce soir-là, Colm.

Il n'était pas facile de trouver les mots.

— Ne t'inquiète pas, Orla. Nous traversons tous de mauvaises passes, c'est la raison pour laquelle nous sommes ici. C'est du passé, maintenant.

— Mais le présent me semble un peu terne.

— Seulement si tu t'y résignes. Essaie autre chose. Depuis que j'ai quitté la banque et que je me suis lancé dans ce projet de restaurant, je suis si fatigué que je n'ai pas le temps de regretter la boisson et de m'apitoyer sur mon sort.

— Que puis-je faire, à part taper à la machine ?

— Un jour, tu m'as dit que tu aimerais être mannequin.

— Je suis trop âgée et trop grosse ; il faut avoir seize ans et l'air affamé.

— Tu ne chantes pas mal. Sais-tu jouer du piano ?

— Oui, mais je chante seulement quand je suis ivre.

— As-tu essayé à jeun ? Ce serait sans doute plus harmonieux, et tu te souviendrais des paroles !

— Je suis désolée d'être aussi pénible, Colm. Mais à supposer que je me fasse un petit répertoire, quel genre de travail pourrais-je trouver ?

— Tu pourrais te produire dans mon restaurant quand il ouvrira ses portes. Tu ne gagneras pas beaucoup d'argent, mais tu te feras connaître. Et Rosemary pourra peut-être t'aider. Parmi toutes ses relations, il y a sûrement des propriétaires de restaurants, d'hôtels et de clubs privés.

— Je ne crois pas que Rosemary me porte dans son cœur en ce moment. Après tout, j'ai eu une liaison avec le mari de sa meilleure amie.

Colm eut un grand sourire et répliqua :

— Eh bien, le principal est que tu aies cessé de prétendre qu'il s'agissait de la plus grande histoire d'amour du siècle.

— C'est une ordure, lança la jeune femme.

— Non, c'est un type bien. Il n'a pas pu te résister, voilà tout. Bien peu d'hommes le pourraient.

Il lui sourit de nouveau et elle songea, une fois encore, qu'il était très attirant. Depuis qu'il avait cessé de travailler à la banque, il portait des vêtements beaucoup plus décontractés, et des chemises de couleur vive. Ses cheveux bruns et bouclés et ses yeux sombres lui donnaient l'air d'un Espagnol ou d'un Italien. Et il était pétri de bon sens. Séduisant, célibataire, raisonnable.

Orla laissa échapper un soupir.

— Tu m'as réconfortée, Colm. Pourquoi ne puis-je tomber amoureuse d'un homme normal comme toi ?

— Oh, je ne suis pas vraiment normal, c'est bien connu, rétorqua Colm sur le ton de la plaisanterie.

Une expression de gêne traversa le visage de la jeune femme. Elle espéra n'avoir rien dit, dans son ivresse, sur les attentions exagérées dont Colm entourait toujours sa sœur si belle et silencieuse. Non, même si elle s'était vraiment mal conduite cette nuit-là, il était impossible qu'elle ait insinué quelque chose d'aussi terrible.

Brian naquit le 15 juin. Cette fois, Danny se trouvait aux côtés de Ria et lui tenait la main.

Annie disait à qui voulait l'entendre qu'elle était assez contente d'avoir un petit frère, mais pas très contente tout de même. Cela les faisait rire, aussi le répétait-elle inlassablement. Brian était plutôt bien, ajoutait-elle, mais il ne pouvait pas aller aux toilettes tout seul, il ne parlait pas, et il prenait beaucoup de temps à ses parents. Mais papa lui avait affirmé qu'elle resterait toujours sa princesse, et maman avait dit qu'elle était la plus gentille petite fille non seulement d'Irlande ou d'Europe mais de la terre tout entière et sûrement aussi de l'univers. Annie n'avait donc aucune raison de s'en faire. Et puis, de toute façon, Brian allait mettre des siècles avant de la rattraper.

Le bébé de Gertie, Kattie, vit le jour quelque temps après Brian, et la fille de Sheila Maine naquit à peu près à la même époque.

— Peut-être deviendront-ils amis quand ils seront grands.

Dans l'esprit de Ria, l'avenir était toujours empli de bonheur et de nor[illegible]

— Peut-être se détesteront-ils... J'imagine Brian se plaignant que tu veuilles le voir sympathiser avec ces affreux gosses. Quoi que tu fasses, ils auront leurs propres amis.

— Je sais, mais ce serait si merveilleux...

Rosemary ne put cacher son irritation.

— Ria, tu es incroyable. Tu voudrais que les choses ne changent jamais. C'est ridicule. Tu n'entretiens aucune relation avec les enfants des amies de ta mère, n'est-ce pas ?

— Maman n'avait pas d'amies, répliqua la jeune femme.
— C'est faux, je n'ai jamais rencontré quelqu'un qui ait autant d'amis qu'elle ! Elle connaît tout le quartier.
— Ce sont simplement des connaissances, rétorqua Ria. De toute façon, il n'y a aucun mal à souhaiter que les amitiés se perpétuent d'une génération à l'autre !
— Non, mais ce n'est pas très audacieux.
— Quand tu auras des enfants, tu n'auras pas envie qu'ils soient amis avec Annie et Brian ?
— Ils seront bien trop jeunes, à supposer même qu'ils se matérialisent un jour, ce qui est peu probable.
Annie les écoutait avec attention. Désormais, elle comprenait beaucoup de choses.
— Pourquoi n'as-tu pas d'enfants ? demanda-t-elle.
— Parce que je suis trop occupée, répondit Rosemary avec franchise. Je travaille énormément et, du coup, je ne suis pas très disponible. Tu vois tout le temps que ta maman passe avec toi et Brian ? Je crois que je serais trop égoïste pour le faire.
— Je suis sûre que cela te plairait beaucoup si tu essayais, répliqua son amie.
— Arrête, Ria. J'ai l'impression d'entendre ma mère.
— Je le pense vraiment.
— Elle aussi. Et même Gertie, tu te rends compte ! L'autre jour, elle essayait d'encourager ma fibre maternelle. Imagine que la famille Brennan puisse être citée à n'importe qui comme exemple de bonheur conjugal !

Gertie n'amenait jamais ses enfants au numéro 16 Tara Road. Ils habitaient pourtant tout près, au-dessus de la laverie, mais la jeune femme avait le sentiment qu'ils se sentiraient malheureux s'ils voyaient dans quelles conditions vivaient les autres enfants. Et le foyer de Ria était empreint d'une telle sérénité : une grande cuisine où tout le monde se retrouvait, toujours un plat en train de mitonner dans le grand four, le parfum des gâteaux à la cannelle encore chauds ou d'une miche de pain frais.

A l'inverse, chez Gertie, rien n'était jamais laissé sur le gaz ; par simple mesure de précaution, pour le cas où cela coïnciderait avec l'un des accès de fureur de Jack. Car si ce dernier se mettait en colère, il risquait de jeter la casserole à la tête de quelqu'un. Mais Gertie venait seule de temps à autre chez son amie et faisait pour elle quelques heures de ménage. Cela lui permettait de gagner quelques livres dont Jack ignorait l'existence. Juste un peu d'argent qui leur permettrait de garder la tête hors de l'eau en cas de problèmes.

Désormais, les affaires de Rosemary étaient florissantes. Elle était souvent photographiée lors de courses hippiques, de vernissages ou d'avant-premières. Elle s'habillait avec une grande élégance et ses vêtements étaient toujours impeccables. Ria en était même venue à lui proposer une blouse de nylon pour éviter que les mains sales des enfants ne la salissent. La première fois, Rosemary éclata de rire.

— Allons, c'est un peu exagéré.

— Mais non. C'est moi qui vais devoir passer la soirée à m'excuser s'ils barbouillent ce superbe pull angora de glace au chocolat ou de purée de carottes. Enfile-la, Rosemary, pour que je puisse être tranquille.

Selon la jeune femme, elles auraient été plus tranquilles si elles étaient allées boire leur verre de vin dans le magnifique salon au lieu de rester dans cette cuisine qui ressemblait à une gigantesque salle de jeu. Les affaires des enfants jonchaient le plancher, et Ria ne cessait de se lever d'un bond pour remuer le contenu de ses casseroles et pour sortir des plats du four. Mais il était inutile d'essayer de la convaincre de changer ses habitudes. Elle était persuadée que le monde tournait autour de sa famille et de sa cuisine.

Quand Danny aperçut Rosemary dans sa blouse de nylon rose, il fut ennuyé.

— Rosemary, tu n'as pas besoin de t'habiller ainsi pour jouer avec les enfants.

— C'est l'idée de ta femme, répliqua-t-elle avec un haussement d'épaules.

— Je ne voulais pas qu'ils abîment ses beaux vêtements, intervint Ria.

— Attends qu'elle ait des enfants à son tour, répliqua son mari d'une voix sombre. Alors nous verrons si ses vêtements ne sont pas abîmés !

— A ta place, je n'y compterais pas trop, Danny, répliqua Rosemary.

Elle souriait gaiement, mais elle avait le sentiment d'être accablée de pressions. Apparemment, cela ne suffisait pas d'être élégante, sophistiquée et de diriger une entreprise florissante. Non, c'était bien loin d'être suffisant. Il était absolument impossible d'avoir une vie privée dans cette ville. Rosemary était excédée par l'intérêt que les gens portaient au mariage. Pourquoi n'était-il pas concevable qu'elle ait un amant, voire plusieurs, dont personne ne connaîtrait l'existence ? C'était une femme d'affaires brillante et séduisante, mais, à moins d'être également mariée et d'avoir des enfants, cela n'avait absolument aucune valeur. On le lui répétait sans cesse, tout particulièrement sa mère, quand elle lui rendait visite chaque semaine.

Celle-ci devenait insupportable. Rosemary approchait de la trentaine et n'avait toujours pas l'intention de se marier. Sa sœur Eileen ne lui était d'aucune consolation. Sois toi-même, sois libre, n'écoute pas les voix de tes aînés, répétait cette dernière lorsque Rosemary se plaignait de leur mère. C'était facile à dire pour Eileen qui vivait avec Stéphanie, une avocate dont elle était l'assistante. Elles organisaient un cocktail dans leur salon tous les dimanches après-midi. Chacun y était le bienvenu, homme ou femme, mais Rosemary avait le sentiment qu'ils méprisaient son élégance. Le terme de « midinette » était souvent utilisé pour qualifier des femmes dont Eileen et Stéphanie pensaient qu'elles s'habillaient seulement pour flatter l'ego des hommes.

Cependant, en un sens, Rosemary les enviait. Elles étaient heureuses et ne souhaitaient que son bonheur.

— Je vais devenir folle entre Eileen et Stéphanie qui me présentent des cœurs à prendre, ma mère qui est persuadée que je suis une cause perdue et tous les clients qui, pour peu que je me montre aimable, s'imaginent que je suis prête à leur prodiguer n'importe quelle faveur sexuelle pour qu'ils traitent avec nous.

— Pourquoi ne contactes-tu pas une agence matrimoniale ? demanda soudain Ria.

— Tu plaisantes ! Tu es encore pire que les autres, Ria.

— Non, je suis sérieuse. Au moins, tu rencontrerais le genre d'hommes que tu cherches, quelqu'un qui a envie de se fixer.

— Tu es impossible !

— Je sais... Mais c'est toi qui m'as demandé ce que j'en pensais, répliqua son amie en haussant les épaules.

Cela lui semblait parfaitement sensé.

A l'occasion de plusieurs soirées, Rosemary rencontra Polly Callaghan. Leurs chemins se croisaient aux réceptions, aux vernissages ou même aux avant-premières de représentations théâtrales.

— Avez-vous déjà envisagé de contacter une agence matrimoniale ? lui demanda Rosemary. Non, je ne plaisante pas ; quelqu'un me l'a suggéré en affirmant que c'était parfaitement raisonnable et je me demande si ce n'est pas une idée folle.

[illegible]

[illegible] les occasions ne tombaient pas du ciel, il fallait les provoquer.

Pour être bien habillée, il ne suffisait pas de suivre son intuition, il fallait consulter des experts en la matière. Rosemary était en excellents termes avec les propriétaires des meilleures boutiques de mode de Dublin. Elle leur disait exactement combien elle souhaitait dépenser et ce dont elle avait besoin, et ils prenaient plaisir à aider cette femme élégante qui avait la courtoisie de reconnaître qu'ils étaient des autorités dans leur domaine.

Alors pourquoi ne serait-elle pas allée voir une agence matrimoniale ?

Elle s'en occupa avec professionnalisme, comme à son habitude, et se rendit à son premier rendez-vous. Il était séduisant quoiqu'un peu débraillé, et il était issu d'une famille fortunée. Mais il fallut quarante minutes à Rosemary pour s'apercevoir que c'était un joueur invétéré. Déployant tout son charme, elle parvint à détourner la conversation du véritable motif de leur rencontre — l'éventualité d'un mariage — et discuta des cours de la Bourse, du tiercé et des casinos. Au café, elle consulta sa montre et déclara vouloir se coucher tôt ; elle était ravie de l'avoir rencontré et espérait qu'ils se reverraient. Elle s'en alla sans lui avoir donné son numéro de téléphone ou son adresse, mais aussi sans qu'il les ait réclamés. Elle était contente d'avoir si bien maîtrisé la situation, mais irritée d'avoir perdu une soirée.

Lors de son deuxième rendez-vous, elle rencontra Richard Roche, le directeur d'une agence de publicité. Ils dînèrent chez Quentin et bavardèrent agréablement. Sa compagnie était délicieuse ; elle avait l'impression qu'il la trouvait attirante. Rien n'aurait pu lui laisser imaginer la façon dont la soirée s'acheva.

— Cela faisait bien longtemps que je n'avais pris autant de plaisir à un dîner, déclara-t-il.

— Moi non plus, répondit-elle en souriant chaleureusement.

— J'espère donc que nous resterons amis.

— Mais oui.

— Vous n'avez aucune envie de vous marier, Rosemary, mais nous pouvons considérer ce dîner comme un heureux hasard. Les amis doivent bien faire connaissance quelque part.

Il lui adressa un sourire amical et sincère.

— Pourquoi dites-vous que je n'ai aucune envie de me marier ?

— Parce que vous ne voulez ni foyer, ni enfants, ni quoi que ce soit de ce genre.

— Vraiment ?

— C'est ce que je constate. Mais comme je viens de le dire, cela m'a donné la chance de vous rencontrer, et je suis sûr qu'il est peu probable que j'aie, à l'avenir, l'occasion de dîner avec une femme aussi charmante.

Il était en train de lui signifier son congé. Rosemary n'avait pas pour habitude que les hommes la traitent ainsi.

— Vous vous faites désirer, Richard, murmura-t-elle en battant des cils.

— Non, c'est vous qui êtes une femme énigmatique. Vous devez avoir des milliers d'amis, et pourtant vous choisissez de dîner avec un inconnu. Moi, je suis ce que je prétends être : un homme qui désire avoir une femme et des enfants. C'est vous, le mystère.

Il ne plaisantait pas. Il n'avait aucune envie d'entamer une relation avec elle. Eh bien, Rosemary était déterminée à conserver sa dignité à n'importe quel prix.

— Cela rend la vie un peu plus intéressante de dîner avec un inconnu, non ?

Elle ne lui laisserait pas deviner combien elle se sentait [illegible]

Elle prit la résolution de lire les journaux afin de guetter l'annonce éventuelle de son mariage. Elle se débrouillerait alors pour faire circuler la rumeur qu'il avait trouvé sa partenaire par le biais d'une agence matrimoniale. Elle allait chasser l'humiliation et l'échec de cette soirée de son esprit. Elle trouverait un nouvel appartement, un endroit raffiné où elle se sentirait bien. Personne n'allait plus la traiter ainsi.

Un an plus tard, elle découvrit un article le concernant

dans la rubrique mondaine d'un magazine. Il allait épouser une ravissante veuve qui avait deux jeunes enfants. Apparemment, ils s'étaient rencontrés chez des amis communs. Rosemary n'écrivit pas à ses collègues, ni aux invités du mariage. Sa fureur et sa douleur avaient disparu depuis longtemps. Après cette soirée-là, elle n'avait accepté aucun autre rendez-vous, mais avait concentré tous ses efforts sur la recherche d'un nouvel appartement.

Le restaurant de Colm démarrait très lentement. Il faisait les menus et cuisinait presque tous les plats lui-même. Il avait un aide-cuisinier, un serveur, un plongeur et sa sœur Caroline pour lui prêter main-forte. Mais il ne rencontrait pas le succès immédiat qu'il espérait. Cette année-là, un grand nombre de restaurants ouvraient à Dublin. Rosemary invita à la soirée d'inauguration autant de personnalités qu'elle le put.

Ria fut déçue que Danny n'essaie pas d'en faire autant.

— Tu connais énormément de monde, l'implora-t-elle.

— Chérie, attendons que le restaurant soit un succès ; alors nous y inviterons toutes nos connaissances.

— Mais c'est aujourd'hui que Colm en a besoin. Sinon, comment réussira-t-il ?

— Il ne doit pas attendre que ses amis lui fassent la charité. Il trouverait d'ailleurs cela humiliant.

Ria n'était pas d'accord. Elle trouvait que Danny se montrait prudent et étroit d'esprit. Ne pas prendre le risque d'associer son nom à un projet qui risquait d'être un échec : c'était une attitude mesquine, qui contrastait avec l'optimisme de Danny. Ria confia son sentiment à Rosemary, qui répliqua :

— Ne le condamne pas trop vite. En un sens, il a peut-être raison. Ce sera beaucoup plus judicieux d'inviter des hommes d'affaires à déjeuner là-bas lorsque le restaurant sera parfaitement rodé.

Rosemary avait dit cela pour apaiser son amie, mais en réalité elle savait parfaitement pourquoi Danny ne voulait pas assister à la soirée d'ouverture du restaurant et pourquoi il obligea Ria à l'accompagner à un dîner d'affaires ce soir-là.

Il savait qu'Orla serait assise au piano situé au fond du restaurant et qu'elle chanterait des classiques. Elle resterait à l'arrière-plan, mais plus tard, si le restaurant marchait bien, elle serait installée sur une estrade.

Pendant les répétitions, Orla, vêtue d'une robe noire discrète, avait bu du Coca-Cola. Mais en une occasion, elle s'était révélée parfaitement imprévisible et c'était la dernière chose à laquelle Danny souhaitait être confronté. D'autant que les affaires de McCarthy avaient subi de sérieux revers et qu'à en croire la rumeur il s'apprêtait à entreprendre des projets immobiliers risqués afin d'essayer de compenser ses pertes.

Rosemary assista à la soirée d'inauguration du restaurant et déclara que l'événement avait rencontré un franc succès. Beaucoup de voisins figuraient au nombre des clients ; cela augurait bien de l'avenir.

— C'est vraiment un excellent quartier. Vous avez eu de la chance de vous y installer à l'époque, déclara-t-elle d'un ton approbateur.

[illegible]

Elle refusait d'admettre qu'il s'agissait d'autre chose que d'un heureux hasard.

— N'est-ce pas dommage qu'il n'y ait plus d'appartements ou de pavillons dans le quartier ? Je pourrais devenir votre voisine !

— Tu pourrais te permettre d'acheter une villa, étant donné ta situation financière, répliqua Danny.

— Je ne saurais quoi faire d'une villa et je n'ai pas envie

de m'embarrasser de locataires. Je voudrais un tout petit pavillon comme celui de ta mère, Ria.

— Oh, en voilà une qui s'est trouvée au bon endroit au bon moment, déclara le jeune homme. Elle s'occupait de la vieille dame qui vivait dans la grande villa et le jour où celle-ci a rendu l'âme, la famille a vendu le pavillon à Holly. Tu n'imaginerais pas la valeur qu'il a aujourd'hui.

— Elle ne voudrait pas le vendre et emménager avec vous ?

— Absolument pas, répondit Ria. Elle tient à sa liberté.

— Et nous à la nôtre, ajouta Danny. Dieu sait que j'adore Holly, mais je ne voudrais pas qu'elle vive ici en permanence.

— Eh bien, s'il n'y a plus de pavillons comme le sien, peut-être pourrais-je trouver un appartement à terrasse au dernier étage d'un immeuble, avec une superbe vue.

— On ne trouve pas beaucoup d'immeubles dans une rue qui date de l'époque victorienne.

— Mais de nombreuses maisons sont réaménagées.

Rosemary connaissait parfaitement le marché de l'immobilier.

— C'est vrai. C'est cher, mais l'investissement en vaut la peine. Deux chambres ?

— Oui, et un grand salon. Et j'aimerais avoir une terrasse sur le toit, si possible.

— Il n'y a rien de ce genre pour le moment, mais des ventes auront lieu bientôt qui nécessiteront d'importantes rénovations.

— Ouvre l'œil pour moi, Danny. Peu importe s'il ne s'agit pas de Tara Road, tant que c'est dans le quartier.

— Je te dénicherai quelque chose, promit ce dernier.

Trois semaines plus tard, le jeune homme annonça qu'il avait trouvé deux maisons susceptibles de faire l'affaire. Leurs propriétaires ne souhaitaient pas entreprendre de travaux ; il faudrait que Barney McCarthy achète les bâtiments, s'occupe des rénovations et obtienne l'autorisation de construire un appartement avec terrasse pour Rosemary. Dès qu'elle le souhaiterait, ils pourraient commencer à en dessiner les plans.

Il s'attendait à ce que Rosemary soit enthousiaste, mais elle se montra réservée.

— Ce serait une vente, n'est-ce pas, et non une simple location ? Et je pourrais voir les titres de propriété concernant les autres appartements ?

— Mais oui, répondit Danny.

— Et mon architecte pourrait étudier les plans ?

— Oui, bien sûr.

— Et surveiller les travaux ?

— Pourquoi pas ?

— Qu'en est-il de la terrasse sur le toit ?

— À condition de ne pas y mettre trop de terre, les architectes affirment que les deux bâtiments pourraient en supporter le poids.

Rosemary eut un éclatant sourire qui illumina la pièce.

— C'est merveilleux, Danny, emmène-moi les visiter ! s'exclama-t-elle.

Ria fut indignée que son amie se soit montrée si peu [illegible]

[illegible]

— Mais non, Ria. Barney ne fait pas les choses par amitié. Pour lui, c'est une affaire comme une autre, tu sais.

— Mais qu'elle ait osé exiger d'inspecter les méthodes de construction de Barney et ainsi de suite... Quand elle a dit ça, je ne savais plus où me mettre.

Danny éclata de rire.

— Ma chérie, Barney a la réputation de rogner sur les dépenses. Rosemary est sans doute au courant. Elle prend ses précautions, voilà tout, sans rien négliger. C'est ce qui l'a menée où elle est aujourd'hui.

Quand Hilary apprit que Rosemary allait s'installer à Tara Road, elle renifla dédaigneusement.

— C'est un véritable couronnement, si elle s'installe dans ce quartier, jeta-t-elle.

— Pourquoi ne l'apprécies-tu pas ? Elle n'a jamais dit un mot méchant sur toi, protesta sa sœur.

— Ai-je dit quoi que ce soit contre elle ? demanda innocemment Hilary.

— Non, mais tu emploies un tel ton... Je crois que Rosemary se sent très seule, tu sais. Toi, tu as Martin, moi, j'ai les enfants... et Danny quand il est là, mais elle, elle n'a personne.

— Je suis certaine qu'elle a eu des propositions, répliqua Hilary.

— Bien sûr, comme toi et moi quand nous étions jeunes, mais peut-être s'agissait-il de parfaits imbéciles comme Ken Murray.

— Rosemary pourrait trouver mieux que Ken Murray.

— Oui, mais elle n'a pas rencontré l'homme qu'il lui faut. Alors n'est-ce pas merveilleux qu'elle vienne s'installer à michemin entre maman et nous ? Il ne manque plus que tu emménages dans le quartier, toi aussi, et nous aurons pris possession des lieux !

— Où Martin et moi trouverions-nous la somme nécessaire pour régler les traites d'une villa à Tara Road ? s'exclama sa sœur.

Changeant de sujet, Ria déclara :

— La mère de Gertie lui cause des soucis.

— Toutes les mères sont ainsi.

— La nôtre n'est pas trop pénible.

— Tu dis cela parce qu'elle garde souvent tes enfants ! rétorqua Hilary.

— Non, très rarement, elle mène une vie bien trop trépidante. Mais celle de Gertie refuse d'accueillir les petits. Elle affirme que si elle avait voulu avoir des enfants sur le tard, elle en aurait eu bien à elle.

— Que va faire Gertie ?

— Elle va se débrouiller, comme elle l'a toujours fait. Je lui ai dit qu'ils pouvaient venir ici quelque temps, mais...

Ria s'interrompit et se mordit les lèvres.

— Mais cela ne plairait pas à Danny, acheva Hilary.

— Il a peur que Jack vienne les récupérer, qu'il se montre violent et que cela fasse peur à Annie et Brian.

— Et alors ?

— Je m'en charge durant la journée, mais ce sont les nuits qui sont vraiment difficiles. C'est le moment où Gertie aimerait qu'ils ne se trouvent pas à la maison.

— Quelle horreur, murmura Hilary.

Son visage était empreint de compassion. Elle semblait très différente de la jeune femme envieuse qu'elle était d'ordinaire.

— Accepterais-tu de les prendre chez toi ce week-end, juste le temps que leur grand-mère change d'avis ou que ce malade se rompe le cou à force de boire et se retrouve à l'hôpital ? Gertie t'en serait si reconnaissante !

A la grande surprise de sa sœur, Hilary acquiesça.

— D'accord. Que dois-je leur préparer à manger ?

— Des frites, du poisson pané, et des glaces.

— Cela n [illegible]

— J'ai [illegible] ici, mais [illegible] murmura Ria d'un [illegible]

Elle [illegible] Hilary lui pa[illegible]

— Je suis [illegible] je suis mariée à [illegible] beaucoup p[illegible] voilà tout.

Ria songea à [illegible] qu[illegible] sœur jugeait [illegible] mes-quin. La façon dont les gens voyaient leur vie était vraiment bien curieuse.

— Ainsi, Son Altesse Rosemary Ryan va nous faire la grâce de s'installer à Tara Road, remarqua Nora.

Cette dernière était venue leur présenter son nouveau compagnon, un chiot de race indéterminée. Même les enfants, qui adoraient les animaux, étaient déroutés : il semblait avoir trop de pattes et pourtant il n'en avait que quatre ; sa tête paraissait plus grosse que son corps, mais c'était impossible. Il trotta dans la cuisine en vacillant, puis courut à l'étage pour se soulager contre le pied d'un des fauteuils du salon. Annie leur rapporta joyeusement la nouvelle et Brian fut d'avis qu'il n'avait jamais rien entendu d'aussi drôle.

Ria s'efforça de dissimuler son irritation.

— Comment s'appelle-t-il, maman ?

— Oh, numéro 32, rien de très original.

— Tu vas appeler ton chien 32 ? demanda-t-elle avec stupéfaction.

— Mais non, je te parle de l'immeuble où se trouve l'appartement de Son Altesse Rosemary Ryan. Le chien s'appelle Bobby, je te l'ai déjà dit.

Ce n'était pas le cas, mais c'était sans importance.

— Tout le monde sait qu'elle vient s'installer à Tara Road. Ils ont tous déjà entendu parler d'elle.

— Ils ont dû la voir nous rendre visite.

— Non, ils ont lu des articles à son sujet dans les journaux. On parle autant d'elle que de ton ami Barney McCarthy.

Nora ne l'aimait pas, lui non plus, aussi émit-elle un nouveau reniflement de dédain.

— C'est incroyable que Rosemary soit si célèbre, s'émerveilla Ria. Tu sais, sa mère s'imagine encore que c'est une adolescente de treize ans et elle lui répète sans cesse qu'elle devrait essayer de me ressembler davantage. Rosemary, tu imagines !

Désormais, le nom de Rosemary figurait non seulement dans les rubriques mondaines des journaux, mais également dans les pages financières. L'entreprise se développait toujours davantage et avait signé plusieurs contrats avec l'étranger. Elle se chargeait de l'impression de cartes postales pour certains des plus importants sites touristiques de la Méditerranée et de la promotion d'événements sportifs sur la côte Ouest des Etats-Unis. Rosemary avait acheté des parts de la société ; ce n'était plus qu'une question de temps avant qu'elle n'en prenne totalement le contrôle. L'homme qui l'avait engagée dans sa toute petite imprimerie alors qu'elle n'était qu'une jeune fille considérait avec stupéfaction la femme pleine d'assurance qui avait transformé son entreprise. A présent, il était plus soucieux de diminuer son handicap au golf que de prendre le train du matin pour Belfast, d'honorer quelques rendez-vous et de rentrer chez lui par le train du soir.

Rosemary était d'avis que rien n'empêcherait les hommes d'affaires d'Irlande du Nord d'effectuer leurs travaux d'impression dans le sud, si le service était professionnel, les prix raisonnables et la qualité excellente. Depuis longtemps, elle avait persuadé son employeur de changer le nom de la société : autrefois « Imprimerie du Trèfle », cette dernière avait été rebaptisée « Imprimeurs & associés ».

Et toujours pas d'homme. Ou plutôt il y en avait plusieurs, mais aucun qui ait une importance particulière à ses yeux. Du moins, aucun qui soit disponible. Cela déconcertait les gens. Elle était séduisante, charmeuse même, elle n'avait pas le cœur sec et prenait grand plaisir aux rares rencontres qu'elle s'autorisait à vivre. Les gens s'imaginaient que sa vie sexuelle était beaucoup plus tumultueuse et animée qu'elle ne l'était réellement. Et Rosemary se gardait bien de les détromper.

[illegible]

pas une cause que je défends.

— C'est vrai, répondit Eileen. Mais je ne vois pas ce qui t'inquiète tant. Nous ne sommes plus dans les années cinquante ; tu es libre de faire ce que tu veux.

— Bien sûr. Mais c'est ce que les gens attendent de moi qui m'ennuie.

— Tu l'as peut-être rencontré, mais tu ne le sais pas encore.

— Que veux-tu dire ?

— Peut-être que le prince charmant est là, juste sous ton nez, et tu ne l'as tout simplement pas reconnu. Un beau jour, vous tomberez dans les bras l'un de l'autre.

Rosemary y réfléchit un instant.

— C'est possible, dit-elle enfin.

— Alors, qui crois-tu que ça puisse être ? Ça ne peut pas être un homme qui t'aurait repoussée, car je crois que ça n'existe pas. Peut-être quelqu'un avec qui tu n'es jamais sortie... Est-ce qu'un nom te vient à l'esprit ?

Rosemary n'avait parlé à personne de Richard, l'homme qu'elle avait rencontré par le biais de l'agence matrimoniale et brièvement revu à l'occasion de nombreuses réceptions. Elle avait été affreusement blessée qu'il affirme lire sur son visage qu'elle n'avait aucune envie de trouver un mari.

— J'aimais bien Colm Barry, tu sais, le propriétaire du restaurant. Mais je ne crois pas qu'il soit du genre à se marier.

— Il est homosexuel ? demanda sa sœur.

— Non. Il est bizarre, compliqué, tout simplement.

— Si j'étais toi, j'abandonnerais, Rosemary. Contente-toi de décorer ton palace et de consolider ta société.

— Je crois que tu as raison, acquiesça Rosemary.

Quand Gertie eut un autre accident, sa mère céda et revint chercher les enfants.

— Tu crois que je fais cela pour toi, mais c'est faux. Je le fais pour ces deux petits êtres sans défense que cet ivrogne et toi avez mis au monde.

— Tu ne m'aides pas, maman.

— Mais si. J'emmène deux enfants loin d'une maison où ils pourraient trouver la mort. Si tu étais une femme normale et pas à moitié folle, tu t'en rendrais compte.

— J'ai d'autres amies, maman, qui pourraient les accueillir quand Jack est énervé.

— Jack est énervé à tout moment du jour et de la nuit, ces temps-ci. Et même si les Moran sont un brave couple, ils ne peuvent prendre les enfants qu'un week-end de temps à autre.

— Tu es très gentille, maman ; simplement, tu ne comprends pas.

— C'est bien vrai ! Je ne comprends pas, en effet. Ces deux petits sont terrifiés et sursautent au moindre bruit, et tu refuses d'aller voir la police pour faire disparaître cette brute de leur vie.

— Tu es croyante, tu sais ce qu'est un serment. Pour le meilleur et pour le pire. Cela ne pose aucun problème quand c'est pour le meilleur ; mais lorsque c'est pour le pire, les choses deviennent plus difficiles, tu comprends.

— Et pas seulement pour toi.

Les lèvres pincées, sa mère préparait les valises de John et de Kattie, qui s'apprêtaient à effectuer un nouveau séjour chez leur grand-mère.

Plusieurs fois par semaine, Rosemary rendait visite à Danny et Ria. Il y avait toujours des plans à consulter, des comptes rendus de construction à étudier. Elle ne restait jamais bien longtemps, juste suffisamment pour qu'on sache qu'elle était vigilante et qu'aucune négligence n'échapperait à son regard. Ria essayait de la convaincre de rester dîner, mais son amie répliquait qu'elle avait dévoré un gigantesque déjeuner [illegible] geait tant d'elle-même. [illegible] son club de gym avant le travail, le jogging le week-end, le régime permanent, les soirées écourtées, les séances chez le coiffeur. A quoi servait tout cela ?

Quand Ria l'interrogeait, Rosemary affirmait que c'était pour sa propre satisfaction. Mais cette réponse semblait si étrange, si triste, qu'elle avait cessé de lui poser la question. De même, elles ne parlaient plus jamais de sexe. Autrefois, il était rare qu'elles parlent d'autre chose. Cela remontait à une époque bien lointaine, avant que Ria n'ait fait l'amour avec Danny. Jamais la jeune femme ne confiait à son amie que Danny la comblait encore comme aux tous premiers jours. Et Rosemary n'évoquait pas ses nombreuses conquêtes. Ria savait qu'elle prenait la pilule et qu'elle avait de nombreux amants. Elle avait vu les plans de la vaste chambre du nouvel appartement de Rosemary, dotée d'une luxueuse baignoire, d'un jacuzzi et de lavabos jumeaux. Ce n'était pas la salle de bains d'une femme qui se couchait souvent seule. Ria brûlait d'envie de l'interroger, mais elle se refrénait. Si Rosemary avait envie de lui en parler, elle en prendrait l'initiative.

— Cela prend plus de temps que prévu, déclara Rosemary.

— Regarde le contrat. Tu verras qu'il contient des clauses spécifiques en cas de circonstances imprévues, répliqua Danny en riant.

— Tu as protégé tes arrières, n'est-ce pas ? remarqua-t-elle, admirative.

— Tout comme toi.

— Simplement pour m'assurer que le travail serait bien fait.

— Et moi, pour le cas où le temps serait très humide, ce qui s'est produit.

A la table de la cuisine, Ria découpait de la pâte à gâteau avec les enfants. Brian faisait des formes rondes, Annie aimait donner aux siennes des contours compliqués.

— De quoi parlent-ils ? demanda Brian.

— De leurs affaires, expliqua Annie. Papa et Rosemary parlent affaires.

— Pourquoi est-ce qu'ils parlent dans la cuisine ? La cuisine, c'est pour jouer ! s'exclama-t-il tout fort.

— Il a raison, répliqua Rosemary. Emportons ces documents à l'étage, dans le magnifique salon. Si j'avais une pièce comme celle-là, crois-moi, je ne la laisserais pas devenir froide et tout imprégnée d'une odeur de renfermé comme un vieux débarras !

Danny s'exécuta de bonne grâce.

Ria demeura pétrifiée, les mains blanches de farine, les larmes aux yeux. Comment Rosemary osait-elle lui dire cela ? Devant tout le monde ! Une pièce froide et qui sentait le renfermé... Dès demain, elle ferait en sorte que cette pièce ne soit plus jamais inhabitée. Peut-être Rosemary lui avait-elle rendu service.

— Ça va, maman ? demanda Annie.

— Bien sûr.

— Tu aimerais travailler dans les affaires, toi aussi ?

Sans raison Ria se souvint de la voyante, Mrs Connor, qui lui avait prédit la direction d'une entreprise florissante.

— Pas vraiment, ma chérie, répliqua Ria. Mais tu es gentille de t'en inquiéter.

Le lendemain, Gertie lui rendit visite. Elle semblait épuisée, et avait d'immenses cernes sous les yeux.

— Ne me dis rien, Ria. Je t'en prie.

— Je n'en avais même pas l'intention ; chacun mène sa vie comme il l'entend.

— Eh bien, cela me change d'entendre cela, j'aime autant te le dire.

[illegible]

Elles s'activèrent un moment en silence. [illegible] le pare-feu en laiton et Ria frottait les chaises à la cire d'abeille. Soudain, celle-ci posa son chiffon.

— Je me sens tellement inutile, tellement idiote !

— Toi ?

Gertie était stupéfaite.

— Mais oui. Nous avons un magnifique salon, et nous n'y mettons jamais les pieds.

Gertie observa son amie avec attention. Quelqu'un avait fait de la peine à Ria. Il était impossible que ce soit sa mère : les remarques de celle-ci ne l'atteignaient jamais. Ce ne pouvait pas être Frances, la mère de Kitty, qui prenait soin de ne jamais contrarier personne. Hilary ne parlait de rien d'autre que du prix de telle ou telle chose, et Ria n'aurait pu être irritée par sa propre sœur. Ce devait être Rosemary. La jeune femme ouvrit la bouche pour prendre la parole, puis se ravisa. Ria se refusait à entendre la moindre critique au sujet de son amie ; Gertie ne pouvait rien dire qui puisse l'aider.

— Alors, tu ne trouves pas que c'est idiot ? insista Ria.

D'une voix lente, Gertie répliqua :

— Tu sais, comparée à la mienne, cette maison est un véritable palais, et tout le monde est de cet avis. Cela suffirait à me rendre heureuse. Mais en plus, Danny et toi l'avez décorée de meubles splendides. Alors, tu as peut-être raison... Vous devriez utiliser ce salon plus souvent. Pourquoi ne pas commencer ce soir ?

— J'aurais peur que les enfants ne le saccagent.

— Mais non ! Dis-leur que c'est une sorte de récompense de venir dans cette pièce avant d'aller au lit : s'ils sont bien sages, ils pourront se coucher un peu plus tard. Crois-tu que cela pourrait marcher ?

Dans le visage inquiet et sombre de Gertie, les yeux semblaient immenses. Soudain, Ria eut envie de pleurer.

— C'est une excellente idée, s'exclama-t-elle d'une voix gaie. Bon, dépêchons-nous de finir le ménage, et nous pourrons aller déguster des sablés à la cuisine.

— Barney vient prendre l'apéritif ce soir, avant le dîner. Nous irons dans mon bureau, déclara Danny.

— Pourquoi n'iriez-vous pas au salon ? Je vous préparerai du café. Gertie et moi y avons fait le ménage aujourd'hui, la pièce est magnifique. J'ai rangé le plus gros du désordre. Tu pourras mettre tes papiers sur la table.

Ils montèrent voir le salon ; le soleil de la fin d'après-midi se glissait à travers la vitre, et un vase de fleurs était posé sur la cheminée.

— On dirait presque que tu as des dons prémonitoires. Ce n'est pas une discussion facile, et c'est une bonne chose qu'elle ait lieu dans un endroit agréable.

— Rien de grave ? demanda-t-elle avec inquiétude.

— Non, pas vraiment ; simplement l'éternel problème de liquidités de Barney. Cela ne dure jamais très longtemps, mais il y a de quoi attraper des ulcères à l'estomac.

— Préfères-tu que les enfants restent en bas avec moi ?

— Ce serait parfait, ma chérie.

Il avait l'air épuisé et tendu. Barney arriva à dix-neuf heures, et s'en alla à vingt. Ria avait mis les enfants en pyjama. Quand ils entendirent la porte d'entrée se fermer, ils montèrent tous les trois l'escalier. Annie et Brian semblaient intimidés : la pièce ne faisait pas partie de leur terrain de jeu. Ils s'assirent et commencèrent une partie de dominos. Et peut-être parce que la pièce les impressionnait, ils ne se disputèrent pas ; ils jouèrent avec beaucoup de concentration, comme s'il s'agissait d'une partie très importante. Quand ils s'apprêtèrent à aller se coucher, pour une fois sans protester, Danny les serra très fort dans ses bras.

— Vous êtes ma raison de vivre, murmura-t-il d'une voix [illegible]

[illegible]

fortune.

— Alors ?

— Alors il a besoin de garanties, tu comprends. Il voudrait hypothéquer cette maison.

— Notre maison ?

— Oui, la sienne l'est déjà.

— Et qu'as-tu répondu ?

Ria était emplie de crainte. Barney pariait gros : s'il essuyait un échec, ils risquaient de perdre absolument tout.

— Je lui ai dit que nous en étions tous les deux propriétaires et que je devais te demander ton avis.

— Eh bien, tu ferais mieux de l'appeler immédiatement et de lui dire que je suis d'accord.

— Tu parles sérieusement ?

— Ecoute, nous n'aurions jamais pu acheter cette maison sans lui. S'il n'avait pas été là, nous n'aurions absolument rien. Appelle-le sur son portable. Il faut qu'il sache que nous ne sommes pas en train de peser le pour et le contre.

Cette nuit-là, après qu'ils eurent fait l'amour, Ria ne parvint pas à s'endormir. Et si les problèmes d'endettement étaient sérieux, cette fois-ci ? Et s'ils perdaient leur magnifique villa ? Auprès d'elle, son mari était plongé dans un sommeil serein. Elle contempla plusieurs fois son visage. Quand l'aube se leva, elle savait que même s'ils perdaient la maison, cela n'avait pas d'importance du moment qu'elle ne perdait pas Danny.

— Viens, maman, allons prendre le thé au salon, proposa Ria.

— Tu as été élevée dans un endroit bien différent de celui-ci.

Nora balaya du regard la pièce que Ria s'était résolue à utiliser comme elle le méritait. La jeune femme était encore légèrement blessée par la remarque de Rosemary. Pourtant, en un sens, son amie lui avait rendu service. Quand Danny se trouvait dans cette pièce, il ne s'endormait pas ; il contemplait avec plaisir les meubles et les bibelots rares qu'ils avaient réussi à dénicher. Les enfants étaient plus calmes et rangeaient soigneusement leurs jeux dans l'un des tiroirs du buffet au lieu de les laisser éparpillés à même le plancher. Gertie adorait y faire le ménage ; elle disait qu'elle avait l'impression de se trouver sur la couverture d'un magazine. Hilary avait recensé le prix de chaque meuble et déclaré qu'ils avaient fait de fantastiques affaires.

Même la mère de Ria semblait enchantée de s'y installer,

bien qu'elle se refusât à l'admettre. Elle le comparait aux salons d'autres maisons où elle faisait du repassage et affirmait que celui-ci était beaucoup plus beau. Elle en interdisait l'accès au chien et Bobby dormait tristement dans un panier, à la cuisine. Lorsque Rosemary leur rendait visite, elle ne manquait jamais d'admirer la pièce. Sans doute avait-elle oublié les mots cruels avec lesquels elle l'avait comparée à un débarras aux murs moisis où personne ne mettait jamais les pieds. A présent, elle s'exclamait devant son haut plafond, ses deux vastes fenêtres, ses merveilleuses teintes chaudes. C'était un vrai bijou, répétait-elle inlassablement.

Ria se rendit compte qu'on pouvait éprouver une grande satisfaction à posséder de belles choses. Si l'on était incapable d'avoir une ligne de sirène, un maquillage impeccable et d'élégants vêtements, il était toujours possible de les remplacer par un salon magnifique. Pour la première fois, elle comprit pourquoi les gens achetaient des livres sur la décoration d'intérieur et les meubles d'époque.

Mais il était intéressant de constater que les projets de décoration de Rosemary différaient autant qu'il était possible du salon qu'elle admirait tant. Le numéro 32 avait été entièrement rénové et l'immense appartement du dernier étage [illegible]

[illegible] lieu qui, à ses yeux, évoquait une galerie d'art moderne.

Danny passait beaucoup de temps au numéro 32. Trop de temps, songeait parfois Ria. Il devait s'occuper d'autres projets immobiliers ; le numéro 32 n'était que l'un d'entre eux.

— Je t'ai déjà dit que si nous parvenons à trouver de bons acheteurs, Barney sera tiré d'affaire. Nous aurons besoin d'articles élogieux dans les pages immobilières des magazines ; Rosemary pourra nous en obtenir. Il faudrait que des hommes politiques, des vedettes sportives ou des célébrités du show-biz achètent les autres appartements.

— Pourrez-vous effectuer une sélection ?

— Pas vraiment, mais nous voulons que la rumeur circule. J'ai demandé à Colm d'en parler aux pontes qui fréquentent son restaurant.

— L'a-t-il fait ?

— Oui. Malheureusement, seul son rustre de beau-frère, Monto Mackey, est venu se renseigner.

— Monto et Caroline voudraient acheter un appartement à Tara Road ?

— Je ne pensais pas qu'il aurait suffisamment d'argent, mais si. Et en argent liquide, des montagnes d'argent liquide.

— Non !

Ria était stupéfaite. La sœur de Colm, si belle et réservée, était mariée à un vendeur de voitures peu sympathique, un homme corpulent, rubicond, qui s'intéressait davantage aux courses de chevaux qu'à sa femme ou ses affaires. Il semblait être la dernière personne susceptible d'avoir les moyens d'acheter un tel appartement.

— Barney était enchanté, bien sûr. Il est toujours partant quand il y a de l'argent liquide à la clef. Mais je l'ai convaincu de se méfier. Nous avons besoin d'acheteurs respectables, pas de voyous comme Monto Mackey.

— T'a-t-il écouté ? Les affaires vont-elles bien, ces temps-ci ?

Ria n'avouait jamais ouvertement qu'elle était inquiète au sujet de l'hypothèque consentie à Barney, mais cette crainte quittait rarement son esprit.

— Ne t'en fais pas, ma chérie, les huissiers ne vont pas frapper demain à notre porte. Je dois simplement empêcher Barney de se laisser tenter par de l'argent facile et non imposable.

Danny semblait amusé et fort peu impressionné par son patron. Leur relation était très informelle.

Quand Rosemary déclara devant Barney qu'elle désirait

acheter des fournitures de jardin, il proposa de lui présenter un ami.

— Inutile d'alerter le percepteur ; vous paierez en liquide et tout le monde sera content.

— Pas tout le monde, répliqua Rosemary. Pas le gouvernement, ni les contribuables, ni mon comptable.

— Oh, je vous demande pardon, s'exclama Barney.

Mais personne n'en fut gêné. Les gens étaient différents les uns des autres, et c'était ainsi que le monde des affaires fonctionnait.

— Son Altesse Rosemary Ryan va-t-elle pendre la crémaillère ? Elle aura peut-être besoin que je m'occupe du vestiaire.

Nora mourait de curiosité.

— Ne cherchez pas les ennuis, Holly, répliqua affectueusement Danny. Vous l'appelez Son Altesse Rosemary Ryan simplement pour mettre Ria en colère. Non, je n'ai pas entendu parler d'une pendaison de crémaillère. Elle ne t'a rien dit, ma chérie ?

— Elle va attendre que sa terrasse soit aménagée. Selon elle, l'endroit n'aura aucune allure tant qu'elle n'aura pas [illegible]

[illegible]

— Mais c'est impossible, s'exclama Nora.

— Bien sûr que non, si l'on engage de bons pépiniéristes et que l'on plante toutes les plantes en pots.

— A ton avis, pourrais-je aller faire le ménage chez Rosemary ? demanda Gertie à Ria.

— Gertie, tu t'occupes d'une laverie, tu n'as pas le temps d'aller faire des ménages. Et tu n'en as pas besoin.

— Mais si, répliqua sèchement la jeune femme.

— Et qui s'occupera de la laverie ?

— Elle tourne toute seule, je te l'ai déjà dit. Bobby, le chien de ta mère, pourrait s'en occuper. J'emploie des jeunes filles qui s'en chargent à ma place, et je gagne beaucoup plus d'argent en faisant des ménages que ce que je dois les payer.

— C'est ridicule.

— A-t-elle déjà trouvé quelqu'un ?

— Pose-lui la question.

— Non, Ria. Demande-lui pour moi, veux-tu ? Pour me rendre service ? insista Gertie.

— Il est hors de question que j'emploie Gertie comme femme de ménage. Elle devrait commencer par s'occuper de sa laverie et prendre soin de ses enfants.

— Elle a bien besoin d'un peu de travail.

— Eh bien, donne-lui-en, toi.

— Je ne peux pas. Danny se demande ce que je fais de mes journées et pourquoi je suis obligée d'employer Gertie pour faire le ménage.

— Il n'a pas tort.

— Allons, Rosemary, tu as besoin de quelqu'un en qui tu puisses avoir confiance.

— Je vais m'adresser à une entreprise ; ils m'enverront une employée deux fois par semaine.

— Mais ce seront de parfaites inconnues, elles pourraient te voler, fouiller dans tes affaires !

— Allons, Ria. Comment crois-tu que ces entreprises parviennent à survivre ? Elles doivent employer des personnes honnêtes, c'est une garantie absolue. Dans le cas contraire, elles feraient faillite.

En ce qui concernait Rosemary, la question était close. Désormais, elle s'intéressait bien davantage à l'aménagement de sa terrasse. Les treilles furent livrées et aussitôt installées ; quelques jours plus tard, des plantes grimpantes en pots furent portées sur la terrasse.

— Il y aura beaucoup de roses, bien sûr. De ce côté-ci des

Pompadour, elles sont d'une jolie teinte, des Muscosa et des Madame Pierre Ogier de ce côté-là. Que me conseilles-tu d'autre ? demanda-t-elle à Ria, comme si elle souhaitait avoir son avis.

— Eh bien, je vois que tu as des Cascades d'Or, elles sont ravissantes, répondit la jeune femme en mentionnant le seul nom qu'elle connaissait.

— Oui, mais elles sont jaunes. Je pensais installer des pans entiers d'une seule couleur, ce sera plus spectaculaire.

Jamais Rosemary ne disait qu'elle avait envie que ses invités jouissent du spectacle ; c'était toujours pour elle-même. Mais elle avait certainement envie que d'autres l'admirent aussi, songea Ria. Elle n'en était pas sûre. Elle n'était sûre de rien en ce qui concernait Rosemary. Elle était certaine que son amie ne connaissait rien aux fleurs trois mois plus tôt ; et aujourd'hui elle aidait les pépiniéristes à tuteurer le chèvrefeuille, le jasmin et la glycine comme si elle l'avait fait toute sa vie. Elle manifestait un don stupéfiant pour tout ce qu'elle touchait.

Puis elle pendit la crémaillère. Ria ne connaissait presque personne ; Danny et Barney connaissaient quelques invités. [illegible]

— Je ne peux pas prendre le risque que Jack fasse irruption pour exiger que sa femme vienne lui servir à dîner, avait-elle répliqué.

La mère de Rosemary était présente, ainsi que Eileen et Stéphanie.

— Connais-tu ces gens-là ? demanda Mrs Ryan à sa fille aînée d'un ton plaintif.

— Non, mère. Je ne connais que des avocats et les

membres de différentes associations, tandis que Rosemary est dans le monde des affaires.

— Je ne pense pas qu'ils soient issus d'un bon milieu.

Eileen laissa échapper un soupir. A cet instant-là, Rosemary passait derrière sa mère ; elle articula silencieusement à l'attention de sa sœur les mots qui, elle le savait, allaient franchir les lèvres de la vieille femme.

— Ce sont des parvenus, tu sais.

Eileen et Stéphanie éclatèrent de rire. Mrs Ryan fut stupéfaite.

— Vous êtes suffisamment excentriques comme ça, jeta-t-elle, il est inutile de vous faire remarquer.

Elle soupira. En dépit de la richesse et de la beauté de Rosemary, celle-ci n'avait toujours pas de mari en vue. Toutefois des photographes étaient présents, et la jeune femme fut prise en photo en compagnie d'un homme politique. Barney et Danny, quant à eux, furent photographiés avec une actrice sur la terrasse, devant un parterre de fleurs et la vue panoramique. Le portrait de Rosemary parut dans les pages financières, celui des deux hommes dans les pages immobilières. Les propositions concernant le numéro 32 Tara Road affluèrent. Tout le monde était ravi.

Depuis que Rosemary était leur voisine, Danny et Ria la voyaient beaucoup plus fréquemment. Elle leur rendait souvent visite aux alentours de dix-neuf heures et passait une heure en leur compagnie, buvant un verre de vin allongé d'eau gazeuse. En guise d'amuse-gueule, Ria préparait des petites quiches au fromage ou des tranches de bacon enroulées autour de pruneaux ou d'amandes. Peu importait que Rosemary refuse d'en manger ; Danny en dégustait quelques-uns, les enfants et Ria finissaient le reste et cela donnait à la jeune femme l'occasion d'utiliser la porcelaine victorienne qu'elle avait achetée dans les ventes aux enchères.

Les enfants restaient en bas, dans la cuisine, avec interdiction absolue de se disputer et de toucher au fourneau. Ria se surprit à prendre soin de sa coiffure et à se maquiller. Elle ne pouvait affronter chaque soir la vue de Rosemary, si élégante, sans faire un effort.

— Tu te mets sur ton trente et un pour Son Altesse Rosemary Ryan ! se moqua sa mère.

— Toi, tu t'habilles toujours bien, maman, à ce que je vois, répliqua Ria.

Sa mère s'était mise à porter de petites toques semblables à celles d'Audrey Hepburn. Elle les achetait chez les fripiers. Danny en faisait l'éloge avec une admiration non déguisée.

— Maintenant, osez me dire que vous ne ressemblez pas à Audrey Hepburn, Holly ! Vous pourriez être sa petite sœur.

Gertie désapprouvait les visites de Rosemary, elle aussi.

— Tu t'occupes d'elle comme si tu étais sa bonne, Ria, affirmait-elle.

— Mais pas du tout ! Contrairement à elle, je ne travaille pas, voilà tout. Quoi qu'il en soit, j'apprécie beaucoup de recevoir des invités dans cette pièce.

— Bien sûr.

Gertie avait pris Rosemary en grippe. Cela lui aurait été bien utile de gagner quelques livres, et elle aurait aimé voir un appartement dont on parlait dans les magazines. Serait-ce en qualité de femme de ménage.

— Le numéro 32 est-il vraiment magnifique ? demandait-elle à Ria.

[illegible]

[illegible] distraire chez Rosemary et trop d'endroits lui étaient interdits.

— Emmène les enfants avec toi, insistait pourtant Rosemary.

Mais Ria savait qu'il était préférable de s'en abstenir. Elle les aimait tellement qu'elle aurait détesté devoir s'excuser pour ce qui lui semblait être un comportement parfaitement normal. Alors, parfois, lorsque Danny travaillait le samedi après-midi, elle confiait les enfants à sa mère et rendait visite à Rosemary. L'appartement était aussi impeccable que si son amie n'avait pas dormi dans le lit, préparé un repas ou fait la moindre lessive depuis le jour de la crémaillère. Même la terrasse donnait l'impression d'être un décor où chaque fleur occupait la place qui lui avait été assignée.

En dépit du luxe dans lequel elle vivait, Rosemary était restée par de nombreux aspects la jeune femme qu'elle était autrefois, quand toutes deux étaient employées à l'agence immobilière. Elle pouvait éclater du même rire contagieux à propos de ce qui les faisait rire alors : l'obsession de Hilary vis-à-vis de l'argent, l'effroi qu'éprouvait Mrs Ryan à l'égard des parvenus, le fait que Nora vive dans un monde de cinéma.

Rosemary confiait à son amie certains des problèmes qu'elle rencontrait au travail : la jeune femme qui aurait fait une excellente assistante si elle n'avait dégagé une si affreuse odeur de transpiration, et qu'il avait fallu renvoyer ; le client qui, au dernier moment, avait annulé une importante commande et que Rosemary avait dû assigner en justice ; les prospectus qu'elle avait imprimés gratuitement pour une association caritative avant de s'apercevoir qu'il s'agissait d'une rave où tout le monde avait pris de l'ecstasy.

Elles étaient installées confortablement sur la terrasse, baignées par le capiteux parfum des fleurs.

— Comment s'appelle cette belle plante verte qui sent si bon ? demanda Ria.

— Un plant de tabac, répondit Rosemary.

— Et la mauve qui ressemble un peu à du lilas ?

— Un Solanum Crispum.

— Comment fais-tu pour connaître toutes ces plantes et te souvenir de leurs noms, Rosemary ? Tu as tant d'autres choses à l'esprit !

— On peut tout apprendre dans les livres, Ria. Cela ne sert à rien de posséder quelque chose si tu ne sais pas de quoi il s'agit, répliqua Rosemary avec une légère impatience.

Ria savait comment apaiser son irritation.

— Tu as parfaitement raison. J'ai beaucoup de livres, moi

aussi ; la prochaine fois, je m'exprimerai avec autant d'assurance que toi !

— C'est une très bonne idée, acquiesça son amie d'un ton approbateur.

Son irritation s'était envolée.

Si leur jardin n'était pas en friche, Danny et elle pourraient peut-être s'y installer le samedi après-midi pour regarder jouer les enfants. Peut-être pourraient-ils y bavarder et lire le journal. Cela faisait si longtemps qu'ils n'avaient pas profité de leur jardin...

— L'entretien de la terrasse te demande-t-il beaucoup de travail ?

— Non, un jardinier vient s'en occuper quatre heures par semaine, voilà tout.

— Comment sais-tu ce qu'il faut lui demander ?

— Je n'en sais rien. Je l'ai engagé chez un horticulteur, il sait ce qu'il faut faire. Mais l'astuce, vois-tu, c'est de planter des buissons et des plantes qui n'ont pas besoin de beaucoup de soin.

Alors qu'elle retournait chez elle en suivant Tara Road, Ria réfléchit. Brian était suffisamment grand à présent, elle aurait pu recommencer à travailler ; mais Danny ne semblait en [illegible]

[illegible]

[illegible]

[illegible]

Ce n'était pas non plus ce qu'elle souhaitait.

En ce début d'été, Tara Road était particulièrement agréable. Les cerisiers étaient en fleur et leurs pétales déployaient un tapis rose sur le sol. Ria ne cessait de s'émerveiller de la diversité des habitations qu'on y voyait : des pavillons où des étudiants logeaient en grand nombre dans des studios et des chambres de bonne, leurs vélos appuyés contre les portails — comme cela avait été le cas chez Danny et Ria jusqu'à cette année ; puis, après un petit atelier, la rue se peuplait de nouveau de vastes villas entourées de jardins, avant d'arriver à une intersection ; au croisement se trouvait le bâtiment où Gertie logeait et travaillait. La laverie avait une nombreuse clientèle parmi la population étudiante. C'était là que la jeune femme et son mari menaient leur existence mystérieuse et vous étiez considérée comme une bien meilleure amie si vous vous absteniez de poser des questions.

Quand on tournait à droite en sortant de chez Rosemary, on longeait des habitations tout aussi hétéroclites, de grandes villas comme la leur, d'autres, plus modestes, dissimulées derrière un rideau d'arbres, puis un lotissement de six pavillons où logeaient les Sullivan et où se trouvait le cabinet dentaire de Jimmy. Plus loin, il y avait le croisement où le restaurant de Colm survivait à grand-peine.

Observant les jardins, Ria remarqua que presque tous étaient plus soignés que le leur. Mais il était difficile de savoir par où commencer. Il aurait fallu une tronçonneuse pour venir à bout de cette végétation en friche, et que faire alors ? Ria n'avait aucune envie de ressembler à ces femmes qui, après avoir rendu visite à une amie, veulent immédiatement de nouveaux meubles de cuisine ou des rideaux neufs. Il était cependant ridicule que Danny et elle aient fermé les yeux sur un pan si important de leur existence.

Bien qu'elle n'eût aucune envie de l'admettre, Ria savait qu'elle avait perdu son esprit d'initiative. Quand elle était jeune mariée, il lui arrivait d'aller jusqu'à la grand-route, d'acheter deux pots de produits d'entretien, et de polir toute l'argenterie avant le retour de Danny. Il était peut-être devenu plus exigeant, à présent ; à force d'acheter et de vendre, il avait l'occasion de voir les villas de gens fortunés qui avaient du goût et du style. Jamais Ria n'oserait prendre l'initiative d'un quelconque projet. Pourtant, si Danny ne s'apercevait pas que le jardin en friche faisait perdre de la valeur à leur propriété, c'était peut-être à elle d'intervenir.

Quand elle arriva devant le numéro 16 Tara Road, Barney était en train de se garer dans l'allée. Il n'était pas facile d'y manœuvrer : il devait éviter leur véhicule, le vélo d'Annie, le tricycle de Brian, une brouette qui se trouvait là depuis des semaines, et les cageots que les éboueurs n'avaient pas emportés mais que personne n'avait pris la peine de jeter à la benne.

— Vous êtes ravissante, Ria, déclara-t-il en descendant de voiture.

C'était un homme qui admirait les femmes, mais il ne faisait jamais de compliments qui ne soient sincères. S'il vous disait que vous étiez jolie, il le pensait vraiment. Flattée, Ria repoussa une mèche de cheveux.

— Merci, Barney. En fait, je ne suis pas très contente de moi ; je crois que je deviens négligente.

— Vous ? demanda-t-il avec stupéfaction.

— Pensez un peu : nous vivons ici depuis presque neuf ans, et on se croirait encore sur un chantier de construction !

— Mais non, protesta-t-il.

— Mais si, Barney. Et c'est moi qui passe tout mon temps ici. Je devrais m'en occuper et je vais le faire ; je viens d'en prendre la décision. Le pauvre Danny ne devrait pas se charger de cela. Il travaille déjà si dur...

Elle eut l'impression que Barney la regardait avec compassion.

— Ria [illegible]

— Je [illegible]

— Je crois que nous devrions lui demander son avis.

— Mais il répondra « plus tard, plus tard », et nous ne nous en occuperons jamais. Défrichons le jardin, Barney, puis nous déciderons de l'aménagement.

Immobile, Barney se caressait le menton.

— Je ne sais pas trop, Ria. Il faut réfléchir avant de faire venir les pelleteuses. Imaginez que vous vouliez construire ici, par exemple. Ce serait absurde de planter des parterres de fleurs que l'on devrait retirer un peu plus tard.

— Construire ?

Ria était stupéfaite.

— Mais pourquoi voudrions-nous faire construire ? Nous avons déjà une immense villa de trois étages, et nous n'avons même pas fini de meubler certaines chambres. Nous allons aménager un plus grand bureau pour Danny et peut-être une sorte de salle de jeux pour les enfants, mais nous n'avons pas besoin de davantage d'espace.

— Il arrive que les gens changent de projets au fil des années, déclara Barney.

Ria sentit un frisson la parcourir. Elle n'avait aucune envie que les choses changent, seulement qu'elles s'améliorent. Elle prit une décision soudaine. Elle n'allait plus discuter avec cet homme. Il l'appréciait et l'admirait, sans aucun doute, mais à ses yeux elle n'était que l'épouse de Danny. Jolie, bonne mère et femme d'intérieur, discrète et toujours prête à lui servir à dîner quand il le souhaitait, aussi aimable avec sa femme qu'avec sa maîtresse. Il ne la considérait pas comme quelqu'un capable de prendre une décision concernant son foyer.

— Vous avez parfaitement raison, Barney. Je ne sais pas ce que j'avais en tête, dit-elle. Voulez-vous quelque chose à grignoter ? Du thé glacé et un sandwich à la tomate et au pain complet ?

— Vous êtes merveilleuse, lança-t-il.

La mère de Ria se trouvait dans la cuisine avec les enfants.

— Oh, tu es revenue de chez Son Altesse Rosemary Ryan.

Nora n'avait jamais aimé la jeune femme. Ria avait oublié quand cette aversion était née et quelle en était la raison. Elle avait depuis longtemps renoncé à essayer de convaincre sa mère des qualités de Rosemary.

— Elle m'a chargée de te passer le bonjour, maman.

— Mais bien sûr, persifla Nora Johnson. Est-ce à Barney que je t'ai entendue parler ?

Penchée au-dessus d'Annie, Ria contemplait le tableau qu'avait peint la fillette. La cuisine était inondée.

— C'est un portrait de toi, maman, annonça fièrement l'enfant.

Une créature qui ressemblait à une poupée de chiffon était entourée de casseroles et de poêles à frire.

— C'est ravissant, déclara Ria. Tu es très douée, Annie.

— Moi aussi je suis doué, intervint Brian.

— Mais non, tu es idiot, répliqua la petite fille.

— Allons, Annie ! Brian est très doué, lui aussi.

— Je ne crois même pas qu'il ait de cerveau, répliqua sa sœur d'un ton sérieux. Si on ne lui donne pas de peinture il hurle, et si on lui en donne il se contente de faire de grosses taches.

— Allons, Annie, il est plus petit que toi, c'est tout. Attends qu'il ait ton âge, et il sera capable de faire les mêmes choses.

— Quand tu seras plus vieille, seras-tu aussi intelligente que grand-mère ?

— J'espère bien que oui, répondit Ria en souriant.

— Jamais de la vie, répliqua sa mère. J'imagine que tu vas préparer des petits amuse-gueule pour le coureur de jupons qui se trouve à l'étage.

— C'est un mot que j'évite d'employer, lança Ria en foudroyant sa mère du regard.

[illegible] ns.

— [illegible]

— [illegible] bien [illegible]

[illegible]

[illegible]

— [illegible] rd.

[illegible]

— [illegible] d'accord avec toi. Mais c'est normal, n'est-ce pas ? Les femmes mariées raisonnent toujours ainsi. Pourrais-tu sortir les grands verres à thé glacé, s'il te plaît, maman ?

— C'est absurde. A mon avis, on devrait boire un whisky bien froid ou une bonne tasse de thé chaud, et non l'inverse. Ce n'est pas fait pour ça.

Ce soir-là, Ria déclara à Danny qu'il était temps de s'occuper du jardin en friche. Comme elle s'y attendait, il répliqua :
— Pas maintenant, ma chérie.
— Je ne veux pas te harceler ; laisse-moi m'en occuper, je demanderai à Barney de nous établir un devis.
— Tu lui en as déjà parlé.
— Parce que je voulais te libérer de certaines corvées.
— Chérie, ne t'en mêle pas, je t'en prie. Il s'en chargerait gratuitement, et ce n'est pas indispensable.
— Mais tu es le premier à dire qu'il faut entretenir la valeur de notre propriété, Danny.
— Nous ne savons pas encore ce que nous allons en faire, Ria.
— Ce que nous allons en faire ? Nous voulons disposer d'un espace où nos visiteurs puissent garer leur voiture, où nous puissions garer la nôtre sans avoir l'impression de nous livrer à une course d'obstacles... Nous voulons que notre maison ressemble à un véritable foyer. Pas à une sorte de camp de transit.
— Mais nous n'avons pas vraiment réfléchi à... à ce que l'avenir pourrait nous réserver.
— Tu ne vas pas commencer à évoquer la possibilité de faire construire, comme Barney ! répliqua Ria avec irritation.
— Il t'en a parlé ?
— Oui, et je ne vois pas du tout à quoi il faisait allusion.
Danny vit le visage de sa femme empreint de colère et de perplexité.
— S'il est question de faire construire un jour, ce ne sera pas avant très longtemps. Tu as raison. Nous devons faire quelque chose... Quelque chose de temporaire, pour le moins.
— Mais qu'avons-nous besoin de faire construire ?
— Pour l'instant, rien, tu as parfaitement raison.
— Pour l'instant ? Mais nous avons une immense maison !
— Qui sait ce que l'avenir nous réserve ?
— Ce n'est pas juste, Danny. Je dois savoir ce que tu entends par là.
— Très bien, je vais t'expliquer ce que je veux dire.

Imagine que nous traversions une passe difficile ; nous n'aurions aucune envie de perdre cette villa. Alors si nous pouvions faire construire deux pavillons dans le jardin, deux petits pavillons, il y aurait suffisamment d'espace pour...

— Deux pavillons dans notre jardin ? Juste à notre porte ?

Ria le dévisageait comme s'il avait perdu la raison.

— Si nous nous laissions cette possibilité, cela représenterait une sorte de police d'assurance.

— Mais ce serait affreux !

— Moins affreux que de devoir vendre la maison. Ce ne sera jamais le cas bien sûr, mais imagine que ce le soit.

— Pourquoi devrais-je imaginer cela ? D'habitude, tu considères toujours le bon côté des choses ; pourquoi devrions-nous soudain envisager d'être pauvres au point de devoir faire construire d'horribles pavillons dans notre jardin ? Si tu me caches quelque chose, tu ferais mieux de me le dire tout de suite. Ce n'est pas juste de me dissimuler la vérité pour éviter que je me fasse du tracas. Ce n'est pas juste, et je ne te laisserai pas faire !

Danny la prit dans ses bras.

— Je te promets que je ne te cache rien. Mais dans ce secteur, vois-tu, beaucoup de gens s'imaginent que l'avenir va être florissant et [illegible] chaque [illegible] ... Et [illegible] situation et ils perd[illegible]

— Mais nous n'[illegible] n'est-ce pas ?

— Bien sûr ma [illegible]

— Que veux-tu [illegible]

— Barney, qui, en [illegible] au sien.

— Mais tu m'avais dit que cette histoire d'hypothèque était du passé ; qu'une fois Barney renfloué grâce à l'immeuble du numéro 32, ses difficultés seraient terminées !

— Et c'est le cas, répliqua Danny d'une voix apaisante. Désormais, il se montre plus prudent.

— Barney n'a jamais fait preuve de prudence. Il a eu une attaque cardiaque et il continue de fumer, de boire du whisky... Et de toute façon, pourquoi cela signifierait-il que nous devons prendre des précautions ?

— Parce que notre sort est lié au sien. Il en est conscient et il veut que nous ayons le plus d'atouts possible. C'est pourquoi il aimerait que nous gardions la possibilité de faire construire... Si la situation tournait mal pour lui, que nous puissions investir dans de la pierre, la seule chose qui conserve toute sa valeur. Comprends-tu ?

— Pas vraiment, pour être franche, répliqua la jeune femme. Si la société de Barney faisait faillite, ne pourrais-tu pas travailler dans n'importe quelle autre agence immobilière ?

— Si, probablement, rétorqua Danny en affichant le sourire rapide, éclatant, que Ria avait appris à redouter.

C'était le sourire qu'il arborait quand il faisait visiter à un client une propriété qui n'était pas tout à fait saine, quand il était impatient de conclure une vente, qu'il craignait qu'un des maillons de la chaîne ne cède, qu'un acheteur n'obtienne pas son prêt et que toute l'affaire s'effondre comme un château de cartes.

Mais il n'était plus question de discuter ou d'en apprendre davantage. Quelques travaux provisoires et des soucis concernant l'avenir, voilà tout ce qui avait découlé de la conversation.

De retour aux Etats-Unis, Sheila leur écrivit que tous les journaux parlaient des opportunités qu'offrait l'Irlande et du grand nombre d'émigrés qui retournaient s'y installer. L'une des amies qu'elle avait rencontrées à Dublin pourrait-elle la conseiller à ce sujet ? demandait-elle. Elle avait pris tant de plaisir à les fréquenter durant son séjour. Ne s'étaient-elles pas merveilleusement amusées en allant rendre visite à la voyante dans sa caravane ? Mrs Connor lui avait déclaré que son avenir se trouvait entre ses mains ; et vraiment, c'était très juste.

Aujourd'hui, elle lisait partout les mêmes conseils, les mêmes recommandations. Pourquoi ne l'avaient-ils pas pressenti des années plus tôt, quand ils s'étaient contentés de se conformer à ce que pensaient et faisaient les autres ?

Elle leur écrivait également que son fils Sean, âgé de huit ans, prenait des cours de danse folklorique irlandaise et que sa fille Kelly, une petite de trois ans qui exigeait beaucoup d'attention, allait entrer en maternelle l'année suivante. Elle était déterminée à ce que ses enfants ne grandissent pas dans l'ignorance de leur héritage irlandais. Elle envoya la même lettre à Gertie, Rosemary, Ria et Hilary. Elle avait tout particulièrement sympathisé avec cette dernière, et l'invitait à lui rendre visite durant les vacances scolaires.

— Comment pourrais-je le faire ? Elle doit avoir perdu l'esprit. Ils n'ont aucune idée de ce que représente l'argent, là-bas, s'exclama Hilary en montrant la lettre à sa sœur.

— Je n'en suis pas si sûre, Hilary.

Parfois, Ria avait le sentiment de passer sa vie à s'efforcer de convaincre sa sœur que certaines choses lui étaient bel et bien accessibles.

— Si tu réservais les billets trois mois à l'avance, tu aurais d'énormes réductions, et Sheila t'a bien dit que tu n'aurais aucuns frais là-bas.

— Mais Martin ?

Hilary trouvait toujours un argument à opposer à la moindre suggestion.

— [illegible]

[illegible] une fois encore.

Ce jour-là, la patience de Ria était limitée. Mona McCarthy était venue lui demander s'il lui serait possible de l'aider au cours d'une réception de bienfaisance. Cela ne dérangeait pas Ria, mais elle était obligée de faire garder Brian. Elle ne pouvait le confier à sa mère. Nora était impliquée dans un si grand nombre d'activités sociales et professionnelles qu'il aurait fallu la prévenir des jours à l'avance. Aujourd'hui, elle devait faire du repassage pour quelqu'un, distribuer des prospectus concernant une vente aux enchères au profit d'un refuge pour animaux et rendre visite aux vieilles dames de la maison de retraite. Ria ne pouvait bouleverser son emploi du temps.

Gertie lui avait dit que ce n'était pas vraiment une bonne journée pour laisser quelques heures Brian à la laverie, parce que... parce que... cela tombait mal. Ses propres enfants se trouvaient chez leur grand-mère. Cela voulait tout dire. Et jamais Ria n'aurait osé demander à une voisine, Frances Sullivan par exemple, de garder son petit garçon. Cela aurait été admettre qu'elle était incapable de s'organiser, bien qu'elle fût femme au foyer. Si seulement Caroline, l'étrange sœur de Colm, avait été plus vive, elle aurait pu lui demander de venir passer quelques heures chez elle ; mais la jeune femme semblait toujours mettre quelques secondes à comprendre ce qu'on lui disait, et ce jour-là Ria ne disposait pas du temps nécessaire.

Assise à la table, Hilary parcourait inlassablement la lettre. Ria décida de tenter sa chance.

— Je vais te demander un service. Dis-moi non si tu n'en as pas envie. Pour une foule de raisons, il faut absolument que je me rende chez Mona McCarthy.

— Mais bien sûr, répliqua Hilary avec un reniflement de mépris.

— Ce n'est pas ce que tu crois, mais cela me rendrait infiniment service que tu t'occupes de Brian pendant trois heures. A mon retour, je nous préparerais un succulent déjeuner. D'accord ?

— Pourquoi dois-tu y aller ?

— Cela veut dire que tu refuses, je suppose.

— Pas nécessairement. Si tu me dis pourquoi tu dois y aller, je resterai.

— Très bien. Je crains que les McCarthy n'aient des problèmes financiers. Je veux essayer de savoir ce qu'il en est, parce que si c'était le cas, cela affecterait Danny. Alors, oui ou non ?

— D'accord, répondit Hilary en esquissant un sourire.

Ria appela un taxi, enfila son manteau le plus élégant, une belle écharpe de soie, et, emportant le gâteau aux noix qui refroidissait sur la grille du four, elle s'en alla en direction de la grande demeure des époux McCarthy, située à dix kilomètres de Dublin. Des voitures luxueuses étaient garées dans l'allée et lorsqu'elle approcha de la porte, elle entendit les voix sonores des invitées.

Elle fut touchée de voir le visage de Mona s'illuminer à son entrée. Ria se débarrassa de son manteau et entreprit d'aider Mrs McCarthy, avec le sourire affable que lui avait apporté l'expérience de ce genre de réceptions. Il fallait s'assurer que ces femmes aisées et souvent solitaires passaient un agréable moment et se sentaient chaleureusement accueillies. Les dix livres d'admission étaient moins importantes que le plaisir qu'elles éprouvaient à se trouver là. Ainsi, il serait possible de les convaincre plus tard de consacrer des sommes beaucoup plus importantes à des défilés de mode, des réceptions dansantes et des projections de cinéma.

On présenta à Ria une femme élégante du nom de Margaret Murray.

— Vous connaissez peut-être mon mari, Ken. Il travaille dans l'immobilier, déclara-t-elle.

Ria mourait d'envie de lui confier que Ken Murray était le premier garçon qu'elle avait embrassé, des années plus tôt, à l'âge de quinze ans, que cela avait été horrible et qu'il lui avait assené qu'elle était ennuyeuse. Mais elle songea que Margaret risquait de ne pas trouver cela aussi drôle qu'elle ; aussi garda-t-elle le silence, se contentant de sourire intérieurement.

— Vous semblez être en forme, remarqua Mona d'un ton approbateur.

— Je vous dirai pourquoi plus tard. Cela se passe très bien, n'est-ce pas ?

— Oui. Je crois qu'elles aiment venir ici pour satisfaire leur curiosité, répliqua Mona.

— Comment cela ?

— Elles s'interrogent sur notre solvabilité. A en croire la rumeur, nous nous retrouverons bientôt à l'asile des pauvres.

Mona semblait remarquablement calme.

— Et cela ne vous inquiète pas ? demanda Ria.

— Non. Si je devais m'inquiéter chaque fois que j'entends courir un bruit au sujet de Barney, je passerais mon temps à me ronger les sangs. Nous avons déjà été pauvres ; si cela devait se reproduire, je suppose que nous pourrions nous en arranger. Mais je ne crois pas que ce sera le cas. Barney est un homme extrêmement prévoyant, et je suis sûre qu'il a un grand nombre de filets de sûreté.

Elle semblait empreinte d'une grande sérénité quand elle regagna le salon empli de femmes qui, elle le savait, s'intéressaient plus qu'il n'était correct à ce qui lui permettait de conserver ce train de vie extravagant.

Colm Barry sonna à la porte alors que Ria et Hilary dégustaient leur énorme déjeuner.

— Eh bien, vous ne vous privez pas, toutes les deux ! Cela fait plaisir à voir.

Acceptant leur invitation, il s'assit à table.

— Oh, Ria peut se permettre d'acheter les plus belles pièces de viande, déclara Hilary, fidèle à son habitude.

— C'est la façon dont elle les cuisine qui les rend si délicieuses, répliqua Colm en connaisseur. Et l'élégance avec laquelle elles sont présentées.

— Ce n'est pas facile de trouver de bons légumes par ici, remarqua Ria. A l'épicerie du coin, ils sont souvent défraîchis, et il n'y a pas d'autre magasin à proximité.

— Pourquoi ne faites-vous pas pousser les vôtres ? suggéra Colm.

— Mon Dieu, non. Ce serait une telle corvée de défricher le jardin. Même pour arranger la pelouse devant la maison, il a fallu une somme de travail considérable. Ni Danny ni moi n'avons l'âme de jardiniers, j'en ai bien peur.

— Je pourrais m'en occuper, si vous voulez, suggéra-t-il.

— Oh, c'est impossible.

— J'ai une bonne raison de vous le proposer. Si je pouvais planter un vrai potager derrière la villa et y faire pousser les légumes dont j'ai besoin pour le restaurant, vous pourriez en avoir aussi.

— Vous croyez ?

— Mais oui, bien sûr ; du moins, si vous n'avez pas le projet d'y installer de magnifiques pelouses, des fontaines ou des pergolas.

— Non, je crois pouvoir dire que rien de tout cela n'est au programme, répliqua-t-elle en riant.

— Parfait ! Alors faisons-le.

Avec un sentiment de plaisir, Ria remarqua que Colm n'avait pas suggéré de consulter Danny. A l'inverse de Barney, il semblait la considérer comme une femme responsable et parfaitement capable de prendre une décision seule.

— Cela vous donnera-t-il beaucoup de travail de préparer le terrain ? demanda-t-elle.

— Je ne sais pas encore.

— Tout est tellement en friche derrière la maison qu'il est impossible de savoir ce qui peut être enterré là-bas, parmi les vieilles racines et les débris.

— Quoi qu'il en soit, un peu d'exercice me fera du bien ; ce sera donc profitable à tout le monde.

— C'est une chose bien rare, croyez-moi, rétorqua Hilary.

De ce jour, Colm fit partie du décor du numéro 16 Tara Road. Il empruntait discrètement la porte de bois donnant sur l'allée située derrière la maison, et rangeait ses outils de jardinage dans un petit cabanon, au bout du terrain. Il prépara une parcelle se déployant sur toute la longueur du jardin et, en largeur, jusqu'à la moitié de la maison. Cela laissait aux enfants suffisamment d'espace pour jouer. Quelques mois plus tard, il construisit une palissade et la tapissa d'une vigne vierge.

— Cela a vraiment belle allure, déclara pensivement Danny. Et le fait d'avoir un jardin potager juste derrière la maison est un bon argument de vente.

— Si nous avions l'intention de vendre, ce qui n'est pas le cas. J'aimerais que tu ne m'effraies pas en disant ce genre de choses, Danny, protesta Ria.

— Ecoute, ma chérie, si tu travaillais dans un univers où

l'on ne parle de rien d'autre, tu t'exprimerais également comme un agent immobilier.

Il avait raison. De plus, il se montrait enjoué et joyeux. Parfois, il manifestait une grande passion à l'égard de Ria, revenant en trombe du bureau pour lui dire qu'il pensait tellement à elle qu'il ne pouvait se concentrer sur rien d'autre. Ils montaient à l'étage et tiraient les rideaux. Une ou deux fois, Ria se demanda ce que Colm — qui jardinait sous leurs fenêtres — pouvait bien penser.

Gertie et elle abordaient peu fréquemment le sujet, mais Ria savait qu'en ce qui concernait son amie, c'était un cauchemar que Jack n'essayait généralement d'accomplir que lorsqu'il était ivre. Dans le cas de Hilary, cela avait presque cessé d'exister. Un jour, Martin avait déclaré que la seule raison pouvant inciter un homme et une femme à faire l'amour était l'espoir d'engendrer un enfant, et que le désir s'évanouissait lorsque cet espoir n'existait pas. Il ne l'avait dit qu'une seule fois et avait avoué par la suite qu'il se sentait un peu abattu et ne le pensait pas vraiment ; mais en un sens, ces mots demeuraient suspendus entre eux.

Ria ignorait les détails de la vie amoureuse de Rosemary. Mais elle était sûre que le décor somptueux qu'avait aménagé son amie devait abriter des ébats passionnés. Où qu'elle aille, Rosemary attirait les regards. Ria avait parfois vu son amie s'éclipser d'une soirée en compagnie d'un homme. Les ramenait-elle chez elle, dans cet appartement qui avait illustré les pages de si nombreux magazines ? Sans doute. Il était peu probable que Rosemary vive comme une nonne. Mais cela devait être troublant de connaître tant d'hommes de façon aussi intime. De devoir se familiariser avec les particularités d'un nouveau corps au lieu d'apprendre ce qui vous procurait du plaisir. Et ce qui procurait du plaisir à l'autre. Ria savait qu'elle avait énormément de chance.

L'inquiétude qui planait sur les finances des McCarthy semblait s'être dissipée. Danny ne travaillait plus aussi tard le soir. Il emmenait sa petite princesse, Annie, en promenade et au bord de la mer. Il tint la main de son petit garçon potelé, Brian, quand l'enfant se mit à marcher puis à trotter avec davantage d'assurance, et enfin les précéda en courant à toutes jambes.

Lentement et laborieusement, le jardin prenait forme. De l'avis de Ria, il était beaucoup plus facile d'apprendre les noms d'une vingtaine de plantes destinées à agrémenter une terrasse que de comprendre les discussions de Colm traitant de greffons et de traitements contre la rouille. Elle s'efforça de se montrer compatissante quand toutes ses pousses succombèrent, que le vent balaya ses supports en bambou et que les petits pois qu'il avait essayé de cultiver dans des paniers suspendus ne produisirent presque rien.

— Pourquoi ne pas les avoir fait pousser par terre ? demanda innocemment Ria.

— Je voulais que cela vous offre une belle vue. Des paniers suspendus tout au long du mur de clôture, vous voyez, je me disais que cela serait agréable à contempler.

Il était profondément déçu. Ria aurait souhaité partager son enthousiasme, mais à ses yeux tout ce travail était exténuant et peu gratifiant, et les étals des primeurs regorgeaient de magnifiques légumes. Mais Colm se refusait à baisser les bras. Il donna même aux enfants de petits pots en terre où ils pouvaient faire pousser des tomates et des piments. Il faisait preuve d'une grande gentillesse envers Annie et Brian et semblait parfaitement conscient de leur différence d'âge. Le petit garçon reçut un simple plant de tomate qu'il suffisait d'arroser, tandis qu'Annie se vit encouragée à faire pousser de la laitue et du basilic. Mais la plupart du temps Colm demeurait à l'écart, de son côté de la palissade tapissée de vigne vierge.

De l'autre côté se trouvaient une balancelle, un banc et même un barbecue. Les hommes de Barney avaient recouvert de bitume l'espace situé devant la maison, et ce qui devait n'être qu'une simple installation provisoire se révéla un succès. Les visiteurs admiraient les bruyères aux couleurs vives qui s'épanouissaient dans les parterres de fortune.

— Honnêtement, je ne sais pas comment elles sont arrivées là, déclara un jour Ria.

— Tu as bien dû les planter, ma chérie. Je m'y connais très peu en jardinage, mais je sais quand même que les fleurs n'apparaissent pas par magie. En outre, les bruyères n'ont-elles pas besoin d'un terreau spécial ?

Colm se trouvait là, et il intervint :

— C'est moi, je dois l'avouer. J'avais acheté un sac de terreau qui ne convenait pas, vous savez, parce qu'il était trop alcalin.

Le couple n'avait aucune idée de ce dont il parlait, mais les deux hochèrent la tête d'un air entendu.

— Alors il a bien fallu que je le mette quelque part, et je l'ai répandu là. J'espère que cela ne vous dérange pas.

— Pas du tout, répliqua Danny. Est-ce également vous qui avez planté les bruyères ?

— On m'en a fait cadeau. Comme j'ai écrit dans le menu que tous les légumes provenaient de mon potager, les clients s'imaginent que j'ai un immense terrain derrière le restaurant. Ils m'offrent souvent des plantes à la place d'un pourboire.

— Nous devrions vous les rembourser... commença Ria.

— Vous n'y pensez pas. Comme je vous l'ai dit, je fais une bonne affaire en ayant l'usage de votre jardin, et les légumes obtiennent un franc succès. Cette semaine, j'ai planté des courgettes, et il ne me reste plus qu'à trouver d'excellentes recettes pour les accommoder.

— Les affaires se portent mieux ? demanda Danny avec intérêt.

— Beaucoup mieux, et nous avons eu d'excellents articles de presse. Cela nous a vraiment rendu service.

Colm ne se plaignait jamais, même lorsque les temps étaient difficiles.

— Je me demandais si vous verriez un inconvénient à ce que j'installe une petite serre, reprit-il. Je ferais en sorte qu'elle soit très discrète, vous savez, je la construirais tout contre le mur du fond...

— Bien sûr, Colm. Voulez-vous une aide financière ?

— Uniquement le droit d'utiliser un peu d'électricité, il n'en faudra pas beaucoup.

— Oh, si seulement toutes les affaires pouvaient se conclure comme celle-ci ! s'exclama Danny en serrant chaleureusement la main du jeune homme.

Au cours de l'été 1995, Brian eut sept ans, et Danny et Ria organisèrent une fête pour ses amis. Le petit garçon déclara qu'ils voulaient uniquement des saucisses grillées au barbecue ; c'était la seule chose que mangeaient les gens.

— Vous n'avez pas envie de bonnes côtelettes d'agneau ? demanda Danny.

Il aurait bien aimé enfiler un tablier et faire cuire quelque chose d'un peu plus raffiné que de simples saucisses.

— Pouah, s'exclama Brian.

— Ou les délicieux poivrons verts que Colm fait pousser ? On pourrait en faire des brochettes !

— Mes amis n'aiment pas les brochettes, répliqua le petit garçon.

— Tes amis n'ont jamais goûté de brochettes, rétorqua Annie.

Elle avait presque douze ans ; trois mois la séparaient de son anniversaire. Il lui était très difficile de vivre avec un garçon aussi puéril que Brian. Étrangement, son père et sa mère semblaient trouver autant de plaisir à écouter ses bêtises que ce qu'elle-même pouvait leur raconter.

Les préparatifs de la fête étaient très ennuyeux. Annie avait suggéré de donner à Brian un kilo de saucisses déjà cuites et de laisser ses amis les réchauffer. Ils ne s'apercevraient jamais de la supercherie et tout ce qui leur importait, c'était qu'il y ait des montagnes de sauce tomate.

— Non, il faut faire les choses bien. Nous avions organisé une grande fête pour tes sept ans, tu ne t'en souviens pas ? dit sa mère.

Annie l'avait oublié. Tous les anniversaires se confondaient dans sa mémoire. Mais elle se doutait qu'ils avaient dû se mettre en quatre, comme ils le faisaient à chaque fois.

— C'est vrai, c'était merveilleux, marmonna-t-elle à contre-cœur.

— Tu es adorable, Annie. Tu es une si mignonne petite fille !

Sa mère la serra dans ses bras jusqu'à lui faire mal.

— Mais non, je suis affreuse, regarde mes cheveux tout raides !

— Moi, j'ai passé ma vie à dire « regarde mes cheveux tout frisés », répliqua Ria. C'est l'une des choses les plus pénibles quand on est une femme ; on n'est jamais vraiment satisfaite de ce qu'on a.

— Certaines femmes le sont.

— Bien sûr, les vedettes de cinéma dont ta grand-mère nous parle sans cesse sont certainement satisfaites de leur sort, mais parmi mes connaissances, je n'en vois pas.

— Je crois que Rosemary est plutôt contente.

La jeune femme avait refusé que les enfants de ses amies l'appellent Tantine ; elle affirmait qu'elle se sentait bien assez vieille comme cela.

— Elle est superbe, je sais, mais elle est toujours en train de faire un régime, alors peut-être qu'au fond elle n'est pas vraiment satisfaite non plus.

— Si, elle est très fière de son physique. On le voit bien à la façon dont elle se regarde dans les glaces.

— Ah ?

— Elle s'adresse des sourires, maman. Tu as dû le remarquer. Et pas seulement dans les miroirs mais aussi dans les tableaux, partout où elle distingue son reflet.

La jeune femme éclata de rire.

— Comme tu es drôle, Annie. Je n'arrive pas à croire que tu aies remarqué cela !

La fillette la regarda avec indignation.

— Mais c'est vrai, n'est-ce pas, papa ?

— Parfaitement, ma princesse, répliqua-t-il.

— Tu ne sais même pas de quoi nous parlons ! s'exclamèrent-elles toutes deux d'un ton accusateur.

— Mais si. Annie a dit que Rosemary s'admirait dans les

miroirs et c'est vrai ; elle l'a toujours fait. Elle le faisait à l'agence, il y a des années de cela.

Annie sembla ravie, mais Ria se sentit troublée. Jamais elle ne s'était aperçue de la manie qui valait à Rosemary une critique aussi sévère.

— Eh bien, elle est si belle, elle a le droit de s'admirer, non ? répliqua-t-elle enfin.

— Belle ? Je trouve qu'elle ressemble à un rapace ! riposta Annie.

— Mais un beau rapace, dit Danny.

— Maman est beaucoup plus jolie, décréta la fillette.

— Cela va sans dire, conclut son père en déposant un baiser au sommet de leurs têtes.

Le jour de l'anniversaire, il fit un soleil éclatant. Les préparatifs durèrent toute la matinée. Nora se démenait en tous sens et Gertie vint demander si elle pouvait leur être d'une aide quelconque. Elle semblait ne pas avoir dormi depuis un mois.

— Seulement si tu es de la fête et que tu retournes chercher tes enfants, décréta Ria.

— Non, pas aujourd'hui.

Cela brisait le cœur de la regarder, tant elle semblait abattue.

— Qu'est-ce qui ne va pas, Gertie ?

— Rien ! s'exclama-t-elle.

— Où sont les enfants ?

— Chez ma mère.

— Qui s'occupe de la laverie ?

— Une lycéenne de seize ans qui a envie de travailler pendant les vacances. L'interrogatoire est-il terminé, Ria ? Puis-je commencer à t'aider ?

— Ce n'est pas juste, il ne s'agit pas d'un interrogatoire, répliqua Ria, froissée.

— Je le sais. Pardonne-moi.

— Tu n'as pas l'air de te sentir très bien, voilà tout. Pourquoi veux-tu m'aider ?

— A ton avis ?

— Gertie, je n'en sais rien. Je n'en sais vraiment rien.

— Alors tu es totalement bornée, Ria. J'ai besoin de cet argent.

La jeune femme blêmit.

— Tu es mon amie, Gertie. Si tu as besoin d'argent, demande-le-moi ; ne t'attends pas à ce que je le devine. De combien as-tu besoin ?

Elle tendit la main vers son sac à main.

— Je ne veux pas de ton argent, Ria.

— Est-ce que je perds la tête, ou est-ce que tu viens juste de m'en demander ?

— Je n'accepterai pas que tu me fasses la charité.

— Très bien. Rembourse-moi quand tu pourras.

— Je ne pourrai jamais.

— Eh bien, dans ce cas, ça n'a aucune importance.

— Mais si. Je veux gagner cet argent. Je veux récurer et frotter. Je commencerai par le four, puis je nettoierai la cuisine et la salle de bains. J'ai besoin de ces dix livres.

De stupeur, Ria se laissa tomber sur une chaise.

— Tù ne peux pas en avoir besoin à ce point. Tu dois bien disposer de cette somme, Gertie. Mais enfin, tu as ta propre affaire !

— Il a promis de ne pas s'approcher de la laverie si je lui apportais dix livres avant le déjeuner.

— Mon Dieu, Gertie, prends ces dix livres. Comment peux-tu t'imaginer que je vais te regarder t'échiner pendant deux heures ?

— Je refuse de les accepter.

— Alors va-t'en d'ici.

— Quoi ?

— Tu m'as parfaitement entendue. Tu es mon amie, je ne vais pas te payer cinq livres de l'heure pour te démener dans ma cuisine et récurer mes toilettes aujourd'hui. Je suis désolée, mais c'est ainsi.

Le regard de Ria étincelait de fureur, et les yeux de Gertie s'emplirent de larmes.

— Oh, Ria, essaie d'être compréhensive au lieu de monter sur tes grands chevaux.

— Je suis très compréhensive. Pourquoi ne peux-tu faire preuve d'un peu de dignité ?

— J'essaie, mais tu m'en empêches.

On aurait dit que le moindre souffle de vent allait suffire à renverser Gertie.

— Tu es fâchée, murmura-t-elle.

— Bien sûr que oui. Et maintenant, prends ces dix livres. Et si tu refuses ou que tu essaies de t'emparer d'une serpillière, je te promets que je te les ferai avaler !

— Tu n'as aucune raison d'être fâchée, Ria. Tu as une vie rêvée. Je ne suis pas jalouse, tu la mérites bien et tu es toujours adorable, mais tu n'as pas le moindre problème. Tu pourrais essayer d'imaginer comme c'est difficile quand tout va mal.

Ria avala péniblement sa salive.

— Aujourd'hui, c'est l'anniversaire de mon fils et le soleil brille ; bien sûr que je suis heureuse. Mais je ne suis pas heureuse tous les jours, personne ne l'est. Ecoute, tu es mon amie. Nous savons tout l'une de l'autre.

— C'est faux, répondit Gertie à mi-voix. Nous ne sommes plus des collégiennes ; nous avons trente-cinq ans, nous sommes des femmes adultes. Je croyais que si je travaillais pour toi, nous serions quittes. Je suis désolée. Et je suis navrée de t'avoir contrariée le jour de l'anniversaire de Brian.

Elle se détourna pour s'en aller.

— Si tu ne prends pas ces dix livres, alors je serai vraiment fâchée.

— Bien sûr. Merci, Ria.

— Non, pas aussi froidement. Fais-moi au moins la bise.

Elles s'enlacèrent avec maladresse. Le corps frêle de Gertie était aussi raide qu'une planche.

— Tu sais ce qui me ferait vraiment plaisir ? demanda doucement Ria. Que tu reviennes plus tard avec les enfants. Qu'en penses-tu ?

— Non, merci. Mais ce n'est pas parce que je suis fâchée.

— Très bien. N'en parlons plus.

— Encore merci, Ria.

— Tu t'es toujours montrée pleine de dignité.

— Tu mérites tout ce que tu as, et plus encore. Passe une bonne journée.

Elle s'en alla.

Nora entra dans la cuisine.

— J'étais en train d'attacher les ballons au portail pour que les enfants sachent où se déroule la fête quand j'ai vu Son Altesse Rosemary Ryan arriver en tailleur haute couture. Sans doute pour donner un coup de main. Où est donc passée Gertie ? Elle m'a dit qu'elle allait nettoyer les plaques du four pour y mettre les saucisses.

— Elle a dû rentrer chez elle, maman.

— Eh bien, vraiment, tes amies si serviables sont bien promptes à s'éclipser quand tu as besoin d'elles ! Si Hilary et moi n'étions pas là, tu serais bien embêtée.

— Ne l'ai-je pas toujours dit, maman ?

— Annie va-t-elle nous aider à distraire nos petits invités ?

— Non, je ne pense pas que la perspective de passer un après-midi d'été en compagnie d'une dizaine de garçons de sept ans lui semble bien réjouissante ; elle va sans doute rester à l'écart. Danny a prévu toutes sortes de jeux pour les distraire.

— Tu es un peu pâle. Ça va ?

— Très bien.

Ria s'éclipsa avec soulagement pour aller accueillir Rosemary. Cette dernière avait acheté des esquimaux au chocolat qui se trouvaient chez elle, au congélateur.

— Je te les apporterai dans une heure, pour que tu n'aies pas besoin de les mettre au freezer. Gertie a-t-elle un problème ?

— Pourquoi ?

— Je l'ai croisée sur la route ; elle était en larmes et elle ne m'a même pas vue.

— Oh, les choses ne vont pas plus mal que d'habitude, murmura Ria d'un air lugubre.

— Vivement qu'ait lieu le référendum sur le divorce, déclara son amie.

— Cela ne changerait rien à la façon de penser de Gertie,

riposta Ria. S'il devenait possible de divorcer dans ce pays demain matin, elle ne quitterait pas Jack pour autant. L'abandonner ? Cesser de croire en lui, comme l'ont fait tous les autres ? Bien sûr que non.

— Eh bien, pourquoi légaliser le divorce si les gens réagissent ainsi ? s'interrogea Rosemary.

— Je n'en sais vraiment rien, répliqua Ria, perplexe. Les deux couples que nous connaissons et qui devraient y avoir recours refuseront d'en entendre parler. Tu ne t'imagines pas que Barney McCarthy va changer quoi que ce soit à sa petite vie si confortable parce que le divorce devient légal !

— Non, certes. Mais j'ignorais que tu étais aussi lucide.

Rosemary eut un rire teinté d'admiration — parfois, Ria la surprenait — et retourna chez elle pour enfiler une tenue mieux adaptée à une fête d'anniversaire.

Les petits invités avaient déjà commencé à arriver. Bientôt, ils se mirent à se battre joyeusement. Tous, sans exception. Il semblait n'y avoir aucune raison à cela, ni disputes ni hostilités ; c'était simplement la façon dont les petits garçons se comportaient. Les amies d'Annie étaient beaucoup plus sages, déclara Ria à sa mère tandis qu'elles séparaient deux d'entre eux juste avant qu'ils ne saccagent le potager de Colin.

— Où est-elle, à propos ?

— Dans sa chambre, je crois. Cela ne servirait à rien de l'obliger à descendre. Elle est trop grande pour jouer avec eux et pas suffisamment pour les trouver drôles. Elle descendra quand ce sera l'heure du gâteau.

— Ou des saucisses. Combien paries-tu qu'elle fera son apparition dès qu'elle en sentira le fumet ? répliqua Nora d'un ton avisé.

Mais Annie n'était pas dans sa chambre. Elle était sortie par le petit portail du jardin et s'acheminait le long de l'allée parallèle à Tara Road. Quelques jours plus tôt, elle avait aperçu là un petit chaton roux. Il était peut-être abandonné. Il semblait craintif, comme s'il n'avait pas l'habitude d'être cajolé. Peut-être pourrait-elle l'adopter. Ses parents diraient non, bien sûr ; ils disaient toujours non à tout. Mais si elle pouvait le cacher quelques jours dans sa chambre sans que personne ne s'en aperçoive, avec un bac à litière et de quoi manger, ils n'auraient plus le cœur de le chasser. C'était la journée idéale pour le faire entrer discrètement à la maison. Il y avait tant de remue-ménage autour de Brian et de ses amis sans cervelle qui criaient et se battaient dans le jardin qu'on aurait pu faire monter une girafe à l'étage sans que personne ne s'en aperçoive. Annie essaya de se souvenir devant quel portail elle avait vu le chaton. Ce n'était pas aussi loin que l'immeuble où vivait Rosemary. Il était difficile de reconnaître les villas lorsqu'on les voyait de derrière.

Immobile dans l'allée, repoussant les mèches blondes qui lui tombaient devant les yeux, Annie plissait les paupières au soleil. Peut-être pouvait-elle glisser un coup d'œil au travers du trou de serrure des portails. Certains étaient plutôt délabrés, et il était même possible de voir au travers des fissures du bois. Mais l'un d'eux était tout neuf et de couleur vive. Ce devait être le numéro 32 où habitait Rosemary.

Une très belle terrasse fleurie se trouvait sur le toit, mais il y avait également un jardin doté d'un bassin d'ornement et d'un cabanon derrière l'immeuble. Peut-être le pauvre chaton s'était-il faufilé là pour essayer d'attraper les poissons rouges du bassin.

Annie s'agenouilla et plaqua son œil contre le trou de serrure. Il n'y avait pas de chat ; en revanche, elle aperçut deux personnes dans le cabanon. Elles semblaient en train de se battre. La fillette les observa avec plus d'attention. C'était Rosemary, et elle luttait avec un homme. Le cœur d'Annie bondit dans sa gorge. La jeune femme était-elle en train de se faire agresser ? La fillette devait-elle secouer le portail et crier, ou l'homme risquait-il de s'attaquer également à elle ? La jupe de Rosemary Ryan était retroussée autour de sa taille et l'homme se pressait contre elle. Submergée par une stupéfaction plus violente encore, Annie comprit ce qu'ils étaient en train de faire. Mais cela ne devait pas se passer ainsi. Ce n'était pas ce qui la faisait pouffer quand elle en discutait avec Kitty Sullivan à l'école. Ce n'était pas ce que les hommes et les femmes faisaient au cinéma et à la télévision : ils s'embrassaient puis s'allongeaient, et tout était empreint de douceur. Cela ne ressemblait pas à cette agitation et ces grognements. Rosemary ne pouvait pas être en train de faire l'amour avec un homme. C'était tout simplement impossible !

Le cœur battant à tout rompre, Annie se redressa. Elle s'efforça de réfléchir. Pour être honnête, personne ne pouvait les apercevoir à moins de regarder par le trou de serrure du portail. Le cabanon tournait le dos à l'immeuble, et sa porte faisait face au mur d'enceinte.

Annie ne pouvait voir qui était l'homme ; il lui tournait le dos. Elle n'avait aperçu que le visage de Rosemary. Grimaçant et crispé, et non empreint d'une expression rêveuse comme on le voyait dans les films. Annie s'était-elle trompée ? Ils faisaient peut-être tout à fait autre chose. Elle plaqua de nouveau son œil contre le trou de serrure.

Les bras de Rosemary étaient noués autour du cou de l'homme, ses paupières étaient closes ; elle ne le repoussait pas, elle l'attirait vers lui.

— Encore, oui, oui, encore, s'écria-t-elle.

Emplie d'horreur, Annie se redressa. Elle ne parvenait pas à en croire ses yeux. Elle s'élança dans l'allée. En passant devant le numéro 16, elle entendit les échos de la fête d'anniversaire de Brian, mais elle ne s'arrêta pas. Elle ne voulait pas rentrer chez elle en sachant ce qu'elle savait désormais. Elle ne pouvait supporter qu'ils s'attendent à ce qu'elle soit la même. Jamais plus les choses ne seraient comme avant, et elle ne pourrait se confier à personne. Elle continua de courir, aveuglée par les larmes, jusqu'au moment où — alors même qu'elle parvenait sur la route principale — elle tomba. Ce fut l'une de ces chutes imprévisibles où le sol semble s'élancer vers vous.

Elle en eut le souffle coupé et dut lutter pour reprendre haleine. Alors qu'elle s'efforçait de se redresser, elle s'aperçut que ses deux genoux étaient écorchés, en sang, ainsi que son bras. S'appuyant au mur de la dernière maison, elle éclata en sanglots.

L'entendant pleurer, Colm sortit de chez lui.

— Que s'est-il passé, Annie ?

Elle ne répondit pas, défigurée par les larmes.

— Je vais vite aller chercher ta mère.

— Non. Non, s'il vous plaît. S'il vous plaît, Colm.

Colm ne ressemblait pas aux autres adultes ; il n'était pas toujours certain de ce qu'il était préférable de faire.

— D'accord, mais regarde... Tu as fait une terrible chute, laisse-moi voir ça.

Il lui souleva tout doucement le bras.

— Non, c'est seulement une égratignure. Et tes genoux ? Ne les regarde pas, je vais les examiner sans les toucher et je te dirai ce qu'il en est.

Annie demeura immobile tandis qu'il s'agenouillait et les regardait soigneusement. Enfin, il annonça :

— Ils saignent beaucoup, mais je ne crois pas que tu aies besoin de points de suture. Je vais te raccompagner chez toi.

Elle secoua vivement la tête.

— Non. C'est la fête d'anniversaire de Brian. Je n'ai pas envie de rentrer chez moi.

— Si tu veux, proposa Colm, tu peux venir chez moi et nettoyer tes pauvres genoux dans la salle de bains. Je serai dans le restaurant, mais tu pourras m'appeler si tu as besoin de moi. Ensuite, je t'offrirai une bonne limonade ou ce qui te fera plaisir.

Il lui sourit.

— Oui, j'aimerais bien, Colm.

Il la fit entrer et lui indiqua où était la salle de bains.

— Tu trouveras des gants de toilette ici, et du Mercurochrome...

La fillette semblait un peu perdue.

— Je peux t'aider à nettoyer tes genoux, si tu veux, et ôter tous les petits graviers ? proposa-t-il.

— Je ne sais pas...

— Bon, ce sera peut-être plus facile si tu t'en charges toi-même. Je vais rester assis sur cette chaise pendant que tu t'en occupes, et je te dirai si tu en as oublié un bout, d'accord ?

Il parvint à lui arracher son premier sourire.

— C'est vraiment gentil.

Il regarda la fillette tamponner son genou d'un geste hésitant à l'aide d'un coton imbibé de Mercurochrome. Il s'agissait d'une simple égratignure, qui ne saignait pas beaucoup.

— Je n'arrive pas à atteindre mon coude. Vous voulez bien le faire pour moi, Colm ?

Il nettoya son bras avec douceur, puis lui tendit une grande serviette.

— Sèche-toi bien.

— Mais il risque d'y avoir des taches de sang sur la serviette, répliqua-t-elle d'un ton inquiet.

— Cela donnera du travail à la laverie de Gertie, répliqua-t-il en souriant.

Puis ils gagnèrent le bar sombre et frais du restaurant. Il y avait là quatre hauts tabourets ; d'un geste, Colm lui indiqua l'un d'entre eux.

— Et maintenant, Miss Lynch, qu'est-ce qui vous ferait plaisir ?

— Qu'en pensez-vous, Colm ?

— Eh bien, on dit qu'après un choc il faut boire quelque chose de sucré. En fait, on recommande un thé sucré et très chaud.

— Pouah, s'exclama Annie.

— Je sais, je n'aime pas cela non plus. Ecoute... Moi, je bois toujours un « saint-clément ». C'est un mélange de jus d'orange et de citron. Qu'en dis-tu ?

— Super. Vous ne buvez jamais d'alcool, alors ?

— Non, cela me rend malade, tu vois. C'est à cause de mon métabolisme ou de ma personnalité ou de je ne sais quoi... Ce n'est pas très clair, mais ça ne me réussit pas.

— Comment vous en êtes-vous aperçu ?

— A cause de certains signes ; par exemple, le fait qu'une fois que je commençais, je ne pouvais plus m'arrêter, répondit-il en esquissant un sourire.

— Comme pour la drogue ? demanda Annie.

— Exactement. Alors j'ai dû y renoncer complètement.

— Cela vous manque de ne pas pouvoir prendre un verre dans les soirées ? demanda la fillette avec intérêt.

— Si cela me manque ? Non. Je n'aimais pas du tout la façon dont je me comportais alors, comme si je perdais tout contrôle sur moi-même. Je suis très content de ne plus être ainsi. Mais j'aimerais bien être comme les autres, tu vois, pouvoir boire un ou deux verres de bon vin, quelques bières en été. Mais je suis incapable de m'arrêter, alors je ne peux pas me permettre de commencer.

Annie le regarda avec compassion.

— Mais je sais faire beaucoup de choses dont les autres sont incapables, reprit gaiement Colm. Je sais faire de merveilleuses sauces et des desserts qui te feraient saliver !

— Les amis de Brian veulent manger des esquimaux dans des emballages de papier argenté, vous imaginez ? s'exclama Annie d'un ton méprisant.

— Je sais. C'est vraiment écœurant ! approuva Colm.

Et ils éclatèrent de rire. La voix d'Annie était encore empreinte de nervosité.

— Il ne s'est rien passé dans l'allée qui t'aurait fait tomber, si ? demanda Colm.

Le visage de l'enfant s'emplit d'une expression de méfiance.

— Non. Pourquoi ?

— Pour rien. Je vais te raccompagner chez toi maintenant, d'accord ?

— Je vais très bien, Colm, je vous assure.

— Bien sûr que tu vas bien. Mais je dois faire une petite promenade chaque jour, comme tous les cuisiniers. C'est une règle, cela nous empêche d'avoir de gros ventres qui tombent dans nos marmites.

Annie éclata de rire. Il était impossible d'imaginer Colm avec une aussi grosse bedaine. Il était presque aussi mince que son père.

Ils se dirigèrent ensemble vers le numéro 16. A l'instant précis où ils arrivaient devant le portail, ils aperçurent Rosemary qui prenait dans le coffre de sa voiture la glacière contenant les esquimaux. Annie se pétrifia ; Colm le remarqua mais garda le silence.

— Mon Dieu, Annie, quelle affreuse égratignure ! Tu es tombée ?

— Oui.

— Mais elle va très bien maintenant, intervint Colm.

— Cela a l'air terrible. Où est-ce arrivé ?

— Sur la route, devant le restaurant de Colm, déclara vivement Annie, à la grande surprise du jeune homme.

— Et Colm s'est précipité à ton secours.

Rosemary ne manquait jamais de lui adresser des sourires aguicheurs, même s'ils demeuraient sans réponse.

— Exactement. Je ne peux pas tolérer que des gens tombent devant mon restaurant. C'est très mauvais pour les affaires, plaisanta-t-il.

— Tu as de la chance de ne pas être tombée devant une voiture.

Rosemary se désintéressa de l'incident et entreprit de sortir la glacière du coffre. Les hurlements de Brian et de ses amis s'élevaient du jardin situé derrière la villa.

— On m'attend, moi et mes esquimaux, déclara la jeune femme en riant.

Elle s'éloigna en di[illegible] dir[illegible]

— Merci, Colm[illegible]

— Il n'y a pas de q[illegible]

— C'est juste que... [illegible] de [illegible] [illegible], [illegible] où je suis tombée n'est-c[illegible]

— Absolument[illegible]

Il le[illegible] eu[illegible] impres[illegible] [illegible] d[illegible] [illegible] rte d'explication.

— J'étais en train de chercher un chaton. Je me disais que si je l'emmenais à la maison et que je le cachais pendant quelques jours... Vous comprenez ?

— Je comprends, répondit Colm avec gravité.

— Merci pour le « saint-clément » et le reste.

— A bientôt, Annie.

Sa grand-mère était merveilleuse ; elle lui avait mis des saucisses de côté.

— Je n'ai pas réussi à te trouver, alors je les ai gardées au four pour qu'elles restent bien chaudes.

— Tu es fantastique ! Où sont-ils tous passés ?

— Ils vont bientôt manger le gâteau. Son Altesse Rosemary Ryan l'a décoré avec des bougies magiques.

— Maman déteste que tu l'appelles comme ça !

Annie éclata de rire, puis elle grimaça en sentant un élancement de douleur dans son coude. Sa grand-mère examina sa plaie avec inquiétude.

— Laisse-moi nettoyer ça.

— Ne t'inquiète pas, grand-mère, je l'ai déjà fait avec du Mercurochrome. Regarde tante Hilary et ces affreux garnements !

— Elle les adore. Elle leur a apporté un jeu qui consiste à lancer des anneaux sur des piquets. La compétition est acharnée.

— Quel est le prix à gagner ?

— Oh, un jeu quelconque. Comme elle travaille dans un collège, Hilary sait quels jeux électroniques plaisent aux enfants de cet âge.

— Pourquoi tante Hilary n'a-t-elle pas d'enfants, grand-mère ?

— Le bon Dieu ne lui en a pas envoyé, voilà tout.

— Ce n'est pas le bon Dieu qui envoie les enfants, grand-mère, tu le sais bien.

— Pas directement, bien sûr, mais indirectement. Et dans le cas de ta tante Hilary, Il n'en a pas envoyé.

— Peut-être qu'elle n'aimait pas faire l'amour, déclara Annie d'un ton songeur.

— Pardon ?

Nora resta sans voix, ce qui n'était pas du tout dans ses habitudes.

— Elle a peut-être décidé de ne pas se donner le mal de les faire, tu sais, comme les chats et les lapins. Il doit bien y avoir des gens à qui cette idée ne plaît pas.

— Ils ne sont pas nombreux, répliqua sa grand-mère d'un ton sec.

— Je suis sûre que c'est cela. Tu pourrais lui poser la question.

— Ce n'est pas une chose que l'on peut demander aux gens, Annie, crois-moi.

— Je sais bien, grand-mère. Il y a des choses dont on ne parle jamais, qu'on garde enfouies tout au fond de soi. N'est-ce pas ?

— Exactement, approuva sa grand-mère avec un immense soulagement.

Plus tard, les parents vinrent chercher leurs enfants et profitèrent de la tiède soirée d'été pour s'attarder un moment dans le jardin tandis que leurs petits garçons continuaient de jouer. Annie regarda sa mère et son père faire circuler un plateau de verres de vin et de toasts au saumon fumé. La plupart du temps, son père tenait tendrement sa mère par l'épaule. A l'école, les amies d'Annie lui avaient dit que les parents continuaient à avoir envie de faire l'amour même quand ils ne voulaient plus d'enfants. Cela semblait étrange qu'ils puissent désirer une chose pareille. Terrible, même.

Tout le monde s'apitoya sur les genoux écorchés de la fillette, et lorsqu'Annie alla se coucher, sa mère vint l'embrasser dans sa chambre. [illegible] animaux en peluche qui encombraient le g[illegible] assit.

— Tu [illegible] bien [illegible] Annie. T[illegible] genoux ne te font plus [illegible] ?

— Pas du tout, [illegible] ire tant [illegible] s.

— Je [illegible] s simplement [illegible] que tes pauvres genou[illegible] soient tout égratignés. Tu le serais aussi [illegible] t tombée.

— Je sais, [illegible] vais bien, je t'assure.

— Comment est-ce arrivé ?

— Je te l'ai déjà dit, j'étais en train de courir.

— Mais tu ne tombes jamais, tu es une petite fille si gracieuse. Quand Hilary et moi avions ton âge, cela nous arrivait tout le temps. Je crois que c'est parce que ton père t'appelle sa princesse que tu as décidé de te comporter comme si tu en étais vraiment une.

L'expression de sa mère était si tendre qu'Annie prit sa main dans la sienne.

— Merci, maman, murmura-t-elle, les yeux brillants.

— Ces galopins m'ont vraiment épuisée, Annie. Ils ressemblent plus à des petits veaux qui passent leur temps à se battre qu'à des enfants. Quand je pense que tes amies sont toujours si agréables... Mais les garçons et les filles sont bien différents. Aimerais-tu boire quelque chose de chaud ? Tu as été très secouée, aujourd'hui.

— Que veux-tu dire ? murmura Annie, soudain inquiète.

— Ta chute. Cela peut être traumatisant, même à ton âge.

— Oh, tu veux parler de ça. Non, non, je vais très bien.

Ria déposa un baiser sur le visage empourpré de sa petite fille et referma la porte de la chambre. Elle n'avait pas menti, la journée avait été harassante. Mais n'était-elle pas comblée, comparativement aux femmes qui l'entouraient ? Sa mère, qui rentrait seule chez elle, avec ce ridicule petit chien ; Hilary, qui traversait la ville en transportant son jeu dans un immense sac, s'en retournant auprès d'un homme qui ne la prendrait pas dans ses bras parce qu'ils ne pouvaient pas avoir d'enfants ; Gertie, qui affrontait Dieu sait quelles horreurs dans l'appartement au-dessus de la laverie ; Rosemary dans la solitude de son palace de marbre.

Alors qu'elle-même, Ria, avait tout ce qu'on peut désirer.

3

Parfois, elles croisaient des mères et leurs filles qui faisaient leurs courses ensemble et semblaient bavarder normalement, tenant une jupe ou une robe à bout de bras ; elles hochaient la tête ou fronçaient les sourcils, mais semblaient y prendre plaisir. Comme des amies. L'une d'elles entrait dans une cabine pour essayer quelque chose tandis que l'autre restait à l'extérieur, quatre articles à la main. Peut-être n'étaient-ce pas réellement des mères et leurs filles ? songeait Ria. Peut-être s'agissait-il d'actrices ou d'une opération de promotion ? Etant donné les onze disputes qui l'avaient opposée à sa fille en l'espace d'une heure et demie, il était difficile de croire qu'une adolescente de quinze ans et sa mère pouvaient aller faire leurs courses ensemble de leur [illegible]

[illegible] imaginé que ce serait amusant. Mais quelques heures plus tard, cela lui semblait être la décision la plus absurde qu'elle ait jamais prise.

Quand l'attention d'Annie se porta sur un pantalon en cuir orné de chaînes, Ria ne put s'empêcher de laisser échapper un cri.

— Je savais que tu allais réagir comme ça. J'en étais sûre ! s'écria sa fille.

— Non, c'est juste que... Je pensais...

Ria en restait sans voix.

— Que pensais-tu ? Vas-y, maman, dis-le, ne reste pas plantée là la bouche ouverte !

Le visage d'Annie était écarlate et plein de fureur. Sa mère n'osa pas lui avouer qu'il lui semblait qu'elle contemplait une illustration d'un article de magazine intitulé « La garde-robe du parfait sadomasochiste ».

— Pourquoi ne l'essaies-tu pas ? demanda-t-elle d'une voix faible.

— Si tu crois que je vais l'enfiler maintenant que j'ai vu ton expression... Tu vas te moquer de moi...

— Mais non, Annie. Nous ne saurons pas à quoi nous en tenir avant que tu l'aies essayé. Peut-être que...

— Oh, maman, pour l'amour du ciel !

— Je parle sérieusement. Et puis, ce chèque est à toi.

— Je le sais bien. Grand-mère me l'a offert pour que je puisse acheter quelque chose qui me plairait, pas une horrible veste écossaise comme celle que tu choisirais.

— Ne sois pas injuste, Annie. Ai-je essayé de t'influencer ?

— Pourquoi es-tu venue, alors, maman ? Réponds-moi. Si tu n'as aucun conseil à me donner, qu'est-ce que tu fais là ? Qu'est-ce que nous faisons là ?

— Eh bien, je pensais que nous cherchions...

— Mais tu ne regardes jamais autour de toi ; sinon, tu ne t'habillerais pas comme ça.

— Ecoute, je sais bien que tu n'as pas envie de porter les mêmes vêtements que moi...

— Mais personne n'a envie de s'habiller comme toi, maman. Enfin, est-ce qu'il t'est arrivé d'y réfléchir une seconde ?

Ria se tourna vers l'une des nombreuses glaces qui l'entouraient. Elle y vit le reflet d'une adolescente mince et blonde, le visage écarlate et furieux. Près d'elle se tenait une femme à l'air fatigué, aux épais cheveux frisés cascadant sur ses épaules, vêtue d'un pull de velours noir et d'une jupe ample noir et blanc. Ria avait enfilé des souliers plats et confortables pour faire les boutiques. Ce jour-là, elle ne s'était pas précipitée sans réfléchir hors de chez elle ; elle avait pensé à la traîtrise des glaces de magasins et s'était peignée, maquillée et avait même ciré ses souliers et son sac à main. Dans le miroir de l'entrée, le résultat lui avait semblé satisfaisant. Mais ici, ce n'était pas merveilleux.

— Tu n'es même pas vraiment vieille, poursuivit sa fille. Beaucoup de femmes de ton âge cherchent encore à se faire belles !

Ria dut se faire violence pour ne pas agripper l'adolescente par les cheveux et la traîner hors du magasin. Elle se contenta de contempler pensivement son reflet dans le miroir. Elle avait trente-sept ans. Quel âge pouvait-on lui donner ? Trente-cinq ? Pas davantage. Ses cheveux frisés la rajeunissaient, elle n'avait pas l'air d'approcher de la quarantaine. Mais était-elle capable d'en juger ?

— Oh, maman, arrête de faire des mines, tu as l'air ridicule.

Depuis quand Annie la détestait-elle ainsi ?

Au prix d'un effort surhumain, Ria reprit :

— Ecoute, ne parlons pas de moi. C'est ton cadeau. Ta grand-mère a envie que tu t'achètes quelque chose de beau et d'élégant.

— Mais non, maman ! T[illegible] dit que je devais acheter q[illegible] dit que ce devait être élég[illegible]

— Je voulais dire...

— Tu veux que quelqu[illegible] [illegible] dans une ex[illegible] [illegible]s yeux emplis de larm[illegible] [illegible]on long, une femme et[illegible] des chemisiers.

— Ils en ont sûrement en rose, s'exclamait l'adolescente d'un ton joyeux. Allons demander à la vendeuse ! Le rose te va à merveille. Et après cela, nous irons prendre un café.

Elles semblaient réellement être mère et fille, et non deux comédiennes se livrant à un numéro pour déprimer les familles ordinaires. Ria se détourna afin que personne ne puisse voir les larmes d'envie qui brillaient dans ses yeux.

Danny avait demandé aux livreurs d'apporter la ponceuse à onze heures. Ria voulait être rentrée pour leur ouvrir la porte. C'était une bien étrange idée d'ôter leurs moquettes pour mettre en valeur la beauté des parquets. Aux yeux de Ria, ils étaient loins d'être beaux, tout parsemés de clous et de taches blanchâtres. Mais Danny était bon juge, elle le savait. Son emploi consistait à vendre des maisons à des gens bien informés ; et ces derniers savaient que des parquets nus, embellis de superbes tapis, étaient bien préférables à de la moquette destinée de toute évidence à dissimuler de terribles défauts. On pouvait louer une ponceuse et la promener de pièce en pièce : l'appareil débarrassait le plancher de ses plus laides imperfections. C'était ce qui les attendait ce jour-là et le lendemain.

Annie croirait-elle qu'elle était furieuse si elle s'en allait maintenant ? Serait-elle soulagée ?

— Annie, tu sais que ton père a demandé aux livreurs de nous apporter la ponceuse aujourd'hui... commença-t-elle d'un ton hésitant.

— Maman, je ne vais pas passer le week-end à m'en occuper, ce n'est pas juste !

— Mais non, bien sûr que non, ce n'est pas ce que je voulais dire. C'est juste que je devrais peut-être retourner à la maison pour être là quand ils arrivent ; mais je ne veux pas t'abandonner...

Annie la dévisagea en silence.

— Non que je te sois d'une grande aide, vraiment, reprit-elle. Je ne sais plus trop où j'en suis quand je vois une foule de vêtements d'un seul coup.

L'expression de l'adolescente changea. Soudain, à la grande surprise de sa mère, elle se pencha et déposa un baiser sur sa joue.

— Tu n'es pas si terrible, maman, marmonna-t-elle.

Venant d'Annie, ces mots représentaient un immense compliment. Ria rentra chez elle le cœur léger.

Elle venait de franchir la porte de sa maison quand elle entendit le bruit métallique du portail que l'on secouait et un cri qu'elle connaissait bien :

— Ri-a ! Ri-a !

Un appel qui était devenu familier à tout le voisinage et retentissait avec la même régularité que l'angélus ou la clochette du camion de glaces. C'était sa mère et Bobby, le chien laid et névrosé qui ne se sentait jamais à son aise chez Ria et Danny mais que les circonstances contraignaient à y passer une grande partie de son temps. Nora se rendait toujours dans des lieux où les chiens n'étaient pas admis, et Bobby s'ennuyait lorsqu'il restait seul à la maison. Chez Ria, il poussait des hurlements lugubres, mais pour une raison quelconque Nora ne considérait jamais que c'était parce qu'il s'y ennuyait.

En théorie, la mère de Ria ne passait jamais à l'improviste ou sans avoir été invitée. Depuis le jour où elle avait emménagé tout près, dans le petit pavillon, c'était son grand principe. Il ne faut jamais s'imaginer qu'on est toujours la bienvenue chez ses enfants ; telle était sa maxime, répétait-elle inlassablement. Cette maxime semblait parfaitement inappropriée, puisqu'en fait Nora venait presque chaque jour à l'improviste chez Danny et Ria. Elle s'imaginait que l'appel lancé à la grille était bien suffisant pour annoncer sa venue. C[illegible] jour-là[illegible] se souvint que lorsqu'elle était écolière, sa [illegible]ère ve[illegible] chercher dans le square où ses amies se [illegible]rouva[illegible]riant chaque fois Ri-a ! Ses camarades l'imi[illegible]ent p[illegible] moquer d'elle. Aujourd'hui, Ria était une [illegible]mme a[illegible] mais rien n'avait changé, sa mère vociférait [illegible]core s[illegible]n comme s'il s'agissait d'un cri de guerre.

— En[illegible]man !

Elle s'[illegible]a d'adopter une intonation accueillante. Quand la ponceuse serait livrée, le chien en aurait peur et aboierait, puis il lancerait l'un de ses hurlements si plaintifs que tous s'imagineraient qu'il s'était coincé la patte dedans. On n'aurait pu imaginer de plus mauvais jour pour garder Bobby.

Nora s'engouffra dans l'entrée, persuadée, comme toujours, d'être la bienvenue. N'avait-elle pas appelé du portail pour prévenir de son arrivée ?

— Dans le bus, un petit jeune m'a demandé ma carte vermeil. Je lui ai conseillé d'être poli.

— Quel mal y avait-il à te demander cela ?

— Comment a-t-il pu s'imaginer que j'étais en âge d'avoir une carte vermeil ? S'il m'avait jeté ne serait-ce qu'un regard, il se serait aperçu que je ne pouvais pas être retraitée.

La mère de Ria, en dépit de son tailleur de lin jaune et de son écharpe à pois noirs, faisait exactement son âge. Le jeune contrôleur de bus s'était simplement montré dénué de tact. A son âge, il s'imaginait que quiconque avait dépassé la quarantaine était un vieillard. Mais il était inutile d'essayer d'expliquer cela à sa mère. Ria sortit du four les sablés qu'elle avait préparés la veille au soir. Les tasses de café se trouvaient déjà sur la table. Bientôt la cuisine s'emplirait de monde : les livreurs apportant la ponceuse, Danny souhaitant qu'on lui en explique le fonctionnement, Brian et ses amis d'école à qui l'on offrait toujours quelque chose à manger chez les Lynch, ce qui n'était pas le cas chez eux. Annie ferait peut-être son apparition avec des vêtements renversants, accompagnée de Kitty Sullivan qu'elle aurait rencontrée au centre commercial.

Rosemary passait toujours les voir le samedi, et parfois Gertie s'échappait de l'appartement situé au-dessus de la laverie. La jeune femme venait faire le ménage deux fois par semaine, mais il lui arrivait de leur rendre une visite d'amitié le samedi. Elle avait toujours une excellente excuse : elle avait oublié quelque chose chez eux ou voulait qu'ils lui confirment l'heure à laquelle elle devait venir la semaine suivante.

Colm leur apporterait peut-être des légumes. Chaque samedi, il leur donnait de pleines brassées de sa récolte du jour. Parfois, il allait jusqu'à nettoyer les navets et les carottes recouverts de terre ou à éplucher des épinards. Ria préparait des soupes et des potées de légumes avec les produits les plus frais qu'on puisse imaginer, et qui poussaient à quelques mètres de sa cuisine sans qu'elle ait à fournir le moindre effort.

Parfois, d'autres personnes passaient leur rendre visite. La cuisine de Ria était un endroit accueillant ; elle était bien différente de celle de son enfance, une pièce sombre et sinistre au linoléum déchiré, où aucun invité n'avait le droit de se rendre. Et Nora n'encourageait pas vraiment les visites. Sa mère et, pour autant que Ria puisse s'en souvenir, son père étaient des gens nerveux, incapables de se détendre et de deviner que les autres pourraient en avoir envie.

Aujourd'hui encore, lorsque Nora leur rendait visite, elle ne s'installait presque jamais confortablement. Elle agitait ses clefs, ôtait ou enfilait son manteau et semblait toujours sur le point de s'en aller, incapable de s'abandonner à la magie de ce lieu chaleureux et accueillant.

Dans la famille de Danny, cela avait été la même chose. Sa mère et son père restaient cloîtrés dans la cuisine fonctionnelle de leur ferme, buvant du thé et n'encourageant aucune intrusion. Leurs fils avaient grandi dans leur chambre ou hors de la maison, et mené leur vie de leur côté. Les années avaient passé et les parents de Danny étaient restés les mêmes ; ils ne fréquentaient pas de voisins ou d'amis, pas plus qu'ils n'organisaient de réunions familiales. D'un regard orgueilleux, Ria contempla sa grande cuisine chaleureuse qui était toujours remplie de monde et où elle présidait à chaque événement.

[illegible]

gien. Peut-être était-elle vraiment mauvaise conseillère en matière de vêtements. Elle tirailla nerveusement le pull de velours trop ample dont Annie s'était moquée.

— Holly, je sais pourquoi vous êtes là ! s'exclama Danny. Vous êtes venue nous donner un coup de main. Non seulement vous avez donné une petite fortune à notre fille pour lui permettre de s'habiller, mais vous venez nous aider à décaper les sols !

— Non, Danny. Je suis venue vous confier le pauvre Bobby pendant une heure. Ils sont si intolérants à Sainte-Rita ; ils n'acceptent pas les chiens et pourtant, c'est exactement ce dont les vieilles personnes ont besoin, de compagnons à quatre pattes ! Mais ces blancs-becs de docteurs prétendent que ce n'est pas hygiénique, et que les animaux risqueraient de faire tomber les pensionnaires. Ridicule !

— Mais grâce à eux, nous avons le plaisir d'avoir la compagnie de Bobby. Salut, mon vieux !

Danny pouvait-il vraiment aimer l'affreux bâtard qui s'apprêtait à ouvrir la gueule et à les assourdir de ses hurlements ? Bobby avait des crocs jaunes et sales, et des filets de bave ourlaient sa gueule. Danny le contemplait d'un regard qui semblait teinté d'affection ; mais son existence était tellement liée à la courtoisie qu'il manifestait envers les clients désireux de vendre ou d'acheter des biens immobiliers qu'il était difficile de savoir s'il était sincèrement enthousiaste ou s'il feignait de l'être. Il ne vivait pas dans un univers où l'on disait ouvertement ce que l'on pensait.

La mère de Ria avait avalé son café en quelques gorgées et s'apprêtait à prendre congé. Elle avait pris l'habitude de beaucoup s'impliquer dans la vie de Sainte-Rita, la maison de retraite toute proche. Hilary était convaincue que leur mère brûlait d'envie d'en devenir pensionnaire. Nora avait donné des leçons de bridge à Annie et emmenait parfois sa petite-fille faire une partie à Sainte-Rita. Annie racontait que c'était follement amusant ; les vieilles personnes étaient aussi bruyantes que des collégiens et se disputaient tout autant. Elle disait aussi que les pensionnaires éprouvaient beaucoup de respect pour sa grand-mère. A côté d'eux, bien sûr, Nora était très jeune.

Selon cette dernière, il était parfaitement judicieux d'étudier les alternatives qui s'offriraient à soi une fois la vieillesse venue. Elle insinuait souvent que Ria aurait dû l'imiter ; un jour, elle aussi serait vieille et seule, et elle regretterait de ne pas avoir consacré davantage de temps aux personnes âgées. En outre, elle n'avait pas vraiment de travail ; elle disposait de temps à revendre.

— Vous devez tourner la tête aux vieillards de Sainte-Rita, déclara Danny. Une petite jeunesse toute de jaune vêtue qui vient les éblouir !

— Vos flatteries ne me touchent pas, Danny.

Mais Nora les adorait.

— Je parle sérieusement, Holly, vous allez les charmer, la taquina-t-il.

Enchantée, sa belle-mère tapota ses cheveux et s'en alla précipitamment, mince et élégante dans son tailleur.

— Ta mère a fière allure, déclara Danny. Nous pourrons nous estimer heureux si nous sommes comme elle à son âge.

— Ce sera probablement le cas. Tu ressembles beaucoup plus à un étudiant qu'à un homme qui va bientôt fêter ses quarante ans ! s'exclama-t-elle en riant.

Mais Danny, lui, ne rit pas. Elle avait eu tort de dire cela. Il avait trente-sept ans, bientôt trente-huit. Quelle bêtise d'avoir fait une plaisanterie qui l'avait ennuyé ainsi. Elle feignit de ne pas s'apercevoir de son erreur.

— Et regarde-moi ! Quand tu m'as rencontrée, tu m'as avoué que tu avais bien regardé ma mère avant de tomber amoureux. Les femmes finissent toujours par ressembler à leur mère, c'est ce que tu m'as dit.

[illegible]

— Je dois appeler Rosemary, déclara-t-elle soudain.

— Pourquoi ?

En réalité, c'était pour éviter de se trouver seule dans la cuisine avec lui, tant elle redoutait de l'ennuyer et de l'irriter.

— Pour savoir si elle a l'intention de nous rendre visite, répliqua-t-elle d'une voix joyeuse.

— Elle est toujours fourrée ici, déclara Danny. Comme la moitié de la ville.

Ses mots semblaient teintés d'une impatience ironique, mais Ria savait qu'il adorait la vie chaleureuse et gaie qui régnait dans leur maison, si différente de la ferme lugubre où il avait grandi à la campagne, entourée de corbeaux qui croassaient dans les arbres.

Danny était aussi heureux qu'elle : ils menaient la vie de leurs rêves. Il était dommage qu'ils ne fassent plus l'amour aussi souvent qu'autrefois à cause de la fatigue et du surmenage ; mais c'était simplement parce que la vie était particulièrement mouvementée en ce moment. Bientôt, les choses reprendraient leur cours normal.

A son arrivée, Rosemary exigea de tout savoir de leur matinée de shopping.

— N'est-ce pas merveilleux de les voir grandir, déclara-t-elle, décider ce qu'ils veulent et affirmer leur style !

Elle ne s'était pas assise ; elle déambulait dans la cuisine, soulevant des vases ou des coupes en terre cuite et déchiffrant le nom écrit dessous, suivant du doigt les rangs d'oignons suspendus au mur, détaillant les recettes fixées à la porte du réfrigérateur, balayant ce qui l'entourait d'un regard vaguement admiratif.

Elle serrait sa tasse de café noir avec une telle gratitude qu'on aurait pu croire que c'était la première fois qu'on lui en proposait une. Bien sûr, elle refusa les sablés ; elle venait de terminer un énorme petit déjeuner, prétendit-elle, même si sa taille mince et sa silhouette de jeune fille montraient qu'il était peu probable que ce fût le cas. Elle était vêtue de façon décontractée, comme elle disait : un jean bien coupé et un chemisier en soie blanche. Son brushing était impeccable ; tous les samedis matin, elle était la première cliente du salon de coiffure. Elle répétait toujours qu'elle enviait les femmes qui pouvaient se permettre d'y aller n'importe quel jour, les femmes qui, comme Ria, avaient la chance de ne pas travailler.

A présent, Rosemary était propriétaire de l'imprimerie. Elle avait reçu le prix d'excellence des petites entreprises. Si Ria n'avait pas été son amie depuis toujours, elle l'aurait volontiers étranglée. Rosemary était la preuve vivante qu'une femme pouvait exceller en affaires et être une beauté. Elles se connaissaient depuis si longtemps ! Rosemary était là le jour où Ria avait rencontré Danny. Elle avait prêté l'oreille au récit de tous les incidents qui avaient émaillé le passage des années, et Ria avait fait de même. Elles avaient très peu de secrets l'une pour l'autre.

En fait, Gertie était le seul sujet sur lequel leurs opinions différaient vraiment.

— En lui donnant de l'argent pour cet ivrogne, tu l'encourages seulement à penser qu'elle mène une existence normale.

— Elle ne le quittera jamais. Tu pourrais l'aider à trouver du travail ; je voudrais tant que tu le fasses, plaida Ria.

— Mais non. Ne vois-tu pas que cela ne fait qu'aggraver les choses ? Si Gertie pense que tu trouves normal que cet homme se serve d'elle comme d'un punching-ball et que ses enfants habitent chez sa mère, la situation ne changera jamais, sois-en sûre. Imagine qu'un jour tu lui dises : « Maintenant, ça suffit », tu la ramènerais à la raison, et tu lui donnerais le courage de rompre.

— Mais non. Je lui donnerais simplement le sentiment

[illegible]

un emploi et leur propre salaire. Rosemary ne l'avait jamais fait, tout comme elle n'avait jamais posé la question qui revenait régulièrement à la bouche de ces femmes, le plus souvent devant Danny : « Mais que faites-vous toute la journée ? »

Depuis cinq ans, bien sûr, Annie et Brian n'exigeaient plus autant d'attention, mais Ria n'avait jamais sérieusement envisagé de reprendre un emploi. En outre, il fallait être réaliste, qu'aurait-elle bien pu faire ? Elle n'avait aucune expérience, aucun diplôme. Il était bien préférable de s'occuper de la maison. Ria éprouvait rarement de scrupules à l'idée d'être femme au foyer, et elle pensait en toute bonne foi que ce devait être une situation enviable puisque Rosemary, qui avait tout ce qu'il était possible de désirer, affirmait la jalouser.

— Eh bien, Ria, dis-moi, qu'a-t-elle acheté ?

Rosemary était vraiment convaincue que la mère et la fille s'étaient bien amusées et qu'elles avaient acheté quelque chose d'un commun accord.

— Je ne suis pas très douée pour la conseiller, et je ne savais pas où l'emmener, répliqua Ria en se mordillant les lèvres.

Elle eut l'impression de percevoir une fugitive expression d'impatience sur le visage de Rosemary.

— Mais enfin, tu as tout le temps de faire les boutiques !

A ce moment-là, la camionnette de livraison arriva, et Ria proposa aux hommes une tasse de café. Puis Brian fit son apparition, habillé comme un va-nu-pieds et accompagné de deux amis encore plus dépenaillés ; ils raflèrent des canettes de Coca-Cola et des sablés pour les emporter à l'étage. Puis ce fut au tour de Gertie, qui, marmonnant qu'elle n'avait pas nettoyé la soupière la veille, entreprit de la récurer, ce qui signifiait qu'elle avait besoin d'un prêt d'au moins cinq livres.

Bobby poussa un gémissement. A cet instant précis sa maîtresse entra, revenant beaucoup plus tôt que prévu de Sainte-Rita. On ne lui avait pas dit qu'il y avait un enterrement ce matin-là : finalement, ils n'avaient pas besoin d'elle. Enfin, Colm frappa au carreau pour indiquer à Ria qu'il leur laissait un grand panier de légumes. D'un geste, elle l'invita à entrer se joindre aux autres et éprouva un sentiment d'orgueil familier à l'idée d'être au cœur d'un foyer si heureux. Elle vit Danny, immobile à la porte de la cuisine, contempler la scène. Il paraissait si jeune et séduisant... Pourquoi lui avait-elle fait remarquer aussi bêtement qu'il approchait de la quarantaine ?

Mais il avait oublié, l'orage était passé. Son visage n'exprimait plus la moindre contrariété ; il les observait presque comme s'il était un spectateur extérieur, quelqu'un qui voyait cette scène pour la première fois.

Ils poncèrent le plancher à tour de rôle ; ce n'était pas aussi facile que cela semblait l'être. Il ne suffisait pas de se tenir derrière une machine douée de sa propre volonté, il fallait la guider, la manœuvrer, lui faire contourner les angles et les meubles. Plein d'enthousiasme, Danny supervisait les opérations. La maison allait en être transformée, déclarait-il. Ria sentit un étrange frisson courir le long de sa colonne vertébrale. C'était une merveilleuse maison, pourquoi souhaitait-il donc la transformer ?

La mère de Ria refusa de rester déjeuner.

— Peu importe combien de kilos de légumes Colm t'a laissés ; je sais quels ennuis cela peut entraîner quand on s'incruste chez les autres. Mets-toi à table avec ta famille, Ria, et occupe-toi de ton mari. C'est un miracle que tu sois parvenue à le garder si longtemps. J'ai toujours dit que tu avais eu beaucoup de chance de séduire un homme comme Danny.

— Arrêtez de me flatter, Holly, je suis loin d'être un

[illegible]

cieusement ; elle n'acceptait que si elle pouvait donner l'impression de rendre service.

Rosemary fut déçue de n'avoir aucun vêtement à examiner. Avaient-elles vu la superbe robe rouge dans la vitrine située juste à l'angle de deux rues plus loin ? Non ? Elle était absolument somptueuse. Bien sûr, elle n'aurait pas convenu à des femmes de leur âge, ajouta Rosemary en tapotant son ventre plat, mais elle aurait été merveilleuse pour Annie, qui avait une silhouette irréprochable. Malgré ses insinuations, Rosemary devait bien savoir qu'elle n'avait rien perdu de ses charmes, songea Ria.

Brian et ses amis, Dekko et Myles, devaient faire face à un problème. Ils avaient prévu de regarder un match sur une chaîne câblée chez Dekko, mais un bébé venait de naître et ils n'avaient pas le droit d'allumer la télé.

— Vous ne pouvez pas la regarder ici ? demanda Ria.

Brian la regarda d'un air furieux.

— Bien sûr que non. Tu ne comprends pas ? C'est impossible.

— Mais enfin, si. Tu es ici chez toi, tout comme ton père et moi, tu peux emporter un plateau au salon.

Le visage du petit garçon s'était empourpré.

— Mais, maman, nous n'avons pas le câble !

Alors Ria se souvint qu'ils en avaient longuement parlé, quelques mois plus tôt. Danny et elle avaient décrété que les enfants regardaient déjà trop la télévision.

— Et chez nous, il ne sert pas à grand-chose maintenant, déclara Dekko d'un ton lugubre. Si on n'a plus le droit d'allumer la télé à cause du bébé !...

— Allons, Dekko, ce n'est pas si terrible que ça d'avoir un petit frère, répliqua Ria.

— Mais si, Mrs Lynch, c'est affreux. Pourquoi avaient-ils besoin d'en faire un après toutes ces années ? Enfin, j'ai dix ans !

Haussant les épaules, les garçonnets envisagèrent la possibilité de brancher une rallonge à la télévision. S'ils l'installaient à cinq mètres de la maison et qu'ils mettaient le son tout bas, cela ferait-il l'affaire ? Dekko en doutait. Sa mère était folle de ce maudit bébé.

Ria n'était pas enchantée de les entendre parler ainsi. Depuis longtemps, elle pensait très sérieusement à avoir un autre enfant. L'agence se développait sans cesse, et Danny avait été promu meilleur agent immobilier de l'année. Ils étaient encore jeunes, ils avaient une immense villa, rien n'aurait dû les empêcher d'envisager la naissance d'un bébé.

La soupière de cuivre étincelait, et Gertie la montra fièrement à Ria.

— Tu pourrais te regarder dedans, ce serait encore mieux qu'un miroir !

Ria se demanda pourquoi quelqu'un aurait envie de soulever une immense soupière pour s'y admirer, mais elle garda le silence. Elle ne fit aucune remarque non plus à propos de l'ecchymose qui s'étendait le long de la joue de Gertie et que cette dernière essayait de dissimuler à l'aide de ses cheveux.

— Mon Dieu, elle brille comme un sou neuf. C'est vraiment gentil d'être venue m'aider un samedi, Gertie.

A présent, comme d'habitude, Ria allait proposer à son amie de l'argent que cette dernière commencerait par refuser, avant de l'accepter. Sa dignité en dépendait, et c'était ainsi qu'elles procédaient désormais.

Mais pas aujourd'hui.

— Tu sais bien pourquoi je l'ai fait.

— C'était quand même très gentil.

Déconcertée par la brutale franchise de son amie, Ria [illegible]

— Je t'en prie, Ria.

— Cela le poussera simplement à recommencer. Quitte-le, c'est la seule solution.

— Et où pourrais-je aller, je te le demande ? Où pourrais-je aller avec deux enfants ?

— Fais changer le verrou, porte plainte contre lui.

— Ria, je te le demande à genoux. Il attend dehors.

La jeune femme lui tendit un billet de dix livres.

Alors qu'elle se trouvait dans l'entrée, elle entendit Annie parler à son amie Kitty au téléphone.

— Bien sûr que non, nous n'avons rien acheté, qu'est-ce que tu t'imagines ? Elle restait plantée là, bouche bée, les yeux levés au ciel, en répétant « tu ne vas quand même pas porter ci, tu ne vas quand même pas porter ça »... Non, mais ça se lisait sur son visage. C'était affreux, tu peux me croire. Non, je ne vais rien m'acheter. C'est encore la meilleure solution, je t'assure. Ça ne vaut pas la peine de se donner tout ce mal. Mais je ne sais pas ce que je vais dire à grand-mère, elle s'est montrée si généreuse... Elle, ça lui est égal, la façon dont je m'habille.

Ria partit à la recherche de Danny. Elle se sentirait mieux si elle pouvait passer ne serait-ce qu'un instant en sa compagnie. Peut-être retrouverait-elle un peu de la force et de la confiance qui semblaient la fuir. Il était penché au-dessus de la ponceuse et la machine communiquait un léger tressaillement à son corps. Il était totalement absorbé dans son travail, et pourtant il donnait le sentiment de faire tout cela pour quelqu'un d'autre. Comme si l'un de ses clients lui avait demandé d'embellir une propriété.

La jeune femme porta la main à sa gorge et se demanda si elle avait attrapé la grippe. C'était un merveilleux samedi matin ; pourquoi se sentait-elle si vulnérable ? Elle se demanda ce qu'on lui aurait répondu si elle avait écrit à la rubrique « courrier des lecteurs » d'un magazine féminin ou bien si elle s'était entretenue avec un conseiller. Lui aurait-on suggéré de reprendre un emploi ? Oui, sans doute. Les gens s'imaginaient qu'un travail vous occupait l'esprit, vous laissait moins de temps pour broyer du noir, vous donnait le sentiment d'être plus indépendant et d'avoir davantage d'importance. Elle semblerait hypocrite si elle répliquait que ce n'était pas une solution ; en effet, elle estimait avoir déjà un travail. Cela n'aurait eu aucun sens d'aller au bureau tous les matins simplement par principe. De plus, Danny répétait souvent qu'il aurait beaucoup plus d'impôts à payer si elle gagnait un salaire. Et puis, les enfants avaient encore davantage besoin d'une présence à la maison aujourd'hui.

En outre, sa mère devait la trouver là quand elle lui rendait visite chaque jour. Et Gertie aussi, non seulement pour les quelques livres qu'elle gagnait en faisant le ménage, mais également pour les encouragements que son amie lui procurait. Et qui prendrait sa place de bénévole si Ria avait un emploi à plein temps ? Car c'était un vrai travail d'aller à l'hôpital s'occuper d'enfants dont les mères souffraient d'un cancer du sein. Il fallait aussi faire la collecte des vêtements usagés, les ranger au garage puis les envoyer au pressing au prix de gros. Elle devait également préparer des sauces et des ragoûts, et rester immobile à la porte des supermarchés durant des heures avec une boîte métallique de l'Armée du Salut.

Et la villa elle-même avait besoin de sa présence. Danny répétait souvent que Ria constituait à elle seule une ligne de défense, luttant contre les termites et combattant l'humidité et les moisissures. Et à supposer qu'un emploi représente vraiment la réponse, quel genre de travail pourrait-elle briguer ? La seule mention d'Internet la pétrifiait. Avant même d'envisager de postuler pour une place de réceptionniste, il lui faudrait se familiariser avec le b.a.-ba de la dactylographie et le maniement des ordinateurs

[illegible]

du mépris qu'éprouveraient Brian et ses amis, le temps était venu d'avoir un autre enfant.

Ce soir-là, ils devaient dîner chez Rosemary. Ce ne serait pas une réception, il n'y aurait qu'eux trois. Ria savait ce qui allait figurer au menu : une soupe glacée, du poisson grillé et une salade. Puis des fruits et du fromage, que leur hôtesse leur servirait près de la baie donnant sur la grande terrasse brillamment éclairée.

Au dire de Danny, l'appartement de Rosemary, au numéro 32 Tara Road, valait une petite fortune. Bien sûr, la jeune femme faisait en sorte qu'il soit toujours impeccable. Grâce au succès de sa société, Rosemary n'était jamais à court d'argent, et même si elle n'était pas excellente cuisinière comme Ria, elle pouvait servir un repas raffiné sans le moindre effort apparent.

Bien sûr, Ria savait ce qui venait tout droit de chez le traiteur, mais personne d'autre n'aurait pu le deviner. Quand les invités félicitaient Rosemary pour son excellente tourte, elle se contentait de sourire. Et la table était toujours dressée de façon élégante ; raisins et figues disposés sur un beau plateau, immense carafe de verre bleu, tulipes blanches dans un vase noir. Tout cela témoignait d'un style impeccable. Du jazz en fond sonore, et Rosemary habillée comme si elle se rendait au théâtre. Ria était toujours surprise par l'énergie et l'exigence que manifestait son amie.

En compagnie de Danny, elle longea Tara Road à pied. Parfois, elle aurait souhaité qu'il cesse de s'interroger sur la valeur de chacune des villas devant lesquelles ils passaient. Mais c'était son métier ; c'était normal. Comme ils se l'étaient si souvent répété, cette rue était la seule de son genre à Dublin. Toutes les autres figuraient en haut ou en bas de l'échelle du marché immobilier, mais celle-ci représentait une exception. A Tara Road, certaines villas coûtaient une fortune ; mais on y trouvait également des lotissements décrépits où chaque maison hébergeait sept locataires, où poubelles et bicyclettes étaient le signe de locations de bas étage. On y voyait également des bâtiments de brique rouge où des fonctionnaires et des employés de banque appartenant à la classe moyenne habitaient depuis des générations, et de plus en plus de villas comme la leur, qui étaient magnifiques autrefois et retrouvaient peu à peu leur splendeur passée.

Près de la laverie de Gertie s'alignait une rangée de magasins qui devenaient de plus en plus luxueux au fil des années. Il y avait également le restaurant trois étoiles de Colm et des pavillons comme celui de sa mère, qu'il était impossible de ranger dans une catégorie particulière.

Chaque fois que Ria franchissait le portail du numéro 32, elle s'émerveillait de l'élégance de l'immeuble. Elle aurait aimé que leur villa dispose d'un abord aussi accueillant que celui-ci, où plus d'une voiture pouvait se garer, où tout semblait vous entraîner vers la porte ; les parterres de fleurs se faisaient plus grands et se muaient en buissons au fur et à mesure qu'on approchait des marches du perron. Comme si la maison était une sorte de temple. Au contraire, la villa des époux Lynch ne semblait pas destinée à durer ; on avait l'impression qu'elle aurait pu cesser d'exister en quelques minutes. Certes, quelques années plus tôt, Danny avait accepté de goudronner l'espace situé devant la maison et d'y installer une petite rocaille. Mais comparé au numéro 32, tout cela était absolument dérisoire.

Personne ne pouvait imaginer qu'il serait possible de faire construire dans cette magnifique allée ; mais cela aurait pu aisément se produire sur la propriété des Lynch telle qu'elle était aujourd'hui. Danny répétait souvent que cela ne faisait qu'ajouter au charme, au mystère et à la valeur de leur villa. Mais la jeune femme rétorquait que la valeur d'un bien n'im- [illegible] qu'il devait être de nouveau père. Sur sa liste des priorités, le jardin avait une importance bien moindre et elle n'avait aucune envie de harceler son mari à tout propos. Ces derniers temps, il semblait fatigué et pâle. Il travaillait trop.

Tandis que Rosemary leur préparait un verre, Ria regarda autour d'elle. Aux yeux de son amie, c'était le cadre de vie idéal. Aucun signe n'indiquait que la propriétaire des lieux était une femme d'affaires avisée. Rosemary gardait tous ses dossiers au bureau. Son appartement était destiné à la détente. Et il était aussi impeccable que le jour de son emménagement. Les peintures n'étaient pas écaillées, les meubles n'avaient pas subi les assauts de jeunes enfants. Ria aperçut des livres et des magazines d'art disposés sur la table basse. Chez elle, ils n'y seraient pas restés bien longtemps ; ils auraient aussitôt été recouverts par une veste ou des devoirs d'école, des tennis ou le journal du soir. Ria n'avait pas le sentiment que l'appartement de Rosemary était un foyer. Mais plutôt un décor destiné à être pris en photo pour un magazine.

Alors qu'ils rentraient chez eux, glissant un regard sur les villas devant lesquelles ils passaient et se félicitant, comme toujours, d'avoir été suffisamment avisés pour acheter dans ce quartier à l'époque où ils étaient jeunes et pauvres, elle s'apprêtait à en faire la remarque à Danny ; mais il fut plus rapide à prendre la parole.

— J'adore aller dans cette maison, déclara-t-il à sa grande surprise. Elle est si calme et reposante, on n'y subit aucune tension.

Ria le regarda : il avait jeté sa veste sur son épaule dans la tiède soirée de printemps et, comme à l'accoutumée, ses cheveux lui tombaient dans les yeux ; aucun coiffeur n'avait jamais pu les discipliner. Comment pouvait-il aimer l'atmosphère qui régnait dans l'appartement de Rosemary ? Cela ne correspondait pas du tout à ses goûts. Tout y était beaucoup trop sobre. Sans doute était-ce simplement parce que l'appartement avait beaucoup de valeur. Il était impossible de passer ses journées à jongler avec les prix des biens immobiliers sans être affecté par ce genre de critères. En réalité, elle le savait, Danny voulait un foyer décoré de chaudes couleurs et empli d'invités.

S'ils avaient reçu Rosemary à dîner ce soir-là, sept ou huit personnes auraient été rassemblées autour de la table de la cuisine. Les enfants auraient fait des allées et venues avec leurs amis. Gertie serait peut-être venue aider à la cuisine et, pour finir, les aurait rejoints à table. On aurait mis de la musique en fond sonore, le téléphone aurait sonné, et peut-être Clément, le chat curieux, serait-il venu examiner les invités. Les gens auraient parlé fort et se seraient mutuellement coupé la parole. De grandes bouteilles de vin auraient déjà été débouchées à chaque extrémité de la table, et, au menu, il y aurait eu une grande soupe de poisson pour commencer, avec des moules, des coquillages et d'épaisses tranches de pain, un rôti comme plat principal et au moins deux desserts. Ria faisait une excellente tarte à la mélasse à laquelle personne ne pouvait résister. Voilà le genre de soirées qu'ils adoraient.

Mais il aurait été absurde d'en débattre et Ria aurait donné l'impression de vanter ses propres mérites. Alors, comme elle le faisait si souvent, elle adopta le point de vue de son mari. Glissant son bras sous celui de Danny, elle déclara qu'il avait raison ; cela avait été agréable de discuter de façon si détendue. Elle ne dit pas un mot sur le fait qu'à son avis Rosemary s'était habillée et maquillée comme si elle s'apprêtait à participer à une émission télévisée et non à accueillir Danny et Ria, qui étaient sans doute ses plus proches amis.

— Nous avons de la chance d'avoir des voisins et des amis si sympathiques, ajouta-t-elle en laissant échapper un soupir de plaisir.

Danny ne semblait pas inquiet. Il était fort peu probable que des cambrioleurs se soient installés devant la télévision pour attendre le retour des propriétaires.

Ria était ennuyée. Elle avait espéré prendre un verre à la cuisine avec Danny, et ils auraient pu évoquer la possibilité d'avoir un autre bébé. Elle avait préparé ses arguments pour le cas où il se montrerait réticent. Ils avaient été proches ce soir, physiquement tout au moins, même si elle ne pouvait comprendre le plaisir qu'il éprouvait à se trouver dans l'appartement froid et austère de Rosemary. Pourquoi fallait-il que les enfants soient encore debout, tout particulièrement ce soir-là ?

Bien sûr, c'étaient Annie et son amie Kitty. L'adolescente ne leur avait pas annoncé que Kitty lui rendrait visite, et elle n'avait pas demandé la permission d'emprunter le vernis à ongles de Ria, ni sa cassette de gymnastique qui hurlait dans le magnétoscope. Quand ils entrèrent dans la pièce, elles levèrent les yeux, comme si elles étaient légèrement ennuyées de les voir rentrer chez eux.

— Bonjour, Mr Lynch, s'exclama Kitty, qui prêtait rarement attention aux femmes mais souriait à tous les hommes qui croisaient sa route.

L'adolescente ressemblait à l'héroïne d'un documentaire télévisé illustrant les dangers des grandes villes. Elle était maigre et de grands cernes entouraient ses yeux, résultat de nombreuses nuits passées en discothèque. Ria le savait car Annie s'était plainte de ne pas jouir d'une telle liberté.

Danny était d'avis que c'était une drôle de petite femme, un sacré personnage.

— Bonsoir, les filles. Vous avez peint chacun de vos ongles de pied d'une couleur différente ; c'est superbe !

Ravies, les filles lui adressèrent un sourire.

— Bien sûr, il n'y avait pas un grand choix, remarqua Annie d'un ton d'excuse. Il n'y avait pas de bleu ni de noir, juste du rose et du rouge.

Kitty fronçait les sourcils d'un air désapprobateur.

— Oh, vous m'en voyez désolée, répliqua Ria d'un ton qu'elle voulait sarcastique, mais qui lui sembla plutôt coupant et sec.

L'injustice de la situation l'irritait. C'était sa trousse à maquillage que les adolescentes avaient dévalisée sans sa permission, et Ria était supposée se sentir flattée mais également navrée de ne pas disposer d'un choix de nuances plus important ! Haussant les épaules, les filles quêtèrent du regard le soutien de Danny.

— Brian est couché ? demanda sèchement Ria avant que

son mari puisse dire quoi que ce soit qui aggraverait la situation.

— Non, il a pris la voiture et il est allé faire le tour des boîtes de nuit avec Myles et Dekko, répliqua Annie.

— Annie !

— Oh, maman, qu'est-ce que tu t'imagines ? Tu ne crois pas que Kitty et moi savons où est Brian ou que ça nous importe le moins du monde, si ?

Kitty se décida à intervenir :

— Non, ne vous inquiétez pas, Mrs Lynch, il est allé se coucher à vingt et une heures. Il dort bien tranquillement dans son lit.

Elle était parvenue à faire passer Ria pour une mère hystérique qui n'avait plus toute sa tête.

— Bien sûr qu'il est au lit, Ria, acquiesça Danny en prenant le parti des adolescentes.

— Tu as passé une soirée agréable ? demanda Annie à son père.

Cela lui était égal, mais elle voulait narguer sa mère.

— Merveilleuse. Tranquille et calme.

— Mhh.

Bien qu'elle fût décidée à contrarier sa mère, Annie était

— Il nous reste quelques abdominaux à faire, renchérit Kitty d'une voix plaintive, comme si elle craignait que Mrs Lynch ne la frappe.

— Vous n'avez pas besoin de faire d'abdominaux ! s'exclama Danny avec un sourire flatteur.

Mais elles ne pouvaient pas lui faire confiance. Après tout, il n'était qu'un père aveuglé par l'admiration qu'il vouait à sa fille.

— Oh, mais si, papa !

— Viens, regardons ce qu'elle nous dit de faire.

Ria resta plantée là, un petit sourire dur aux lèvres, et regarda son mari se livrer à un exercice ridicule destiné à muscler son ventre plat en compagnie de deux adolescentes de quinze ans. Ils se moquaient les uns des autres, perdaient l'équilibre et basculaient sur le plancher. Elle ne se joindrait pas à eux et ne s'en irait pas. Cela ne dura sans doute que dix minutes, mais elle eut le sentiment qu'il s'était écoulé deux heures. Puis il n'y eut aucune discussion chaleureuse dans la cuisine, et ils n'eurent pas l'occasion de faire l'amour quand ils gagnèrent leur chambre. Danny déclara qu'il avait besoin de prendre une douche. Il n'était plus en forme et manquait d'exercice au point d'être épuisé par quelques minutes de gymnastique.

— Je suis en train de devenir un vieil homme grassouillet, déclara-t-il.

— Mais non, tu es beau, répliqua-t-elle avec sincérité tandis qu'il se déshabillait.

Elle brûlait d'envie qu'il vienne directement se coucher, mais il alla se doucher et revint en pyjama : ils ne feraient pas l'amour ce soir-là. Juste avant de s'endormir, Ria se souvint du temps qui s'était écoulé depuis qu'ils avaient fait l'amour pour la dernière fois. Mais elle n'allait pas commencer à s'inquiéter aussi à ce sujet. Ils étaient surmenés, voilà tout. On disait que cela arrivait parfois, puis les choses finissaient par s'arranger.

Le dimanche, Danny fut absent toute la journée. Des clients potentiels allaient visiter les nouveaux appartements. Selon Danny, l'agence cherchait à cibler un nouveau marché, beaucoup plus jeune. Les investisseurs avaient déclaré que ce n'était pas la peine d'avoir prévu un club de sport et un café si ce n'était pas l'occasion pour de jeunes célibataires d'en rencontrer d'autres. Danny devait superviser les méthodes de vente. Non, il ne serait pas là pour le déjeuner.

Brian allait chez Dekko, où il y avait un baptême. Dekko n'avait aucune envie d'y assister, mais sa grand-mère et des collègues de ses parents seraient présents, et apparemment il était indispensable qu'il y soit. Dieu seul savait pourquoi. Il avait été entendu que si Myles, Brian et lui enfilaient des chemises propres et faisaient circuler les toasts, ils recevraient cinq livres chacun.

— C'est beaucoup d'argent, avait déclaré Dekko avec solennité. Il faut qu'ils soient fous pour dépenser quinze livres simplement pour s'assurer de notre présence.

— J'aurais plutôt pensé que des gens sains d'esprit nous auraient payé quinze livres pour qu'on disparaisse ! avait répliqué Brian.

— Mais personne n'a toute sa tête dans une maison où il y a un bébé, avait conclu son ami avec sagesse.

Et ils avaient tous trois laissé échapper un soupir.

Annie déclara qu'elle se rendait au forum des métiers en compagnie de Kitty. Cela faisait des siècles qu'elles l'avaient annoncé maintes et maintes fois, mais personne ne les écoutait jamais.

— Tu n'es allée à aucun autre forum ! protesta sa mère.

— Mais ils ne concernaient que les métiers de la banque, de l'assurance, du droit ou d'autres professions tout aussi horribles, répliqua Annie, surprise que ce ne soit pas évident.

sement la porte.

Ria téléphona à sa mère.

— Ne sois pas ridicule, protesta celle-ci. Pourquoi devrais-je tout laisser en plan afin de venir manger du gigot avec toi ? De toute façon, pourquoi l'as-tu décongelé avant de savoir si ta famille serait là pour le déjeuner ? Cela te ressemble bien, tu ne réfléchis jamais.

Ria appela son amie Gertie ; ce fut Jack qui décrocha.
— Qu'est-ce qu'il y a ?
— Oh... Jack, c'est Ria.
— Comme si je ne le savais pas. Qu'est-ce que vous voulez ?
— Eh bien, j'aimerais parler à Gertie.
— Ouais, pour lui donner toute une flopée de conseils féministes, j'imagine.
— Non. En fait, je voulais l'inviter à déjeuner.
— Eh bien, nous ne sommes pas libres.
— Peut-être l'est-elle, elle.
— Elle n'est pas libre, Mrs Semeuse-de-pagaille.
— Je pourrais en discuter avec elle, Jack.
— Ou peut-être que vous pourriez aller vous faire...
On entendit une bousculade.
— Ria, c'est Gertie... Je suis désolée, je ne peux pas.
— Tu ne peux pas quoi ?
— Accepter ce que tu me proposes, quoi que ce puisse être. Je suis désolée, mais je ne peux pas.
— C'était simplement une invitation à déjeuner, Gertie, simplement un fichu gigot d'agneau.
Un sanglot étouffé retentit à l'extrémité de la ligne, puis la jeune femme gémit :
— Si c'était simplement ça, Ria, pourquoi a-t-il fallu que tu m'appelles et que tu crées tous ces problèmes ?

— « Vous êtes bien sur le répondeur de Martin et de Hilary, veuillez laisser un message après le bip. »
— Bonjour Hilary, c'est Ria. Si tu n'es pas là un dimanche à dix heures du matin, tu ne seras probablement pas là pour le déjeuner... Ce n'était pas important.

Ria appela Colm au restaurant. Il était souvent là le dimanche ; il lui avait dit profiter du calme et du silence pour s'occuper de ses comptes et de ses papiers.
— Allô ?
Caroline, la sœur de Colm, parlait toujours à voix si basse qu'il fallait tendre l'oreille pour l'entendre. Elle déclara que

son frère n'était pas là, il était sorti faire quelque chose... Non, il n'était pas là... Caroline semblait si peu sûre d'elle que Ria se demanda si Colm n'était pas en fait à côté d'elle, chuchotant qu'il ne voulait pas répondre.

— Ça n'a pas d'importance. Je voulais simplement lui demander s'il avait envie de venir déjeuner, c'est tout.

— Déjeuner ? Aujourd'hui ?

Caroline parvint à teinter ces deux mots d'une extraordinaire incrédulité.

— Mais oui.

— Avec votre famille ?

— Chez moi, oui.

— Vous l'aviez invité ? Il a oublié ?

— Non, c'était totalement improvisé. Vous êtes invitée aussi, bien sûr, si vous êtes libre.

Caroline semblait parfaitement incapable de comprendre ce dont il s'agissait.

— Pour déjeuner ? Aujourd'hui ? répéta-t-elle de nouveau.

Ria eut envie de la gifler.

— N'y pensez plus, Caroline, c'était simplement une idée en passant.

[illegible]

Elle espéra ardemment qu'ils ne le seraient pas. Et son vœu fut exaucé.

— Non, je suis vraiment désolée, Ria, vous ne pouvez pas imaginer à quel point, mais ce n'est pas possible aujourd'hui. Si cela avait été un autre jour...

— Tant pis, Caroline. J'aurais dû vous prévenir à l'avance, répliqua Ria avant de raccrocher.

La sonnerie du téléphone retentit et Ria décrocha le combiné, pleine d'espoir.

— Ria ? C'est Barney.

— Oh, Danny est déjà en route pour vous retrouver là-bas, Barney.

— Là-bas ?

— Oui, dans le nouveau complexe immobilier, l'immeuble de luxe.

— Oh, oui, bien sûr.

— Vous n'y êtes pas ?

— Non, j'ai eu un contretemps. S'il vous appelle, transmettez-lui le message. Je le rejoindrai plus tard.

— D'accord.

— Et vous, Ria, comment allez-vous ?

— Très bien, mentit-elle.

Allait-elle faire cuire le gigot et le servir froid avec une salade à leur retour ? Gertie affirmait qu'il était possible de remettre les aliments au freezer s'ils n'étaient pas complètement décongelés. Mais était-ce vrai ? Colm aurait pu lui répondre mais, à en croire sa sœur, il n'était pas là. Rosemary le savait certainement, mais Ria n'avait pas envie de la déranger pour lui poser la question. Etait-il vrai qu'elle devenait parfaitement ennuyeuse, comme l'affirmait Annie ? Etait-elle aussi irréfléchie que sa mère l'avait prétendu ? Désormais, Ria savait pourquoi les gens qui vivaient seuls trouvaient que le dimanche était un jour long et triste. Ce serait différent lorsque le bébé serait né. Alors les journées lui paraîtraient toujours trop courtes.

Lors du baptême, Brian avait vomi. Selon lui, c'était suffisamment grave pour qu'il manque l'école ; il était sûr que Myles et Dekko avaient des parents plus gentils et compréhensifs qui n'auraient pas forcé un grand malade à sortir. Annie déclara qu'il s'agissait d'une juste punition : c'était manifestement le champagne qui les avait rendus malades. Le visage écarlate, Brian répliqua qu'elle n'en avait aucune preuve. Elle essayait juste de lui causer des ennuis pour faire oublier qu'elle et Kitty étaient rentrées très tard, semant ainsi une grande inquiétude.

— Je m'occupais de ma future carrière, d'emplois, d'avenir, de choses qu'un ivrogne comme toi n'aura jamais, répliqua froidement Annie.

Ria essayait de rétablir le calme et quêtait vainement le soutien de Danny, qui avait le nez plongé dans des brochures publicitaires et des articles de presse concernant le nouveau complexe immobilier. Quand il était rentré, la veille au soir, il était fatigué. Trop fatigué pour réagir quand elle avait tendu la main vers lui. Cela avait été une longue journée, avait-il dit. Pour Ria aussi, la journée avait été longue : elle l'avait consacrée à promener une lourde ponceuse de long en large dans le salon, mais elle ne s'en était pas plainte. À présent, ils avaient retrouvé un cadre familier : un petit déjeuner bruyant, une famille commençant la semaine ensemble dans une grande cuisine baignée de lumière.

Et la situation se calma avant qu'ils soient prêts à partir. Brian déclara qu'il se sentait capable d'affronter l'école ; l'air frais lui ferait du bien et aucun tribunal ne pourrait prouver qu'il avait bu une goutte d'alcool. Annie admit qu'elle aurait [illegible]

— Pas avant quelques décennies ; j'ai de grands projets pour toi, répliqua sa femme en riant.

— Pas pour ce soir, j'espère. Il y a un dîner avec des investisseurs, et je dois y assister.

— Oh non, encore !

— Eh oui. Et il y en aura beaucoup d'autres. Si les agents immobiliers ne s'occupaient pas de la promotion des appartements, personne ne s'imaginerait qu'ils y croient.

Elle esquissa une moue boudeuse.

— Je sais, je sais. Et après tout, ça ne durera plus très longtemps, se ressaisit-elle.

— Que veux-tu dire ?

— Eh bien, tous les appartements finiront par être vendus, n'est-ce pas ? C'est bien le but recherché ?

— Pour cette phase-là... Mais c'est seulement la phase numéro un, souviens-toi, nous en discutions samedi avec Barney.

— Est-il parvenu à te joindre, hier ?

— Non, pourquoi ?

— Il a eu un empêchement, je lui ai dit qu'il te trouverait au nouveau complexe immobilier.

— J'ai passé toute la journée avec des clients. J'imagine que quelqu'un aura pris le message. Je le trouverai en arrivant au bureau et j'appellerai Barney à ce moment-là.

— Tu travailles trop, Danny.

— Toi aussi, répliqua-t-il avec un sourire coupable. Regarde, j'ai fait livrer cette ponceuse et c'est toi qui as été obligée de faire presque tout le travail.

— Mais si tu penses que le résultat est satisfaisant...

Ria n'était pas convaincue.

— Cela ne fait aucun doute, ma chérie. La valeur de la maison a grimpé de plusieurs milliers de livres en l'espace d'un seul week-end. Attends que nous mettions les enfants au travail et que nous nous attaquions à l'étage supérieur. Cette villa vaudra une fortune.

— Mais nous n'avons pas l'intention de vendre, s'exclama Ria, inquiète.

— Je sais, je sais. Mais un jour, quand nous serons vieux et que nous aurons envie d'acheter un bel appartement au bord de la mer ou sur la planète Mars...

Il lui ébouriffa les cheveux et s'en alla.

Ria esquissa un sourire. La vie avait repris son cours normal.

— Ri-a !

— Bonjour, maman. Où est Bobby ?

— Je vois. Cela ne t'intéresse plus de voir ta mère, seulement le chien !

— Non, je pensais qu'il serait avec toi, voilà tout.

— Eh bien, non. Ton amie Gertie l'a emmené courir. Il est parti faire une petite promenade le long du canal.

— Gertie ?

— Oui, elle m'a dit que les chiens comme Bobby avaient besoin de courir un peu de temps en temps pour se dérouiller les pattes. Et j'ai beau être restée raisonnablement alerte, je ne peux pas l'emmener moi-même, alors Gertie s'est proposée de le faire.

Ria était stupéfaite. Gertie n'avait pas l'habitude de faire du jogging ; elle parvenait à peine à marcher ces temps-ci, tant elle avait peur de son mari alcoolique. Mais Nora s'était déjà désintéressée du sujet.

— Je suis seulement passée dire à Annie que c'est ce soir, à dix-neuf heures.

— Quoi donc ?

— Annie et son amie Kitty vont m'accompagner à Sainte-Rita. Kitty veut apprendre à jouer au bridge.

Mille pensées tourbillonnaient dans l'esprit de Ria.

— Mais ce sera à l'heure du dîner.

— Elles ont certainement jugé certaines choses plus importantes que d'autres, parce qu'elles sont gentilles et généreuses et qu'elles aiment la compagnie, répliqua Nora.

Elle s'assit à la table, attendant que sa fille lui serve son café, le visage empreint d'une expression signifiant que Ria n'était ni gentille ni généreuse et qu'elle détestait se trouver en compagnie d'autrui.

La machine à laver venait de se mettre en route lorsque Rosemary téléphona.

— Oh, mon Dieu, Ria, si tu savais comme je t'envie ! Tu es confortablement installée chez toi pendant que je suis coincée au bureau.

— Eh oui, c'est comme ça, répliqua Ria.

Elle décela une trace d'impatience dans sa voix ; elle devenait sèche avec ses amies sans aucune raison. Elle s'empressa d'ôter toute aigreur à ses paroles :

— Nous sommes tous persuadés que l'herbe est plus verte ailleurs. Souvent, quand je suis occupée à faire le ménage ici, je t'envie de passer toute la journée hors de chez toi.

— Ça m'étonnerait.

— Pourquoi dis-tu cela ?

— Parce que, comme je ne cesse de te le répéter, si tu le pensais vraiment, tu chercherais un emploi. Ecoute, j'appelle pour te dire que j'ai vu Jack se faire emmener ce matin dans un fourgon de police pour désordre sur la voie publique. J'ai pensé que tu aimerais être au courant. Si tu n'as rien d'autre à faire, tu pourrais t'assurer que Gertie n'est pas en morceaux ?

— Elle n'est pas en morceaux, elle est en train de promener le chien de ma mère.

— Non, tu es sérieuse ? Elle n'a pas demandé à être payée, si ?

— Non, je ne crois pas, ma mère l'aurait mentionné.

— Alors, ça va. Ce n'est pas comme si elle le faisait pour gagner quelques livres qui permettraient à Jack de se remettre à boire dès que la police le relâchera.

— Mrs Lynch ?

— Oui, c'est moi.

Durant toute la journée, il s'était passé des choses étranges.

— Vous êtes bien Mrs Danny Lynch ?

— Mais oui.

— Oh, je suis désolée. Je crois que je me suis trompée de numéro.

— Non, c'est bien moi, Ria Lynch.

Mais la communication fut coupée.

Quelques instants plus tard, Hilary téléphona.

— Tu avais l'air parfaitement lugubre sur le message du répondeur, déclara-t-elle.

— Mais non. J'ai simplement dit que ce n'était pas très important.

— Je n'arrête pas de répéter que ce répondeur est inutile. Encore de l'argent jeté par les fenêtres ! Qui nous appelle ?

Quel intérêt peuvent bien avoir les messages qu'on nous laisse ?

— Merci, Hilary.

Insensible au sarcasme qui perçait dans la voix de sa sœur, Hilary poursuivit :

— De quoi voulais-tu me parler ? De maman, j'imagine ?

— Non, pas du tout.

— Elle perd vraiment la tête, tu sais, Ria. Tu ne t'en aperçois pas parce que tu ne le veux pas. Tu essaies toujours de te convaincre que tout va bien dans le monde, que la guerre et la famine n'existent pas, que les politiciens sont honnêtes et que le temps est superbe.

— Hilary, me téléphones-tu simplement pour être désagréable ou y a-t-il une raison spécifique ?

— Très drôle. Mais pour en revenir à maman, je m'inquiète à son sujet.

— Pourquoi donc ? Nous en avons parlé des dizaines de fois. Elle est en pleine forme, très occupée et heureuse.

— Elle devrait avoir le sentiment qu'elle compte aux yeux de sa famille.

— Mais c'est le cas, Hilary. Elle me rend visite tous les jours, parfois deux fois par jour. Je lui demande de rester dîner, [illegible] la nuit ici... Elle sort [illegible] que moi [illegible] d'Annie et de Brian...

— [illegible] qu'à présent tu me [illegible] de ne pas en faire [illegible]

— [illegible] tout. Elle ne tarit pas [illegible] sur Martin [illegible] sans cesse que vous êtes [illegible] avec elle.

— [illegible].

— [illegible] ce qui t'inquiète [illegible] ?

— Elle essaie de vendre sa maison.

Il y eut un silence.

— Mais c'est impossible, Hilary ; elle en aurait parlé à Danny.

— Seulement si elle avait l'intention de vendre par le biais de son agence.

— Mais à qui d'autre pourrait-elle s'adresser ? Non, Hilary, tu as dû mal comprendre.

— Nous verrons bien, répliqua cette dernière avant de raccrocher.

— Chérie ?
— Oui, Danny ?
— Quelqu'un a-t-il essayé de me joindre à la maison, quelqu'un qui t'aurait semblé bizarre ?
— Non, pourquoi ?
— Oh, une espèce de folle passe des coups de fil au sujet des appartements ; elle affirme qu'on la refuse comme cliente... Une vraie paranoïaque. Et elle appelle tous les agents immobiliers chez eux.
— Il y a bien une femme qui a téléphoné, mais elle n'a pas laissé de message. C'était peut-être elle.
— Que t'a-t-elle dit ?
— Rien, elle m'a simplement demandé plusieurs fois qui j'étais.
— Et que lui as-tu répondu ?
Soudain, Ria céda à la mauvaise humeur. Elle avait passé un week-end difficile, traversé d'incidents dénués de sens.
— Je lui ai dit que j'étais une tueuse en série qui passait dans les environs. Qu'est-ce que tu t'imagines, Danny ? Elle m'a demandé si j'étais Mrs Lynch et j'ai répondu oui. Alors elle m'a dit s'être trompée de numéro et elle a raccroché.
— Je vais porter plainte, c'est du harcèlement téléphonique.
— Mais tu sais de qui il s'agit ?
— Ecoute, ma chérie, je rentrerai tard ce soir. Je t'en avais parlé, tu t'en souviens.
— Tu as un dîner, oui, je sais.
— Je dois filer, chérie.
Il appelait toutes les femmes « chérie ». Cela n'avait rien de particulièrement affectueux. C'était ridicule, mais Ria allait devoir prendre rendez-vous avec son mari pour envisager d'avoir un bébé ; et un deuxième rendez-vous pour passer à l'acte s'il jugeait que c'était une bonne idée.

A dix-neuf heures, seule dans son immense cuisine, Ria dîna d'un bol de soupe et d'une tranche de pain grillé. Le vent turbulent d'avril secouait le linge pendu sur l'étendage, mais elle le laissa où il était. Brian était allé faire ses devoirs chez Dekko. Annie projetait d'aller dîner d'une pizza avec sa grand-mère après sa partie de bridge à Sainte-Rita, ce qui était manifestement bien préférable à la perspective de passer un peu de temps en compagnie de sa mère. Même Brian préférait partager une maison avec un bébé qu'il n'appréciait pas plutôt que de rentrer chez lui. Colm avait adressé un signe de la main à Ria par la fenêtre avant de prendre le chemin de son restaurant. Rosemary se trouvait chez elle, se préparant un frugal repas. Gertie avait promené un chien ridicule toute la journée afin d'éviter son mari alcoolique. Comment cela était-il arrivé… ce foyer vide ? Pourquoi n'y avait-il plus jamais personne chez elle ?

Ils revinrent au moment où elle s'y attendait le moins. Annie et sa grand-mère pouffaient de rire comme si elles avaient le même âge ; plus de cinquante ans les séparaient, et pourtant elles se sentaient parfaitement à l'aise ensemble. L'adolescente déclara qu'elle s'était merveilleusement bien amusée en compagnie des vieilles dames. Elles allaient lui prêter d'authentiques vêtements des années cinquante, et même un manteau en fausse fourrure. Certaines étaient allées manger une pizza avec elles.

— Elles ont le droit de sortir ? demanda Ria, surprise.

— Ce n'est pas une prison, Ria, c'est une maison de retraite. Les vieilles personnes qui y sont acceptées ont beaucoup de chance.

— Maman, tu es bien trop jeune pour aller vivre dans un endroit comme celui-là, protesta la jeune femme.

— Je parlais d'une manière générale, répliqua sa mère d'un air évasif.

— Alors, tu n'as pas l'intention de t'y installer ?

Nora sembla indignée.

— S'agit-il d'un interrogatoire ? demanda-t-elle.

— Oh, maman, arrête de faire des histoires sans arrêt, grommela Annie.

Brian poussa la porte. Il semblait heureux — mais non surpris — de voir sa grand-mère.

— Quand j'ai vu Bobby attaché à la grille, j'ai su que tu étais là.

— Bobby ? Attaché à la grille ?

Nora se rua hors de la maison.

— Pauvre chien, pauvre Bobby. Elle t'a abandonné ?

Alors ils entendirent un bruit de moteur : Danny rentrait beaucoup plus tôt que prévu.

— Papa, papa, sais-tu où nous pourrions trouver les couleurs du drapeau de l'Italie, de la Hongrie et de l'Inde ? Le père de Dekko ne le sait pas. Ce serait génial si tu savais, papa !

— Ton amie est encore plus inconsciente que toi, Ria.

Nora s'apitoyait encore sur son chien.

— Quand je pense que Gertie a attaché le pauvre Bobby à la grille ! Il aurait pu y rester pendant des heures.

— Il n'y était pas quand nous sommes rentrées il y a quelques minutes, grand-mère, intervint Annie pour la rassurer.

— C'est vrai, j'ai croisé Gertie dans Tara Road, approuva Danny. Il a dû s'écouler deux ou trois minutes au maximum. Qu'y a-t-il à manger ce soir ?

— Personne ne devait dîner ici, répliqua Ria d'une petite voix. Tu m'avais dit que tu avais un repas d'affaires.

— Je l'ai annulé.

Il débordait d'énergie, comme un enfant.

Une idée traversa l'esprit de Ria.

— Et si nous allions dîner au restaurant de Colm, tous les deux ?

— Oh, je me contenterai de n'importe quoi...

— Non, cela me ferait vraiment très plaisir.

— Ça ferait plaisir à n'importe qui d'aller chez Colm, persifla Annie. C'est bien meilleur qu'une pizza.

— Ou que de manger des saucisses chez Dekko, grommela Brian.

— Moi, j'aurais bien aimé pouvoir aller dîner dans un

restaurant quatre étoiles quand je n'avais pas envie de cuisiner, remarqua Nora.

— Je vais téléphoner pour réserver une table.

Déjà, Ria avait bondi sur ses pieds.

— Je t'assure, ma chérie, n'importe quoi... Un steak, une omelette...

— Cela ne suffira pas. Tu mérites un traitement de faveur, toi aussi.

— Je mange trop souvent au restaurant. Ce qui me ferait vraiment plaisir, ce serait de rester à la maison, implora-t-il.

Mais déjà Ria, le combiné pressé sur l'oreille, faisait la réservation. Puis elle courut à l'étage, enfila sa robe noire et attacha sa chaîne en or à son cou. Elle aurait aimé avoir le temps de prendre un bain et de s'habiller de façon plus élégante, mais elle pressentait qu'il lui fallait profiter du moment. Elle n'aurait jamais de meilleure occasion de parler à son mari de ses projets. Elle se dépêcha avant que sa mère ou sa fille ne gâchent la soirée en servant une assiette de saucisses et de haricots en boîte à Danny.

D'un pas tranquille, ils gagnèrent l'angle de Tara Road. La lumière qui filtrait des fenêtres du restaurant de Colm sem- [illegible] rant ; elle se serait sentie affreusement blessée si les clients n'étaient pas venus.

— Il n'y a pas beaucoup de voitures garées dehors, déclara soudain Danny. Je me demande comment il parvient à survivre.

— Il adore cuisiner.

— Tant mieux, parce que, à voir l'aspect des lieux ce soir, il est difficile d'imaginer qu'il fasse un gros chiffre d'affaires.

Elle ne supportait pas que Danny ramène tout à l'argent ; à présent, cela semblait être son unique point de référence.

Caroline les débarrassa de leurs manteaux. Elle portait une élégante robe noire à manches longues et un turban noir était drapé autour de son crâne. Seule une très belle femme pouvait porter avec grâce des vêtements aussi austères, songea Ria.

— Vous êtes très élégante ce soir ; le turban vous va merveilleusement bien, dit-elle.

Caroline avait-elle porté la main à son visage d'un geste inquiet, ou Ria l'avait-elle imaginé ?

— Je me disais que peut-être...

La jeune femme laissa sa phrase en suspens. La veille, elle s'était montrée si étrange au téléphone que Ria s'était demandé si elle avait un problème. Et ce soir-là, en dépit de la sérénité avec laquelle elle souriait et se glissait entre les tables, il régnait dans la salle une atmosphère sombre et tendue. Le frère et la sœur formaient un couple bien curieux : Caroline et son mari corpulent, Monto Mackey, toujours vêtu d'un élégant costume et conduisant une voiture plus élégante encore, et Colm et ses aventures discrètes. Pour l'instant, il entretenait une liaison avec la femme d'un célèbre homme d'affaires, mais c'était un sujet tabou. Colm et Caroline donnaient l'impression de veiller l'un sur l'autre, comme si le monde risquait d'anéantir l'un d'entre eux.

Ria aurait aimé faire l'objet d'une telle loyauté. Hilary était une sœur compliquée ; elle soufflait le chaud et le froid, se montrait parfois amère et envieuse, et faisait par ailleurs preuve d'une compréhension inattendue. Mais il n'existait pas entre elles la solidarité qui unissait Colm et Caroline.

— Tu es bien loin d'ici, remarqua Danny.

Elle lui jeta un coup d'œil : séduisant, l'air fatigué et juvénile, il était plongé dans le menu. Il se demandait s'il allait commander le canard laqué ou se montrer raisonnable et choisir la sole grillée. Elle pouvait lire ses pensées sur son visage.

— J'étais en train de penser à ma sœur, déclara-t-elle.

— Qu'a-t-elle encore fait ?

— Rien, si ce n'est qu'elle se fait des idées, comme d'habitude. Elle m'a raconté je ne sais quoi à ton propos et sur le fait que maman voulait vendre la maison.

— Elle t'a dit cela ?

— Tu connais Hilary, elle n'écoute jamais ce qu'on lui dit.

— Elle t'a dit que je voulais vendre la maison ?

— Elle affirmait que maman ne t'en avait même pas parlé, qu'elle voulait la vendre elle-même.

— Je ne comprends rien.

— Tout cela n'a aucun sens, n'est-ce pas ?

— Oh, tu parles du pavillon de ta mère ! Je vois.

— Eh bien, tu as de la chance. Je trouve tout ça parfaitement insensé.

Colm vint les saluer. Il accomplit la prouesse de ne rester que quarante secondes à leur table et de leur transmettre énormément d'informations pendant ce bref laps de temps.

— Je peux vous proposer un excellent agneau de lait et du poisson que j'ai choisi moi-même sur le port ce matin. Les légumes, comme vous le savez, proviennent du plus beau jardin potager du pays, et, si vous n'êtes pas fatigués d'en manger, je vous conseille les courgettes. Puis-je vous offrir un verre de champagne pour vous souhaiter la bienvenue ? Et [illegible]

[illegible] ment pris trop d'embonpoint et qu'il devait choisir le poisson grillé avec un filet de jus de citron.

— Tu n'as pas grossi, Danny, tu es beau. Tu le sais bien, je te l'ai dit l'autre nuit.

Il eut l'air embarrassé.

— Un homme ne peut pas être beau, ma chérie, répliqua-t-il avec gêne.

— Mais si. Et tu l'es.

Elle chercha à lui prendre la main, et Danny regarda autour de lui.

— Ne t'inquiète pas, nous avons le droit de nous tenir par la main, nous sommes mariés. Mais ce couple, là-bas, devrait faire attention à ne pas se faire prendre.

Elle désigna en riant un homme d'un certain âge et sa compagne beaucoup plus jeune.

— Ria ? murmura Danny.

— Ecoute, j'ai quelque chose à te dire. Je suis enchantée que ton dîner ait été annulé ce soir. Je voulais te voir seule, sans que la moitié de la ville se bouscule dans notre cuisine.

— Mais cela te plaît, répliqua-t-il.

— En général, oui, mais pas ce soir. Je voulais te parler. Nous n'avons plus le temps de discuter, nous n'avons plus le temps de faire quoi que ce soit ; même pas l'amour.

— Ria !

— Je sais. Je ne prétends pas que l'un de nous soit responsable, c'est ainsi, voilà tout, mais je voulais te dire ceci... et j'avais besoin d'un moment d'intimité pour t'en parler... Je voulais te dire que...

Soudain elle s'interrompit, ne sachant trop comment poursuivre. Danny l'observait, perplexe.

— Je t'ai dit que tu avais l'air jeune, et je le pense vraiment. Tu es jeune, tu ressembles à un jeune homme, on pourrait te donner une vingtaine d'années. Tu n'as pas changé depuis l'époque où Annie était bébé, avec tes cheveux qui te tombaient dans les yeux, lorsque tu n'arrivais pas à croire que tu pouvais être père. Tu as le même regard.

— Que veux-tu dire ? Au nom du ciel, que veux-tu dire ?

— Je te le dis en toute franchise, Danny. Il est temps que tu aies un autre enfant. Un nouveau départ. Tu es plus sûr de toi aujourd'hui, mieux dans ta peau, ce sera merveilleux de voir grandir un autre petit garçon ou une autre petite fille.

Un serveur s'approcha avec deux assiettes de jambon de Parme et de figues ; mais en les voyant se dévisager avec une telle intensité, il s'éloigna discrètement. Les entrées étaient froides, elles pouvaient attendre un peu.

— Il est temps que tu aies un autre enfant, que tu sois

de nouveau père. Je ne pense pas uniquement à moi, mais également à toi, voilà ce que je voulais te dire.

— Comment peux-tu me dire cela sur ce ton ?

Sa voix n'était qu'un murmure, et son visage était blême. Comment cette idée pouvait-elle le bouleverser à ce point ? Il était déjà arrivé à Ria d'en parler au cours des années passées, mais cette fois-ci elle avait évoqué sa paternité et non son propre désir d'avoir un enfant.

— Danny, je vais t'expliquer...

— Je n'arrive pas à croire que tu en parles ainsi. Pourquoi ? Enfin, pourquoi ?

— Mais j'ai seulement dit que le moment est venu. C'est tout. Je pense à toi, à ton avenir, à ta vie.

— Mais tu es si calme... Oh, je dois être en train de rêver.

Il secoua la tête comme pour s'éclaircir les idées.

— Je le souhaite également, tu sais, renchérit Ria, mais je te promets que je pense surtout à toi. Un bébé, voilà ce dont tu as besoin aujourd'hui. Cela remettra les choses à leur juste place, tu ne vivras plus à toute allure en te rongeant les sangs au sujet de l'immobilier et des parts de marché... pas avec un nouveau bébé.

— Depuis combien de temps le sais-tu ? murmura-t-il

déposa leurs assiettes sur la table sans un mot. La jeune femme s'empara de sa fourchette, mais Danny n'esquissa pas un geste.

— Je ne comprends pas comment tu peux être aussi calme.

Sa voix tremblait, il pouvait à peine parler. Ria le dévisagea avec stupéfaction.

— Mais je ne suis pas calme, mon chéri, je viens de te dire

qu'à mon avis il était temps que nous ayons un autre enfant et tu sembles d'accord... J'en suis très heureuse.

— Tu viens de me dire quoi ?

— Danny, parle moins fort. Il est inutile que tout le restaurant soit au courant.

L'expression du visage de son mari emplissait Ria d'une légère inquiétude.

— Oh, mon Dieu, s'exclama celui-ci. Je n'arrive pas à y croire.

— Que se passe-t-il ?

Son inquiétude était bien réelle à présent. Danny avait enfoui son visage dans ses mains.

— Danny, qu'y a-t-il ? Dis-le-moi, je t'en prie !

— Tu m'as dit que tu comprenais. Tu m'as dit que tu pensais à mon avenir, à ma vie. Et maintenant tu m'annonces que toi, tu veux porter notre enfant ! C'est de cela qu'il s'agissait !

Il semblait affreusement angoissé. Ria était sur le point de répliquer qu'en règle générale, effectivement, c'était la femme qui portait l'enfant, mais quelque chose la réduisit au silence. D'une voix qui lui sembla venir de très loin, elle s'entendit poser la question qui — elle le savait — allait bouleverser toute sa vie.

— Et toi, Danny, de quoi parlais-tu exactement ?

— J'ai cru que tu avais tout découvert, et l'espace d'un moment j'ai pensé que tu étais d'accord.

— Quoi ?

Bizarrement, sa voix semblait posée.

— Tu sais bien que je vois une autre femme, Ria, tu es forcément au courant, et nous venons d'apprendre qu'elle est enceinte. Je vais être de nouveau père. Elle va avoir un bébé et nous en sommes très heureux. J'avais l'intention de te le dire le week-end prochain. Tout à coup, j'ai pensé que tu avais dû l'apprendre.

Le brouhaha qui régnait dans le restaurant changea de tonalité. Les couverts s'entrechoquaient et heurtaient bruyamment les assiettes ; les verres tintaient et semblaient sur le point de voler en éclats. Les voix enflaient et s'éteignaient dans une sourde rumeur. Ria entendait la voix de Danny comme si celui-ci se trouvait très loin.

— Ria. Ecoute-moi, Ria. Je ne voulais pas qu'une chose pareille se produise. Ce n'était pas dans mes intentions. Je voulais que nous... Je n'ai pas cherché à ce que...

Elle ne pouvait pas supporter cela. Il était injuste qu'elle doive le supporter.

— Dis-moi que ce n'est pas vrai, souffla-t-elle.

— Tu sais bien que si, ma chérie. Tu sais que nous ne nous entendons plus, que tout est fini.

— Je n'y crois pas. Je refuse d'y croire.

— Je n'y croyais pas, moi non plus. Je pensais que nous vieillirions côte à côte. Mais nous ne sommes plus les mêmes qu'à l'époque où nous nous sommes mariés, il y a si longtemps. Nos désirs sont différents aujourd'hui.

— Quel âge a-t-elle ?

— Ria, ça n'a rien à voir avec...

— Quel âge a-t-elle ?

— Vingt-deux ans, mais ce n'est pas important... Cela n'a rien à voir avec...

— Bien sûr que non, murmura-t-elle.

— Je voulais t'en parler. Peut-être est-il préférable que tu

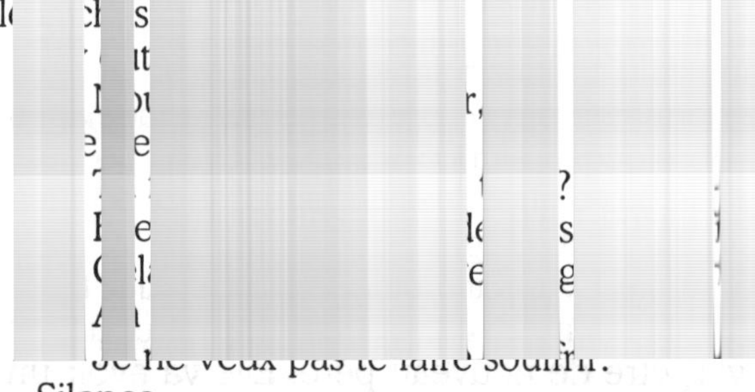

Je ne veux pas te faire souffrir.

Silence.

— Je ne veux pas te faire souffrir plus que je ne viens de le faire. Et pour être franc, je me demande s'il sera possible que nous soyons le seul couple capable de traverser dignement cette épreuve. Le seul couple qui ne se déchirera pas.

— Quoi ?

— Nous aimons Annie et Brian. Cela va être l'enfer pour

eux. Promets-moi que nous n'allons pas leur rendre les choses plus douloureuses encore.

— Je te demande pardon ? Que suis-je censée te répondre ? Je n'ai pas bien compris.

— Ma chérie...

Ria se leva. Elle était parcourue de tremblements et dut se retenir à la table pour ne pas tomber. D'une voix très basse, elle articula :

— Si tu m'appelles encore une fois... une seule fois « ma chérie », je prendrai une fourchette comme celle-là et je te la planterai dans l'œil.

D'une démarche mal assurée, elle se dirigea vers la porte du restaurant tandis que Danny la regardait s'éloigner, impuissant. Mais les jambes de la jeune femme la trahirent et elle se mit à vaciller. Elle ne parviendrait pas jusqu'à la porte. Colm reposa précipitamment deux assiettes et se précipita dans sa direction. Il la rattrapa à l'instant précis où elle s'effondrait et l'entraîna dans la cuisine.

Danny les avait rejoints. Il se tenait près d'eux, l'air incertain, pendant que Caroline humectait le visage et les poignets de Ria à l'aide d'un linge imbibé d'eau froide.

— Est-ce à cause de vous, Danny ? demanda Colm.

— Oui, d'une certaine manière.

— Alors, je crois que vous devriez partir.

Colm s'exprimait avec courtoisie, mais également une grande fermeté.

— Que voulez-vous dire ?

— Je la reconduirai chez vous. Quand elle sera prête à rentrer, et si elle en a envie.

— Où pourrait-elle bien aller ?

— Je vous en prie, Danny.

La voix de Colm était inflexible. Ils se trouvaient dans son restaurant, son territoire.

Danny rentra chez lui. Dans la cuisine, sa belle-mère et ses deux enfants regardaient la télévision. Il hésita une minute dans le vestibule, se demandant quelle explication leur donner. Mais c'était à Ria, non à lui, de décider de quelle façon leur annoncer la nouvelle. Il gravit l'escalier à pas feutrés.

Une fois arrivé dans la chambre, il hésita de nouveau. Après tout, il était possible qu'elle n'ait pas envie de le voir à son retour. Mais à supposer qu'il s'en aille, ne serait-ce pas un nouvel affront ? Il lui écrivit une lettre et la déposa sur son oreiller.

Ria, nous pourrons discuter dès que tu le souhaiteras. Tu n'auras probablement pas envie de me voir, alors j'emporte un duvet pour dormir dans mon bureau. Tu peux me réveiller à n'importe quelle heure. Tu ne peux pas imaginer à quel point je suis désolé. Tu me seras toujours très chère, et je ne souhaite que ton bonheur.

Danny.

Il décrocha le combiné et composa un premier numéro.

— Caroline, c'est Danny Lynch. Puis-je parler à Colm ?

— Je vais voir s'il est disponible.

— Eh bien, pouvez-vous lui demander de dire à Ria que je n'ai pas parlé aux enfants, et que je suis à la maison, dans mon bureau. C'est là qu'elle me trouvera si elle veut me parler, et pas dans notre chambre.

Puis il composa un autre numéro.

[illegible]

lui posa aucune question.

— Je devrais partir, répétait-elle de temps en temps.

— Rien ne presse, répliquait Colm.

Enfin, elle le dit avec davantage de détermination.

— Les enfants vont s'inquiéter, ajouta-t-elle.

— Je vais chercher votre manteau.

Ils quittèrent le restaurant en silence. Arrivée devant le portail de la villa, Ria s'arrêta et dévisagea Colm.

— J'ai l'impression que tout ceci est en train d'arriver à quelqu'un d'autre, murmura-t-elle. Pas à moi.

— Je sais.

— Vraiment, Colm ?

— Oui, c'est une réaction au choc.

— Et après ?

— Eh bien, après, nous nous apercevons que ce n'est pas le cas.

— C'est ce que je pensais.

Ils auraient pu être en train de discuter des légumes ou de l'époque à laquelle il était judicieux de traiter les arbres fruitiers. Il n'y eut pas de chaleureuse poignée de main, pas même de mot d'adieu. Colm rebroussa chemin en direction du restaurant et Ria rentra chez elle.

Elle s'assit sur une chaise dans la cuisine. La table était jonchée de miettes et des trognons de pomme étaient posés dans un plat. Quelqu'un avait laissé une bouteille de lait hors du réfrigérateur. Des journaux et des magazines étaient empilés sur les chaises. Ria distinguait tout cela avec une grande clarté, mais pas de l'endroit où elle était assise. Elle avait le sentiment de se trouver très haut dans les airs et de regarder tout en bas. Elle se voyait elle-même, une minuscule silhouette assise au milieu de cette cuisine en désordre, dans la maison obscure où tout le monde dormait. La pendule égrena les heures sans qu'elle esquisse un geste. Elle ne pensait pas à ce qui l'attendait. Comme si elle ne parvenait pas à réaliser qu'elle était la personne à qui tout cela arrivait.

— Maman, où est le petit déjeuner ? demanda Annie.

— Je ne sais pas.

— Oh, maman, pas aujourd'hui ! J'ai besoin d'un chemisier blanc, et il n'y en a pas un seul qui soit repassé.

— Vraiment ?

— D'où viens-tu ? Tu es allée faire les courses ?

— Pourquoi ?

— Tu portes encore ton manteau. Je pourrais peut-être repasser un chemisier moi-même, je suppose.

— Mais oui.

— Papa est déjà parti ?

— Je ne sais pas. Est-ce que sa voiture est là ?

— Maman, pourquoi est-ce que le petit déjeuner n'est pas prêt ? s'exclama Brian.

— Ne sois pas idiot, Brian, riposta Annie. Tu es trop ivre pour le préparer toi-même, pour une fois ?

— Je ne suis pas ivre !

— Tu l'étais hier, tu sentais l'alcool.

Ils jetèrent un regard à leur mère, s'attendant à ce qu'elle leur ordonne d'arrêter de se disputer. Elle garda le silence.

— Mets la bouilloire sur le feu, espèce d'empoté, ordonna Annie.

— Tu fais des grâces à maman simplement parce que tu as besoin qu'elle te rende service, qu'elle te prépare des sandwiches, qu'elle te conduise en voiture quelque part ou qu'elle te repasse un chemisier. Sinon, tu n'es jamais gentille avec elle.

— Mais si, je suis gentille. Je ne suis pas gentille, maman ?

— Pardon ? murmura Ria.

— Bon, où est le fer à repasser ? s'exclama Annie, exaspérée.

— Pourquoi portes-tu encore ton manteau, maman ?

[illegible]

mouvements.

Ria avait l'impression que la voix de sa fille émanait de très loin.

— Au revoir, maman, fit Brian.

— Pardon ?

— J'ai dit : au revoir, maman.

Il glissa un regard en direction de sa sœur, quêtant un signe d'approbation.

— Oh... Au revoir, mon chéri, au revoir Annie.

Ils allèrent chercher leurs vélos. D'habitude, ils s'efforçaient par tous les moyens d'éviter de quitter la maison ensemble ; mais aujourd'hui, c'était différent.

— Que se passe-t-il, selon toi ? demanda Brian.

— Ils ont peut-être trop bu, ils sont allés dîner chez Colm hier soir, répliqua Annie d'un ton désinvolte. Ils se sont peut-être disputés. Papa n'est pas encore levé, tu as vu.

— C'est sans doute ça, acquiesça Brian avec sagesse.

Danny entra dans la cuisine.

— J'ai attendu que les enfants s'en aillent, déclara-t-il.

— Pardon ?

— Je ne savais pas ce que tu voulais leur dire. J'ai pensé qu'il était préférable d'en discuter d'abord avec toi, tu comprends.

Il semblait anxieux et mal à l'aise. Ses cheveux étaient ébouriffés, son visage pâle et mal rasé. Il avait dormi tout habillé. Ria éprouvait encore l'impression étrange de ne pas être vraiment là ; les longues heures de veille n'avaient pas dissipé ce sentiment. Elle garda le silence et se contenta de le dévisager d'un regard interrogateur.

— Ça va, Ria ? Pourquoi portes-tu ton manteau ?

— Je n'ai pas dû l'enlever, répondit-elle.

— Quoi ? Même pas pour aller te coucher ?

— Je ne suis pas allée me coucher. Et toi ?

— Assieds-toi, ma chérie...

— Pardon ?

— Je suis désolé, c'est un mot vide de sens. Je voulais dire : assieds-toi, Ria.

Soudain, l'esprit de Ria commença à s'éclaircir. Danny et elle n'étaient plus de petites figurines, un homme et une femme qu'elle observait de très loin ; elle se trouvait dans sa cuisine en désordre, portant son manteau par-dessus sa robe de soirée noire. Danny, son mari, le seul homme qu'elle ait jamais aimé, avait fait un enfant à une jeune femme de vingt-deux ans et allait fonder une nouvelle famille. Un froid immense s'empara d'elle.

— Va-t'en, Danny, s'il te plaît. Quitte cette maison et va au bureau.

— Tu ne peux pas me chasser d'ici, Ria, et me traiter ainsi... Il faut que nous parlions. Nous devons décider de ce que nous allons faire.

— Je te traiterai comme il me plaira, et j'aimerais ne plus te voir ici tant que je ne serai pas prête à te parler.

Elle avait l'impression que sa voix était parfaitement normale. Peut-être était-ce également le sentiment de Danny.

Soulagé, il hocha la tête.

— Quand ? Quand seras-tu... prête à me parler ?

— Je ne sais pas, je te le ferai savoir.

— Aujourd'hui, tu veux dire ? Ce soir, ou... plus tard ?

— Je ne sais pas encore.

— Mais Ria, il y a certaines choses que tu dois savoir. Il faut que je te dise ce qui s'est passé.

— Je crois que c'est chose faite.

— Non, non. Je dois t'expliquer comment tout cela est arrivé.

— Je crois le savoir.

[illegible]

Elle lui lança un regard méprisant.

— Je sais bien que c'est une question idiote, mais je m'inquiète pour toi et tu refuses de me parler. Tu ne veux pas savoir ce qui s'est passé...

D'une voix lente, elle demanda :

— Juste son nom.

— Bernadette.

— Bernadette, murmura-t-elle.

Il y eut un long silence. Ria jeta alors un regard en direction de la porte et Danny en franchit le seuil, monta dans sa voiture et démarra.

Après son départ, Ria s'aperçut qu'elle était affamée. Elle n'avait presque rien avalé depuis le déjeuner de la veille. Au restaurant, elle n'avait pas mangé une bouchée du jambon de Parme et des figues. Elle débarrassa rapidement la table et se prépara un bon petit déjeuner. Elle allait avoir besoin de toutes ses forces ; ce n'était pas le moment de penser régime et calories. Elle se coupa deux tranches de pain complet et éplucha une banane, puis fit un café bien fort. Quoi qu'il puisse se passer désormais, elle aurait besoin de beaucoup d'énergie.

Elle venait de commencer à manger quand elle entendit frapper à la porte de la cuisine. Rosemary entra, tenant à la main une robe jaune. Elles en avaient discuté voici quelques jours ; était-il possible que ce soit seulement samedi soir ? A peine trois jours plus tôt ? Pour se rendre au bureau, Rosemary s'habillait toujours comme si elle allait prendre part à une émission télévisée. Sa coupe de cheveux donnait le sentiment qu'elle sortait du salon de coiffure, son maquillage était parfait. Elle n'avait presque jamais porté la robe qu'elle allait prêter à Ria. Elle n'avait pas la carnation qu'il fallait pour cette couleur-là, affirma-t-elle, il fallait une femme au teint mat et aux cheveux sombres.

Elle brandissait la robe à bout de bras comme si elle se trouvait dans un magasin de vêtements, s'efforçant de convaincre une cliente réticente.

— Elle n'a l'air de rien comme ça mais tu devrais l'essayer. C'est exactement ce dont tu auras besoin lorsque l'agence immobilière pendra la crémaillère des nouveaux appartements.

Ria la dévisageait sans un mot.

— Ne me regarde pas comme ça ; tu trouves sûrement la couleur trop terne, mais avec tes cheveux et un foulard noir...

Brusquement, elle se tut et observa Ria avec attention. Son amie était très pâle, vêtue d'une robe noire en velours, et dévorait un énorme sandwich à la banane à huit heures et demie du matin.

— Qu'y a-t-il ? demanda-t-elle dans un murmure.

— Rien, pourquoi ?

— Ria, que se passe-t-il ? Que fais-tu ?

— Je prends mon petit déjeuner, ça ne se voit pas ?

— Mais... cette robe ?

— Tu n'es pas la seule femme qui peut s'habiller avec élégance le matin, répliqua Ria, les lèvres tremblantes.

Elle eut le sentiment que sa voix était celle d'une fillette boudeuse. Elle vit Rosemary la dévisager avec stupéfaction ; alors, soudain, ce fut plus qu'elle ne pouvait supporter.

— Oh, mon Dieu, Rosemary, il a une maîtresse et elle est enceinte. Elle a vingt-deux ans et elle porte son enfant !

— Non !

Rosemary laissa tomber la robe à terre et se précipita pour prendre Ria dans ses bras.

— Mais si. C'est vrai. Elle s'appelle Bernadette.

A présent, sa voix était haut perchée et teintée d'hystérie.

— Bernadette ! Peux-tu imaginer ça ! Je ne savais pas qu'il y avait encore des filles de vingt-deux ans pour s'appeler Bernadette. Il m'a quittée, il va vivre avec elle. Tout est fini.

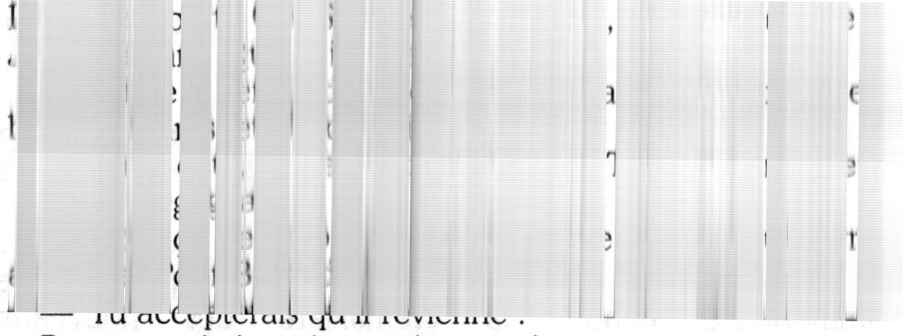

— Tu accepterais qu'il revienne ?

Rosemary était toujours très terre à terre.

— Bien sûr que oui. Tu le sais bien, sanglota Ria.

— Dans ce cas, nous allons faire en sorte qu'il revienne, déclara la jeune femme, s'emparant d'une serviette de table et essuyant le visage inondé de larmes de Ria comme s'il s'était agi de celui d'un bébé.

— Gertie, puis-je entrer ?

— Oh, Rosemary, ce n'est pas le bon moment. Pourrions-nous remettre à plus tard... C'est juste que...

Ignorant ses protestations, Rosemary entra. Un désordre indescriptible régnait dans l'appartement. Ce n'était pas la première fois, mais cette fois-ci, il semblait même y avoir des meubles cassés. Le pied d'une lampe dessinait un angle incongru et une petite table gisait en trois morceaux dans un coin. Des éclats de porcelaine et de verre semblaient avoir été balayés à l'écart. Des éclaboussures sombres maculaient la moquette.

— Je suis désolée, comme tu vois... commença Gertie.

— Gertie, je ne suis pas venue ici à neuf heures du matin pour juger de tes capacités de ménagère. J'ai besoin de ton aide.

— Que se passe-t-il ? demanda Gertie avec inquiétude.

Comment aurait-elle bien pu aider Rosemary, qui gérait sa vie d'une main de maître, ressemblait à un mannequin, possédait un appartement digne d'un magazine et excellait dans son emploi ? Il avait dû se passer quelque chose de terrible pour qu'elle vienne quêter l'aide de Gertie.

— Ria a besoin de toi sur-le-champ. Je vais t'y conduire. Va prendre ton manteau.

— Je ne peux pas. Pas aujourd'hui.

— Il le faut, Gertie. C'est aussi simple que ça. Ria a besoin de toi. Pense à tout ce qu'elle fait pour t'aider quand tu en as besoin.

— Pas maintenant. Tu comprends, nous avons eu une dispute cette nuit...

— Oh, vraiment ?

Rosemary balaya la pièce d'un regard méprisant.

— Puis nous nous sommes réconciliés et j'ai promis à Jack de cesser de vous voir.

Baissant la voix, Gertie poursuivit :

— D'après lui, mes amies sont la source de tous nos problèmes.

— Sornettes, répliqua Rosemary.

— Chut ! Il dort. Ne le réveille pas.

— Peu m'importe qu'il se réveille ou non. Ton amie, qui ne t'a jamais demandé un seul service, a besoin que tu ailles chez elle et tu vas y aller.

— Pas aujourd'hui. Dis-lui que je suis désolée. Elle comprendra. Ria est au courant des problèmes qu'il y a dans cette maison, elle me pardonnera si je ne viens pas.

— Peut-être, mais pas moi. Jamais.

— Mais les amies doivent comprendre et pardonner. Ria est mon amie, et toi aussi.

— Et cette brute épaisse plongée dans un coma éthylique n'est pas ton ami, j'imagine ? C'est cela que tu veux dire ? Réfléchis un peu, Gertie, au pire, que peut-il te faire ? Te casser une ou deux dents de plus ? Tu devrais peut-être te les faire toutes arracher la prochaine fois. Cela te faciliterait la vie. Tu pourrais enlever ton dentier dès que ton prince charmant te semblerait de mauvaise humeur.

— Tu es dure et méchante, Rosemary, murmura Gertie.

— Oh, vraiment ? Tout à l'heure, j'étais une amie chaleureuse et compréhensive. Eh bien, je vais te dire ce que tu es, toi, Gertie. Tu es faible, égoïste et pleurnicharde, et tu mérites ton sort parce qu'il n'y a pas en toi la moindre trace de gentil- [illegible]

[illegible]

dans l'appartement à cause de la pénombre. Elles se fixèrent un instant.

— Il l'a quittée. L'ordure.

— Danny ? Jamais ! Il ne ferait jamais une chose pareille.

— Eh bien si, répliqua Rosemary en faisant démarrer la voiture.

Ria était encore assise à la table de la cuisine, vêtue de sa robe de velours noir. Cela, plus que tout le reste, trahissait la gravité de la situation.

— Je n'ai rien dit à Gertie, si ce n'est que Danny prétend qu'il va te quitter. Je n'en sais pas beaucoup plus, de toute façon, et ce n'est pas nécessaire. Tout ce que nous voulons, c'est t'aider à passer cette journée.

Rosemary maîtrisait parfaitement la situation.

— C'est gentil d'être venue, Gertie, murmura Ria d'une toute petite voix.

— Comment aurais-je pu ne pas le faire ? Après tout ce que tu as fait pour moi, marmonna Gertie, les yeux rivés au plancher de crainte de croiser le regard de Rosemary.

— Par quoi allons-nous commencer ?

— Je ne sais pas.

Ria, qui d'ordinaire débordait d'assurance, semblait incapable de prendre une décision.

— Mais, à part vous deux, je ne pourrai supporter de parler à personne.

— Eh bien, qui risque de te rendre visite ? Colm ?

— Non, il reste dans le jardin. Il est au courant, de toute façon. Je me suis évanouie dans son restaurant hier soir.

Rosemary et Gertie échangèrent un regard rapide.

— Qui d'autre est susceptible de passer ? demanda Rosemary.

Alors, d'une seule voix, les deux femmes s'exclamèrent :

— Ta mère !

— Oh, mon Dieu, je ne pourrai pas supporter de la voir aujourd'hui, souffla Ria.

— Bien sûr. Devons-nous aller la voir ? suggéra Gertie. Je pourrais aller la remercier de m'avoir laissée promener son chien, dire que je regrette de l'avoir attaché à la grille.

— Pourquoi avais-tu besoin d'aller le promener ? demanda Ria.

L'heure des mensonges était passée.

— Pour me protéger. Jack a un peu peur des chiens ; il était très contrarié hier, après avoir été arrêté par la police.

— Malheureusement, ils ne l'ont pas gardé, remarqua Rosemary.

— Oui, mais quel genre de prisons faudrait-il si tous les ivrognes finissaient derrière les barreaux ? rétorqua Gertie avec philosophie. Je pourrais aller dire à ta mère que tu as la grippe.

Rosemary secoua la tête.

— Non, ce serait encore pire. Elle s'empresserait d'accourir avec des sirops et des cachets. Nous pourrions lui dire que tu es allée faire des courses, qu'il n'y a personne ici. Tu crois que ça lui semblerait étrange ?

Ria paraissait incertaine.

— Elle risquerait de venir voir ce que j'ai acheté, murmura-t-elle.

— Pourrais-tu lui dire que tu dois sortir pour voir quelqu'un ?

— Mais qui ? demanda Ria.

Il y eut un instant de silence. Puis Rosemary décréta :

— Nous allons lui dire que j'ai reçu deux invitations pour déjeuner chez Quentin, que nous devions y aller aujourd'hui mais que nous avons eu un empêchement. Et comme elles ne sont valables qu'aujourd'hui, elle et Hilary doivent y aller à notre place. Qu'en penses-tu ?

Elle était aussi sèche et autoritaire qu'elle devait l'être au bureau et regardait ses amies à tour de rôle pour voir comment elles accueillaient sa proposition.

— Tu ne sais pas à quel point elles sont lentes à se décider, répliqua Ria. Jamais elles ne feront quelque chose à l'improviste.

— Hilary ne pourra pas supporter de laisser passer une telle occasion, et ta mère adorera le cachet des lieux. Elles vont y aller. Je vais m'occuper des réservations.

— N'importe qui adorerait se mettre sur son trente et un pour aller déjeuner chez Quentin, déclara Gertie d'un ton rassurant. Moi-même j'en ferais l'effort, c'est tout dire.

Elle parvint à faire éclore un pâle sourire sur son visage meurtri. Ria sentit sa gorge se serrer.

— Oui, je suis certaine qu'elles vont y aller, acquiesça-t-elle.

— J'irai chercher Annie et Brian à la sortie de l'école et

je les amènerai chez moi, reprit Rosemary. Nous dînerons ensemble et nous regarderons une cassette.

Lisant une expression de doute sur le visage de Ria, elle s'empressa d'ajouter :

— Je me débrouillerai pour que ce soit un si bon film qu'ils ne puissent pas refuser, et j'inviterai aussi cette affreuse Kitty.

Ria esquissa un sourire. Sans doute cela les convaincrait-il.

— Et enfin, je vais prendre rendez-vous pour toi chez mon coiffeur. Il est excellent.

— Il est trop tard pour les nouvelles coupes et les artifices, Rosemary. Nous avons largement dépassé ce stade. Je ne peux pas y aller, cela ne m'apporterait rien.

— Et comment penses-tu occuper les heures en attendant son retour ? répliqua son amie.

Ria ne sut que répondre. Rosemary passa deux rapides coups de fil sans se perdre en longues explications. Le premier à l'intention de Brenda, chez Quentin, pour lui dire que Mrs Johnson et Mrs Moran allaient venir déjeuner et qu'elles devaient être traitées royalement. Le second au salon de coiffure, où elle prit rendez-vous pour un shampooing, une coupe et une manucure.

— Je ne crois pas que j'aurai le courage de parler à ma mère de l'invitation chez Quentin, murmura Ria.

— Tu n'as pas besoin de le faire, je vais m'en occuper.

— La maison est affreusement en désordre.

— Elle ne le sera plus à ton retour, lui promit Gertie.

— Je n'arrive pas à y croire, murmura lentement Ria.

— C'est une réaction parfaitement naturelle. Cela te permet de te consacrer à d'autres choses, déclara son amie en toute connaissance de cause.

— C'est comme une sorte d'anesthésie. Tu dois fonctionner en pilotage automatique pendant un certain temps, ajouta Rosemary, qui avait réponse à tout mais ne savait aucunement ce qu'on ressent en voyant s'ouvrir devant soi un vaste gouffre de désespoir.

Ria ne garda pas un souvenir précis de sa visite au salon de coiffure. Elle leur expliqua qu'elle n'avait pas dormi de la nuit et qu'elle était très fatiguée ; il faudrait l'excuser si elle se montrait un peu distraite. Elle essaya de s'intéresser au traitement qu'ils prodiguèrent à ses cheveux bouclés et de prendre une décision concernant la forme et la couleur de ses ongles. Mais d'une manière générale elle les laissa faire à leur guise, et, au moment de payer, ils l'informèrent que Rosemary avait demandé à ce qu'on mette la facture sur son compte.

Elle consulta sa montre. C'était l'heure du déjeuner. Si leur plan avait fonctionné, sa mère et sa sœur devaient être installées dans l'un des meilleurs restaurants de Dublin et savourer un repas qu'elles imaginaient gratuit. C'était une autre des incroyables facettes de cette journée parfaitement irréelle.

Chez Quentin, Hilary et sa mère sirotaient l'irish coffee qu'on leur avait offert après le déjeuner.

— Crois-tu qu'il soit inclus dans l'invitation ? chuchota Mrs Johnson.

L'excellent vin italien avait rendu Hilary téméraire, et elle décida d'être affirmative.

— J'en suis sûre. Un endroit comme celui-ci ne va pas renâcler à offrir quelques petits extra

[illegible]

consommateurs avertis. Le trajet du retour s'effectua dans une sorte de brouillard. Nora était soulagée de savoir que Ria ne serait pas chez elle. Dans le cas contraire, elle se serait sentie obligée d'aller lui rendre visite pour lui raconter le déjeuner. Elle lui téléphonerait après s'être un peu reposée.

Il restait deux heures avant le retour de Danny. Jamais le temps n'avait passé avec une telle lenteur. Ria errait sans but de pièce en pièce, laissant ses doigts courir sur les objets : la table de l'entrée où Danny posait ses clefs, le dossier du fauteuil où il s'asseyait le soir et s'endormait souvent, des papiers sur les genoux. Elle souleva la carafe en verre qu'il lui avait offerte pour son anniversaire. Le prénom de Ria y était gravé. En novembre dernier, il l'aimait suffisamment pour faire graver son prénom sur une carafe, et pourtant au mois d'avril une autre femme était enceinte de lui. Comment pouvait-on comprendre cela ?

Elle contempla le coussin qu'elle avait brodé pour lui. Deux mots : « Danny Chéri ». Il lui avait fallu des semaines. Elle se souvint de l'expression de son visage quand elle le lui avait offert. « Pour avoir fait une telle chose pour moi, tu dois m'aimer presque autant que je t'aime », lui avait-il dit. Presque autant !

Puis elle regarda leur nouvelle chaîne stéréo. A Noël, moins de six mois plus tôt, il avait passé des heures à chercher le meilleur emplacement pour les baffles. Il lui avait offert les disques compacts d'Ella Fitzgerald, qu'elle adorait, et elle lui en avait acheté des Dorcey Brothers et de Glenn Miller. Les enfants avaient grimacé. Peut-être la jeune Bernadette écoutait-elle l'étrange musique qu'appréciaient Annie et Kitty ? Peut-être Danny feignait-il de l'aimer aussi ? Bientôt, il serait de retour et pourrait répondre à des questions comme celle-là.

Dans le jardin, Ria aperçut Colm. Il bêchait le sol mais semblait distrait, comme s'il n'était pas vraiment venu pour prendre soin de ses légumes mais pour veiller sur elle, au cas où elle aurait besoin de lui.

A dix-neuf heures, Gertie téléphona à Rosemary.

— Je t'appelle juste pour... En fait, je n'en sais trop rien, murmura-t-elle.

— Bien sûr que si, tu le sais. Tu m'appelles parce qu'il est dix-neuf heures et que nous sommes toutes les deux mortes d'inquiétude.

— Les enfants sont-ils chez toi ?

— Oui, tout a marché comme sur des roulettes. Il m'a

presque fallu payer de ma personne pour obtenir cette cassette vidéo, mais j'y suis arrivée.

— Cela va les occuper. Crois-tu que Danny et Ria vont se réconcilier ?

— Ils le devront bien. Ils ont trop à perdre.

— Mais... et le bébé ? La fille qui est enceinte ?

— C'est probablement ce dont ils sont en train de discuter en cet instant précis.

— T'arrive-t-il de prier, Rosemary ?

— Non, plus aujourd'hui. Et toi ?

— Non, mais je Lui mets des marchés en main. Je Lui promets de faire certaines choses si Jack arrête de boire.

Rosemary se mordilla les lèvres. Cela avait dû beaucoup coûter à Gertie de l'avouer.

— Et ça marche ?

— A ton avis ?

— Pas à chaque fois, j'imagine, répondit Rosemary avec diplomatie.

— J'ai passé un marché avec Dieu aujourd'hui. Je Lui ai dit que s'Il rendait Danny à Ria, je... eh bien... je ferai quelque chose que j'ai promis de faire depuis longtemps.

— J'espère que ce n'est pas de tendre l'autre joue, lança [illegible]

[illegible]

[illegible] leurs jambes au restaurant. Elle avait également reçu [illegible] messages : son beau-frère s'inquiétait de savoir où était Hilary, la mère de Dekko proposait à Brian de faire du baby-sitting le week-end suivant, l'agence de location confirmait le prêt d'une ponceuse, une femme organisant un déjeuner d'anciennes élèves souhaitait obtenir les adresses de consœurs ayant fréquenté le même lycée.

Ria aurait été incapable de leur parler. Comment faisaient

les gens qui n'avaient pas de répondeur ? Elle se remémora le jour où ils l'avaient installé ; ils avaient beaucoup ri à la suite des tentatives répétées de Danny pour enregistrer un message convaincant. « Je dois admettre que je ne suis pas bon acteur », avait-il dit. Mais il avait joué un rôle avec beaucoup de succès pendant des mois. Des années peut-être.

Elle s'assit, et attendit son retour à la maison.

Il ne l'appela pas en franchissant la porte, comme il en avait l'habitude. Il ne s'exclama pas : « Chérie, c'est moi, où es-tu ? » Il ne déposa pas ses clefs sur la table de l'entrée. Il était pâle et semblait tendu. En temps normal, elle se serait inquiétée, aurait redouté qu'il n'ait attrapé la grippe, l'aurait supplié de passer moins de temps au bureau, de prendre davantage de repos. Mais ces temps-là étaient finis ; aussi se contenta-t-elle de le regarder en attendant qu'il prenne la parole.

— C'est très calme, déclara-t-il enfin.

— Oui, n'est-ce pas ?

Ils auraient pu être deux inconnus venant juste de se rencontrer. Il s'assit et enfouit son visage dans ses mains. Ria garda le silence.

— Que veux-tu faire ? demanda-t-il.

— Tu as dit que nous devions parler, Danny. Alors parle.

— Tu me rends les choses très difficiles.

— Pardon ? Viens-tu de dire que je te rendais les choses difficiles ? C'est bien ça ?

— Je t'en prie. J'essaie d'être aussi honnête que possible. Je ne te mentirai plus, je ne te cacherai plus rien. Mais n'essaie pas de jouer avec les mots, cela ne fera que rendre les choses pires encore.

Elle le considéra en silence.

— Ria, je t'en supplie. Nous nous connaissons trop bien, nous savons ce que signifie chaque mot, chaque silence.

D'une voix lente, pesant chacune de ses phrases, elle répliqua :

— Je ne te connais absolument pas. Tu me dis que tu ne mentiras plus, que tu ne cacheras plus rien. Mais tu vois, j'ignorais que tu mentais ou que tu dissimulais quoi que ce soit. Je croyais que tout allait bien.

— Mais non, c'est impossible. Sois franche.

— Je le suis, Danny. Je suis parfaitement franche. Si tu me connais aussi bien que tu le prétends, tu dois le savoir.

— Tu pensais qu'il n'y avait personne d'autre dans ma vie ?

— Oui.

— Et tu croyais que rien n'avait changé ? Que nous étions les mêmes qu'à l'époque de notre mariage ?

Il semblait stupéfait.

— Oui, les mêmes. Plus vieux, plus affairés. Plus fatigués, mais d'une manière générale, les mêmes.

— Mais...

Il ne parvint pas à poursuivre.

— Mais quoi ?

— Mais nous n'avons plus rien à nous dire, Ria ! Nous nous occupons de la maison, nous louons une ponceuse, nous décongelons de la nourriture, nous dressons des listes. Ce n'est pas une vie.

— C'est toi qui as loué la ponceuse, répliqua-t-elle. Ce n'est pas moi qui l'ai décidé.

— [illegible] s ne s'élèvent [illegible] su[illegible] [illegible] ma chérie. T[illegible] le [illegible]us [illegible] de l'a[illegible]

— [illegible], quitter [illegible] i, [illegible]

— [illegible] ce n'est plus comm[illegible]

— [illegible]n.

— [illegible] même p[illegible]

— Pas tout à fait. Tu travailles trop. Enfin, tu n'es pas assez souvent là ; tu n'étais peut-être pas au bureau, après tout. Mais c'est ce que je croyais.

— J'y étais la plupart du temps, répliqua-t-il d'un ton morne.

— Mais à part cela, je pensais que tout allait bien ; je ne savais pas que tu n'étais pas heureux avec nous.

— Ce n'est pas ça.

Elle se pencha et plongea son regard dans ses yeux.

— Alors qu'est-ce que c'est, Danny ? Réponds-moi, je t'en prie. Tu voulais que nous parlions, nous sommes en train de le faire. Tu voulais que je sois calme, je le suis. Je me montre aussi franche que toi. Qu'est-ce que c'est ? Si tu affirmes que tu n'étais pas malheureux, pourquoi t'en vas-tu ? Dis-le-moi afin que je puisse comprendre.

— Il ne reste rien entre nous, Ria. Ce n'est la faute de personne ; cela arrive à énormément de gens.

— Pas à moi, répliqua-t-elle simplement.

— Si, mais tu refuses de l'admettre. Tu veux continuer à jouer ton rôle.

— Je ne l'ai jamais fait, pas un seul instant.

— Pas dans le mauvais sens du terme ; mais tu veux continuer à prétendre que nous formons une famille heureuse.

— Mais c'est vrai, Danny.

— Non, ma chérie, nous ne devrions pas nous contenter de cela, ni l'un ni l'autre. Nous ne sommes pas vieux ; rien ne nous oblige à nous gâcher la vie, à nous résigner à cette situation.

— Mais qu'as-tu à lui reprocher ? N'avons-nous pas deux merveilleux enfants et une superbe villa ? Que veux-tu de plus, Danny ?

— Oh, Ria... Je veux être quelqu'un, avoir un futur, des rêves, recommencer à zéro et réussir mon couple, cette fois-ci.

— Et avoir un nouveau bébé ?

— Cela aussi, oui. Tout recommencer.

— Peux-tu me parler d'elle, de Bernadette ? De ce que vous partagez et que nous n'avons plus ? Je ne fais pas allusion à vos étreintes torrides, bien sûr. Je suis calme, mais pas suffisamment pour entendre parler de cela.

— Ne commence pas à te montrer amère ou accusatrice, je t'en prie.

— Réfléchis un peu à ce que tu dis. Qu'y a-t-il d'amer et d'accusateur dans le fait de te demander sans la moindre hystérie pourquoi tu mets soudain un terme à une existence que je croyais être parfaitement satisfaisante ? Je t'ai simplement demandé ce qu'il y a de mieux dans la nouvelle vie que tu as choisie. Je suis désolée d'avoir fait allusion au sexe, mais tu m'as dit que Bernadette était enceinte ; j'imagine donc qu'il a dû en être question.

— Je déteste que tu te montres sarcastique. Nous nous connaissons si bien, toi et moi, nous ne devrions pas parler ainsi. Nous ne devrions vraiment pas.

— Danny, s'agit-il d'un simple incident de parcours, de quelque chose que nous pourrions surmonter comme l'ont fait certains couples ? Je sais que c'est sérieux et qu'un enfant est en jeu, mais d'autres mariages y ont survécu.

— Non, ce n'est pas ça.

— Tu ne peux pas croire que tout est fini. Tu as eu une aventure avec une fille beaucoup plus jeune que toi, tu t'es senti flatté. Je suis furieuse et blessée, bien sûr, mais je m'en remettrai. Rien ne nous oblige à nous séparer.

— Toute la journée, je me suis répété... Mon Dieu, faites que Ria soit calme. Je ne m'attends pas à ce qu'elle me pardonne, mais qu'elle soit suffisamment calme pour que nous puissions discuter et décider de ce qui est préférable pour les enfants. Tu es calme, mais pour de mauvaises raisons. Tu t'imagines que c'est une simple toquade.

[illegible]

je veux passer le reste de ma vie à ses côtés.

Ria hocha la tête comme s'il était parfaitement raisonnable que l'homme de sa vie dise cela à propos d'une autre femme. Choisissant ses mots avec précaution, elle demanda :

— Aujourd'hui, quand tu espérais que je sois calme, à quoi d'autre pensais-tu ? Quelle était, selon toi, la meilleure conclusion à cette discussion ?

— Oh, Ria, je t'en prie. Ne joue pas aux devinettes.

— Je n'ai jamais eu moins envie d'y jouer. Je suis parfaitement sérieuse. Comment veux-tu clore cette discussion ?
— Avec dignité, je suppose. En nous témoignant du respect.
— Pardon ?
— Tu m'as posé la question, tu m'as demandé ce que j'espérais. Je crois que j'espérais te voir admettre le fait que nous étions très heureux autrefois mais que c'est fini, et que... nous pourrions discuter de la façon de procéder qui ferait le moins de mal à Annie et Brian.
— Je n'ai absolument rien fait pour les faire souffrir.
— Je sais.
— Tu ne pensais pas que nous pourrions discuter de ce qui nous permettrait de nous retrouver tels que nous étions jadis ? Je veux dire, tel que tu étais jadis ?
— Non, ma chérie, c'est fini. C'est terminé.
— Alors, quand tu disais que nous devions discuter, ce n'était pas discuter de nous, mais de ce que je ferai quand tu ne seras plus là, n'est-ce pas ?
— De ce que nous ferons l'un et l'autre. Ce n'est pas leur faute. Annie et Brian ne méritent pas de souffrir.
— Non, c'est vrai. Mais moi, je le mérite ?
— C'est différent, Ria. Nous ne sommes plus amoureux.
— Je le suis toujours.
— Mais non. Tu refuses de l'admettre, voilà tout.
— C'est faux. Et je n'affirmerai pas le contraire simplement pour te faciliter les choses.
— Je t'en prie.
— Je t'aime. J'aime ton visage et ton sourire, et je veux que tu me prennes dans tes bras et que tu me dises que ce n'était qu'un mauvais rêve.
— Ce n'est plus ainsi aujourd'hui, Ria.
— Tu ne m'aimes plus ?
— J'aurai toujours beaucoup d'admiration pour toi.
— Je ne veux pas de ton admiration, je veux que tu m'aimes.
— C'est ce que tu imagines... Mais en réalité, tout au fond de toi, tu ne le souhaites pas.

— Arrête, Danny, n'essaie pas de m'obliger à dire que j'en ai assez, moi aussi.

— On ne peut pas avoir tout ce qu'on veut... commença-t-il.

— Il me semble pourtant que tu y réussis assez bien.

— Je veux que nous nous comportions comme deux êtres civilisés, que nous décidions du lieu où nous allons vivre...

— Que veux-tu dire ?

— Avant de parler aux enfants, il faudrait que nous puissions leur donner une idée de ce qui les attend.

— Je ne parlerai pas aux enfants. Je n'ai rien à leur dire. Tu leur diras ce que tu veux.

— Mais l'important est de ne pas les bouleverser...

— Alors reste ici, vis avec eux et renonce au reste, conseilla Ria. C'est la seule façon de ne pas les bouleverser.

— Je ne peux pas, Ria. Ma décision est prise.

Ce fut à cet instant qu'elle comprit que tout cela était bien réel. Jusqu'à présent, il n'y avait eu que des mots et un affreux cauchemar. Maintenant, elle savait ce dont il retournait ; elle se sentit infiniment lasse.

— Ta décision est prise, répéta-t-elle.

Danny sembla soulagé de voir le changement qui s'était opé[illegible]le. Il a[illegible] raison[illegible] ils s[illegible]aissa[illegible] t[illegible]s bi[illegible] il [illegible]viner [illegible]lle ver[illegible] d'[illegible]er ce qui [illegible]atten[illegible]. [illegible] leur [illegible]versati[illegible] se [illegible]lera[illegible] un [illegible] [illegible]aient [illegible]uter de[illegible] déta[illegible] de [illegible]endroit o[illegible] vivr[illegible] [illegible]s aut[illegible]s.

— [illegible]t pas [illegible]essaire [illegible] d[illegible]ger [illegible] tout ch[illegible] [illegible]tena[illegible], au bea[illegible] mili[illegible] de leur [illegible] scol[illegible] ; [illegible]tre q[illegible] la fin d[illegible] l'été.

— Comment ça, à la fin de l'été ?

— Nous devons envisager la suite, où nous allons vivre.

— Mais je vais continuer à habiter ici, n'est-ce pas ? répliqua Ria, surprise.

— Eh bien, ma chérie, nous allons devoir vendre la villa. Elle sera bien trop grande pour...

— Vendre Tara Road ?

Elle était abasourdie.

— A long terme, oui, parce que...

— Mais c'est notre foyer, Danny. C'est l'endroit où nous vivons, nous ne pouvons pas le vendre.

— Il le faudra bien. Dans le cas contraire, comment pourrais-je... subvenir aux besoins de tous ?

— Je ne déménagerai pas d'ici pour que tu puisses subvenir aux besoins d'une fille de vingt-deux ans.

— Je t'en prie, Ria. Nous devons penser à ce que nous allons dire à Annie et Brian.

— Non, tu dois y penser. Je t'ai déjà dit que je ne leur parlerai pas, et je ne quitterai pas mon foyer.

Il y eut un silence.

— Est-ce ainsi que tu vas leur présenter les choses ? reprit Danny. Papa, le vilain, s'en va et vous abandonne, tandis que votre pauvre maman vertueuse reste avec vous...

— Eh bien, c'est plus ou moins le cas, Danny.

— Non, c'est faux, répliqua-t-il avec colère. Nous devons essayer d'être constructifs et de leur rendre la situation supportable.

— Très bien. Attendons qu'ils rentrent et voyons comment tu te débrouilleras.

— Où sont-ils ?

— Chez Rosemary. Ils regardent une cassette vidéo.

— Rosemary est-elle au courant ?

— Oui.

— A quelle heure vont-ils rentrer ?

Ria haussa les épaules.

— A vingt et une ou vingt-deux heures, j'imagine.

— Peux-tu leur téléphoner et leur demander de revenir plus tôt ?

— Tu veux dire que tu ne peux même pas les attendre une heure ou deux sous ton propre toit ?

— Non, mais si tu as l'intention de te montrer hostile... J'ai peur que cela ne fasse qu'empirer les choses.

— Je ne vais pas me montrer hostile. Je vais m'asseoir et lire.

Il promena un regard songeur autour de lui.

— Je n'ai jamais vu une telle tranquillité régner dans cette maison, tu sais. Je ne t'ai jamais vue t'asseoir et lire. On aurait toujours dit un centre commercial dont les portes s'ouvraient et se fermaient, où les gens ne cessaient d'entrer et de sortir pour dîner ou boire une tasse de café. On se serait cru dans un salon de thé avec ta mère, le chien, Gertie, Rosemary et les amis des enfants. C'est sûrement la première fois qu'on peut s'entendre penser.

— Je croyais que tu aimais voir tous ces gens.

— Il ne régnait jamais aucun calme, Ria, il y avait bien trop de remue-ménage.

— Je n'en crois pas un mot, tu inventes tout cela.

Elle se leva et se dirigea vers le grand fauteuil. Elle se sentait toujours en proie à une immense fatigue. Elle ferma les yeux et devina qu'elle pourrait s'endormir au beau milieu de cette conversation qui sonnait le glas de leur mariage et de la vie qu'elle avait menée jusque-là. Ses paupières étaient infiniment lourdes.

— Je suis vraiment désolé, Ria, murmura-t-il.

Elle ne répondit pas.

— Si j'allais préparer un sac avec quelques affaires, qu'en penses-tu ?

— Je ne sais pas, Danny. Fais comme tu veux.

[illegible]

préparer quelques affaires.

— Ce serait peut-être mieux, en effet.

— Ria ?

— Oui ?

— Rien.

Pendant un moment, elle l'entendit faire des allées et venues de son bureau à la chambre. Puis elle plongea dans le sommeil.

Elle s'éveilla en entendant des voix dans la cuisine.

— D'habitude, c'est papa qui est endormi, déclarait Brian.

— Vous vous êtes bien amusés ? lança-t-elle.

— Le film ne sortira pas en salles avant trois semaines, répondit le petit garçon, les yeux pétillants.

— Et toi, Annie ?

— Pas mal. Kitty peut dormir là ? demanda-t-elle.

— Non, pas ce soir.

— Mais pourquoi, maman ? Pourquoi faut-il toujours que tu fasses des histoires ? Nous avons dit à la mère de Kitty qu'elle dormirait là.

— Pas ce soir. Ton père et moi voulons vous parler.

— Kitty peut bien rester quand même.

— Tu m'as entendue, Annie.

Il y avait une intonation particulière dans la voix de Ria. Une intonation inconnue. À contrecœur, Annie raccompagna son amie jusqu'à la porte. Sa mère l'entendit grommeler quelque chose à propos des gens qui gâchaient toujours tout.

Danny était descendu. Il était pâle, préoccupé.

— Votre mère et moi avons quelque chose à vous dire, commença-t-il. Mais c'est surtout moi qui vais parler parce que... Eh bien, c'est à moi de vous expliquer tout cela.

Il les regardait l'un après l'autre. Les deux enfants se tenaient debout près de la table, l'air inquiet. Ria était encore assise dans le fauteuil.

— Je ne sais vraiment pas par quoi commencer, alors, si vous ne trouvez pas que c'est affreusement sentimental, je vous dirai d'abord que nous vous aimons énormément. Vous êtes un fils et une fille merveilleux...

— Tu n'es pas malade, papa ? l'interrompit Annie.

— Non, ce n'est pas ça.

— Tu ne vas pas aller en prison ? A t'entendre, on dirait que c'est le cas.

— Non, ma chérie. Mais il va y avoir quelques changements, et je voulais vous dire que...

— Je sais ce que c'est !

Le visage de Brian était empli d'horreur.

— Je sais. Cela s'est passé exactement de la même façon

chez Dekko : ils lui ont dit qu'ils l'aimaient. Vous allez avoir un bébé ? C'est ça ?

Annie eut l'air révoltée.

— Ne dis pas n'importe quoi, Brian !

Mais ils regardèrent tous les deux leur mère pour être sûrs qu'il ne s'agissait pas de cela. Elle émit un curieux petit rire.

— Nous, non ; mais votre père, si.

— Ria !

Il semblait avoir reçu une gifle. Son visage était blême.

— Comment peux-tu, Ria ?

— J'ai répondu à une question. Selon toi, nous devions répondre à leurs questions.

— Que se passe-t-il, papa ? Que veux-tu dire ?

Annie les dévisageait à tour de rôle.

— Je veux dire que je ne vais plus habiter ici en permanence. En fait, je vivrai ailleurs la plupart du temps. Et dans quelque temps, nous allons sans doute tous déménager, mais vous pourrez toujours vivre chez moi et aussi chez votre mère, aussi longtemps que vous le voudrez. Alors, en ce qui vous concerne, rien n'est changé.

— Vous allez divorcer ? demanda Brian.

— [illegible] Le [illegible]us impor-t[illegible] que rien [illegible]

— [illegible]

— [illegible]...

[illegible]

— [illegible] affirmait [illegible], si ?

Danny lança à Ria un regard chargé d'exaspération.

— Ne parlons pas de cela pour l'instant. L'important, c'est que vous êtes mes enfants et que rien ne pourra changer cela. Vous êtes mon fils et ma fille.

— Alors c'est vrai ! s'exclama Annie d'un ton horrifié.

— Pas un bébé ! gémit son frère.

— Tais-toi, Brian. Le bébé ne viendra pas vivre ici. C'est papa qui va aller habiter avec lui. C'est bien ça, n'est-ce pas ?

Danny garda le silence et se contenta de regarder tristement leurs visages consternés.

— Alors, c'est ça, papa ? Tu vas nous abandonner pour quelqu'un d'autre ?

— Je ne pourrai jamais t'abandonner, Annie. Tu es ma fille.

— Mais tu pars de chez nous et tu vas vivre avec une femme qui est enceinte ?

— Ta mère et moi sommes d'accord sur le fait que nous avons beaucoup changé. Nos aspirations ne sont plus les mêmes aujourd'hui...

Ria laissa échapper un rire étranglé.

— Qui est-ce, papa ? Nous la connaissons ?

— Non, Annie, pas encore.

— Cela t'est égal, maman ? Tu ne vas pas l'en empêcher ? Tu ne vas pas lui dire que nous ne voulons pas qu'il s'en aille ?

Annie bouillonnait de fureur.

Ria brûlait du désir de se lever, de prendre sa fille dans ses bras et de lui dire combien tout cela lui semblait douloureux et irréel.

— Non, Annie. Ton père le sait, mais il a pris sa décision.

— Nous étions d'accord, Ria, protesta Danny. Tu avais promis que cela ne serait pas une compétition entre nous.

— Je ne t'ai rien promis. Je ne vais pas dire à mes enfants que mes aspirations sont différentes. Ce n'est pas vrai. J'ai besoin de toi et je veux que tu restes ici.

— Oh, maman, c'est la fin de tout, maman.

Le visage de Brian était blême. Jamais il n'avait entendu sa mère si forte admettre qu'elle se sentait perdue.

— Brian, tout va bien, c'est ce que j'essaie de te dire. Rien n'a changé. Je suis toujours ton papa, le même papa qu'avant.

— Tu ne peux pas quitter maman, papa. Tu ne peux pas t'en aller avec une autre femme et nous abandonner, maman et nous.

Le petit garçon était sur le point d'éclater en sanglots.

— Ça lui est égal, elle s'en fiche, répliqua sa sœur. Elle le laisse s'en aller, elle n'essaie même pas de le retenir.

— Merci beaucoup, Ria, c'était merveilleux.

Danny était proche des larmes.

— Je ne vais pas affirmer aux enfants que cela m'est égal et que tout va bien, parvint à articuler Ria. Tout ne va pas bien, Danny.

— Tu avais promis... commença-t-il.

— Je n'ai rien promis.

— Nous avions dit que nous ne voulions pas blesser les enfants.

— Ce n'est pas moi qui les abandonne. Ce n'est pas moi qui parle de vendre cette maison. Qu'ai-je donc fait pour les blesser ? Je n'ai appris tes projets qu'hier soir et je suis censée me montrer douce et compréhensive, affirmer que nous avons changé, que nous aspirations sont différentes. Mais je n'ai pas changé et j'ai les mêmes aspirations. Je veux que tu restes ici avec nous.

— Ria, montre-toi un peu plus digne, je t'en prie, cria-t-il.

Soudain, ils réalisèrent que les enfants étaient silencieux. Ils les regardèrent et virent leurs visages blêmes, emplis d'in- [illegible] commençaient à prendre [illegible] était [illegible]e. Rien ne serait [illegible] glac[illegible] s'installa dans la [illegible] autres avec angoisse. [illegible] qui esquissait le pre- [illegible] pas ce soir. Elle [illegible]

— [illegible] enfin Danny avec impuissance. J'aurais voulu que vous l'appreniez d'une façon différente, mais peut-être n'y avait-il pas d'autre moyen de vous le dire.

Ils gardèrent le silence.

— Que voulez-vous que je fasse ? Dois-je passer la nuit dans mon bureau pour que les choses semblent plus ou moins normales ou préférez-vous que je m'en aille et que je revienne demain ? Je ferai comme vous voudrez.

De toute évidence, Ria n'allait pas répondre. Il regarda les enfants.

— Va-t'en, lança Brian.

— Reste, dit Annie.

— Non, pas si tu vas finir par t'en aller de toute façon. Va-t'en maintenant, ordonna le petit garçon.

Tous les regards se portèrent sur Annie. L'adolescente haussa les épaules.

— Oui, pourquoi pas ? murmura-t-elle d'une petite voix tremblante. Si tu pars demain, à quoi bon rester ce soir ?

— Ce ne sont pas des adieux, ma chérie... répliqua Danny. Peux-tu comprendre ça ?

— Non, papa, sincèrement, je ne peux pas.

Puis elle s'empara de son cartable et, sans jeter un seul regard en arrière, quitta la cuisine et gravit l'escalier.

Brian la regarda s'éloigner.

— Que va-t-il nous arriver ? demanda-t-il.

— Nous survivrons, répondit Danny. Les gens survivent à des situations comme celle-là.

— Maman ? murmura le petit garçon, quêtant son regard.

— Comme ton père vient de le dire... Les gens survivent, nous survivrons aussi.

Danny lui lança un regard empli de reconnaissance. Mais elle ne voulait pas de sa gratitude.

— Les enfants ont dit qu'ils voulaient que tu t'en ailles, Danny. Peux-tu partir, s'il te plaît ?

Il quitta la maison en silence et tous trois l'entendirent faire démarrer sa voiture et s'éloigner le long de Tara Road.

Le lendemain, au petit déjeuner, Ria récita le petit discours qu'elle avait préparé à leur intention.

— Je ne me suis pas montrée très brillante hier soir, déclara-t-elle.

— Est-ce que ça va vraiment arriver, maman ? Tu ne peux rien faire pour l'empêcher ?

Le visage de Brian était empli d'espoir.

— Il semblerait que non, mais finalement ce n'est pas aussi terrible que ça semblait l'être hier soir.

— Qu'entends-tu par là ? demanda Annie avec mépris.

— Je veux dire que votre père a raison. Nous vous aimons énormément et nous serons toujours là quand vous aurez besoin de nous, jusqu'au jour où vous serez prêts à voler de vos propres ailes. Mais en attendant, je ne crierai plus après votre père et il ne me parlera plus sur ce ton. Et si vous avez envie d'être avec lui, le week-end par exemple, vous pourrez y aller ; si vous avez envie d'être avec moi, j'en serai ravie. Je vous le promets.

Ils la regardèrent, perplexes.

— Et je vous conseille d'appeler votre père à son bureau et de lui demander où il souhaite vous retrouver ce soir pour tout vous raconter.

— Tu ne peux pas nous le dire, toi, maman ? implora Brian.

— Non, Brian. Je ne sais pas tout et je vous le raconterai de travers. Il vaut mieux que ce soit lui qui s'en charge ; ainsi il n'y aura pas de zones d'ombre.

— Mais s'il nous dit quelque chose et que tu nous dis le contraire ? demanda Annie.

— A l'avenir, nous essaierons de l'éviter.

— Est-ce que tout le monde est au courant ?

— Non, je ne crois pas.

— Est-ce que c'est oui ou non ? insista Annie d'une voix sèche. Grand-mère, tante Hilary, Mr McCarthy, tous ces gens ?

— Grand-mère et Hilary ne sont pas au courant, mais je pense que Mr McCarthy, oui. Je n'y avais pas encore réfléchi, mais je suppose qu'il sait tout.

Son visage s'était mué en pierre.

— Sommes-nous censés en parler ? Puis-je le dire à Kitty ou est-ce que c'est un secret ?

— Kitty est ton amie. Tu peux lui dire ce que tu veux, Annie.

— Je ne veux pas en parler à Dekko et Myles, ils le raconteraient à toute la classe, déclara Brian.

— Alors ne le leur dis pas, riposta sa sœur avec impatience.

— Est-ce toi qui vas avoir notre garde, maman, ou papa ?

— Je viens de vous dire que nous n'allions pas nous disputer ; vous serez toujours les bienvenus chez l'un ou chez l'autre. Mais, en période scolaire, je suppose que vous habiterez avec moi pendant la semaine.

— Parce qu'elle ne voudra pas de nous, c'est ça ? demanda Annie avec méfiance.

— Mais non. Elle sait que ton père a deux enfants, elle doit avoir envie de les accueillir à bras ouverts.

— Mais elle va avoir le sien, grommela Brian.

— Comment s'appelle-t-elle ? demanda Annie.

— Je ne sais pas, mentit sa mère.

— Tu dois forcément le savoir, insista l'adolescente.

— Non. Demande à ton père.

— Pourquoi refuses-tu de nous le dire ?

— Arrête d'embêter maman, trancha Brian. Et d'abord, qu'est-ce qui te fait croire qu'elle le sait ?

— Parce que c'est la première chose que j'aurais demandée. C'est la première chose que n'importe qui aurait demandée, répliqua Annie.

Autrefois, Danny se moquait de l'habitude qu'avait Ria de dresser des listes. Elle inscrivait toujours le mot « Liste » en haut de la feuille. Il est difficile de se débarrasser de ses vieilles habitudes. Dès le départ des enfants, elle s'assit à la table de la cuisine et écrivit « Liste » en haut d'une page. Les bises qu'ils avaient échangées étaient teintées de gêne, mais l'existence semblait avoir repris un cours normal. Plusieurs coups de fil figuraient sur la liste.

En premier lieu, Ria devait appeler sa mère pour l'empêcher de lui rendre visite, puis téléphoner à Hilary ; elle joindrait ensuite Rosemary au bureau et Gertie à la laverie, ainsi que Colm, pour le remercier d'avoir pris soin d'elle.

En dernier lieu, elle téléphonerait à Danny. A côté du prénom de son mari, elle écrivit d'une main ferme : « Ne pas s'excuser. »

Nora entreprit de lui raconter son déjeuner chez Quentin.

— Peut-être y aura-t-il un problème au niveau de l'addition. Ils nous ont dit que nous pouvions prendre trois irish coffees ; en fait, Ria, ils ont plus ou moins insisté. Mais s'il y a le moindre problème...

— Maman, pourrais-tu te taire, s'il te plaît ?

— Comment peux-tu parler sur ce ton à ta propre mère ?

— Ecoute-moi, maman, je t'en prie. J'ai une journée difficile. Danny et moi allons nous séparer. Nous en avons parlé aux enfants hier soir, et ça ne s'est pas très bien passé.

— Il est parti ?

Sa mère semblait très calme.

— Oui. Nous n'avons pas encore pris de décision en ce qui concerne la villa, mais il est parti.

— Garde la maison, ordonna sa mère d'une voix péremptoire.

— Eh bien, tout cela devra faire l'objet de discussions. Si cela ne te fait rien, je n'ai pas très envie d'en parler pour l'instant.

— Bien sûr, mais appelle un avocat et garde la maison.

— Ah, maman, ce n'est pas le problème. Le problème, c'est que Danny s'en va. Cela ne te fait rien ? Tu n'as pas de pe[illegible] pour [illegible] ?

— Je crois que je m'y attendais.

— Mais [illegible], [illegible] pouvais pas t'y attendre.

— Il avait [illegible] petits yeux, décréta la mère de [illegible]

[illegible]

— Puis-je [illegible] Mrs Hilary Mor[illegible] ?

— Mon [illegible], estime-toi heureuse de ne [illegible] bé[illegible]icié de [illegible] invitation. J'ai une gueule de boi[illegible].

— Peux-tu m'écouter un moment ?

— Bien sûr que non, je ne peux pas t'écouter. Je ne peux pas réfléchir et je ne supporte pas d'être ici, au collège, environnée de voix stridentes ! Et c'est pourtant là que je suis et que je vais devoir rester jusqu'à seize heures quinze. Mon Dieu, tu ne sais pas la chance que tu as de n'avoir rien à faire de tes journées sinon rester tranquillement assise dans une grande maison...

— Hilary, tais-toi et écoute-moi...

— Pardon ?

— Danny a une maîtresse, une jeune fille qui est tombée enceinte.

— Je ne te crois pas.

— C'est pourtant vrai. Je voulais te le dire avant que maman ne s'en charge. Elle essaie sans doute de te téléphoner en ce moment même.

Ria entendit sa propre voix trembler légèrement.

— Je suis désolée, Ria. Je suis affreusement désolée.

— Je le sais bien.

— Que va-t-il se passer, alors ?

— Nous devrons vendre la villa, j'imagine. Je suivrai mon chemin, il suivra le sien. Je n'en sais pas davantage.

— Et les enfants ?

— Ils sont totalement bouleversés, bien sûr. Ils tombent des nues, comme moi.

— Tu ne savais rien, tu ne soupçonnais rien ?

— Non. Et si tu me dis qu'il avait de tout petits yeux, comme maman, je vais venir t'étrangler.

Elles pouffèrent de rire. Au beau milieu de la tourmente, elles parvenaient encore à rire de leur mère.

— Je pourrais raconter que je suis malade et venir te voir ? demanda Hilary d'un ton incertain.

— Non, vraiment, j'ai mille choses à faire.

— J'espère que l'une d'elles consiste à t'assurer que tu pourras garder la maison, déclara Hilary avant de raccrocher.

La secrétaire transmit aussitôt l'appel de Ria à Rosemary.

— Je ne te dérange pas trop, Rosemary ?

— Va-t-il la quitter ? demanda la jeune femme.

— Non, il n'y a aucune chance.

— Et les enfants ?

— Ils l'ont très mal pris, bien sûr. Danny et moi avons été lamentables.

— Et toi, ça va, Ria ?

— Pour le moment, oui. Je suis en pilotage automatique. Et je voulais te remercier pour tout ce que tu as fait.

— Quoi donc ?

— Le salon de coiffure, le déjeuner de maman et Hilary. A ce propos, l'addition sera peut-être un peu plus salée que prévu.

— Oh, je t'en prie, Ria.

— Et merci d'être venue me voir et de m'avoir soutenue.

— Tout va s'arranger.

— Non, c'est peu probable.

— Tu habites toujours la villa, n'est-ce pas ?

— Oui, pour l'instant.

— Restes-y, Ria. Il ne quittera jamais cette maison.

— Gertie, j'apprécie énormément que tu sois venue me voir ; je sais que ce n'était pas un très bon jour pour toi.

— Tout s'est arrangé, n'est-ce pas ?

— Non, j'ai bien peur que non.

— Ecoute, j'en sais plus que personne au sujet des disputes conjugales. Il va regretter, il fera tout son possible pour arranger les choses. Il va laisser sa maîtresse avoir son bébé seule ou se faire avorter. Vous deux vous êtes... Je sais que l'exemple ne va pas te plaire, mais vous êtes comme Jack et moi. Certaines personnes sont faites l'une pour l'autre.

— Merci d'essayer de me réconforter, Gertie, mais...

— Peux-tu imaginer l'un de vous vivant ailleurs qu'à Tara Road ? Vous êtes faits pour cette maison, c'est la garantie que tout va s'arranger.

— Colm ? C'est Ria.

— Bonjour, Ria.

— Vous vous êtes montré très gentil avec moi, et je me suis rendu compte que je ne vous avais pas remercié.

— Les amis n'ont pas besoin de se dire merci, voyons.

— Non, mais il ne faut pas non plus croire que c'est chose normale.

— Vous ne feriez jamais ça ?

— Je ne sais pas. J'ai l'impression d'être quelque peu déconnectée.

— Cela nous arrive à tous.

— Merci de ne pas m'avoir demandé si la situation s'était arrangée.

— Ces choses-là prennent du temps.

Il était réconfortant, n'exigeait pas qu'elle se confie à lui. Après toutes les autres conversations de la matinée, c'était très agréable.

— Danny ?

— C'était affreux, lança-t-il. Je suis désolé.

Ria parcourut des yeux sa feuille de papier. « Ne pas s'excuser », y avait-elle écrit. Elle avait envie de fondre en larmes et de lui dire qu'elle était navrée, qu'ils n'étaient pas le genre de personnes qui s'injurient ainsi. Elle avait envie qu'il revienne et qu'il la prenne dans ses bras. « Ne pas s'excuser », lut-elle, et elle sut qu'elle avait eu raison de l'écrire. Danny ne reviendrait pas. Plus jamais.

— Cela n'aurait pas pu se passer autrement, répliqua-t-elle d'un ton neutre. Voyons ce que nous pouvons sauver, à présent. J'ai demandé aux enfants de t'appeler et je leur ai dit que tu pourrais peut-être les rencontrer un soir en terrain neutre. Parle-leur, raconte-leur ce qui les attend. Pour l'été et le reste.

— Mais tout est encore si flou, toi et moi devons...

— Non, tu dois leur dire ce qu'ils peuvent attendre de toi. S'il te sera possible de leur préparer à dîner, de les inviter à passer le week-end chez toi. Tu comprends, ils savent qu'ils seront les bienvenus ici ; ils ignorent ce que tu peux leur proposer.

— Mais tu n'auras sûrement pas envie de les laisser... ?

— Danny, ils ont dix et quinze ans. Crois-tu que je vais essayer de dire à des enfants de cet âge s'ils peuvent rencontrer leur père et où ? Et je n'en ai pas envie non plus. Tu dois leur apprendre autant de choses positives que possible.

— Tu sembles très calme.

Il était impressionné.

— Bien sûr que non, je ne suis pas calme. Peux-tu leur dire que tu seras enchanté de les accueillir quel que soit l'endroit où tu vas vivre ; pas seulement des mots, mais des projets bien concrets ?

— Des projets ?

— Tu as bien un endroit où vivre, je suppose ?

— Oui, oui.

— Est-ce suffisamment grand pour qu'ils y passent la nuit ?

— Qu'ils y passent la nuit ?

— Quand ils te rendront visite.

— Pour l'instant, c'est juste un petit appartement.

— Est-ce près d'ici ?

Elle fit en sorte que sa voix reflète de l'intérêt, mais nulle émotion.

— C'est à Bantry Court, tu sais, l'immeuble que nous... que Barney a fait construire il y a quelques années.

— Oui, répondit Ria. Tu as eu de la chance de pouvoir acheter un appartement là-bas.

Elle espéra que son intonation ne trahissait pas trop d'amertume.

— Il n'est pas à moi, mais à Bernadette. Elle l'a reçu de son père pour ses dix-huit ans. C'était un investissement, tu comprends.

— Un investissement bien profitable, répliqua la jeune femme d'une voix sombre.

— Il est mort.

— Oh, je vois.

— Et sa mère s'inquiète de notre situation.

— Je peux l'imaginer.

— C'est elle qui t'a téléphoné. Te souviens-tu, la femme qui ne s'était pas présentée ? Je suppose qu'elle s'assurait que je n'avais pas menti.

— Elle savait pourtant que tu étais marié ?

— Oui.

Il semblait abattu. Ria poursuivit d'un ton vif :

— Et tu vas bientôt acheter une villa, j'imagine ?

— Oui, une villa. Un toit pour nous abriter tous.

— Bien sûr. Pour vous tous.

Il y eut un silence.

— Il faudra un peu de temps avant que les choses ne se mettent en place, tu sais, poursuivit-il.

— Je crois qu'ils aimeraient connaître quelques-uns de tes projets pour être sûrs qu'ils ne t'ont pas perdu.

— Mais tu ne vas pas... ?

— Ils passeront beaucoup de temps ici. Et pour l'été, dis-leur quand tu pourras les accueillir. Rappelle-toi, tu parlais de louer un bateau pour faire une croisière sur le Shannon ?

— Tu crois qu'ils voudront toujours ? Je veux dire... sans toi ?

— Mais ils vont devoir réaliser qu'à l'avenir ils seront soit avec toi, soit avec moi. Nous allons tous devoir nous y habituer. Mieux vaut qu'ils en prennent conscience rapidement, avant qu'ils ne paniquent et ne s'imaginent que tu les as abandonnés.

A aucun moment Ria ne fit allusion à Bernadette ou à l'enfant que portait celle-ci. Manifestement, elle souhaitait qu'Annie et Brian trouvent leur place au sein de ce nouveau foyer ; elle voulait seulement que Danny ne tienne pas sa fille et son fils à l'écart.

— Encore une chose. Tes parents sont-ils au courant de... de tout cela ? demanda-t-elle.

— Seigneur, non, répliqua-t-il, choqué.

— Ne t'inquiète pas. Je leur parlerai le moment venu.

— Je ne sais pas quoi dire...

— Et Barney, Mona, Polly et les autres... Le savent-ils ?

— Pas Mona, répondit-il aussitôt.

— Mais Barney, si ?

— Oui. Il nous a aidés à trouver une villa, tu comprends.

— Comme il nous avait aidés à acheter celle-ci.

Une vague d'irritation submergea Ria. Brusquement, elle se rendit compte qu'elle n'avait jamais aimé Barney. Elle éprouvait de l'amitié pour les deux femmes qui partageaient sa vie, mais non pour lui. Il était curieux qu'elle ne s'en soit pas aperçue plus tôt. Changeant de sujet, elle reprit :

— Il est facile de réconforter des enfants. N'oublie pas d'insister sur les vacances.

— Mais que ferais-tu si nous partions tous ?

— Peut-être prendrais-je des vacances, moi aussi.

— Mais, ma chérie, où est-ce que tu... ?

— Danny, puis-je te demander de ne plus m'appeler ainsi ?

— Je suis désolé. C'est une simple habitude, tu sais.

— Je le sais aujourd'hui. Je ne l'ai pas toujours su.

— Je t'en prie, Ria.

— Bien, Danny. Au revoir.

— Où dois-je les emmener, chez McDonald, au Planet Hollywood ?

— Je ne sais pas. Ce sera peut-être difficile de discuter là-bas, mais décidez-en ensemble.

Ils raccrochèrent.

Elle était moins bouleversée qu'elle ne l'aurait supposé. Il était curieux que la complicité de Barney l'irrite à ce point. Mais cela n'avait rien d'absurde. Après tout, Danny et elle avaient protégé le secret de Barney pendant des années. Jamais ils n'avaient avoué à Mona où se trouvait vraiment son mari la nuit où la petite Annie était née.

4

Ria avait perdu toute notion du temps. Parfois, après être allée se coucher, elle s'éveillait en s'imaginant que le matin était venu, avant de s'apercevoir qu'elle n'avait dormi qu'une demi-heure. La moitié vide du lit semblait représenter un espace immense. La jeune femme se levait et s'approchait de la fenêtre, croisant ses bras sur sa poitrine comme pour essayer d'apaiser la souffrance. Il était à peine minuit et Danny dormait dans un autre appartement, serrant cette très jeune femme contre lui. Elle ne pouvait le supporter. Peut-être la souffrance allait-elle lui faire perdre l'esprit ? Cela arrivait parfois. Assise devant la fenêtre, le regard plongé à travers la vitre pendant de longues heures tandis que les étoiles disparaissaient et que naissait l'aube, Ria songeait qu'elle avait peut-être déjà perdu la raison sans s'en apercevoir. Pourtant, durant la journée, elle semblait se conduire normalement. La maison était bien rangée, les repas préparés, des invités allaient et venaient. Elle avait en outre le sentiment de s'exprimer normalement.

Mais tout lui semblait parfaitement irréel. Et elle ne gardait aucun souvenir de la journée qui venait de s'achever. Etait-ce ce jour-là que Myles et Dekko avaient apporté trois grenouilles pour jouer avec elles dans la baignoire — ou bien était-ce hier, ou encore la semaine précédente ? Quel jour s'était-elle disputée si violemment avec Annie au sujet de Kitty ? Et comment cela avait-il commencé ? Hilary lui avait-elle apporté des navets en lui demandant de préparer une soupe pour qu'elle puisse l'emporter chez elle, ou Ria l'avait-elle imaginé ?

Bien sûr, il allait revenir, c'était évident. Mais quand ? Combien de temps cette attente humiliante et douloureuse devait-elle se prolonger avant qu'il ne jette ses clefs sur la table de l'entrée et ne lance : « Chérie, je suis revenu. Tout le monde peut avoir une toquade et la mienne est finie. Vas-tu me pardonner ou faut-il que je me mette à genoux ? »

Elle lui pardonnerait immédiatement. Une longue embrassade, peut-être des vacances. Pendant quelque temps ils s'abstiendraient de prononcer le nom de Bernadette, puis ils le glisseraient dans la conversation comme une sorte de plaisanterie audacieuse.

Mais quand ce processus de guérison allait-il s'enclencher ? Parfois, durant la journée, Ria s'arrêtait brusquement en éprouvant le sentiment d'avoir reçu un coup, alors qu'un des mensonges de Danny lui revenait en mémoire. Le polo de couleur vive qu'il avait acheté à Londres, ce devait être la jeune femme qui l'avait choisi pour lui. Bernadette était allée à Londres avec lui. Ria dut s'asseoir quand elle en prit conscience. La facture de son téléphone portable. Presque tous les numéros appelés étaient celui de Bernadette, le numéro qui était désormais celui de Danny en cas d'urgence. Le flacon de parfum acheté en duty-free, offert parce qu'il se sentait coupable d'être parti en voyage avec Bernadette. Le jour où ils étaient tous allés au zoo ; ils venaient d'arriver devant la cage des lions quand il avait reçu un appel lui enjoignant de retourner au bureau. Ce n'était pas le bureau, c'était Bernadette. Il y avait eu tant de signes que Ria n'avait jamais détectés... Quelle idiote elle avait été ! Quelle confiance imbécile elle lui avait témoignée ! Puis elle se rebellait, arguant qu'elle n'aurait pu se conduire en gardienne de prison épiant les moindres gestes de son mari. Lorsque l'on aimait un homme, on lui faisait confiance. C'était aussi simple que cela.

Et tout le monde savait, bien sûr. Lorsqu'elle l'appelait au bureau, ils devaient lever les yeux au ciel de pitié et d'irritation. L'épouse fidèle qui ignorait que son mari avait une maîtresse. Trudy elle-même, la jeune standardiste, devait avoir communiqué à Danny les appels de Bernadette aussi souvent que ceux de Ria. Il était même possible que celle-ci connaisse son nom et qu'elle demande des nouvelles du régime de la jeune fille, ce qui était une excellente façon d'entrer dans ses bonnes grâces.

Et Barney, bien sûr, qui venait chez elle et la complimentait pour son excellente cuisine. Il avait souvent dû dîner en compagnie de Danny et de Bernadette. Ils étaient certainement allés chez Quentin, où Ria dînait une fois l'an à l'occasion de leur anniversaire de mariage ; l'aimable jeune femme qui tenait le restaurant, Brenda Brennan, devait être au courant elle aussi. Elle avait dû plaindre Ria, l'épouse effacée qui ne soupçonnait rien.

Polly savait, elle aussi, et bien sûr elle devait mépriser Ria et non la plaindre parce que celle-ci se trouvait précisément dans la même position que Mona. Mona ? Etait-elle au courant ? Ria avait passé tellement de temps à lui mentir et à lui cacher l'existence de Polly ! Or, pendant ce temps, l'épouse de Barney faisait peut-être de même avec Bernadette.

Cela aurait été drôle si ce n'avait été aussi affreux. Et en y réfléchissant, si tous ces gens étaient au courant, Rosemary ne savait-elle pas, elle aussi ? Elle n'ignorait rien de ce qui se passait à Dublin. Mais non ; Ria était persuadée que sa stupeur n'avait pas été feinte. Et une véritable amie lui en aurait parlé. Si Rosemary et Gertie avaient été au courant, elles l'auraient dit à Ria et n'auraient pas laissé son univers s'écrouler ainsi. De temps à autre, Ria se demandait cependant si Rosemary ne lui avait pas en effet glissé quelques mises en garde. Tous ces conseils sur ses vêtements et la nécessité de reprendre un travail étaient-ils une manière d'insinuer que tout n'allait pas pour le mieux ?

De toute évidence, les époux Sullivan étaient au courant. Frances lui avait témoigné une grande sollicitude.

— C'est probablement quelque chose de passager, Ria. Les hommes qui approchent de la quarantaine se conduisent très étrangement. Si vous parvenez à prendre votre mal en patience, je suis sûre que tout finira par s'arranger.

— Le saviez-vous ? avait demandé Ria sans détour.

La jeune femme ne lui avait pas répondu avec une égale franchise.

— On entend des rumeurs à chaque coin de rue. On

perdrait la tête si on devait toutes les écouter. J'ai suffisamment de mal à essayer de maintenir Kitty sur le droit chemin.

Colm n'était sans doute pas au courant. Danny n'aurait pas été assez bête pour emmener sa maîtresse dans un restaurant situé à quelques rues de chez lui. Mais tant d'autres personnes savaient ! Il était humiliant de penser qu'elles étaient si nombreuses : les chauffeurs de taxi, l'employé de la station-service et probablement Larry, le directeur de la banque. Peut-être Bernadette avait-elle transféré son compte dans la même banque que Danny pour simplifier leur situation.

Le laveur de carreaux demanda à Ria des nouvelles de son mari.

— Où est-il ?

Ce jour-là, elle avait envie de parler.

— Il est parti. Il m'a quittée pour une jeunesse, voyez-vous.

— Il a toujours été un peu coureur ; vous devriez être contente d'en être débarrassée, avait répliqué le jeune homme.

Mais pourquoi avait-il dit cela ? Pourquoi ?

Pourquoi ses voisines lui serraient-elles la main en répétant qu'elle était une femme merveilleuse ? Qui le leur avait dit ? Le savaient-elles depuis le début ? Oh, comme Ria aurait voulu éviter tous ceux qui la plaignaient, qui se montraient compatissants et parlaient d'elle derrière son dos. Elle savait que cela prendrait fin quand Danny renoncerait à Bernadette et reviendrait, mais combien de temps lui faudrait-il attendre tandis qu'ils souriaient avec indulgence comme si son mari avait attrapé la grippe ?

Et bien sûr, il y avait les enfants. Parfois, Annie blâmait sa mère, parfois c'était elle-même. « Si seulement tu t'étais comportée d'une façon un peu plus normale, maman, si tu avais arrêté cinq minutes de jacasser et de faire la cuisine, il ne serait pas parti. » Et le lendemain, c'était : « C'est de ma faute... Il m'appelait sa princesse, mais je ne passais jamais de temps avec lui, j'étais toujours chez Kitty. Il croyait que je ne l'aimais pas assez, c'est pour ça qu'il est sorti avec une fille qui a presque mon âge. »

Une ou deux fois, elle suggéra à sa mère d'écrire avec elle une lettre pour lui dire combien il leur manquait.

— Je ne crois pas qu'il le sache, ajouta-t-elle en sanglotant.

— Il le sait parfaitement, répliqua Ria sans s'émouvoir.

— S'il le sait, pourquoi ne revient-il pas ?

— Il reviendra, mais seulement quand il sera prêt. Vraiment, Annie, je ne crois pas que nous puissions le bousculer.

Et l'adolescente hocha la tête comme si, pour une fois, elle était d'accord avec sa mère.

Brian aussi avait son opinion sur la question.

— C'est sûrement de ma faute, maman. Je ne me lave pas assez souvent, je le sais bien.

— Je ne crois pas que ce soit pour cette raison, Brian.

— Peut-être que si. Papa était toujours en train de prendre une douche et il mettait une chemise propre tous les jours, tu te souviens ?

— C'est ce que font les gens en général, tu sais.

— Eh bien, nous pourrions lui dire que je vais me laver plus souvent, maintenant. Et je le ferai, c'est promis.

— Si papa était parti simplement parce que tu es dégoûtant, il nous aurait quittés depuis des siècles, répliqua sa sœur d'un ton lugubre. Tu as toujours été dégoûtant.

Puis Brian décida que leur père était parti à cause du sexe.

— C'est ce que m'ont dit Myles et Dekko. Selon eux, il est allé habiter chez elle parce qu'elle a envie de faire l'amour jour et nuit.

— Je ne crois pas non plus que ce soit ça, répliqua sa mère.

— Non, mais c'est peut-être en partie pour ça. Tu pourrais l'appeler et lui dire que tu as envie de faire l'amour jour et nuit, toi aussi, non ?

Il semblait un peu gêné d'aborder un tel sujet avec sa mère, mais de toute évidence il pensait que c'était nécessaire.

— Non, Brian.

Ria était heureuse que sa fille ne se trouve pas dans la

pièce. Cependant, l'adolescente était là lorsque le petit garçon leur révéla sa carte maîtresse.

— Maman, je sais comment on peut ramener papa ! s'exclama-t-il.

— Cela promet d'être intéressant, dit Annie.

— Vous devriez avoir un bébé, tous les deux.

Un silence de plomb envahit la pièce.

— Mais si, insista Brian. Et ça ne me dérangerait pas ; j'en ai parlé avec Myles et Dekko, ce n'est pas si terrible que ça. Et comme ça, on pourrait faire du baby-sitting. Ça nous ferait de l'argent de poche !

Il leva les yeux vers le visage douloureux de sa mère.

— Ecoute, maman, si papa revient, je garderai le bébé gratuitement, déclara-t-il. Je ne vous ferai rien payer du tout !

Comme ce serait merveilleux de se trouver à des kilomètres de là, songeait Ria, de ne pas être obligée d'assurer aux gens qu'elle allait bien, que tout allait pour le mieux, alors qu'en réalité les choses n'auraient pu être pires. Elle répugnait à sortir de la maison à cause des gens qu'elle risquait de rencontrer ; pourtant, elle savait qu'il était dangereux de se terrer chez elle et d'adopter le rôle de l'épouse trahie et recluse.

Elle entendit un bruit à la porte d'entrée, et son cœur bondit dans sa poitrine. Autrefois, il arrivait à Danny de revenir en hâte pendant la journée. « Tu m'as manqué, chérie. Pour[illegible] un câlin à un homme qui travaille dur ? » Quand cela avait-il cessé ? Pourquoi ne l'avait-elle pas remarqué ? Comment le simple bruit d'un prospectus glissé sous la porte d'entrée pouvait-il lui faire croire qu'il était revenu ? Elle devait fournir un immense effort pour vivre dans le monde réel. Pour savoir ce qu'elle faisait, et quelle heure il était. Au moment où elle entendit l'angélus, elle regarda machinalement l'horloge. Presque au même instant, le téléphone sonna.

C'était une femme qui s'exprimait avec l'accent américain.

— J'espère que vous me pardonnerez de vous appeler

chez vous, mais c'est le seul numéro que j'ai pu trouver pour joindre un certain Mr Danny Lynch, agent immobilier. Les renseignements n'ont pu me communiquer le numéro de son bureau.

— Oui ? répliqua Ria sans entrain.

— Pour résumer la situation, je m'appelle Marilyn Vine et j'ai visité l'Irlande avec mon mari il y a quinze ans. Nous avions rencontré Mr Lynch et il avait essayé de nous convaincre d'acheter un appartement...

— Je peux vous donner le numéro de son bureau, il n'est pas ici en ce moment.

— Je comprends, mais j'aimerais vous demander encore une minute pour savoir s'il s'agit de quelque chose dont, à votre avis, il pourrait s'occuper. Il n'y a pas une grosse somme d'argent à la clef...

— Dans ce cas, j'en doute fort, répliqua Ria.

— Pardon ?

— Je veux dire qu'il ne s'intéresse plus qu'à la valeur et au prix des choses ; mais j'ai tendance à voir les choses en noir, aujourd'hui.

— Je suis désolée, est-ce que je vous appelle à un mauvais moment ?

— Il n'y aura plus de bons moments, mais là n'est pas le propos. Que vouliez-vous que Danny fasse par pure charité ?

— Il ne s'agit pas exactement de cela. C'était un jeune homme si agréable que je me suis demandé s'il pouvait connaître quelqu'un susceptible de faire un échange d'habitations cet été. Je dispose d'une villa confortable et agréable, avec piscine, à Westville, en Nouvelle-Angleterre ; et je cherche une maison qui soit à quelques minutes à pied de la ville mais où il y ait un jardin...

— Pour cet été ? demanda Ria.

— Oui. En juillet et août. Je sais que je m'y prends un peu tard... Mais la nuit dernière, je me suis dit que j'avais vraiment envie d'aller en Irlande. Je n'arrivais pas à dormir et j'ai décidé de passer ce coup de fil, au cas où.

— Et pourquoi avez-vous pensé à Danny ? demanda Ria d'une voix mesurée.

— Il semblait très compétent et c'était mon seul contact. J'étais certaine qu'il pourrait me recommander à quelqu'un d'autre s'il était incapable de m'aider.

— Cherchez-vous une grande ou une petite maison ?

— Peu importe. Je ne me sentirais pas perdue dans une grande villa, et celui qui viendrait loger à Westville aurait suffisamment de place pour y accueillir quatre ou cinq personnes. Ils pourraient disposer de la voiture aussi, bien sûr ; il y a de magnifiques endroits à visiter dans les environs.

— Il n'existe pas d'agences qui s'occupent de ce genre de choses ?

— Si, bien sûr, et je pourrais utiliser Internet... Simplement, quand on a déjà rencontré quelqu'un et qu'on se souvient d'un visage amical, les choses semblent un peu plus faciles. Il ne se souvient certainement pas de moi — de nous. Mais en ce moment, je n'ai pas très envie de discuter avec des inconnus. J'imagine que cela doit vous sembler un peu curieux.

— Non. Etrangement, je sais précisément ce que vous ressentez.

— Etes-vous Mrs Lynch ?

— Je l'ignore.

— Pardon ?

— Nous allons nous séparer, divorcer. Il est devenu possible de divorcer en Irlande, le saviez-vous ?

— Je vous appelle vraiment au mauvais moment. Je ne peux pas vous dire à quel point je suis navrée.

— Non, le moment était parfaitement choisi. C'est d'accord.

— D'accord pour quoi ?

— J'irai habiter chez vous et vous chez moi, en juillet et en août. Marché conclu.

— Eh bien, je suppose que...

— Je vais vous envoyer une photo de la villa et une lettre d'explications. La maison est superbe, vous vous y plairez beaucoup. Elle se trouve à Tara Road. Il y a des arbres dans le jardin, de superbes parquets en bois ciré, de vieux vitraux, et... et les moulures d'origine au plafond... et...

Elle avait fondu en larmes. Il y eut un silence à l'autre extrémité de la ligne ; Ria se reprit.

— Pardonnez-moi, je vous en prie... Vous vous appelez Marion, n'est-ce pas ?

— Marilyn. Marilyn Vine.

— Je m'appelle Ria Lynch, et rien ne me ferait plus plaisir que de quitter cette ville et d'aller habiter dans un endroit tranquille où il y a une piscine et de belles excursions à faire. J'emmènerai les enfants un mois et je consacrerai l'autre à réfléchir à mon avenir. C'est pour cela que je me suis un peu laissée aller.

— Votre maison me semble être précisément ce que je cherche, Ria. C'est d'accord.

A entendre sa voix, on n'aurait pu l'imaginer dans sa cuisine, regardant par la fenêtre de sa villa de bardeaux blancs, des larmes ruisselant sur son visage.

Lorsque Marilyn raccrocha, elle sortit dans le jardin en emportant sa tasse de café. Elle s'assit au bord de la piscine où elle avait nagé un peu plus tôt. Cinquante longueurs matin et soir ; c'était devenu une habitude, comme le fait de se brosser les dents. Il était sept heures dix du matin. Elle venait d'accepter d'échanger sa villa contre celle d'une femme très perturbée, qui traversait une phase critique de son existence. Une femme qu'elle n'avait jamais rencontrée, qui vivait à deux mille kilomètres de là, et qui n'avait peut-être pas le droit de procéder à cet échange, la villa risquant d'être soumise à quelque procédure relative au divorce.

Marilyn savait qu'il était parfaitement déraisonnable de prendre des décisions impulsives et irréfléchies de très bon matin. Cela lui ressemblait bien peu de passer un tel coup de téléphone à une heure pareille. Et cela lui ressemblait encore moins d'avoir accepté les projets de l'inconnue qui se trouvait au bout du fil. A présent, la seule question consistait à savoir s'il fallait rappeler et annuler cet accord parfaitement irréaliste avant qu'il n'ait commencé à germer dans l'esprit de Ria Lynch, ou simplement lui écrire une lettre ?

Elle pouvait téléphoner sur-le-champ et affirmer qu'il lui

était devenu impossible d'échanger sa villa en raison de responsabilités. Marilyn esquissa un sourire triste à l'idée d'être une femme investie de responsabilités familiales. Mais Ria Lynch ne pouvait pas le savoir. Toutefois, il serait plus simple d'écrire ou d'envoyer un message par le biais d'Internet : cela lui éviterait d'entendre la voix déçue de la jeune femme. Mais il n'y avait pas d'ordinateur dans la villa de Tara Road et Ria n'avait sans doute pas accès au bureau de son mari, où il y en avait peut-être un.

Ria lui avait semblé déborder d'énergie et de vie, mais aussi être légèrement perturbée. Marilyn essaya de calculer son âge. L'agent immobilier jeune et séduisant devait avoir la quarantaine aujourd'hui, et cette femme en avait probablement autant. Elle avait parlé d'une fille de quinze ans et d'un fils de dix. Le visage de Marilyn se durcit. Le mariage de Ria était fini, mais elle haïssait son mari, c'était évident. Sinon, comment aurait-elle pu en parler de façon si désobligeante à une parfaite inconnue ? Elle serait bien plus heureuse sans lui.

Marilyn décida de ne pas se laisser aller à la morosité. Bientôt, il lui faudrait se rendre à son bureau. Vêtue d'un tailleur strict jaune et blanc, elle irait en voiture jusqu'au campus de l'université et se garerait dans le parking. Puis, distribuant des bonjours, elle gagnerait le secrétariat des anciens élèves où elle travaillait, réservée et distante.

On l'observerait avec intérêt. Comme il était étrange qu'elle n'ait pas accompagné son mari à Hawaï. Le poste que Greg avait obtenu semblait être précisément ce dont le couple avait besoin. Mais Marilyn avait obstinément refusé de le suivre et tout aussi obstinément refusé de donner la moindre explication à ses collègues et ses amies. Aujourd'hui, ils s'étaient lassés de l'interroger et de tenter de la convaincre. Leur sollicitude était sincère, mais ils ne parvenaient pas à comprendre pourquoi elle avait refusé d'aller dans cette île ensoleillée en dépit des supplications de son mari et du soutien de l'université, qui s'était engagée à lui garder son emploi jusqu'à son retour.

Qu'auraient-ils dit s'ils avaient été au courant de l'incroyable alternative qu'elle projetait d'adopter ? Echanger sa villa pendant deux mois avec une femme qui était propriétaire — ou prétendait l'être — d'une demeure victorienne de deux étages à Dublin. Ils affirmeraient que c'était une décision irraisonnée, à laquelle elle ne devait surtout pas donner suite.

Marilyn but la dernière gorgée de son café, redressa la tête et décida d'assumer ce qu'elle venait de faire. Elle était une femme adulte ; elle allait fêter ses quarante ans cette année, le 1er août. Elle pouvait prendre la décision qui lui plaisait. Qui d'autre était capable de dire ce qui était préférable pour elle ?

Elle inclina la tête en direction du téléphone comme pour approuver la conversation qu'elle venait d'avoir. Elle contempla son reflet dans le miroir de l'entrée. Cheveux roux sombre et courts, qu'elle pouvait faire sécher à l'air libre après avoir nagé, yeux verts emplis d'inquiétude, nuque tendue ; mais à part cela, elle semblait parfaitement normale. Pas du tout le genre de femme susceptible de prendre une décision aussi insensée.

Marilyn prit ses clefs, monta dans sa voiture et se rendit à son travail.

Ria s'assit et ses mains se crispèrent sur le bord de la table. Depuis son adolescence, elle n'était pas allée seule à l'étranger. Et très rarement en compagnie de Danny. Ma foi, au moins, elle avait un passeport et quelques semaines pour s'organiser.

Marilyn s'était déclarée enchantée d'avoir à s'occuper du chat d'Annie. Les enfants allaient être ravis à l'idée de se rendre aux Etats-Unis, dans une villa avec piscine. Marilyn n'avait pas eu l'air effrayée à l'idée de devoir conduire à gauche, la circulation n'étant, selon elle, pas très importante. Ria l'avait mise en garde contre Dublin, où le trafic était dense et les conducteurs à demi fous. L'Américaine avait répliqué que, de toute façon, elle préférait la marche à pied.

Mue par l'habitude, Ria s'empara d'une feuille de papier, écrivit le mot « Liste » tout en haut et le souligna d'un trait. Alors qu'elle commençait à prendre note de ce qu'elle devait faire, son cœur se serra. Etait-elle totalement folle ? Elle ne savait rien de cette femme. Absolument rien, si ce n'était qu'elles avaient toutes deux pleuré au téléphone. En y réfléchissant, n'était-il pas étrange que cette personne ait procédé de cette manière pour échanger sa villa ? Il existait des agences spécialisées dans ce domaine. Et le réseau Internet, qui permettait de mettre les gens en contact avec l'interlocuteur idéal.

Quel genre de femme était-ce, pour se souvenir ainsi du visage de Danny après tant d'années et tenter de le retrouver ? Peut-être en avait-elle été amoureuse ? C'était, après tout, un homme très séduisant. Avait-elle été plus proche de lui qu'elle ne l'affirmait ? Il s'était peut-être agi d'un béguin ou d'une toquade. Le projet de s'installer chez lui pouvait être une ruse, un prétexte lui permettant de s'immiscer dans sa vie.

Ria avait vu tant de films où des forcenés donnaient l'impression d'être totalement sains d'esprit, où des gens crédules leur permettaient de s'introduire dans leur existence. Elle vivait peut-être les premières heures d'un cauchemar qui les anéantirait tous. Elle devait s'efforcer d'être rationnelle et de prendre une sage décision. Pourquoi avait-elle le sentiment qu'il s'agissait d'une si bonne idée ? Etait-ce simplement parce qu'elle ne serait pas contrainte de voir Hilary, Rosemary, sa mère, Frances et Gertie, et de lire la compassion qui emplissait leurs yeux ? Y avait-il une autre raison qui l'incitait à traverser l'Atlantique ?

Peut-être parviendrai-je à l'oublier un peu là-bas ? songea Ria. Peut-être ne verrai-je pas son visage partout ? Si elle dormait dans un lit inconnu, elle ne se réveillerait peut-être pas à quatre heures du matin, effrayée, s'imaginant qu'il avait du retard, qu'il avait pu être victime d'un accident de voiture — avant de se souvenir, avec un sentiment d'horreur plus intense encore, qu'il ne rentrerait plus jamais. Les Etats-Unis la guériraient peut-être de cela.

Et de l'affreuse crainte qu'il avait pu y avoir d'autres Bernadette. On disait qu'un homme ne s'en allait jamais dès la première aventure. Peut-être avait-elle même reçu à Tara Road des femmes qui avaient couché avec son mari. Comme ce serait merveilleux de se trouver dans une ville où personne ne connaîtrait Danny, où personne n'en aurait entendu parler ni n'aurait couché avec lui...

Mais cela n'en restait pas moins une décision très soudaine. Avoir promis à une parfaite inconnue qu'elle pourrait vivre ici, à Tara Road ! Jamais, en temps ordinaire, Ria n'aurait pris une résolution aussi imprudente. Mais en ce moment, deux mois aux Etats-Unis étaient peut-être précisément ce dont elle avait besoin. Et il était vraiment ridicule de s'imaginer que Marilyn pouvait être une meurtrière.

Elle se souvint que la jeune femme ne désirait pas vivre dans cette maison en particulier ; c'était Ria qui lui avait proposé la villa de Tara Road. Marilyn s'était excusée et avait essayé plusieurs fois de mettre fin à la conversation, mais Ria avait insisté. L'Américaine avait promis d'envoyer des photographies et des références bancaires, et Ria allait faire de même. Cette femme semblait parfaitement normale et sensée. Elle voulait prendre ses distances et disposer de temps pour réfléchir ; Ria l'aurait formulé différemment, mais c'était exactement ce qu'elle souhaitait, elle aussi. Il n'y avait rien d'extraordinaire à ce que deux femmes aux besoins similaires entrent en contact par le plus pur des hasards.

Pourquoi en ai-je autant envie ? se demanda Ria. Quand je me suis levée ce matin, je ne pensais pas un seul instant louer une villa en Nouvelle-Angleterre pour l'été. Est-ce pour les enfants, pour leur offrir l'équivalent de la croisière en bateau de leur père sur le Shannon ? Est-ce parce que j'ai envie de trouver un lieu où Danny ne sera pas au centre du monde, où nous n'attendrons pas son bon vouloir avant de prendre une décision ?

Elle avait l'intuition que c'était un peu tout cela, mais elle n'était pas pour autant sûre d'avoir le courage d'aller jusqu'au bout. Devait-elle en parler à Rosemary ? Son amie était si pragmatique qu'elle allait toujours droit au cœur du problème.

Mais Ria releva le menton. Elle était forte, bien qu'il existât de nombreuses preuves du contraire. Elle n'allait pas se transformer en l'une de ces faibles femmes qu'elle méprisait tant lorsqu'elle les voyait hésiter entre une nappe bleue et une nappe jaune ; elles devaient en parler à leur mari, leur fille ou une voisine avant de revenir la payer trois livres.

Marilyn lui avait fait bonne impression ; ce n'était pas une meurtrière forcenée qui allait dévaster tout le quartier de Tara Road, mais une femme qui avait surgi dans sa vie au moment précis où elle en avait besoin. Avec détermination, Ria se plongea dans sa liste.

Le déjeuner en compagnie d'Annie et de Brian ne se déroulait pas très bien.

Croyant leur faire plaisir, Danny les avait emmenés chez Quentin, mais cela s'était révélé être une erreur. Tout d'abord, ils n'étaient pas assez bien habillés. Tous les adolescents qui dînaient ici avec leurs parents et leurs grands-parents étaient vêtus avec élégance. Brian portait un jean élimé et un tee-shirt d'une propreté douteuse. Son blouson était recouvert de graffitis, de noms de footballeurs et de pop stars disparues ; il ressemblait à un voyou risquant d'agresser les touristes dans Grafton Street. Annie portait un jean, elle aussi, bien trop ajusté au goût de son père. Ses cheveux blonds étaient sales et elle les avait coincés derrière ses oreilles. Elle portait une vieille veste ornée de sequins pour laquelle elle vouait un attachement démesuré. La veste appartenait à une vieille dame de la maison de retraite, et était censée être une véritable relique des années cinquante.

— Regarde les prix ! s'exclama Brian. Quand tu vois ce qu'ils font payer pour une tourte aux rognons, alors que maman les fait gratuitement à la maison !

— Pas gratuitement, répliqua sa sœur. Elle doit acheter les rognons, ainsi que la farine et le beurre pour la tourte.

— Mais tout est déjà dans le placard, rétorqua Brian.

— Non. Ça ne pousse pas dans la cuisine, espèce d'idiot ! Elle doit les acheter dans les magasins, et puis il y a le prix de son travail ; il faut en tenir compte aussi.

Danny devina que sa fille s'efforçait de justifier les prix du coûteux restaurant où il les avait invités ; mais cette conversation ne les mènerait nulle part.

— Alors, voyez-vous quelque chose qui vous ferait envie ?

Il les regarda à tour de rôle avec espoir.

— C'est quoi des mousserons ? De la mousse ? s'enquit Brian.

— Non, ce sont des champignons, répondit son père.

— Espèce d'idiot, répéta Annie, même si elle ignorait ce dont il s'agissait, elle aussi.

— J'aimerais bien manger un hamburger, mais je n'en vois pas sur le menu, reprit le petit garçon.

Danny s'efforça de dissimuler son exaspération.

— Regarde là, ils ont un steak haché servi avec une sauce à la tomate et au basilic ; c'est presque la même chose.

— Pourquoi est-ce qu'ils n'appellent pas ça un hamburger comme dans les restaurants normaux ? marmonna Brian.

— Ils s'attendent à ce que les clients sachent lire et comprendre, riposta Annie avec mépris. Hein, papa ?

Enfin ils firent leur choix et Brenda Brennan, la propriétaire des lieux, vint en personne prendre leur commande.

— C'est un plaisir de vous recevoir avec votre famille, Mr Lynch, déclara-t-elle sans montrer le moindre déplaisir à la vue des deux enfants habillés comme des romanichels.

Danny lui adressa un sourire de gratitude.

— C'est elle ? chuchota Brian après le départ de Brenda Brennan.

— Comment ça ? demanda son père, perplexe.

— La femme qui va avoir un bébé et avec qui tu vas vivre ?

— Ne sois pas ridicule, Brian !

La patience d'Annie était épuisée.

— Enfin, elle est aussi vieille que maman ! Bien sûr que non, ce n'est pas elle.

Danny sentit que le moment était venu d'en revenir à l'objet de la soirée.

— Votre mère et moi avons discuté de façon très constructive aujourd'hui. Nous n'avons pas eu de dispute ridicule comme celle qui nous avait tous tant perturbés.

— Eh bien, c'est un grand changement, grommela Annie.

— Oui, en effet. Ces derniers jours ont été difficiles, mais désormais nous pouvons tous discuter tranquillement de nouveau.

— Vas-tu revenir ? demanda Brian d'un ton plein d'espoir.

— C'est ce dont ta mère et moi avons parlé, Brian. Tout dépend des mots que l'on utilise. Je ne suis pas vraiment parti ; je ne vous ai pas quittés, vous. Je vais vivre ailleurs, voilà tout.

— Où donc ? demanda Annie.

— C'est seulement un appartement pour l'instant, mais bientôt nous aurons une villa, et vous viendrez aussi souvent que vous le voudrez. Il y aura un magnifique jardin, et vous serez aussi chez vous.

— Nous avons un très beau jardin à Tara Road, répliqua Annie.

— Eh bien, maintenant vous en aurez deux, déclara son père avec un grand sourire de plaisir.

Annie et Brian le dévisagèrent, perplexes.

— Aurons-nous chacun notre chambre ? demanda la jeune fille.

— Oui, bien sûr. Pas immédiatement, pas le jour même de l'emménagement, mais nous ferons quelques travaux. Les hommes de Mr McCarthy vont diviser une chambre en deux. En attendant, quand vous viendrez, l'un de vous pourra dormir sur le canapé du salon.

— Dormir sur un canapé, ça ne me donne pas l'impression d'avoir un second chez-moi, répliqua Annie.

— Mais ce sera seulement temporaire.

Il continuait à sourire gaiement.

— Combien de jours allons-nous passer dans votre maison à la chambre divisée en deux ? demanda Brian.

— Autant que vous en aurez envie. Votre mère et moi en avons discuté aujourd'hui. Vous allez être contents quand vous en parlerez avec elle ; nous sommes tous deux d'avis que vous comptez plus que tout, et...

— Est-ce que l'un de nous pourra rester chez maman, l'interrompit Annie, et l'autre chez vous ? Je ne serai pas obligée d'être tout le temps avec Brian ?

— Non, bien sûr que non.

Elle sembla enchantée de cette nouvelle.

— Et quand le bébé naîtra, s'il pleure et qu'il nous ennuie, nous pourrons retourner à Tara Road ? demanda Brian.

— Oui, bien sûr.

— Bon, alors ça va.

Brian sembla satisfait.

— Est-ce que Bernadette sera comme maman ? Est-ce qu'elle nous dira de ranger notre chambre et de ne pas rentrer tard ?

— Elle vous accueillera à bras ouverts. Quand pouvons-nous organiser une rencontre, à votre avis ?

— Tu ne nous as pas dit si elle allait nous imposer des règles, insista l'adolescente.

— Vous serez aussi polis et serviables dans cette nouvelle maison que vous l'êtes à Tara Road. C'est tout ce que l'on attendra de vous.

— Mais nous ne levons jamais le petit doigt avec maman, répliqua Brian, comme si son père n'en avait pas conscience.

Danny laissa échapper un soupir.

— Et si nous fixions le jour et le lieu de votre rencontre avec Bernadette ?

— Est-ce qu'elle a un gros ventre ? Est-ce qu'elle a vraiment l'air enceinte ? s'enquit Annie.

— Pas spécialement. Pourquoi ?

L'adolescente haussa les épaules.

— Est-ce vraiment important, l'endroit où nous la rencontrerons ?

Danny réprima un mouvement d'impatience. Cela se révélait beaucoup plus dur qu'il ne s'y attendait.

— Sommes-nous obligés de la rencontrer ? reprit Annie. Ne vaudrait-il pas mieux attendre la naissance du bébé ?

— Bien sûr que vous devez la rencontrer, s'exclama son père. Nous allons tous partir en croisière sur le Shannon. Vous devez faire sa connaissance avant notre départ.

Annie et Brian le dévisagèrent avec stupéfaction.

— Le Shannon ? répéta la jeune fille.

— Nous tous ? demanda le petit garçon.

— Kitty peut venir aussi ? interrogea vivement l'adolescente. Et ce n'est pas la peine de suggérer que Myles et Dekko nous accompagnent, Brian.

— Je ne crois vraiment pas que maman aura envie de passer des vacances avec... enfin... avec elle, murmura lentement Brian.

Annie et son père échangèrent un regard. Ce fut leur seul instant de complicité au cours de ce dîner cauchemardesque. L'adolescente, au moins, était consciente de certains des problèmes qui les attendaient. Cette fois, elle ne déclara pas que Brian était complètement idiot. Ils se contentèrent d'expliquer au petit garçon, qui, après tout, n'avait que dix ans, que leur mère ne ferait pas cette croisière avec eux.

Dans le bureau de Marilyn, il était beaucoup question de la réunion annuelle des anciens élèves, qui avait lieu chaque mois d'août. Il fallait dresser la liste des lieux d'hébergement, hôtels, maisons d'hôtes, dortoirs, villas où les invités pouvaient séjourner. Pour nombre d'entre eux, ce week-end représentait l'événement majeur de l'année. C'était un excellent moyen d'obtenir des fonds pour l'université et de maintenir un lien entre le présent et le passé.

Traditionnellement, les membres du secrétariat des anciens élèves offraient l'hospitalité chez eux. Marilyn et Greg avaient accueilli de nombreuses familles au 10[illegible]4 Tudor Drive. C'étaient tous des gens très agréables. Ils avaient été enchantés de profiter de la piscine durant le mois d'août caniculaire, et la plupart d'entre eux étaient restés en contact au fil des ans. Les époux Vine étaient invités à leur rendre visite à Boston, New York et Washington quand ils le souhaitaient.

L'organisation du pique-nique était en cours, ainsi que l'envoi des invitations et la notification détaillée des déductions d'impôts découlant des dons faits à la bibliothèque et au centre artistique des anciens élèves. Il fallait discuter de la nature des divertissements proposés, du nombre d'invités, de la nécessité de raccourcir encore davantage les discours. Bientôt les tâches seraient réparties entre les divers membres du bureau. Marilyn savait qu'elle devait annoncer rapidement sa décision. Elle n'accepterait aucun travail qu'elle ne pourrait mener à terme.

S'éclaircissant la gorge, elle s'adressa au principal qui présidait la réunion.

— Monsieur le principal, je dois vous informer que je serai absente durant les mois de juillet et août. J'ai accepté le congé que m'a si généreusement offert l'université. Je partirai à la fin du mois de juin et je reviendrai en septembre. Par conséquent, pourriez-vous me confier le maximum de tâches concernant les préparatifs du pique-nique, puisque je ne serai pas là durant la rencontre à proprement parler ?

Des visages souriants se tournèrent vers elle. C'était une excellente nouvelle. Marilyn, habituellement si renfermée et tendue, avait fini par se rendre à la raison. Elle allait rejoindre son mari à Hawaï.

Presque deux mois séparaient Ria du moment de son départ. Cela lui laissait tout le temps nécessaire. Et elle ne parlerait à personne de son projet avant d'être prête. Sa liste lui avait été d'une aide inestimable. Elle ne comprenait pas pourquoi Danny se moquait d'elle autrefois, lui ébouriffant les cheveux et lui disant qu'elle le faisait bien rire. Enfin, tout le monde dressait des listes ! Bien sûr, si on avait un bureau, on utilisait des ordinateurs ou des agendas électroniques. Mais globalement, le principe restait le même. On rédigeait par écrit ce qu'on avait à faire et on gardait la liste à portée de main. Ainsi, on était sûr de ne rien oublier.

Il s'écoulerait au moins une semaine avant qu'elle ne reçoive les documents de Marilyn. Elle ne voulait pas annoncer la nouvelle à ses proches avant de pouvoir l'étayer avec quelques éléments prouvant qu'il s'agissait d'une bonne idée. Elle avait elle-même préparé un petit dossier qu'elle enverrait le lendemain ou le surlendemain. Il comportait des photographies de la villa, prises à l'intérieur et à l'extérieur, ainsi que des articles de la rubrique immobilière de l'*Irish Times*, décrivant le quartier de Tara Road. Elle y avait joint une carte de Dublin, un guide de la ville, des restaurants, et une liste des livres que Marilyn pourrait lire avant son arrivée. Elle donnait également l'adresse de sa banque, et le nom, le numéro de téléphone et de fax du directeur. Ainsi qu'un mot bref et dénué de sensiblerie indiquant que Danny et elle étaient propriétaires à parts égales de la villa ; ce n'était pas un sujet litigieux. Il s'occuperait des enfants pendant le mois de juillet. Ultérieurement, elle enverrait une liste de noms d'amis susceptibles d'aider Marilyn si celle-ci en éprouvait le besoin.

Peut-être était-il trop optimiste de compter sur une semaine ; il était possible que Ria doive garder son secret un peu plus longtemps. Il faudrait peut-être dix jours avant que le courrier ne lui parvienne. Mais c'était compter sans l'efficacité des Américains et l'existence des services de messagerie. Le lendemain, une camionnette lui livra une large enveloppe contenant tous les documents de Marilyn. Retenant son souffle, Ria contempla les photographies de la piscine, de la villa blanche à la véranda fleurie, parcourut la carte de la région, le journal local, les informations concernant la voiture et les magasins. Il y avait un golf, un tennis et un bowling à proximité et Marilyn précisait également qu'elle lui enverrait une liste de numéros de téléphone de personnes à joindre en cas d'urgence.

Dans un mot aussi bref et sobre que la lettre de Ria, la jeune femme lui expliquait qu'elle avait besoin de prendre ses distances pour réfléchir à l'avenir. Elle n'avait pas accompagné son mari durant un bref séjour sabbatique à Hawaii parce qu'elle devait considérer certaines choses. Elle ajoutait également qu'elle n'avait pas encore parlé à son mari de l'échange, mais qu'il ne soulèverait aucune objection, et qu'elle le confirmerait dans les vingt-quatre heures. Elle n'aimait pas l'idée de l'appeler de but en blanc et de le mettre devant le fait accompli. Cela nécessitait un certain tact, elle était sûre que Ria le comprenait.

En effet, celle-ci le comprenait bien. Elle n'avait d'ailleurs pas encore parlé à Danny de son projet. Tout le monde était-il au courant de la situation, à l'agence ? se demanda-t-elle une nouvelle fois en composant son numéro et en demandant à lui parler. Désormais, il lui était très difficile de l'appeler au bureau. Autrefois, le fait d'être l'épouse de Danny lui conférait une sorte de statut ; à présent, qu'en restait-il ? Il était facile de percevoir de la compassion, du mépris ou de la gêne dans la voix de la réceptionniste. Mais peut-être se trompait-elle.

— Pourrais-tu venir chercher tes affaires, Danny ? Je voudrais essayer de réaménager un peu la maison.

— Il n'y a pas urgence, si ?

— Pas en ce qui me concerne, mais pour les enfants... Ils devraient s'habituer à ce que tes affaires se trouvent à l'endroit où tu vis.

— Oui, mais comme je te l'ai dit, l'appartement où nous habitons en ce moment n'est pas très grand.

— Ne m'as-tu pas dit que Barney allait vous trouver une nouvelle villa ?

— J'ai dit qu'il allait nous en trouver une, Ria, pas nous l'acheter.

— J'ai bien compris. Mais ce n'est pas encore fait ?

— Elle n'est pas tout à fait habitable.

— Eh bien, c'est sans doute suffisant pour que tu y ranges tes clubs de golf, tes livres et tes vêtements... Ainsi que la chaîne hi-fi, tu sais, elle est à toi.

— Non, ma chér... Non, elle n'est pas à moi, elle est à nous deux. Nous n'en sommes pas encore réduits à nous partager nos affaires une par une.

— Il le faudra bien.

— Mais pas... pas à la minute.

— Viens aujourd'hui si c'est possible, avec la voiture. De toute façon, je voudrais aussi te parler d'autres choses. Viens avant que les enfants ne rentrent de l'école, d'accord ?

— Mais j'aimerais les voir.

— Bien sûr, tu peux les voir aussi souvent que tu le désires, mais ce n'est pas une bonne idée de les rencontrer ici.

— Ne commence pas à édicter des règles, Ria.

— Mais nous sommes d'accord sur le fait que les choses doivent être claires dans leur esprit ; ils seront les bienvenus chez l'un et chez l'autre. Mais je ne serai pas chez toi quand ils te rendront visite, et il me semble raisonnable que tu ne sois pas non plus chez moi quand ils sont là.

Il y eut un instant de silence.

— C'est un peu différent.

— Non, pas du tout. Il n'y aura pas trace de ma trousse à maquillage, de mes vêtements et de ma machine à coudre chez Bernadette ; pourquoi toutes tes affaires devraient-elles se trouver ici ?

— Je passerai tout à l'heure, déclara Danny.

Heidi Franks avait hâte que la réunion concernant le pique-nique des anciens élèves s'achève afin de pouvoir parler à Marilyn. Elle était submergée de joie à l'idée que son amie fasse enfin preuve de bon sens. Elle allait lui proposer de s'occuper du jardin en son absence. Elle savait que c'était la fierté et la joie de Marilyn et que ses voisins n'avaient pas la main verte. Comme son amie avait mis du temps à prendre sa décision ! Heidi n'allait pas exprimer haut et fort son enthousiasme ; elle manifesterait autant de retenue que Marilyn elle-même. Celle-ci avait annoncé sa décision avec calme et détachement, même si elle savait que tous s'intéressaient beaucoup à ses projets.

— Je me ferai un plaisir de m'occuper de l'arrosage, déclara Heidi dès qu'elles eurent un instant pour discuter.

— C'est gentil, Heidi, mais il est entièrement automatique. Il se met en route tout seul.

— Alors je viendrai juste m'assurer qu'il n'y a pas de vilains insectes qui s'attaquent à tes beaux parterres de fleurs.

— En fait, il y aura quelqu'un chez moi. C'est la raison pour laquelle je n'hébergerai pas d'anciens élèves cette année pour le pique-nique.

— Vraiment, quelqu'un va s'occuper de la villa ? C'est une bonne idée, qui est-ce ?

— Oh, tu ne la connais pas. Elle est irlandaise. Elle s'appelle Ria Lynch.

— Irlandaise ? répéta Heidi.

— Oui, j'imagine que la vie lui paraîtra bien différente ici. Je dois me dépêcher, Heidi, j'ai mille choses à faire. Je te raconterai tout cela plus tard, conclut Marilyn en quittant le bureau.

Heidi la regarda s'éloigner, un sourire affectueux aux lèvres. Greg allait être enchanté. Il avait été très peiné que Marilyn refuse de l'accompagner à Hawaï. Il avait remué ciel et terre pour obtenir cette mutation, et une fois l'accord conclu, il lui avait été impossible de l'annuler. Mais à présent, sa femme allait enfin le rejoindre.

Jamais encore Ria n'avait fait appel à un service de messagerie. C'était étonnamment simple ; ils venaient tout simplement chercher votre colis. Comme elle avait été bête de s'imaginer que les gens faisaient encore appel à la poste pour leurs envois importants. Elle avait beaucoup à apprendre. Mais peut-être l'été serait-il très instructif.

Elle aperçut Colm dans le potager, jardinant sous le regard paresseux de Clément, le chat qu'il avait donné à Annie quand ce n'était encore qu'un chaton. Le jeune homme travaillait dur, était toujours courtois et d'humeur égale. Ria avait très envie de l'inviter à boire un café pour lui raconter ses projets. Mais elle ne le pouvait pas ; pas avant d'en avoir parlé à Danny. Ce dernier allait pousser les hauts cris quand il apprendrait comment elle projetait de passer l'été. Manifestement, il avait passé une soirée désastreuse avec les enfants chez Quentin. C'était une idée idiote de les avoir emmenés là-bas. Les enfants ne lui avaient pas dit que cela s'était mal passé mais ils n'en avaient pas eu besoin ; elle l'avait lu sur leurs visages.

Heidi décrocha le téléphone qui sonnait sur le bureau de Marilyn.

— Bonjour, vous êtes bien sur le poste de Marilyn Vine... Oh, bonjour, Greg, c'est Heidi. Je suis ravie de t'entendre. Non, elle sera là dans dix minutes. Puis-je prendre un message ? Bien sûr, je le lui dirai. Oh, Greg, nous sommes tous enchantés qu'elle aille te rejoindre. C'est une excellente décision. Eh bien, aujourd'hui même. Durant la réunion. Oui, pour les mois de juillet et août. Non ? Tu n'es pas au courant ? Peut-être voulait-elle te faire une surprise ? Oh, je regrette vraiment de t'en avoir parlé. Non, je ne crois pas avoir mal compris, Greg. Elle m'a même dit qu'une Irlandaise viendrait s'occuper de votre villa de Tudor Drive pendant son absence. Ecoute, mieux vaut qu'elle t'en parle elle-même. Je sais, Greg. Tout est un peu compliqué.

Heidi reposa lentement le combiné et se retourna.

Marilyn se tenait dans l'embrasure de la porte, le visage livide. Pourquoi en avait-elle parlé aux membres de l'université avant de le dire à Greg ? Quelle bêtise ! C'était en partie à cause du décalage horaire existant entre la Nouvelle-Angleterre et Hawaï, en partie parce qu'elle s'interrogeait encore sur ce qu'elle allait dire. A présent, la situation allait être encore pire.

Danny ne se donna même pas la peine de tendre la main vers l'enveloppe contenant les photographies, les dépliants et les cartes. Il se contenta de dévisager Ria avec stupéfaction.

— C'est impossible. C'est si absurde que je n'arrive pas à y croire.

Ria était parfaitement calme. Sur sa liste, elle avait inscrit : « Ne pas supplier, ne pas implorer. » Cela portait ses fruits ; elle ne faisait ni l'un ni l'autre.

— Cela ne nous coûtera que les billets d'avion, et je suis allée à l'agence de voyage, les prix ne sont pas exorbitants.

— Et qu'entends-tu exactement par exorbitant ? demanda-t-il, la voix teintée d'une pointe de sarcasme.

— Un dîner chez Quentin pour deux enfants qui avaient seulement envie d'un hamburger et d'une pizza.

— Ah ! Je savais qu'il allait en être question, je le savais, s'exclama-t-il triomphalement.

— Tu dois être ravi que tes prédictions se réalisent, répliqua la jeune femme.

— Ne te moque pas de moi, s'il te plaît. Pour le bien des enfants, nous essayons de ne pas nous les renvoyer comme des ballons. Au téléphone, tu semblais parfaitement calme. Pourquoi as-tu changé ?

— Je n'ai pas changé. C'est aux enfants que je pense. Tu vas pouvoir leur offrir une magnifique croisière sur le Shannon ; moi, je n'en ai pas les moyens. En fait, j'ignore de combien d'argent je disposerai, alors je me suis débrouillée pour leur permettre de passer de merveilleuses vacances dans une villa avec piscine. Réfléchis, Danny, sans aucuns frais si ce n'est le prix des billets d'avion. Nous ferons les courses et je préparerai à manger là-bas, et non ici. Je pensais que l'idée te plairait.

— Que l'idée me plairait ? Tu croyais que cela me plairait de laisser une parfaite inconnue s'installer chez moi...

— Chez nous.

— Il n'en est pas question, Ria, crois-moi.

— Toutes les dispositions ont déjà été prises.

— Annule-les.

— Te chargeras-tu de dire aux enfants qu'ils ne partiront pas en vacances avec moi, qu'ils n'auront pas l'occasion de découvrir les Etats-Unis ? T'occuperas-tu d'eux pendant deux mois au lieu d'un ? Alors, Danny ? Tout le problème est là.

— Non. Le problème, c'est que tu me mets le couteau sous la gorge.

— Absolument pas. Je m'efforce de recoller les morceaux que tu as cassés. J'aurais été très heureuse de continuer à vivre ici. Pas toi. Voilà le problème.

Son visage était aussi écarlate que celui de Danny. Quand celui-ci reprit la parole, elle remarqua que sa voix était plus calme et qu'il avait cessé de l'appeler « ma chérie ». Il avait au moins compris cela.

— Même si je trouvais que c'était une bonne idée, Ria, nous ne savons rien de cette femme. Et ce n'est jamais une bonne chose de fuir.

La tête inclinée sur l'épaule, Ria le dévisagea d'un air interrogateur.

— Je ne me suis pas enfui, reprit-il en bégayant légèrement. J'ai pris une décision et je t'en ai parlé avec franchise et honnêteté.

— Oui, bien sûr. J'avais oublié.

A présent, elle avait totalement retrouvé son calme.

— Eh bien, nous pourrons peut-être envisager un jour que tu organises un échange de villas avec les Etats-Unis, reprit-il. C'est un vaste marché. Barney me disait justement...

— Je m'en vais le 1er juillet, elle arrive le même jour. Les enfants peuvent me rejoindre début août. Je me suis renseignée, il reste encore des places, mais nous devons réserver rapidement.

Sa voix était posée et elle semblait très sûre d'elle.

A contrecœur, Danny tendit la main et tira l'enveloppe à lui pour en examiner le contenu. A cet instant-là, Ria comprit qu'elle avait gagné et que le voyage aurait bien lieu.

Marilyn envoya un très bref message à Greg, sur sa messagerie électronique, à l'université de Hawaï :

Je regrette beaucoup de ne pas t'avoir tenu informé de mes projets concernant l'été. S'il te plaît, appelle-moi à la maison ce soir à l'heure qui te conviendra. Je t'expliquerai tout.

Mes plus sincères excuses,

Marilyn.

Il l'appela à vingt heures. Elle attendait son appel et elle décrocha immédiatement.

— Il est quinze heures chez vous, n'est-ce pas ? demanda-t-elle.

— Marilyn, je ne t'appelle pas pour parler du décalage horaire. Que se passe-t-il ?

— Je suis vraiment désolée, et Heidi est consternée, comme tu peux l'imaginer. Je pensais t'envoyer un message une heure plus tard pour te demander de me téléphoner.

— Eh bien, je suis au bout du fil.

— Je veux m'en aller d'ici quelque temps. Je me sens oppressée.

— Je sais, c'était également mon cas. C'est pour cela que j'avais pris des dispositions afin que nous venions ici.

Sa voix était teintée de perplexité. Jamais il n'aurait pensé qu'elle refuserait de l'accompagner à Hawaï. Il avait été anéanti lorsqu'elle avait déclaré s'en sentir incapable.

— Nous nous sommes déjà expliqués là-dessus, Greg.

— Non, c'est faux. Je me trouve à quatre mille kilomètres de toi sans avoir la moindre idée de la raison pour laquelle tu n'es pas avec moi.

— Greg, je t'en prie.

— Tu ne peux pas te contenter de dire « Greg, je t'en prie » et t'attendre à ce que je comprenne. Quels sont tes projets, comme tu les appelles, pour cet été ? As-tu l'intention de m'en parler, ou dois-je attendre que la moitié de l'université m'appelle pour me dire si tu viens ou non ?

— Tu ne peux pas savoir à quel point je suis navrée.

— Où vas-tu, Marilyn ?

A présent, la voix de Greg était froide.

— Je prends l'avion pour l'Irlande le 1er juillet.

— L'Irlande ?

En imagination, elle voyait son visage bronzé et ridé, ses lunettes posées en équilibre sur le dessus de sa tête, son front légèrement dégarni. Il était sans doute vêtu d'un pantalon en toile et peut-être d'une de ces chemises aux couleurs éclatantes qui conviennent très bien à la chaleur et au soleil des tropiques, mais semblent criardes et touristiques ailleurs.

— Nous y sommes allés il y a des années. Tu t'en souviens ?

— Bien sûr que je m'en souviens. Pendant trois jours, nous avons assisté à des conférences, puis nous avons passé trois autres jours à visiter l'ouest du pays où il a plu sans arrêt.

— Je n'y vais pas pour le climat, j'y vais pour trouver la sérénité.

— Dans ton état d'esprit, Marilyn, il est très dangereux d'aller s'enterrer dans un chalet au sommet d'une montagne.

— Ce n'est pas mon intention. Il s'agit d'une grande villa dans la banlieue chic de Dublin, une vieille bâtisse victorienne. Elle a l'air charmante, elle possède deux étages et un immense jardin. J'y serai très bien.

— Tu n'es pas sérieuse.

— Mais si. J'ai organisé un échange avec la propriétaire des lieux, qui va venir habiter ici, à Tudor Drive.

— Tu vas confier notre maison à une parfaite inconnue ?

— Je lui ai dit qu'il était possible que tu rentres, que c'était fort peu probable mais que ton emploi t'y obligerait peut-être ; elle le comprend parfaitement.

— Comme c'est généreux de sa part ! Son mari te rendra-t-il également visite de temps à autre ?

— Non, ils sont séparés.

— Comme nous, j'imagine, répliqua-t-il. Car quelles que soient les précautions oratoires que nous déployons, nous sommes séparés, n'est-ce pas, Marilyn ?

— Non, ce n'est pas ainsi que je vois les choses. Nous passons un peu de temps chacun de notre côté cette année, voilà tout. Nous en avons déjà discuté une centaine de fois. Veux-tu que je te parle de Ria ?

— De qui ?

— Ria Lynch, la jeune femme qui viendra habiter ici.

— Non, je n'en ai aucune envie.

Et Greg raccrocha.

Heidi s'en voulait tellement d'avoir parlé étourdiment à Greg qu'elle alla aux toilettes verser quelques larmes de rage. De toute évidence, elle avait créé une situation très gênante. Mais comment aurait-elle pu deviner que l'époux de Marilyn ne savait rien des projets de sa femme

Ils formaient un couple heureux, et personne ne croyait que cette séparation temporaire signifiait qu'il y avait le moindre problème au sein de leur mariage. Tout d'abord parce que Greg écrivait à sa femme et lui envoyait fréquemment des courriers électroniques par le biais d'Internet, et aussi parce qu'il adressait à certains membres de l'université des cartes postales mentionnant des détails que lui avait appris Marilyn. Alors, comment pouvait-on reprocher à qui que ce soit d'avoir cru à tort qu'il était au courant de ses projets ?

Pourtant, tout cela était extrêmement ennuyeux ; et la pâleur grisâtre qui avait envahi le visage de Marilyn lorsqu'elle avait entendu Heidi bavarder au téléphone serait difficile à oublier. Heidi se tapota les yeux à l'aide de son mouchoir. Son visage était bouffi, sa peau sèche et ses cheveux en désordre. Elle aurait tant voulu que son amie soit le genre de femme à qui il était possible d'adresser des excuses ! Alors, Marilyn lui aurait expliqué ce dont il retournait, lui aurait fait jurer le silence, et Heidi aurait fait preuve d'une grande discrétion. Car le pire, c'était qu'en règle générale elle était effectivement très diplomate. Mais cela ne se produirait pas. Marilyn était stoïque et intransigeante. Cela n'avait aucune importance, avait-elle répliqué. Inutile d'en parler, c'était simplement une question de mauvaise synchronisation. Puis elle avait clos le sujet.

Heidi se sentait anéantie. Ce soir-là, un pot d'adieu était organisé en l'honneur du départ d'un maître de conférences du département mathématiques. Henry lui avait demandé de l'accompagner. En de telles occasions, les épouses se mettaient toujours sur leur trente et un. Dans le reflet de la glace, Heidi observa de nouveau avec déplaisir sa peau parcheminée et ses cheveux en désordre. Il faudrait bien plus que de simples compresses froides pour décongestionner ces yeux tristes et rougis. Soudain, elle décida de prendre son après-midi et d'aller au salon de beauté Chez Carlotta, à Westville. Carlotta, dont la spécialité était les « traitements destinés aux peaux matures », saurait s'occuper d'elle.

C'était merveilleux d'être confortablement installée et de se laisser dorloter. Au fil des minutes, Heidi se sentait plus détendue et rassérénée. Carlotta, qui avait d'immenses yeux noirs, était à la fois séduisante et maternelle. Elle était resplendissante, une excellente publicité pour son propre salon. Arrivée de Californie dix ans plus tôt, elle avait ouvert un salon chic et florissant où étaient employées six jeunes femmes du voisinage.

Selon la rumeur, elle avait été mariée au moins trois fois. Pour l'instant, elle était célibataire ; mais chacun savait que si Carlotta avait envie d'un nouveau mari, elle le trouverait sans peine. Il était même possible que celui-ci quitte pour elle un mariage réputé solide. Carlotta était une femme charmante, exotique, et financièrement aisée. Qu'elle ait plus ou moins de la quarantaine — et c'était une question que l'on se posait fréquemment à Westville —, elle n'aurait aucun problème à trouver un quatrième mari lorsqu'elle en prendrait la décision.

Elle suggéra à Heidi un masque aux herbes et un massage du cuir chevelu. Rien de trop compliqué, rien de trop cher. Heidi se fit la promesse de revenir régulièrement dans ce salon si reposant. Elle se le devait bien ; Henry jouait au golf, il était normal qu'elle ait également l'occasion de se détendre. Tandis que les mains fermes et expérimentées de Carlotta massaient sa gorge et sa nuque, elle commença à oublier l'expression triste et tendue de son amie, qui avait pris la décision de partir deux mois en voyage sans en informer son mari.

— Comment va Marilyn en ce moment ? demanda soudain Carlotta.

Cette dernière habitait la villa voisine des Vine. Heidi l'avait complètement oublié. Mais elle ne tomberait pas deux fois dans le même piège ; cette fois-ci, elle ne soufflerait mot des projets de Marilyn.

— Je la vois de temps à autre au bureau, mais je ne sais pas vraiment comment elle va. Elle est extrêmement réservée. Vous devez la connaître beaucoup mieux que moi, Carlotta, puisque vous habitez tout près. La voyez-vous souvent ?

Carlotta parlait volontiers de tout le monde, mais sans vraiment donner d'informations détaillées. Elle s'exprimait en généralités bienveillantes. C'étaient de merveilleux voisins, déclara-t-elle. On n'aurait pu souhaiter vivre à côté de gens plus agréables que les Vine. Et ils prenaient tellement soin de leur villa ! Tous les habitants de Tudor Drive suivaient leur exemple, désormais. Marilyn adorait ses arbres et ses fleurs.

— Vient-elle parfois au salon ? s'enquit Heidi.

— Non, elle ne s'intéresse pas beaucoup aux soins esthétiques.

— Pourtant, cela lui ferait du bien.

— Je suis ravie que vous trouviez cela relaxant, répondit Carlotta, enchantée. Mais de toute façon, elle n'aurait pas le temps, puisqu'elle doit organiser son voyage.

— Son voyage ?

— Elle ne vous en a pas parlé ? Elle va passer deux mois

en Irlande ; elle procède à un échange d'habitations avec une amie qui vit là-bas.

— Quand vous l'a-t-elle dit ?

— Ce matin, au moment où nous sortions les poubelles. Elle venait juste de finir de tout organiser, elle semblait enchantée. C'est la plus longue conversation que j'ai eue avec elle depuis bien longtemps.

— L'Irlande... répéta pensivement Heidi. Que peut-elle bien aller chercher aussi loin ?

— Aux Etats-Unis ! s'exclama Rosemary. Je n'arrive pas à y croire.

— J'y crois à peine moi-même, avoua Ria.

— Qu'en pense-t-on autour de toi ? s'enquit son amie.

— Tu veux sans doute parler de Danny ?

— Pour être honnête, oui.

— Il est horrifié, bien sûr. Mais c'est surtout à l'idée d'avoir la garde des enfants pendant un mois, je crois ; cela ne convient pas du tout aux tourtereaux.

— Que va-t-il faire, alors ?

— Eh bien, il devra se débrouiller. Le 1er août, j'irai les accueillir à l'aéroport Kennedy. Le mois de juillet, c'est son problème.

Ria semblait beaucoup plus forte, plus déterminée. Son amie la dévisagea d'un air admiratif.

— Tu as vraiment tout prévu, n'est-ce pas ? Quand ils arriveront, tu auras eu le temps de te familiariser avec la région, tu sauras où les emmener, comment les distraire et ainsi de suite. Tu auras bien besoin de ce mois pour prendre possession des lieux.

— J'en ai surtout besoin pour reprendre mes esprits. Je me le réserve ; ils trouveront bien à s'occuper au moment où ils arriveront. Je vais te montrer des photos de la maison.

La transformation de son amie fascina Rosemary tout autant que les photographies d'une villa dotée d'un superbe jardin et d'une piscine dans une petite ville de Nouvelle-Angleterre. Ria paraissait avoir repris goût à la vie. Jusqu'à ce jour, elle ressemblait à une somnambule.

— Je n'irai pas ! déclara Annie.

— Très bien.

Cette réponse stupéfia l'adolescente. Elle s'était attendue à ce que sa mère s'efforce de la convaincre ; de toute évidence, les choses étaient en train de changer.

Brian observait les photographies.

— Regarde ! Ils ont un panier de basket près du garage ; tu crois qu'ils ont un ballon, ou faudra-t-il qu'on en emmène un ?

— Bien sûr qu'ils ont un ballon, répliqua Annie avec dédain.

— Regarde la piscine. On dirait celle d'un hôtel !

L'adolescente s'empara de nouveau de la photographie, mais son visage restait revêche.

— C'est ridicule que nous allions là-bas, décréta-t-elle.

Ria ne répondit pas. Elle continua de dresser la table pour le petit déjeuner. Elle avait déplacé l'immense fauteuil où Danny s'asseyait autrefois. Pas de façon trop ostentatoire ; elle s'était contentée de le mettre dans un coin et de poser dessus une pile de magazines et de journaux. Elle ne s'asseyait jamais au même endroit à table, elle essayait de varier, de ne pas laisser un vide à la place où s'installait autrefois le père des enfants.

Il était surprenant de constater à quel point elle s'attendait encore à le voir franchir le seuil et s'exclamer : « Chérie, j'ai eu une affreuse journée. C'est merveilleux de se retrouver à la maison ! » Le disait-il aussi les jours où il avait fait l'amour à Bernadette ? Parfois, cette pensée la faisait frissonner. Elle le connaissait si peu qu'elle n'avait pas su deviner ce qu'il attendait de la vie. Elle avait peine à se concentrer sur son voyage aux Etats-Unis tant les pensées se bousculaient dans sa tête. Lorsqu'il travaillait tard, elle s'était montrée compréhensive et avait préparé des plats qui seraient encore bons à son retour ; mais quand il s'endormait dans le grand fauteuil, le soir, c'était peut-être parce qu'il était épuisé d'avoir fait l'amour à une jeune femme.

Durant des semaines, Ria s'était éveillée en sursaut à quatre heures du matin dans le lit vide en essayant de se souvenir de leur dernier rapport sexuel. Elle s'était demandé quelles étaient ses pensées alors qu'il projetait de la quitter et de s'installer dans un autre foyer.

Si elle avait vécu seule, elle serait certainement devenue folle, elle le savait. C'était l'obligation de faire bon visage face aux enfants qui l'aidait à ne pas perdre la raison. Elle les regarda. Assis à table, Brian étudiait les photos du grand panier de basket fixé à un mur et de la piscine aux bords carrelés, tandis qu'Annie feuilletait à contrecœur les brochures et les articles de presse. Une vague de pitié la submergea. Il leur fallait envisager un été totalement différent de celui qu'ils étaient en droit d'espérer. Elle décida de faire preuve de beaucoup de douceur à leur égard.

— Oui, je sais que cela peut sembler ridicule, répondit-elle à Annie, mais il y a également de nombreux bons côtés. Ce serait une expérience nouvelle de découvrir les Etats-Unis, et sans aucun frais d'hôtel à payer. Et puis, quelqu'un viendrait s'occuper de la maison en notre absence, c'est important.

— Mais qui est-ce ? grogna l'adolescente.

— Tout est dans la lettre, ma chérie. Je l'ai laissée là pour que tu puisses la lire.

— Elle ne nous apprend rien du tout, protesta la jeune fille.

Et en un sens, elle avait raison. La lettre ne leur apprenait pas grand-chose. Elle ne disait pas pourquoi Marilyn désirait quitter cette villa paradisiaque et venir à Dublin, pas plus qu'elle ne précisait si son mari l'accompagnerait. Elle n'évoquait ni amis ni relations à Westville, seulement une liste de serruriers, de plombiers, d'électriciens et de jardiniers à contacter en cas d'urgence.

La liste qu'avait dressée Ria comptait beaucoup plus de noms d'amis intimes. Mais de toute façon, rien n'aurait pu satisfaire Annie ; le visage boudeur, elle feuilletait distraitement les papiers posés sur la table de la cuisine.

— Papa a-t-il fixé la date de votre croisière sur le Shannon ? demanda Ria.

Les deux enfants échangèrent un regard coupable, comme s'ils avaient quelque chose à cacher.

— Il dit que tous les bateaux sont déjà loués, déclara le petit garçon.

— Oh non !

— C'est ce qu'il dit, renchérit Annie.

— Eh bien, il a dû y avoir une grande demande, dans ce cas, souligna Ria, feignant de ne pas remarquer l'incrédulité qui teintait la voix de sa fille.

— Mais c'est peut-être une excuse, lança Brian.

— Oh non, Brian ; il brûle d'envie de faire cette croisière sur le Shannon.

— Oui, mais pas elle, répliqua l'adolescente.

— Nous n'en savons rien, rétorqua sa mère, s'efforçant d'être juste.

— Mais si, maman.

— Vous l'a-t-elle dit ?

— Non. Nous ne l'avons pas encore rencontrée, répondit son fils.

— Dans ce cas...

— Nous allons la rencontrer aujourd'hui, intervint Annie. Après les cours.

— Très bien, murmura Ria d'une voix inexpressive.

— Pourquoi est-ce bien ?

Ce jour-là, Annie prenait la mouche pour un rien.

— Parce que si vous devez passer le mois de juillet avec Bernadette, plus tôt vous la rencontrerez, mieux ce sera. Vous aurez le temps d'apprendre à la connaître.

— Je n'ai pas envie de la connaître, répliqua Annie.

— Moi non plus !

Exceptionnellement, Brian était d'accord avec sa sœur.

— Où allez-vous la retrouver ?

— Dans son appartement, enfin, leur appartement, répondit l'adolescente. Apparemment, elle a l'intention de nous offrir à goûter.

Elle en parlait comme s'il s'agissait de la chose la plus étrange et la plus saugrenue qu'on puisse faire l'après-midi.

En un sens, Ria était enchantée qu'ils manifestent une telle rancœur envers la femme qui avait volé leur père. Mais elle savait également qu'il n'y aurait d'espoir de paix que si les enfants se montraient coopératifs.

— Vous savez, ce serait bien si... commença-t-elle.

Elle était sur le point de leur conseiller d'apporter une petite plante ou un cadeau ; cela permettrait de briser la glace et Danny en serait enchanté. Mais elle s'interrompit. C'était ridicule. Elle n'allait pas essayer de faciliter la rencontre entre ses enfants et la maîtresse enceinte de leur père. Que Danny fasse comme il l'entendait.

— Qu'est-ce qui serait bien ? demanda Annie, percevant son hésitation.

— Si rien de tout cela n'était arrivé... Mais ce n'est pas le cas, alors nous devons nous en accommoder, répliqua-t-elle d'un ton vif.

Ramassant les papiers, elle les glissa dans l'enveloppe.

— Tu les reprends ? demanda Annie.

— Oui. Brian les a vus, et toi, tu ne viens pas avec nous, alors je vais les ranger dans mes affaires. D'accord ?

— Que vais-je faire pendant que vous serez là-bas ?

— Je ne sais pas, Annie. Tu resteras avec ton père et Bernadette, j'imagine. Tu trouveras bien une solution.

Ria savait que c'était injuste, mais elle n'avait aucune envie de commencer à supplier et à implorer.

Annie finirait par les accompagner à Westville, ils le savaient tous les trois.

Bantry Court, l'immeuble où vivait Bernadette, avait été construit par l'entreprise de Barney cinq ans plus tôt. Danny avait vendu un grand nombre des appartements ; peut-être était-ce ainsi qu'il avait rencontré Bernadette. Jamais Ria ne lui avait posé la question. Il y avait tant de questions dont elle ignorait la réponse ! A quoi ressemblait Bernadette ? De quoi parlaient-ils ? Que cuisinait-elle ? Le serrait-elle dans ses bras en lui caressant le front quand un cauchemar le tirait du sommeil, le cœur battant ?

Elle était parvenue à chasser tout cela de son esprit. Mais aujourd'hui, sa fille et son fils allaient goûter chez la jeune femme. En un sens, il était important que Ria voie Bernadette la première. Avant Annie et Brian.

Dès qu'ils furent partis pour l'école, Ria monta dans sa voiture et démarra. Elle remarqua que le trajet ne prenait qu'un quart d'heure. Chaque fois qu'il était rentré tard, Danny avait dû emprunter cette route. L'idée de rentrer à Tara Road lui pesait-elle, ou était-il heureux de mener deux existences parallèles ? Si la jeune femme n'était pas tombée enceinte, la situation se serait-elle prolongée indéfiniment ? Bantry Court, Tara Road, deux parties bien cloisonnées de sa vie ?

Elle se gara devant l'immeuble et leva les yeux en direction des fenêtres. Derrière l'une d'elles se trouvait la jeune femme qui allait offrir à goûter aux enfants cet après-midi, faire leur connaissance, leur parler du demi-frère ou de la demi-sœur à naître. Appellerait-elle Danny « mon chéri », ou même « mon amour » ? Les contrarierait-elle en posant sa main sur le bras de leur père ?

Quoi qu'elle puisse faire, elle ne leur plairait pas. Il était impossible qu'elle y réussisse. Ce que désiraient Annie et Brian, ils ne pouvaient l'obtenir à cause de l'existence de Bernadette. Ils voulaient que la situation redevienne telle qu'elle était jadis.

Elle s'appelait Bernadette Dunne. Cela, Ria le savait ; les enfants le lui avaient dit. Le nom était logé dans son esprit comme un poids, un poids très lourd.

Elle parcourut la liste des noms. Voilà : Dunne, numéro 12, dernier étage. Appuierait-elle sur la touche de l'interphone ? Que dirait-elle ? A supposer que Bernadette la laisse entrer, ce qui était fort peu probable, qu'allait bien pouvoir dire Ria ? Elle se rendit compte qu'elle n'y avait absolument pas réfléchi. Elle était venue jusque-là guidée par son seul instinct.

Elle hésita, recula de quelques pas. Sur ces entrefaites, une femme apparut et se dirigea vers les touches de l'interphone. Elle appuya sur le numéro 12.

Une voix répondit :

— Oui ?

C'était une voix jeune et claire.

— C'est maman, Bernadette.
— Oh, parfait.
La porte s'ouvrit, et Ria battit en retraite.
— Est-ce que vous entrez ? demanda aimablement l'inconnue, déroutée par son attitude hésitante.
— Pardon ? Oh non, j'ai changé d'avis. Merci.
Ria tourna les talons afin de regagner sa voiture. Mais, avant cela, elle détailla attentivement la nouvelle belle-mère de Danny. De petite taille, élégante, elle était vêtue d'un tailleur beige et d'un chemisier blanc et portait à la main un grand sac de cuir marron. Elle avait les cheveux courts, une coupe stylée, et des escarpins à talons hauts. Elle paraissait avoir entre quarante et quarante-cinq ans. Elle n'était pas beaucoup plus âgée que Ria et Danny. Et c'était la mère de Bernadette.
Ria s'installa au volant de sa voiture. Quelle idée absurde c'était d'être venue ici et de se faire souffrir ainsi ! A présent, elle était trop bouleversée pour conduire. Elle allait devoir rester assise dans ce parking jusqu'à ce qu'elle ait retrouvé son calme. Pourquoi avait-il fallu qu'elle vienne se rendre compte que la mère de Bernadette était une femme de leur génération, et non une vieille dame comme sa mère ou celle de Danny ?
Comment Danny prenait-il cela ? Etait-il entiché de Bernadette au point de ne pas s'en rendre compte ? Ria n'avait pas eu le temps d'y réfléchir davantage quand elle vit Mrs Dunne franchir les grandes portes vitrées de Bantry Court. Cette fois-ci, elle était accompagnée de sa fille. Ria se pencha afin de mieux l'apercevoir. La jeune femme avait de longs cheveux raides et brillants. D'un geste machinal, Ria porta la main à ses boucles crépues.
Le visage de Bernadette était pâle, en forme de cœur, et ses yeux noirs. C'était un visage sensible, qu'on pouvait imaginer figurant sur la pochette du CD d'une chanteuse de musique folk. Elle était vêtue d'un long pull de velours noir, d'une jupe courte rose, et de chaussures noires aux lacets roses qu'aurait pu porter un enfant. Ria savait que Bernadette avait vingt-deux ans, bientôt vingt-trois, et qu'elle était

professeur de musique. Mais elle ressemblait à une adolescente de dix-sept ans que sa mère raccompagne au lycée parce qu'elle l'a surprise en train de faire l'école buissonnière. Elles s'installèrent dans une Toyota flambant neuve et la mère de Bernadette sortit du parking en marche arrière.

Ria retrouva ses forces, tourna la clef de contact et les suivit. Il fallait qu'elle sache où elles allaient ; plus rien d'autre ne comptait. Les deux voitures progressaient lentement dans les rues animées ; puis la Toyota mit son clignotant et s'arrêta. Bernadette descendit et agita la main à l'intention de sa mère tandis que celle-ci partait en quête d'une place de parking. La jeune femme n'avait absolument pas l'air d'être enceinte, mais peut-être le large pull noir était-il destiné à dissimuler sa grossesse. Ria la vit entrer chez un traiteur réputé. Elle allait acheter de quoi offrir à goûter à ses futurs beau-fils et belle-fille. Cet après-midi-là, elle allait gâter Annie et Brian.

Ria mourait d'envie de se garer sur le passage clouté, d'allumer ses feux de détresse et de se précipiter chez le traiteur. Elle indiquerait à Bernadette le pâté végétarien qu'adorait Annie, le chorizo préféré de Brian et le brie que Danny dégustait avec des crackers au son. Ou peut-être se contenterait-elle d'engager la conversation, comme le font les clientes dans les boutiques.

Mais c'était dangereux. Il était possible que Bernadette ait vu une photographie de Ria et sache à quoi celle-ci ressemblait. En outre, sa mère serait bientôt de retour pour la conseiller. Elle reconnaîtrait la femme qu'elle avait vu rôder devant Bantry Court. Mais quel genre de mère était-ce pour encourager sa fille à briser un ménage, à porter l'enfant d'un homme marié ? Elle avait dû offrir un bien étrange exemple à Bernadette pour que celle-ci se retrouve dans une telle situation.

Mais soudain, Ria songea que Mrs Dunne n'en était peut-être pas enchantée non plus. Peut-être était-elle horrifiée, tout comme Ria l'aurait été si Annie avait fréquenté un homme d'âge mûr et marié. Peut-être Bernadette ne lui avait-elle pas dit, au début, que Danny avait une épouse. Puis sa mère était devenue soupçonneuse. Ria se souvint tout à coup de la femme qui lui avait téléphoné, cherchant à savoir si elle était Mrs Danny Lynch. C'était elle. Danny avait dû inventer une histoire de toutes pièces avant d'avouer la vérité. Ria aurait fait de même si Annie avait fréquenté un homme marié ; elle aurait appelé chez lui pour savoir si l'épouse existait réellement. Pour parler à l'ennemie. Cette femme devait aimer sa fille, elle aussi. Elle aurait souhaité pour elle un petit ami jeune et célibataire. Mais comment savoir ce qu'une fille pouvait faire ?

Etait-il préférable d'avoir vu Bernadette ? Assise dans la voiture, Ria s'interrogeait en se mordillant les lèvres. Oui, c'était peut-être préférable. Cela signifiait que désormais son imagination cesserait de divaguer librement. Son esprit était libéré de cette interrogation-là. Le fait que Bernadette soit aussi jeune ne rendait pas la situation plus supportable. Ni moins impardonnable.

Un coup fut frappé à la vitre du véhicule, et Ria sursauta. L'espace d'un terrible instant, elle crut que Bernadette et sa mère venaient l'affronter. Mais elle n'aperçut que le visage inquiet d'un agent de circulation.

— Vous n'avez pas l'intention de rester garée là ?

— Non... Je réfléchissais aux hommes et aux femmes, et au fait que leurs désirs soient si différents.

— Eh bien, vous avez choisi un drôle d'endroit pour y penser.

L'agent semblait brûler d'envie de sortir son carnet et de lui dresser une contravention.

— Vous avez raison, acquiesça Ria, mais ces réflexions vous viennent à l'improviste. Je m'en vais sur-le-champ.

— Sage décision.

A regret, l'agent rangea son carnet de contraventions.

A midi, Ria appela Marilyn.

— Il n'y a pas de problème, si ? s'inquiéta l'Américaine.

— Non, je voulais simplement m'assurer que vous étiez toujours d'accord. Je suis désolée, je vous appelle peut-être trop tôt ? Je pensais que vous seriez levée.

— Non, non. C'est parfait, je viens de faire quelques brasses, vous appelez juste au bon moment. Vous êtes en pleins préparatifs ?

— Oui, en effet.

Ria semblait très abattue.

— Vous n'avez pas changé de projets, si ?

— Non, il ne s'agit pas de cela. Je viens de voir la femme pour laquelle mon mari me quitte. C'est encore une gamine. Cela m'a fait un choc, vous comprenez.

— Je suis navrée.

— J'avais besoin d'en parler à quelqu'un.

— Je comprends.

Les yeux de Ria s'emplirent de larmes : elle avait le sentiment que Marilyn la comprenait réellement. Mais elle devait la rassurer, lui promettre qu'elle n'allait pas lui imposer ses états d'âme.

— Je ne vais pas m'effondrer, déclara-t-elle. Je ne veux pas vous donner cette impression. Je voulais simplement m'assurer que mon voyage à Westville aurait vraiment lieu. J'avais besoin de me raccrocher à quelque chose, vous comprenez.

— Bien sûr qu'il aura lieu, répliqua Marilyn. Parce que si ce n'était pas le cas, je m'effondrerais moi aussi. J'ai eu la pire conversation téléphonique imaginable avec mon mari. Une telle froideur, une telle amertume... Et je ne veux en parler à personne de ma connaissance parce que je sais qu'ils me traiteraient avec condescendance et affirmeraient que ça n'a aucune importance. Mais c'est important.

— Bien sûr que oui. Comment la conversation s'est-elle terminée ?

— Il a raccroché.

— Et vous ne pouviez pas le rappeler parce que cela aurait été exactement la même chose.

— Voilà, répondit Marilyn.

Il y eut un silence. Aucune d'elles n'essaya de réconforter l'autre.

— Qu'allez-vous faire aujourd'hui ? demanda Ria.

— J'ai une journée très occupée ; je fais en sorte de meubler chaque instant. Ce n'est peut-être pas sain, mais c'est ainsi. Et vous ?

— C'est exactement la même chose. A quoi bon prendre le temps de souffler, se ménager, comme on dit. Je me suis aperçue que, dans ce cas-là, des images ne cessaient de défiler dans mon esprit.

— Oui, c'est également mon avis.

Il n'y avait rien à ajouter. Elles se dirent au revoir comme de vieilles amies.

Ria décida de respecter sa promesse d'avoir une journée bien remplie. Tout d'abord, elle rangerait les placards ; c'était l'occasion rêvée de se livrer à un effort physique intense. Puisqu'une étrangère venait habiter chez elle, elle allait accomplir toutes les tâches qu'elle se promettait d'exécuter depuis longtemps. Danny avait emporté la plus grande partie de ses affaires, mais elle allait se débarrasser du reste. Elle ne se permettrait pas de pause nostalgique pour songer aux jours heureux. Ce serait comme si elle agissait pour le compte d'une entreprise de déménagement.

Elle s'attaqua pour commencer au grand placard de la salle de bains. Il restait encore quelques-uns des pyjamas, des chaussettes et des vieux tee-shirts de Danny. Ce n'était pas à elle de s'en occuper ; Bernadette n'avait qu'à trouver de la place pour les ranger. Elle les plia soigneusement et les glissa dans l'un des vastes sacs à poignée qu'elle avait achetés à cette intention. Danny ne pourrait pas prétendre qu'elle les avait entassés dans un sac-poubelle ; ils étaient aussi méticuleusement pliés que s'il partait en vacances. Elle y ajouta de vieilles serviettes de bain, un peignoir, un survêtement usé et des maillots de bain démodés. Il ne lui en serait pas reconnaissant, mais il ne pourrait rien lui reprocher.

Puis elle téléphona à sa mère et l'invita à déjeuner.

— Cette idée folle d'émigrer aux Etats-Unis t'est-elle sortie de l'esprit ? demanda Nora.

— Deux mois de vacances, maman, un peu de repos, de changement, c'est exactement ce dont j'ai besoin. Cela me fera énormément de bien.

— Cela semble t'avoir un peu remonté le moral, c'est vrai, admit sa mère à contrecœur.

— Viens me voir, maman, j'ai besoin que tu m'aides. Je vais ranger les placards de la cuisine, ce sera plus facile à deux.

— Tu es folle, Ria, complètement folle. Imagine un peu, ranger les placards de la cuisine dans un moment pareil !

— Tu préférerais que je fasse arrêter Danny parce qu'il ne m'aime plus ? Que je m'allonge sur le canapé pour sangloter ?

— Non.

— Alors je vais nous préparer une bonne soupe gorgée de vitamines et ce sera notre récompense après une heure et demie de dur labeur.

Ria faisait d'une pierre deux coups. Elle allait devoir convaincre sa mère que ses projets n'étaient pas une lubie insensée. Quel meilleur moment pouvait-elle choisir que celui où elles seraient occupées à ranger la cuisine ?

Quand tout fut fini, elle était épuisée. Mais au moins, elle était parvenue à rassurer sa mère quant au bien-fondé de ses projets, et la vieille femme l'avait aidée à ranger les placards de la cuisine.

Mais Ria ne s'arrêta pas là ; elle voulait s'épuiser à la tâche. Elle n'avait nulle envie, la nuit venue, de rester étendue bien éveillée dans son grand lit vide à songer à Danny et à la toute jeune femme endormis à Bantry Court. Elle voulait sombrer dans un profond sommeil à l'instant même où elle poserait sa tête sur l'oreiller. Après le départ de sa mère, elle téléphona à Gertie. La jeune femme avait elle aussi besoin d'une explication quant aux projets de Ria. Il était bien préférable de s'en occuper en travaillant.

— Gertie, je sais que je donne l'impression d'être obsédée par le ménage, mais pourrais-tu venir passer deux heures ici cet après-midi ? Cela m'aiderait beaucoup. Je dois polir l'argenterie, la ranger et la mettre dans notre coffre à la banque. Marilyn ne veut pas en avoir la responsabilité pendant son séjour ici. Et de toute façon, j'imagine qu'il faudra la partager avec Danny un jour ou l'autre, alors ce ne sera pas du temps perdu.

— Pas de problème. Je voulais justement te parler de quelque chose, et c'est plutôt calme à la laverie. Je peux venir tout de suite ?

— Parfait. Ecoute, Gertie, je te donnerai vingt livres. Ça les vaut bien, crois-moi.

— Tu n'as pas à...

— Non, c'est un arrangement professionnel ; tu me rends service.

Gertie arriva, aussi pâle qu'à l'ordinaire, jetant des coups d'œil inquiets autour d'elle.

— Tu es seule, n'est-ce pas ?

— Bien sûr, la rassura Ria.

— Tu dois te douter de ce que je voulais te dire. J'ai regardé sur une carte où se trouvait la ville où tu vas habiter. C'est seulement à vingt kilomètres de chez Sheila.

— Sheila ? Ta sœur ?

Ria était enchantée.

— Je pourrai lui rendre visite !

Mais Gertie ne semblait pas ravie.

— Tu ne lui diras rien, n'est-ce pas, Ria ? Tu ne laisseras rien échapper ?

— Au sujet de quoi ?

— De Jack et moi. De notre situation, tu comprends.

Les yeux de Gertie étaient emplis d'angoisse. Ria éprouva un tel sentiment de pitié pour son amie qu'elle eut peine à répondre :

— Bien sûr que non, Gertie, tu le sais bien.

— Mais lorsque tu seras là-bas, toute seule, et que tu te sentiras déprimée après tout ce que tu as vécu, tu risques de te confier à elle, tu comprends ?...

— Je ne lui confierai rien, Gertie, crois-moi.

— C'est difficile à dire, Ria, mais, en un sens, le fait que Sheila m'envie me rend la situation supportable ; c'est la seule personne à le faire. C'est agréable de pouvoir me raccrocher au fait que ma sœur, si brillante, installée aux Etats-Unis, s'imagine que j'ai une vie merveilleuse, un mari adorable, une famille extraordinaire, de très bons amis et ainsi de suite.

— Mais par bien des côtés, c'est ce que tu as, Gertie, répondit Ria.

Elle fut récompensée par le sourire d'autrefois, le sourire qu'affichait Gertie du temps où elle travaillait encore chez Polly.

— C'est vrai, acquiesça-t-elle. Tu as raison. Tout dépend de la façon dont on considère les choses.

Ensemble, elles polirent l'argenterie et se gardèrent d'aborder des sujets susceptibles de blesser l'une ou l'autre. Quand ce fut terminé, Ria tendit une enveloppe à son amie.

— Cela me gêne d'accepter, j'ai pris tant de plaisir à t'aider, déclara Gertie. Cette maison est si agréable. Ton mari est vraiment un imbécile. Que peut-elle lui donner qu'il ne puisse trouver ici ?

— Une deuxième jeunesse, je suppose, répliqua Ria. Je ne vois pas ce que ça pourrait être d'autre.

— Tu dois être épuisée, Ria. Tu devrais faire une petite sieste avant le retour des enfants.

— Non, je ne suis pas fatiguée. De toute façon, ils sont avec leur père ce soir.

— Va-t-il les inviter encore une fois chez Quentin ?

— Non. Il les emmène rencontrer leur nouvelle belle-mère, rétorqua Ria d'une voix dangereusement calme.

— Elle ne sera jamais leur belle-mère, crois-moi. Tout sera terminé bien avant qu'il soit question de mariage, qu'il y ait ou non un référendum sur le divorce.

— Cela ne me console pas, Gertie, vraiment, riposta la jeune femme.

— Je n'essaie pas de te consoler, c'est simplement un fait. Apparemment, Polly l'a rencontrée ; elle a dit qu'à son avis cela durerait trois mois.

Ria n'appréciait pas du tout le fait que Polly parle d'elle, mais elle détestait encore plus l'idée que Barney et sa maîtresse aient rencontré Bernadette. Sans doute étaient-ils sortis plusieurs fois tous les quatre. Cela lui donnait envie de travailler d'arrache-pied jusqu'à ce que son esprit cesse de fonctionner. Après le départ de Gertie, elle envisagea de récurer le sol de la cuisine ; peut-être était-ce un peu excessif ?

En guise de compromis, elle se rendit dans le salon, s'assit à la table ronde et regarda autour d'elle. Que penserait l'Américaine de cette pièce décorée de façon traditionnelle ? Sa propre villa semblait moderne et dépouillée. Sans doute jugerait-elle le salon vieillot et ridicule, avec ses portraits encadrés et son armoire antique. Mais ces derniers avaient été achetés avec amour au fil des ans dans des ventes aux enchères. Ria se souvenait du jour où chacun d'eux avait franchi la porte de cette maison. Gertie venait régulièrement les épousseter, gagnant ainsi l'argent que Jack dépensait dans les bars. Ils allaient certainement plaire à Marilyn. Et elle se sentirait sans doute heureuse dans cette pièce.

Ria ouvrit les tiroirs de l'armoire. Il serait intéressant de découvrir ce qu'ils contenaient. Cela aurait dû être l'endroit où étaient rangés serviettes, tire-bouchons et couverts à salade. Mais puisqu'ils prenaient leurs repas à la cuisine, il n'y aurait eu aucun intérêt à ranger tout cela ici. Elle se demanda ce qu'elle allait bien pouvoir dénicher à l'intérieur.

En fait, elle y trouva tout ce qui n'avait rien à y faire. Des dessins des enfants, une montre cassée, des stylos, un vieux calendrier, un béret qu'avait tricoté sa mère, du Scotch, une lampe de poche sans piles, un guide de restaurants, une cassette de Bob Marley, quelques figurines en plastique provenant de la bûche de Noël, un vieux journal intime appartenant à Annie, deux ou trois reçus, et une photographie de Ria et de Hilary adolescentes. Elle déposa tout cela sur un plateau et nettoya le tiroir à l'aide d'un chiffon humide. Elle le laisserait vide ; aucun de ces objets n'y avait sa place.

Elle s'empara distraitement du journal intime d'Annie. L'écriture était penchée, petite et ramassée afin de pouvoir inscrire le plus de mots possible sur chaque page. Un sourire aux lèvres, la jeune femme parcourut la liste des chansons classées au hit-parade, les noms et les dates de naissance de plusieurs chanteurs. Leur succédaient quelques lignes concernant le collège et le fait qu'Annie n'avait pas le droit d'être assise à côté de Kitty parce qu'elles bavardaient trop en cours. Certains professeurs étaient haïssables, d'autres étaient supportables mais un peu pathétiques. C'était exactement le genre de choses qu'écrivait Ria autrefois. Elle se demanda ce qu'étaient devenus ses vieux journaux intimes et si sa mère les avait lus.

Puis elle parvint à un passage concernant la fête d'anniversaire de Brian, l'année où ils avaient organisé un barbecue. Là, l'écriture était toute petite et étriquée, comme si chaque mot était important et que tout devait être dit. Il était très difficile de les déchiffrer et de les comprendre.

Ria n'éprouvait aucun scrupule à lire ces pages. Elle devait savoir ce qui s'était passé ce jour-là. Annie y faisait allusion en termes voilés ; cela s'était passé dans l'allée et c'était la chose la plus horrible qu'on puisse imaginer. Elle écrivait que ce n'était absolument pas de sa faute. Tout ce qu'elle avait fait, c'était chercher un chaton. Il n'y avait aucun mal à cela.

Kitty affirme que c'est merveilleux. Moi, je n'y crois pas. Son visage était crispé, comme si elle était fâchée. Je ne peux pas en parler à Kitty parce qu'elle se moquerait de moi, et bien sûr je ne peux pas en parler à maman non plus parce qu'elle ne me croirait pas ou qu'elle ferait une remarque affreuse. J'ai failli dire à Colm. Il est tellement gentil, il s'est bien aperçu que quelque chose n'allait pas. Mais je ne pouvais pas le lui dire. a tant à faire, et puis ce n'est pas quelque chose dont on peut parler. Il n'existe pas de mots pour cela. C'est une chose que j'aurais voulu ne jamais avoir vue. Mais je l'ai vue et il est impossible de revenir en arrière. Je ne savais pas qu'on le faisait ainsi, je croyais qu'on s'allongeait. Et il a fallu que ce soit elle. Je ne l'ai jamais aimée, et je l'aime encore moins maintenant. En fait, je la trouve répugnante. En un sens, j'aimerais bien qu'elle sache que je l'ai vue, mais ça ne servirait à rien. Elle se contenterait de rire et de prendre un air supérieur, comme elle le fait toujours.

Ria retint son souffle. Qu'est-ce qu'Annie pouvait bien avoir vu ? De qui parlait-elle ? Et où cela s'était-il passé ? Il ne pouvait s'agir de Kitty, puisque cette dernière était mentionnée dans un autre contexte. Le souvenir de la fête d'anniversaire lui revint à l'esprit. Se pouvait-il qu'Annie ait aperçu Colm et sa maîtresse ? Mais non, l'adolescente écrivait que Colm était un homme gentil. C'était à la femme qu'elle en voulait, quelqu'un de hautain, de méprisant. Peut-être s'agissait-il de Caroline. Se pouvait-il qu'Annie ait vu l'étrange sœur de Colm et son rustre de mari ? Ou même Caroline et un autre homme ? Y aurait-il un quelconque indice ?

Ria poursuivit sa lecture.

Ça m'est égal qu'on dise que l'amour est une chose merveilleuse, je ne veux jamais le connaître. J'aimerais que papa arrête de dire qu'un jour un homme viendra enlever sa petite princesse. Cela n'arrivera jamais. Parfois, j'aimerais bien ne pas être née.

Ria s'assit brusquement à la table jonchée du bric-à-brac qu'elle avait extrait des tiroirs. Elle allait devoir remettre tout cela à l'endroit où elle l'avait trouvé. Annie avait sans doute dissimulé le journal dans le tiroir un jour, en hâte, avec l'intention de revenir le chercher plus tard. Elle ne devait jamais savoir que sa mère l'avait lu.

Marilyn parcourait sa villa d'un regard objectif. Qu'allait en penser une femme qui habitait une demeure vieille de plus d'un siècle ? Tous les meubles qui décoraient la maison de Ria semblaient être des antiquités. Danny Lynch devait avoir fort bien réussi. La villa des époux Vine avait été bâtie au début des années soixante-dix. Tudor Drive était situé dans un quartier qui avait été développé afin d'accueillir le nombre croissant d'universitaires et d'hommes d'affaires désirant jouir d'un style de vie tranquille et simple. Toutes les maisons étaient entourées d'un jardin, et les pelouses faisaient l'objet d'un entretien collectif. C'était un quartier aisé. Ici et là se dressaient de petites églises blanches en bardeaux dignes de figurer sur une carte postale proclamant « Bienvenue en Nouvelle-Angleterre ». Mais tout cela semblerait très moderne et récent à quelqu'un qui venait d'une civilisation aussi ancienne que celle de Ria.

Dans l'un des guides touristiques que lisait Marilyn, il était recommandé de visiter les lieux où saint Kevin vivait jadis en ermite sur les rives d'un superbe lac, au sud de Dublin. Cela datait de l'an 600 et quelques — non pas du XVIe, mais bel et bien du VIIe siècle. Marilyn espéra que Ria et ses enfants n'auraient pas le sentiment de tout connaître de Westville après une demi-heure, et qu'ils ne passeraient pas le reste de leur séjour à chercher à s'occuper.

Marilyn était épuisée à force de ranger les placards et de préparer la maison pour les nouveaux arrivants. Il y aurait bien assez de place pour les accueillir tous. Ria pourrait dormir dans la plus grande chambre, et il y en avait trois autres. En concevant cette villa, les architectes avaient dû imaginer qu'il y vivrait une famille plus sociable et accueillante que les époux Vine.

Les chambres d'amis n'avaient presque jamais servi. Autrefois, les Vine étaient si heureux qu'ils accueillaient rarement des visiteurs. Ils invitaient la famille pour Thanksgiving et hébergeaient quelques personnes pour le pique-nique des anciens élèves, mais c'était tout. Maintenant, deux enfants irlandais allaient dormir dans ces chambres et jouer dans le jardin. Le garçon avait dix ans. Marilyn espérait qu'il ne jouerait pas au football dans ses parterres de fleurs ; mais elle pouvait difficilement édicter des règles à ce sujet. Ria aurait le sentiment que Marilyn la jugeait incapable de se faire obéir. Il était préférable de partir du principe que ses enfants étaient bien élevés.

La main posée sur la poignée d'une des portes, Marilyn s'arrêta. Devait-elle fermer cette chambre à clef ? Oui, bien sûr. Elle n'avait aucune envie que des inconnus y pénètrent et fouillent dans les affaires qui s'y trouvaient. Et ils comprendraient qu'elle garde ses souvenirs derrière une porte close. Pourtant, n'était-il pas étrange de fermer à clef une porte dans une maison qui était censée être la leur ?

Marilyn aurait voulu pouvoir interroger quelqu'un, quelqu'un en qui elle aurait eu confiance et dont elle aurait pu suivre les conseils. Mais qui ? Pas Greg, il se montrait encore très froid et blessé. Stupéfié par sa décision d'aller en Irlande, irrité par la venue de Ria à Tudor Drive et incapable d'en parler à cœur ouvert.

Pas Carlotta, sa voisine, qui cherchait inlassablement à s'immiscer dans sa vie. Marilyn avait mis longtemps à établir une relation basée sur le respect et la discrétion, et non sur de fréquentes visites de voisinage. Elle ne pouvait risquer de tout remettre en question en lui demandant conseil sur un sujet aussi intime et personnel, et qui ne manquerait pas de changer la nature de leur relation.

Pas Heidi non plus. Marilyn devait avant tout prendre garde à ne pas encourager son amie, qui lui demandait sans cesse de l'accompagner ici ou là, à un club de joueurs de bridge débutants, de Feng Shui ou de broderie. Heidi et Henry étaient si gentils qu'ils seraient venus la chercher tous les soirs si elle les avait laissés faire. Mais ils étaient incapables de comprendre l'attitude de Marilyn ; ils avaient tous deux été mariés une première fois et se trouvaient aujourd'hui parfaitement heureux dans un second mariage empreint de plus de maturité. Ils organisaient souvent des réceptions chez eux et prenaient part aux activités de l'université. Ils ne pouvaient comprendre qu'on puisse vouloir rester seul. Marilyn songea qu'elle pouvait verrouiller la porte et laisser la clef quelque part, afin que Ria ne ressente pas cela comme un manque de confiance. Elle ne prendrait pas de décision aujourd'hui ; elle verrait bien quel serait son état d'esprit au matin du départ.

Le temps s'écoulait à vive allure. Bientôt, ce fut l'été à Tara Road et Tudor Drive. Ria battit le rappel de ses troupes et les encouragea à accueillir chaleureusement Marilyn. Les Américains adoraient être invités.

— Même chez moi ? demanda Hilary avec incrédulité.

— En particulier chez toi. Je tiens beaucoup à ce qu'elle fasse la connaissance de ma sœur.

— En tout cas, elle peut s'estimer heureuse. Sais-tu combien quelqu'un paierait pour pouvoir habiter cette belle villa pendant deux mois ? Martin et moi nous disions que si tu l'avais louée pendant la semaine du Salon hippique, tu aurais gagné une petite fortune.

— Sûrement. J'aimerais tant que tu me rendes visite à Westville, Hilary ; nous pourrions aller voir Sheila et passer de merveilleux moments.

— Si j'étais millionnaire, bien sûr, rétorqua sa sœur.

Ria s'abstint de répondre et se contenta de demander :

— Tu veilleras sur Marilyn, n'est-ce pas ?

— Evidemment, tu le sais bien.

Et toutes les autres lui en firent également la promesse. Sa mère déclara qu'elle emmènerait Marilyn à Sainte-Rita ; cela lui plairait sans doute de rencontrer de vieilles personnes irlandaises débordant de souvenirs. Frances Sullivan l'inviterait à prendre le thé et peut-être même au théâtre. Rosemary projetait d'organiser une réception, elle y inviterait Marilyn.

A sa grande surprise, Ria reçut un appel téléphonique de Polly.

— J'ai entendu dire qu'une Américaine allait séjourner chez vous. Si elle a envie que quelqu'un lui serve de guide un week-end, dites-lui de m'appeler.

— Comment avez-vous appris qu'elle venait ?

— Danny me l'a dit.

— Il n'approuve pas ma décision.

— Il ne peut pas tout avoir.

— Je crois pourtant que c'est le cas.

— Bernadette ne tiendra pas la distance, Ria.

La jeune femme sentit son cœur se serrer. C'étaient les mots qu'elle avait désespérément besoin d'entendre. Emanant de quelqu'un qui les connaissait tous et pouvait déterminer qui finirait par gagner. Quelqu'un comme Polly, qui serait de son côté et lui rapporterait des informations au sujet de l'ennemi. Ria était sur le point de demander comment ils se comportaient lorsqu'ils étaient ensemble. Etait-il vrai que Bernadette ne parlait pas mais se contentait de rester là, le visage caché derrière ses cheveux ? Elle brûlait d'envie d'entendre que Danny avait l'air triste et désorienté, comme un homme qui a pris une mauvaise décision.

Mais elle se refréna. Polly était la compagne de Barney, elle se trouvait dans leur camp. Ria ne devait pas céder au besoin de se confier.

— Qui sait si cela durera ou non ? De toute façon, ce n'est pas important. Il a envie d'être avec elle, nous ne lui suffisons pas, tant pis.

— Vous savez, tous les hommes en veulent toujours davantage. Qui le sait mieux que moi ?

— Eh bien vous, vous avez tenu la distance, Polly. Votre relation avec Barney dure depuis longtemps, n'est-ce pas ?

C'était la première fois que Ria faisait allusion à cette liaison, et cela l'emplit d'une légère nervosité.

— C'est vrai, mais dans la clandestinité. Je suis la femme de l'ombre, et je ne serai jamais rien d'autre. Mona, elle, est l'épouse, la femme respectable.

— Ce n'est pas mon avis. Je pense que Mona est une imbécile, rétorqua Ria. S'il vous aimait, elle aurait dû le laisser vous rejoindre.

Polly éclata de rire.

— Allons, vous savez bien qu'il ne voulait pas la quitter. Il nous voulait toutes les deux, exactement comme Danny aurait sans doute souhaité vous garder l'une et l'autre, cette fille et vous.

Ria se répéta cette conversation à de nombreuses reprises. Elle ne croyait pas que Polly eût raison. Danny brûlait d'impatience de s'en aller, de repartir à zéro. Mais bien sûr, les choses n'étaient pas les mêmes aujourd'hui qu'à l'époque où Barney et Polly étaient tombés amoureux.

Elle eut la surprise de recevoir un appel de Mona, qui voulait lui souhaiter bon voyage et lui proposer de lui prêter des valises.

— Vous avez beaucoup de courage, Ria. Je vous admire plus que vous ne l'imaginez.

— Mais non, Mona. Vous pensez que je m'enfuis, que c'est une preuve de faiblesse, c'est ce que s'imaginent la plupart des amis de Danny.

— J'espère que je suis également la vôtre. J'ignorais tout

de l'existence de cette femme, vous savez. Jamais je ne vous ai menti pour couvrir les agissements de Danny.

— J'en suis convaincue, Mona.

Ria se sentit coupable. Pendant des années, elle-même avait menti afin de protéger Barney.

— Et je pense que vous avez raison de vous montrer inflexible, Ria, reprit Mona. Je regrette de ne pas l'avoir fait voici des années.

Ria avait peine à en croire ses oreilles. Tous les tabous concernant Polly et Mona disparaissaient enfin.

— Vous avez fait ce qui vous semblait juste à ce moment-là, répliqua-t-elle.

— Non, j'ai seulement fait ce qui causait le moins de vagues ; ce n'était pas nécessairement ce qui me semblait juste. Mais je vous souhaite bonne chance, et si je peux inviter votre amie américaine quelque part, qu'elle me passe un coup de fil.

Elles seraient toutes là quand Marilyn arriverait. Gertie viendrait faire le ménage. Colm promit de l'inviter au restaurant et de lui présenter quelques amis.

— Colm, puis-je vous poser une question un peu étrange ?

— Bien sûr.

— Un jour, il y a des siècles de cela, Annie est tombée devant votre restaurant ; c'était le jour de l'anniversaire de Brian, et vous lui avez pansé le genou.

— Oui, je m'en souviens.

— Et vous lui avez préparé une boisson qui s'appelait un « saint-clément ». C'est d'ailleurs pour cela qu'elle a appelé son chat Clément.

— Oui ?

Il semblait sur ses gardes.

— C'est juste que... Croyez-vous que quelque chose avait bouleversé Annie, ce jour-là ? Un incident quelconque ?

— Pourquoi cette question, Ria ?

— C'est difficile à dire. J'ai appris quelque chose et je me suis demandé si vous pourriez m'éclairer sur ce sujet.

— Eh bien, ne pouvez-vous pas lui poser la question ?

— Non.

Il y eut un silence.

— Je l'ai appris en lisant son journal intime, avoua-t-elle.

— Ah.

— Vous êtes choqué.

— Pas vraiment, mais peut-être un peu.

— Toutes les mères le font, croyez-moi.

— Certainement. Mais qu'avez-vous appris ?

— Apparemment, elle avait vu quelque chose qui l'avait bouleversée.

— Elle ne m'a rien dit. J'espère que vous ne pensez pas que je suis responsable ?

A présent, l'expression du jeune homme était glaciale.

— Oh, non. Bien sûr que non. Dans son journal intime, elle a écrit que vous aviez été gentil et prévenant et qu'elle s'apprêtait à vous le dire, mais qu'elle n'avait pas pu. Je me demandais simplement s'il était possible qu'elle ait vu quoi que ce soit ici.

— Ici ?

— Elle est tombée devant le restaurant, n'est-ce pas ?

Colm se souvint qu'Annie était tombée dans l'allée longeant l'arrière des villas. Mais c'était un secret qu'il n'aurait jamais dévoilé. Manifestement, la fillette ne l'avait partagé avec personne, sauf avec ce qu'elle croyait être son journal intime.

— Non, répliqua-t-il. Elle n'a rien pu voir ici qui l'aurait bouleversée. Absolument rien.

— Je ne suis pas très fière de moi, mais vous devrez me pardonner. Ce soir, je vais dire adieu aux enfants pour un mois. C'est un peu difficile.

— Ils semblent très bien réagir ; et vous aussi, déclara-t-il d'un ton admiratif.

— Oh, qui peut le savoir ? répliqua Ria. Quand mon père est mort, voici des années, je n'ai cessé de fouiller la maison en espérant qu'il y ait caché un trésor ; alors, ma mère aurait cessé de le critiquer et de répéter qu'il nous avait laissées dans la misère. Mais de l'extérieur, les gens s'imaginaient que je réagissais très bien.

— Je sais, dit Colm d'un ton empreint de compassion.

Mon père était alcoolique et je priais pour découvrir une potion magique que j'aurais pu lui faire boire afin qu'il cesse de se saouler et qu'il devienne un bon père. Mais il n'en existait pas.

Son visage était dénué d'expression.

Ria n'avait jamais soupçonné ce pan de son passé.

— Nous ne sommes pas à la hauteur des espoirs de nos enfants. Nous lisons leurs journaux intimes, nous n'arrivons pas à garder leur père... Et j'imagine pouvoir me faire pardonner simplement en préparant un barbecue dans le jardin ce soir !

Elle laissa échapper un petit rire.

— Ils en seront ravis, répliqua le jeune homme. Je vous apporterai des légumes pour Annie ; elle est toujours végétarienne, n'est-ce pas ?

— Absolument. Merci, Colm, vous avez été merveilleux.

— Vous allez me manquer.

— Peut-être que Marilyn est une très belle femme et qu'à mon retour vous sortirez ensemble.

— Je vous tiendrai au courant, promit-il.

Puis Ria retourna chez elle pour préparer la soirée d'adieux destinée à ses enfants.

Ils lui avaient très peu parlé de leur rencontre avec Bernadette. Ria mourait d'envie d'en connaître tous les détails, mais elle s'était refusée à les questionner. Elle ne voulait pas leur donner le sentiment qu'ils devaient rapporter des informations d'un camp à l'autre. Elle n'avait appris que des détails matériels : il était de nouveau question de la croisière sur le Shannon, les travaux d'aménagement de la nouvelle villa avaient été accélérés — les hommes de Barney McCarthy y travaillaient jour et nuit — et elle était enfin prête. Il s'en dégageait une forte odeur de peinture, mais elle était prête ; ils y dormiraient le lendemain soir.

Ria apprit qu'il y aurait deux lits dans la chambre d'Annie et qu'un lit de camp serait installé à l'usage de Brian dans une sorte de remise où se trouvait de l'électroménager. Elle lui expliqua qu'il s'agissait de machines à laver et de sèche-linge. Il fut déçu ; il avait vaguement espéré y trouver des instruments destinés à faire des expériences scientifiques.

Et ils avaient rencontré la mère de Bernadette, qui leur avait semblé très gentille ; elle allait les conduire à la piscine pour qu'ils y prennent six leçons de natation. Ainsi, ils seraient prêts à profiter de celle de Tudor Drive. Ria avait le sentiment de connaître tout et rien de la vie que ses enfants allaient mener sans elle. C'était un curieux sentiment. Il lui semblait être morte et flotter au-dessus de leurs têtes comme un fantôme, brûlant du désir d'intervenir mais incapable de parler parce qu'elle était dépourvue de corps.

Ils dînèrent au jardin. Brian mangea des saucisses et Annie les légumes que Colm avait laissés dans un panier à son intention. Clément semblait avoir deviné qu'ils allaient partir et les regardait d'un air de reproche.

— J'espère qu'elle jouera avec lui, déclara Annie. Clément n'est pas un chat qu'il faut laisser trop longtemps dans son coin ; ça ne lui réussit pas.

— Tu pourrais venir l'expliquer à Marilyn, tu ne crois pas ? suggéra Ria.

— Dès demain, après ton départ, ce ne sera plus chez nous, rétorqua Annie.

— C'est vrai. Mais, par ailleurs, la personne qui vivra ici est celle chez qui vous allez habiter, et ce serait gentil de venir vous présenter.

— On est obligés ? demanda Brian, redoutant d'ennuyeuses conversations avec des adultes.

— Bien sûr que non. Ce serait gentil, voilà tout.

— De toute façon, Colm veillera sur Clément. Il l'aime autant que moi, conclut Annie, rassurée.

Il était inutile d'espérer que l'adolescente lui fasse la moindre confidence. Et Ria ne devrait jamais lui avouer qu'elle avait lu son journal intime. Si Annie l'apprenait, le peu de confiance qui existait entre elles serait détruit à jamais.

Dans la tiédeur de la nuit, ils évoquèrent les semaines à venir.

Rosemary avait proposé d'emmener les enfants en voiture

dans la nouvelle maison de Danny tôt dans la matinée, afin que Ria ait le temps de ranger la villa. La plus grande partie de leurs affaires se trouvait déjà là-bas. Quand ils partiraient pour les Etats-Unis, ce ne serait pas de Tara Road mais de chez leur père. A l'intérieur de leurs valises, Ria avait scotché une liste de vêtements à emporter. Elle leur avait recommandé de la consulter avec soin avant leur départ.

— Elle a dit que tu étais très organisée, déclara Brian.

— Bernadette vous a dit ça ?

Ria s'efforçait de ne pas sembler y prêter trop d'intérêt.

— Oui, quand elle a vu nos valises. Et papa lui a dit que tu étais la reine des listes.

Brian la dévisageait d'un air heureux, espérant qu'elle en serait flattée. Mais Annie, qui était plus fine, savait bien que sa mère n'allait pas apprécier d'entendre parler de cette discussion.

— Eh bien, votre père a raison, répliqua Ria avec un entrain qu'elle était loin d'éprouver.

L'idée que Danny et la jeune Bernadette se moquaient de son habitude de dresser des listes l'irritait au plus haut point.

— Papa va venir dans un petit moment pour te dire au revoir, n'est-ce pas ?

— Oui, quand vous serez couchés. Il y a encore deux ou trois choses dont nous devons discuter.

— Vous n'allez pas vous disputer, n'est-ce pas ? s'inquiéta Annie.

— Mais non, nous ne nous disputons plus, tu le sais bien.

— Pas devant nous, mais on voit bien que vous ne pouvez pas vous supporter, décréta l'adolescente.

— Je ne crois pas que ce soit le cas, non ; mais nous jugeons tous la vie d'autrui à notre propre manière. Je me dis souvent que votre grand-mère est folle de passer autant de temps avec les vieilles dames de Sainte-Rita au lieu de fréquenter des gens de son âge ; mais quand elle est là-bas, elle est gaie comme un pinson.

— C'est parce qu'ils ont besoin d'elle. Et elle a l'impression d'être une jeunesse à Sainte-Rita, décréta l'adolescente comme si c'était d'une simplicité enfantine.

Ria leur promit de les appeler tous les samedis et leur assura qu'ils pouvaient lui téléphoner chaque fois qu'ils en avaient envie ; il y aurait un répondeur. Mais ils ne devaient pas ruiner leur père et Bernadette en passant de longs appels.

— Je ne crois pas qu'elle ait beaucoup d'argent, déclara Brian. Je crois que c'est surtout celui de papa.

— Tu es bête comme tes pieds, Brian, lui jeta Annie.

Danny arriva à vingt-deux heures. Avec un violent choc, Ria se rendit compte qu'elle le trouvait — et le trouverait toujours — extrêmement séduisant. Peu de choses avaient changé depuis le jour de leur rencontre. Elle avait été si émue de découvrir que c'était elle qui lui plaisait, et non Rosemary. Les contours de son visage lui donnaient envie de le caresser ; elle dut se faire violence pour ne pas tendre la main et effleurer sa joue. Elle devait se montrer calme, ne pas lui laisser deviner qu'il avait le pouvoir de la troubler ainsi.

— Nous pourrons aller au jardin tout à l'heure ; c'est tellement paisible. Mais d'abord, que veux-tu boire ? Du thé ? Un digestif ?

— As-tu de la bière blonde ?

— Non, désolée. Tu as pris de nouveaux goûts ?

— Un thé, s'il te plaît.

— Est-il vrai que nous ne pouvons pas nous supporter ? demanda Ria en mettant la bouilloire sur le feu.

— Non, je ne crois pas. Pourquoi ?

— C'est ce que pensent les enfants.

— Qu'en savent-ils ? répliqua-t-il en souriant.

— Ils disent que la nouvelle villa est très belle.

— Bien, bien.

— Tu pourras surveiller Kitty ? demanda Ria. Je ne l'ai jamais aimée, tu le sais, mais elle est très délurée et elle pourrait avoir une mauvaise influence sur Annie.

— D'accord. Autre chose ?

— Brian n'est pas un garçon propre. Cela pourrait être très désagréable dans un espace confiné comme la cabine d'un bateau. Tu dois insister pour qu'il change de vêtements tous les jours, sinon il portera les mêmes pendant un mois.

Danny esquissa un sourire.

— J'en prends bonne note.

— Et toi, as-tu des remarques à faire concernant Westville ? Y a-t-il quelque chose que tu ne souhaites pas qu'ils fassent ?

Il sembla surpris qu'elle le consulte, et heureux.

— Je ne sais pas... Les voitures, peut-être. Dis-leur de bien faire attention en traversant la rue parce qu'elles arriveront de l'autre côté.

— C'est juste ; je le leur rappellerai en permanence.

— Et ils pourraient visiter des musées et des galeries d'art. Avoir des activités utiles pour leurs études.

— D'accord, Danny.

Leur tasse de thé à la main, ils gagnèrent le jardin et s'assirent sur un banc de pierre. Il y eut un silence.

— En ce qui concerne l'argent... commença Danny.

— J'ai acheté mon billet, tu as acheté les leurs. Pour le reste, ce sera comme si nous étions ici, n'est-ce pas ? Les dépenses seront les mêmes.

— Oui, répondit-il d'une voix un peu tendue.

— Cela ne pose pas de problème, si ?

— Non.

— Et les factures d'électricité, de gaz et de téléphone seront réglées par prélèvement bancaire.

— Oui, répéta-t-il.

— Alors tout va bien, non ?

— Je suppose.

— J'espère que vous passerez de merveilleuses vacances sur le Shannon. Irez-vous vers le nord ou le sud ?

— Vers le sud, jusqu'à Lough Derg. Il y a de nombreux petits ports où jeter l'ancre, ce sera fabuleux si le temps est de la partie.

Ils bavardaient comme deux étrangers.

— La météo nous promet des semaines de soleil, déclara Ria d'une voix gaie.

Il y eut un autre silence.

— J'espère que tu te plairas là-bas, toi aussi, reprit-il.

— Je suis sûre que oui, Danny. Merci d'avoir accepté. Je t'en suis reconnaissante.

— Non, ce n'est que justice.

— J'ai laissé à Marilyn ton numéro de téléphone.

— Très bien.

— Peut-être pourrais-tu emmener les enfants faire sa connaissance, un jour ?

— Quoi ? Oh oui, pas de problème.

— Ce serait certainement préférable de téléphoner d'abord.

— Bien sûr.

Il ne leur restait plus rien à se dire. Ils gravirent l'escalier et restèrent un instant immobile dans le vestibule — ce vestibule qui était encombré de caisses et de vélos le jour où ils s'étaient juré de faire de Tara Road leur foyer.

A présent le parquet bien ciré, décoré de deux magnifiques tapis, luisait dans la lumière du crépuscule. La porte du salon était ouverte. Sur la table se trouvait un vase de roses que Colm avait cueillies pour souhaiter la bienvenue à l'invitée américaine. Elles se reflétaient sur le bois. Le tic-tac de la pendule posée sur l'âtre résonnait dans le silence de la pièce et les lourds rideaux de soie se balançaient légèrement dans la brise.

Danny entra dans le salon et promena son regard autour de lui. Sans doute éprouvait-il des regrets, non seulement pour ces objets mais aussi pour le temps, l'énergie et l'enthousiasme qu'il avait déployés afin de les acquérir. Il était parfaitement immobile. Il ne s'agitait pas, ne se démenait pas comme il en avait l'habitude. On aurait presque dit une photographie.

Ria savait qu'elle n'oublierait jamais cette image ; Danny immobile, la main posée sur le dossier d'une des chaises. Il donnait l'impression d'avoir soudain trouvé quel était le dernier objet dont la pièce avait besoin. Peut-être une pendule ? Un deuxième miroir qui aurait reflété la fenêtre ? Son visage exprimait ce sentiment, et non le désir de quitter tout ce qu'il avait bâti afin de s'installer avec une très jeune femme enceinte du nom de Bernadette. Il semblait sur le point de poser ses clefs de voiture et de dire qu'il était ici chez lui, que tout n'avait été qu'une ridicule erreur. Il serait trop tard pour annuler la visite de Marilyn, bien sûr, mais ils lui trouveraient un autre endroit où loger et tout redeviendrait comme avant. Ils ne réveilleraient pas les enfants pour le leur dire, ils s'en apercevraient le lendemain matin. C'était ce qu'exprimait le visage de Danny, ce qui se dégageait de lui.

Ria garda le silence, immobile, retenant son souffle. Il était très important de ne pas lâcher un mot maladroit. Jusque-là, elle s'était montrée parfaite, calme et réservée. Elle savait qu'il avait apprécié. Il lui avait souri avec chaleur, sans aucune nervosité. Il avait ri quand elle lui avait dit combien son fils était dégoûtant ; son bras avait effleuré le sien dans l'escalier et il ne s'était pas dérobé comme il le faisait au cours de leurs disputes.

Il resta pétrifié dans cette pièce pendant un moment que Ria jugea interminable. La magie du salon opérait sur lui. D'un instant à l'autre, il allait déclarer que tout cela était insensé, parfaitement insensé, qu'il était navré d'avoir fait tant de mal autour de lui. Elle lui pardonnerait avec gentillesse et douceur, et il saurait qu'il était revenu là où était sa place.

Pourquoi lui fallait-il tant de temps pour trouver ses mots ? Devait-elle l'aider, lui donner une légère impulsion ? Alors il se tourna vers elle, et elle le vit se mordiller les lèvres. Il luttait pour avouer ce qui était presque trop important pour être dit. Comment pouvait-elle lui faire sentir que sa compréhension et son pardon seraient infinis, qu'elle était prête à tout pour qu'il revienne chez lui ?

Apparemment, les mots l'avaient desservie dans le passé ; il trouvait qu'elle bavardait à tort et à travers. Elle savait qu'en dépit de la tentation elle devait garder le silence. Leur avenir en dépendait.

Elle esquissa un geste vers lui, juste un pas, et cela sembla suffire. Il vint la prendre dans ses bras et posa la tête sur son épaule. Il ne pleurait pas vraiment, mais il était parcouru de si violents tremblements qu'elle les sentait parcourir tout son corps.

— Ria, Ria, quel gâchis, quel dommage et quel gâchis, souffla-t-il.

— Il est encore temps de revenir en arrière, murmura-t-elle à son oreille.

— Oh, Seigneur, comme je voudrais que les choses soient différentes. Comme je le voudrais !

Il ne la regardait toujours pas. Son visage était enfoui dans ses cheveux.

— C'est encore possible. Cela dépend de nous, souffla-t-elle.

Doucement, Ria, doucement, songea-t-elle. N'en dis pas trop. N'énumère pas une longue liste de promesses et de résolutions. Laisse-le te poser la question et réponds-lui oui. Caresse-lui le front, dis-lui que tout finira par s'arranger ; c'est ce qu'il veut entendre.

Il leva la tête et s'apprêta à l'embrasser.

Elle devait se comporter comme la jeune femme passionnée qu'elle était jadis. Dénouant les bras de ses épaules, elle les enroula autour de son cou. Ses lèvres cherchèrent avidement les siennes. C'était si agréable de le serrer de nouveau contre elle. Elle se sentit emportée par un flot de passion, et ne s'aperçut pas aussitôt qu'il s'efforçait de dénouer les mains crispées sur sa nuque.

— Ria, que fais-tu ? Ria, arrête !

Il semblait choqué et stupéfait.

Interdite, elle se détacha de lui. Il l'avait prise dans ses bras. Il avait posé la tête sur son épaule et déclaré que c'était un terrible gâchis. Il avait affirmé vouloir revenir en arrière, non ? Alors, pourquoi la dévisageait-il ainsi ?

— Tout va s'arranger, reprit-elle, troublée mais encore convaincue que son rôle était de faciliter son retour à la maison. Tout ira bien désormais, Danny, je te le promets. Ta place est ici.

— Ria ! protesta-t-il, horrifié.

— Ce salon est à toi, tu l'as créé de toutes pièces. Il est à toi, exactement comme nous sommes ta famille. Tu le sais.

— Je t'en supplie, Ria...

— Et moi, je te supplie de revenir. Nous n'allons pas en discuter maintenant, mais reste, tout sera comme avant. Je comprendrai que tu as des responsabilités envers Bernadette et même de l'affection...

— Tais-toi...

— Elle se consolera, Danny. Elle est jeune, elle a toute la vie devant elle, elle rencontrera un homme de son âge. Elle repensera à votre liaison comme à un épisode insensé, merveilleux mais insensé...

— Ce n'est pas possible que tu puisses... je ne sais pas, que tu puisses changer soudain comme ça.

Il semblait stupéfait.

Mais c'était insensé. C'était lui qui avait fait le premier geste.

— Tu m'as prise dans tes bras. Tu m'as dit que c'était un gâchis, une erreur, que tu étais désolé...

— Non, Ria. J'ai dit que j'étais désolé, c'est tout.

— Tu m'as dit que tu regrettais que les choses aient tourné ainsi, et je te réponds : reviens. Je ne te demanderai pas où tu étais si tu rentres tard, je te le promets. Je t'en prie, Danny...

Les larmes ruisselaient sur son visage. Il était immobile devant elle, empli d'horreur.

— Danny, je t'aime assez pour te pardonner n'importe quoi, tu le sais. Je suis prête à tout pour que tu reviennes.

Etranglée par les sanglots, elle lui tendit les bras. Il saisit ses mains dans les siennes.

— Ecoute, je vais m'en aller, ma chérie. Tout de suite. Tu ne penses pas un seul mot de ce que tu viens de dire. Tu étais sincère quand nous discutions dans le jardin. Tu étais sincère en nous souhaitant de bonnes vacances sur le Shannon et j'étais sincère en te souhaitant un excellent séjour aux Etats-Unis.

Il la regardait avec espoir, comme s'il désirait ardemment que ses paroles gentilles, pragmatiques et apaisantes sèchent ses larmes et l'empêchent de s'agripper de nouveau à lui.

— Je serai toujours ici à t'attendre, ne l'oublie pas, souffla-t-elle.

— Bien sûr que non. Tu seras aux Etats-Unis où tu passeras de merveilleuses vacances, répliqua-t-il en s'efforçant de l'égayer. Ce sera une étrangère qui vivra ici et qui s'efforcera de s'accommoder de nos étranges habitudes.

— Je t'attendrai, ce salon t'attendra toujours.

— Non, c'est faux. Je vais m'en aller, maintenant, mais je veux que tu saches...

— Quoi donc ?

— ... combien ta proposition était généreuse. C'était la preuve d'une admirable absence d'égoïsme.

Elle le dévisagea avec stupéfaction. Il ne comprenait pas qu'il ne s'agissait nullement d'égoïsme ou de générosité. C'était simplement ce qu'elle désirait. Il ne le devinerait jamais, et elle s'était rendue parfaitement ridicule.

Elle avait réduit à néant les semaines passées à se maîtriser et se discipliner. Pourquoi avait-il fallu qu'ils entrent dans cette pièce ? Si elle n'avait pas vu cette expression sur son visage, elle n'aurait pas imaginé un possible retournement de situation. Mais elle l'avait vue ; elle ne l'avait pas imaginée. Jamais elle ne l'oublierait.

— Oui, il est tard, il vaut mieux que tu t'en ailles, déclara-t-elle.

Ses pleurs s'étaient tari. Elle n'était plus la femme pleine de calme qui avait gravi l'escalier aux côtés de Danny, son visage était trop gonflé par les larmes pour cela. Mais elle avait retrouvé ses esprits, et le soulagement de son mari était perceptible.

— Bon voyage, lui dit-il sur le perron.

— Merci. Je suis sûre que tout va très bien se passer.

— Et... nous avons réussi à créer un superbe foyer, Ria, vraiment.

Il regardait dans l'entrée par-dessus son épaule.

— C'est vrai, et deux merveilleux enfants aussi, ajouta-t-elle.

Sur le perron de la villa qu'ils avaient mis si longtemps à

embellir, Danny et Ria s'embrassèrent sur la joue avec retenue. Puis il monta dans sa voiture et démarra, tandis que la jeune femme rentrait chez elle et restait longtemps assise devant la table ronde, regardant droit devant elle d'un regard aveugle.

5

— Ils ne se sont pas disputés, chuchota Annie à l'intention de son petit frère en l'aidant à boucler sa valise.

— Comment le sais-tu ?

— Je les ai écoutés un moment par la fenêtre de la salle de bains ; ils parlaient des vacances.

— Tant mieux ! s'exclama Brian.

— Mais elle a dit à papa que tu étais dégoûtant.

Brian eut l'air surpris, mais incrédule.

— Elle ne dirait jamais une chose pareille. Pourquoi est-ce qu'elle dirait ça ?

Son visage rond était empli d'inquiétude, et Annie eut pitié de lui.

— Mais non, ce n'est pas vrai, mentit-elle.

— J'en étais sûr.

La confiance qu'il portait à sa mère était restaurée.

— Je voudrais bien qu'elle ne s'en aille pas, murmura Annie.

— Moi aussi.

Il était si rare qu'ils éprouvent les mêmes sentiments qu'ils en furent stupéfaits. Ils se dévisagèrent avec perplexité. Il se passait des choses bien étranges ces temps-ci.

Rosemary arriva plus tôt que prévu, et Ria lui tendit une tasse de café.

— Tu as l'air en pleine forme, déclara son amie d'un ton approbateur.

— Mais oui.

— Je suis venue tôt pour abréger les adieux larmoyants. Où sont-ils ?

— Ils finissent de boucler leurs valises.

Ria semblait peu loquace.

— Ils seront très bien là-bas, déclara Rosemary.

— Je sais.

Son amie l'observa d'un regard pénétrant.

— Tout s'est bien passé hier soir avec Danny ?

— Pardon ? Oh oui, nous nous sommes montrés très civilisés.

Jamais personne n'apprendrait ce qui s'était passé. Ria n'évoquerait plus le sujet, pas même en son for intérieur.

— Eh bien, c'est une bonne chose.

Il y eut un silence.

— Ria ? Tu sais qu'ils ne verront jamais en Bernadette autre chose... autre chose que ce qu'elle est.

— Bien sûr.

— Ils ne vont pas la prendre en affection. Peux-tu imaginer ce qu'elle éprouve à l'idée de te remplacer pendant un mois ? Ce serait une énorme tâche pour n'importe qui, à plus forte raison pour une gamine comme elle.

N'obtenant aucune réponse, Rosemary poursuivit :

— Tu sais, je pensais que ton idée de vacances aux Etats-Unis était de la pure folie, mais aujourd'hui je trouve que tu n'aurais pu prendre de meilleure décision. Tu es beaucoup plus futée qu'on ne le croit. Hé, voici les enfants. Que veux-tu, des adieux rapides ou prolongés ?

— Rapides. Tu es merveilleuse, répondit Ria avec reconnaissance.

Quelques minutes plus tard, elle agitait la main tandis que s'éloignait la voiture qui emmenait les enfants dans la villa inconnue où ils allaient passer le mois de juillet. Qui aurait pu croire que les choses tourneraient ainsi ? Et plus incroyable encore, Rosemary jugeait que Ria avait mené la situation de main de maître.

Dans la cuisine de la nouvelle villa, la mère de Bernadette était assise devant la table.

— Elle n'a pas beaucoup de cœur, tu ne crois pas, de partir pour les Etats-Unis en te laissant la garde des enfants !

— Je sais, maman, mais d'une certaine manière c'est mieux ainsi.

— Comment cela ? s'étonna Finola Dunne, qui ne voyait aucun bon côté à la situation.

— Eh bien, il ne sera pas tenté d'aller la voir à Tara Road.

— Il n'était pas vraiment tenté d'aller la voir quand elle s'y trouvait, à en juger par le temps qu'il passait avec toi !

La mère de Bernadette se débrouillait invariablement pour désapprouver la liaison de sa fille avec un homme marié, tout en se félicitant que le problème ait été résolu à l'avantage de celle-ci.

— La villa de Tara Road a été son foyer pendant seize ans ; elle exerce encore une grande attirance sur lui.

— Ce sera aussi le cas de cette maison dans quelque temps, ma fille. Attends qu'elle soit un peu mieux aménagée.

Finola parcourut du regard la luxueuse cuisine intégrée que les employés de Barney avaient installée en urgence. La villa était située dans l'un des quartiers les plus huppés du sud de Dublin. Elle avait dû coûter une fortune. Elle se trouvait sur une avenue tranquille, un endroit idéal pour élever un bébé, et de nombreux autres jeunes couples habitaient dans le voisinage.

Finola savait que Danny était un agent immobilier prospère, mais elle jugeait que plus vite il vendrait la maison de Tara Road, entrerait en possession de son argent et installerait sa première femme dans un pavillon adapté à sa nouvelle situation, mieux ce serait. Le jeune homme travaillait d'arrache-pied, elle en convenait, et manifestement il adorait Bernadette, mais il se tuerait à la tâche s'il ne mettait pas de l'ordre dans ses finances. Ce matin-là, il était parti à six heures pour éviter les embouteillages.

— A-t-il été question de vendre Tara Road ?

— Non, et je me refuse à lui en parler. Je crois qu'il est plus attaché à cette maison qu'à n'importe quelle femme. Cela me donne des frissons, répliqua Bernadette.

— Ce n'est pas le moment ; ils vont arriver d'une minute à l'autre et tu vas devoir t'occuper d'eux pendant un long été.

— Seulement trente jours, et ils ne sont pas bien méchants, rétorqua la jeune femme en souriant.

Dans la voiture de Rosemary, les enfants ne disaient mot.

— Qu'allez-vous faire de vos journées, à votre avis ? demanda Rosemary.

— Aucune idée, répondit Annie en haussant les épaules.

— Ils n'ont pas le câble, ajouta son petit frère.

— Peut-être irez-vous au restaurant, au cinéma ? suggéra la jeune femme avec optimisme.

— Elle est très réservée, elle n'aime pas beaucoup sortir, répondit Brian.

— Est-elle gentille ? Intéressante ?

— Pas très, répliqua-t-il.

— Elle n'a pas grand-chose à dire, ajouta sa sœur.

— En fait, je préfère sa mère, déclara Brian. Elle te plairait, Rosemary, elle adore bavarder et elle a presque ton âge.

— Je suis sûre qu'elle me plairait beaucoup, en effet, répondit Rosemary, qui pouvait mener brillamment n'importe quelle discussion au sein d'un comité d'administration ou sur un plateau de télévision, mais trouvait cette conversation particulièrement délicate.

A l'aéroport de Dublin, Ria promena son regard autour d'elle. Il y avait là tant de gens qui s'en allaient pour tant de destinations différentes ! Elle se demanda s'il était possible que l'un d'eux se trouve dans un état d'esprit aussi confus que le sien. Dans la file voisine, elle aperçut un homme séduisant, vêtu d'un imperméable au col relevé. Ses cheveux blonds lui tombaient dans les yeux. Elle le regarda éperdument ; l'espace d'un instant, elle crut que Danny s'était précipité pour l'empêcher de partir, pour la supplier de changer d'avis. Puis, avec le sentiment de recevoir une douche glacée, elle réalisa que c'était la dernière chose qu'il risquait de faire. Elle se souvenait du moment où il avait détaché ses mains nouées autour de son cou. A cette pensée, son visage brûlait de honte.

Elle se promena dans la boutique de duty free, se demandant quoi acheter. Cela semblait dommage de ne pas profiter de tout ce qui se trouvait sur ces rayons. Mais elle ne fumait pas, buvait peu, n'avait besoin d'aucun appareil électroménager — la villa de Marilyn en contenait davantage qu'elle ne pourrait apprendre à s'en servir. Elle fit halte au rayon des parfums.

— Je voudrais quelque chose de nouveau, que je n'aurais encore jamais senti et qui ne me rappellerait aucun souvenir, déclara-t-elle à la vendeuse.

Celle-ci semblait habituée à de telles demandes. Elles passèrent en revue les nouvelles fragrances et arrêtèrent leur choix sur un parfum léger et fleuri. Le flacon coûtait quarante livres.

— Cela me semble cher, remarqua Ria d'un ton songeur.

— Oui, c'est vrai. Pouvez-vous vous permettre de dépenser une telle somme pour un bon parfum ?

Manifestement, la vendeuse n'avait aucune envie de s'éterniser.

— Je l'ignore, rétorqua Ria avec perplexité. N'est-ce pas étrange ? En fait, j'ignore quelle sera ma situation financière. Je n'y avais jamais pensé avant cet instant. Peut-être pourrais-je me permettre de dépenser autant et même davantage, peut-être ne pourrais-je plus jamais me permettre un achat aussi coûteux.

— Alors, si j'étais vous, je l'achèterais, répliqua la vendeuse, coupant court à une discussion trop philosophique.

— Vous avez raison, je vais le prendre, déclara Ria.

Dans l'avion, elle s'endormit et rêva que Marilyn n'avait pas quitté Tudor Drive mais qu'elle l'attendait, assise dans le jardin. Elle était brune et portait des escarpins à talons hauts, et un tailleur beige semblable à celui de la mère de Bernadette. A l'arrivée de Ria, elle se mit à glousser : « Je ne suis pas Marilyn, espèce de tête de linotte. Je suis la nouvelle belle-mère de Danny. Je t'ai attirée jusqu'ici pour qu'ils puissent tous emménager à Tara Road. C'était un piège, un piège, un piège. » Ria sc réveilla en sursaut, inondée de sueur. Son cœur battait à tout rompre. Elle éprouvait une étrange sensation à se trouver dans un avion à des milliers de mètres au-dessus du sol. Autour d'elle, les autres passagers déjeunaient.

D'un ton inquiet, l'hôtesse de l'air lui demanda :

— Ça va ? Vous êtes très pâle.

— Oui... J'ai fait un cauchemar, voilà tout.

D'un sourire, Ria la remercia de sa sollicitude.

— Quelqu'un va-t-il venir vous chercher à l'aéroport ?

— Non, mais je sais quel bus je dois prendre. Tout se passera très bien.

— Etes-vous en vacances ?

— Oui, je crois que c'est le terme qui convient. Il s'agira de vacances, sans aucun doute.

La jeune hôtesse de l'air esquissa un sourire nerveux, et Ria songea qu'elle devait absolument cesser d'analyser chacune de ses paroles. Mais les questions les plus simples la prenaient au dépourvu.

Elle s'appuya au dossier du fauteuil et ferma les yeux. Il était ridicule que son inconscient ait donné à Marilyn les traits de la mère de Bernadette, alors qu'elles étaient si différentes... Mais soudain Ria ouvrit les yeux, stupéfaite. Elle ne savait absolument pas à quoi ressemblait Marilyn. Elle connaissait les dimensions de sa piscine, le voltage de ses appareils électroménagers, le poids des vêtements que l'on pouvait mettre dans le sèche-linge, les horaires de la messe et les jours où passaient les éboueurs. Elle connaissait également le nom et le numéro de téléphone de deux femmes nommées Carlotta et Heidi. Elle avait reçu des photographies de la rocaille, de la chambre, de la piscine et du garage.

Elle savait que Marilyn fêterait son quarantième anniversaire en Irlande, mais elle ignorait si cette dernière était blonde ou brune, grande ou petite, mince ou grosse. Il était incroyable de penser qu'une femme totalement inconnue avait pris l'avion pour Tara Road la veille au soir et que personne ne savait à quoi elle ressemblait.

Les vols à destination de Dublin décollaient de nuit et un service de bus reliait la ville voisine à l'aéroport. Marilyn accepta la proposition de Heidi de la conduire là-bas. Elle apporta les clefs à Carlotta, ainsi qu'une enveloppe contenant des instructions. Ria irait les chercher lorsqu'elle arriverait en début de soirée. Marilyn avait laissé la maison parfaitement rangée. Les draps et les serviettes étaient propres et fraîchement repassés, le frigo plein, et des fleurs trônaient sur la table.

Ce ne fut que lorsqu'elle entendit la voiture de Heidi se garer devant la maison qu'elle prit une décision concernant la chambre. Elle ferma la porte, mais ne la verrouilla pas. Ria comprendrait et agirait de façon appropriée. Elle ferait sans doute les poussières et aérerait la pièce de temps à autre. Certaines choses n'avaient pas besoin d'être dites ni écrites.

Durant tout le trajet jusqu'au terminal de bus, Heidi bavarda et posa des questions. Ria jouait-elle au bridge ? Marilyn prendrait-elle des cours à Trinity College pendant son séjour à Dublin ? Allait-il faire chaud ? Et — d'un ton désinvolte, très désinvolte — Greg allait-il la rejoindre là-bas ? Ou reviendrait-il à Westville au cours des vacances ? Marilyn ne donna de réponse précise à aucune de ces questions. Mais elle embrassa chaleureusement son amie avant de monter dans le bus.

— Tu es très gentille, Heidi. J'espère le redevenir un jour, moi aussi, quand cet affreux cauchemar sera terminé.

Heidi suivit des yeux le bus qui s'éloignait. Marilyn était assise à l'intérieur, très droite, parcourant une lettre du regard. Ses yeux brillaient. C'était la première fois depuis très longtemps qu'elle laissait transparaître ses sentiments.

Elle lisait et relisait la lettre qu'elle avait écrite à Greg.

Elle y avait mis autant de cœur que possible, et pourtant elle se rendait compte qu'elle lui taisait encore beaucoup de choses. On aurait dit qu'une sorte de système de verrouillage l'empêchait d'en dire trop. A moins qu'il n'y ait simplement plus rien à dire. Peut-être avait-elle perdu la capacité d'aimer et était-elle destinée à rester ainsi jusqu'à la fin de ses jours ?

Elle tira de son sac le petit album que lui avait envoyé Ria. Des gens figuraient sur chacune des photographies, et de petites notes étaient inscrites au dos : « Annie faisant ses devoirs dans le salon. Brian servant une pizza dans la cuisine. Ma mère et ma sœur, Hilary. Mon amie Gertie, qui m'aide à faire le ménage, et moi, occupées à étendre le linge. Notre amie Rosemary, qui habite à quelques pâtés de maisons. Colm Barry, qui s'occupe d'un potager derrière la maison et tient un restaurant à l'angle de Tara Road. » Sur la plus belle photographie de la villa se trouvait également, au premier plan, toute la famille plissant les yeux au soleil. Au dos, Ria avait écrit : « En des temps plus heureux. »

Marilyn scruta le visage de Danny Lynch. Il était séduisant, c'était certain. Et il n'était pas très différent de l'agent immobilier juvénile et enthousiaste qu'elle avait rencontré bien des années plus tôt. Puis elle regarda Ria, petite, brune, toujours un radieux sourire aux lèvres. La voix avec laquelle elle parlait au téléphone semblait bien différente. Dans ces moments-là, la jeune femme paraissait tendue et anxieuse. Elle donnait l'impression de souhaiter désespérément plaire à Marilyn, la convaincre que sa maison lui semblerait agréable et que ses enfants se tiendraient bien durant leur séjour à Westville.

Et, par-dessus tout, elle semblait souhaiter que Marilyn soit immédiatement accueillie au sein de son immense groupe d'amis et de connaissances. Marilyn, qui de son côté restait à l'écart de ses collègues, de sa famille, de ses amis et de ses voisins, à tel point que ces derniers la considéraient comme une recluse. Marilyn, qui était incapable de communiquer avec son propre mari et de lui expliquer pourquoi elle accomplissait cet étrange voyage. Elle se montrerait courtoise avec ces gens, bien sûr, mais elle n'avait aucune envie de les connaître.

— Puis-je inviter Kitty à dîner, Bernadette, s'il vous plaît ? demanda Annie.

Bernadette leva les yeux de son livre.

— Non. Je suis désolée, mais ton père ne veut pas.

— Mais elle venait toujours à la maison. Quand papa vivait avec nous, il l'aimait bien.

— Il a dû s'en lasser.

La question n'intéressait pas beaucoup Bernadette.

— Maman est-elle arrivée aux Etats-Unis ? demanda Brian.

— Ne parle pas de maman ! siffla sa grande sœur.

— Cela ne me dérange pas, répliqua Bernadette en haussant les épaules.

Elle s'était déjà replongée dans son livre. Cela semblait vraiment ne pas la gêner.

— Alors, oui ou non ? insista Brian.

Bernadette leva de nouveau les yeux. Elle était parfaitement aimable, mais ils eurent le sentiment qu'elle aurait préféré lire en silence.

— Voyons, le vol dure cinq ou six heures. Oui, je suppose qu'elle est arrivée, ou qu'elle se trouve dans le car qui l'emmène dans la ville où elle va habiter.

— Westville, précisa Annie.

— Oui, c'est ça.

Bernadette s'était déjà replongée dans sa lecture.

Il semblait n'y avoir plus rien à dire. Leur père ne rentrerait pas avant vingt heures. La soirée promettait d'être longue. En désespoir de cause, Annie sortit de sa valise *La Ferme des animaux*, l'un des livres que lui avait donnés sa mère. « Je ne pense pas qu'il me plaira », avait déclaré l'adolescente à ce moment-là. Mais, à sa grande surprise, elle l'apprécia beaucoup. Brian se plongea dans la lecture de son livre sur les héros du football.

Quand Danny arriva du bureau, fatigué et inquiet, il les trouva occupés à lire tranquillement, installés dans des fauteuils. Annie leva les yeux et vit l'expression de plaisir qui s'était inscrite sur le visage de son père. L'atmosphère était bien différente de celle de Tara Road. Mais la maison lui manquait certainement, même s'il n'aimait plus leur mère et qu'il lui préférait Bernadette. Ici, la préparation du dîner ne suscitait pas de grand remue-ménage ; Bernadette se contentait de sortir deux plats du congélateur et de les glisser dans le four à micro-ondes. Il n'y avait pas un flot incessant de visiteurs qui entraient et sortaient. Gertie ne faisait pas d'allées et venues. Rosemary ne passait pas en coup de vent, ni Kitty, ni les affreux Myles et Dekko, ni leur grand-mère accompagnée de Bobby, ni Colm chargé d'un panier de légumes. Leur père devait certainement beaucoup regretter cela.

Mais, alors qu'Annie observait son père, elle sut avec certitude qu'il préférait que les choses soient ainsi. Il déposa ses clefs dans une coupe ovale.

— Je suis rentré ! s'exclama-t-il, et ils se précipitèrent tous pour l'accueillir.

A Tara Road, quand il annonçait son arrivée, le remue-ménage était tel que personne ne semblait remarquer sa présence.

Toutes les instructions qu'elle avait reçues lui furent d'une aide précieuse. Elle trouva le bus indiqué par Marilyn, le prix du billet étant celui que cette dernière lui avait annoncé. Le temps était chaud et ensoleillé, la température beaucoup plus élevée qu'à Dublin. Le bruit et la diversité de la foule étaient stupéfiants. Pourtant, Ria se sentait parfaitement capable de se débrouiller ; elle disposait d'excellentes indications et tout semblait fonctionner à merveille.

A leur arrivée en ville, le premier chauffeur lui indiqua où trouver le second bus. Ria laissa échapper un profond soupir en apercevant le panneau indiquant Westville. Ce serait chez elle, désormais. Elle avait envie d'observer tranquillement les lieux un moment ; aussi entra-t-elle chez un glacier, ses deux valises à la main, pour s'asseoir et reprendre ses esprits. La carte était très variée, Marilyn allait s'apercevoir qu'il n'existait pas un choix comparable de glaces et de sorbets à Dublin. Mais elle n'y allait pas pour cela. Ria regarda les clients entrer et sortir. Nombre d'entre eux se connaissaient. La patronne semblait être un drôle de personnage, plaisantant avec les gens comme dans les comédies américaines.

Ria se trouvait aux Etats-Unis, désormais. Elle devait cesser de tout comparer avec son pays natal. Elle allait même s'efforcer de penser en dollars au lieu de convertir sans cesse les prix en livres. De sa chaise située près de la vitrine du Happy Soda House, Ria apercevait le salon de beauté Chez Carlotta. Cela semblait être un lieu élégant et discret, où une femme pouvait, à l'abri de ces épais rideaux couleur crème, recevoir des conseils sur les astuces permettant de lutter contre le vieillissement et de garder son mari. Ria se demanda à quoi ressemblait Carlotta ; elle n'avait reçu absolument aucune photo.

S'armant de courage, elle traversa la rue. Son tailleur vert sombre et ses deux valises semblaient déplacés ici. Tous les passants étaient vêtus de bermudas ou de robes de coton, et donnaient l'impression de sortir d'un salon de beauté. Ria se sentait épuisée et défraîchie. Poussant la porte, elle entra dans l'institut. Carlotta devait être la femme qui se trouvait à la réception, grande, dotée d'une poitrine opulente, d'allure presque mexicaine. Aussitôt, elle abandonna la cliente avec qui elle bavardait et se dirigea vers Ria.

— Bienvenue aux Etats-Unis, Ria ! J'espère que vous allez aimer Westville. Je suis ravie de vous rencontrer !

C'était si chaleureux, sincère et inattendu que Ria sentit des larmes lui monter aux yeux. Carlotta la dévisageait avec attention.

— Je surveillais les bus, il en passe un toutes les vingt minutes, mais le vôtre a dû passer sans que je m'en aperçoive.

— Je suis entrée un moment au Happy Soda House, avoua Ria.

Elle se rendit compte que c'était une réponse bien banale et peu courtoise comparée à cet accueil si agréable. Et elle voulait se montrer amicale. Cette femme était beaucoup plus chaleureuse que Marilyn, qui s'était parfois montrée un peu sèche au téléphone. Carlotta lui témoignait une telle gentillesse que Ria était consternée de ne pas trouver les mots pour y répondre.

— Vous devez m'excuser, j'ai le sentiment d'être un peu endormie. Je n'ai pas l'habitude des vols aussi longs... Et puis...

Sa voix s'éteignit.

— Savez-vous ce que je voulais vous suggérer, Ria ? Quelques heures de détente, une bonne douche, un massage d'aromathérapie très relaxant ; justement, Katie n'a pas de cliente en ce moment ; puis vous irez vous étendre dans une pièce sombre et je vous réveillerai dans quelques heures pour vous amener chez vous. Qu'en pensez-vous ? Ou bien préférez-vous que je vous conduise directement chez Marilyn ?

Ria déclara qu'elle avait très envie de rester au salon.

Katie était l'une de ces femmes qui ne se perdaient pas en bavardages inutiles ou en questions. Ria n'éprouva aucun besoin de justifier sa peau fatiguée et négligée, les rides naissantes autour de ses yeux, son menton moins ferme qu'il ne l'était jadis.

Les mains enduites d'huiles essentielles, Katie massait ses tempes, ses épaules, son cuir chevelu. C'était merveilleux. Un jour, Rosemary avait invité son amie dans un salon de beauté, et Ria s'était fait la promesse d'y retourner chaque mois. Mais elle ne l'avait jamais fait. C'était trop cher, et il y avait toujours des achats à faire pour les enfants ou la maison. De nouveau, ses pensées se tournèrent vers ce qu'elle pourrait ou non se permettre de dépenser désormais, mais elle se força à les chasser de son esprit. De toute façon, dans cette pièce fraîche et obscure, apaisée par l'agréable massage de ses épaules et de son dos et l'intense parfum des huiles essentielles, il était facile d'oublier ses soucis et de plonger dans un profond sommeil.

— Je n'avais vraiment pas envie de vous réveiller, déclara Carlotta en lui tendant un verre de jus de fruit. Mais votre rythme de sommeil risque d'être totalement décalé.

Ria avait le sentiment d'être de nouveau elle-même. Elle se leva de la couchette où elle était étendue dans un peignoir rose, et alla serrer la main de Carlotta.

— Merci mille fois pour ce merveilleux accueil. C'était exactement ce dont j'avais besoin sans le savoir. Vous n'auriez rien pu faire que j'aurais apprécié davantage.

— Habillez-vous, Ria, répondit Carlotta en souriant. Je vais vous conduire chez vous. Vous allez passer un excellent été ici, croyez-moi.

Alors que Ria s'apprêtait à s'en aller, Katie lui tendit une feuille de papier. La jeune femme se demanda s'il s'agissait de conseils de beauté qu'elle lirait plus tard, mais elle y jeta quand même un coup d'œil. C'était une facture d'un montant que Ria n'aurait jamais envisagé dépenser dans un salon de beauté. Elle s'était imaginé que ces soins étaient dispensés à titre gracieux ! C'était profondément humiliant. Elle ne devait surtout rien laisser percevoir de sa surprise.

— Merci, dit-elle.

— Carlotta vous a accordé une remise de quinze pour cent, et le service est compris, ajouta Katie.

Ria lui tendit les billets avec le sentiment pénible d'être une parfaite imbécile. Pourquoi s'était-elle imaginé qu'on lui prodiguait des soins gratuits ? Elle était entourée de femmes qui fréquentaient régulièrement les salons de beauté. Si elle avait commencé à le faire des années plus tôt, elle aussi, elle ne se serait peut-être pas retrouvée dans cette situation aujourd'hui.

Gertie avait prévu de se trouver à Tara Road à l'arrivée de Marilyn. Ria tenait beaucoup à ce qu'il y ait quelqu'un pour accueillir l'Américaine. C'était absolument indispensable.

— Imaginons que tu aies un problème, Gertie, tu t'arrangerais pour que ma mère vienne à ta place, d'accord ?

— Un problème ? avait répété Gertie, comme si jamais une telle chose ne lui était arrivée.

— Eh bien, il pourrait se produire n'importe quoi.

— Ecoute, quelqu'un sera là pour l'accueillir, avait déclaré Gertie d'un ton sans réplique.

Mais, à l'instant précis où la jeune femme sortait de chez elle pour se rendre chez Ria, elle reçut un coup de fil lui annonçant que Jack était à l'hôpital. Il avait pris part à une bagarre la nuit précédente, et il venait seulement de reprendre connaissance. Gertie se précipita jusqu'au pavillon où vivait Nora Johnson ; mais la vieille dame n'était pas chez elle. Peut-être se trouvait-elle à Sainte-Rita, la voisine n'en savait trop rien. Gertie maudit Danny ; toute sa fureur était dirigée contre lui. S'il n'avait pas abandonné son épouse pour une toute jeune femme, rien de cela ne serait arrivé. Gertie n'aurait pas été en train de se précipiter d'une maison à l'autre à la recherche de quelqu'un qui pourrait ouvrir la porte de chez Ria à une Américaine. Jimmy Sullivan déclara que Frances était sortie et qu'il ignorait pour combien de temps.

Gertie courut à perdre haleine jusqu'au restaurant. Je vous en prie, mon Dieu, songea-t-elle, faites que Colm ne soit pas allé faire son marché. Je vous en prie, faites que Colm soit chez lui. Il a beaucoup d'affection pour les Lynch, il le fera. Et il se montrera aimable avec cette femme. Je vous en prie.

Gertie ne priait jamais pour que Jack se conduise comme un homme normal. Certaines choses n'étaient pas du ressort de la puissance divine. Mais Il pouvait faire en sorte que Colm se trouve chez lui. Et ce fut le cas.

— Je vais d'abord vous conduire à l'hôpital, Gertie. Elle n'arrivera pas avant une demi-heure.

— Non, non, je ne peux pas décevoir Ria.

— Marilyn va d'abord se promener quelques heures en ville et arriver ici à midi, c'est l'arrangement qu'elles ont conclu.

— Il est possible qu'elle arrive plus tôt. Je peux prendre le bus.

— Non, je vais vous conduire. Quel hôpital ?

Durant le trajet en voiture, Gertie tordit son mouchoir entre ses mains, mais ils ne parlèrent pas.

— Vous êtes si compréhensif, Colm, dit-elle enfin. N'importe qui m'aurait posé des questions.

— Que pourrais-je bien vous demander ?

— Pourquoi est-ce qu'il se conduit ainsi, par exemple.

— Pourquoi vous poserais-je la question ? Moi-même, je me suis comporté longtemps de cette façon ; les gens se sont certainement souvent posé la même question.

Il se montrait rassurant. C'était précisément ce dont elle avait besoin. Elle cessa de tripoter le mouchoir entre ses doigts.

— Peut-être les gens se demandent-ils pourquoi je reste avec lui ?

— Oh, la réponse est très simple. Il a beaucoup de chance, voilà tout.

— Que voulez-vous dire ?

— Moi, je n'avais personne pour m'aider, pour me faciliter les choses, alors, un beau jour, il m'a bien fallu admettre que je menais une vie lamentable.

— Cela signifie-t-il que la solitude vous a rendu plus fort ? demanda Gertie, le visage empreint d'angoisse. C'est ce que ma mère me répète sans cesse : quitte-le, et il reviendra à la raison.

Colm haussa les épaules.

— Qui sait, cela pourrait marcher. Mais je vais vous dire une chose, cela n'a pas été drôle du tout de revenir à la raison parce que tout ce qui m'attendait, c'était une existence vide et solitaire.

Il la déposa à la grille de l'hôpital et retourna accueillir l'amie américaine de Ria.

Les instructions de Ria étaient parfaites, songeait Marilyn. Elles étaient tombées d'accord sur le fait qu'il valait mieux qu'elles ne se rencontrent pas ; l'entrevue risquait d'être hâtive et précipitée, l'une arrivant et l'autre s'apprêtant à partir. L'avion de Marilyn se posait à sept heures du matin. Ria lui avait conseillé de prendre le bus jusqu'à Dublin, de laisser ses bagages à la consigne et d'aller prendre le petit déjeuner dans un salon de thé de Grafton Street. Cela lui donnerait l'occasion de passer devant le pont O'Connell, qui enjambait la rivière Liffey, devant l'entrée de Trinity College, et de voir des boutiques et des librairies qu'elle aurait peut-être envie de revenir explorer plus tard. Après le petit déjeuner, Marilyn devrait se promener dans le quartier de St Stephen's Green. Ria avait dressé la liste de quelques statues et monuments, et lui avait indiqué un itinéraire facile qui s'achevait à une station de taxis d'où elle pourrait se faire conduire à Tara Road après avoir récupéré ses bagages. L'une des personnes dont Ria lui avait parlé serait là pour l'accueillir et lui faire visiter les lieux.

Tout s'était très bien passé. La disposition de la ville commençait à lui revenir en mémoire, bien qu'elle n'ait pas gardé un souvenir très précis de sa brève visite. Dublin avait beaucoup changé et était devenue beaucoup plus florissante. La circulation était bien plus dense, les voitures plus grandes, les gens mieux habillés. Autour d'elle résonnaient des accents étrangers, d'autres langues. Aujourd'hui, ce n'étaient pas seulement les touristes américains qui fréquentaient les boutiques d'artisanat, la ville semblait emplie d'Européens.

Aux alentours de onze heures trente, ses pieds commencèrent à la faire souffrir. Ria devait être sur le point d'embarquer. Il était temps de gagner son nouveau foyer. Le chauffeur de taxi se plaignit longuement du fait qu'il y avait trop de taxis dans les rues de la ville et pas suffisamment de travail pour tous. Il regrettait de ne pas avoir émigré aux Etats-Unis comme son frère. Il lui dit également que Tara Road était le quartier le plus huppé de Dublin, une vraie mine d'or.

— Si vos amis sont propriétaires de cette villa, ils ont un demi-million entre les mains, déclara-t-il d'un ton péremptoire en s'engageant dans l'allée.

Un homme brun et séduisant d'une quarantaine d'années lui ouvrit la porte. Il descendit les marches du perron, la main tendue.

— Ria m'a chargé de vous souhaiter la bienvenue à Tara Road, déclara-t-il tandis que Marilyn se creusait désespérément la tête afin de l'identifier parmi les dizaines de noms mentionnés par Ria.

Elle s'attendait plutôt à tomber sur la sœur de Ria, Hilary ou encore l'une de ses deux amies.

— Je suis Colm Barry, un voisin et ami. Je m'occupe aussi du potager, mais j'entre et je sors par un petit portail situé derrière la maison, aussi je ne vous dérangerai pas.

Marilyn lui lança un regard empli de gratitude. Il lui disait ce qu'elle avait besoin de savoir, mais pas davantage. Il était courtois mais réservé, ce qu'elle appréciait infiniment.

— Le propriétaire du restaurant, déclara-t-elle.

— Précisément.

Les photographies que lui avait envoyées Ria n'avaient pas menti. Le vestibule était superbe avec son parquet luisant et son élégante table. La porte du salon était ouverte et Colm la poussa légèrement.

— Si c'était chez moi, je passerais mon temps dans cette pièce, déclara-t-il. Elle s'étend sur toute la longueur de la maison, avec une fenêtre à chaque extrémité. Elle est tout simplement superbe.

Sur la table était posé un immense vase de roses.

— Ria m'a demandé de les cueillir pour vous.

Marilyn le remercia d'une voix étranglée. La villa était absolument splendide, et ces magnifiques roses posées sur une superbe table y apportaient la touche finale.

Colm porta ses bagages à l'étage et la conduisit jusqu'à la chambre.

— Je suppose que vous dormirez là. Ria a dû vous laisser un mot avec toutes les indications nécessaires. Cela fait des semaines qu'elle se prépare. Je sais qu'elle s'est donné énormément de mal.

Marilyn le devinait, elle aussi. D'un regard, elle embrassa la courtepointe d'un blanc immaculé, toute neuve, les serviettes pliées et le placard vide. Ria s'était mise en quatre pour l'accueillir. Emplie d'un sentiment de culpabilité, Marilyn espéra que sa propre maison serait à la hauteur. Ils redescendirent à la cuisine. A ce moment-là, la chatière s'ouvrit et un gros matou roux se glissa dans la pièce.

— Voici Clément, déclara Colm d'un ton cérémonieux. Un merveilleux chat, bien qu'il se laisse parfois aller à tuer un oiseau innocent sans raison aucune et à vous l'apporter comme un trophée.

— Je sais. Il faudra dire : « Comme tu es habile, Clément, merci beaucoup ! » répliqua Marilyn en souriant.

— Très bien, je vois que vous avez l'habitude. De toute façon, il n'est pas très courageux. Généralement, il se contente d'entrouvrir un œil, de regarder les oiseaux et de se rendormir.

Poursuivant sa visite guidée de la cuisine, Colm ouvrit le réfrigérateur.

— Ah, je vois qu'elle vous a laissé de quoi survivre, et même une soupe préparée avec les légumes du jardin.

Voulez-vous que je la sorte du frigo ? Vous venez de faire un long voyage, vous devez avoir envie de vous reposer.

Et il prit congé.

Quel voisin discret et agréable, songea Marilyn. C'était exactement près d'un homme comme lui qu'elle aurait souhaité habiter. Elle n'aurait aucun mal à garder ses distances avec Colm Barry. Il ne ressemblait pas à Carlotta, qui brûlait d'envie de s'immiscer dans sa vie. Et il ne s'était pas trompé, elle voulait se reposer. Elle était ravie que ce soit lui — et non l'une des femmes qu'elle s'attendait à trouver là — qui l'ait accueillie. En un sens, ils ne devaient pas être très différents puisqu'il avait deviné son besoin d'un peu de solitude.

D'un pas lent, elle se promena dans la maison qui serait la sienne jusqu'au mois de septembre. Les chambres des enfants avaient été soigneusement rangées. Des portraits de joueurs de football se trouvaient sur les murs de Brian, des chanteurs sur ceux d'Annie. Dans la chambre du petit garçon, des soldats en plastique étaient posés sur l'appui de la fenêtre, tandis que chez l'adolescente c'étaient des animaux en peluche. Il y avait deux salles de bains, dont l'une était dotée d'une baignoire et de lavabos semblant dater de l'époque victorienne, et une pièce vide, des étagères nues fixées aux murs. Ce devait être l'ancien bureau de Danny.

La cuisine était chaleureuse, presque surchargée : étagères où s'empilaient des livres de cuisine, placards emplis de casseroles et de plats... C'était une cuisine où l'on cuisinait, où l'on mangeait et où l'on vivait. Une villa décorée de magnifiques meubles, mais avant tout un foyer. Sur la plupart des murs étaient accrochées des photographies de la famille, surtout des enfants, mais sur certaines figurait aussi le séduisant Danny Lynch. Il n'avait pas été exclu de leurs vies parce qu'il était parti. Marilyn scruta son visage, y cherchant des indices de son caractère. Le fait de se trouver à Tara Road lui apprenait une chose : il devait beaucoup aimer sa nouvelle compagne ou avoir été très malheureux avec Ria pour quitter tout cela sans un regard en arrière.

— Je me demande si je devrais aller lui rendre visite, déclara Nora à Hilary.

— Oh, elle est très bien où elle est. Après tout, elle va passer l'été dans une villa qui vaut une fortune, et pour pas un sou ! répliqua la jeune femme avec une moue méprisante.

— Elle se sent peut-être un peu seule, et Ria a dit...

— Ria a dit, Ria a dit... Elle aurait pu confier la maison à beaucoup d'autres gens si elle l'avait voulu.

Nora tança sa fille d'un regard impatient.

— Ecoute-moi. Si tu es en train de suggérer que tu aurais pu t'occuper de la maison et nourrir le chat...

— Oui, ou alors toi, maman. Elle n'avait pas besoin de faire appel à une parfaite inconnue.

— Mais enfin, Hilary, tête de linotte, c'était pour aller habiter aux Etats-Unis ! Elle n'allait pas échanger sa maison avec moi qui habite dans la même rue, ou toi qui vis à l'autre bout de la ville !

Hilary se sentit parfaitement ridicule. Sa colère lui avait fait oublier ce détail.

— Nous devrions la laisser se reposer ce soir et demain. Nous irons lui rendre visite après, suggéra-t-elle.

— Cela m'ennuierait qu'elle ait l'impression de n'être pas bien accueillie, déclara Nora, tandis que sa fille aînée réprimait une nouvelle moue de mépris.

Tout en roulant en direction de Tudor Drive, Carlotta désignait à Ria les commerces et les bâtiments publics. La jeune femme s'extasiait devant les villas dotées d'une immense pelouse commune.

— Il n'y a aucune barrière ! s'exclama-t-elle.

— C'est plus convivial, j'imagine, répondit Carlotta.

— Est-ce comme cela à Tudor Drive ?

— Non, pas dans notre quartier. Les villas y sont séparées les unes des autres.

Carlotta apprit à Ria les noms des rues et des allées qui lui deviendraient familières au fil des jours et des semaines. Elle lui montra les deux hôtels, le club de gymnastique et la bibliothèque, la station-service qu'il lui faudrait fréquenter et celle dont le pompiste était insupportable, les deux antiquaires, le traiteur médiocre et l'excellent traiteur.

— Et bien sûr, le pépiniériste, acheva Carlotta avec un geste triomphant.

— Oh, cela ne m'intéresse pas beaucoup, je sais à peine distinguer une fleur d'une mauvaise herbe.

— Mais je croyais que vous adoriez jardiner, répliqua Carlotta, déconcertée. Je pensais que vous vous étiez connues grâce à ça !

— Non, absolument pas.

— Eh bien... cela montre à quel point on peut se tromper. Mais comme c'est l'unique passion de Marilyn, je m'étais dit...

Elles étaient arrivées.

— Ecoutez, reprit-elle, j'aimerais vous inviter à dîner ou à prendre un verre chez moi... mais comme vous allez passer l'été ici, je suppose que vous devez d'abord avoir envie de découvrir les lieux...

— Vous n'allez pas entrer avec moi ? demanda Ria, surprise.

— Oh, non, je ne crois pas. C'est chez vous, chez Marilyn et Greg.

— Mais non, venez, je vous en prie, j'aimerais que vous me fassiez visiter.

Carlotta se mordillait les lèvres, indécise.

— Je ne connais pas vraiment la maison... commença-t-elle.

— Oh, s'il vous plaît, Carlotta. Je me sentirais beaucoup mieux si vous me faisiez les honneurs des lieux. Et Marilyn m'a dit qu'elle me laisserait une bouteille de vin au frigo. Je lui en ai aussi laissé une chez moi. Ce serait une excellente façon de pendre la crémaillère.

— Je ne voudrais pas qu'elle s'imagine...

Mais ses protestations étaient inutiles. Déjà, Ria était sortie de la voiture et contemplait sa nouvelle maison.

— Devons-nous entrer par le petit portail ou le grand, à votre avis ?

— Je n'en sais trop rien.

Carlotta, qui quelques instants plus tôt était pleine d'assurance, semblait déroutée.

— Je n'ai jamais mis les pieds dans cette maison, Ria, avoua-t-elle.

Il y eut un bref silence, puis Ria décréta :

— Eh bien, ce sera une première pour l'une et l'autre.

Et s'emparant chacune d'une valise, elles entrèrent au numéro 1024 Tudor Drive, chez les époux Vine.

— Heidi ? Greg Vine à l'appareil.

— Oh, bonjour, Greg. Comment allez-vous ?

Heidi éprouvait un tel soulagement à la pensée qu'il n'était pas fâché de son indiscrétion qu'elle ne se demanda même pas pourquoi il l'appelait.

— Je vais bien, Heidi, mais je suis un peu dérouté. Vous avez emmené Marilyn à l'aéroport, n'est-ce pas ? Elle est partie ?

— Oui, oui, bien sûr. Vous avez son numéro de téléphone à Dublin ? se renseigna-t-elle d'une voix anxieuse. Elle m'a dit que vous l'aviez.

— Oui, je l'ai. Je me demandais simplement si... si la jeune femme était arrivée à Westville ; vous savez, celle qui va vivre chez nous.

— Je ne suis pas au courant de tous les détails, mais je crois qu'elle a dû arriver voici une heure ou deux, Greg.

Heidi n'en fit pas mention, mais il avait été extrêmement difficile de soutirer à Marilyn le moindre renseignement concernant la venue de Ria.

— Je vois.

— Qu'y a-t-il ?

— Oh, rien.

Il semblait abattu, presque déprimé. Le cœur de la jeune femme se serra, et elle essaya de deviner ce qu'il avait en tête.

— Vous aimeriez savoir si elle est bien arrivée ?

— Eh bien... oui.

— Voulez-vous que je téléphone ?

— Je crois que le répondeur téléphonique va rester

branché pendant la première semaine ; puis elle changera notre message si elle le souhaite.

Il semblait amer et triste.

— Vous aimeriez savoir si elle est arrivée et à quoi elle ressemble, Greg ? C'est ça ?

— J'imagine que oui, répondit-il avec un petit rire désabusé.

— Je ne suis pas sûre que ce soit une bonne idée d'y aller, elle dort peut-être. Mais si je téléphone et que je tombe sur le répondeur...

— Ecoutez, allez-y quand vous pourrez, Heidi. Je me sens si impuissant ici, c'est curieux, on peut se mettre à imaginer toutes sortes de choses.

— Je comprends, répliqua-t-elle d'un ton compatissant.

— Non, je ne crois pas que vous puissiez comprendre. Henry et vous pouvez parler de tout, et c'était aussi notre cas autrefois. Mais aujourd'hui, nous ne pouvons aborder aucun sujet sans nous disputer...

Il s'interrompit.

— Cela va s'arranger, Greg.

— Je suis désolé. On croirait entendre l'invité d'une émission sur les problèmes de couple.

— Est-ce si grave ?

— Non, mais ce n'est pas mon genre. Ecoutez, je n'ai pas envie de compromettre la confiance qui existe entre Marilyn et vous, croyez-moi.

— Ne vous en faites pas. Donnez-moi le numéro où je peux vous joindre, et je vous rappellerai dès que j'aurai du nouveau.

— Appelez-moi en P.C.V., Heidi.

— Rapportez-moi plutôt un beau pagne multicolore que je pourrai porter lors du pique-nique des anciens élèves.

— Oh, mon Dieu, j'avais oublié.

— Vous allez revenir y assister, n'est-ce pas, Greg ? Vous n'en avez jamais manqué un seul. Nous comptons beaucoup sur le département histoire.

— Mais à supposer que je sois là, où pourrais-je habiter ?

Il semblait totalement perdu.

— Ecoutez, Greg, il vous reste des semaines pour y penser. Avant de prendre une décision, laissez-moi vous faire le compte rendu de la situation à Tudor Drive.

— Vous êtes une véritable amie, Heidi.

— Nous l'avons toujours été, tous les quatre, et nous le serons toujours, soyez-en sûr, répliqua-t-elle sans la moindre conviction.

Carlotta et Ria visitaient la maison. Après l'immense salon au sol couvert de tapis colorés, où trois canapés blancs entouraient une vaste cheminée, elles passèrent dans la grande cuisine meublée d'un bar et d'une table, puis dans la pièce de Greg, tapissée de livres des murs au plafond, où se trouvaient un bureau et un grand fauteuil pivotant. Il n'y avait pas de place sur les murs pour y accrocher des photographies, mais trois petites tables étaient décorées de sculptures et de bibelots.

— Quelle magnifique pièce, s'exclama Ria. Si vous pouviez voir le bureau de mon mari en ce moment... On dirait une boîte vide.

— Pourquoi ? interrogea Carlotta.

— C'est mon ex-mari, et il vient de déménager. Son bureau n'a cependant jamais été ainsi, même aux temps heureux de notre mariage. Avez-vous envie de visiter le jardin ?

— Il sera encore là demain, répliqua Carlotta.

— Dans ce cas, allons ouvrir la bouteille de chardonnay, suggéra Ria.

— Si l'aromathérapie peut soigner le décalage horaire, comme il l'a fait avec vous, alors nous n'avons pas fini d'en découvrir les bienfaits, s'exclama gaiement Carlotta tandis qu'elles se dirigeaient vers la cuisine.

A cet instant précis, on frappa à la porte. Carlotta et Ria échangèrent un regard et allèrent ouvrir. Une femme d'une quarantaine d'années se tenait sur le seuil, portant à la main une bouteille enveloppée d'un papier cadeau.

— Bonjour, je m'appelle Heidi Franks. Je travaille avec Marilyn et je voulais vous souhaiter la bienvenue... Oh, bonjour, Carlotta, je ne savais pas que vous seriez ici.

— Ria a insisté pour que j'entre.

Carlotta semblait gênée, comme si la nouvelle venue l'avait surprise en flagrant délit d'intrusion.

— Entrez, Heidi, déclara Ria. Vous arrivez juste au bon moment, nous étions sur le point de prendre un verre.

— Je ne voudrais surtout pas...

Ria se demanda pourquoi les deux femmes semblaient si gênées à l'idée de franchir le seuil de la villa. Les Américains avaient la réputation d'être accueillants, et pourtant Carlotta et Heidi semblaient nerveuses, comme si l'ombre de Marilyn risquait d'apparaître et de les mettre en fuite.

Chassant ces pensées, elle les entraîna jusqu'à la cuisine.

Marilyn défit tous ses bagages, puis dégusta un bol de soupe accompagné d'un verre du coûteux vin français que Ria avait acheté à son intention. Elle resta ensuite un long moment étendue dans la baignoire de l'étage, chassant la fatigue des heures de voyage et de promenade dans Dublin.

Elle croyait pouvoir s'endormir, mais, durant tout l'après-midi, ses yeux restèrent grands ouverts et les pensées se bousculèrent dans son esprit. Qu'était-elle venue faire dans cette maison habitée par le passé et le futur ? Une demeure de l'époque victorienne ! Marilyn ne savait pas exactement en quelle année elle avait été construite, mais il était fort possible que des gens y aient habité à l'époque où la guerre de Sécession faisait rage aux Etats-Unis.

La villa était emplie d'un espoir dont le 1024 Tudor Drive était dépourvu. Deux adorables enfants souriaient sur les photographies accrochées au mur de chaque pièce. Un petit garçon qui riait de toutes ses dents et une adolescente qui avait l'âge qu'aurait eu Dale aujourd'hui. Etendue sous la courtepointe blanche, Marilyn songeait au grand vide qui peuplait sa vie.

Un léger bruit se fit soudain entendre, et le museau du grand chat roux se glissa dans l'embrasure de la porte. Il sauta sur le lit et se coucha auprès d'elle. Son ronronnement évoquait le moteur des petits bateaux qui naviguent sur les lacs de l'Etat de New York. Marilyn n'adorait pas les chats, pas plus qu'elle ne les détestait ; elle éprouvait un vague sentiment d'affection pour tous les animaux. Mais Clément était un chat intuitif, il semblait deviner qu'elle n'était pas heureuse. Il se pelotonna à ses côtés, ronronnant de plus en plus fort. Cette douce berceuse plongea alors Marilyn dans le sommeil. Quand elle s'éveilla, il était presque minuit.

A Westville, il était dix-neuf heures. Marilyn décida d'appeler Ria et de lui dire combien la maison lui semblait reposante. La jeune femme décrocherait si elle souhaitait répondre à l'appel. Marilyn composa le numéro. Après trois sonneries, elle entendit le message du répondeur.

— C'est Marilyn, déclara-t-elle. Il est minuit, tout est merveilleux, et je voulais simplement vous remercier...

La voix de Ria s'éleva dans le combiné :

— Ici, c'est seulement le crépuscule, et c'est encore plus fantastique. Merci mille fois.

— Avez-vous trouvé le chardonnay ?

— Oui, j'ai même fini la bouteille. Avez-vous trouvé le chablis ?

— Bien sûr. Je ne l'ai pas encore terminé, mais cela viendra.

— Gertie était là pour vous accueillir ?

— Oui. J'adore votre maison, elle est magnifique. Carlotta vous a donné les clefs ?

— Oui. C'est une villa de rêve, vous ne m'aviez pas dit à quel point elle était belle.

Il y eut un bref silence, puis elles se souhaitèrent bonne nuit. Marilyn ne savait pas pourquoi elle avait prétendu que Gertie l'avait accueillie. Ria n'avait aucune idée de la raison qui l'avait poussée à passer sous silence le fait que Carlotta et Heidi s'apprêtaient à ouvrir une troisième bouteille. Si on le leur avait demandé, elles auraient eu bien du mal à répondre.

— Bernadette, je vais rendre visite à ma grand-mère aujourd'hui.

— Très bien.

— Alors je ne sais pas exactement à quelle heure je rentrerai.

— Entendu.

Annie s'empara de son sac en plastique transparent, à l'intérieur duquel on distinguait une jupe très courte et un débardeur.

— Avant de t'en aller, appelle ton père au bureau, tu veux bien ?

— Mais pourquoi ?

— Parce que ce matin, au petit déjeuner, tu as oublié de lui dire que tu allais rendre visite à ta grand-mère.

— Oh, il n'a pas besoin d'être au courant de tous les détails de ma journée.

— Je crois bien que si.

— Je le lui dirai ce soir.

— Préfères-tu que je l'appelle à ta place ?

La voix de Bernadette ne recélait aucune menace. Il semblait s'agir d'une simple question, mais pourtant, ce n'en était pas une.

— Ce n'est pas la peine de jouer les gardiennes de prison, Bernadette.

— Et ce n'est pas la peine de me mentir, Annie. Tu ne vas pas rendre visite à ta grand-mère avec cet accoutrement. Kitty et toi avez d'autres projets.

— Qu'est-ce que ça peut vous faire ?

— Absolument rien, je me fiche de ce que tu fais et de l'endroit où tu vas, mais ton père sera fâché et je n'y tiens pas du tout.

Annie fut surprise. C'était la plus longue phrase que Bernadette ait jamais prononcée. L'adolescente y réfléchit un instant, puis répliqua :

— Il ne sera pas fâché s'il ne le sait pas.

— Bien joué, mais je ne suis pas d'accord, riposta la jeune femme.

— Je dois téléphoner à Kitty, alors, marmonna Annie, vaincue.

D'un signe du menton, Bernadette lui désigna le téléphone.

— Vas-y, dit-elle.

Puis elle se replongea dans son livre.

Au cours de la conversation, Annie jeta un ou deux regards par-dessus son épaule : rien n'indiquait que Bernadette l'écoutât.

— Non, je ne peux pas te parler. Bien sûr que j'ai essayé, qu'est-ce que tu crois ?... A ton avis ?... Oui. Oui. Encore pire que maman, si tu veux mon avis.

La mort dans l'âme, elle raccrocha et lança un coup d'œil en direction de la jeune femme pelotonnée dans son fauteuil. Elle crut deviner une esquisse de sourire sur ses lèvres, mais peut-être l'avait-elle seulement imaginée.

— A quoi ressemble-t-elle ? s'enquirent Myles et Dekko.

— Elle est plutôt sympa, concéda Brian à contrecœur.

— Est-ce qu'ils font l'amour sans arrêt ?

— Oh non, bien sûr que non.

— Alors, pourquoi est-il allé vivre avec elle ? demanda Dekko.

— C'est du passé. Je ne crois pas qu'ils fassent encore ce genre de choses aujourd'hui, répliqua le petit garçon d'un air songeur.

— Mais si, ils n'arrêtent jamais, contredit Myles, encore assombri par l'arrivée du bébé qui avait gâché son existence. Ils le font jusqu'à tomber d'épuisement.

— Vraiment ? demanda Dekko avec intérêt.

— J'en suis sûr, répliqua son ami d'un ton péremptoire. Chez toi ils doivent le faire sans arrêt, Brian, étant donné la situation et le reste.

— Oui, je vois ce que tu veux dire.

Brian réfléchit un instant.

— Tu ne les entends pas soupirer et souffler ? insista Myles.

— Non, répliqua le petit garçon en secouant la tête. Pas devant nous, en tout cas.

— Evidemment, espèce d'imbécile. C'est quand ils vont se coucher... C'est à ce moment-là que tu devrais les entendre.

— Non, ils parlent d'argent à voix basse, c'est tout.

— Comment le sais-tu ?

— On les a écoutés. On voulait savoir s'ils parlaient de maman, mais ils ne l'ont pas mentionnée, pas une seule fois.

— Qu'est-ce qu'ils disent ?

— Oh, des choses mortellement ennuyeuses au sujet d'une deuxième hypothèque. Ça dure des heures et des heures, répliqua Brian.

— Se conduisent-ils comme des petits monstres ? demanda Finola à sa fille au téléphone.

Bernadette éclata de rire.

— Ils ne sont pas bien méchants. Ils font beaucoup de bruit, bien sûr, et ils ne tiennent pas en place.

— C'est ce qui t'attend, répliqua sa mère.

— Je sais.

— De toute façon, ils ont une leçon de natation aujourd'hui. Je pourrai en juger par moi-même. J'aime bien le garçon, il a beaucoup d'humour.

— Oui, c'est beaucoup plus difficile pour Annie, remarqua gentiment Bernadette.

— Elle a besoin d'être gardée à l'œil.

— Cela a toujours été ton principe préféré, maman.

— Pour ce que ça m'a servi, répliqua sa mère avant de raccrocher.

A la piscine, à sa grande stupéfaction, Annie retrouva son amie Kitty.

— Quelle coïncidence ! s'exclama-t-elle à plusieurs reprises.

Kitty était tout aussi étonnée.

— Qui aurait cru ça ? lança-t-elle à la cantonade.

— Voici mon amie Mary, Mrs Dunne, déclara Annie. C'est elle qui donne à manger à mon chat. Est-ce que je pourrai aller le voir à Tara Road après la leçon de natation ?

— Bien sûr, répondit Finola.

Une ligne de bus reliait directement la nouvelle villa à Tara Road. Mary semblait être une gentille jeune fille ; elle était bien serviable d'aller nourrir le chat.

— Pourquoi l'appelles-tu Mary ? demanda Brian.

— Parce que c'est son nom, espèce d'imbécile, siffla sa sœur.

— Mais elle ne s'appelait pas comme ça avant ! protesta le petit garçon.

— Eh bien maintenant c'est le cas, alors tais-toi, d'accord ?

Le maître nageur sifflait pour attirer leur attention.

— A tout à l'heure, Kitty, lança Annie.

— Je suis désolée, j'ai mal compris son nom. Ce n'est pas Mary ? s'étonna Finola.

— Oh, eh bien... En fait, elle s'appelle Mary et Kitty.

Le visage d'Annie s'était empourpré, et son frère arborait un sourire triomphal.

Pendant le cours de natation, Finola passa un coup de fil. Au moment du départ, elle gratifia l'adolescente d'un regard implacable.

— Dis à Mary que c'est une dame américaine qui s'occupe de ton chat et que tu n'as pas besoin d'aller le voir.

Annie baissa la tête.

— Vous avez appelé Bernadette ? demanda-t-elle enfin.

— Oui, et elle m'a demandé de te transmettre un message.

— Qu'est-ce qu'elle a dit ? demanda l'adolescente, inquiète.

— Elle m'a demandé de te dire que c'était bien joué, mais qu'à la troisième tentative c'est à ton père que tu aurais affaire.

Heidi et Carlotta confièrent à Ria qu'elles n'avaient jamais, de leur vie entière, bu une bouteille de vin chacune. Elles affirmèrent que toute la faute en incombait à la mauvaise influence de leur nouvelle amie irlandaise. Ria leur assura qu'elle-même n'avait jamais rien fait d'aussi scandaleux et qu'à la maison elle se contentait d'un verre de vin au dîner.

— Mais nous sommes aux Etats-Unis, s'exclama Carlotta. Ici, nous comptons les verres, nous comptons les calories... Nous connaissons toutes des femmes, au moins la moitié des clientes du salon, qui sont en cure de désintoxication. Et maintenant, voilà que nous en prenons le chemin !

— Je suis l'épouse d'un professeur d'université et j'approche de la quarantaine, déclara Heidi. J'entends sans cesse parler de femmes dans ma situation qui deviennent alcooliques à cette période précise de leur vie. Et qui sombrent dans la déchéance. Nos maris n'ont pas les moyens de nous faire entrer dans une clinique de désintoxication huppée.

— Mais mon cas est beaucoup plus triste que le vôtre, riposta Ria en pouffant. Je suis une femme abandonnée qui a quitté l'Irlande et qui est venue jusqu'ici pour reprendre ses esprits. Et le premier jour, je tombe sur deux dévergondées et je m'enivre honteusement.

Elles s'étaient beaucoup livrées les unes aux autres. Carlotta leur avait révélé le montant des pensions alimentaires qu'elle avait reçues de ses trois ex-maris — elles lui avaient été payées en une seule fois, une somme énorme — et la façon dont elle les avait investies. Heidi leur avait parlé de son premier mariage ; elle avait épousé un homme si consternant dans tous les domaines que seule pouvait l'égaler la première femme de Henry. S'il y avait eu une justice, ils se seraient rencontrés et se seraient mariés, mais ils avaient épousé d'autres partenaires qu'ils avaient rendus tout aussi malheureux. Bien sûr, il avait aussi été question de Danny Lynch. Ria leur avait raconté leur rencontre à la veille de son vingt-deuxième anniversaire, l'après-midi où elle avait fait l'amour avec lui pour la première fois, et le soir où il lui avait dit qu'il comptait bel et bien devenir père, mais pas de son enfant.

— Voyons ce que Marilyn a laissé dans le réfrigérateur, proposa Heidi.

Elles auraient pu bavarder indéfiniment. Mais quand elles eurent dévoré une quiche aux épinards et bu une tasse de café, Ria eut l'impression que les deux femmes se sentaient légèrement coupables, et même un peu honteuses, d'avoir échangé tant de confidences. Elles ne regrettaient pas de s'être livrées, mais plutôt de l'avoir fait dans un lieu aussi inapproprié. Ria fut déçue de voir la chaleur de la soirée commencer à se dissiper. Elle s'imaginait avoir rencontré deux merveilleuses amies dès son arrivée. Peut-être s'était-elle trompée. Elle devait désormais se montrer plus circonspecte, ne pas voir d'amitié là où il n'y en avait pas. Elle les laissa s'en aller sans leur demander de revenir la voir. Et cela sembla leur convenir. De même qu'elles paraissaient ravies que Ria n'ait pas mentionné à Marilyn la petite fête du 1024 Tudor Drive. Au cours de leurs confidences, leurs discussions et leurs débats, il n'avait pas été une seule fois question de la femme qui habitait cette maison.

Après leur départ, à vingt-deux heures — trois heures du matin chez elle —, Ria fit lentement le tour de la villa de Marilyn. En Irlande, son mari devait dormir avec la toute jeune femme qui portait son enfant. Son fils devait être étendu sur le dos, les draps roulés en boule au pied du lit et la lampe de chevet allumée. Sa fille devait avoir rempli son journal intime de plans irréalisables visant à lui permettre de s'échapper en compagnie de Kitty. Sa mère devait dormir, entourée d'illustrations représentant des saints, nourrissant le vague projet de vendre son pavillon pour s'installer à Sainte-Rita.

Hilary et Martin devaient eux aussi être endormis dans leur maison exiguë, au fond du lit qu'ils avaient acheté dans une liquidation de stock. Un lit où ils ne faisaient plus l'amour, Martin considérant que c'était sans intérêt si l'on n'avait pas espoir de concevoir un enfant. Leur réveil devait être programmé pour sonner à six heures trente. Pendant les vacances scolaires, Hilary se rendait quand même au collège pour s'occuper du secrétariat et Martin corrigeait des copies pour arrondir leurs fins de mois. Rosemary devait dormir depuis quatre heures et, puisque Gertie menait une existence assez paisible pour lui permettre d'aller accueillir Marilyn à Tara Road, elle était peut-être endormie, elle aussi, à côté de l'ivrogne en qui elle voyait un être fragile et précieux qu'elle avait pour mission de protéger.

Clément devait sommeiller sur une chaise, dans la cuisine. Il en choisissait une différente tous les soirs. Il n'avait pas le droit de monter à l'étage, malgré ses fréquentes tentatives et les nombreuses supplications d'Annie.

Marilyn dormait-elle ? Peut-être était-elle éveillée, songeant à l'inconnue qui arpentait sa propre villa. Ria entra dans la chambre qu'elle avait entr'aperçue avant de refermer instinctivement la porte pour la dissimuler au regard de Carlotta. Elle appuya sur l'interrupteur. Les murs étaient tapissés de photographies de motos, de grosses cylindrées, de Honda...

Le lit était jonché de vêtements de garçon : des vestes, des jeans, de grosses chaussures... Comme si un adolescent de quinze ans s'était précipité dans la pièce, avait fouillé dans ses affaires pour trouver quelque chose à mettre avant de ressortir. Dans la penderie, des vêtements étaient soigneusement pendus sur des cintres, et des chemises, des shorts et des chaussettes étaient empilés sur les étagères. Des devoirs d'école, des magazines et des livres jonchaient le bureau situé près de la fenêtre. Il y avait également là des photos représentant un séduisant adolescent aux cheveux hérissés, dont le sourire n'était nullement enlaidi par un appareil dentaire, toujours en compagnie d'un groupe d'amis. L'une d'elles les montrait en train de jouer au basket, une autre en train de nager, de s'amuser dans la neige, ou encore costumés pour une représentation théâtrale au collège...

Elle contempla les photographies. Sans doute Marilyn les avait-elle laissées là intentionnellement. Ria brûlait d'envie d'en savoir davantage sur la femme endormie dans son lit à Tara Road. Il y avait forcément dans cette villa une photo qui lui permettrait de savoir à quoi ressemblait Marilyn Vine. Enfin, elle la découvrit. Elle était fixée à l'aide d'un morceau de Scotch à l'intérieur d'un sac de sport. Il s'agissait d'une photographie prise en été qui les représentait tous les trois : un adolescent vêtu d'une tenue de sport, un large sourire aux lèvres, le bras jeté en travers des épaules d'un homme au front légèrement dégarni, et une femme grande et mince, vêtue d'un survêtement jaune. Ses pommettes étaient hautes, ses cheveux courts et sombres, et elle portait des lunettes de soleil juchées en équilibre sur son crâne. Ils incarnaient l'image même d'une famille épanouie et heureuse.

Rosemary glissa une note dans la boîte à lettres de Tara Road.

Chère Marilyn,

Bienvenue à Dublin ! Quand vous vous réveillerez, je suis sûre que vous aurez envie de vous rendormir et de ne pas être dérangée par des voisins curieux. Mais je tenais juste à vous dire que, si vous souhaitez prendre un verre chez moi ou même déjeuner chez Quentin, un restaurant qui devrait vous plaire, vous n'avez qu'à me téléphoner.

Je ne veux pas vous accabler d'invitations mais je tiens, étant l'amie la plus ancienne et, je l'espère, la plus chère de Ria, à vous souhaiter la bienvenue à Tara Road. Je sais que Ria était très heureuse à l'idée d'aller chez vous.

Bien à vous,
Rosemary Ryan

Marilyn déplia la lettre avant même que Rosemary n'ait regagné sa voiture garée devant le portail. Après sa conversation avec Ria, la nuit précédente, le sommeil l'avait fuie ; elle savait qu'elle ne pourrait se rendormir, en dépit du tendre ronronnement de Clément, qui l'avait suivie au rez-de-chaussée de mauvaise grâce et s'était installé sur l'un des fauteuils du magnifique salon. A travers la vitre, Marilyn aperçut une grande femme blonde et élégante, vêtue d'un superbe tailleur. Révélant des cuisses fuselées gainées de bas gris et des escarpins à talons hauts, elle monta dans une Mercedes noire et démarra. Dans ses lettres, Ria l'avait décrite comme sa meilleure amie, un redoutable parangon de femme d'affaires mais également une femme superbe et extrêmement gentille.

Marilyn parcourut la lettre avec satisfaction. Elle était chaleureuse, sans être trop insistante. Cette femme allait au bureau à six heures trente du matin, dirigeait sa propre société et ressemblait à une star de cinéma. Marilyn relut son mot. Elle n'avait aucune envie de rencontrer cette femme et de discuter avec elle. Peu lui importait la place que ces gens tenaient dans la vie de Ria, ils ne faisaient pas partie de la sienne. Elle ne répondrait pas, et si Rosemary lui rendait de nouveau visite elle la recevrait brièvement.

Marilyn n'était pas venue en Irlande pour nouer un réseau de relations superficielles.

— Colm, j'ai rêvé de toi cette nuit, déclara Orla en entrant dans le restaurant.

— C'est faux. Tu veux me demander si tu peux chanter ici le vendredi, et tu avais besoin d'un prétexte pour venir me voir, répliqua Colm en souriant afin d'ôter toute méchanceté à ses propos.

Orla éclata de rire.

— Bien sûr que j'ai envie de chanter ici le vendredi et le samedi, et tous les soirs de la semaine lors du Salon hippique, en août, lorsque tu feras salle comble. Mais j'ai bel et bien rêvé de toi.

— Dis-moi, est-ce que j'étais un restaurateur comblé ?

— Non, tu purgeais une peine de prison à vie parce que tu avais assassiné ton beau-frère Monto.

— Tu aimes beaucoup les drames, Orla, répliqua Colm, le sourire soudain figé.

— Oui, mais nous ne choisissons pas nos rêves, répondit la jeune femme en haussant les épaules. Ça signifie sûrement quelque chose.

— Je ne crois pas avoir assassiné mon beau-frère, déclara Colm en feignant de se creuser la mémoire. Non, je suis sûr que non. Il se trouvait ici hier soir, avec un groupe d'amis appartenant au monde des courses.

— C'est un truand, n'est-ce pas ?

— Je ne l'apprécie pas beaucoup, mais je suis cependant certain de ne pas l'avoir tué.

Colm semblait brûler d'envie de changer de conversation.

— Je le sais bien, reprit Orla. Il m'a téléphoné aujourd'hui pour essayer de me convaincre de venir chanter lors d'une soirée entre hommes. Nous savons tous ce qu'il entend par là.

— Et qu'entend-il par là, Orla ?

— Il veut dire : viens nous montrer tes seins, Orla.

— C'est insupportable.
— Tout le monde n'est pas de cet avis, Colm.
— Je veux dire qu'il est insupportable qu'un homme ayant épousé ma sœur demande une telle chose à une chanteuse professionnelle. Tu m'as mal compris. Je suis sûr que la vue de tes seins est un véritable ravissement, mais pas en de telles circonstances.
— Parfois, Colm, tu t'exprimes comme un avocat.
— Eh bien, ça me servira peut-être si tes rêves se réalisent, déclara-t-il d'une voix légèrement tendue.
— Monto m'a dit que... Eh bien, il a laissé entendre...
Orla s'interrompit.
— Oui ?
— Il a laissé entendre qu'il avait quelques difficultés avec ta sœur Caroline.
— En effet, il a des difficultés à se souvenir qu'il est marié avec elle.
— Il a dit que c'était pire, qu'il s'agissait d'une sorte de secret ténébreux.
— C'est vrai, et cela s'appelle une erreur de jugement. Elle a épousé un homme que tu as très justement qualifié de truand. Mais ce n'est pas vraiment un secret. Quoi qu'il en soit, Orla, aimerais-tu chanter samedi ? Un ou deux classiques. Tu chanteras en sourdine, les clients auront autant envie de discuter que de t'entendre. C'est compris ?
— Oui, patron.
— Tu chanteras beaucoup plus de chansons d'Ella Fitzgerald que de Lloyd Webber. D'accord ?
— Tu as tort, mais d'accord, patron.
— Et tu resteras à l'écart de Danny Lynch. Il viendra dîner avec sa nouvelle femme, ses deux enfants et sa belle-mère.
— Ce n'est pas sa nouvelle femme, c'est sa maîtresse et elle est enceinte, alors il est inutile d'être aussi cérémonieux, Colm.
— Tu ne t'approcheras pas de lui. Promets-le-moi, ou tu ne seras pas payée, et tu ne chanteras plus jamais, ni ici ni ailleurs.
— Promis, patron.

Colm se demanda pourquoi il avait mis Orla en garde. Après tout, Ria aurait certainement éprouvé un certain plaisir à s'entendre dire que l'idylle des deux tourtereaux était moins solide qu'on ne le pensait. Mais les affaires étaient les affaires, et qui avait envie d'assister à une scène dans son restaurant un samedi soir ?

— Samedi soir, nous allons inviter Mrs Dunne à dîner, annonça Danny à ses enfants.

— Mais c'est le soir où maman va nous téléphoner, objecta Brian.

— Elle nous a demandé de l'appeler Finola, pas Mrs Dunne, intervint Annie.

— Moi, mais pas vous, contredit son père.

— Si.

— Non, Annie. Elle n'est pas de votre génération.

— Mais nous appelons Rosemary par son prénom, non ?

— Oui, mais c'est une féministe.

— Mais Finola est féministe aussi, elle nous l'a dit, insista l'adolescente.

— Parfait, appelez-la Finola. Bien, bien. Je pensais l'emmener chez Quentin mais il s'avère qu'elle... que Finola... préfère aller chez Colm, alors nous irons là-bas.

— Elle a bien raison, s'exclama Annie. Colm prépare de bons plats végétariens, et non d'affreux trucs prétentieux qui coûtent de quoi nourrir une famille pauvre pendant un mois.

— Mais si maman téléphone ? renchérit Brian.

— Elle laissera un message et nous la rappellerons, répliqua son père d'un ton léger.

— Mais elle a peut-être très envie de nous parler, protesta le petit garçon.

— Nous pourrions peut-être changer le message pour qu'elle sache que nous dînons chez Colm ? suggéra sa sœur.

— Non, nous laisserons le message tel qu'il est, répondit Danny d'une voix ferme.

— Mais ce serait tellement facile, papa.

— D'autres personnes appellent Bernadette, et elles n'ont aucune raison d'être au courant de nos petits arrangements.

— Ce n'est pas un petit arrangement de dire à maman que nous n'avons pas oublié qu'elle allait appeler, répliqua Annie.

— Téléphone-lui, alors ! Dis-lui que nous sortons.

— Nous n'avons pas les moyens de lui téléphoner d'ici, décréta le petit garçon.

— Je viens de te dire que tu pouvais. Un coup de fil rapide, entendu ?

— Mais... Et la deuxième hypothèque, et toutes les dettes ? interrogea Brian.

— Que veux-tu dire ? demanda anxieusement son père.

— Tu dis souvent que la vie est si chère, intervint rapidement Annie, qu'il faudra peut-être prendre une deuxième hypothèque ; mais Brian ne se rend pas compte qu'un coup de fil de trente secondes ne coûte presque rien.

— Je n'ai jamais parlé de...

— Papa, nous allons adorer cette soirée chez Colm, Finola va l'adorer et toi aussi. Alors cesse de te tracasser au sujet de Brian, qui, comme je te l'ai souvent dit, n'a absolument rien dans le crâne.

— Tu es une fille formidable, ma princesse, s'exclama Danny. Dans toute la ville, je vois de brillants jeunes hommes qui vont t'enlever un jour.

— Allons, papa, tu t'imagines que je vais te croire ? Tu n'as jamais l'occasion de rencontrer des garçons de mon âge.

— C'est vrai, mais tu ne vas pas t'enfuir avec un petit jeune, ma princesse, si ?

— C'est ce que tu as fait, papa.

Il y eut un silence.

— Et moi, qui vais-je épouser ? demanda Brian.

— Une femme qui sera totalement dépourvue de toutes ses facultés, et en particulier du sens de l'odorat, répliqua l'adolescente.

— Ce n'est pas vrai, papa, si ?

— Bien sûr que non, Brian. Ta sœur plaisante, voilà tout. Le temps venu, tu épouseras une femme merveilleuse.

— Comment peut-on savoir si c'est la bonne personne, papa ?

— Tu le sauras, le rassura son père.
— Mais toi, tu t'es trompé, papa. Tu croyais que maman était la bonne personne et puis tu t'es aperçu que non.
— Elle l'est restée longtemps, Brian.
— Et combien de temps cela dure-t-il, papa ?
— Une quinzaine d'années, apparemment, répliqua Annie.
— Tout le monde à table, je vous ai acheté des *fish-and-chips*, lança Bernadette de la cuisine.

Marilyn avait emporté une chaise et une tasse de café sur le perron. Assise au soleil, elle contemplait le jardin.

On aurait pu en faire des merveilles. C'était vraiment dommage qu'il n'ait pas bénéficié de soins et d'attentions, à l'inverse de la villa. Elle y remarqua quand même quelques arbres intéressants. Autrefois, quelqu'un avait tenté de l'embellir. Malheureusement, l'arbousier n'avait été ni élagué ni taillé, il était devenu boiseux et il serait difficile de le sauver. Laissé à l'abandon, le palmier était presque totalement étouffé par les buissons qui avaient poussé alentour.

De l'autre côté du portail, Marilyn remarqua une femme âgée d'une soixantaine d'années accompagnée d'un chien laid et disgracieux. Celle-ci l'observait avec intérêt.
— Bonjour, lança poliment Marilyn.
— Bonjour ! Je suppose que vous êtes la visiteuse américaine.
— Oui, je suis Marilyn Vine. Êtes-vous une voisine ?
— Je suis la mère de Ria, Nora, et voici Bobby.
— Ravie de faire votre connaissance.
— Ria nous a bien précisé que nous ne devions pas vous rendre visite à l'improviste.

Nora avait gravi les marches afin de poursuivre la conversation, mais elle semblait intimidée. Bobby bâilla à s'en décrocher les mâchoires, comme s'il prévoyait un ennuyeux échange de politesse. Marilyn se souvenait avoir vu cette femme en photo, et elle savait qu'elle vivait tout près.
— Je peux vous assurer une chose : Ria n'a pas grandi dans une villa meublée d'antiquités comme celle-ci.

Marilyn perçut la rancœur qui teintait la voix de la visiteuse.

— Vraiment, Mrs Johnson ?

Nora jeta un coup d'œil à sa montre, laissa échapper un cri et s'exclama qu'elle allait être en retard à Sainte-Rita.

— Il faudra que vous m'accompagniez, un jour... C'est une maison de retraite, ce serait merveilleux que vous leur rendiez visite.

— Ah bon, pourquoi ? demanda Marilyn, ébahie.

— Eh bien, les vieilles personnes adorent avoir des surprises. Parfois, mes petits-enfants m'accompagnent, et un jour j'ai emmené un jongleur que j'avais rencontré dans Grafton Street. Ils aiment bien Bobby aussi, et je suis sûre qu'ils adoreraient rencontrer une Américaine ; cela les changerait.

— Eh bien, je vous remercie. Un jour prochain, peut-être.

— Son Altesse Rosemary Ryan est-elle déjà venue vous rendre visite ?

— Je vous demande pardon ?

— Rosemary, l'amie de Ria ?

— Non, mais elle m'a laissé un petit mot. Les gens sont très gentils.

— Eh bien, ils s'intéressent à vous, Marilyn, quoi de plus normal ?

Puis Nora s'en alla, après avoir déclaré qu'elle voulait tout savoir de Marilyn Vine mais sans avoir demandé ni découvert quoi que ce soit.

Après son départ, Marilyn alla de nouveau chercher l'album de photos. Il fallait qu'elle puisse identifier les gens qui allaient lui rendre visite. Aussi, quand Gertie se présenta à la grille, légèrement hésitante, Marilyn la reconnut aussitôt.

— Je vais être franche, commença Gertie. Ria a dû vous dire que j'avais besoin de gagner quelques livres supplémentaires chaque semaine. Mais il me semble injuste de vous demander de me payer avec l'argent de vos vacances...

— Mais non, cela me convient parfaitement, et je veux être sûre que cette magnifique villa sera aussi bien entretenue que d'habitude.

Gertie regarda autour d'elle.

— Mais vous avez tout rangé ; chaque chose est exactement à sa place. J'aurais l'impression de vous demander la charité.

— Non, ne vous inquiétez pas.

— Je ne suis pas sûre que Ria vous ait expliqué... commença Gertie.

— Oh, bien sûr que si. Vous avez la gentillesse de venir deux fois par semaine l'aider à entretenir cette superbe maison.

— Oui, mais je ne voudrais pas que cela vous dérange...

Gertie avait de larges cernes noirs sous les yeux. Marilyn savait qu'elle était à la fois une amie et une employée, mais cela ne la regardait pas.

— Aimeriez-vous que je vous prépare une tasse de café ? demanda la jeune femme.

— Non, merci, dit l'Américaine en souriant.

— Eh bien, dans ce cas, puis-je me mettre au travail ?

— Je suis sûre que vous connaissez parfaitement cette maison. Faites à votre idée.

— Eh bien, Ria apprécie beaucoup que le parquet du salon soit ciré.

— C'est parfait.

— Pourrais-je faire quoi que ce soit pour vous, du repassage, peut-être ?

— C'est très gentil, je déteste repasser. Je dois sortir, maintenant, je vous reverrai la prochaine fois ?

— Bien sûr. Je vous souhaite la bienvenue à Dublin, Marilyn.

— Merci.

Elle prit ses clefs et s'éloigna. Cette maison allait faire l'objet d'un va-et-vient continuel ! Il était peu probable qu'elle y trouve le repos qu'elle était venue chercher.

Gertie songea que, pour une femme qui détestait repasser, Marilyn avait des vêtements absolument impeccables. Sans doute avait-elle trouvé le temps de se servir du fer de Ria depuis son arrivée. Mais elle décida de ne pas s'interroger davantage. Il y avait en Marilyn quelque chose qui lui plaisait.

L'Américaine ne semblait pas avoir envie de savoir pourquoi Gertie, qui s'occupait déjà d'une laverie, avait besoin d'ar gent liquide, pas plus qu'elle ne paraissait vouloir parler d'elle-même. Tant de gens s'efforçaient d'intervenir dans l'existence de Gertie que la jeune femme jugeait cette discrétion fort agréable.

— Que raconte le message ? interrogea Brian.

— C'est une voix à l'accent américain qui propose de laisser un message aux personnes qui habitent là, déclara sa sœur.

— Mais il y a seulement maman !

— Tais-toi, Brian. Bonjour, maman, c'est Annie et Brian... Tout va bien, je voulais seulement te dire que nous allons dîner avec papa et... Enfin, nous allons dîner chez Colm samedi soir, alors nous rentrerons tard. Nous ne voulions pas que tu téléphones et que tu ne trouves personne. C'est tout, maman. Brian va bien aussi.

— Laisse-moi lui dire que je vais bien, s'écria le petit garçon.

— Ce n'est pas la peine de gaspiller de l'argent, maman le sait parfaitement.

Mais Brian lui arracha le téléphone des mains.

— Je vais bien, maman, et je fais des progrès en natation. Le maître nageur a dit à Finola que j'apprenais rapidement. Oh, Finola est la mère de Bernadette. Elle vient dîner avec nous aussi.

Annie lui arracha le combiné, et raccrocha.

— Qu'est-ce qui t'a pris de parler de Finola ! Tu es le pire imbécile qui soit ! s'exclama-t-elle, les yeux étincelants de colère.

— Je suis désolé, murmura Brian, atterré. Je n'ai pas réfléchi. Cela me faisait tellement plaisir de laisser un message à maman !

Il semblait si malheureux que même le cœur d'Annie ne put que s'attendrir.

— Après tout, ce n'est pas la fin du monde, marmonna-t-elle. Maman ne sera pas fâchée.

Ria revenait de la piscine, vêtue d'un des peignoirs de Marilyn. Les premiers jours, elle s'était contentée de patauger dans l'eau fraîche, contemplant les magnifiques fleurs et le jardin bien entretenu qui l'entouraient. Puis elle s'était mise à lire les carnets de sport de Dale, soigneusement rangés dans sa chambre. Une section était consacrée à la natation. Il y mentionnait le nombre de longueurs que ses amis et lui avaient parcourues. Il écrivait également : « Maman a décidé d'arrêter de barboter comme une otarie et de devenir une bonne nageuse. Alors elle fait quatre longueurs chaque jour ; ce n'est rien, mais elle progresse. »

Lorsque Dale avait cessé de rédiger ses comptes rendus, Marilyn accomplissait plus de trente longueurs. Ria eut le sentiment d'y voir un message. A l'arrivée de ses enfants, elle ne serait plus une otarie mais une excellente nageuse. Elle avait parcouru six longueurs ce matin et se sentait épuisée. Elle avait besoin d'une bonne tasse de thé et d'un peu de repos.

Apercevant le petit voyant rouge qui clignotait sur le répondeur, elle se précipita pour écouter le message. Elle s'assit à la table de la cuisine et écouta ses enfants lui parler à des milliers de kilomètres de distance. Les larmes ruisselaient sur son visage. Que faisait-elle ici, à nager bêtement dans une piscine ? Pourquoi n'était-elle pas avec eux au lieu de les laisser sympathiser avec la mère de Bernadette ? Et comment Danny pouvait-il être cruel et insensible au point de retourner au restaurant même où il lui avait appris l'existence de sa maîtresse ? Colm allait-il s'empresser autour d'eux et leur offrir un apéritif, comme d'habitude ?

La famille Lynch était de sortie, seules quelques petites choses avaient changé. Les épouses, par exemple. L'une d'elles avait été mise au rancart, et un nouveau modèle avait été choisi. Les belles-mères : ce ne serait pas Nora Johnson, mais Mrs Dunne, aux escarpins vernis et à l'élégant tailleur. Comme lorsqu'on titille une dent douloureuse, Ria repassa plusieurs fois le message. La dispute qui avait éclaté entre les deux enfants ne lui arracha même pas un sourire. Elle devinait qu'à l'instant où ils avaient raccroché Annie avait grondé son petit frère pour son manque de tact. En ce moment précis devait avoir lieu une violente dispute. Comment Bernadette réagirait-elle ? Les empêcherait-elle de se chamailler, ou ferait-elle semblant de ne pas s'en apercevoir ?

Peu importait à Ria. Quoi que fît Bernadette, ce serait le mauvais choix. En revanche, la femme que les enfants appelaient Finola exerçait peut-être désormais une grande influence sur leurs vies. Elle allait dîner avec eux ! C'était plus douloureux encore que tout le reste.

Ria ne put le supporter. Posant sa tête sur la table de la cuisine, elle éclata en sanglots. Elle ne vit pas l'homme qui s'approchait des portes-fenêtres, prêt à frapper à la vitre. Lui, en revanche, aperçut la femme submergée de chagrin. Il n'entendait pas ses pleurs ni les mots étouffés qui s'échappaient de ses lèvres. Ramassant son sac de toile, il s'éloigna sur la pointe des pieds. Ce n'était nullement le moment d'annoncer qu'il était le frère de Greg Vine, de passage à Westville, et qu'il venait rendre visite à Marilyn. Regagnant sa voiture de location, il prit la direction d'un motel.

Depuis l'accident, il régnait une telle atmosphère de tragédie dans cette maison qu'il lui était extrêmement difficile de s'y rendre. Et aujourd'hui, il était tombé sur une inconnue drapée dans un peignoir de bain qui sanglotait éperdument. Mais il avait promis à son frère que, s'il venait en voyage sur la côte Est, il rendrait visite à Marilyn. Il avait pensé — à tort — qu'il était préférable d'arriver sans la prévenir, afin d'éviter qu'elle ne trouve une excuse pour ne pas le voir.

Au motel, il prit une douche, but une bière fraîche puis composa le numéro de son frère. Le message du répondeur annonçait que Greg et Marilyn étaient tous deux absents mais qu'il était possible de laisser un message à l'intention des personnes logeant à la villa. Mû par une impulsion, il déclara :

— Je m'appelle Andy Vine. Je suis le frère de Greg, de passage à Westville, et je loge au... un instant...

Il chercha le nom et le numéro de téléphone du motel, et les dicta à la bande du répondeur avant d'ajouter :

— Je sais que Greg se trouve à Hawaï, mais peut-être auriez-vous la gentillesse de me joindre pour me dire où est Marilyn ? Je vous en serais reconnaissant. D'avance, merci.

Immobile sur sa chaise, Ria prêta l'oreille au message. Elle ne décrocha pas. Marilyn ne lui avait pas parlé de son beau-frère. Peut-être étaient-ils fâchés. Si c'était bien le frère de Greg, il devait certainement savoir que sa belle-sœur se trouvait à Dublin. Et, au contraire, s'il la croyait chez elle, pourquoi n'était-il pas passé ? Peut-être Ria se montrait-elle excessivement soupçonneuse ? Serait-il ridicule d'appeler Marilyn en Irlande pour lui poser la question ? Cela reviendrait à se mêler de ses affaires, ce qui, Ria s'en rendait compte, était la dernière chose que souhaitait Marilyn. Elle ne pouvait pas interroger Carlotta et Heidi, puisque celles-ci paraissaient ne rien savoir de leur amie. Elle décida d'appeler Greg à Hawaï.

Elle parvint à le joindre sans aucune difficulté. A l'entendre, il paraissait plus jeune et plus chaleureux que sa photographie ne semblait le suggérer.

— Je suis ravi de faire votre connaissance, déclara-t-il lorsqu'elle se présenta.

— Tout d'abord, laissez-moi vous assurer qu'il n'y a aucun problème. Votre merveilleuse villa est en parfait état, dit-elle.

— Quel soulagement ! Je croyais que vous alliez m'annoncer que la plomberie avait rendu l'âme.

— Non, absolument pas. Je suppose qu'en un sens, puisque j'habite ici... J'avais envie de me présenter à vous... mais pas à vos frais.

— C'est très aimable à vous. J'espère que vous ne manquez de rien.

Il s'exprimait d'une voix polie mais froide.

Ria évoqua le coup de fil qu'elle avait reçu du motel. Greg lui assura qu'il avait, en effet, un frère éminemment respectable qui s'appelait Andy, travaillait à Los Angeles mais se rendait parfois en voyage d'affaires à Boston et à New York.

— Parfait. Dans ce cas, je vais l'appeler. J'ai pensé qu'il était préférable de vérifier ce qu'il en était, parce qu'il semblait tout ignorer des faits et gestes de Marilyn.

— J'apprécie votre circonspection. Mais Marilyn s'est montrée, disons... plutôt réticente à informer qui que ce soit de ses projets.

Il semblait amer. Ria feignit de ne pas s'en apercevoir.

— Eh bien, vous serez ravi d'apprendre qu'elle est bien arrivée et qu'elle est aussi confortablement installée que je le suis à Tudor Drive. J'espère que vous pourrez y aller, vous aussi.

— Oh, je ne crois pas que cela fasse partie de ses plans.

De nouveau, sa voix était glaciale.

— Je lui ai demandé si vous alliez la rejoindre et elle m'a répondu qu'elle l'ignorait.

— Vraiment ? Et votre mari va-t-il vous retrouver à Westville ? demanda-t-il.

Ria inspira profondément. Manifestement, Marilyn s'était montrée fort économe d'explications.

— Non, Danny est mon ex-mari. Il habite désormais avec une femme beaucoup plus jeune, Bernadette. C'est pourquoi je suis venue ici, chez vous. Mon fils et ma fille me rejoindront le mois prochain. Marilyn ne vous a même pas dit cela ?

Après un instant de silence, il répliqua :

— Si, et je suis désolé de m'être comporté ainsi. C'était parfaitement indélicat. J'étais bouleversé que Marilyn refuse de me rejoindre à Hawaï, et je le suis toujours.

— Cela n'a pas d'importance. Je crois qu'elle était à la recherche d'un lieu complètement différent.

— Apparemment.

Il y eut un bref silence.

— Et votre fils ? reprit Ria.

— Oui ?

— Se plaît-il à Hawaï ?

— Je vous demande pardon ?

— J'imagine que c'est un lieu que tous les adolescents doivent adorer.

Sans bien savoir pourquoi, Ria se sentait troublée.

— Oh, oui. Absolument.

— Je suppose que sa mère doit lui manquer.

— Pardon ?

— C'est toujours le cas, même s'ils prétendent le contraire, ajouta-t-elle en ayant le sentiment de parler à tort et à travers. Surtout les garçons, vous savez...

— Bien sûr.
Il semblait impatient d'achever la conversation.

— Je ne vais pas vous ennuyer plus longtemps, reprit-elle. Tout me semble un peu confus ces jours-ci, mais soyez sûr que votre villa est en parfait état. J'espérais vous rassurer au moins sur ce point.

— Bien sûr. Et vous sentez-vous bien là-bas ?

— Je m'y sentais merveilleusement bien, répondit Ria avec sincérité, mais je viens d'écouter le message que mes enfants ont laissé sur votre répondeur.

— Vous leur manquez ? C'est ça ?

— Non, Greg. Je ne leur manque pas, voilà le problème.

— Marilyn ? Rosemary Ryan à l'appareil.

— Oh, merci pour votre petite lettre.

— Je me demandais si je pouvais vous inviter à dîner chez Colm samedi soir, vous et Gertie ? C'est une soirée spéciale fruits de mer, cela vous plaira sans doute.

— Je ne voudrais pas vous gêner...

— Ce serait une soirée toute simple, entre filles : Gertie ne fréquente pas de réceptions mondaines. Acceptez donc !

— Merci beaucoup, Rosemary. Cela me ferait très plaisir, répondit Marilyn.

Ria rappela Andy Vine au motel. Elle se présenta et lui apprit où se trouvait Marilyn.

— Nous avions toutes les deux besoin de prendre un peu le large, et nous avons pensé que ce serait une bonne idée, déclara-t-elle.

Il sembla se contenter de son explication.

— En temps normal, dormiriez-vous ici, à Tudor Drive ? Je veux dire, si Marilyn avait été chez elle ? demanda Ria.

— Eh bien, peut-être.

— Alors il n'y a aucune raison que vous payiez une chambre d'hôtel, n'est-ce pas ? Vous comptiez loger chez votre frère ?

— Non, je vous en prie, Maria. Vous êtes chez vous à présent, exactement comme Marilyn est chez elle dans votre villa en Irlande.

— Mais cela me gêne. Combien de temps allez-vous passer à Westville ?

— Si Marilyn avait été là, je serais resté ce soir et samedi... puis je serais allé à Boston dimanche. La conférence commence lundi matin.

— Je suis navrée qu'elle n'ait pas pensé à vous en parler. Tout a été organisé un peu précipitamment, déclara Ria d'un ton d'excuse.

Il ne pouvait s'agir de la femme qu'il avait vue pleurer avec un tel désespoir.

— Je pensais inviter Marilyn à dîner dans un nouveau restaurant thaï.

— Vous le ferez la prochaine fois.

— Et vous, Maria, cela vous plairait-il ?

La jeune femme demeura un instant silencieuse. Jamais elle n'aurait pensé qu'ici, aux Etats-Unis, moins d'une semaine après son arrivée, un homme qui ne l'avait jamais vue l'inviterait à dîner. Mais c'était samedi soir. En Irlande, ses enfants allaient dîner chez Colm en compagnie d'inconnus.

— Avec grand plaisir, Andy, répondit-elle.

— Monto a l'intention d'inviter un groupe d'amis ici ce soir, annonça Colm.

— Que lui as-tu répondu ? demanda Caroline avec inquiétude.

— Je lui ai dit que toutes les tables étaient réservées.

— Oh...

— Il m'a conseillé d'en discuter avec toi, et m'a dit qu'il rappellerait plus tard pour voir si une table de six personnes s'était libérée.

— Donne-la-lui, Colm.

— Pourquoi ? Quand ils sont là, tu es bouleversée. Nous n'avons pas besoin de l'argent que nous rapportent six steaks trop cuits et des tournées de doubles whiskys.

— Je t'en prie, Colm...

— Je déteste voir à quel point tu as peur de lui.

Il plongea dans ses grands yeux tristes un regard empli d'une telle compassion qu'il vit les larmes naître au coin de ses paupières.

— Mais je ferai comme tu veux, reprit-il. A quelle table crois-tu qu'ils passeront le plus inaperçus ?

Elle lui adressa un sourire voilé de larmes.

— Penses-tu que j'agirais ainsi si j'avais une autre solution ? souffla-t-elle.

— Il existe une solution.

— Nous en avons déjà parlé un millier de fois.

— Je suis désolé, Caroline.

Il prit sa sœur dans ses bras, et elle posa sa tête sur son épaule.

— Pourquoi serais-tu désolé ? Tu fais tout ce que tu peux pour moi ; je te dois la vie.

Alors qu'il lui tapotait le dos, il entendit derrière eux la voix enjouée d'Orla King.

— Bonjour, tout le monde ! Je pensais arriver à temps pour vous montrer mon programme, mais on dirait que je suis arrivée un peu trop tôt...

La mère [illegible] Ber[illegible]adette avait décidé d'apprendre à Brian à jouer au[illegible]ec[illegible]

— Ce [illegible] pas trop difficile ? demanda le petit ga[illegible]on avec méfi[illegible]

— Non [illegible] du tout. Ce qui est difficile, c'est d'être [illegible]on joueur. Tu [illegible]ren[illegible]ras les règles en une demi-heure et t[illegible] les connaîtra[illegible]e t[illegible] vie.

— Bon[illegible]co[illegible]l.

— Veux-tu apprendre aussi, Annie ?

— Non merci, Finola.

— Très bien.

Finola s'était doutée que l'adolescente refuserait de faire quoi que ce soit avec son petit frère, et aussi qu'elle redouterait de trahir sa mère. Bernadette avait raison ; Annie était une jeune fille compliquée, ses quatorze ans et demi ne simplifiant pas les choses.

Danny et Bernadette avaient accompagné Barney pour rencontrer des investisseurs susceptibles d'être intéressés par un nouveau complexe immobilier. L'entrevue ne s'était pas très bien déroulée. Les investisseurs avaient posé beaucoup trop de questions sur les retombées financières de projets antérieurs et les détails des plans de construction. Bernadette s'était montrée discrète et silencieuse, les regardant à tour de rôle avec intérêt mais sans comprendre la conversation. Si Ria avait été là, elle serait intervenue avec esprit et aurait pu faire prendre une tournure plus positive à la discussion.

Au moment du départ, Danny se sentait épuisé.

— Que dirais-tu d'aller dîner chez Quentin ? suggéra Barney.

— Non, j'ai un repas de famille prévu depuis longtemps.

— Tant pis... Je me disais simplement qu'il aurait été reposant de passer par Tara Road, de prendre une douche et un verre, puis d'aller dîner et refaire le monde.

— C'est vrai, murmura Danny.

Alors, ils échangèrent un regard consterné. Tous deux semblaient avoir oublié que Danny ne vivait plus à Tara Road.

Ce fut peut-être la raison qui incita Danny à emprunter cette route pour rentrer. Il était à peine plus long de passer par son ancien quartier. Alors qu'il contemplait son ancienne villa, il aperçut une femme grande et mince, d'allure sportive, qui tailladait les buissons du jardin. Sur l'allée de bitume se trouvait un immense morceau de plastique contenant les branches et les feuilles qu'elle avait déjà coupées.

— Mais qu'est-ce qu'elle fait ? s'exclama-t-il, écrasant la pédale de frein.

— Continue, Danny, demanda Bernadette d'une voix calme mais insistante.

— Certainement pas. Elle est en train de massacrer mon jardin !

— Gare-toi un peu plus loin pour éviter qu'elle te voie.

— Elle va me voir, je te le garantis ! Je ne vais pas la laisser faire ça !

Mais il obéit, et gara la voiture près de l'immeuble de Rosemary.

— N'y va pas maintenant, tu es furieux.

— Mais elle va s'attaquer à tout le jardin ! protesta-t-il.

— Ne la mets pas en colère. Elle risquerait de faire ses bagages et de repartir pour les Etats-Unis.

— Parfait !

— Et alors les enfants n'auraient nulle part où aller en vacances, acheva-t-elle.

— Ils vont faire une croisière avec nous la semaine prochaine sur le Shannon, ça ne leur suffit pas ?

Mais il suivit son conseil et démarra, reprenant la route de chez eux.

— J'ai apporté des Martini en l'honneur de notre invitée américaine, déclara Colm.

Les apéritifs rencontrèrent un grand succès.

Marilyn leur raconta l'agréable journée qu'elle avait passée dans le jardin. Jamais elle n'était si heureuse que lorsqu'elle avait les mains plongées dans la terre. Si les deux autres étaient d'avis qu'elle aurait dû consulter Ria avant de s'engager dans une telle entreprise, elles n'en soufflèrent mot. D'ailleurs, il était parfaitement possible qu'elle l'ait fait. Gertie, quant à elle, leur parla d'un homme qui venait au pressing chaque samedi pour laver un sac entier de culottes de femme en dentelle noire. Peu lui importait qu'on le voie les sortir de la lessiveuse et les plier avec soin. La jeune femme avoua qu'elle aurait adoré raconter toutes ces petites histoires à Jack, mais qu'il était malheureusement impossible de savoir comment celui-ci allait réagir : il pouvait fort bien se précipiter à l'intérieur de la laverie pour traiter l'homme de pervers. Et si les deux autres femmes se dirent que la vie était bien triste si on ne pouvait même pas raconter à son mari une anecdote drôle au sujet de son travail, elles n'en laissèrent rien voir.

Lorsqu'une séduisante jeune femme blonde se mit à chanter, Rosemary et Gertie racontèrent à Marilyn qu'il s'agissait de la pire peste de Dublin et qu'elle avait jadis la réputation de provoquer des scènes spectaculaires.

— Pourtant, c'est une bonne chanteuse, remarqua Marilyn avec objectivité, tout en observant la jeune femme qui jouait du piano et chantait comme si chaque mot était empreint d'une immense importance.

— Mais très dangereuse. Je le répète sans cesse à Colm, mais personne ne prête jamais attention à ce que je dis, déclara Rosemary d'un ton qui laissait entendre qu'elle était persuadée du contraire.

— Peut-être a-t-il simplement envie de lui donner sa chance. Colm s'y entend pour aider les perdants, intervint Gertie.

— Elle ne me donne pas l'impression d'être à plaindre, protesta Marilyn.

A cet instant, Danny et sa petite troupe entrèrent dans le restaurant et se dirigèrent vers une table située de l'autre côté de la salle. Marilyn reconnut immédiatement leurs visages.

— Est-ce le mari de Ria ? demanda-t-elle.

Les deux femmes hochèrent la tête d'un air lugubre.

Jusqu'à cet instant, il n'avait pas été question de Ria. A présent, son histoire venait de faire intrusion dans le restaurant et il était devenu impossible de l'éluder. Une femme séduisante et bien maquillée, vêtue d'une veste à sequins, semblait se trouver au centre du groupe et indiquait à chacun où s'asseoir.

— Je n'ai pas l'impression qu'elle ait vingt-deux ans, chuchota l'Américaine. Elle a au moins mon âge !

— Vous n'allez pas le croire, Marilyn, mais c'est la mère de la jeune femme en question...

— Sa mère !

Alors elle aperçut, près des deux enfants qu'elle avait reconnus d'après leurs photographies, une jeune femme vêtue d'une jupe et d'un pull-over informe. Elle était pâle, ses cheveux étaient longs et raides, et l'on aurait pu la prendre pour la sœur aînée d'Annie. Marilyn sentit son cœur se serrer à l'idée que Ria dût endurer cela. Danny était encore le jeune homme enthousiaste qu'il était autrefois, et sa femme l'aimait toujours profondément. Comment pouvait-on supporter de perdre un homme au profit d'une curieuse jeune fille comme celle-là ? Il n'y avait rien d'étonnant à ce que la pauvre Ria se soit enfuie à trois mille kilomètres pour surmonter sa souffrance.

Orla entonna *The Man I love*[1]. Colm fronça les sourcils, et les fronça encore davantage quand elle poursuivit avec *They are singing songs of love but not for me*[2].

— Ça suffit, Orla, murmura-t-il en passant auprès d'elle avec les steaks destinés à la table de Monto.

— Du pur Gershwin, chef, comme tu l'as suggéré. Je vais enchaîner avec *Nice work if you can get it*[3]. Cela devrait faire palpiter quelques cœurs, tu ne crois pas ?

— Tu as une voix plutôt agréable, mais ta carrière est encore très limitée. Et, puisqu'on en parle, si tu continues ainsi, tu peux faire une croix sur le Salon hippique du mois prochain.

— Ne sois pas injuste, Colm. Tu m'as dit de chanter des classiques de Cole Porter et de Gershwin. J'ai chanté du George Gershwin, ça leur a plu. A présent je vais m'attaquer au répertoire de Cole Porter. *I get a kick outa you. I've got you under my skin. The lady is a tramp*[4]. Qu'y puis-je si ces titres peuvent être compris de manière différente ? Ce n'est pas moi qui les ai écrits, je me contente de les chanter à ta demande.

— Ne sois pas idiote, Orla, je t'en prie.

— De quel droit peux-tu me demander de ne pas être idiote ? Toi, un homme amoureux de sa propre sœur ! Tu es un bel exemple, Colm.

— Je te préviens... Tu vas beaucoup le regretter demain. J'aurai encore un restaurant, mais tu n'auras plus d'emploi ni la moindre chance d'en retrouver un à Dublin.

---

1. L'Homme que j'aime. (*N.d.T.*)
2. Ces chansons d'amour ne parlent pas de moi. (*N.d.T.*)
3. Bien joué si tu y arrives. (*N.d.T.*)
4. Tu fais mon plaisir. Je t'ai dans la peau. Cette femme est une dévergondée. (*N.d.T.*)

— Te souviens-tu de la chanson qui passait sans cesse sur les ondes, *One Day at a time*[1] ? Eh bien, mon heure est venue.

Ses yeux brillaient d'un éclat trop vif.

— Ne fais pas cela, Orla.

— Il m'a quittée. Il aurait pu vivre avec moi, et il m'a quittée pour une vieille rombière affublée d'une veste à sequins.

— Ce n'est pas elle.

— Il lui tient le bras. De qui pourrait-il s'agir ? Les trois autres sont encore des gamins.

— C'est celle qui porte le pull-over bleu. La femme en veste à sequins est sa belle-mère.

Stupéfaite, elle les observa de nouveau.

— Tu te moques de moi !

— Mais non !

— Elle est mineure, ce n'est même pas légal. Pas plus que toi et Caroline !

Elle se leva, prête à gagner la table de Danny.

— Orla, assieds-toi immédiatement. Joue du piano. Ne chante pas. Joue *Smoke gets in your eyes*[2], ou va-t'en. Sur-le-champ.

— C'est toi qui vas m'y obliger ? Et quelle armée va te prêter main-forte ?

— Celle de Monto.

Il jeta un regard en direction de leur table. Six hommes frustes et vulgaires qui lui déplaisaient profondément.

— Ils m'aiment bien. Pourquoi me jetteraient-ils dehors ?

— Parce que je le leur demanderais gentiment.

— Dans ce cas, je dirais à Monto que tu couches avec sa femme.

— Qui te croirait, Orla ? Une pauvre ivrogne comme toi.

— Eh bien, tu n'es pas très compréhensif, ce soir.

— Où l'as-tu caché ? L'alcool ? Je te surveille depuis que tu as franchi le seuil du restaurant. J'ai vérifié qu'il n'y en avait pas dans ton jus de pamplemousse.

---

1. Quand ton heure sera venue. (*N.d.T.*)
2. La fumée te pique les yeux. (*N.d.T.*)

Elle rejeta la tête en arrière et éclata de rire.

— Dans le vase, espèce d'idiot. J'ai versé une demi-bouteille de vodka dedans avec les œillets !

Il s'empara du vase, en vida le contenu dans un seau à vin et fit signe à un serveur de l'emporter.

— Que dois-je en faire, Mr Barry ?

— Videz-le à l'extérieur. Gardez les fleurs et essuyez leurs tiges.

— Tu m'as crue !

Elle semblait tout à la fois inquiète et triomphante.

— Seulement au moment où j'ai vu ton regard quand j'ai vidé le vase. Alors, j'ai compris que l'alcool y était vraiment.

— Espèce de sale donneur de leçons, jeta-t-elle.

— Hé, Colm, avez-vous l'intention de contempler les nichons de la chanteuse toute la nuit, ou allez-vous nous servir nos steaks ? lança Monto.

Quelques clients rirent nerveusement, les autres détournèrent le regard.

Orla se leva et, emportant son micro, se mit à déambuler entre les tables.

— J'aimerais interpréter quelques titres à votre demande, commença-t-elle. Je crois que c'est ce qui fait le charme d'une soirée. Mais le plus souvent, les gens ne savent pas exactement ce qu'ils ont envie d'entendre. Alors, ce soir, je vais choisir pour vous des chansons appropriées, et en chanter quelques paroles à chaque table.

Les clients se mirent à rire et à l'applaudir. Aux yeux de ceux qui ne la connaissaient pas, Orla King était une chanteuse séduisante et professionnelle. A présent, elle faisait simplement quelque chose d'un peu plus personnel. Mais, dans la salle de nombreuses personnes se figèrent et l'observèrent avec appréhension.

Orla se dirigea tout d'abord vers la table de Rosemary.

— Nous avons ici trois charmantes dames... déclara-t-elle. Féministes, sans aucun doute. Lesbiennes ? Probablement. Quoi qu'il en soit, aucun homme ne les accompagne. Et si je leur chantais *Sisters*[1] ?

1. Sœurs. (*N.d.T.*)

— T'ai-je jamais fait autre chose que te venir en aide ? murmura Rosemary, un sourire figé sur le visage.

— Tu avais tes raisons, répliqua Orla.

Après avoir chanté quelques mesures, elle se dirigea vers la table de Monto.

— Six hommes, six hommes riches et puissants. Rien d'efféminé chez ces hommes-là, croyez-moi.

Elle promena un sourire éclatant autour d'elle.

— Quelle chanson allons-nous choisir pour eux ? Oh, je sais. Ils m'ont demandé d'interpréter une chanson paillarde l'autre jour, au cours d'une soirée privée ; ils l'ont reprise en chœur et l'ont adorée...

Elle en chanta quelques paroles puis, un sourire aux lèvres, se dirigea vers la table des Lynch.

Colm s'était précipité vers Monto et chuchotait fiévreusement à son oreille.

— Quelle merveilleuse petite famille. Voyons... Qu'aimeriez-vous entendre ? demanda-t-elle avec le sourire d'un chat devant une souris.

Seul Brian s'imagina qu'il s'agissait véritablement d'une question.

— Connaissez-vous *Whaddya want*[1], des Spice Girls ? interrogea-t-il gaiement.

A la vue de son visage innocent, Orla hésita un instant — mais un instant seulement.

— Et si je chantais plutôt *Love and marriage*[2] ? Non, ce n'est pas assez durable. Et cette merveilleuse chanson... *She was only sixteen*[3] ? Non, elle doit être plus âgée que ça. C'est elle, Danny, ta nouvelle femme, n'est-ce pas ?

A l'instant où elle se retournait pour désigner Finola, Monto et l'un de ses acolytes l'empoignèrent et l'entraînèrent de force hors de la salle.

— Ne t'imagine pas que les gens ne savent rien, Danny ! Ils savent que nous sortons ensemble, tout comme ils savent que la femme de Monto...

---

1. Tu veux quoi ? (*N.d.T.*)
2. Amour et mariage. (*N.d.T.*)
3. Elle n'avait que seize ans. (*N.d.T.*)

Sa voix devint inaudible ; elle était déjà à l'extérieur du restaurant. Mais si Colm avait espéré pouvoir s'en tirer avec l'aide de quelques-uns de ses amis, il fut déçu. Le silence gêné qui envahit la salle sembla se prolonger indéfiniment. Rosemary, d'ordinaire si rapide à savoir comment réagir en cas de crise, restait pétrifiée, livide et furieuse. A sa table, l'Américaine semblait déroutée et stupéfaite, et Gertie paraissait horrifiée de constater une nouvelle fois quelles terribles conséquences pouvait avoir l'alcool.

Hilares et triomphants, les amis de Monto parodiaient la scène dont les avait gratifiés la jeune femme ivre. Le couple Sullivan et ses invités semblaient affreusement gênés de la tournure prise par la soirée. Ce fut la même chose pour des restaurateurs, amis de Colm, qui étaient venus voir comment marchaient ses affaires, ainsi que pour une tablée de deux familles liant connaissance avant un mariage. Sa sœur Caroline était pétrifiée, anéantie par l'accusation lancée contre elle. Colm n'osa même pas jeter un regard en direction de la table de Danny. Orla, perverse et destructive, avait bouleversé tous ces gens. Et pourquoi ? Parce qu'elle était malheureuse.

Mais nous sommes tous malheureux, songea-t-il. Pourquoi se serait-elle offert le luxe de faire un scandale et de blesser ceux qui l'entouraient ? Il s'aperçut que les serveurs le fixaient d'un regard interrogateur. Seulement quelques secondes avaient dû s'écouler depuis qu'Orla avait été entraînée à son corps défendant hors du restaurant, mais il avait le sentiment qu'il s'agissait d'un siècle. Colm se redressa, indiqua d'un geste qu'il fallait débarrasser une table, rapprocher le seau à vin d'une autre. Puis, tapotant l'épaule de Caroline, il désigna la cuisine du regard, et elle s'éloigna d'un pas de somnambule.

Enfin, il s'approcha de la table où était installée Rosemary.

— Ma foi, lança-t-il en regardant Marilyn bien en face, vous ne pourrez pas dire que nous ne vous montrons pas les coulisses de Dublin.

— Non, en effet.

Le visage de la jeune femme était impassible. Colm

regretta qu'elle fasse preuve d'une telle froideur. Elle était l'invitée, elle aurait dû dire quelques mots drôles et chaleureux pour montrer que rien de tout cela n'avait d'importance. Mais elle ne le fit pas.

— Je suis navré que cela se soit produit lors de votre première visite dans mon restaurant, ajouta-t-il.

Marilyn inclina la tête comme pour lui indiquer qu'elle acceptait ses excuses. Il se sentit irrité à l'idée d'être traité avec une telle condescendance.

— Elle ne trouvera plus jamais de travail, Colm, déclara Rosemary.

Il ne décela pas dans sa voix la solidarité qu'il aurait aimé y percevoir. Elle semblait insinuer que Colm aurait dû être plus vigilant, que c'était en partie de sa faute.

— On se serait cru dans un cabaret, intervint la pauvre Gertie, qui s'efforçait de présenter l'incident sous un meilleur jour.

A la table des Lynch, les invités étaient encore troublés.

— Je suis navré de cet incident, déclara Colm.

Il avait décidé de faire preuve de retenue, de ne pas s'abaisser devant eux.

— Croyez-vous que c'est à cause de ce qu'elle a mangé ? demanda Brian avec curiosité.

— En tant que patron de ce restaurant, j'espère bien que non, répliqua Colm en se forçant à sourire.

— Ce serait plutôt ce que vous lui avez donné à boire, intervint Danny d'une voix froide.

— Vous savez bien que je n'aurais jamais fait une chose pareille. Mais elle était déprimée et elle avait versé de la vodka dans le vase des œillets.

Bernadette plaqua une main sur sa bouche pour refréner son rire.

— Dans le vase ? Mais ça devait avoir très mauvais goût ! s'exclama-t-elle.

— J'espère bien que oui.

Colm adressa un sourire à l'étrange jeune femme qu'il n'aurait jamais pensé rencontrer. C'était presque une adolescente. Elle avait plus l'âge d'être l'amie d'Annie que celle de son père. Quel cauchemar Ria devait endurer !

— Quoi qu'il en soit, vous pouvez dire adieu à la musique d'ambiance, conclut-il.

— C'est aussi bien comme ça, le rassura Annie. Nous avions plutôt envie de bavarder.

— Oui, nous demandions à Bernadette si son bébé avait les pieds palmés, ajouta Brian. Et nous avions envie de savoir si c'était l'Américaine, l'amie de maman, vous savez, là-bas, en compagnie de Rosemary et de Gertie ?

— Oui, c'est Marilyn Vine, répondit Colm.

— Drôle de façon d'être accueillie à Tara Road, remarqua Danny.

— C'est ce que je lui ai dit. L'incident lui a semblé très amusant, prétendit Colm, puis il se dirigea vers la table voisine.

La soirée semblait irrémédiablement gâchée. Monto et ses amis refirent leur apparition.

— Où l'avez-vous emmenée ? leur demanda Colm à contrecœur.

— Nous avons beaucoup réfléchi, puis nous avons opté pour le service des urgences d'un hôpital, répliqua Monto en ric[illegible]t.

— Mais [illegible] Fermez la porte du re[illegible]t.

— Nous [illegible] à quelqu'un pour la [illegible].

— Merci [illegible] une [illegible] chandelle.

— Alors [illegible] jamais que votre restaurant est pl[illegible]

— Non, bien sûr que non. C'était une simple erreur.

— Exactement.

Danny avait réglé l'addition et s'apprêtait à prendre congé.

— Je vous ai offert le vin pour vous faire oublier cet incident désagréable, déclara Colm.

— Merci.

La voix de Danny était glaciale.

— Ce n'était pas la faute de Colm, protesta Annie.

— Bien sûr que non, répondit son père d'une voix froide.
— Et ce n'est pas non plus la faute de votre père si Orla a décidé de s'attaquer à lui, ajouta Colm d'une voix encore plus glaciale.
— Cela va de soi. Merci encore pour le vin, répondit Danny, changeant si rapidement d'attitude qu'ils en furent tous éberlués.

— Avez-vous passé une bonne soirée ? demanda Ria à sa fille.
— C'était incroyable, maman. La chanteuse était ivre ou droguée ou je ne sais quoi, et elle a commencé à se promener d'une table à l'autre, avec les seins presque à l'air, en injuriant tout le monde. Mrs Vine était là, et la chanteuse s'est dirigée vers sa table et lui a dit qu'elles étaient toutes les trois lesbiennes ! Tu t'imagines, maman, Mrs Vine, Gertie et Rosemary !
Ria porta sa main à son front.
— Répète-moi ça, Annie ? Gertie et Rosemary... ? Je n'arrive pas à y croire.
— Eh bien, maman, le seul qui pourra te le confirmer est Brian, le brillant observateur qui a assisté à toute la scène et attend son tour pour te parler.
— Je suis désolée, Annie. Bien sûr que je te crois, ma chérie. Mais cela me semble tellement incroyable ! Est-ce que Bernadette et... et Finola ont apprécié la soirée, elles aussi ?
— Je crois qu'elles ont été un peu choquées.
— Je t'aime, Annie, murmura Ria.
— Oh, maman, je t'en prie ! Je te passe Brian.
— Maman ?
— Brian, as-tu passé une bonne soirée ?
— C'était insensé, maman. Tu ne le croirais jamais. C'est quoi, une lesbienne ? Personne ne veut me le dire.
— Une lesbienne ?
— Oui.
— C'est une femme qui aime les autres femmes plus qu'elle n'aime les hommes.
— Ah bon ? C'est grave ?

— Absolument pas. Parle-moi de ta soirée au restaurant.
— Tu connais des lesbiennes ?
— Oui, quelques-unes, bien sûr.
— Est-ce que ce sont des femmes horribles ?
— Mais non, pas du tout.
— Alors, pourquoi les gens en parlent-ils en chuchotant derrière leur dos ?
— Mais non, Brian.
— Si, maman, c'était le cas ce soir, je t'assure.
— Je suis certaine que tu as mal compris.
— Je ne crois pas. Veux-tu dire au revoir à Finola ? Elle va s'en aller.
Ria entendit Annie souffler :
— Brian, tu es vraiment idiot !
— Oui, bien sûr, j'aimerais lui dire au revoir, s'entendit prononcer Ria.
Après quelques secondes d'agitation, une femme s'empara du combiné.
— Eh bien, je veux simplement vous dire que vos enfants sont d'une compagnie très agréable, déclara-t-elle avec nervosité.
— Merci beaucoup. Ils semblent vous avoir prise en affection, eux aussi, répliqua Ria d'une voix légèrement étranglée. J'ai cru comprendre que vous aviez passé une soirée mémorable ?
— À moins que quelqu'un n'ait filmé la scène, vous n'y croirez jamais.
Aucune des deux ne prononça le nom de son interlocutrice. Peut-être en serait-il toujours ainsi.
— Je vous souhaite bonne continuation, déclara Ria.
— Bonne continuation à vous aussi, répondit la mère de Bernadette.
Ria raccrocha. Elle disposait de deux heures pour se préparer à son rendez-vous avec un homme employé chez un éditeur de manuels techniques à Los Angeles, en route pour une conférence à Boston. Elle venait d'avoir une conversation plaisante avec la mère de la maîtresse de son mari. Marilyn

Vine, qui lui avait semblé dépressive, faisait la fête chez Colm. Le monde était sens dessus dessous.

Andy ne ressemblait pas du tout à son frère, et elle fut heureuse d'avoir téléphoné à Greg pour s'assurer de son identité. Il avait à peu près son âge, était mince et avait les cheveux roux. Il semblait convaincu qu'elle connaissait beaucoup mieux le milieu universitaire que ce n'était le cas.

— Excusez-moi, s'exclama-t-il lorsqu'elle lui avoua tout ignorer de l'université et des associations d'anciens élèves en Irlande ou en Nouvelle-Angleterre. Je croyais que vous aviez rencontré Marilyn dans ce milieu.

— Non, pas du tout. D'autres personnes s'imaginaient que c'était une passion commune pour le jardinage qui nous avait rapprochées, mais cela ne m'intéresse pas du tout.

Elle était souriante, vêtue de sa plus belle robe d'été, bleu et blanc, qu'elle avait achetée à l'occasion d'un mariage l'été précédent et qu'elle n'avait jamais portée depuis lors. Durant cette cérémonie, la robe, assortie d'un chapeau provenant de chez Polly Callaghan, avait fait forte impression. Peut-être aurait-elle dû prendre davantage soin de sa toilette. Les choses auraient-elles tourné différemment si elle avait été une épouse élégante ?

— Connaissez-vous la cuisine thaïe ? demanda Andy.

— Il y a des restaurants thaïs en Irlande, mais je n'y ai dîné que deux fois et je ne m'en souviens pas très bien. J'aimerais beaucoup que vous choisissiez à ma place.

Tout semblait bien se passer. Peut-être était-il plus facile d'intéresser les hommes quand vous étiez une femme mûre et que les enjeux n'étaient plus les mêmes.

Au restaurant, ils bavardèrent à bâtons rompus. Il lui parla du genre d'ouvrages que publiait son entreprise, des livres dont on n'entendait jamais parler à moins de travailler dans un domaine bien précis, auquel cas on les achetait parce que c'était indispensable. Il lui expliqua que la technologie et les CD-Rom avaient radicalement changé le marché du livre. Son grand-père était vendeur d'encyclopédies au porte-à-porte : il se serait retourné dans sa tombe s'il avait vu la taille qu'avaient ces ouvrages aujourd'hui et s'il avait su comment ils étaient vendus. Andy vivait dans un appartement à Los Angeles. Il était divorcé et n'avait pas d'enfants.

— L'avez-vous quittée, ou vous a-t-elle quitté ? lui demanda Ria.

— Ce n'est jamais aussi simple, répliqua-t-il en souriant.

— Oh, mais si.

— Très bien. J'ai eu une liaison, elle l'a découvert et m'a jeté dehors.

Ria hocha la tête.

— Donc, c'est vous qui l'avez quittée en rompant les liens du mariage.

— C'était son souhait. Moi, je n'avais aucune envie de divorcer.

— Lui auriez-vous pardonné, si elle avait eu une liaison ?

— Bien sûr que oui.

— Vous auriez fait comme s'il ne s'était rien passé ?

— Ecoutez, Maria, ces choses-là sont monnaie courante. La vie n'est pas parfaite, et les gens ne tiennent pas toujours leurs promesses. Les mariages survivent aux liaisons lorsqu'ils sont plus forts que les liaisons en question. Je croyais que c'était le cas du nôtre, je me trompais.

— Et si c'était à refaire ? demanda-t-elle avec intérêt.

— On ne peut pas réécrire le passé ; je n'ai aucune idée de ce que je ferais. Dites-moi, êtes-vous divorcée, vous aussi ?

— Oui, je crois, répondit Ria.

Il la dévisagea, étonné.

— Ce n'est pas aussi absurde que ça en a l'air, reprit-elle. Voyez-vous, le divorce est devenu possible depuis peu en Irlande. Nous n'en avons pas encore tout à fait l'habitude. Mais la réponse est oui, je suis sur le point de divorcer.

— L'avez-vous quitté, ou...

— Oh, il m'a quittée.

— Et vous n'avez pas l'intention de lui pardonner ?

— Il ne m'en a pas donné l'occasion.

Après un silence, elle reprit :

— Andy, puis-je vous poser une question au sujet de Dale ?

— Que voulez-vous savoir exactement ?

— Lorsque j'ai parlé à Greg, je... Eh bien, j'ai l'impression d'avoir peut-être dit ce qu'il ne fallait pas. Il semblait un peu surpris, presque contrarié.

— Que lui avez-vous dit ?

— Je ne sais pas... Rien de très particulier, vous voyez, que j'espérais que tout allait bien et ainsi de suite.

Andy secoua la tête.

— Eh bien, les gens ne réagissent pas tous de la même façon. Marilyn n'a jamais vraiment accepté la situation.

— Elle ne peut donc pas en discuter avec Greg ?

— Greg le voudrait bien, mais apparemment elle s'y refuse.

Ria se sentit irritée par cette désinvolture masculine. Dale était à Hawaï, de toute évidence, il manquait à sa mère, et pourtant la situation semblait inextricable. Danny et elle n'étaient pas vraiment parvenus à épargner leurs enfants, mais ils avaient essayé. L'un et l'autre, elle devait le reconnaître. Le problème concernant Dale l'emplissait de perplexité.

— Mais il suffirait seulement de convenir de dates et d'heures de visite ?

— C'est ce que Greg s'efforçait de faire quand Marilyn s'est enfuie en Irlande.

— Mais quand est-il censé revenir ?

— A l'automne.

— Cela semble bien loin. Et pourtant, à voir sa chambre, on croirait qu'il va revenir la semaine prochaine, remarqua Ria avec perplexité.

— Que vous a-t-elle dit exactement ?

— Absolument rien. Elle ne m'avait même pas dit qu'elle avait un fils.

Andy sembla troublé, et un silence s'installa entre eux. Puis ils parlèrent d'autre chose. Il lui raconta son enfance en Pennsylvanie, elle évoqua la passion de sa mère pour les films. Il lui décrivit les règles du base-ball et elle lui parla du polo et de la grande finale qui se déroulait chaque année à Croke Park. Il lui expliqua comment préparer une merveilleuse salade César et elle lui donna la recette des galettes de pommes de terre. Elle prenait grand plaisir à la soirée et savait que c'était réciproque.

Il la reconduisit à Tudor Drive et ils restèrent quelques instants assis dans la voiture, un peu gênés. Elle ne voulait pas l'inviter à entrer de crainte qu'il ne se méprenne sur ses intentions. Puis, au même instant, ils lancèrent :

— Si un voyage d'affaires vous amène en Irlande...

— La conférence prend fin mercredi, à l'heure du déjeuner...

Puis ils s'interrompirent.

— Allez-y, je vous en prie, demanda Ria.

— Je me demandais si, dans la mesure où je revenais vous faire ma salade César, vous accepteriez de me préparer ces galettes de pommes de terre ?

— Marché conclu, répliqua Ria avec un grand sourire, puis elle sortit de la voiture.

Des années plus tôt, lorsque ses amies et elle-même sortaient avec des garçons, la grande question était toujours : « Vas-tu le revoir ? » A présent, elle se trouvait de nouveau dans cette situation, et un homme avait demandé à la revoir. Avec toutes les implications qui en découlaient.

Immobile dans sa chambre, Ria contempla le magnifique jardin. D'après ce qu'elle avait entendu dire, Marilyn passait tout son temps les mains dans la terre, occupée à biner, à planter, à encourager les fleurs et les plantes grimpantes à jaillir du sol.

Elle ne se sentait absolument pas à sa place. L'amitié qu'elle croyait possible avec Carlotta et Heidi avait tourné court ; les deux femmes semblaient gênées par le souvenir des épanchements de la première soirée et ne lui avaient pas proposé d'autre rencontre. En dépit de l'admiration qu'elle avait lue dans les yeux d'Andy, Ria ne se sentait réellement ni heureuse, ni flattée. Ce n'était qu'un inconnu appartenant à un autre univers. Certes, Westville était un lieu tranquille, superbe, avec des arbres et une rivière, où la vie était plaisante, empreinte d'une courtoisie et d'une chaleur artificielles. Mais elle n'était pas chez elle. Là-bas, en Irlande, ses enfants avaient passé une soirée follement amusante chez Colm en compagnie de leur nouvelle famille. Et Marilyn se trouvait dans le restaurant en compagnie de Rosemary. Et moi, j'étais ici, toute seule, songea Ria. Des larmes se mirent à ruisseler sur son visage. Elle devait avoir perdu l'esprit pour s'imaginer que ce voyage était une bonne idée. Totalement perdu l'esprit.

A Tara Road, le jour se levait. Marilyn n'avait pas bien dormi. Quelle scène affreuse s'était déroulée au restaurant ! Brusquement, la situation avait échappé à tout contrôle. Les gens qui l'entouraient s'étaient mis à ressembler à des personnages jouant un rôle dans un film. Et ce n'était pas un bien joli film. Rosemary et Gertie lui avaient révélé quelques détails concernant le mariage brisé de Ria, la nouvelle compagne de Danny, la détresse des enfants, la réputation de la chanteuse ivre et agressive, les possibles implications criminelles des hommes qui avaient fini par l'entraîner de force. Ces gens savaient tout les uns des autres et n'éprouvaient aucun scrupule à en débattre. Ils ne faisaient preuve d'aucune dignité, d'aucune discrétion, d'aucune réserve à l'égard d'autrui.

Rosemary avait déclaré qu'il était bien normal qu'on s'imagine qu'elle était lesbienne, puisqu'elle était célibataire et qu'il était de notoriété publique que sa sœur vivait avec une autre femme, une avocate. Gertie lui avait raconté que son mari avait tendance à boire et à se montrer violent. Elle en parlait comme si Jack avait tout simplement été sujet aux rhumes. Colm leur avait présenté des excuses désinvoltes, comme s'il ne s'était pas agi de l'incident le plus humiliant qu'ait jamais vécu Marilyn. Les deux femmes lui avaient aussi confié qu'elles avaient tout d'abord jugé Ria folle d'aller aux Etats-Unis en laissant ses enfants, mais qu'elles espéraient que tout se passerait pour le mieux.

Marilyn était incapable de comprendre comment ces femmes pouvaient se sentir le droit de se mêler à ce point de la vie d'autrui. Elles n'éprouvaient aucune gêne à discuter des chagrins et des soucis les plus intimes de leur amie avec Marilyn, une parfaite inconnue, qui se trouvait là seulement pour avoir procédé à un échange d'habitations. Et bien qu'elle ressentît de la compassion pour Ria, Marilyn était également envahie par un sentiment d'irritation.

Pourquoi la jeune femme leur avait-elle permis de s'immiscer ainsi dans son existence ? La seule façon de survivre au drame et à la souffrance, c'était de refuser qu'ils soient clairement énoncés et qu'ils deviennent de notoriété publique. En niant leur existence, on avait l'espoir de survivre. Marilyn se glissa hors du lit et contempla le jardin en friche et les villas de briques rouges du voisinage. Elle se sentait très seule dans ce lieu où l'on exigeait de tout savoir de vous, et où l'on s'attendait à ce que vous manifestiez une curiosité semblable pour l'existence d'autrui.

Elle brûlait d'envie de retrouver sa villa et son superbe jardin de Westville. Si elle l'avait pu, elle serait allée nager dans sa piscine avec la tranquille certitude que personne ne l'appellerait pour lui parler de la nuit précédente. Clément, qui dormait sur son lit toutes les nuits, s'éveilla, s'étira et se dirigea vers elle en ronronnant. La journée allait commencer ; il espérait jouer avec elle et recevoir son écuelle de pâtée.

Marilyn le regarda tristement.

— Je n'ai pas pour habitude de parler aux animaux, Clément, mais dans ton cas je ferai une exception. J'ai pris une mauvaise décision en venant ici. La pire décision de toute ma vie.

6

— Crois-tu que nous devrions appeler grand-mère « Nora » ? demanda Brian.

— Quoi ?

Annie leva les yeux de son livre.

— Tu sais bien... Si nous appelons la mère de Bernadette par son prénom, nous devrions peut-être faire la même chose avec grand-mère, déclara le petit garçon dans un souci d'équité.

— Non, Brian. Et maintenant, tais-toi, ordonna Annie.

— Tu me dis toujours de me taire. Tu n'as jamais un mot gentil pour moi !

— Qui pourrait te dire quoi que ce soit de gentil, Brian, franchement ?

— Il y a des gens qui le font.

— Qui, à part maman et papa ? Et ils n'ont pas le choix, parce que tu es leur fils.

— Finola me dit souvent des choses gentilles.

— Répète-moi ce qu'elle t'a dit de gentil aujourd'hui. Allez, dis-le-moi !

— Elle m'a félicité pour m'être souvenu de placer mes cavaliers en position de force au centre de l'échiquier.

— Et tu l'avais fait ?

Annie s'obstinait à refuser de prendre des leçons d'échecs, et elle ne pouvait admettre que Brian maîtrise les règles de ce jeu.

— En fait, je les avais seulement posés là par hasard. Mais ils étaient en position de force et elle était très fière de moi, lança le garçonnet avec un sourire de triomphe.

Parfois, son petit frère était plus touchant qu'insupportable, songea Annie. On aurait presque pu éprouver de la compassion pour lui. Et il ne comprenait pas vraiment que leur vie allait changer. Il était persuadé qu'à la fin de l'été chacun retournerait chez soi. Il avait même demandé à la mère de Bernadette s'ils pourraient continuer à jouer aux échecs en septembre, à leur retour des Etats-Unis. Ils ne seraient pas obligés d'arrêter, si ? Finola avait rétorqué qu'ils pourraient jouer chaque fois qu'il rendrait visite à son père. Brian avait eu l'air stupéfait. Il n'avait pas compris que la situation serait toujours ainsi, désormais.

A en croire Kitty, Bernadette devait être très futée pour avoir ainsi mis le grappin sur le père d'Annie. En dépit de toutes les interdictions, l'adolescente parvenait encore à voir son amie lorsqu'elle se rendait à la bibliothèque. Puisque Annie lisait beaucoup désormais — pour la simple raison qu'elle n'avait rien d'autre à faire, comme elle ne cessait de le répéter —, on lui permettait de fréquenter la bibliothèque. Kitty l'y retrouvait et lui parlait de courses de motos, de boîtes de nuit, de la faune qui fréquentait les bars. Annie l'écoutait avec morosité, enviant la liberté dont jouissait son amie.

Mais Kitty s'intéressait davantage à l'aspect sexuel des choses, et Bernadette l'emplissait de fascination.

— Elle semble si bête et endormie qu'on a peine à y croire. Elle doit ressembler à une sirène ou à l'une de ces célèbres courtisanes qui s'attachaient les hommes grâce à leurs sortilèges. Certaines femmes étaient capables de les transformer en esclaves sexuels. Ce serait intéressant de savoir comment.

— Il y a peu de chances qu'elle me le dise, répliqua sèchement Annie.

— Mais comment faites-vous pour si bien vous entendre ? s'exclama Kitty, stupéfaite. Je pensais que tu la détesterais d'avoir pris la place de ta mère.

— Elle n'a pas pris la place de maman, elle s'est fait une autre place, voilà tout. C'est difficile à expliquer.

— Enfin, elle te laisse faire ce que tu veux, c'est déjà ça.

— Non. J'ai dit qu'elle ne nous ennuyait pas, c'est différent. Elle n'a pas édicté de règles, sauf en ce qui te concerne. De toute évidence, papa lui a bien fait comprendre qu'il était hors de question que je te fréquente, répliqua Annie en soupirant.

Kitty était perplexe.

— J'ai toujours pensé qu'il m'aimait bien. Je croyais même qu'il avait un petit faible pour moi. Ta mère m'avait prise en grippe, c'est pour ça qu'elle ne voulait pas que je vienne chez vous.

— Tu n'y penses pas, Kitty ! s'exclama Annie, choquée.

— Je n'aurais pas voulu être ta belle-mère. Mais j'aurais bien aimé flirter un peu avec lui, l'accompagner dans des restaurants élégants... Et puis...

Kitty ondula des hanches.

— Tu vois ce que je veux dire... Ton père est un homme séduisant.

Annie la dévisagea avec un sentiment d'écœurement. Kitty couchait avec des garçons, et d'après elle c'était formidable. Parfois c'était ennuyeux, mais généralement formidable. Annie ne devait pas y renoncer avant d'avoir essayé. Mais l'adolescente savait bien qu'elle n'essaierait jamais ; c'était effrayant, dégradant et terrible. Comme ce qu'elle avait vu dans l'allée voici bien longtemps. Et comme ce dont avait parlé Orla King, la chanteuse qui avait créé un tel scandale chez Colm. C'était quelque chose d'atroce, de bouleversant et d'inexplicable. Sa mère lui en avait parlé des années plus tôt, Annie s'en souvenait, et lui avait affirmé que c'était merveilleux parce que cela vous donnait le sentiment d'être proche de l'homme que vous aimiez.

Mais cela n'avait pas réussi à sa mère de se sentir proche de l'homme qu'elle aimait. Et, à son âge, il était peu probable qu'elle éprouve de nouveau ces sentiments, comme c'était le cas de son père. Et avec la même facilité.

Ria décida d'aller chez le coiffeur en prévision de son rendez-vous avec Andy, le mercredi soir. Mais elle n'irait pas chez Carlotta. Elle ne laisserait pas ces femmes s'imaginer qu'elle se sentait seule et qu'elle avait besoin d'elles, même si c'était vrai.

Il devait bien y avoir d'autres salons de beauté à Westville ou à proximité. En fait, elle se souvenait en avoir aperçu un juste auparavant dans un centre commercial. Après s'être installée au volant du véhicule de Marilyn, elle exécuta une marche arrière habile et franchit le portail au moment précis où Carlotta allait ramasser son courrier.

Cette dernière la salua chaleureusement :

— Bonjour ! Quelle chance ! J'espérais justement vous voir.

— Eh bien, me voilà, répliqua Ria, un sourire figé aux lèvres.

Qu'est-ce que Carlotta entendait par là ? Enfin, elle habitait la villa voisine !

— C'est que... je ne voulais pas m'imposer. Je sais quelle importance Marilyn attache à sa vie privée...

— Marilyn, c'est Marilyn, répliqua son interlocutrice d'un ton acerbe. Moi, je suis Ria.

Elle eut le sentiment de céder à un élan de colère enfantin, une réaction que Brian aurait pu avoir quelques années plus tôt. Elle devait perdre la raison. Mais si Carlotta fut surprise, elle parvint à le dissimuler.

— Bien sûr... Je voulais vous dire qu'un fabricant de produits capillaires va nous rendre visite mardi soir. Ils veulent que nous achetions leur nouvelle gamme, aussi, en guise de promotion, ils offrent à quatre ou cinq de nos fidèles clientes un shampooing, un soin, un après-shampooing... Et si le résultat est satisfaisant, nous achèterons leurs produits. Nous renouvelons l'expérience avec différents fabricants une ou deux fois par an. Cela vous ferait-il plaisir d'y participer ? Je ne vous demande pas de servir de cobaye, ils ne vous teindront pas les cheveux en mauve !

Ria était stupéfaite.

— Mais vous devez avoir des clientes plus fidèles...

— Allons, venez ! supplia Carlotta.

— Dans ce cas... A quelle heure ?

Tout était réglé. Ria aurait voulu s'en montrer plus heureuse.

De toute évidence, Carlotta n'était pas aussi froide et distante que Ria se l'était imaginé. Et puis, ce serait une bonne chose de rencontrer d'autres voisines. Mais le cœur n'y était plus. Les sentiments qu'elle avait éprouvés samedi soir ne l'avaient pas quittée. Elle n'était pas chez elle ici. Il était absurde d'espérer s'y intégrer et faire la connaissance de tout le voisinage.

Elle pensait téléphoner à Marilyn en Irlande, mais ne savait trop quoi lui dire. Enfin, songea-t-elle, comme l'aurait souligné Hilary, c'était toujours une coupe gratuite.

Lors de la visite de Gertie, Marilyn se prépara à subir des discussions sans fin concernant le scandale du restaurant. Mais la jeune femme semblait abattue et anxieuse, et n'avait nulle envie de papoter. Peut-être Jack n'avait-il pas apprécié leur sortie entre filles et le lui avait-il manifesté de la façon qui lui était habituelle ? Gertie, pour une fois, sembla soulagée de pouvoir faire son repassage et cirer les pieds de la table du salon en toute tranquillité.

Marilyn poursuivit ses travaux de jardinage devant la villa. Elle laissait toujours à l'intention de Gertie une enveloppe contenant de l'argent et un petit mot de remerciement sur la table du salon. Colm travaillait derrière la maison ; il ne vint pas la saluer. Rosemary était passée en voiture mais n'avait pas jugé nécessaire de s'arrêter. La mère de Ria ne lui avait pas rendu visite depuis deux jours.

Marilyn sentit ses épaules se crisper. Peut-être était-elle parvenue à les convaincre qu'elle n'avait nulle envie de sympathiser avec eux ?

Quand Gertie prit congé, elle s'arrêta un instant et félicita Marilyn pour le travail que celle-ci avait accompli.

— Vous débordez d'énergie, ajouta-t-elle.

— Merci.

— Quel que soit votre problème, j'espère que vous parviendrez à le résoudre, conclut-elle avant de s'éloigner.

Marilyn sentit son visage s'empourprer. Comment ces femmes osaient-elles imaginer que quelque chose n'allait pas ? Elle ne leur avait rien confié, avait éludé leurs questions indiscrètes. Elles n'avaient aucun droit de supposer qu'elle avait un quelconque problème. Durant sa première conversation avec Ria, elle avait été tentée de confier à celle-ci toute l'étendue de son chagrin. Mais, à présent, elle était ravie de s'en être abstenue. Si elle l'avait avoué à Ria, qui semblait représenter le centre névralgique de toutes les informations et de toutes les préoccupations de la ville, la nouvelle aurait probablement figuré dans les journaux à l'heure qu'il était.

Marilyn avait été tentée d'appeler Ria à Westville, mais elle ne l'avait pas fait. Elle n'avait rien à lui dire.

La sonnerie du téléphone retentit dans la cuisine ensoleillée où Ria était occupée à dresser une liste concernant les choses à faire pendant le séjour des enfants.

— Ria ? C'est Heidi à l'appareil. J'ai entendu parler d'une classe destinée aux débutants qui souhaitent se familiariser avec Internet. Et si nous y participions ?

— Je suis navrée de ne pas me montrer plus enthousiaste, Heidi, mais je ne sais pas si je comprendrais. Je risque d'être perdue.

— Mais c'est justement destiné aux gens comme nous, qui n'avons pas l'habitude des ordinateurs, et non aux gamins surdoués. Nous avons simplement besoin d'être familiarisées avec le clavier. Et vous l'êtes déjà.

— Si je n'ai pas oublié.

— Mais bien sûr que non. Et puis il n'y a que cinq leçons.

— Est-ce cher, Heidi ? Je ne veux pas sembler aussi avare que ma sœur et mon beau-frère, mais je dois garder mes économies pour le séjour de mes enfants.

— Non, ce n'est pas cher du tout. De toute façon, vous êtes mon invitée. Je bénéficie de réductions grâce à l'université et j'ai envie que quelqu'un m'accompagne.

— Je ne peux pas accepter.

— Mercredi et vendredi cette semaine, et encore trois jours la semaine prochaine, et puis nous surferons sur le Net !

— Oh, je ne suis pas sûre de pouvoir venir mercredi... commença Ria.

— Allons, Ria, vous n'avez rien prévu d'autre, si ?

— Non, ce n'est pas ça... C'est juste que...

— J'aimerais tant que vous veniez ! La leçon ne dure qu'une heure ; ils s'imaginent, à juste titre, que nous sommes incapables de nous concentrer plus longtemps. Elle a lieu de douze à treize.

— Oh, c'est pendant la journée, s'exclama Ria avec soulagement. Alors c'est oui, Heidi, bien sûr. Dites-moi où je dois aller.

De Hawaï, Greg téléphona à Marilyn.

— Je te remercie pour ta lettre, dit-il.

— Elle n'était pas très démonstrative, j'aurais voulu t'en dire plus, murmura-t-elle.

— Enfin, nous discutons, nous nous écrivons. C'est bien. Du moins, c'est mieux.

Elle n'avait nulle envie qu'il se mette à analyser trop précisément la situation.

— Et toi, Greg, comment vas-tu ?

— Bien. L'université d'été, des gamins qui ne savent rien en arrivant et qui finiront par décrocher leurs examens... Enfin, la routine.

Il semblait détendu. Cela faisait bien longtemps qu'ils n'avaient pas discuté ainsi.

— Je regrette qu'ils n'aient pas de boîte à lettres électronique ici, soupira Marilyn.

— Mais tu aurais pu emporter ton portable ?

— Je sais. Je n'y ai pas pensé.

— A propos, j'ai eu Ria au téléphone. Elle m'a semblé très sympathique.

— Y avait-il un problème ?

— Non, elle voulait simplement s'assurer qu'Andy était bien mon frère. Il était de passage à Westville et il voulait te rendre visite.

— C'était gentil de sa part. Ria l'a-t-elle vu ?

— Non, elle s'est contentée de l'appeler à son motel.

— J'espère que tout se passe bien. Je ne veux pas lui téléphoner trop souvent ; elle risquerait d'avoir l'impression que je la surveille.

— Je comprends, répliqua Greg. A ton avis, de quel genre de femme s'agit-il ?
— Que veux-tu dire ?
— Tu n'as pas l'impression qu'elle est un peu étrange ?
— Pourquoi me demandes-tu cela ? s'étonna Marilyn, désormais sur la défensive. Je croyais t'avoir entendu dire que tu lui avais parlé au téléphone.
— Oui. Mais j'ai eu l'impression qu'elle était très croyante, qu'elle était versée dans la spiritualité ou quelque chose de ce genre.
— Je n'ai jamais eu ce sentiment, dit-elle, perplexe. Bien sûr, il y a en Irlande énormément d'églises, de cloches et de statues, mais je n'aurais pas pensé qu'elle était pratiquante.
— J'ai peut-être mal compris. Simplement, elle m'a dit quelque chose...
— Quoi, précisément ?
— Non, rien d'important. J'ai sans doute mal compris, comme je viens de te le dire. A quoi ressemble sa villa ?
— Elle est magnifique, meublée de superbes antiquités. Et les gens ont d'autres habitudes ici, ils passent très souvent, mais ne restent jamais longtemps. Oh, et puis il y a un chat, Clément, un énorme chat roux.
— Et à quoi passes-tu tes journées ?
— Eh bien, je jardine, je me promène et... Tout va bien, Greg.
— Je suis ravi que tu sois heureuse.
— Oui. Si on veut.
— Tu es sûre que ça va ?
Il semblait inquiet.
— Oui, Greg, certaine, répondit-elle.
Marilyn retourna dans le jardin et se remit à bêcher la terre avec une énergie accrue. Elle n'avait pas l'intention de demander à Greg pourquoi Ria lui avait paru étrange. Cela n'avait aucune importance. Tout ce qui importait, c'était qu'elle finisse son séjour ici et qu'elle reprenne le cours de son existence.
Soudain, une silhouette projeta son ombre sur elle. Elle mit sa main en visière au-dessus de ses yeux et aperçut Colm.

— Bonjour.
— Bonjour.
— Je ne crois pas que des mots d'excuse puissent être bien utiles, alors je vous ai apporté des fleurs.
— Ce n'était pas de votre faute.
— Cela s'est passé chez moi. De toute façon, c'est du passé. Dieu merci ! De tous les scénarios cauchemars qui m'avaient traversé l'esprit, et ils étaient épiques, croyez-moi, je n'aurais jamais imaginé celui-là.
Malgré elle, la jeune femme se surprit à sourire.
— Vous l'avez dit vous-même, c'est du passé. Je vous remercie pour les fleurs. Quand j'aurai débroussaillé le jardin, j'aurai besoin que vous me disiez où je peux acheter du terreau et de l'engrais.
— Je vous y emmènerai.
Colm contempla avec stupéfaction ce qu'elle avait accompli. Elle avait abattu le travail de trois hommes, débroussaillant et arrachant les mauvaises herbes. Bientôt, la terre serait prête à accueillir de jeunes plants.
— Danny doit vous être reconnaissant.
— Pourquoi ? demanda-t-elle avec étonnement.
— Cela accroît la valeur de sa propriété. Ce genre de choses compte énormément à ses yeux.
— Vous ne l'appréciez pas beaucoup.
— Je n'apprécie pas ce qu'il a fait à Ria et la façon dont il l'a fait, c'est vrai. Mais aujourd'hui, je ne sais plus s'il me plaisait ou non avant tout cela. Sans doute que oui.
— De toute façon, je ne le fais pas pour lui, je le fais pour Ria, rétorqua Marilyn.
— Eh bien, c'est la même chose. Tôt ou tard, ils devront vendre cette propriété.
— C'est impossible ! s'exclama-t-elle, stupéfaite.
— Comment pourrait-il entretenir deux familles et conserver cette villa ? Mais assez parlé de Danny et des problèmes qu'il cause.
— Etait-ce lui, le problème de la petite mistinguette blonde ?

— Une mistinguette ! Quel joli mot. Oui, et aussi un vase d'œillets rempli de vodka.

Elle le regarda d'un air ébahi.

— Venez en Irlande, Marilyn, et vous découvririez la vraie nature des êtres ! Accepteriez-vous de dîner avec moi ce soir ? Je voudrais aller jeter un œil chez la concurrence, et j'aimerais beaucoup que vous me teniez compagnie.

— Avec plaisir, répondit Marilyn.

Cependant, elle n'en parla pas à Gertie lorsque celle-ci vint faire le ménage et repasser ses vêtements. Pas plus qu'elle n'y fit allusion dans le mot de remerciement qu'elle glissa dans la boîte à lettres du superbe immeuble de Rosemary. Il n'était pas nécessaire de leur donner trop de détails concernant ses faits et gestes.

— Je me demandais... Aimerais-tu que je t'appelle Nora, grand-mère ?

— Tu as perdu la tête, Brian ? répliqua la vieille femme.

— Je te l'avais bien dit, mais tu n'as pas voulu m'écouter ! répliqua sa sœur d'un ton triomphal.

— Qu'est-ce que c'est que toute cette histoire ?

Nora les regarda à tour de rôle d'un œil soupçonneux.

— Encore une preuve du fait que sa place serait plutôt dans un asile, répliqua Annie.

— Je sais que tu es plutôt vieille, grand-mère, mais pas tant que ça, hein ? Alors je me suis dit que ce serait plus sympathique, que nous serions plus proches, d'une certaine manière, se justifia Brian.

Annie leva les yeux au ciel.

— Et appelleras-tu papa Danny quand nous serons sur le bateau, ce soir ? Auras-tu d'autres bêtises à raconter à ton amie Ria la prochaine fois qu'elle t'appellera des Etats-Unis ?

Nora regarda pensivement son petit-fils. Son visage reflétait une certaine perplexité.

— Tu sais, Brian... ? En fait, j'aimerais bien que tu m'appelles Nora. A la réflexion, cela me plairait beaucoup. Ils m'appellent ainsi à Sainte-Rita.

— Mais à Sainte-Rita, ils sont centenaires ! s'exclama l'adolescente avec colère. C'est normal qu'ils t'appellent Nora !

— Et Bobby aussi m'appelle Nora, bien sûr, poursuivit la vieille femme.

Annie la dévisagea avec stupéfaction.

— Ton chien t'appelle Nora, grand-mère ?

— Dans son cœur, oui. Pour lui, je ne suis pas Mrs Johnson. Oui, Brian, à partir d'aujourd'hui, tu peux m'appeler Nora.

— Merci, grand-mère, je savais bien que ce serait mieux ainsi, s'exclama joyeusement le petit garçon.

Toute la famille avait perdu la tête, songea Annie. Et maintenant, il leur fallait se rendre à Tara Road pour saluer Mrs Vine avant de partir en croisière sur le Shannon. Leur mère avait bien insisté. Ce serait plus gentil, avait-elle affirmé, et courtois. Elle vivait vraiment sur une autre planète.

Mrs Vine posa sur la table une assiette d'affreux biscuits durs comme de la pierre et des sandwiches au jambon.

— Je n'ai pas faim, merci, déclara Annie d'un ton ferme.

— Oh, servez-vous, je vous en prie, je les ai préparés pour vous.

— Je suis désolée, Mrs Vine, je ne mange jamais de viande et je trouve les biscuits un peu durs. Est-ce que cela vous dérange si je me contente de boire mon thé ?

— Non, bien sûr, mais j'y pense... J'ai une tarte surgelée au freezer, il ne faudrait pas longtemps pour la décongeler...

— Moi, cela ne me dérange pas de manger les sandwiches au jambon, déclara Brian. Je vais même les manger tous pour ne pas les gaspiller. Sauf ceux que vous allez manger vous-même, bien sûr.

Il tendit la main vers l'assiette en suggérant :

— On pourrait les partager...

Annie n'eut pas besoin de s'exclamer « Brian ! », son expression était suffisamment éloquente.

— ... ou encore, on pourrait les laisser sur l'assiette et en prendre un chaque fois qu'on en aurait envie, acheva-t-il d'un ton piteux.

Marilyn songea que les choses n'auraient pu commencer plus mal.

— J'espère que vous vous plairez à Westville, déclara-t-elle.

— Y a-t-il de vrais biscuits là-bas ? demanda le petit garçon.

— Oui, de nombreuses sortes.

Rassuré, il hocha la tête.

— Je suis sûr que ce sera merveilleux. Maman nous a dit y être très heureuse. Nous l'avons eue au téléphone samedi soir, déclara Annie, s'efforçant d'être courtoise. Je crois qu'elle est en train de se familiariser avec la ville. Elle allait dîner dans un restaurant thaï.

Voilà qui était étrange, songea Marilyn. Qui avait bien pu inviter Ria dans ce restaurant qui avait ouvert ses portes quelques mois plus tôt ? Etait-il possible qu'elle y soit allée seule ?

— Votre mère aime-t-elle découvrir de nouvelles cuisines ?

— Oh oui ! Elle est toujours devant ses fourneaux.

Brian parcourut du regard la cuisine : aucun gâteau ne refroidissait sur le plan de travail.

— Mais vous, vous ne cuisinez pas beaucoup, n'est-ce pas, Mrs Vine ? remarqua-t-il d'un ton légèrement désapprobateur. La petite amie de papa non plus. Sa mère, oui, mais seulement quand elle est chez elle. Je crois quand même qu'elle fera la cuisine sur le bateau. Qu'en penses-tu, Annie ?

— Je n'y ai pas beaucoup réfléchi, répliqua sa sœur, les dents serrées. Et je suis sûre que cela n'intéresse pas Mrs Vine.

— Puis-je vous demander de m'appeler Marilyn ? demanda-t-elle soudain.

Elle commençait à être irritée de les entendre répéter « Mrs Vine ». Manifestement, l'adolescente lui en voulait de loger dans la maison de sa mère. Ou peut-être en voulait-elle à sa mère d'être partie.

— Oui, c'est bien préférable, si vous voulez mon avis, s'exclama Brian avec enthousiasme.

— Est-ce vous qui creusez dans le jardin, ou Colm ? Nous avons vu un grand chambardement à l'extérieur.

— C'est moi. J'adore jardiner. Mais Colm va m'aider à acheter du terreau et à planter de nouveaux arbres. Peut-être cela vous plairait-il d'en choisir ? demanda-t-elle sans grand espoir.

A cet instant, le téléphone sonna et la voix de leur mère s'éleva sur la bande du répondeur.

— Bonjour, Marilyn, c'est Ria à l'appareil. J'appelais juste pour vous dire...

— C'est maman ! cria le petit garçon en se précipitant vers le téléphone.

— Brian, attends ! s'exclama sa sœur.

— Mais non, je vous en prie, intervint Marilyn.

— Maman, maman, c'est Brian, nous sommes ici, comment l'as-tu deviné ?

Marilyn croisa le regard de l'adolescente et sentit l'hostilité de celle-ci commencer à se dissiper. Elles semblaient être deux adultes observant un petit garçon puéril qui s'imaginait que sa mère l'avait retrouvé.

— Oui, elle va bien... Elle a taillé la moitié du jardin.

Annie laissa échapper un soupir.

— Il faut s'attendre à ce genre de choses avec Brian, expliqua-t-elle. Il s'arrange toujours pour dire précisément ce que vous n'avez pas envie qu'il dise. Je vais m'en occuper.

Et elle tint parole.

— Bonjour, maman, c'est Annie. Oui, nous sommes en train de prendre le goûter. Oui, très gentille. Je lis beaucoup... On s'ennuie tellement chez papa que je suis devenue une grande lectrice. *Catch 22* et *L'Attrape-Cœur*. Oui, elle nous a demandé de l'appeler Marilyn. Non, pour une fois Brian ne dit pas n'importe quoi, mais ne t'inquiète pas, elle s'occupe seulement des mauvaises herbes. Et puis Colm l'aide, alors il est inutile de t'affoler. Nous partons ce soir, mais nous t'appellerons samedi prochain.

Quand Marilyn prit enfin le combiné, Ria s'excusa :

— Je suis vraiment navrée, je ne savais pas qu'il allait s'agir d'une conférence familiale.

— Cela tombait bien, voilà tout. Comment allez-vous ?

— Très bien, et vous ?

— Cela ne pourrait aller mieux.

— J'ai entendu dire que vous aviez dîné chez Colm ?

— Oui, la pianiste a bu un vase de vodka. Et vos enfants m'ont dit que vous étiez allée dîner au nouveau restaurant thaï de Westville. Vous a-t-il plu ?

— Oui, merveilleux, j'y ai mangé de succulentes crevettes au curry.

Ria s'abstint de préciser qu'elle était accompagnée de son beau-frère.

— Ecoutez, plutôt que de bavarder maintenant, pourquoi ne me rappelez-vous pas ce soir de mon téléphone ?

— Oh, je serai sortie.

— Où avez-vous prévu d'aller ?

— Au cinéma, j'ai très envie de voir un certain film, prétendit Marilyn, qui ne tenait pas à dire qu'elle allait dîner avec Colm Barry.

Elles convinrent de se rappeler dans le courant de la semaine.

— Bernadette est-elle plongée jusqu'au cou dans les préparatifs du voyage ? demanda Barney.

— Non, absolument pas.

Danny était sans cesse surpris par le calme avec lequel la jeune femme menait sa vie. Il n'y aurait pas de listes, pas de projets, pas d'ultimes vérifications, pas de coups de téléphone. Vingt minutes avant l'heure du départ, elle glisserait quelques affaires dans un sac. Il préparerait lui-même sa valise, et, grâce à Ria, les enfants disposaient d'une liste de ce qu'ils devaient emmener.

— Elle est étonnante, Barney. Je ne sais pas où elle puise sa sérénité. Et c'est communicatif. Parfois, lorsque je suis énervé, il me suffit de passer dix minutes à ses côtés pour retrouver tout mon calme.

— Pourquoi serais-tu énervé, Danny ?

— Pour de nombreuses raisons. L'argent, le travail, l'Américaine totalement folle qui loge chez moi et saccage mon jardin, Ria qui ne parvient pas à accepter la situation...

— C'est si terrible que ça ?

— Je n'ai pas pour habitude de me répandre en jérémiades, mais c'est vous qui m'avez posé la question et j'ai eu une journée difficile. Je vais devoir faire un long trajet en voiture, puis passer une semaine dans un minuscule bateau alors que je ne peux vraiment pas me permettre de m'absenter du bureau. La mère de Bernadette s'imagine que je roule sur l'or et nous avons toujours l'impression d'avoir les enfants dans les jambes.

— Et tu as eu des problèmes avec Orla King samedi soir ?

— Seigneur, vous savez tout, Barney ! Comment l'avez-vous appris ?

— Un ami de Polly se trouvait à la table de Monto. Le propriétaire des lieux leur aurait demandé de faire sortir Orla avant qu'elle n'arrive à votre table, et ils ne sont pas arrivés à temps.

— Non, mais presque.

— Tu devrais faire attention, Danny.

— Je le sais bien. Il y a tant de choses dont je devrais me méfier que j'aurais besoin d'avoir des yeux derrière la tête.

Sur la rivière se trouvaient une multitude de bateaux de croisière dans lesquels embarquaient des familles.

La mère de Bernadette avait fait en sorte que des provisions leur soient livrées dès leur arrivée.

— J'avais passé une commande par téléphone, annonça-t-elle à Danny.

— C'est parfait, Finola.

Il semblait soulagé. Le voyage avait été long. Lorsqu'ils avaient quitté Dublin dans la circulation dense de la fin d'après-midi, il était tendu. Il avait des dizaines de soucis en tête et la conversation qu'il avait eue avec Barney n'avait pas arrangé les choses. Par deux fois, il avait commis l'erreur de déboîter sans vérifier dans le rétroviseur que la voie était libre. Usant de tact, Finola lui avait proposé de conduire et il avait fini par accepter.

Installée sur le siège avant, Bernadette choisissait des cassettes qu'elle insérait dans l'autoradio. Il s'agissait de musiques reposantes, des chants irlandais, de la harpe, des nocturnes de Chopin, des chansons françaises dont aucun d'eux ne comprenait les paroles, de la flûte de Pan, des concertos pour violon. Assis sur la banquette arrière entre son fils et sa fille, Danny dormit à poings fermés tandis que Finola les conduisait en direction du centre de l'Irlande.

Dans son rêve, Ria les attendait sur le pont du bateau. « Vous n'allez pas retourner chez vous ? » demandait-elle à Bernadette. Et celle-ci se contentait de hausser les épaules et de répliquer : « Si vous voulez. » Danny voulait s'élancer derrière elle pour la rattraper mais ses pieds étaient rivés au sol. Lorsqu'ils descendirent de voiture et prirent possession du bateau, le rêve était encore très présent à son esprit.

— Alors, vous vous en occupez ? lui demanda Finola.

— De quoi donc ? demanda-t-il, dérouté.

— De régler à cet homme la facture des provisions ?

— Quoi ? Oui, bien sûr.

Il prit sa carte de crédit ; l'homme secoua la tête en signe de refus, et Danny sortit son carnet de chèques. Il déchiffra l'inscription sur le talon du dernier chèque : il s'agissait du remboursement d'une traite de la nouvelle villa. La facture des provisions était exorbitante. Il avait réglé la location du bateau avec sa carte de crédit. Il ne voulait même pas y penser.

Mais il savait qu'il serait bien obligé d'y réfléchir un jour, très bientôt.

Colm invita Marilyn chez Quentin. Il tenait à lui montrer le plus élégant restaurant de Dublin, avait-il déclaré. En outre, il connaissait les propriétaires, les époux Brennan.

— Il y a beaucoup de monde pour un lundi. Le boom économique vous amène des clients, dit-il d'un ton approbateur en balayant du regard les nombreuses tables occupées.

— Allons, Colm. Expliquez plutôt à Mrs Vine qu'ils viennent ici pour savourer notre excellente cuisine, répliqua Brenda Brennan.

— J'en suis certaine, murmura Marilyn avec politesse.

— Je vois que Barney McCarthy et sa troupe figurent parmi vos clients, remarqua Colm.

Une ombre traversa le visage de Brenda.

— Oui, en effet, répliqua-t-elle.

Colm la dévisagea d'un air interrogateur, mais la jeune femme se contenta d'ajouter :

— Je vous laisse regarder le menu.

Puis elle s'éclipsa.

— Elle n'apprécie pas ces gens ? demanda Marilyn, qui avait perçu une certaine tension.

— Non, ce n'est pas cela. Je la soupçonne d'avoir eu le même problème que moi.

— C'est-à-dire ?

— Un chèque d'une très grosse somme que leur banque a refusé d'honorer.

— Vraiment !

Chaussant ses lunettes, Marilyn observa le petit groupe installé près de la vitrine.

— Ils ont l'air d'hommes très respectables, on ne les soupçonnerait pas de faire des chèques en bois.

— Cela ne s'était jamais produit dans le passé. Le problème, c'est qu'ils sont très influents. Ils connaissent beaucoup de monde. Ce ne serait pas une bonne idée de leur faire affront et, pour être juste, ils ont été d'excellents clients jadis. Aussi, c'est un peu compliqué.

Il regarda l'homme corpulent et expansif qui bavardait avec ses neuf invités. Une femme élégante et beaucoup plus jeune riait aux éclats.

— Est-ce sa femme ?

— Non, c'est Polly. Sa femme est restée à la maison, dans leur superbe villa.

— Allez-vous porter plainte ?

— Non. La prochaine fois qu'il souhaitera réserver une table, j'afficherai complet. Je ferai une croix sur cette facture impayée. Inutile d'aller devant les tribunaux à cause d'un simple dîner.

Marilyn lui lança un regard admiratif.

— Vous avez bien raison. Aux Etats-Unis, nous avons trop tendance à régler nos litiges devant la justice. Il est beaucoup plus raisonnable de considérer cela comme un simple repas et de ne pas vous faire de souci.

— Mais cela m'inquiète. Le sort de Danny Lynch dépend de Barney McCarthy. S'il coule, Danny coulera aussi, et qu'adviendra-t-il de Ria ?

Rosemary était réputée pour la rapidité de ses réunions d'affaires hebdomadaires. Celles-ci se déroulaient dans la matinée, très tôt, autour d'une coupe de fruits frais, de nombreuses tasses de café très fort et un rapide ordre du jour. Le comptable, le directeur général, le directeur du marketing et sa propre assistante étaient habitués à lui présenter succinctement leurs rapports. Ils passèrent brièvement en revue la comptabilité, les nouveaux contrats, et les projets des concurrents. Puis ce fut le moment d'aborder les problèmes.

— Un très gros chèque nous a été retourné par la banque, déclara le comptable.

— Combien ? Qui ?

— Onze mille livres, Barney McCarthy.

— Il doit s'agir d'une erreur de la banque, répliqua Rosemary, s'apprêtant à passer à la question suivante.

— J'ai lu dans le journal de ce matin que la boutique Polly était en vente, insista le comptable.

— Merci de me le signaler. Dans ce cas, ce n'est pas une erreur. Je vais appeler la banque.

— Ils ne vous diront rien.

— A moi, si, répliqua Rosemary.

Dès la fin de la réunion, elle composa le numéro du portable de Danny. Il ne décrocha pas.

— Tu ne peux pas me faire ça, Danny, espèce de petite ordure. Tu en as fait suffisamment subir à tout le monde, et je peux te garantir que je ne le supporterai pas, pas après tout ce que nous avons vécu ensemble.

Mais c'était à elle-même qu'elle parlait puisque Danny naviguait sur le Shannon, l'esprit libre de tout souci.

Hilary déclara qu'elle allait inviter Marilyn à venir se baigner au Forty Foot.

— Quelle drôle d'idée, remarqua sa mère.

— C'est Martin qui me l'a suggérée. Cela m'évitera de l'inviter à déjeuner.

— En effet.

— Et cela lui plaira quand même.

— Certainement.

Nora laissa échapper un profond soupir. Comment avait-elle pu élever une fille qui ne pensait qu'en termes d'économies ? Hilary n'était pas ainsi lorsqu'elle était enfant. Du temps où Nora était employée au pressing, elles n'avaient jamais beaucoup d'argent et toutes trois regrettaient un peu ce qu'elles auraient pu acheter si elles avaient été plus aisées. Cependant, ce n'avait jamais été une obsession. Martin l'avait bien changée. Mais au moins, il ne l'avait pas quittée pour une jeune fille montée en graine. Nora soupira de nouveau. Parfois, elle avait le sentiment que la vie était bien dure.

Hilary la considéra avec attention. Tous ces soupirs ne lui laissaient rien augurer de bon.

— Maman, tu ne crois pas qu'il serait temps que tu déménages pour t'installer chez Ria ?

— Pardon ?

— Pas tant que Marilyn sera là, bien sûr, mais dès son départ.

— Pourquoi ferais-je une chose pareille ?

— Cela te ferait de la compagnie, et tu pourrais lui verser un loyer.

— Je n'ai pas besoin de compagnie.

— Bien sûr que si, maman. De toute manière, Ria va avoir besoin que quelqu'un lui paie un loyer.

— Tu ne parles pas sérieusement !

— Mais si. Décide-toi, maman, avant qu'elle ne le demande à quelqu'un d'autre.

— Est-ce qu'il t'arrive de réfléchir, Hilary ? La pauvre Ria devra quitter cette villa avant Noël.

— Quoi ?

— Barney McCarthy est en train de couler. Dans le journal

d'aujourd'hui, j'ai lu que la boutique de Polly Callaghan était mise en vente. S'il vend ce magasin de location de robes, il doit en être réduit à gratter les fonds de tiroir. Et quand il fera le grand plongeon, Danny le fera aussi.

Ils prenaient tous le gouvernail à tour de rôle. Tant qu'ils naviguaient sur la rivière, c'était facile, mais, lorsqu'ils arrivaient sur un lac, les règles devenaient strictes. Les bouées noires devaient se trouver sur la droite, les rouges sur la gauche. Ils adressaient de grands signes à l'attention de touristes allemands et hollandais qu'ils avaient déjà croisés et qui étaient plus habiles qu'eux à gouverner. Quand ils jetaient l'ancre et descendaient dans de petits villages, ils s'achetaient des glaces ou se rendaient dans des pubs où ils jouaient aux fléchettes.

— Qu'est-ce que ça plairait à maman ! s'exclama Brian un jour, au moment où une nuée d'oiseaux jaillissaient des roseaux et prenaient leur envol.

Le silence qui s'ensuivit fut plus terrible que s'ils lui avaient tous ordonné de se taire.

— Désolé, murmura-t-il.

D'une voix rêveuse, Bernadette répliqua :

— Tu peux parler de ta mère, Brian. Ce n'est pas comme si elle était morte. Et peut-être qu'un jour tu l'emmèneras faire une croisière comme celle-ci.

Les deux enfants virent leur père tendre la main et caresser le visage de Bernadette avec gratitude. Il l'effleura des doigts et repoussa ses cheveux en arrière. Son geste était empreint de tant d'amour et de tendresse qu'il était presque gênant de le regarder.

L'adolescent qui donnait les cours « N'ayez pas peur d'Internet » semblait avoir seize ans et, de fait, il n'était pas beaucoup plus âgé. C'était sa première expérience du monde des affaires, déclara-t-il, et il voulait être certain que tous ses clients soient satisfaits. Si quelque chose leur échappait, cela signifiait qu'il n'avait pas bien fait son travail.

A sa grande surprise, Ria s'aperçut qu'elle comprenait ses

instructions. Ce n'était pas un univers que seuls les gens comme Rosemary pouvaient appréhender. C'était très simple, juste une façon d'entrer en contact avec les autres. Elle devina qu'il serait facile de s'y absorber, de passer des journées entières à surfer sur le Net et à communiquer avec des inconnus.

Après le cours, elle déjeuna avec Heidi et les deux femmes discutèrent de ce qu'elles venaient d'apprendre. Hubie, leur jeune professeur, leur avait recommandé de s'entraîner avant le cours du vendredi. Il leur avait demandé de lui envoyer des courriers électroniques, auxquels il répondrait. Dans le cas de Heidi, c'était facile, elle pouvait se servir des ordinateurs du secrétariat des anciens élèves. Mais Ria ?

— Marilyn a laissé son portable chez elle. Vous pourriez vous en servir.

— Oh, j'aurais trop peur de l'abîmer.

— Mais non ! Téléphonez-lui pour lui dire que vous avez envie de vous en servir, et je le brancherai pour vous.

— Vous ne pensez pas que ce serait un peu sans-gêne ?

— Non, ce n'est qu'un simple ordinateur. En revanche, Ria... Je crois que vous ne devriez pas mentionner que Hubie est notre professeur.

— Pourquoi donc ?

— Eh bien, c'était l'ami de Dale, vous comprenez.

— Qu'y a-t-il de mal à ça ?

— Vous savez bien...

— Je ne sais rien. Tout ce que je sais, c'est que Dale est à Hawaï...

— Quoi ?

— Oui, avec son père. Je me trompe ?

Heidi garda le silence.

— Où est-il, Heidi ? Il n'est pas ici, il n'est pas en Irlande. Sa chambre est toute prête à l'accueillir.

— Dale est mort.

— Mais non, c'est impossible. Vous devriez la voir, ce n'est pas la chambre d'un adolescent qui est mort.

— Il est mort, c'est bien là le problème. Marilyn se refuse à l'accepter.

Cela faisait bien longtemps que Ria ne s'était pas sentie aussi bouleversée.

— Pourquoi ne m'en a-t-elle pas parlé ?

— Elle s'y refuse. Elle n'en parle à personne, pas même à Greg. C'est pour cela qu'il est parti à Hawaï.

— Il l'a quittée ?

— Non, il pensait qu'elle l'accompagnerait mais elle n'a pas voulu. Ils y étaient déjà allés en vacances avec Dale.

— Quel âge avait-il ?

— Presque seize ans.

Oh, mon Dieu, songea Ria, c'est l'âge d'Annie.

— Comment a-t-il trouvé la mort ?

— Dans un accident de moto.

— Mais il était trop jeune pour conduire !

— Exactement.

— Mon Dieu, pourquoi ne me l'a-t-elle pas dit ? répéta Ria en secouant la tête. Après tout, j'allais habiter chez elle. Elle devait bien savoir que je verrais sa chambre. J'y ai même fait les poussières !

— Elle ne trouve pas les mots qu'il faut pour en parler, murmura Heidi avec douceur.

— Quand est-ce arrivé ?

— Au mois de mars, l'année dernière. Ils ont débranché les appareils en août.

— Les appareils ?

— Les appareils qui le maintenaient artificiellement en vie.

— Pauvre Marilyn. Quelle décision elle a dû prendre !

— Elle est convaincue qu'elle a fait le mauvais choix ; c'est pour cela qu'elle n'arrive pas à trouver la paix.

— Eh bien, je me demande si elle la trouvera à Tara Road, répliqua Ria, l'air songeur.

Marilyn se prélassait dans son bain. Clément s'était installé sur une chaise auprès de la baignoire, comme pour veiller sur elle. Gertie avait remarqué que le chat, d'ordinaire, ne montait pas à l'étage.

— Eh bien, maintenant, si, avait répliqué Marilyn.

— Mais... Quand Ria reviendra, il pensera peut-être qu'il

a encore le droit d'y aller, vous savez. Après tout, ce n'est qu'un chat.

Gertie s'efforçait de faire preuve de tact, sans grand succès.

— Je suis certaine que Ria fait chez moi des choses qui ne me plairaient pas non plus, mais nous avons décidé de fermer les yeux pour la durée de l'été, avait répliqué Marilyn d'un ton ferme.

— Y a-t-il un animal ou quelqu'un chez vous ? avait demandé Gertie.

— Non, personne, avait répliqué Marilyn.

Tandis que la jeune femme rajoutait de l'eau chaude dans son bain, Clément bâilla à s'en décrocher la mâchoire.

— Je t'ai défendu bec et ongles, Clément. Ne me bâille pas au nez comme ça, lui dit-elle.

Clément se rendormit. Marilyn songea que Ria, en revanche, avait laissé bien des êtres humains et des animaux à Tara Road.

Andy sonna à la porte, les bras chargés d'un sac de provisions et d'une bouteille de vin.

— Vous êtes ravissante, dit-il d'un ton admiratif. Absolument ravissante.

— Merci.

Cela faisait bien longtemps que personne ne l'avait complimentée. Depuis des années, Danny ne lui disait rien de plus élogieux que « Tu es très bien comme ça, ma chérie ». Annie se contentait d'affirmer « Cette couleur ne te va pas du tout ». Certes, Rosemary reconnaissait que Ria était élégante lorsqu'elle faisait des efforts de toilette, mais cela revenait à dire que c'était trop peu fréquent. Hilary avait déclaré que de beaux vêtements donnaient de l'allure ; leur mère avait répliqué que rien ne valait un bon tailleur bleu marine et un chemisier blanc et qu'il était regrettable que des femmes disposant d'autant de classe et de moyens que Ria s'habillent de façon aussi négligée. Colm lui disait parfois qu'elle avait belle allure, c'est vrai, mais Ria avait le sentiment qu'il aurait aussi bien pu parler de la villa ou du jardin que d'elle-même.

Elle n'avait pas l'habitude d'être admirée sans réserve par un homme.

Puis ils se mirent à la cuisine, Andy frotta une gousse d'ail sur le saladier pour préparer la salade César. Une grande partie de la préparation n'était qu'une simple mise en scène, mais c'était excellent. Puis ce fut le tour des galettes de pommes de terre.

— Oh, mais j'en ai déjà mangé ! s'exclama Andy, déçu.

Il s'imaginait que c'était un plat totalement inconnu.

— Vraiment ?

Ria était déçue, elle aussi.

— Mais je les trouve succulentes. Et puis, ce sont des galettes de pommes de terre irlandaises, donc elles sont très spéciales ! répliqua-t-il.

Ils finirent par en rire, comme ils rirent de beaucoup d'autres choses. Il lui parla de la conférence et d'une organisatrice à moitié folle, tellement stressée qu'elle était en permanence sur le point d'exploser. Un détail parfaitement dénué d'importance, comme le simple fait de placer les invités à table pour le dîner, l'obligeait à avaler des tranquillisants.

— Et comment s'est déroulé ce dîner, finalement ? demanda Ria.

— Je n'en sais rien, il a lieu ce soir.

— Mais vous n'y assistez pas ?

— J'ai pensé que ce serait plus amusant de dîner avec vous, et je ne me suis pas trompé.

Ria avait préparé une tarte sablée aux fraises, qu'ils dégustèrent avec le café.

— Vous ne l'avez pas achetée à la pâtisserie ?

— Non, je l'ai faite de mes dix doigts, répliqua-t-elle en éclatant de rire, et en tendant vers lui ses mains manucurées de frais.

— Vous avez au moins acheté la pâte ?

— Absolument pas. Je suis la reine de la pâte à tarte.

Andy était impressionné, et Ria en éprouva un plaisir enfantin. Elle lui parla des cours qu'elle prenait pour apprendre à se servir d'Internet et lui demanda si, à son avis,

Marilyn verrait un inconvénient à ce qu'elle utilise son portable.

— Pas du tout, je vais vous l'installer.

— Je devrais lui demander la permission d'abord...

— Mais non, c'est comme si vous vous serviez du téléphone ou de l'aspirateur... Il ne s'agit pas d'un piano ou d'un instrument de ce genre.

— Mais imaginez que...

— Allons, où est-il ?

— Dans son bureau.

Ils allèrent dans l'agréable pièce tapissée de livres, et Andy mit l'ordinateur en route.

— Je vais vous montrer comment vous en servir, et la prochaine fois vous saurez le faire toute seule.

Au moment où il prononçait ces mots, le téléphone sonna. Ria décrocha machinalement.

— Allô ? dit-elle, comme si elle se trouvait à Dublin et qu'il s'agissait de son téléphone.

— Ria ? C'est Greg Vine à l'appareil.

— Oh, Greg. Comment allez-vous ?

Son regard croisa celui d'Andy. Il aurait été parfaitement normal, naturel, d'annoncer : « Vous n'allez pas le croire, mais votre frère est ici. » De toute évidence, c'est ce que n'importe qui aurait dit dans une telle situation. Mais elle aurait peut-être eu besoin d'ajouter un peu plus d'explications qu'il n'était nécessaire, et Greg risquait de s'imaginer des choses qui n'avaient pas lieu d'être. Alors elle passa sous silence le fait qu'Andy se trouvait à cinquante centimètres d'elle, un demi-sourire aux lèvres.

Elle écouta attentivement les explications teintées d'excuses de Greg. Il souhaitait qu'elle lui cherche un dossier, dans le bureau.

— Je suis dans cette pièce, dit-elle.

— Oh, c'est parfait, répliqua-t-il, ravi. Il n'y a là que des livres très techniques, j'en ai peur, et des devoirs d'étudiants. C'est ce dont j'ai besoin. Puis-je vous indiquer où le trouver ?

— Bien sûr.

En ligne depuis Hawaï, Greg lui demanda de se diriger vers

le pan de bibliothèque portant l'indication « Devoirs d'étudiants ». Il lui indiqua une année, puis un nom et enfin un sujet. Elle répétait chacun de ses mots : Andy suivit ses instructions et trouva le document en question.

— J'ai simplement besoin de la page de titre du document, mais il me la faut aujourd'hui.

— Aujourd'hui ?

— Je compte demander à Heidi et Henry d'avoir la gentillesse de venir le chercher et de me l'envoyer par courrier électronique.

— Vous voulez que Heidi et Henry viennent le chercher et vous l'envoient par courrier électronique ?

Elle répétait chacune de ses paroles comme si elle était simple d'esprit, mais elle voulait qu'Andy sache ce qui se disait à l'autre bout du fil. Il comprit immédiatement. Il désigna la feuille de papier, puis l'ordinateur et enfin lui-même.

— Je peux vous l'envoyer moi-même, si vous me permettez d'utiliser le portable de Marilyn.

— Vous savez envoyer un courrier électronique ?

Greg semblait surpris et enchanté.

— Oui, j'ai pris un cours ce matin avec Heidi.

— Quelle chance, s'exclama-t-il. Cela m'évitera de déranger Heidi et Henry.

Sur une feuille de papier, Andy griffonna : « Demandez-lui le mot de passe et l'adresse de sa boîte à lettres. » Quelques instants plus tard, il avait pianoté les informations sur le clavier et le message était envoyé.

— Il est sur mon écran, annonça Greg, je ne vous remercierai jamais assez. Qui est votre professeur ? Vous avez appris vite.

Ria se souvint que Hubie avait été l'ami de Dale.

— Oh, un jeune homme... Je n'ai pas retenu son nom.

— Peu importe. Ce soir, il m'a rendu un fier service.

Quand elle reposa le combiné, ils se regardèrent. Presque par hasard, un pas avait été franchi.

— Eh bien, puisqu'à Hawaï on est convaincu que vous êtes une spécialiste, faisons en sorte que vous le deveniez, déclara-t-il.

Etait-il assis un peu trop près d'elle ? se demanda Ria.

— Je vais chercher mes notes, murmura-t-elle.

D'un bond, elle se leva et alla prendre les photocopies que Hubie avait distribuées à tous les élèves de la classe.

Andy y jeta un coup d'œil.

— Mon Dieu ! Hubie Green... C'est l'un des gosses qui se trouvaient avec Dale la nuit de l'accident.

Ria le dévisagea.

— Pourquoi ne pas m'avoir dit que Dale était mort ?

Stupéfait, Andy répliqua :

— Vous deviez bien le savoir !

— Non. J'ai dû attendre que Heidi me l'apprenne.

— Mais vous m'avez parlé de sa chambre, du fait qu'elle semblait l'attendre...

— Je croyais qu'il était à Hawaï. Je vous ai demandé quand il rentrerait, vous m'avez dit à l'automne.

— Oh, mon Dieu ! Je pensais que vous parliez de Greg.

Il y eut un silence. Ils comprenaient l'un et l'autre comment le malentendu était né.

— Vous comprenez, ils ont tant de peine qu'ils ne peuvent même pas se résoudre à en parler, reprit Andy. Si vous mentionniez Hubie Green, tout remonterait à la surface.

— Je sais. C'est pour cela que je n'ai pas prononcé son nom.

— Vous avez bien fait.

— C'est curieux, vous savez... reprit Ria. Dans mon pays, je suis toujours honnête et franche, mais depuis mon arrivée ici, je n'arrête pas de mentir et de dissimuler certaines choses sans aucune raison.

— Nous avons toujours de bonnes raisons de mentir, non ? répliqua-t-il en souriant.

— J'imagine, oui.

— Eh bien, nous devons mentir une dernière fois en prétendant que vous avez su vous connecter sur Internet sans aucune aide, et puis nous pourrons cesser de faire semblant. D'accord ?

— D'accord, murmura-t-elle avec une légère nervosité.

Manifestement, il était assis trop près d'elle pour n'être qu'un simple ami.

— Qui possède une boîte à lettres électronique, à votre connaissance ? demanda-t-il.

— Hubie ! Il a dit que nous pouvions lui envoyer des courriers à n'importe quelle heure.

— Oh, Hubie...

— Quel est le problème ? C'est un gentil garçon.

— Bien sûr.

— Racontez-moi. Je ne sais absolument rien de ce qui s'est passé. Marilyn est une femme très secrète. Je sentais bien qu'elle n'avait pas envie que je lui pose de questions, qu'elle m'avait dit tout ce qu'elle voulait que je sache, mais c'était très peu de choses.

— Vous lui en voulez ?

— Elle aurait dû me dire que son fils était mort. Je n'ai aucune envie que la moitié de Dublin lui parle de la pauvre Ria dont le mari s'est enfui avec une jeune fille. Je suis sûre qu'elle ne va pas poser de questions à mes amies, et je ne devrais pas... mais...

— Mais quoi, Maria ?

Il n'avait jamais utilisé le diminutif de son prénom, et Ria appréciait beaucoup qu'il l'appelle ainsi. La relation qui s'était peut-être nouée entre eux en devenait intemporelle.

— ... mais je me trouve face à un mystère. Dans mon cas, il n'y en a aucun, c'est une histoire vieille comme le monde : un homme épouse une femme, en rencontre une autre plus jeune et quitte la première. Le seul mystère, c'est que cela ne se produise pas plus souvent.

— Maria, je vous en prie... Vous semblez si amère !

— Vous croyez que je devrais m'en réjouir ? Remarquez, au moins, de mon côté, la situation est parfaitement claire. En revanche, ici, c'est différent, très différent. Il semble y avoir une sorte de conspiration du silence. Cette chambre ressemble à un mausolée. Et le fait que personne ne parle de l'accident...

— Mais vous comprenez... commença Andy.

— Non, pour être franche, je ne comprends pas. Savez-vous ce que j'ai dit à votre frère quand je lui ai téléphoné ? Je lui ai demandé si Dale se plaisait à Hawaï. Quand j'essaie d'imaginer ce qu'il a pu penser, j'en ai la chair de poule.

— Il comprendra, répliqua Andy d'un ton apaisant. Il se rendra bien compte que Marilyn ne vous avait rien dit.

— Ecoutez, je suis bouleversée par tout cela. Je suis retournée dans la chambre de Dale et j'ai pleuré en pensant à l'adolescent que je croyais être en train de surfer à Hawaï. J'ai pleuré à l'idée qu'il était mort et enterré. Nous devrions être capables d'en parler. Pas en permanence, comme nous avons la réputation de le faire en Irlande, mais simplement pour admettre que c'est arrivé. Elle a laissé sa chambre ainsi et ne m'a rien dit. Ce n'est pas normal, Andy. Même vous, vous vous figez quand je prononce le nom de ce garçon, Hubie. Si personne d'autre ne me raconte ce qui s'est passé, c'est peut-être à lui que je poserai la question.

— Ne faites pas ça.

— Je veux simplement vous faire remarquer à quel point c'est étrange.

— Croyez-vous que nous ne le sachions pas ?

— Que voulez-vous dire ?

— Ecoutez, si un couple donnait vraiment l'impression d'être heureux, c'était bien celui de Greg et de Marilyn. Et pourtant, depuis le jour de l'accident, ils sont incapables de se parler.

— Parce que chacun rend l'autre responsable de ce qui est arrivé ?

— Non, ce n'est pas ça. Hubie, Dale et deux de leurs amis adoraient les motos, mais ils étaient trop jeunes et leurs parents auraient préféré les voir jouer avec des armes à feu plutôt qu'avoir une moto dans leur garage. Le jour de l'anniversaire de Hubie, ils sont sortis. Ils étaient censés aller à un pique-nique. Je le sais parce que j'étais là.

Il se leva et se mit à arpenter le bureau.

— Ils ont bu quelques canettes de bière, puis sont tombés sur deux motos et ont décidé que c'était un cadeau du ciel.

— Ils sont tombés sur deux motos ?

— Je veux dire qu'ils les ont volées sur le parking d'un

restaurant. Hubie et l'autre adolescent qui est mort, Johnny, étaient un peu plus voyous. Un peu plus vieux, aussi. De quelques mois seulement, mais à cet âge-là cela compte beaucoup.

— Je sais.

Ria songea à Kitty, d'un an plus âgée qu'Annie, mais déjà beaucoup plus mûre.

— Au croisement de deux rues, l'une des motos a été renversée par un camion. Ce qui n'est pas vraiment surprenant : la moto roulait à gauche. Johnny, le pilote, a été tué sur le coup et Dale, qui se trouvait sur le porte-bagages, a passé six mois branché à des appareils. Ses parents ont ensuite accepté qu'il cesse d'être maintenu artificiellement en vie.

Silencieux, ils songèrent à la tragédie qui avait frappé cette famille.

— Marilyn a déclaré qu'elle ne leur pardonnerait jamais, et Greg a dit qu'ils ne trouveraient pas la paix tant qu'ils n'apprendraient pas à pardonner.

Ria avait les yeux emplis de larmes.

— Et c'est ce qui les a éloignés l'un de l'autre ?

— Je suppose. Greg n'en parle pas beaucoup. Vous savez que les hommes n'aiment pas faire étalage de leurs sentiments.

— Vous, vous êtes différent, vous m'avez raconté cette histoire avec beaucoup de compassion. Et ce n'était pas de la simple curiosité de ma part, vous savez.

— Je sais.

— Vous comprenez que je n'avais pas envie de blesser Marilyn, d'interroger Carlotta ou Heidi à son sujet ?

— Bien sûr. Vous comprenez aussi pourquoi ce ne serait pas une bonne chose d'en parler à Hubie. Ce garçon a un lourd passif ; c'était son anniversaire, il a entraîné ses amis à boire, son ami Johnny conduisait une moto volée, et lui s'en est tiré sans une égratignure. En un sens, je suis impressionné qu'il ait organisé ces cours pour payer ses frais d'inscription au lycée.

— Je comprends. Mais vous éprouvez de l'amertume à son égard.

— Ce n'était pas de sa faute. Il n'avait pas l'intention de tuer Dale.

— Mais c'est une situation délicate, n'est-ce pas ? Je suis navrée d'être impliquée là-dedans.

— Ecoutez, cela n'a rien à voir avec vous. Allons, Maria, c'est l'heure des devoirs. Faisons nos exercices.

Ils envoyèrent un courrier électronique à Hubie. En retour, celui-ci leur adressa le message suivant :

Félicitations, Mrs Lynch ! Vous êtes très douée.

Puis ils en envoyèrent un à Heidi.

— Elle aura une crise cardiaque demain matin, au secrétariat des anciens élèves, quand on lui dira que je lui ai envoyé un message ! s'exclama Ria, radieuse. J'aimerais connaître quelqu'un d'autre qui dispose d'une boîte à lettres électronique.

— Nous pourrions en envoyer un à mon portable, à l'hôtel, suggéra Andy.

— Et vous me téléphonerez tout à l'heure pour me dire si vous l'avez bien reçu !

— Ou demain matin, rectifia-t-il d'une voix douce.

Ria mit quelques secondes à comprendre ce qu'il voulait dire.

— C'est si agréable d'être ici, reprit-il. C'est si bon d'entendre de nouveau rire dans cette maison. Et nous n'avons aucun engagement, personne ne serait trahi ou blessé. Ne serait-ce pas agréable de passer le reste de la soirée ensemble ?

Glissant la main sous le menton de Ria, il inclina le visage de la jeune femme vers lui. Celle-ci avala sa salive et chercha un instant ses mots. Il en profita pour l'embrasser. Avec douceur mais fermeté. Et il enlaça ses épaules de son bras.

Ebahie, elle se dégagea. Elle allait avoir trente-huit ans. En novembre, le jour anniversaire de la mort de Clark Gable. Depuis l'âge de vingt et un ans, personne ne l'avait embrassée hormis l'homme qui s'était lassé d'elle et lui avait dit qu'il ne restait rien de ce qu'elle croyait être un mariage heureux.

— Je dois vous expliquer... commença-t-elle.

— Le faut-il vraiment ?

— Oui. J'ai passé une soirée merveilleuse, mais vous comprenez, je ne...

— Je sais, je sais.

A présent il embrassait son oreille, avec douceur, et c'était plutôt agréable.

— Andy, vous devez me pardonner si je vous ai donné de faux espoirs. J'ai passé une excellente soirée, sincèrement, mais je ne veux pas que cela aille plus loin. Je ne me suis pas moquée de vous. Je ne me suis jamais moquée des garçons, même quand j'étais plus jeune. C'est entièrement de ma faute si vous m'avez mal comprise. Je manque un peu d'expérience, vous comprenez.

— J'ai nourri quelques espoirs quand vous avez caché ma présence à mon frère.

— Bien sûr, bien sûr.

Elle savait qu'il n'avait pas entièrement tort.

— Mais je pense que c'était une merveilleuse soirée, moi aussi, ajouta-t-il. Il n'est pas indispensable qu'elle s'achève au lit. Ce serait beaucoup plus agréable, bien sûr, mais puisque ce n'est pas le cas, gardons le souvenir des bons moments passés ensemble.

Elle lui sourit avec reconnaissance.

— Ah, ces galettes de pommes de terre !

— Et cette merveilleuse salade César !

— Et cette tarte aux fraises ! Faite maison !

— Et l'excellente bouteille de vin !

— Eh bien, cette soirée a vraiment eu de bons côtes ! Consultez votre boîte à lettres électronique ce soir, vous pourriez fort bien avoir un message, conclut-il avant de prendre congé.

Elle rangea d'abord la cuisine, puis retourna dans le bureau pour voir si elle avait reçu des messages. Il y en avait deux. Le premier provenait de Hubie.

Juste un test, Mrs Lynch, pour voir si vous pouvez également consulter votre boîte à lettres ! Hubie Green.

Le second émanait d'Andy.

Merci beaucoup pour le dîner, cela faisait des années que je n'en avais passé d'aussi agréable. Je reviendrai à l'occasion du week-end de rencontre des anciens élèves, mais s'il y a une chance que nous nous revoyions avant cette date, j'en serai ravi. Votre nouvel ami, Andy Vine.

Imaginez un peu ! La pauvre, l'ennuyeuse Ria, la vieille épouse abandonnée, avait un nouvel ami du nom d'Andy Vine. Et si elle n'avait pas refusé de façon catégorique, elle aurait pu l'avoir également pour amant.

Se contemplant dans le miroir de l'entrée, elle se demanda ce qu'elle aurait éprouvé. Jamais elle n'avait fait l'amour avec un autre homme que Danny. Danny, qui connaissait si bien son corps et lui donnait tant de plaisir.

Elle se serait sentie gênée de se déshabiller devant cet homme. Comment faisaient les autres femmes pour atteindre un tel degré d'intimité avec des hommes qu'elles connaissaient à peine ? Rosemary, par exemple. Mais Rosemary avait un corps irréprochable. Ria aurait craint que ses fesses soient un peu ramollies, que son corps semble un peu flasque. D'un certain côté, c'était un soulagement de ne pas avoir à découvrir un autre corps et à redouter d'éventuelles critiques. Pourtant, il aurait été agréable de sentir des bras autour d'elle et de savoir qu'un homme la désirait de nouveau.

Laissant échapper un soupir, elle entra dans la chambre de Dale. Elle regarda ses cahiers, les photos des deux-roues, les publicités, les articles de journaux concernant des pilotes de course. Marilyn avait eu le courage de laisser dans cette pièce des images des machines qui avaient tué son fils, mais elle n'avait pu se confier à la femme qui allait loger chez elle. C'était une femme très compliquée, en effet.

Marilyn avait refusé tant d'invitations qu'elle craignait que cela ne devienne injurieux. Il valait mieux qu'elle accepte la proposition de Hilary, la sœur de Ria. Cette dernière avait beaucoup insisté ; à plusieurs reprises, elle lui avait téléphoné pour l'inviter à aller pique-niquer au bord de la mer. De toute façon, ce serait agréable de nager à nouveau. En outre, songea Marilyn, elle était parfaitement capable de tenir tête à ces Irlandaises trop curieuses. Il suffisait de répondre de façon évasive et de les faire parler d'elles. Une fois qu'elles étaient lancées, il ne restait plus qu'à les écouter.

Hilary sonna à la porte d'entrée, débordante d'énergie et de préoccupations.

— Nous n'allons pas prendre le train à l'heure de pointe, c'est déjà une bonne chose, déclara-t-elle.

— Bien. Nous pouvons y aller quand vous voulez.

— Mon Dieu ! Ria sera folle de rage quand elle verra l'état de son jardin. Vous cherchiez un trésor ou quoi ?

— Je me suis contentée de débroussailler un peu, le jardin sera parfait à son retour. Votre sœur a une vraiment très belle villa.

— Je vais vous donner franchement mon avis. Je crois que Ria et Danny ont gagné leur argent trop facilement, et que ces choses-là se paient.

— Que voulez-vous dire ? Avons-nous le temps de boire un café ou préférez-vous partir tout de suite ?

— Nous avons le temps de boire une tasse de café, je suppose. Vous n'avez rien préparé ?

Hilary balaya la cuisine d'un regard aussi désapprobateur que celui de Brian, semblant chercher quelque chose qui ne s'y trouvait pas.

— Ma foi, non. Nous déjeunons dehors, n'est-ce pas ? répliqua Marilyn, surprise.

— Je m'étais dit que nous pourrions pique-niquer là-bas.

— C'est une excellente idée. Nous allons bien passer devant une épicerie en chemin ?

— Pour quoi faire ?

— Pour y acheter de quoi pique-niquer.

— Mais cela nous coûterait aussi cher que de déjeuner au

restaurant. Je pensais que vous alliez préparer des sandwiches.

Marilyn commençait à éprouver d'amers regrets, mais il était trop tard pour faire marche arrière.

— Je peux faire cuire deux œufs durs, et avec quelques tomates, deux tranches de jambon, du pain et du beurre, ce serait parfait, non ?

Hilary sembla retrouver sa bonne humeur. Les deux femmes préparèrent un pique-nique de fortune et prirent le bus jusqu'à la gare, puis le petit train électrique qui menait à Dun Laoghaire. Il longeait la côte en direction du sud, et Marilyn s'extasia sur le paysage.

— J'étais sûre que cela vous plairait, déclara Hilary, enchantée.

— Dites-moi comment vous avez rencontré Martin, demanda Marilyn.

Elle écouta la jeune femme lui raconter avec une grande fierté comment ils avaient acheté leur maison après avoir mis de l'argent de côté, comment ils économisaient sou à sou et se constituaient un petit bas de laine. Elles descendirent du train et se dirigèrent vers la plage. Et tandis qu'elles longeaient la mer aux reflets scintillants, Hilary commenta la valeur des biens immobiliers, parla des frères de Martin qui s'occupaient de la petite ferme située dans l'ouest de l'Irlande, et des gamines de quatorze ans qui tombaient enceintes dans le collège où Martin et elle étaient employés.

Soudain, Marilyn s'écria avec ravissement :

— Regardez ! La tour Martello et le musée Joyce ! Je sais où nous sommes ! C'est ici que se déroule la première scène d'*Ulysse*. A cet endroit précis.

— Oui, en effet.

Hilary ne s'intéressait pas outre mesure à James Joyce.

Elle montra du doigt la pancarte que les touristes prenaient souvent en photo et où il était inscrit « Pour messieurs seulement ». Sa mère, déclara-t-elle, lui avait raconté que les féministes avaient nagé ici pour réclamer l'usage de la plage pour tous.

— Mais ce n'était pas du temps de votre mère ?

— Non, plutôt du mien ! Je vais avoir quarante ans cette année, rétorqua Hilary d'une voix sinistre.

— Moi aussi, dit Marilyn.

C'était le premier point commun entre deux femmes totalement différentes. Elles nagèrent quelques brasses, ce qui glaça Marilyn jusqu'aux os, puis dévorèrent leur pique-nique. Hilary était presque seule à bavarder.

— Parlez-moi du mariage de Ria, lui demanda Marilyn.

Hilary lui donna sa version de l'affaire. La soudaine révélation de la liaison de Danny, puis son départ du jour au lendemain. Une situation absurde et une débâcle financière imminente. Barney McCarthy ne roulait plus sur l'or et ses amis politiciens n'étaient pas au pouvoir. Pour Danny, l'heure du baisser de rideau avait sonné.

— Est-ce que vous l'aimiez, autrefois ?

— Je m'en méfiais. Il était trop malin pour Ria, trop séduisant. Je l'ai toujours dit, et finalement j'avais bien raison. Cela ne m'enchante pas. Moi-même, je suis parfaitement heureuse en ménage et j'aurais préféré qu'elle le soit aussi. Et vous, êtes-vous heureuse avec votre mari ? demanda-t-elle soudain.

— Je ne sais pas, répondit Marilyn.

— Vous devez bien le savoir.

— Non, je n'en sais rien.

— Et votre mari, qu'en pense-t-il ?

— Il pense que nous sommes heureux en ménage. Nous n'avons plus rien à nous dire, mais il veut que les choses restent ce qu'elles étaient.

— Sur le plan sexuel, vous voulez dire ?

— Oui. Nous nous entendions bien autrefois. Mais ce serait parfaitement dénué de sens. J'ai subi une hystérectomie il y a deux ans. Même si une femme de quarante ans pouvait tomber enceinte, ce qui est le cas, cela m'est impossible.

— Je trouve que vous avez beaucoup de chance qu'il vous désire encore. Je suis stérile, alors Martin est d'avis que nous ne devions pas avoir de rapports sexuels. Et nous n'en avons pas.

— Je ne vous crois pas.
— C'est pourtant vrai.
— Mais depuis quand ?
— Nous sommes mariés depuis seize ans... Depuis environ huit ans, depuis qu'il sait que nous ne pouvons pas avoir d'enfants.
— Le saviez-vous avant ?
— Je l'ai toujours su. J'étais allée voir une voyante, et elle me l'avait dit.
— Vous l'aviez cru ?
— Absolument. Elle ne s'est jamais trompée.

Hilary rangea les restes de son pique-nique dans un sachet en papier. Elle était si sûre d'elle, si péremptoire, même lorsqu'elle évoquait la voyante lui ayant annoncé sa stérilité. C'était un pays bien étrange.

— Peut-elle entrer en contact avec l'au-delà ? demanda Marilyn.
— Je ne crois pas. Cela ne m'intéressait pas, de toute façon. Je voulais seulement savoir ce que serait ma vie.
— Que vous a-t-elle dit d'autre ?
— Que je serais heureuse en ménage, ce qui est vrai, et que je vivrais dans une maison entourée d'arbres ; mais ce n'est pas encore le cas.

Marilyn demeura un instant silencieuse. Elle songeait que cette femme considérait être heureuse en ménage alors même que son mari ne s'intéressait qu'aux taux d'intérêt des banques et refusait tout rapport sexuel puisqu'il lui était impossible de procréer.

— Est-il toujours possible de consulter cette voyante ? demanda-t-elle.

Jamais il n'avait fait aussi beau au mois de juillet. Tout le monde le répétait. Les enfants étaient bronzés et s'amusaient follement.

— Est-ce que nous pouvons aller faire un tour en canot, papa ? demanda Annie.
— Non, Annie, c'est dangereux.

— Pourquoi nous l'a-t-on donné, alors ?

— C'est aux adultes qu'ils l'ont donné, ma princesse, pas aux enfants.

— Laisse-les faire, Danny, intervint Bernadette.

— Non, ma chérie, ils ne connaissent rien aux bateaux.

— Comment apprendront-ils, dans ce cas ? Ils n'ont qu'à rester à portée de vue, proposa la jeune femme.

Cela s'avéra être un compromis satisfaisant. Empli de fierté, Danny regarda son fils et sa fille ramer dans le petit canot sans s'éloigner du bord.

— Tu es gentille avec eux, mais tu n'as peur de rien. Si Ria avait été là, elle aurait voulu nager auprès d'eux comme une mère cane.

— Il faut laisser les enfants libres de leurs mouvements. Sinon, ils vous détestent.

— Je sais. Mais quand nous aurons notre bébé, verras-tu les choses de la même façon ?

Il posa sa main sur son ventre et songea au petit garçon ou à la petite fille qui vivrait sous leur toit avant Noël.

— Bien sûr ! s'exclama-t-elle, le dévisageant avec surprise. Tu ne voudrais pas enfermer un enfant dans une cage, si ?

Danny réalisa que c'était exactement ce que Ria et lui avaient construit et qu'il avait eu tant besoin de fuir. Il posa la tête sur les genoux de la jeune femme et ferma les paupières.

— Dors, je surveillerai le canot, promit-elle.

— N'est-ce pas incroyable ? lança Finola, qui était plongée dans la lecture du journal.

— Qu'est-ce qui est incroyable ? marmonna Danny.

Il était toujours étendu dans l'herbe, et Bernadette était occupée à tresser des colliers de pâquerettes.

— Polly est en vente ! Cela fait des années que c'est la plus grande boutique de location de vêtements de Dublin.

— C'est impossible.

Danny s'assit brusquement.

— Eh bien, c'est écrit ici.

Il s'empara du journal et parcourut l'article.

— Je dois téléphoner, déclara-t-il. Où sont passés ces fichus gamins et leur canot ? Pourquoi les as-tu laissés filer ?

— Ils ont ramené le canot, Danny. Tu étais endormi. Ils sont allés acheter des glaces. Reste calme, je t'en prie. Tu n'as aucune idée de ce qui est en train de se passer.

— Je crois bien que si.

— Alors de quoi s'agit-il, à ton avis ? Crois-tu que si la boutique de Polly est en vente, cela signifie que Barney est ruiné ?

— Et tu peux rester assise à tresser des colliers de pâquerettes si tu penses que c'est le cas ?

— Je préfère tresser des colliers de pâquerettes qu'avoir une crise cardiaque, répliqua la jeune femme.

— Bernadette, ma chérie, c'est peut-être la fin du monde. Tu ne comprends pas, tu n'es qu'une enfant.

— J'aimerais bien que tu ne dises pas cela. Tu as toujours connu mon âge.

— Je dois parler à Barney, savoir ce qui se passe.

Danny était livide.

— Tu devrais attendre d'être un peu plus calme. Dans l'état où tu es, tu ne vas rien comprendre.

— Je ne me calmerai pas tant que je ne saurai rien. Et peut-être ne serai-je pas plus calme alors. Je n'arrive pas à croire qu'il ne m'ait rien dit. Nous sommes amis. Il me répète sans cesse qu'il me considère comme son fils.

— Dans ce cas, s'il a vraiment des problèmes, il lui est peut-être encore plus difficile de t'en parler, déclara Bernadette avec simplicité.

— Tu n'es pas inquiète, tu n'as pas peur ?

— De quoi ?

— De ce qui risque de nous arriver.

— Que nous soyons pauvres, tu veux dire ? Bien sûr que non. Tu as déjà connu cela, Danny. Tu survivras, comme dans le passé.

— C'était autrefois. Aujourd'hui, c'est différent.

— Aujourd'hui, tu as beaucoup plus de raisons d'être heureux.

Il saisit ses deux mains dans les siennes.

— Je veux tout t'offrir. Je veux t'offrir le soleil, la lune et les étoiles, à toi et notre bébé.

Elle lui adressa un sourire, le lent sourire qui le bouleversait toujours. Elle n'ajouta rien. C'était ce qui donnait à Danny le sentiment d'être invincible.

Bernadette ne se préoccupait pas de la conduite qu'il avait l'intention d'adopter. Elle lui avait conseillé de se calmer, et maintenant elle restait à l'écart. Elle le laissait faire à sa guise.

— Où est papa ? Nous lui avons rapporté un Esquimau au chocolat, déclara Annie.

— Il est allé téléphoner, dit Bernadette.

— Cela va lui prendre longtemps ? Nous devrions peut-être manger sa glace ? suggéra Brian.

— Je crois que nous devrions la manger, en effet, répondit la jeune femme.

— Barney ? Danny à l'appareil.

— Vous avez vraiment beau temps ! Ça doit être merveilleux là-bas.

Barney semblait ravi de l'entendre.

— Barney, que se passe-t-il ?

— Tu es encore pire que moi... Incapable de décompresser et de profiter de tes vacances.

— Avez-vous essayé de me joindre ? Mon portable n'est pas chargé, je vous appelle d'un bar.

— Non, je n'ai pas cherché à te joindre, je te laisse profiter tranquillement de tes vacances, répliqua Barney d'un ton désinvolte.

— J'ai lu le journal.

— Le journal ?

— J'ai vu que la boutique de Polly était en vente.

— Oui, en effet.

— Qu'est-ce que cela signifie, Barney ?

— Cela signifie que Polly a envie de souffler un peu. On lui en a offert un bon prix, et nous sondons le marché pour voir s'il s'en présente un meilleur encore.

— Ne me racontez pas n'importe quoi. Pourquoi Polly aurait-elle envie de souffler ? Elle n'est presque jamais à la boutique.

— Eh bien, c'est ce qu'elle prétend. Tu sais comment sont les femmes... Parfaitement imprévisibles.

Combien de fois Danny n'avait-il pas entendu Barney parler ainsi aux clients — ou aux comptables, aux avocats, aux hommes politiques, aux directeurs de banque. A quiconque devait être tenu à l'écart. Simple, direct, jovial. Cela marchait toujours. Mais il n'avait encore jamais parlé ainsi à Danny. Soudain, le jeune homme songea qu'il y avait peut-être une explication.

— Y a-t-il quelqu'un d'autre dans la pièce ?

— Non, pourquoi ?

— Est-ce que tout va bien, Barney? Dites-le-moi franchement.

— Que veux-tu dire ?

— Vous le savez très bien. Avons-nous encore de la marge ? Sommes-nous dans le rouge ?

Barney éclata de rire.

— Allons, Danny, le soleil t'a tapé sur la tête ? Quand avons-nous eu de la marge ? Nous sommes toujours dans le rouge.

— Mais pourrons-nous redresser la barre, cette fois-ci ?

— Nous l'avons toujours fait.

— Mais vous n'avez encore jamais été obligé de vendre la boutique de Polly.

— Je ne suis pas obligé de la vendre, répliqua Barney d'une voix teintée d'une légère irritation.

Danny garda le silence.

— Si tu n'as rien d'autre à me dire, profite bien de tes vacances et reviens-nous en grande forme lundi.

— Je peux revenir aujourd'hui si vous avez besoin de moi. Je prendrais la voiture, je laisserais ma famille ici.

— A lundi, répliqua Barney, puis il raccrocha.

Danny commanda un petit verre de whisky afin de dissiper le léger tremblement qui agitait ses mains. Le barman l'observait d'un regard compatissant.

— Quand on vit en famille sur un bateau, c'est parfois difficile, remarqua-t-il.

— Oui, murmura Danny d'une voix absente.

Son esprit était très loin, dans le bureau de Barney. Ce dernier lui avait littéralement raccroché au nez. Il avait souvent vu Barney agir ainsi. A présent, c'était son tour.

— Combien d'enfants ? demanda le barman.

— Deux, et un autre en route.

— Bon sang, ça doit être l'enfer, répliqua le serveur.

Dans un pub situé sur les rives d'un lac, on voit défiler beaucoup de monde, mais le barman n'avait encore jamais vu un homme au visage aussi tendu et livide que celui-là.

— J'ai l'intention d'aller consulter une voyante avec votre sœur, déclara Marilyn à Ria au téléphone. Puis-je me servir de votre voiture ?

— Je prends des leçons sur Internet avec votre amie Heidi. Puis-je m'exercer sur votre portable ?

Sheila Maine fut enchantée de recevoir l'appel de Ria. Gertie ne lui avait pas parlé de sa venue, c'était une excellente nouvelle.

— Gertie vous écrit-elle souvent ?

— Une lettre chaque semaine, en général. Elle me donne des nouvelles du pays.

Ria sentit son cœur se serrer à cette pensée : Gertie avait tellement besoin de s'inventer une autre existence qu'elle rédigeait des pages et des pages de récits imaginaires.

— Gertie est merveilleuse. Nous nous voyons souvent, déclara-t-elle.

— Je sais ; elle m'a dit vous rendre fréquemment visite.

— En effet.

Mais Gertie n'avait sans doute pas dit à sa sœur ce qu'elle faisait à Tara Road, qu'elle s'y trouvait généralement à quatre pattes, récurant les sols pour gagner l'argent que Jack gaspillait dans les bars. Chacun doit cependant conserver une certaine dignité, et c'était le seul moyen qu'avait trouvé Gertie.

— Voulez-vous me rendre visite à Westville ? J'ai une superbe villa pour toute la durée de l'été. Les enfants seront là dans deux semaines.

Sheila répondit qu'elle en serait enchantée et qu'elle viendrait le samedi suivant en compagnie de son fils et de sa fille. Max travaillait ce jour-là et ne pourrait pas les accompagner. Il n'y avait qu'une heure de trajet entre les deux villes.

— Et dites bien à votre mari que j'ai hâte de le revoir. Il s'est montré si accueillant quand nous sommes venus vous voir à Tara Road !

Avec un violent choc, Ria réalisa que les lettres de Gertie passaient sans doute sous silence tous les problèmes conjugaux, et pas seulement les siens. La jeune femme décida d'attendre l'arrivée de Sheila pour lui raconter l'histoire de vive voix. C'était un récit trop long et trop pénible pour le faire au téléphone. Elle l'avait si souvent raconté qu'il lui devenait plus incompréhensible à chaque fois. Les gens s'imaginaient qu'elle s'était résignée. Ils ne se rendaient pas compte que Ria espérait encore recevoir un appel de Danny qui lui dirait : « Ma chérie, pardonne-moi. » Ou bien : « Pouvons-nous repartir de zéro ? »

Ria savait comment elle répondrait à l'une et l'autre question. Elle dirait oui et serait parfaitement sincère. C'était lui qu'elle aimait, tout le reste n'était qu'une terrible erreur. Une succession d'incidents qui s'étaient accumulés jusqu'à échapper à tout contrôle. Si elle n'y pensait pas, songeait Ria, qu'elle n'espérait pas et ne priait pas, cela finirait par se produire.

Mrs Connor était incroyable, déclara Rosemary. Marilyn allait être très surprise. Rosemary était particulièrement élégante ce jour-là, vêtue d'une robe très habillée en soie rose. C'était le genre de vêtements que l'on portait habituellement pour un mariage, songea Marilyn, non pour recevoir une voisine. Après avoir admiré les plantations, elles prenaient le thé sur la magnifique terrasse. Mrs Connor aurait dû faire l'objet d'un contrôle fiscal, poursuivit-elle. Elle ne devinait rien, ne révélait rien concernant l'avenir, faisait payer une fortune et paraissait chaque fois plus pauvre et tuberculeuse.

— Vous êtes allée la voir ? demanda Marilyn, surprise.

— Oui, une fois ou deux, quand j'étais plus jeune. J'y suis allée en compagnie de Ria et de Gertie.

— Et que vous a-t-elle dit ?

— Absolument rien, mais elle me l'a dit avec une terrible expression de douleur et d'angoisse. C'est une excellente comédienne, je dois le reconnaître.

— Mais elle a bien dû vous dire quelque chose de précis ?

— Oui, curieusement, elle m'a dit que j'étais une amie déloyale, répondit Rosemary en riant.

— Est-ce vrai ?

Marilyn avait l'habitude troublante de poser les questions sans détour.

— Non, je ne crois pas. Mais je travaille dans le monde des affaires, je dois me montrer déloyale tous les jours pour conclure des contrats.

— Je suppose que vous avez raison.

— Mais j'ai fait preuve de gentillesse envers Polly Callaghan, la semaine dernière. Elle voulait faire imprimer une brochure, en couleur, excellente définition et ainsi de suite. Et je savais que la facture risquait de rester impayée. Or, j'aime bien Polly, et je ne voulais pas que nous nous fâchions. Alors je lui ai proposé un marché : je choisissais un article dans sa boutique et j'imprimais ses brochures gratuitement. Et j'ai eu cette robe.

— Sait-elle pourquoi vous l'avez fait ?

— Peut-être, répondit pensivement Rosemary. Barney McCarthy le saura, c'est certain, quand elle le lui racontera. Enfin, assez parlé de tout cela. Pourquoi voulez-vous rendre visite à Mrs Connor ?

— Pour converser avec les morts, répondit Marilyn.

Pour une fois, Rosemary, en dépit de toute son assurance, resta bouche bée.

Marilyn réalisa que, si elle avait l'intention de conduire Hilary jusqu'au terrain vague où était installée la caravane de Mrs Connor, elle avait grand intérêt à s'entraîner. Aux Etats-Unis, elle conduisait une voiture avec embrayage automatique. Mais, comme il lui était arrivé d'en conduire avec levier de vitesse, cela ne poserait sans doute pas trop de problèmes. En revanche, tout le monde l'avait mise en garde contre le trafic de Dublin, les disputes acharnées auxquelles se livraient les conducteurs pour une place de parking, l'insouciance avec laquelle ils changeaient de file sans mettre leur clignotant. Cependant, rien ne l'avait préparée au nombre d'accidents qu'elle faillit avoir durant sa première sortie. Toute tremblante, elle revint au numéro 16 Tara Road. Colm la vit descendre de voiture d'une démarche mal assurée et lui demanda si tout allait bien.

— Ils se jettent littéralement sous vos roues, souffla-t-elle. J'ai failli tuer une dizaine de piétons. Ils s'élancent sur la chaussée, que le feu soit vert ou rouge !

Colm éclata de rire.

— La première fois est toujours la pire ! Enfin, vous êtes rentrée saine et sauve, et j'ai bien l'impression que vous avez des visiteurs.

Il désigna le portail que franchissaient Nora et le chien Bobby.

— Ouh-ouh, Marilyn ! s'exclama la vieille femme.

— Oh zut, murmura l'Américaine.

— Allons, Marilyn ! protesta Colm sur un ton de feinte désapprobation, avant de s'esquiver et de la laisser affronter seule Nora Johnson.

— Hilary et moi avons prévu de déjeuner ensemble, et nous nous sommes demandé si vous aimeriez vous joindre à nous.

— Merci, Mrs Johnson, mais je n'ai pas vraiment envie de sortir... commença Marilyn.

— Eh bien, nous pouvons manger ici.

— Ici ?

Marilyn balaya le jardin d'un regard éperdu. Déjà, Nora franchissait le seuil de la villa.

— N'est-ce pas plus agréable, plus facile pour tout le monde ? s'exclama-t-elle.

Cette femme était incapable de pressentir qu'elle n'était pas la bienvenue, encore moins d'être rebutée par une certaine froideur. Aucun signe n'était suffisamment clair pour la troubler.

Oh, qu'importe, songea Marilyn. J'ai survécu au trafic de

Dublin, je peux bien préparer un déjeuner, non ? Se forçant à sourire, elle suivit la mère de Ria à l'intérieur.

Hilary arriva peu de temps après.

— Maman m'a dit que nous nous retrouverions ici. Où allons-nous ?

— Marilyn va nous préparer à déjeuner, déclara Nora, enchantée.

— Cela va être comme au bon vieux temps, alors, s'exclama gaiement Hilary en s'asseyant. Qu'y a-t-il au menu ?

Dans le réfrigérateur se trouvaient des blancs de poulet, et il y avait des pommes de terre du jardin dans un petit panier métallique.

— Je vais les peler, proposa Hilary.

— Merci, dit Marilyn, tout en s'efforçant de détacher une recette punaisée à l'intérieur de la porte du placard.

Elle ne semblait pas trop difficile à exécuter ; elle nécessitait du miel, de la sauce de soja et du gingembre, et tous ces ingrédients paraissaient se trouver à portée de main.

Bobby s'était installé dans son coin, Clément sur sa chaise. Comme au bon vieux temps, pour reprendre les termes de Hilary, si ce n'était qu'une autre femme s'activait devant les fourneaux.

Annie et Brian venaient de se souvenir de quelque chose de très important : s'ils avaient l'intention de faire participer Clément à l'exposition féline, le formulaire d'inscription devait être renvoyé le jour même.

— Vous serez de retour à Dublin après-demain, protesta Finola.

— Mais ce sera trop tard, gémit l'adolescente. Clément pourrait gagner une médaille ! Le formulaire est sans doute sur la table d'entrée, avec le reste du courrier.

Bernadette haussa les épaules. C'était simplement l'une des fatalités que réservait la vie. Elle comprenait qu'ils soient déçus, mais ne proposa aucune solution. Danny était parti téléphoner et n'était pas là pour les aider.

Finola laissa échapper un soupir.

— Allez téléphoner à Mrs Vine, conseilla-t-elle.

Gertie sonna à la porte du numéro 16 Tara Road.

— Je ne peux pas vous dire à quel point je suis gênée, Marilyn.

— Oui ?

Marilyn s'inquiétait pour sa recette, et son visage était tout rouge. La sauce au miel, au soja et au gingembre était épaisse, visqueuse et attachait au fond de la casserole, tandis que le poulet semblait encore cru.

— J'étais censée venir demain, vous savez... Mais pourrais-je venir aujourd'hui à la place ?

— Cela ne me convient pas vraiment, Gertie. Je suis en train de préparer à déjeuner.

— C'est juste que... Cela m'arrangerait énormément si je pouvais...

— Je suis navrée. Mais si vous n'avez pas envie de rentrer chez vous, vous voudriez peut-être déjeuner en compagnie de la mère et de la sœur de Ria ?

Marilyn avait le sentiment que sa tête allait exploser. Elle se sentait encore désorientée par sa première incursion dans le trafic de Dublin. Elle s'efforçait de cuisiner un plat compliqué pour des femmes qu'elle n'avait pas choisi d'inviter, sous les yeux d'une véritable ménagerie. Et, à présent, elle invitait une troisième voisine, visiblement perturbée, à se joindre à elles.

— Non merci, Marilyn, il ne s'agit pas du tout de ça.

Les yeux emplis de crainte, Gertie se tordait les mains.

— Alors de quoi s'agit-il, Gertie ? Je suis désolée, mais je ne suis pas sûre de...

— Marilyn, pourriez-vous m'avancer l'argent ? Et je ferai le travail demain, bien sûr.

Ces mots lui avaient énormément coûté. Le visage de Marilyn s'empourpra.

— Euh... oui, murmura-t-elle, gênée.

Elle alla chercher son portefeuille.

— Avez-vous de la monnaie ? demanda-t-elle sans réfléchir.

— Si j'avais de la monnaie, serais-je ici en train de vous demander de m'avancer mon salaire ?

— Non, évidemment. Tenez.
— Cela paiera les heures de demain et de toute la semaine prochaine, déclara Gertie.
— Très bien.
— Vous pouvez appeler Ria aux Etats-Unis, elle vous dira que j'honore toujours mes dettes.
— J'en suis sûre. Eh bien... au revoir.
Troublée par cette conversation, Marilyn regagna la cuisine.
— C'était Gertie, annonça-t-elle gaiement. Elle ne pouvait pas rester.
— Non, il lui fallait rapporter à Jack de quoi se saouler, répliqua Nora d'un ton sec.
A cet instant, elles s'aperçurent que l'une des poêles semblait avoir pris feu, une sorte de caramel en tapissait le fond.
— Vous n'arriverez jamais à la ravoir, déclara Hilary. Et ce sont des poêles qui coûtent très cher.
Marilyn mit le récipient à tremper dans l'évier et s'attela de nouveau à la tâche. Comme l'avait souligné Hilary, c'était une chance qu'elle ait seulement gâché la sauce et non les blancs de poulet.
La sonnerie du téléphone retentit. C'étaient Annie et Brian. Marilyn aurait-elle la gentillesse de chercher un formulaire pour eux ? Gravissant l'escalier, elle se rendit dans le salon où elle rangeait le courrier, méticuleusement empilé sur l'armoire. Elle trouva le formulaire et les rappela au pub où ils attendaient son coup de fil.
— C'est super, s'exclama Brian. Maintenant, il ne vous reste plus qu'à l'apporter à l'adresse indiquée et payer une livre pour les frais d'admission.
— Eh bien...
— Merci beaucoup ! Nous aurions été très déçus si Clément n'avait pas pu y participer.
Annie avait repris le combiné.
— Mais je n'aurai pas besoin de l'amener moi-même à l'exposition ? s'inquiéta Marilyn. De le faire défiler devant un jury ou je ne sais quoi ?
— Non, ils sont en cage. Et pour être franche, je préfére-

rais m'en occuper moi-même. Mais si vous avez envie de nous accompagner...

— Eh bien, nous verrons.

Marilyn raccrocha et regagna la cuisine.

— Passent-ils de bonnes vacances ? demanda Nora d'un ton sceptique.

— Je ne leur ai pas posé la question, répliqua Marilyn en poussant un grand cri.

Le contenu de la deuxième poêle avait brûlé et aucune des deux femmes, habituées à ce que Ria s'occupe de tout, n'avait levé le petit doigt.

Etait-elle venue en Irlande pour cela ? Pour y passer des journées aussi pénibles et épuisantes ? Pour s'immiscer toujours davantage dans la vie de parfaites inconnues ?

Dans la boîte à lettres de Tudor Drive se trouvait une lettre de Nora.

Chère Ria,

J'aurais dû t'écrire plus souvent mais Dieu sait que les journées sont trop courtes... Et, en parlant de Dieu, j'espère que tu as trouvé une église où mes petits-enfants pourront aller le dimanche. Marilyn m'a affirmé qu'elle t'avait donné tous les détails, les adresses et l'horaire des messes, mais il est inutile d'essayer de me faire croire que tu es une pratiquante assidue. Marilyn, quant à elle, ne va pas à l'église. Bien sûr, il est possible qu'elle soit juive, mais cela me gêne de lui indiquer où se trouve la synagogue. C'est une adulte et elle est capable de prendre ses propres décisions. Je serai bien la dernière personne à me mêler des affaires d'autrui.

Les premiers temps, elle était un peu réservée, mais je crois qu'elle commence à s'habituer à notre façon d'être. Une mère ne devrait pas critiquer les amies de sa fille, et loin de moi cette intention, mais tu sais que je n'ai jamais aimé Son Altesse Rosemary Ryan et que je considère Gertie comme une loque sans caractère qui ne mérite que ce qu'elle a. Marilyn est différente ; elle aime discuter de tout et connaît bien les vedettes de cinéma.

Elle conduit ta voiture comme une folle et a brûlé deux de tes poêles, mais elle les a remplacées. Elle fêtera ses quarante ans le 1er août. J'en ai vingt-sept de plus qu'elle mais nous nous entendons à merveille. Je crois qu'elle a une liaison avec Colm, mais je n'en jurerais pas. Les enfants reviennent demain de leur croisière. J'inviterai Annie à manger une pizza pour qu'elle me raconte tous les détails croustillants. Elle a très envie que Kitty l'accompagne et son amie viendra certainement avec nous ; puis elles rentreront ensemble.

Grosses bises, maman.

D'un regard éperdu, Ria déchiffra le cachet de la poste. Il s'était écoulé cinq jours depuis que sa mère avait envoyé cette lettre. Cinq jours entiers. Et elle n'avait entendu parler de rien. Comment se pouvait-il qu'aucune de ses amies ne l'ait tenue au courant ? Il était huit heures du matin. Elle tendit la main vers le téléphone, puis se souvint qu'en Irlande c'était l'heure du déjeuner et que sa mère ne serait pas chez elle. Comment pouvait-on écrire des lettres qui mettaient cinq jours et cinq nuits à arriver alors qu'il existait le courrier électronique ? Puis elle songea qu'il était un peu injuste de reprocher à sa mère de ne pas utiliser Internet, puisqu'elle-même l'avait découvert seulement quelques semaines plus tôt. Mais quand même !

Elle téléphona à Marilyn et tomba sur le répondeur. L'Américaine en avait changé le message. « Vous êtes bien chez Ria, mais elle est absente pour le moment. Vous pouvez lui laisser un message. Vous pouvez également laisser un message pour Marilyn Vine, je vous rappellerai dès mon retour. »

Comment avait-elle osé faire une chose pareille ? Ria sentit un flot de rage l'envahir. Elle avait peine à contenir la haine qu'elle éprouvait à l'égard de Marilyn.

Cette femme s'était installée chez elle, avait maltraité sa voiture, saccagé son jardin, brûlé ses poêles et eu une liaison avec Colm Barry. Qu'est-ce que Ria allait encore découvrir à son sujet ?

Elle chercha à joindre Rosemary, mais sa secrétaire lui annonça que celle-ci était en rendez-vous.

Elle téléphona à Gertie à la laverie.

— Comme tu es gentille d'avoir invité Sheila et les enfants ! Elle était enchantée de t'avoir vue. Elle m'a téléphoné et m'a tout raconté. Elle était ravie, vraiment ravie.

La voix de Gertie reflétait son plaisir. En fait, elle remerciait Ria d'avoir prétendu qu'elle et Jack menaient une vie normale.

Encore d'autres mensonges, d'autres inventions, d'autres affabulations. Ria éprouvait une telle impatience qu'elle avait peine à ne pas la laisser transparaître dans sa voix.

— Qu'est-ce que fabrique Marilyn, Gertie ?

— Elle est merveilleuse, n'est-ce pas ?

— Je ne sais pas, je ne l'ai jamais rencontrée. A-t-elle une liaison avec Colm ?

— A-t-elle quoi ?

Dans la laverie tournant à plein régime, Gertie éclata d'un rire tonitruant.

— Ma mère m'assure que c'est le cas.

— Ta mère, Ria ! C'est bien la première fois que tu prêtes foi à ce qu'elle te raconte.

— Je sais. A-t-elle fait brûler mes poêles ?

— Oui, mais elle les a remplacées par d'autres, bien meilleures. Elle en a aussi acheté deux moins coûteuses, pour le cas où elle les ferait encore brûler.

— Elle est maladroite à ce point ?

— Non, elle n'est tout simplement pas bonne cuisinière. Mais tu devrais voir ce qu'elle a fait du jardin !

— En reste-t-il quelque chose ?

— Ria, c'est merveilleux !

— Reste-t-il des arbres, des buissons ? Quelque chose que je reconnaîtrai ? Brian m'a dit qu'elle avait tout rasé.

— Tu écoutes ce que dit Brian ?

— Et que fait-elle d'autre, quand elle n'est pas occupée à creuser des tranchées dans mon jardin ?

— Qu'est-ce que ça signifie, Ria ? C'est une femme adorable ! C'est ton amie !

— Absolument pas. Je ne l'ai jamais vue.

— Quelque chose t'a contrariée ?

— Elle se croit chez elle à Tara Road.
— Ria, tu lui as prêté ta villa, tu as pris la sienne.
— Elle a changé le message du répondeur.
— Tu lui avais dit de le faire dès qu'elle en aurait envie.
— Eh bien, elle ne s'est pas gênée.
— C'est Annie qui lui a dicté le message.
— Annie ?
— Oui, elle lui rend souvent visite.
— Chez moi ? siffla Ria, les dents serrées.
— Je crois que tu lui manques, Ria, c'est la seule raison.
Gertie s'efforçait désespérément de la rassurer.
— Oui, c'est ça, grommela Ria.
— Elle a dit que les vacances sur le Shannon étaient « bizarres », ce sont ses propres termes. Elle a ajouté que Brian disait tous les jours « Cela plairait à maman » et qu'elle était bien d'accord.
— C'est vrai ?
Ria se radoucit un peu.
— C'est vrai. J'ai discuté avec elle ce matin, quand je suis allée faire le ménage. Elle est sortie avec Marilyn. Elles sont allées faire des courses ensemble.
— Quoi ?
— Oui. Il semblerait que sa mère ait donné un bon d'achat à Annie. Elles allaient à Grafton Street.
— J'imagine que Marilyn est en train de rouler à tombeau ouvert dans les rues piétonnes à l'instant même où nous parlons.
— Non, elles ont pris le bus. Je ne comprends vraiment pas pourquoi tu l'as prise en grippe, Ria.
— Moi non plus, avoua cette dernière.
Elle raccrocha et éclata en sanglots.

A trois reprises, elles essayèrent vainement de rencontrer Mrs Connor. Chaque fois, la file des voitures était trop longue. Les garçons qui surveillaient les véhicules leur déconseillèrent d'attendre. La quatrième fois fut la bonne.
Marilyn dévisagea le visage mystérieux de la fragile vieille femme.

— Bienvenue dans notre pays, déclara Mrs Connor.

— Je vous remercie.

— Vous êtes venue ici pour trouver quelque chose.

— Oui. J'imagine que nous en sommes tous là.

— Vous ne le trouverez pas ici, mais dans le pays d'où vous venez.

— Pouvez-vous parler à mon fils pour moi ?

— Il est mort ?

— Oui.

— Ce n'était pas de votre faute.

— Si, c'est ma faute. Je n'aurais jamais dû le laisser s'en aller.

— Je ne peux pas parler aux morts, Mrs Vine.

Les yeux de la vieille femme brillaient d'un vif éclat.

— Ils sont en paix. Ils dorment et nous devons les laisser dormir.

— Je veux lui dire que je suis désolée.

— Non, ce n'est pas possible. Et ce n'est pas ce qu'ils souhaitent.

— Mais si, c'est possible.

— Pas en ce qui me concerne. Voudriez-vous que je lise les lignes de votre main ?

— Pourquoi ne puis-je pas parler à mon fils ? Lui dire combien je suis désolée de l'avoir laissé s'en aller ce jour-là, d'avoir accepté qu'ils débranchent les machines. Après seulement six mois. Ils auraient peut-être trouvé un moyen de le ranimer. Je l'ai regardé inspirer son dernier souffle d'air.

Mrs Connor la regardait avec une grande compassion.

— Je tenais sa main dans la mienne, et dans l'espoir qu'il puisse m'entendre j'ai murmuré : « Dale, ton père et moi éteignons cette machine pour libérer ton âme. C'est ce qui va se produire. » Mais cela n'a pas délivré son âme, je le sais. Elle est prisonnière quelque part et je ne connaîtrais pas la paix tant que je n'aurais pu lui parler, une seule fois, pour le lui dire. Ne pouvez-vous pas le trouver ?

— Non.

— Je vous en supplie.

— Vous devez trouver la paix par vous-même.

— Eh bien, pourquoi suis-je venue ?
— Pour la même raison que les autres. Ils viennent parce qu'ils sont malheureux.
— Et ils espèrent trouver un peu de magie, j'imagine ?
— Sans doute.
— Eh bien, je vous remercie pour votre temps et votre honnêteté, Mrs Connor.
Marilyn se leva pour partir.
— Reprenez votre argent, Mrs Vine. Je n'ai rien fait pour vous.
— Non, je vous en prie.
— J'insiste. Un jour, vous trouverez la paix. Ce jour-là, donnez cet argent à quelqu'un qui en a besoin.

Dans la voiture, sur le chemin du retour, Hilary demanda avec une certaine nervosité :
— Vous a-t-elle été d'une aide quelconque, Marilyn ?
— Elle a fait preuve d'une grande sagesse.
— Mais elle n'a pas réussi à parler aux morts ?
Marilyn se sentit submergée par un élan d'affection envers la sœur de Ria, cette femme solitaire et peu gracieuse.
— Non, elle m'a dit qu'il dormait. Et nous avons convenu de ne pas le réveiller s'il était tranquillement endormi.
— Pensez-vous que la visite en valait la peine ? Vous n'avez pas l'impression d'avoir payé trop cher ?
— Non, pas du tout. Je suis heureuse de savoir qu'il dort.
— Vous sentez-vous mieux à présent ? demanda Hilary, pleine d'espoir.
— Beaucoup mieux, mentit Marilyn. Et maintenant, dites-moi, que vous a-t-elle raconté ?
— Elle m'a affirmé que c'était à moi de trouver les arbres, que nous avions suffisamment économisé pour choisir l'endroit où nous allions vivre.
— Mais aimeriez-vous vivre dans une maison entourée d'arbres ? demanda Marilyn.
— Pas spécialement. Je n'ai rien contre cette idée, remarquez, mais je n'en ai jamais eu particulièrement envie. Pour-

tant, si c'est notre destinée, je crois que je devrais me mettre à chercher.

Au moment de leur départ, la file de voitures s'étirant devant la caravane de Mrs Connor était encore longue. Des hommes et des femmes qui tous étaient en quête d'un peu de magie... La vieille femme avait affirmé que chaque personne entrant dans sa caravane était malheureuse. Quelle triste procession... Mais en un sens, Marilyn y puisait une étrange force. Tous ceux qui se trouvaient dans ces voitures avaient une raison d'être malheureux. Elle n'était pas seule au monde à être ravagée par la souffrance et la culpabilité. D'autres y avaient survécu. Comme certains malades ont besoin de médicaments, ils devaient aller consulter une voyante — ou quelque chose de similaire — de temps à autre, dans l'espoir d'y trouver un peu de magie susceptible de les aider.

Elle esquissa un sourire. Hilary le vit et en fut heureuse.

Ria changea le message du répondeur :

« Vous êtes bien chez Greg et Marilyn Vine. Greg est à Hawaï et Marilyn en Irlande. Ria Lynch habite ici en ce moment et sera ravie de transmettre vos messages aux époux Vine ou de vous rappeler. »

Elle repassa plusieurs fois le message et hocha la tête. Cela servirait de leçon à Marilyn.

Puis elle téléphona à Heidi.

— J'ai l'intention d'organiser une petite soirée ici. Est-ce que Henry et vous me feriez le plaisir de venir ? J'ai également invité Carlotta, ce gentil couple que nous avons rencontré aux cours d'informatique et les deux hommes qui s'occupent du traiteur dont vous m'avez parlé. J'ai sympathisé avec eux, mais je dois les impressionner sérieusement avec mes talents de cuisinière. Je voudrais qu'ils me donnent du travail.

— Maman ?

— Bonjour, Annie.

— Tu ne nous as pas appelés, alors c'est nous qui t'appelons.

— Je vous ai appelés. Et j'ai également laissé un message à votre père. Auquel il n'a pas encore répondu, tu pourras le lui dire.

— Il n'est jamais là, maman, il passe son temps au bureau.

— Eh bien, la prochaine fois que tu le verras, dis-lui que j'attends.

— Mais c'est seulement un message qui concerne son travail, maman.

— Je sais, mais j'aimerais néanmoins connaître sa réponse.

— Allez-vous vous disputer ?

— Pas s'il me rappelle, non.

— Comment vas-tu, maman ?

— Bien. Comment s'est passé ton dîner à la pizzeria avec ta grand-mère ?

La voix de Ria était teintée d'une note de sévérité qui n'échappa pas à sa fille.

— Très bien. Elle m'a offert une veste superbe. Tu la verras, je l'emmènerai avec moi.

— Kitty était avec vous ?

— Eh bien, non.

— Et pourquoi ?

— Parce que Bernadette a téléphoné à grand-mère pour lui dire que papa me défendait formellement de voir Kitty.

— Quel dommage.

— Oui, j'étais déçue. Mais papa et toi détestez Kitty, alors qu'est-ce que je peux faire ?

— Je suis bien contente que ton père s'occupe au moins de ça.

— Il ne s'en est pas occupé, il ne sait même plus quel jour on est. C'était Bernadette, je viens de te le dire.

— Parle-moi des courses que tu as faites avec Marilyn.

— Tu me fais suivre par une armée de détectives, maman ?

— Non, mais j'ai des amies qui me parlent de ce qui m'intéresse, voilà tout.

— Tu ne t'intéresses pas aux vêtements, maman, tu détestes ça.

— Qu'as-tu acheté ? insista Ria.
— Un jean rose, et un tee-shirt rose et bleu.
— Merveilleux.
— Es-tu fâchée, maman ?
— Est-ce que je devrais ?
— Je ne crois pas, non. Pour être franche, je passe un été exécrable. Tout le monde est contrarié en permanence. Je n'ai pas le droit de voir mon amie Kitty. Grand-mère va s'installer dans une maison de retraite. Mr McCarthy a disparu sans dire à papa où il allait. Rosemary cherche papa comme une folle pour lui transmettre des messages urgents. Brian a retrouvé Dekko et Myles et ils passent leur temps à hurler et à nous rendre fous. Papa s'est disputé avec Finola et on ne la voit plus. Bernadette dort la moitié du temps. Tante Hilary a perdu la tête et cherche sans arrêt des arbres. Clément a failli s'étouffer avec des touffes de poils et il a fallu l'emmener chez le vétérinaire. C'est Colm qui s'en est occupé. Ce n'était rien de grave... mais nous avons eu très peur. Et puis je t'appelle et tu es fâchée contre moi, et je ne sais même pas pourquoi. Franchement, si Marilyn n'était pas là, je deviendrais folle.
— Elle est gentille, n'est-ce pas ?
— Au moins, elle est normale. Et elle me recommande des livres. Elle m'a donné *To kill a mockingbird*. Est-ce que tu l'as lu, maman ?
— Je t'aime, Annie.
— Tu as bu, maman ?
— Bien sûr que non. Pourquoi ?
— Je te demande si tu as lu un livre et tu me dis que tu m'aimes. Ce n'est pas une réponse.
— Non, mais c'est vrai.
— Eh bien... Merci, maman.
— Et moi ? Tu m'aimes aussi ?
— Cela fait trop longtemps que tu es en Amérique, maman, répliqua l'adolescente.

Debout sur les marches du perron, Danny sonnait à la porte de la maison qui était jadis la sienne.

Agenouillée sous un immense arbre, Marilyn était invisible à ses yeux ; elle l'observait s'agiter nerveusement et consulter sa montre. C'était un homme séduisant, irradiant encore l'énergie qu'elle avait remarquée en lui autrefois. Mais, à présent, il dégageait autre chose, quelque chose qu'elle avait observé au restaurant la veille au soir. Un sentiment de nervosité, presque de crainte. A cet instant, il sortit un trousseau de clefs de sa poche et entra. Marilyn s'apprêtait à se lever pour lui ouvrir ; mais, voyant cela, elle abandonna ses plantations, se précipita d'un pas léger vers la villa et le suivit à l'intérieur.

Immobile dans le salon, il regardait autour de lui.

— C'est moi, Danny Lynch, appela-t-il.

— Vous m'avez fait peur, s'exclama-t-elle, portant une main à sa poitrine et feignant d'avoir éprouvé un choc.

Après tout, si elle était vraiment entrée sans savoir qu'il était à l'intérieur, elle aurait bel et bien eu peur.

— Je suis désolé. J'ai sonné, mais personne n'a répondu. Vous êtes sans doute Marilyn... Bienvenue en Irlande.

En dépit de sa nervosité, il avait beaucoup de charme. Il la dévisageait comme s'il était réellement enchanté de la rencontrer. Danny Lynch donnait à chaque femme l'impression d'être unique ; c'était la raison pour laquelle elle s'était souvenue de lui alors qu'elle avait oublié tant d'autres hommes.

— Je vous remercie, dit-elle.

— Vous plaisez-vous ici ? demanda-t-il en balayant la pièce du regard.

— Beaucoup. Comment pourrait-on ne pas s'y plaire ?

Elle regretta aussitôt d'avoir prononcé ces mots. De toute évidence, Danny ne s'y était pas suffisamment plu pour y rester. Pourquoi avait-elle — par simple politesse — fait cette remarque idiote ?

Il ne sembla pas l'avoir entendue.

— Ma fille m'a dit que vous étiez très gentille avec elle.

— C'est une charmante jeune fille. J'espère que Brian et elle se plairont autant chez moi que je me plais ici.

— Ils ont beaucoup de chance. A l'âge de Brian, je n'avais

jamais fait de voyage plus long qu'une vingtaine de kilomètres.

Il se montrait très cordial. Et pourtant, elle n'appréciait pas le fait qu'il se soit servi de sa clef pour entrer.

— Je ne savais pas que quelqu'un d'autre avait une clef de la porte d'entrée. Je croyais qu'il n'y en avait que deux, la mienne et celle de Gertie.

— Le fait que j'en aie une aussi ne signifie pas que quelqu'un d'autre ait une clef, si ?

— Non. J'ai mal compris, voilà tout. Je n'avais pas réalisé que vous veniez ici, Danny. Ria m'avait laissé une note très précise concernant le fait que Colm possédait une clef du portail. Je lui dirai qu'elle avait oublié de me signaler que vous en aviez une de la porte d'entrée, et que je vous ai pris pour un intrus.

Elle riait, mais l'observait attentivement.

Il comprit parfaitement ce qu'elle voulait dire. Il retira soigneusement la clef de la porte de Tara Road de son porte-clefs et la posa sur la table, près du vase de roses.

— Je ne viens pas souvent, en fait. Mais aujourd'hui j'avais besoin de quelque chose, et puisque vous n'étiez pas là, j'ai pensé... Enfin, il est difficile de se débarrasser de ses vieilles habitudes, vous savez. Longtemps, cette porte d'entrée a été la mienne.

Son sourire et ses mots d'excuse étaient habiles, mais néanmoins sincères.

— Bien sûr, répliqua-t-elle en souriant gracieusement.

Elle pouvait se le permettre, elle avait gagné cette petite bataille, elle avait récupéré la clef de Ria.

— Et de quoi aviez-vous besoin ?

— Des clefs de la voiture. La mienne est tombée en panne, alors je dois emprunter la deuxième voiture.

— Celle de Ria ?

— La deuxième, oui.

— Pendant combien de temps ? J'aurais besoin que vous me la rameniez dans l'heure qui vient.

— Je veux dire que je vais devoir la garder.

— Oh, c'est impossible, répliqua-t-elle aimablement.

— Comment ça ?

— J'ai versé un supplément à ma compagnie d'assurance pour conduire cette voiture pendant huit semaines. Ria aura besoin de la mienne pour visiter la Nouvelle-Angleterre avec vos enfants. Il est hors de question que mon mari vienne la lui réclamer, et donc...

Elle n'acheva pas sa phrase.

— Je suis vraiment désolé si cela vous ennuie, Marilyn, mais je dois la prendre. Vous n'en avez pas besoin, vous passez toutes vos journées ici à jardiner. Je dois rendre visite à des clients et gagner ma vie.

— Je suis certaine que votre société mettra un autre véhicule à votre disposition.

— Je préfère prendre celle-ci, et puisque vous n'avez pas besoin...

— Je suis navrée, mais vous ignorez si j'en ai besoin ou non. En fait, aujourd'hui, je dois retrouver Colm chez un horticulteur afin de commander de l'engrais organique pour le jardin ; et l'endroit où nous nous sommes fixé rendez-vous n'est desservi par aucun bus. Puis je conduis votre première belle-mère et trois vieilles dames de Sainte-Rita à un tournoi de bridge à Dalkey. Ensuite, je vais chercher votre fille et votre fils et je les emmène à la piscine où ils retrouveront votre deuxième belle-mère, avec qui vous vous êtes disputé, semble-t-il. Puis je retrouverai Rosemary Ryan, qui, à propos, essaie de vous joindre de façon urgente, et nous irons assister ensemble à un défilé de mode. Nous avons convenu de prendre cette voiture.

Bouche bée, il la considérait en silence.

— Alors, vous comprendrez sans doute qu'il n'est malheureusement pas question que je vous laisse prendre la voiture de Ria ? conclut Marilyn.

— Danny ?

— Seigneur, Barney, où êtes-vous ?

— Je te l'ai dit, répliqua le vieil homme en riant. Je suis en voyage d'affaires.

— Non. C'est la version que nous donnons à la banque, à

nos fournisseurs, aux inconnus. Ce n'est pas la version que vous pouvez me donner.

— C'est pourtant précisément ce que je suis en train de faire : m'occuper à trouver des fonds.

— Et vous feriez bien de me dire que vous avez réussi, Barney, parce que sinon nous allons perdre deux contrats cet après-midi.

— Doucement, doucement. Je les ai trouvés.

— Où êtes-vous ?

— Cela n'a aucune importance. Appelle Larry à la banque et vérifie. L'argent est là.

— Il ne s'y trouvait pas il y a une heure.

— Maintenant, si.

— Où êtes-vous, Barney ?

— A Malaga, répondit le vieil homme, puis il raccrocha.

Danny tremblait de tous ses membres. Il n'avait pas le courage de téléphoner à la banque. Et si Larry lui répondait qu'aucun virement n'avait été effectué ? Si Barney avait emmené Polly dans le sud de l'Espagne et qu'il décidait de ne jamais rentrer ? C'était absurde, bien sûr, mais d'autres l'avaient fait. D'autres avaient quitté femme et enfants sans un seul regard en arrière. Ne l'avait-il pas fait lui-même ?

— Mrs Ryan est de nouveau en ligne, déclara la secrétaire, lui adressant un regard implorant dans l'espoir qu'il prendrait son appel, cette fois-ci.

— Passez-la-moi. Comment vas-tu, ma chérie ?

— J'ai dû t'appeler cinq fois, Danny. Qu'est-ce que ça signifie ? demanda-t-elle d'une voix sèche.

— Nous venons de traverser un véritable enfer.

— C'est ce que j'ai lu dans les journaux, et ce que j'entends dire partout.

— Tout va bien, à présent. Nous sommes tirés d'affaire.

— Qui t'a dit cela ?

— Barney. Il me l'a annoncé d'Espagne, ce qui me semble plutôt inquiétant.

Rosemary éclata de rire, et Danny se détendit un peu.

— Nous devons nous voir. Il nous faut discuter de certaines choses.

— Ce sera très difficile, ma chérie.

— Ce soir, je vais assister à l'une des ennuyeuses réceptions de Mona en compagnie de l'Américaine qui loge chez toi.

— Marilyn ?

— Oui. L'as-tu rencontrée ?

— Je ne l'aime pas, c'est un véritable despote.

— Passe chez moi après vingt-deux heures, ordonna Rosemary avant de raccrocher.

Danny parvint à trouver le courage d'appeler la banque. Il devait donner l'impression d'être jovial et sûr de lui.

— Bonjour, Larry, Danny Lynch à l'appareil. L'alerte rouge est-elle terminée ? Pouvons-nous sortir des bunkers ?

— Oui, une grosse somme d'argent blanchi vient d'être transférée sur votre compte.

Danny éprouva un profond sentiment de soulagement, mais feignit d'être indigné.

— Larry, est-ce ainsi que l'on s'adresse à de respectables agents immobiliers ?

— Certains agents immobiliers sont respectables, Barney et vous n'en faites pas partie.

— Pourquoi êtes-vous si agressif ? demanda Danny, stupéfait.

— Barney a laissé sans un sou beaucoup de petites sociétés qui auront du mal à survivre. Puis, quand les choses se sont gâtées, il s'est rendu sur la « Costa del Crime » pour demander de l'argent provenant du trafic de drogue à ses amis.

— Nous n'en savons rien, Larry.

— Bien sûr que si.

Soudain, Danny se souvint avoir entendu dire que le fils de Larry se trouvait dans un centre de désintoxication. Sans doute le banquier était-il particulièrement hostile à tout argent susceptible de provenir de la vente d'héroïne.

Greg téléphona à Marilyn.

— C'est juste histoire de bavarder. Nos messages électroniques me manquent beaucoup.

— A moi aussi. Mais d'après ce que je sais, Ria fait beaucoup de progrès sur mon ordinateur portable. Elle a envoyé un message à Rosemary Ryan, une voisine, avec qui je vais assister à un défilé de mode dans un moment, et un autre au bureau de son ex-mari. Ils ont failli en tomber à la renverse.

— Je sais. Elle m'en envoie aussi.

— Vraiment ? A quel sujet ?

— Oh, à propos de choses et d'autres... Du week-end des anciens élèves... Andy va venir, lui aussi, et les enfants de Ria seront arrivés, alors toutes les chambres seront occupées.

— Bien sûr.

Sans bien savoir pourquoi, Marilyn se sentit légèrement irritée.

— Elle semble se débrouiller parfaitement bien, ajouta Greg. Elle passe quelques heures chaque jour à cuisiner chez le traiteur du coin.

— Non ! Chez John et Gerry ?

— Oui. C'est incroyable, non ? Et Henry m'a dit être allé dîner là-bas en compagnie de Heidi...

— Comment ça, là-bas ?

— Chez nous. A Tudor Drive. Apparemment, ils étaient huit invités, et...

— Chez nous ? Elle a invité huit personnes chez nous ? A dîner ?

— Ma foi, elle les connaît tous bien maintenant. Carlotta vient faire quelques brasses tous les matins, Heidi passe prendre un café après le bureau. Il ne lui a pas fallu longtemps...

— C'est le moins qu'on puisse dire, répliqua Marilyn d'un ton revêche.

Assise derrière le bureau d'accueil, un sourire aux lèvres, Mona s'occupait de la vente des tickets. Elle leur délivra des billets dès leur arrivée. Les gens se demandaient souvent ce qu'elle savait au juste des activités de son mari, que ce soit dans le domaine privé ou dans celui des affaires. Mais jamais le visage de Mona ne le trahirait. C'était une femme corpulente, sereine, qui ne cessait de rassembler de l'argent pour les bonnes œuvres. Peut-être essayait-elle de racheter tous les marchés où son mari s'était taillé la part du lion.

— Un verre de champagne ? proposa-t-elle.

— Avec grand plaisir. Et je vous présente mon chauffeur, ajouta Rosemary en désignant Marilyn.

Cette dernière était curieusement silencieuse, ce soir-là, comme si son esprit se trouvait bien loin. Le visage de Mona s'illumina.

— Notre petite Ria loge chez vous en ce moment, n'est-ce pas ?

Un grand sourire aux lèvres, Marilyn hocha la tête. Elle se demanda combien d'habitants de Westville se trouvaient à Tudor Drive ce soir-là. Non, en fait, l'heure du déjeuner était à peine passée aux Etats-Unis. Peut-être Ria avait-elle organisé un buffet pour trente personnes au bord de la piscine. Malgré ses idées noires, Marilyn se devait de prononcer quelques mots agréables.

— Oui. Je crois qu'elle s'y plaît bien.

Mona était enchantée.

— Elle en avait vraiment besoin, affirma-t-elle. C'est merveilleux que vous ayez pu organiser cet échange.

— D'après ce que j'ai entendu dire, elle a même trouvé un emploi chez le traiteur du quartier.

Marilyn se demanda si sa voix trahissait une note de sécheresse.

— Cela fait des années que Ria aurait dû reprendre un travail, déclara Rosemary. C'est la raison pour laquelle elle a tout perdu.

— Elle n'a pas tout perdu, répliqua Mona d'une voix calme. Il lui reste les enfants.

Rosemary réalisa qu'il n'était pas très judicieux de faire une telle remarque devant l'épouse de Barney, celui-ci se trouvant dans le sud de l'Espagne avec sa maîtresse.

— Oui, c'est vrai, il lui reste les enfants, ainsi que la villa, naturellement.

— Pensez-vous que la liaison de Danny soit... destinée à durer ? demanda Marilyn.

— Absolument pas, répliqua Rosemary.

— Je suis convaincue que non, approuva Mona.

— Et quand cette liaison s'achèvera, croyez-vous que Ria acceptera qu'il revienne ?

Marilyn avait peine à croire qu'elle posait toutes ces questions. Elle, dont la discrétion était légendaire, avait complètement changé dans ce pays. En l'espace de quelques semaines, elle s'était métamorphosée en une véritable pipelette.

— Oh, je crois, répondit Mona.

— Cela ne fait aucun doute, ajouta Rosemary.

Si tout le monde était convaincu que la situation allait redevenir telle qu'elle était avant l'été, quelle terrible somme de souffrance et de chagrin ils auraient enduré pour rien ! Et qu'allait-il advenir du bébé à naître ?

Sur le chemin du retour, Marilyn discuta avec Rosemary. Elle lui parla de Greg, qui se trouvait à Hawaï, sans lui préciser pourquoi elle se trouvait d'un côté du globe et lui de l'autre.

Lorsque Marilyn se gara devant le numéro 32, Rosemary la remercia de l'avoir emmenée en voiture.

— C'est merveilleux, ajouta-t-elle, cela m'a permis de boire quatre verres de champagne. Et j'y ai pris grand plaisir. Je vous inviterais bien à prendre un café, mais je dois me lever tôt demain matin... Je crois que je vais arroser mes plantes et aller droit au lit.

— Bien sûr. Je vais me coucher tôt, moi aussi.

Marilyn rentra au numéro 16 et gara la voiture devant le portail.

Soudain, elle se souvint avoir oublié dans le sac de Rosemary les programmes qu'elle avait fait dédicacer à l'attention d'Annie. L'adolescente et son amie Kitty adoraient deux des mannequins présentes. Marilyn avait donc pris la peine de leur demander des autographes, et les avait bêtement oubliés dans l'élégant sac de cuir noir de Rosemary. Elle jeta un coup d'œil à sa montre. Il était peu probable que la jeune femme soit déjà au lit. Elle l'avait déposée cinq minutes plus tôt ; sans doute serait-elle en train d'arroser le jardin. Marilyn décida de remonter l'allée à pied, ce serait plus rapide. Le portail du numéro 32 n'était jamais fermé à clef.

C'était un quartier bien agréable ; elle avait eu beaucoup de chance. Elle contempla le ciel teinté de rose par les lumières de la ville, la lune que dissimulaient parfois des nuages noirs courant d'un horizon à l'autre.

Elle aurait bien voulu ne pas éprouver autant de rancœur au sujet de Ria, mais celle-ci se conduisait vraiment de façon déplacée. Elle établissait des précédents, créait des habitudes qui seraient difficiles à perdre. Marilyn n'avait pas envie de voir la voluptueuse silhouette de Carlotta dans sa piscine ; elle ne voulait pas plus que Heidi vienne prendre le café tous les jours. En outre, elle éprouvait une jalousie absurde à l'idée que Ria s'occupe de chacun lors du pique-nique des anciens élèves.

Elle arriva devant le portail du numéro 32 et l'ouvrit. Elle s'attendait à voir Rosemary, pieds nus, ayant ôté ses coûteux escarpins, occupée à arroser la superbe haie d'arbustes.

Mais le jardin était désert. Elle traversa silencieusement la pelouse. Ce fut alors qu'elle entendit deux personnes discuter dans le cabanon de jardin. En fait, ils ne discutaient pas, comprit-elle en s'approchant, ils s'embrassaient. Rosemary avait bel et bien ôté ses escarpins et sa coûteuse robe de soie rose, celle que Polly lui avait donnée en échange de l'impression de brochures. Vêtue d'un déshabillé de soie, elle se pressait contre Danny et tenait son visage dans ses mains. D'un ton fervent, elle lui disait :

— Ne m'oblige plus jamais à te laisser cinq messages avant de prendre mon appel.

— Ma chérie, je t'ai déjà dit...

Il lui caressait la cuisse, soulevait la bordure de dentelle du négligé.

Marilyn resta pétrifiée. C'était la seconde fois qu'elle observait Danny sans qu'il s'en aperçoive. Elle semblait condamnée à épier cet homme à son insu. Elle ne savait absolument pas quoi faire.

— Arrête, Danny, répliqua Rosemary avec colère. Ne te moque pas de moi. Nous avons vécu trop de choses ensemble, j'en ai trop supporté, je te suis trop souvent venue en aide.

— Nous avons une relation unique, toi et moi. Nous l'avons toujours su. Une relation qui ne peut être comparée à aucune autre.

— C'est vrai. J'ai supporté ton numéro de bon père de famille, tes liaisons... J'ai même supporté le fait que tu mettes cette fille enceinte et que tu quittes le quartier. Dieu sait pourquoi.

— Allons, tu sais bien pourquoi, Rosemary, chuchota Danny.

Alors Marilyn s'enfuit. Elle regagna le havre de son jardin où elle arrosa les légumes de Colm et les plantes avec une violence qu'ils n'avaient jamais connue et dont ils n'avaient nullement besoin.

Assis à une distance raisonnable, Clément l'observait gravement. Marilyn manipulait le tuyau d'arrosage comme une arme. Le sentiment de dégoût et de révolte qu'elle éprouvait la stupéfiait. Rosemary était l'amie la plus déloyale qu'on puisse imaginer. Ria était bien à plaindre. Elle n'avait pas eu de chance avec son mari, ce qui pouvait arriver à n'importe qui, mais elle avait en outre la malchance d'être trahie par sa meilleure amie. Comment pouvait-on comprendre cela ?

Dans un élan de générosité, Marilyn décida qu'il importait peu que Ria reçoive une foule d'invités à Tudor Drive et qu'elle les régale d'assiettes de petits-fours faits maison. Elle le méritait. Elle méritait tout ce qui pouvait lui apporter le moindre bonheur.

En fait, Ria était seule, penchée sur le portable de Marilyn. Hubie Green lui avait donné un jeu vidéo. Elle était bien décidée à savoir l'utiliser avant l'arrivée de ses enfants et à pouvoir leur en faire la démonstration. Le fils de Sheila en avait beaucoup, et Annie et Brian utilisaient des ordinateurs à l'école, mais jamais Ria ne s'y était intéressée. Elle ne parvenait pas à maîtriser les règles du jeu vidéo.

Elle envoya à Hubie un courrier électronique. « Hubie, il te faudrait seulement trente minutes pour m'expliquer ce jeu. Je suis prête à te payer dix dollars. Crois-tu pouvoir passer ? Ria Lynch. »

L'adolescent devait être rivé en permanence à l'écran de son ordinateur ; il répondit aussitôt. « Marché conclu. Pouvez-vous m'appeler à ce numéro et me donner votre adresse ? »

Ce qu'elle fit dans la minute.

Il s'ensuivit un silence.

— Mais c'est chez Dale. Dale Vine.

— En effet.

Elle s'était imaginé qu'il le savait. Mais comment aurait-il pu le deviner ?

— Oh, je ne peux pas aller là-bas, Mrs Lynch.

— Mais pourquoi ?

— Mr et Mrs Vine n'aimeraient pas ça.

— Ils ne sont pas ici, Hubie. J'habite chez eux. Marilyn est chez moi, en Irlande, Greg est à Hawaï.

— Se sont-ils séparés ? demanda-t-il d'une voix inquiète.

— Je ne sais pas.

— Vous devez bien le savoir.

— Non, ils ne m'en ont pas parlé. Je crois qu'après la mort de Dale ils ont eu besoin de s'en aller quelque temps.

— Oui, bien sûr.

— Mais je comprends que tu n'aies pas envie de venir ici, Hubie, si cela te rappelle de mauvais souvenirs. Je suis désolée, j'aurais dû y penser.

Elle l'entendit prendre une grande inspiration.

— Après tout, c'est une maison comme les autres et ils ne seront pas fâchés, puisqu'ils ne sont pas là. Il faut que vos enfants sachent utiliser ce jeu et dix dollars, c'est dix dollars. Je vais venir, Mrs Lynch.

Finalement, le jeu s'avéra très simple, et passionnant. Ils enchaînèrent plusieurs parties.

— Cela a duré beaucoup plus qu'une demi-heure. Je vais te donner vingt dollars.

— Non, nous avions convenu de dix. Je suis resté parce que cela m'amusait.

— Tu veux dîner ?

Elle le précéda dans la cuisine et ouvrit la porte du réfrigérateur.

— Hé ! Vous avez l'une de ces bonnes quiches irlandaises qu'on trouve chez le traiteur.

— C'est moi qui les fais, répliqua-t-elle, flattée.

— C'est vous qui les faites ? C'est génial, s'exclama-t-il. Ma mère en a acheté deux pour une soirée.

— Eh bien, tu lui en rapporteras une pour me faire pardonner de t'avoir gardé aussi longtemps.

Il marchait de long en large dans la cuisine, nerveux, mal à l'aise peut-être à l'idée de se trouver de nouveau dans cette maison. Ria n'évoqua pas le passé. Elle se contenta de parler de l'arrivée prochaine d'Annie et de Brian. Hubie s'empara d'une photo représentant les deux enfants ; Ria l'avait posée à un endroit où elle l'avait en permanence sous les yeux.

— C'est elle, votre fille ? Elle est drôlement mignonne, déclara-t-il.

— Oui, je trouve aussi. Mais c'est bien normal, n'est-ce pas ? Brian est adorable, lui aussi.

Elle contempla fièrement le visage du petit garçon, mais Hubie ne lui témoigna aucun intérêt. Ils s'installèrent à table et bavardèrent amicalement. L'adolescent lui dit qu'il venait souvent ici autrefois. Une superbe piscine, et un goûter toujours prêt. Rien qui ressemblât à ce que préparait Ria, simplement des paquets de biscuits ; mais c'était une maison où les jeunes du quartier aimaient se retrouver. En fait, avant l'accident, ses parents étaient très proches de Mr et Mrs Vine.

— Et maintenant ? demanda Ria d'une voix douce.

— Vous voyez comment elle est, Mrs Lynch. Vous savez de quelle façon elle se comporte aujourd'hui.

— Non, je ne le sais pas. Curieusement, je ne l'ai jamais rencontrée. Je ne l'ai vue qu'en photographie.

— Vous ne la connaissez pas ? Vous n'êtes pas une de ses amies ?
— Non, nous avons procédé à un échange de villas, voilà tout. Elle loge chez moi, creuse des tranchées dans mon jardin et achète des jeans roses à ma fille.
— Ça vous dérange ? Pourquoi ne le lui dites-vous pas ?
Aux yeux de Hubie, c'était simple.
— Parce que nous sommes des adultes compliquées, voilà pourquoi. De toute façon, pour être juste, elle n'apprécierait peut-être pas de savoir que je t'ai invité à dîner.
— Ça non, croyez-moi, Mrs Lynch.
— Pourtant, tu n'es pas responsable.
— Ce n'est pas ainsi qu'elle voit les choses.
— Je ne suis pas au courant de tout. Les gens ne me disent rien et je n'aime pas poser de questions. Je sais juste que c'est arrivé le jour de ton anniversaire.
— Oui, c'est ça.
— Mais pourquoi est-elle aussi fâchée contre toi ?
— Vous ne la connaissez vraiment pas ? insista-t-il. Vous n'êtes pas amie avec elle ?
— Non, je te le promets. Nous sommes entrées en contact par pur hasard. Moi aussi, j'avais des problèmes, tu comprends.
— Vous avez perdu quelqu'un ?
— Non, mais mon mari m'a quittée et je me sentais déprimée en Irlande.
— Oh...
— Et manifestement, la mère de Dale ne pouvait se faire à l'idée de ce qui s'était passé ici, alors...
— Oui, c'est vrai. Je crois qu'elle a perdu la raison.
— Ce sont des choses qui arrivent, mais la plupart des gens finissent par s'en remettre, répondit Ria d'un ton apaisant.
— Elle me déteste.
— Pourquoi te détesterait-elle ?
— Parce que je suis en vie, j'imagine.
Il avait l'air très jeune et triste, assis en face d'elle, s'efforçant de comprendre. Soudain, les lampes s'allumèrent dans

le jardin. Le crépuscule tombait avec rapidité, comme toujours aux Etats-Unis, au contraire de l'Irlande où il semblait s'installer beaucoup plus lentement.

— Mais si elle devait détester quelqu'un, ce devrait être l'autre garçon, celui qui est mort, non ? supposa Ria.

— Johnny ?

— Oui, Johnny. C'est lui qui conduisait. C'est lui qui a tué son fils.

Hubie ne répondit pas. Il se contenta de regarder à travers la vitre les lampes du jardin et l'arrosage automatique qui s'était mis en route.

— Elle ne peut pas détester Johnny, dit-il enfin. Il est mort, ça ne servirait à rien. Mais nous sommes en vie, David et moi, elle peut donc nous détester, cela donne un sens à sa vie.

— Tu sembles très amer.

— En effet.

— Mais cela a dû être terrible pour elle, Hubie. Tellement difficile à pardonner. Si Johnny n'avait pas été ivre...

— Ce n'est pas Johnny qui conduisait. C'était Dale.

Elle le dévisagea avec horreur.

— C'est Dale qui a eu l'idée de voler les motos. C'est Dale qui a tué Johnny.

Ria sentit son estomac se nouer.

— Ce n'est pas possible, murmura-t-elle.

Il hocha tristement la tête.

— Si, c'est la vérité.

— Mais pourquoi ?... Pourquoi personne... Comment ont-ils pu ne pas s'en apercevoir ?

— Vous ne pouvez pas savoir à quoi ressemblait l'accident. Je l'ai vu, David aussi, et nous nous en souviendrons pendant le reste de notre vie.

— Mais pourquoi n'as-tu pas...

— Tout le monde pensait que c'était Johnny qui conduisait, et à ce moment-là nous croyions que l'état de Dale allait s'améliorer. Les médecins disaient qu'il survivrait peut-être ; ils avaient installé ces machines pour le maintenir en vie. Je lui ai rendu visite une fois, avant qu'elle ne m'interdise de m'en approcher. J'ai pensé qu'il pouvait peut-être m'entendre, alors je lui ai dit que nous laisserions les gens croire que c'était Johnny. Dale n'était pas en âge de conduire, et ses parents le vénéraient. Johnny, lui, était seul au monde.

— Oh, mon Dieu, souffla Ria.

— Je sais. Aujourd'hui, je ne crois plus que nous ayons pris la bonne décision, mais nous l'avons fait dans une bonne intention. Nous l'avons fait pour rendre les choses plus faciles à cette fichue Mrs Vine et elle ne m'a même pas permis d'assister à l'enterrement de Dale.

— Oh, Seigneur, répéta-t-elle.

— Vous n'allez pas le lui dire, n'est-ce pas ? demanda-t-il.

Ria songea à la chambre à l'extrémité du couloir, le mausolée dédié au fils mort.

— Non, Hubie, quoi qu'il arrive, je te promets de ne jamais le lui dire, murmura-t-elle.

7

— Marilyn, c'est Ria à l'appareil. Désolée que vous ne soyez pas là. Il n'y a rien d'important. Je voulais juste vous dire que le Salon hippique de Dublin ouvrira ses portes le mois prochain ; vous aurez peut-être envie d'y aller. Rosemary peut vous obtenir des places pour le concours d'obstacles, c'est très spectaculaire. Je sais qu'elle se mettra en quatre pour vous rendre service. Elle m'a envoyé un courrier électronique ; elle est très impressionnée que je sache me servir de votre ordinateur. Mais peut-être que le Salon hippique ne vous plaira pas. Je ne sais pas pourquoi je parle pour ne rien dire, je crois que je veux simplement m'assurer que vous passez un bon séjour. Gertie m'a dit que vous aviez fait des merveilles dans le jardin. Merci mille fois. Bon... Au revoir !

Ecoutant le message, Marilyn fut envahie par un tel flot de rage à l'encontre de Rosemary qu'elle fut heureuse de ne pas avoir sa tasse de café à la main. Sans doute l'aurait-elle brisée entre ses doigts. Elle ne rappela pas Ria aussitôt ; elle n'était pas certaine de pouvoir se retenir de parler de l'amie merveilleuse qui se mettait en quatre pour rendre service.

— Ria, c'est Marilyn. Je suis navrée que vous soyez déjà partie. Je ne pense pas demander de tickets à Rosemary pour le concours d'obstacles, mais il est fort possible que j'aille au Salon hippique. J'ai déjà vu beaucoup d'affiches. Parlez-moi de vos leçons d'initiation à Internet. Vous semblez très bien vous débrouiller. Moi, j'ai mis une éternité à me familiariser avec le web. Je suis ravie d'apprendre que vous vous êtes fait des amis à Westville. Annie et Brian viennent dîner ici demain soir. J'avais très peur de cuisiner pour eux, mais Colm m'a dit qu'il préparerait de quoi les rassasier. Vos enfants brûlent d'impatience de vous revoir. A bientôt !

Pour la première fois, Ria ne se sentit pas irritée à l'idée que ses enfants aillent dîner chez Marilyn. La jeune femme méritait de se consoler. Elle ne pouvait pas la rappeler sur-le-champ, parce qu'elle devait demander conseil à Heidi à propos de ce qu'elles diraient concernant Hubie Green.

— Pourquoi papa et toi vous êtes-vous disputés, Finola ? demanda Brian.

— Brian !

— Non, Annie, il a raison de me poser la question. C'était à propos d'argent.

— Ah ?

— Les gens se disputent souvent pour cette raison, poursuivit Finola d'un ton pragmatique. J'ai demandé à votre père comment allaient ses affaires ; je voulais savoir s'il disposait de moyens suffisants pour prendre soin de vous deux, de votre mère et de Bernadette.

— Et c'est le cas ? demanda craintivement le petit garçon.

— Je l'ignore. Il m'a répondu de m'occuper de mes affaires, ce en quoi il n'avait pas entièrement tort. En effet, ça ne me regarde pas. Mais voilà pourquoi nous nous sommes disputés.

— Allez-vous vous réconcilier ? demanda l'adolescente.

— Oui, j'en suis sûre, répondit gaiement Finola. Quoi qu'il en soit, je vous remercie d'être venus me dire au revoir. Cela me fait très plaisir.

— C'était très gentil de nous emmener à la piscine, déclara Annie.

— Et de discuter avec nous quand papa et Bernadette se faisaient des câlins sur le bateau, ajouta Brian avec une moue de déplaisir.

— J'avais l'intention de vous offrir un petit cadeau pour votre voyage, mais j'ai pensé que vous préféreriez avoir vingt dollars chacun, déclara Finola.

Leurs visages s'illuminèrent.

— Nous ne devrions pas accepter... protesta l'adolescente sans conviction.

— Pourquoi pas ? Nous sommes amis, n'est-ce pas ?

— Oui, mais si papa et vous...

— A votre retour, ce sera de l'histoire ancienne, croyez-moi.

Ils s'empressèrent de la croire et empochèrent l'argent avec de grands sourires.

— Et... j'espère que vous passerez d'excellentes vacances avec votre mère, ajouta-t-elle avec sincérité.

— J'en suis certain, s'exclama Brian. Elle est plutôt vieille, Finola, comme vous, alors il n'y aura pas de câlins là-bas.

— Brian ! siffla Annie.

— Je vous reverrai à votre retour, en septembre.

Jamais Finola n'aurait cru qu'elle s'attacherait aux enfants de Danny et qu'elle regretterait de les voir quitter l'Irlande pendant un mois entier.

Greg téléphona à Ria pour lui annoncer qu'il aimerait loger à Tudor Drive durant le pique-nique des anciens élèves, au mois d'août.

— En temps normal, je vous aurais laissé la maison et j'aurais dormi à l'hôtel, mais il n'y aura pas un lit disponible à des kilomètres à la ronde. Même Heidi et Henry n'auront pas de place pour moi.

— Mais c'est évident, vous devez dormir ici. Et Andy aussi.

— Mais nous ne pouvons pas tous vous envahir ?

— Et pourquoi pas ? Annie et moi pouvons dormir ensemble. Vous avez deux chambres d'amis : Andy et vous en aurez une chacun. Et ce n'est pas la peine de se faire du souci pour Brian, il dormirait debout. De toute façon, nous pouvons lui installer un lit de camp n'importe où.

— Vous êtes très gentille, mais ne vous inquiétez pas, ce sera seulement l'affaire de deux nuits.

— Je vous en prie ! Vous êtes chez vous, restez aussi longtemps que vous le souhaitez.

— Quand vos enfants arrivent-ils ?

— Demain ! Je brûle d'impatience de les voir.

Lorsqu'il eut reposé le combiné, Greg se rendit compte qu'elle n'avait pas suggéré que Brian dorme dans la chambre de Dale. Il aurait jugé cela parfaitement acceptable, mais pas Marilyn. Ria devait l'avoir compris. Elle lui avait paru tellement étrange lors de leur première conversation, quand elle avait affirmé que l'esprit de Dale se trouvait à Hawaï et que sa mère devait lui manquer. Mais peut-être l'avait-il mal comprise. Aujourd'hui, elle lui avait semblé réaliste et terre à terre.

Marilyn alla chez Colm chercher le dîner que celui-ci lui avait préparé.

— Je vous l'aurais apporté, protesta-t-il.

— Allons, vous en avez déjà assez fait. Que m'avez-vous mitonné ?

— Pour Annie, de la ratatouille avec du riz complet, et juste des saucisses, des petits pois et des frites pour Brian. Je n'ai rien préparé de particulier pour vous, je me suis dit que vous mangeriez de l'un et l'autre plat pour ne pas faire de favoritisme.

Marilyn déclara que cela lui semblait être une excellente idée.

— Je vous dois combien ? demanda-t-elle.

— Je vous en prie, Marilyn.

Quelque chose dans l'expression de Colm l'arrêta.

— Dans ce cas... Merci beaucoup, Colm, vraiment.

— Je vais vous donner un panier pour emporter tout ça.

Il appela Caroline. Une femme aux cheveux sombres et au teint pâle, que Marilyn avait seulement aperçue de loin, leur apporta un panier et quelques serviettes à carreaux.

— Vous connaissez Caroline, n'est-ce pas ?

— Nous n'avons pas été présentées. Enchantée ; je m'appelle Marilyn Vine.

Caroline lui tendit la main d'un geste hésitant. Un simple regard suffit à Marilyn pour s'apercevoir que cette femme souffrait d'un grave problème. Bien qu'elle ne soit nullement une spécialiste, lorsqu'elle était plus jeune, elle avait travaillé pendant trois ans dans un centre de désintoxication. Elle était convaincue, sans l'ombre d'un doute, que la sœur de Colm s'adonnait à l'héroïne.

— Crois-tu que papa ait perdu tout son argent ? demanda Brian dans le bus, lorsqu'ils furent partis de chez Finola.

— Non. Ne sois pas idiot, répliqua sa sœur.

— Mais pourquoi Finola pense-t-elle que oui ?

— Elle n'en sait rien. De toute façon, les vieilles personnes comme Finola et grand-mère ne pensent qu'à l'argent.

— Nous pourrions poser la question à Rosemary, elle le saurait sûrement, suggéra-t-il. Nous allons passer devant chez elle, de toute façon.

— Si tu dis le moindre mot à Rosemary à ce sujet, je t'étripe, lança sa sœur avec agressivité.

— D'accord, d'accord.

Brian préférait ne pas courir le risque.

— Mais puisque nous allons à Tara Road, nous pourrions rendre visite à Gertie, suggéra l'adolescente.

— Elle pourra nous dire si papa a perdu son argent ?

— Pas pour ça, espèce d'idiot. Pour lui dire au revoir, comme à Finola.

— Crois-tu qu'elle nous donnera quelque chose, elle aussi ? demanda le petit garçon avec intérêt.

— Bien sûr que non, Brian. Tu deviens de plus en plus bête, riposta Annie, exaspérée.

— Tu as raison, je ne pense pas qu'elle ferait le ménage pour maman si elle avait de l'argent, devina-t-il.

— Mais je crois que maman serait contente que nous lui rendions visite, conclut sa sœur.

Gertie fut enchantée de les voir.

— Vous direz à votre maman que la villa est impeccable, d'accord ? demanda-t-elle.

— Je crois qu'elle a totalement oublié la maison, répliqua Brian avec philosophie.

— Elle s'est souvenue de t'avoir entendu dire que le jardin était dévasté, répliqua la jeune femme.

Sans trop savoir pourquoi, Brian perçut l'ombre d'une critique dans ces mots.

— J'allais lui dire que Myles et Dekko étaient allés voir un film interdit aux moins de dix-huit ans en se faisant passer pour des nains, mais j'ai pensé qu'elle préférerait entendre parler du jardin, dit-il en guise d'explication.

— Nous allons rencontrer ta sœur, Gertie, maman nous l'a dit, intervint Annie afin de ramener la conversation sur un terrain plus sûr.

Mais la jeune femme n'en sembla pas enchantée.

— Vous ne croyez pas que vous pourriez rencontrer suffisamment de jeunes Américains dans votre ville sans aller chez Sheila ou sans qu'elle vienne vous voir ?

Annie haussa les épaules. Parfois, il semblait impossible de faire plaisir aux gens.

— Et n'oubliez pas de dire à votre mère que tout va bien pour moi, très bien, depuis des semaines. Elle comprendra.

L'adolescente promit de le répéter à sa mère. Elle savait à quoi faisait allusion Gertie : Jack n'avait pas levé la main sur elle depuis des semaines. Gertie avait raison, Ria en serait enchantée. Annie sentit ses yeux s'emplir de larmes. Sa mère était si gentille ; simplement, elle semblait ne rien comprendre à ce qu'était la vie. Elle ne connaissait rien aux vêtements, aux amies, à la façon dont elle aurait pu garder leur père ou le faire revenir à la maison. Elle ne comprenait pas qu'elle aurait dû gronder Brian davantage ou que Rosemary était détestable. Elle serait sans doute merveilleuse pendant dix minutes, puis elle redeviendrait semblable à elle-même. Annie laissa échapper un profond soupir.

— Vous allez faire un merveilleux voyage ! s'exclama Gertie.

— Oui. Finola nous a donné vingt dollars, répondit joyeusement Brian.

Annie essaya de lui marcher sur le pied, mais il était trop loin.

— Vraiment ? Et qui est Finola ? demanda Gertie.

— Tu sais bien, la mère de Bernadette, répondit le petit garçon.

Sa sœur leva les yeux au ciel.

— C'est gentil de sa part. Elle doit avoir beaucoup d'argent pour vous gâter ainsi.

— Non, elle n'en a pas. C'est pour ça qu'elle s'est disputée avec papa.

— Je ne crois pas que Brian ait bien compris... commença Annie.

— Mais c'est elle qui nous l'a dit, Annie ! Tu répètes sans arrêt que je suis bête et que je ne comprends rien, mais tu dois être sourde. Elle nous a dit qu'elle s'était disputée avec papa à cause d'une histoire d'argent.

— Brian, nous devons y aller. Il nous faut rendre visite à grand-mère, et Marilyn nous attend.

— Eh bien, j'espère qu'elle aura autre chose à nous offrir que ces affreux biscuits, marmonna-t-il, fâché, le visage tout rouge.

— Ne vous en faites pas, c'est Colm qui a préparé votre dîner, déclara Gertie.

— Oh, génial.

Le visage du petit garçon s'illumina. Peut-être pourrait-il parler à Colm de foot et de vidéos, sans être obligé d'écouter Marilyn et Annie discuter chiffons.

— Je n'aurais peut-être pas dû vous le dire... Si elle n'en parle pas, faites comme si vous ne le saviez pas. Elle veut peut-être vous faire croire que c'est elle, murmura Gertie avec contrition.

— Oh, je suis sûre que Brian saura très bien s'arranger de la situation, Gertie. Il est plein de tact, diplomate, il s'en tirera brillamment.

— Annie me gronde sans arrêt, même quand je n'ai rien fait, protesta le petit garçon. Je vais dire : c'est délicieux, Marilyn, vous êtes vraiment devenue bonne cuisinière ! Voilà ce que je vais dire.

Gertie glissa la main dans la poche de la salopette rose qu'elle portait à la laverie.

— Voici une livre pour chacun d'entre vous. J'aimerais pouvoir vous donner davantage, mais ça vous permettra de vous acheter une glace à l'aéroport.

— Merci, Gertie, c'est génial, s'exclama Brian. Je me demande si Marilyn va nous donner quelque chose ?

— On devrait se planter devant le portail de Tara Road et lui crier combien on veut, non ? Ça ne serait pas une bonne idée ? lança Annie, le visage crispé de fureur, en entraînant son petit frère hors de la laverie.

— Aimeriez-vous venir ce week-end ? demanda Ria à Sheila au téléphone.

— Mais vous aurez sûrement envie d'être seule avec vos enfants...

— Pensez-vous, ils se lasseront de moi vingt minutes après leur arrivée. J'aimerais beaucoup que vous ameniez Sean et Kelly.

— Je n'aurai pas besoin de le leur demander deux fois, ils n'arrêtent pas de parler de votre piscine. Vous êtes bien sûre ?...

— Certaine. Quand je pense que dans quelques heures à peine ils seront dans l'avion ! Je n'arrive pas à y croire.

— Vous savez, j'ai repensé à la discussion que nous avons eue à votre arrivée. Je suis navrée d'avoir cru que Danny serait avec vous et d'avoir demandé de ses nouvelles. Vous avez dû penser que j'étais parfaitement insensible.

— Absolument pas.

Ria se souvint de sa propre conversation avec Greg.

— Comment auriez-vous pu le savoir ? Si on ne met pas les gens au courant, ils ne peuvent pas deviner !

— Gertie se montre très discrète, c'est le moins qu'on puisse dire, remarqua Sheila.

Désormais, Marilyn comprenait parfaitement pourquoi Colm se montrait si protecteur envers sa sœur. Celle-ci se droguait. Son mari, l'homme grossier et vêtu de façon tapageuse qui se trouvait au restaurant le soir du scandale, ne devait pas lui être d'une grande aide. En fait, il était fort possible qu'il soit en partie responsable du problème. Marilyn regrettait de n'avoir pas prêté attention aux commérages de Rosemary et de Gertie. Elle ne se souvenait pas de la façon dont le dénommé Monto gagnait sa vie. Peut-être même était-il impliqué dans le trafic de la drogue à laquelle sa femme s'adonnait.

Quelle extraordinaire diversité d'individus elle avait rencontrés depuis son arrivée en Irlande ! Une nouvelle fois, Marilyn regretta de ne pouvoir en discuter avec Greg. Mais pour le moment, elle s'en sentait incapable.

— Le week-end prochain, j'organise une fête chez moi, Mrs Lynch. Votre fille aimerait peut-être venir.

Ria se mordit les lèvres. Hubie s'était montré serviable et honnête, pourtant, elle ne voulait pas qu'Annie aille à une soirée en compagnie de jeunes qu'elle ne connaissait pas. Elle ignorait tout d'eux, si ce n'était que certains avaient bu et volé des motos.

Hubie devina sa réticence.

— Ce sera une soirée tout ce qu'il y a de plus convenable, insista-t-il.

— Oui, bien sûr.

Si l'adolescente apprenait que sa mère avait décliné une invitation avant même qu'elle n'arrive, les vacances commenceraient très mal. Après tout, l'affreuse Kitty ne serait pas là pour la détourner du droit chemin. Ria se força à arborer un joyeux sourire.

— Ce serait merveilleux, Hubie. Mais nous aurons des invités ce week-end. Le garçon, Sean, a l'âge d'Annie. Pourrait-il l'accompagner ?

— Bien sûr, pourquoi pas ? acquiesça Hubie.

La vie sociale d'Annie promettait déjà d'être palpitante. Au moins, elle se plairait davantage à Westville que sur le Shannon, songea Ria avec satisfaction.

— Si tu demandes de l'argent à grand-mère, je te tuerai sur place et je laisserai Bobby te dévorer, déclara Annie.

— Je ne demande rien, ce sont elles qui n'arrêtent pas de me donner de l'argent, protesta-t-il. Comment ça va, Nora ? s'exclama-t-il gaiement lorsque sa grand-mère ouvrit la porte.

— Très bien. Kitty n'est pas cachée dans la haie ?

— Non, répondit Annie en soupirant. Je suppose que Bernadette a déclenché l'alerte rouge. Elle a manqué sa vocation ; elle n'aurait pas dû enseigner la musique, elle aurait dû être gardienne de prison.

Nora réprima un rire. Les coups de fil que lui avait passés l'étrange jeune fille avec laquelle s'était installé Danny l'avaient bien amusée. Bernadette ne valait pas mieux que Kitty. Qu'était-elle d'autre qu'une petite délurée, toute fière d'être enceinte et célibataire ayant débauché le mari d'une autre femme ?

Pourtant, il fallait lui rendre justice, elle suivait les instructions de Ria. On ne pouvait pas en dire autant de Danny. Il semblait être sur une autre planète, et Nora entendait partout des rumeurs pessimistes concernant son avenir. Elle avait même mis ses principes de côté et demandé à Son Altesse Rosemary Ryan s'il y avait la moindre trace de vérité dans ces on-dit. Mais celle-ci l'avait rabrouée.

— Les affaires de Danny et de Barney vont très bien, et elles iraient encore mieux si une bande de vieilles commères n'essayaient pas de les calomnier parce que Danny a quitté Ria.

Nora espérait qu'elle avait raison.

— Imaginez un peu ! s'exclama-t-elle à l'attention de ses petits-enfants. Demain, à cette heure-ci, vous serez aux Etats-Unis.

— J'aimerais bien que Marilyn ait des enfants, marmonna le petit garçon.

— Si elle en avait, elle les aurait amenés ici ; tu n'aurais pas pu jouer avec eux à Westville, remarqua Nora.

— Mais maman ne nous a pas emmenés avec elle, rétorqua Brian d'un ton péremptoire.

— Elle a bien un fils, mais il se trouve avec son père à Hawaï. Maman nous l'a dit il y a une éternité, mais tu n'écoutais pas.

— Eh bien, je ne pourrai pas jouer avec lui s'il est à Hawaï. Tu allais préparer le goûter, Nora ?

— Je croyais que vous alliez dîner à Tara Road.

— C'est vrai, mais...

Nora alla chercher du jus d'orange et des biscuits.

— Pourquoi n'es-tu jamais allée aux Etats-Unis, grand-mère ? demanda Annie.

— De mon temps, les gens qui faisaient partie de la classe ouvrière allaient aux Etats-Unis pour émigrer ; ils n'y allaient pas en vacances.

— Nous faisons partie de la classe ouvrière ? demanda Brian avec curiosité.

Nora regarda ses deux petits-enfants, intelligents et pleins d'assurance, et se demanda de quelle classe ils s'imagineraient faire partie à la fin de l'été quand, conformément à ce que prétendait la rumeur, leur magnifique villa serait vendue. Mais elle n'en souffla mot.

— Passez de merveilleuses vacances. Et n'oubliez pas de m'envoyer des cartes postales, une chaque semaine, d'accord ?

— Je crois bien que les cartes postales sont chères là-bas, déclara le petit garçon.

— Tu es pire que ta tante Hilary... De toute façon, je comptais vous donner cinq livres pour votre argent de poche.

A cet instant, Bobby poussa un long hurlement.

— Je n'ai rien demandé ! s'écria Brian, se souvenant des menaces de sa sœur.

— Mais non, Brian, bien sûr, répliqua sèchement l'adolescente.

C'était très étrange de se retrouver invité dans sa propre maison. Et encore plus étrange de voir les lieux si calmes. Quand les enfants y vivaient avec leur mère, à peine un mois plus tôt, il y avait un va-et-vient continu. Mais les choses avaient bien changé.

— Où est Clément ? demanda Annie. Il n'est pas sur sa chaise.

— Peut-être à l'étage. Je suis sûre qu'il descendra quand il sentira l'odeur du dîner.

— Clément ne monte jamais à l'étage, commença Brian.

Croisant le regard de sa sœur, il se corrigea en toute hâte :

— Je veux dire que... il n'aimait pas tellement aller à l'étage. Mais il a peut-être changé.

Marilyn dissimula un sourire.

— Colm vous a préparé un succulent dîner, déclara-t-elle. Je lui ai demandé ce que vous aimiez.

Tandis que le dîner chauffait, les enfants aidèrent Marilyn à mettre la table. Cette visite était bien différente de la précédente durant laquelle elle les avait jugés insupportables.

— Avez-vous préparé tous vos bagages ?

— Je pense, répondit Annie. Maman nous a envoyé une liste par courrier électronique au bureau de papa. Imaginez un peu, elle sait se servir d'un ordinateur !

— Elle utilisait bien tous ces appareils, rétorqua Marilyn en désignant les ustensiles de cuisine sophistiqués.

Depuis quelque temps, elle se sentait très protectrice à l'égard de Ria. Elle ne permettrait à personne de la critiquer ; la jeune femme avait déjà eu suffisamment de malchance.

— Oh, ce sont juste des appareils de cuisine, répliqua Annie avec condescendance. Maman apprendrait n'importe quoi si c'était en rapport avec la maison.

— Elle élargit peut-être ses connaissances.

— Et vous ? demanda Brian avec intérêt.

— Oui, en un sens, je fais des choses que je ne ferais pas chez moi. C'est sans doute la même chose pour votre mère.

— Que faites-vous de différent ? demanda Annie avec curiosité. Vous nous avez dit que vous aimiez jardiner, vous promener et lire, et vous faites la même chose ici.

— C'est vrai, répliqua Marilyn d'un ton pensif. Mais j'ai l'impression d'être différente. C'est peut-être la même chose avec votre mère.

— J'espère qu'elle se sent moins triste quand elle pense à papa, déclara le petit garçon.

— Eh bien, le fait de prendre des distances vis-à-vis d'un problème rend les choses plus faciles, cela ne fait aucun doute.

— Et vous, est-ce que ça vous a aidée à vous rapprocher de votre mari ?

Brian avait très envie de connaître la réponse de Marilyn. Il jeta un regard inquiet en direction d'Annie, s'attendant à ce que l'adolescente lui ordonne de se taire en le traitant d'imbécile, mais elle avait manifestement envie de le savoir également. Aussi, pour une fois, elle garda le silence.

Marilyn s'éclaircit nerveusement la gorge.

— C'est un peu compliqué. Je ne suis pas séparée de mon mari. Enfin si, bien sûr, puisqu'il est à Hawaï et que je suis ici. Mais nous ne nous sommes pas disputés.

— Vous vous êtes juste fatiguée de lui ? suggéra Brian.

— Non, ce n'est pas cela, et je ne crois pas non plus qu'il se soit fatigué de moi. Nous avions simplement besoin d'être un peu seuls, et il est possible que tout finisse par s'arranger ; à la fin de l'été peut-être.

— Croyez-vous que tout s'arrangera à la fin de l'été pour mon papa et ma maman ?

Le visage du petit garçon reflétait un tel espoir que Marilyn sentit son cœur se serrer. Elle ne sut que dire.

— Il y a la question de Bernadette et du bébé, répliqua Annie, mais sa voix était plus douce qu'à l'ordinaire.

— Et votre mari, lui, ne voyait pas une femme plus jeune qui allait avoir un bébé ? insista Brian.

— Non, ce n'était pas du tout cela.

— Eh bien, il n'y a pas beaucoup d'espoir, alors, murmura le petit garçon.

Il semblait sur le point d'éclater en sanglots.

— Brian, pourrais-tu me rendre un service ? J'ai bien peur que Clément se soit endormi sur mon lit, ou plutôt celui de ta mère, et il ne faudrait pas qu'il prenne de mauvaises habitudes. Tu peux aller le chercher ?

— Mais c'est le chat d'Annie, en fait.

Les lèvres de Brian tremblaient, mais il connaissait bien l'attitude possessive de sa sœur à l'égard de Clément et n'avait pas envie de se faire rabrouer.

— Tu peux y aller, déclara Annie.

Quand le petit garçon fut monté à l'étage, la jeune fille ajouta en guise d'excuse :

— Il n'est pas très malin.

— Il est surtout très jeune, ajouta Marilyn.

— Il croit encore que tout finira par s'arranger.

L'adolescente laissa échapper un soupir.

— Et toi, Annie, qu'en penses-tu ?

— A mon avis, tant que maman pourra garder cette maison, elle survivra.

Danny rentra tard. La table était mise pour deux, et Bernadette était pelotonnée dans son fauteuil.

— Où sont les enfants ? demanda-t-il.

Bernadette leva lentement les yeux vers lui.

— Je te demande pardon ?

— Où sont Annie et Brian ?

— Oh, je vois. Tu n'as pas dit... « Bonjour Bernadette », ou « Je t'aime ma chérie », ou « C'est bon de se retrouver chez soi ». Eh bien, puisque tu demandes où sont les enfants, essaie de te souvenir que ce matin, au petit déjeuner, ils ont annoncé qu'ils iraient dire au revoir à ta belle-mère, à ma mère, à Marilyn et j'en passe, et tu as répondu qu'ils devaient être rentrés au plus tard à vingt-deux heures.

Il se sentit consterné.

— Mon Dieu, Bernadette, je suis navré. Je suis bête et égoïste. J'ai passé une journée... Bon sang, une affreuse journée, mais tu n'y es pour rien. Pardonne-moi.

— Je n'ai rien à te pardonner, répliqua-t-elle en haussant les épaules.

— Mais si. Tu as renoncé à tout pour moi, et je me conduis comme un goujat.

— Bien au contraire, c'est toi qui as renoncé à beaucoup de choses pour moi.

La jeune femme s'exprimait d'une voix calme et mesurée, comme si elle s'adressait à un enfant.

— Je vais te préparer un verre, Danny.

— Cela risque de m'achever.

— Pas si c'est un whisky-soda allongé de beaucoup d'eau.

— Je ne suis pas la compagnie qu'il te faudrait ; un vieux monsieur grincheux et harassé par son travail...

— Chut...

Elle lui tendit le verre et monta légèrement le son du magnétophone.

— Brahms. Il accomplit des miracles.

Danny se sentait nerveux. Il brûlait d'envie de parler. Mais Brahms et le whisky firent leur effet. Il sentit ses épaules se détendre, les rides entre ses sourcils disparaître. En un sens, il n'y avait rien à dire. Pourquoi infliger à Bernadette un compte rendu détaillé des ennuis qu'il avait subis au bureau ce jour-là ? Pourquoi lui raconter que Larry, leur banquier, s'était montré odieux au téléphone ; qu'un important homme d'affaires s'était retiré d'un consortium s'apprêtant à financer un projet immobilier à Wicklow sous le prétexte que Barney et Danny étaient des partenaires peu fiables, aux fréquentations douteuses ; que Polly l'avait appelé pour lui dire que de sombres rumeurs couraient à leur sujet ; que Barney s'était montré évasif et distant, comme si tout cela ne le concernait pas vraiment.

Et, pire que tout, il craignait que l'hypothèque personnelle consentie à Barney sur le numéro 16 Tara Road n'aboutisse à la perte de la villa. Non seulement Ria et les enfants n'auraient plus de toit, mais il n'y aurait plus rien à vendre. Certains sujets étaient trop graves pour qu'on puisse en discuter. Bernadette avait raison de ne pas les aborder.

Assis sur sa chaise, Clément jetait des regards mélancoliques en direction de la porte qui lui permettrait de regagner le grand lit confortable où il avait dormi tout l'après-midi.

Tout en servant aux enfants les plats préparés par Colm, Marilyn leur parla de Westville. Elle leur expliqua en quoi consistait le pique-nique des anciens élèves ; ils allaient tous se retrouver et affirmer qu'ils n'avaient absolument pas changé.

— Mon mari reviendra de Hawaï pour l'occasion, et vous le rencontrerez à ce moment-là.

— Va-t-il dormir à la maison ? demanda Annie.

— Oui. Apparemment, votre mère a eu la gentillesse d'accepter.

— Votre fils viendra aussi ?

— Pardon ?

— Votre fils ? Il n'est pas à Hawaï avec Mr Vine ?

— Mon fils ?

L'expression du visage de Marilyn inquiéta Annie.

— Eh bien... votre fils, oui.

— Qui vous a raconté ça ?

— Maman.

— Votre mère vous a dit que Dale était à Hawaï ?

— Elle ne nous a pas dit comment il s'appelait, mais elle nous a raconté que sa chambre était toute prête pour son retour.

Marilyn était devenue très pâle. Brian ne s'en aperçut pas.

— Sera-t-il à Tudor Drive en même temps que nous ? Nous pourrons peut-être faire une partie de basket ?

— Votre mère vous a-t-elle dit autre chose ?

La voix de la jeune femme n'était plus qu'un murmure.

— Elle nous a dit qu'elle allait en parler à Mr Vine, répondit Annie, soudain préoccupée, mais elle n'a pu obtenir aucun détail, alors elle ne sait pas s'il sera là ou non.

— Oh, mon Dieu, souffla Marilyn.

— Je suis désolée... Je n'aurais pas dû en parler... Quelque chose ne va pas ?

— Qu'est-ce qu'il y a ? demanda Brian. Il n'est pas à Hawaï ? Il a fait une fugue ?

— Je comprends ce qu'il voulait dire, maintenant, chuchota la jeune femme.

— Quoi ?

— Greg m'avait dit que votre mère semblait très croyante...

— Elle n'est pas croyante du tout, répliqua le petit garçon d'un ton réprobateur. Nora lui répète toujours qu'elle va finir en enfer.

— Tais-toi, Brian, ordonna Annie machinalement.

— Que j'ai été bête. Je n'ai pas pensé un seul instant qu'elle pourrait voir les choses de cette manière.

Marilyn semblait bouleversée.

— Alors, il n'est pas à Hawaï ? demanda l'adolescente.

— Non.

— Où est-il, alors ? insista Brian, excédé.

— Il est mort, répondit Marilyn. Mon fils Dale est mort.

Une heure s'était écoulée, et Danny se sentait beaucoup plus calme. Il avait peut-être dramatisé la situation. Bernadette gagna la cuisine pour préparer une salade de poulet fumé. Il n'y avait jamais de sifflement de Cocotte-Minute, de soufflés qui levaient, de gâteaux dont la préparation remplissait la cuisine de farine. Danny n'avait jamais su que la vie pouvait être aussi simple et sereine, délivrée de toute activité frénétique. Il avait bien assez de sujets d'énervement au bureau.

— Ai-je le temps de passer un petit coup de fil ? demanda-t-il.

— Bien sûr.

Il composa le numéro de Finola.

— Danny Lynch à l'appareil. Je voulais vous dire que j'étais sincèrement désolé de m'être emporté.

— Je suppose que ce sont les enfants qui vous ont demandé de m'appeler.

— Non, absolument pas, ils ne sont pas ici.

— C'est Bernadette, alors ?

— Vous connaissez votre fille, elle n'y a jamais fait allusion. Pas une seule fois. Non, cela vient de moi. Je n'allais pas très bien.

— Eh bien, Danny, je ne sais trop que dire.

Elle semblait décontenancée.

— Pour répondre à votre question, notre société connaît bel et bien des problèmes financiers, mais je suis absolument certain que nous allons nous en sortir. Nous avons beaucoup d'atouts dans notre manche. Bernadette ne manquera de rien, croyez-moi.

— Je vous crois, Danny. Merci de m'avoir dit tout cela. Je n'aurais peut-être pas dû vous poser la question. Mais vous avez tant d'autres responsabilités, en plus de Bernadette.

— J'y veillerai également, Finola. Nous ne sommes plus fâchés ?

— Nous ne l'avons jamais été, répondit-elle.

Il raccrocha et aperçut Bernadette, immobile dans l'embrasure de la porte, qui le contemplait.

— Tu es merveilleux, murmura-t-elle. Tout simplement merveilleux.

Le silence s'était installé dans la cuisine du numéro 16 Tara Road.

Au bout de quelques instants, Brian le brisa.

— Il avait une maladie grave ?

— Non, il s'est tué dans un accident de moto.

— A quoi ressemblait-il ? Avait-il les cheveux roux comme vous ? demanda l'adolescente.

— Oui. Bien que nous ne soyons pas d'origine irlandaise, Greg et moi avons tous les deux les cheveux roux, alors le pauvre Dale n'avait aucune chance d'y échapper. Nous sommes tous les deux grands, il était grand aussi. Et mince. Et sportif. Il avait un appareil dentaire ; vous savez, beaucoup d'enfants en portent aux Etats-Unis.

— On commence à en voir ici aussi, répliqua Brian afin de valoriser l'Irlande.

— Bien sûr. C'était un garçon merveilleux. Toutes les mères pensent que leur fils est le meilleur. Je n'étais pas différente des autres.

— Avez-vous une photo de lui ? demanda Annie.

— Non, aucune.

— Pourquoi ?

— Je ne sais pas. Cela me ferait trop de peine, je suppose.

— Mais vous avez des photos de lui chez vous. Maman nous a dit qu'il était très mignon et qu'il avait un beau sourire. C'est pour cela que j'espérais qu'il serait à Westville, dit l'adolescente.

— Oui.

— Je suis désolée.

— Mais non. Il était mignon, c'est vrai.

— Avait-il une petite amie ?

— Non, Annie, je ne crois pas. Mais une mère n'est pas la mieux placée pour le savoir, n'est-ce pas ?

— Je suis sûr qu'il en avait une. On voit bien comment

cela se passe dans les films, ils commencent très jeunes aux Etats-Unis, déclara Brian d'un ton docte.

Et ils parlèrent de Dale jusqu'au moment où Annie se rendit compte que le commandant en chef Bernadette serait déjà sur le pied de guerre et qu'ils devaient y aller.

— Je vais vous reconduire en voiture, proposa Marilyn.

Dans la rue, ils aperçurent Rosemary. Marilyn jeta un coup d'œil à Annie afin de savoir si l'adolescente souhaitait s'arrêter et faire ses adieux à l'amie de sa mère. La jeune fille secoua imperceptiblement la tête. Marilyn accéléra afin d'éviter que Rosemary ne les remarque. Elle était soulagée. Elle éprouvait de plus en plus de mal à respecter les politesses élémentaires de voisinage. Curieusement, Annie semblait éprouver la même chose.

Marilyn déposa les enfants au bout de leur allée. Elle n'avait aucune envie de discuter avec Danny ou sa nouvelle compagne. Puis elle reprit la route, l'esprit ailleurs.

Lorsqu'elle se gara devant le numéro 16, elle s'aperçut avec surprise qu'elle ne se souvenait pas du trajet qu'elle avait suivi. Pourtant, elle avait dû tourner aux bons endroits et mettre son clignotant. Elle éprouva un vif sentiment de honte. C'était ainsi que les accidents se produisaient, pas seulement à cause de la vitesse, mais aussi parce que les conducteurs pensaient à autre chose. Tremblant de tous ses membres, elle gara la voiture et entra dans la villa. Elle s'assit à la table du salon. Ria avait laissé trois flacons à liqueur sur la commode. Dans l'une des notes rédigées à l'intention de son invitée, elle avait précisé qu'ils servaient essentiellement à la décoration, étant donné qu'eux-mêmes buvaient surtout du vin. Elle espérait que les liqueurs étaient encore buvables, et si tel était le cas Marilyn ne devait pas hésiter à se servir. Il restait un peu de cognac dans l'un des flacons, du porto dans le deuxième et du sherry dans le troisième. D'une main tremblante, Marilyn se versa un verre de cognac.

Que s'était-il passé aujourd'hui ? Pourquoi était-elle devenue capable de parler de Dale, de raconter à des inconnus qu'il avait le nez constellé de taches de rousseur et un appareil dentaire ? D'admettre qu'elle n'avait pas de photo de lui parce qu'elle craignait de s'effondrer si elle y jetait un seul regard ? Pourquoi avait-elle pu donner aux questions de deux enfants qu'elle connaissait à peine les réponses que son mari, ses amis et ses collègues n'avaient pu obtenir ?

Il faisait presque nuit, mais les reflets rouge et or du coucher de soleil n'avaient pas entièrement disparu du ciel. Marilyn se trouvait dans une maison et une ville que Dale n'avait jamais vues. Personne, ici, ne la connaissait du temps où elle était mère, une mère aimante et épanouie qui pensait avoir l'avenir devant elle. Ils ne connaissaient que Marilyn Vine, une femme guindée et austère, et pourtant certains l'appréciaient. Elle avait rencontré quelques personnes dont les problèmes étaient aussi graves que les siens. Pour la première fois depuis le drame, elle savait que c'était possible.

Il était ridicule de s'imaginer qu'elle était parvenue à tourner la page en l'espace d'une soirée. Marilyn ne croyait pas qu'il existât une cure miracle. Elle avait vécu un moment empreint d'émotion, voilà tout. Ces deux enfants allaient se rendre au 1024 Tudor Drive, la maison où Dale avait joué, dormi et étudié. Ils allaient se faire des amis et nager dans la piscine où il avait plongé. Peut-être même trouveraient-ils le chronomètre et calculeraient-ils le temps qu'il leur fallait pour parcourir une longueur, comme Dale l'avait fait pour sa mère. « Allons, maman, tu peux faire mieux », criait-il. Et elle avait fait mieux.

Elle sirota une gorgée de cognac et réalisa que des larmes tombaient sur sa main. Elle ne s'était même pas aperçue qu'elle s'était mise à pleurer. Jamais elle ne s'était laissée aller à pleurer auparavant, et elle avait qualifié de psychologues de bazar ceux qui lui disaient qu'elle devait laisser libre cours à son chagrin. A présent, elle était assise dans un salon obscur, environnée de bruits d'une ville étrangère, de rugissements de voitures, de cris d'enfants à l'accent irlandais, de chants d'oiseaux inconnus.

Assis sur une chaise, le gros chat roux la regardait. Elle buvait du cognac et pleurait. Elle avait prononcé le nom de Dale à voix haute et le monde ne s'était pas arrêté de tourner. Annie et Brian lui avaient posé des questions. Qu'aurait-il voulu faire comme métier ? Etait-il végétarien ? Qui étaient ses acteurs préférés ? Quels livres lisait-il ? Ils avaient même demandé quel genre de moto il conduisait quand il s'était tué. Elle avait répondu à leurs questions et raconté aussi de sa propre initiative des anecdotes drôles qui s'étaient passées à Thanksgiving, durant la pièce de théâtre du collège, ou à l'époque des grandes tempêtes de neige.

Dale. Elle essaya de nouveau, craintivement. Non, cela n'avait pas disparu. Désormais, elle pouvait prononcer son nom. C'était extraordinaire. Sans doute cela avait-il toujours été possible, et elle l'ignorait. A présent elle le savait, et elle n'avait personne à qui en parler. Il aurait été cruel et injuste de téléphoner à son mari, le pauvre Greg, qui se demandait quelle erreur il avait commise. Elle ne pouvait pas l'appeler à Hawaï et lui dire que quelque chose avait entrouvert les portes de sa prison. Peut-être était-ce simplement le fait d'être ici, dans un lieu qui ne lui était pas familier ? Mais Marilyn était convaincue qu'il y avait plus que cela. Elle ne redouterait plus de se rendre là où son fils avait été, dans les endroits où elle l'avait vu sourire et vivre avec tant d'enthousiasme.

Elle avait toujours su que Dale aimait l'esprit d'aventure. Comme elle, il avait la volonté d'apprendre. Elle l'avait suivi dans chacune de ses passions, était devenue meilleure nageuse, fan de sumo et excellente aux jeux vidéo. Il n'y avait que dans le domaine des motos qu'elle avait refusé de l'accompagner. Pendant des mois, elle s'était torturée en songeant qu'elle avait peut-être eu tort. Si elle avait promis de lui en acheter une dès qu'il aurait l'âge de la conduire, peut-être n'aurait-il pas suivi ces voyous ? Mais ce soir, elle était d'un avis légèrement différent.

Annie avait affirmé, comme s'il s'agissait d'une évidence, que Marilyn avait bien fait de ne pas encourager sa passion pour les motos ; cela aurait été aussi dangereux que de le laisser jouer avec des armes à feu. Et Brian avait dit :

— Je suis sûr qu'il est au paradis et qu'il regrette de vous avoir causé tant de peine.

Rien de ce qu'on lui avait dit depuis l'instant où elle avait appris l'accident n'avait eu le moindre sens jusqu'à cet instant. Marilyn appuya sa tête sur la table et pleura toutes les larmes qu'elle aurait dû verser, elle le savait, au cours des dix-huit mois qui venaient de s'écouler. Mais les larmes n'étaient pas prêtes à ce moment-là. Elles ne l'étaient devenues qu'aujourd'hui.

Ria se rendit en voiture jusqu'à une ville voisine, puis elle prit le bus jusqu'à New York. Un mois plus tôt, Marilyn avait accompli ce trajet. Un mois entier. Encore trente jours, et Ria rentrerait chez elle. Elle ferma les yeux et souhaita de toutes ses forces que ses enfants passent un mois merveilleux, inoubliable. Il ne s'agissait plus d'essayer de surpasser ce que leur avaient offert Danny et Bernadette. Cela semblait dénué d'importance à présent. Annie et Brian méritaient de passer de bonnes vacances, des moments de bonheur, de se voir insuffler l'espoir que l'avenir ne serait pas trop sombre.

Elle ne perdrait pas patience avec sa fille, n'essaierait pas de se faire respecter et ne lui donnerait pas d'ordres. Annie était devenue une jeune fille. Elle la laisserait libre d'agir à sa guise dans cette petite ville tranquille. Beaucoup plus tranquille qu'une capitale comme Dublin. Et, Dieu soit loué, située à quatre mille kilomètres de Kitty. Elle ne serait pas irritée par les gaffes de Brian. Il était impossible d'impressionner qui que ce soit avec son petit garçon, elle devait s'y résigner. Il avait pour habitude d'adresser les remarques les plus indélicates au premier venu. Il demanderait à John et Gerry pourquoi ils n'étaient pas mariés, à Heidi pourquoi elle n'avait pas d'enfants et à Carlotta pourquoi elle parlait si mal anglais. Ria n'aurait pas honte de lui et ne lui ordonnerait pas de faire preuve de davantage de tact.

Elle avait tellement envie de le serrer contre elle sans qu'il se dégage avec gêne. Elle avait tellement envie qu'Annie lui dise : « Tu es superbe, maman, tu es toute bronzée, tu m'as vraiment manqué. » Durant tout le trajet, Ria se força à ne pas se bercer d'illusions. Ce n'était pas parce qu'ils ne l'avaient pas vue depuis un mois que tout allait être parfait. Souviens-t'en, Ria, ne l'oublie pas. Mûris, et efforce-toi de garder le sens des réalités.

Danny sonna chez Rosemary. Il était vingt-deux heures. Rosemary, qui était plongée dans son travail, repoussa ses papiers. Elle jeta un regard dans la glace, fit bouffer ses cheveux et appuya sur le bouton de l'interphone.

— Pourquoi ne prends-tu pas une clef, Danny ? Je te l'ai souvent proposé.

— Tu sais bien pourquoi ; la tentation serait trop grande, je serais tout le temps ici.

Il lui adressa le sourire auquel elle ne pouvait résister.

— Cela me plairait bien, répliqua-t-elle en souriant à son tour.

— Non, en réalité, j'aurais peur de te surprendre en flagrant délit avec un autre homme.

— C'est fort peu probable, répondit-elle d'un ton sec.

— Eh bien, tu as la réputation d'être un peu légère...

— Ce n'est pas comme toi, rétorqua-t-elle. Un verre ?

— Oui, et tu vas en avoir besoin aussi.

Rosemary s'approcha du chariot à liqueur. Elle servit deux grands whiskys, puis s'assit sur le canapé, le dos droit et les chevilles croisées.

— Comme tu es élégante, remarqua-t-il.

— Tu aurais dû m'épouser.

— Le temps n'était pas venu. Tu es une femme d'affaires, tu sais que le temps est la clef de tout.

— Cette philosophie ne t'a pas empêché de quitter Ria pour une autre femme, et non pour moi, mais nous en avons déjà parlé. A quoi buvons-nous ? A un succès ou un désastre ?

— Tu ne perds jamais le contrôle de toi-même, n'est-ce pas ?

Il semblait à la fois admiratif et irrité.

— Tu sais bien que si, Danny.

— Je suis un homme fini...

— C'est impossible. Tu as dû protéger tes arrières.

— Tout est terminé.

— Et le complexe immobilier Lara ?

C'était leur plus ambitieux projet, un immeuble de quarante appartements doté d'un club de loisirs. Ils avaient fait une publicité énorme, et chaque appartement avait été vendu et revendu bien avant l'achèvement des travaux. C'était le projet censé les remettre sur pied.

— Nous l'avons perdu aujourd'hui.

Rosemary ne pouvait croire qu'il parlait sérieusement. N'importe quel homme réduit à la faillite aurait été hystérique, fulminant de rage ou terrifié. Danny ressemblait à un petit garçon qui vient de se faire prendre la main dans le pot de confiture. Plein de regrets, mais rien de plus.

— Que vas-tu faire ? demanda-t-elle.

— Que puis-je faire, Rosemary ?

— Eh bien, tu n'es pas obligé de baisser les bras. Tu peux demander de l'aide autour de toi. Inutile de faire preuve de noblesse, il s'agit seulement d'argent.

— Tu crois ?

Il semblait peu sûr de lui, à présent, tout à fait différent de l'homme orgueilleux qui aurait pu conquérir le monde.

— Bien sûr. Et tu le sais aussi bien que moi. Nous nous ressemblons, tous les deux. Nous avons dû faire des concessions pour en arriver là où nous sommes. Nous avons dû nous humilier de temps à autre.

— Très bien, c'est d'accord, déclara-t-il soudain.

Sa voix s'était raffermie.

— Voilà qui est mieux, approuva-t-elle.

— Prête-moi cet argent, Rosemary. Je doublerai la mise, comme je l'ai toujours fait.

Elle le dévisagea, bouche bée. Il poursuivit :

— Je ne laisserai pas Barney s'en mêler, c'est un homme fini et je ne lui dois rien. Ce sera mon investissement, notre investissement. Je vais t'expliquer ce que nous allons faire. J'ai rédigé un projet...

Il tira de sa mallette deux feuilles recouvertes de colonnes de chiffres.

Elle le regardait, atterrée.

— Tu es sérieux ? Mais oui, tu l'es.

Il ne semblait pas remarquer la stupeur de Rosemary.

— Je ne l'ai pas dactylographié ; je ne voulais pas utiliser les ordinateurs du bureau, mais regarde...

Il se leva pour aller s'asseoir près d'elle sur le canapé et lui montrer les notes qu'il avait rédigées.

Rosemary se leva d'un bond.

— Ne sois pas ridicule, Danny. C'est humiliant pour nous deux.

— Je ne comprends pas... balbutia-t-il, dérouté.

— Tu es en train de nous rabaisser, de rabaisser notre relation, ce que nous étions l'un pour l'autre. Je t'en prie, ne me demande plus rien.

— Mais tu as de l'argent, Rosemary, des biens immobiliers, une société...

— En effet, répliqua-t-elle froidement.

— Tu as tout cela, et moi je n'ai rien. Tu n'as personne à ta charge, une foule de gens comptent sur moi.

— C'est toi qui l'as voulu.

— Si tu avais des ennuis, Rosemary, je t'aiderais.

— C'est faux. Ne dis pas cela, c'est sentimental et ce n'est pas digne de toi.

— Mais si, tu sais bien que je le ferais, s'écria-t-il. Tu es mon amie, nous devons aider nos amis.

— Nous avons tous les deux refusé d'aider Colm Barry. Il nous a demandé d'investir dans son restaurant et nous ne l'avons pas fait. Tu n'as même pas voulu y emmener des clients avant qu'il n'ait du succès.

— C'est différent.

— Non. C'est exactement pareil.

— Colm était un perdant, pas moi.

— Ce n'est plus un perdant aujourd'hui. Mais toi, tu vas le devenir, Danny, si tu commences à demander à tes maîtresses de t'aider à entretenir ta femme et ta petite amie enceinte.

— Je n'ai pas d'autres maîtresses que toi. Je n'en ai jamais eu.

— Bien sûr. Peut-être qu'Orla King est devenue une chanteuse mondialement connue et qu'elle pourra te financer. Grandis un peu, Danny.

— Je t'aime, Rosemary. Je t'ai toujours aimée. J'ai fait une erreur, voilà tout. Cela a bien dû t'arriver aussi ?

— Tu as fait deux erreurs. L'une s'appelait Ria et l'autre Bernadette.

Il esquissa un sourire.

— Pourtant, tu ne m'as pas quitté, n'est-ce pas ?

— Si c'est là ta carte maîtresse, Danny, elle n'a pas grande valeur. Je suis restée avec toi parce que je te désirais, non par amour. Nous le savons tous les deux.

— Quand bien même... Ne vois-tu pas que cela pourrait marcher ?...

Il lui indiqua de nouveau les papiers. Il avait toujours espoir qu'elle pourrait accepter de les lire et revenir sur sa décision. D'un geste ferme, elle posa son verre, lui indiquant qu'il était temps de partir.

— Rosemary, ne fais pas ça. Ecoute, nous sommes autant amis que... amants. Ne penses-tu pas que tu pourrais...

Il regarda son visage empreint de froideur, et sa voix s'éteignit.

— Si j'avais ma propre société et que tu étais ma partenaire, ma chérie, nous pourrions nous voir beaucoup plus souvent.

— Je n'ai jamais eu à payer pour faire l'amour et je n'ai pas l'intention de commencer aujourd'hui.

Elle ouvrit la porte de l'appartement dont ils avaient si longtemps rêvé. Ils avaient passé des heures en tête à tête, dressant les plans de ce qu'ils appelaient leur « petit nid d'amour », tandis qu'il s'agissait pour Barney d'un investissement immobilier de luxe et pour Ria d'un nouvel appartement destiné à sa meilleure amie.

— Tu me jettes dehors, dit-il en la regardant, la tête inclinée sur l'épaule.

— Je crois qu'il est temps que tu t'en ailles, Danny.

— Tu sais comment faire souffrir quelqu'un.

— Toi aussi. Tu ne savais pas ce que tu faisais en épousant Ria, mais tu le savais parfaitement quand tu n'as même pas pu te résoudre à me parler de Bernadette et que j'ai dû l'apprendre de la bouche de ta femme.

— Je suis désolé, murmura-t-il. Certaines choses sont si difficiles...

— Je sais.

La voix de Rosemary s'était radoucie.

— Je sais. Ça ne m'est pas facile de te laisser te débrouiller par toi-même. Mais il n'est pas question que je t'aide à entretenir deux foyers alors que je vis seule ici. Si tu ne comprends pas cela, c'est que tu ne comprends rien et que tu mérites ce qui t'arrive.

Après son départ, elle sortit sur la terrasse. Elle avait besoin d'air frais pour s'éclaircir les idées. Elle avait du mal à assimiler ce qu'elle venait de vivre. Le seul homme dont elle avait jamais été amoureuse s'était rabaissé sous ses yeux. Abandonnant son assurance habituelle, il l'avait littéralement suppliée de l'aider. Elle n'éprouvait aucun plaisir à se souvenir de son refus, aucun sentiment de pouvoir. Mais elle aurait fait preuve d'une grande faiblesse si elle lui avait donné cet argent en dépit des erreurs qu'il avait commises.

Cela ne lui procurait aucune satisfaction de le laisser sombrer. Mais elle voulait que les choses soient différentes. Que Danny la désire avec une telle intensité qu'il abandonne tout pour elle. Sans doute était-ce ce qu'elle avait toujours attendu de lui, réalisa-t-elle. Elle s'était toujours imaginé qu'elle était forte et que, comme Polly, elle serait capable de vivre sans se laisser dominer par l'amour.

Par bien des côtés, Barney et Danny se ressemblaient. C'étaient des hommes avides, ambitieux, à qui une seule femme ne pouvait suffire. Ils avaient besoin de partenaires fortes et solides, de femmes capables de les aimer passionnément sans les accabler d'exigences. Barney et Danny se croyaient tous les deux capables de conquérir le monde.

Soudain, elle se rendit compte qu'ils avaient d'autres points communs. Ils aimaient deux sortes de femmes, celles qu'ils épousaient et celles dont ils faisaient leurs maîtresses. Ils épousaient des madones, des femmes comme Mona, discrète et généreuse, ou Ria, chaleureuse et optimiste. Mais à sa grande irritation, Rosemary s'aperçut que Bernadette s'était vu attribuer le rôle de la madone, elle aussi. Elle n'avait pas réalisé auparavant à quel point cela la contrariait. Comment Bernadette avait-elle pu parvenir à ses fins ?

Etait-il possible, après tout, que Rosemary fût amoureuse de Danny ? Elle s'était répété des centaines de fois que les mots justes étaient désir et estime. L'amour n'était pas censé en faire partie. Il n'était tout de même pas possible qu'il naisse à cette phase de leur relation, alors qu'il était devenu aussi indésirable ?

En des moments pareils, Ria regrettait de n'être pas plus grande. C'était exaspérant d'être obligée de sauter en l'air, mais elle n'avait pas d'autre moyen de voir les passagers arriver. Et puis elle les aperçut. Ils traînaient un chariot sur lequel se trouvaient leurs valises, et leurs yeux balayaient la foule. Chacun d'eux tenait un sac de voyage à la main. Les sacs étaient neufs et Ria, le cœur serré, se demanda qui les leur avait offerts. C'était une bonne idée d'avoir de quoi ranger les pulls, les livres, les bandes dessinées et les jeux. Pourquoi n'y avait-elle pas pensé ?

Elle s'obligea à ne pas crier leurs noms ; ils n'auraient nulle envie de se retrouver au centre des regards. Mais elle se précipita vers un endroit d'où elle pourrait leur faire signe. Ne les serre pas trop longtemps contre toi, se recommanda-t-elle. Irritant les familles qui l'entouraient, elle agita la main. Alors ils l'aperçurent. La gorge serrée, Ria vit leurs visages s'illuminer. Ils se mirent tous les deux à courir.

— Maman ! s'écria Brian en se précipitant vers elle.

Ce fut lui qui la serra le plus longtemps dans ses bras. Elle dut le lâcher pour enlacer Annie. L'adolescente semblait plus grande, plus mince, mais ce n'était pas possible, elle n'avait pas pu changer en l'espace de quatre semaines.

— Tu es ravissante, Annie, s'exclama Ria.

— Tu nous as manqué, maman, répondit l'adolescente en la serrant dans ses bras.

Les retrouvailles étaient aussi réussies que Ria aurait pu en rêver lorsqu'elle se trouvait dans le bus, impatiente de les revoir. Elle s'était imaginé les emmener à Manhattan, leur montrer les endroits touristiques et leur offrir une croisière autour de l'île ; elle l'avait déjà fait, elle savait que c'était merveilleux. Mais elle songea qu'ils devaient être fatigués et que tout leur semblerait nouveau. Le simple fait de prendre le bus, ici, ferait figure d'aventure. Elle allait les conduire à Tudor Drive afin qu'ils puissent profiter de la piscine et découvrir leur nouvelle maison.

Si elle s'était trouvée à Tara Road, Ria aurait pu en discuter avec beaucoup d'amis au cours des journées passées. Cela aurait donné lieu à des coups de fil, des réunions autour d'une tasse de café, et le sujet aurait été discuté jusqu'à plus soif. Ici, elle n'avait personne. Il aurait semblé ridicule d'évoquer de tels problèmes devant Carlotta, Heidi, Hubie, ou John et Gerry, les deux hommes pour qui elle travaillait. A présent, Ria prenait ses décisions seule. Elles ne faisaient plus l'occasion de longues discussions devant un café et des sablés.

— Nous rentrons directement à Westville, déclara-t-elle, glissant un bras autour de leurs épaules. J'ai envie de vous montrer la maison.

Ils semblèrent enchantés. Le cœur léger et heureux, Ria entraîna sa petite famille en direction du bus.

Heidi fixait l'écran de son ordinateur avec stupéfaction. Marilyn lui avait envoyé un message de Dublin.

Chère Heidi,

J'ai trouvé un cybercafé et j'ai décidé d'en profiter. Merci beaucoup pour tes lettres, c'est gentil de m'envoyer de vos nouvelles. Henry et toi me manquez. Je voudrais te dire une multitude de choses concernant Dublin et la façon dont les gens vivent ici. Je suis allée visiter Trinity College, un endroit superbe situé au beau milieu de la ville, comme si Dublin avait été construit tout autour. Je suis heureuse d'apprendre que tu as sympathisé avec Ria ; elle semble être une excellente cuisinière et une merveilleuse hôtesse. Ses enfants prennent l'avion pour

Tudor Drive aujourd'hui : une adolescente très brillante qui s'appelle Annie et a juste un an de moins que Dale, et Brian, qui ressemble à un héros de bande dessinée. Ils vont me manquer. Peut-être pourrais-tu les inviter quelque part ? Si un cirque, une star de rock ou un show américain se produisaient dans le quartier, par exemple... Je crains qu'ils ne trouvent Tudor Drive ennuyeux après Dublin et je voudrais vraiment qu'ils passent de bonnes vacances. Je t'en serais très reconnaissante, Heidi. Tu ne peux malheureusement pas me répondre par courrier électronique ici, mais je t'écrirai de nouveau.

Avec toute mon amitié,
Marilyn

Heidi lut trois fois le texte affiché sur l'écran. Puis elle l'imprima pour le rapporter chez elle et le montrer à son mari. Marilyn désirait que ses amis se mêlent de son existence ! Elle craignait que Tudor Drive ne soit un peu ennuyeux pour deux enfants inconnus ! Mais le plus stupéfiant, c'était qu'elle ait fait allusion à Dale. Elle avait bel et bien mentionné son nom.

Polly entendit la clef de Barney dans la serrure. Il semblait un peu fatigué, mais pas autant qu'il aurait dû l'être étant donné tout ce qu'il subissait.

— Entre, mon pauvre chéri, l'accueillit-elle avec un sourire chaleureux.

— Les nouvelles ne sont pas bonnes, Polly.

— Je sais. Ecoute, j'ai acheté les journaux du soir, j'ai commencé à consulter les offres de location.

Il posa sa main sur la sienne.

— J'ai tellement honte, Polly. D'abord ta société, et maintenant ton appartement.

— Ils n'ont jamais été à moi, Barney. Ils t'appartenaient.

— Ils nous appartenaient à tous les deux.

— Alors, quand dois-je partir ?

— Le 1er septembre.

— Et ta villa ?

— Elle est au nom de Mona.

— Tout comme cet appartement est à mon nom.
— Je sais.
Il semblait profondément abattu.
— Fait-elle preuve d'autant de bonne grâce que moi ? Renonce-t-elle à tout sans protester ?
— Je l'ignore. Elle n'est pas encore au courant de tout, tu comprends.
— Elle va l'apprendre cette semaine, la société va être placée en liquidation judiciaire.
— Oui. Nous remonterons la pente, Polly, nous l'avons toujours fait.
— Je crains que cela ne soit plus dur, cette fois-ci.
— On nous incite à prendre des risques, on nous conseille d'être audacieux, entreprenant, et quand c'est le cas on nous laisse sur le pavé.
Il semblait amer.
— Qui ? Les banques ?
— Oui, les banques, les consortiums, les urbanistes, les architectes, les hommes politiques...
— Vas-tu aller en prison ?
— Non, c'est impossible.
— As-tu de l'argent à l'étranger ?
— Non, Polly, presque rien. J'étais trop sûr de moi, tu comprends, je me suis laissé prendre à mon propre piège. J'ai tout rapatrié pour réaliser des projets comme le numéro 32 Tara Road et le complexe immobilier Lara. Et regarde où cela m'a mené.
— En parlant de Tara Road...
— Ne m'en parle pas, Polly. Je redoute presque autant de leur parler que de parler à Mona.

Ils bavardèrent pendant tout le trajet en bus.
Il y avait un chanteur célèbre dans l'avion, en première classe, déclarèrent-ils. Annie l'avait vu en allant visiter la cabine de pilotage. Elle lui avait demandé de signer son menu. Annie l'avait aperçu la première, mais il avait bien compris que Brian était déçu et il lui en avait signé un autre. Et les pilotes de l'avion se contentaient de rester assis sans

rien faire ; il y avait au sol un radar et un ordinateur qui s'occupaient de tout. Ils n'avaient pas eu besoin de payer pour le Coca, le Pepsi ou l'Orangina, c'était gratuit.

Grand-mère allait bien. Ils n'avaient pas vu Hilary mais, apparemment, Martin et elle cherchaient une nouvelle maison. Gertie les avait chargés de transmettre un message à leur mère, mais Brian ne se souvenait plus de quoi il s'agissait.

— Elle nous a demandé de te dire que Jack ne la battait pas, déclara l'adolescente.

Ria sursauta. Brian dévisagea sa sœur avec curiosité.

— Elle n'a pas dit ça, je m'en souviendrais, protesta-t-il.

— C'est une plaisanterie, intervint Ria.

Interprétant son intonation, Annie renchérit :

— Bien sûr que c'est une plaisanterie. Tu n'as aucun sens de l'humour, Brian. Gertie nous a demandé de te dire que tout allait bien à la blanchisserie. Elle était sûre que tu serais ravie de l'apprendre.

Ria adressa un sourire à sa fille ; celle-ci mûrissait.

— Et comment va votre père ? demanda-t-elle d'un ton léger.

— Il a des soucis, répliqua l'adolescente.

— Il est ruiné, déclara Brian.

— Je suis navrée de l'apprendre.

Ria savait que le sujet était épineux et qu'elle devait s'en éloigner aussi rapidement que possible.

— Regardez. Je vous ai apporté une carte pour vous montrer où nous allons.

Elle leur indiqua la route que suivait le bus, mais ses pensées ne cessaient de revenir à ces deux phrases. Il avait des soucis et il était ruiné. Danny n'était ni l'un ni l'autre du temps où il vivait avec elle. Quel imbécile ! Quel imbécile de les avoir quittés — les enfants et elle — et de ne pas être heureux comme il l'espérait, mais ruiné et soucieux.

Ils ne parvenaient pas à croire que leur mère était capable de conduire du côté droit de la route.

— Cela devient un automatisme.

Ils adorèrent la villa au premier coup d'œil.

— Regardez, on dirait la piscine d'une vedette de cinéma ! s'exclama l'adolescente.

— On peut nager tout de suite ? demanda Brian.

— Pourquoi pas ? Je vais vous montrer vos chambres, et nous irons tous nous mettre en maillot de bain.

— Tu vas nager, toi aussi ? s'étonna Annie.

— Oh, je nage deux fois par jour.

Avec le premier salaire que lui avait versé le traiteur, elle s'était acheté un ravissant maillot de bain. Elle avait hâte de le montrer aux enfants.

— Annie, voici ta chambre. J'y ai mis un bouquet de fleurs, et tu as beaucoup de tiroirs et de penderies... Toi, Brian, tu dormiras ici.

Ils jetèrent leurs valises sur les lits et commencèrent à sortir leurs vêtements. Ria fut touchée de voir que la liste envoyée par Internet au bureau de Danny était scotchée à l'intérieur de la valise de sa fille.

— Est-ce papa qui vous a aidés à faire vos bagages ? demanda-t-elle.

— Non, c'est Bernadette. Tu ne reconnaîtrais plus papa, tu sais... Il s'est à peine aperçu que nous partions.

— Et tu crois qu'il est ruiné ?

— Je ne sais pas, maman. Il en parle beaucoup, mais si c'était vraiment le cas, il te le dirait, n'est-ce pas ?

Ria garda le silence.

— Il te le dirait forcément, maman.

— Oui, bien sûr. Allez, changeons-nous et allons nager.

Brian avait déjà enfilé son maillot de bain et explorait la maison. Il ouvrit la porte de la chambre de Dale. Ria avait eu l'intention de la fermer à clef jusqu'au moment où elle pourrait leur expliquer la situation.

— Hé, regardez ! s'exclama le petit garçon avec stupéfaction, en désignant les affiches accrochées aux murs, les livres, la chaîne hi-fi, les vêtements, les coussins et la couette sur le lit. Quelle chambre géniale !

— Je dois vous expliquer... commença Ria.

Annie était entrée, elle aussi. Elle effleurait les photos encadrées sur les murs.

— C'est vrai qu'il est mignon, hein ? demanda-t-elle.

— Et ça, ça doit être la pièce de théâtre de l'école... Oui, il est là !

— Je dois vous parler de cette chambre, intervint leur mère.

— C'est la chambre de Dale, je sais, répliqua Annie avec désinvolture.

— Mais ce que vous ignorez, c'est qu'il ne reviendra pas.

— Bien sûr que non. Il est mort, il s'est tué dans un accident de moto, déclara Brian.

— Comment le savez-vous ?

— Marilyn nous a tout raconté. Est-ce qu'on distingue son appareil dentaire ? Regarde, on voit juste des petits points.

Annie examinait une photographie où Dale était occupé à pelleter de la neige.

— C'était sûrement le jour de la tempête de neige... quand Dale a dégagé un chemin devant la maison au beau milieu de la nuit pour leur faire une surprise.

— Elle vous a raconté tout ça ? demanda Ria, stupéfaite.

— Mais oui. Pourquoi nous as-tu dit qu'il était à Hawaï ? demanda l'adolescente.

— Pour ne pas nous faire de peine ? renchérit Brian.

— J'avais mal compris, répliqua humblement Ria.

— C'est typique de toi, maman, répliqua Annie comme si elle n'était nullement surprise, mais que ce n'était pas non plus très important. Allons nager. Tu es beaucoup plus bronzée que nous, mais nous allons nous rattraper, n'est-ce pas, Brian ?

— Tu parles !

Gertie passait devant l'immeuble situé au numéro 32 Tara Road lorsque Rosemary en sortit.

— Cela tombe bien, je voulais justement te voir, s'exclama celle-ci.

Gertie fut surprise. Rosemary manifestait rarement le désir de la rencontrer, et quand c'était le cas elle semblait éprouver un profond mépris pour la vie que menait Gertie. En outre, si elle avait voulu la contacter, il y avait le téléphone à la laverie. La vie souriait à Gertie depuis quelque temps. Cela faisait des semaines que Jack n'avait pas touché une goutte d'alcool, et il avait même repeint les murs du local. Leurs enfants étaient rentrés à la maison, sur leurs gardes, inquiets, mais au moins ils étaient rentrés.

— Eh bien, me voilà, répliqua-t-elle d'un ton gai.

— Je me demandais à quelle date Annie et Brian partaient pour les Etats-Unis. Ria m'a envoyé un courrier électronique et m'a dit qu'une grande réception allait se dérouler dans l'université de la ville où elle se trouve. J'ai envie de lui donner quelques robes, des vêtements que je ne mets plus. Ils lui seront peut-être utiles. Elle n'a rien de très habillé.

Quand Rosemary s'adressait à vous, songea Gertie, ses yeux semblaient toujours vous balayer de bas en haut. Elle commençait par les pieds et remontait jusqu'au sommet du crâne, comme une institutrice examinant ses élèves pour déterminer s'ils étaient aptes à participer à un défilé. Gertie s'en était aperçue des années plus tôt. L'œil de Rosemary semblait toujours s'attarder sur la tache de la salopette de nylon rose, ou sur ses cheveux lorsqu'ils étaient sales et qu'elle n'avait pas eu le temps de les coiffer.

— Mais ils sont déjà partis, répliqua Gertie. Ils ont pris l'avion avant-hier.

Rosemary en fut irritée.

— Je l'ignorais, répliqua-t-elle.

— Il a toujours été prévu qu'ils partent le 1er août. Tu ne t'en souvenais pas ?

— Non. Comment pourrais-je me souvenir de tout ? Ils ne sont même pas venus me dire au revoir.

— A moi, si.

Gertie avait peu de raisons de se réjouir, aussi avait-elle bien l'intention de profiter de celle-là.

— J'étais peut-être sortie.

— Peut-être, répondit Gertie en teintant sa voix d'incrédulité.

— Et où vas-tu comme ça ? dcmanda Rosemary pour changer de sujet.

— Je vais avoir une matinée bien remplie. J'ai embauché une jeune femme pour faire du repassage et je vais proposer à Colm de prendre ses nappes et ses serviettes. Nous nous occupons déjà de ses torchons de cuisine.

— Oh, je pense que dans un restaurant comme le sien, les nappes et les serviettes doivent être impeccables, surtout pendant la semaine du Salon hippique, répliqua Rosemary, assenant une douche froide à Gertie.

— C'est à lui d'en décider. Après cela, j'irai chez Marilyn pour cirer le plancher et faire du repassage. Puis elle m'emmènera en voiture dans un magasin qui vend des enseignes lumineuses bon marché ; je vais en installer une au-dessus de la laverie.

Gertie semblait si heureuse de ses modestes projets que Rosemary ne put s'empêcher d'en être émue. Gertie, qui était une ravissante jeune femme à l'époque où elle travaillait avec Ria chez Polly, voici bien longtemps, et qui avait tout sacrifié pour un ivrogne.

— Et Jack, comment va-t-il ?

— Très bien, Rosemary, merci. Il a totalement arrêté de boire et ça lui réussit à merveille, répondit Gertie avec un immense sourire.

Hubie téléphona à Ria afin de lui demander s'il pouvait venir souhaiter la bienvenue à Annie.

— A Brian aussi, évidemment, ajouta-t-il après réflexion.

— Mais bien sûr, Hubie. Ils se plaisent beaucoup ici, tous les deux, et ils s'exercent tous les soirs au jeu vidéo que tu leur as donné.

— Super.

L'attirance qu'il éprouvait pour la blonde et ravissante Annie était manifeste.

— Tu es encore plus mignonne que sur la photo, s'exclama-t-il.

— Merci, c'est gentil, répondit l'adolescente.

Où Annie, qui n'avait pas encore quinze ans, avait-elle appris à manifester une telle assurance ? se demanda Ria. Elle n'avait certainement pas pris exemple sur sa mère, qui était encore incapable d'accepter le moindre compliment. Peut-être était-ce l'influence de Danny, qui parvenait à conserver son sang-froid en toutes circonstances. Ria était très inquiète d'avoir entendu les enfants affirmer qu'il était ruiné et soucieux.

Pendant que Hubie, Brian et Annie allaient faire quelques brasses dans la piscine, elle décida d'appeler Rosemary. En Irlande, il était vingt et une heures. Son amie se trouverait dans son élégant appartement. Peut-être devant son bureau, en train de rédiger son courrier. Ou bien arrosait-elle les plantes sur la terrasse ? A moins qu'elle ne soit occupée à servir à quelques invités l'un des succulents repas qu'elle semblait préparer sans le moindre effort ? Ou peut-être se trouverait-elle au lit avec un amant ?

Cet été-là, Ria s'était rendu compte pour la première fois que la vie de Rosemary, en apparence si parfaite, devait comporter de nombreux moments de solitude. Lorsqu'on vit seul, son existence n'est pas régentée par les autres ; il faut faire des choix. Et si l'on n'en fait pas, on reste seul chez soi, en tête à tête avec les murs. Il n'y avait rien de surprenant à ce que Rosemary ait passé autant de temps chez eux.

Mais personne ne répondit. Peut-être son amie dînait-elle chez Quentin, ou chez Colm ? Il était même possible que Marilyn l'accompagne. Elles semblaient avoir sympathisé et avaient assisté ensemble à un défilé de mode organisé par Mona.

— Rosemary, c'est Ria à l'appareil. Rien de très important, j'avais juste envie de bavarder. Les enfants sont arrivés et tout se passe à merveille. Je voulais te demander si la société de Barney et de Danny était en difficulté. Je ne peux pas en parler à Danny, comme tu l'imagines, et je me suis dit que tu saurais ce qu'il en était. Ne me rappelle pas, si tu as quoi que ce soit à me dire à ce sujet, je ne veux pas que les enfants soient au courant. Mais tu comprends, ma situation est un peu délicate ici, et tu es la seule à qui je puisse poser la question.

Barney avait demandé à Danny de le retrouver chez Quentin.

— Nous ne pouvons pas y aller, Barney. Nous leur devons de l'argent, tu ne t'en souviens pas ?

— Bien sûr que si. J'ai réglé la facture, et j'ai promis à Brenda de payer en liquide ce soir.

— Dois-je venir avec ou sans Bernadette ?

— Sans. A vingt et une heures, d'accord ?

Puis il raccrocha.

Peut-être Barney, au dernier moment, avait-il sorti une carte maîtresse de sa manche ? C'était le roi des combines et des magouilles. Autrefois jeune cuistot sur des chantiers en Angleterre, il était devenu l'agent immobilier et le promoteur le plus réputé d'Irlande. Il était inconcevable de penser qu'une semaine plus tard la société serait déclarée en faillite, ce qui était pourtant prévu.

Danny mit sa veste la plus élégante et sa cravate la plus colorée. L'homme que Barney allait lui présenter devait le voir sous son jour le plus enthousiaste, sans aucun défaitisme. Cela faisait des années que Danny était en représentation ; dans l'immobilier, c'était la clef de l'achat et de la vente. Ce soir, il allait jouer son rôle le plus important. Tant de choses en dépendaient !

— Je rentrerai peut-être tard, ma chérie, annonça-t-il à Bernadette. Le grand chef m'a convoqué, il semblerait que l'on entrevoie enfin le bout du tunnel.

— J'en étais sûre, dit-elle.

Brenda Brennan entraîna Danny en direction de l'alcôve. Le jeune homme s'était douté qu'ils seraient attablés là. L'homme qu'il allait rencontrer ne voudrait peut-être pas être vu en compagnie de McCarthy et de Lynch. Leurs noms n'avaient pas bonne presse en ce moment. Il fut surpris de ne voir que Barney. Personne d'autre n'était encore arrivé. Il fut encore plus surpris de constater que la table était mise pour deux.

— Assieds-toi, Danny, dit Barney. Le jour que nous redoutions tant est arrivé.

— Nous avons tout perdu ? murmura Danny.

— Tout, y compris le numéro 16 Tara Road, répondit Barney.

Rosemary, elle aussi, dînait chez Quentin en compagnie de son comptable, de son directeur général et des propriétaires d'une multinationale qui souhaitaient racheter son imprimerie. Etant à l'initiative de la rencontre, ils lui proposaient des conditions très alléchantes, mais avaient du mal à la convaincre qu'elle devait s'estimer heureuse de l'intérêt qu'ils lui portaient.

L'un était américain, l'autre anglais, mais ils savaient que cela n'avait rien à voir avec la difficulté qu'ils éprouvaient à comprendre cette ravissante Irlandaise vêtue d'un tailleur haute couture.

— Je ne crois pas qu'une telle occasion se représentera, affirma l'Anglais.

— Non, c'est vrai. Personne n'a autant envie de racheter mon imprimerie que vous, répliqua-t-elle en souriant.

— Et, à part nous, personne n'en a envie ou n'a suffisamment d'argent pour le faire. Vous n'êtes donc pas en situation de faire monter les enchères, rétorqua l'Américain.

— C'est exact.

Rosemary avait vu Danny rejoindre Barney dans l'alcôve. Personne ne les avait rejoints. C'était mauvais signe. Si elle acceptait la proposition des deux hommes et qu'elle vendait sa société, elle pouvait les sauver, elle le savait. C'était grisant de penser qu'elle détenait un tel pouvoir. Un instant, elle perdit le fil de ce que disaient ses interlocuteurs.

— Je vous demande pardon ?

— Nous étions juste en train de dire que le temps passe et qu'à l'approche de la quarantaine vous aviez peut-être envie de vous laisser vivre, de vous reposer après avoir travaillé aussi dur. De souffler un peu, de partir en croisière, de profiter de la vie.

C'était une erreur de dire cela à Rosemary. Elle ne se considérait pas comme une femme qui se laisse vivre. En outre, des inconnus n'avaient pas à lui rappeler qu'elle approchait de la quarantaine. Elle les dévisagea en souriant.

— Revenez me voir dans dix ans. Vous aurez sans doute calculé que j'atteindrai le demi-siècle. Contactez-moi de nouveau à cette époque-là, d'accord ? Cela a été un véritable plaisir de bavarder avec vous.

Elle avait du mal à se concentrer sur ses paroles : elle venait de voir Barney, livide, se précipiter hors du restaurant. Danny ne l'accompagnait pas. Il devait encore se trouver dans l'alcôve où dînaient les clients qui souhaitaient discuter en toute intimité. Rosemary ne le sauverait pas de la faillite, mais elle ne le laisserait pas seul après le choc qu'il venait de subir.

— Messieurs, je vais vous laisser finir seuls votre café et votre cognac. Je vous suis reconnaissante de l'intérêt que vous portez à ma société mais, comme vous l'avez dit, le temps passe et je ne peux me permettre d'en faire mauvais usage. Au revoir.

Avant même que les hommes aient eu le temps de se lever, elle était partie.

— Rosemary ?

— Un cognac ?

— Que fais-tu ici ?

— As-tu dîné ?

— Non, nous n'avons pas eu le temps de manger quoi que ce soit.

Elle commanda un grand cognac, une soupe, du pain aux olives, ainsi qu'une bouteille d'eau minérale pour elle.

— Arrête de jouer les infirmières, je ne veux pas manger. Je t'ai demandé ce que tu faisais ici ?

— Il faut que tu manges, tu viens de subir un choc. Je dînais à une autre table et j'ai vu Barney s'en aller... C'est pour cela que je suis venue.

— J'ai perdu la villa.

— J'en suis désolée.

— C'est faux, Rosemary, tu es enchantée.

— Tais-toi... Cesse de t'apitoyer sur toi-même et de m'attaquer. Qu'ai-je jamais fait pour te nuire, alors que j'ai trahi ta femme, ma meilleure amie, en couchant avec toi ?

— C'est un peu tard pour éprouver des remords. Tu savais parfaitement ce que tu faisais à l'époque.

— C'est vrai. Tout comme tu savais ce que tu faisais en magouillant avec Barney.

— Pourquoi es-tu venue ?

— Pour te ramener à la maison.

— La tienne ou la mienne ?

— La tienne. Je suis venue en voiture, je vais te reconduire.

— Je ne veux pas de ta pitié, et je ne veux pas de cette soupe ! s'écria-t-il alors que le serveur posait une assiette devant lui.

— Mange, Danny. Tu n'as plus toute ta raison.

— Qu'est-ce que ça peut bien te faire ?

— Cela me préoccupe parce que tu es un ami. Plus qu'un ami.

— J'ai dit à Barney que je ne voulais plus jamais le revoir. Tu as raison, je n'avais pas toute ma tête.

— Tu as parlé sous le coup de la colère, voilà tout. Cela ne prêtera pas à conséquence.

— Mais si. Certaines choses sont impossibles à oublier.

— Allons... Nous nous sommes disputés l'autre soir et nous voici en train de discuter comme deux vieux amis. Ce sera la même chose avec Barney.

— Non. Il est affreusement mesquin. Il m'avait dit avoir réglé la note du restaurant et il ne l'avait pas fait.

— Pourquoi voulait-il te parler ici ?

— Il prétendait vouloir se trouver en terrain neutre. Mais il n'a fait que m'humilier devant les Brennan, un couple que je connais et que j'estime.

— A combien s'élève la facture ?

— Plus de six cents livres.

— Je vais la régler.

— Je ne veux pas que tu me fasses la charité. Je veux que tu investisses, je te l'ai déjà dit.

— Je ne peux pas, Danny. C'est impossible.

Du coin de l'œil, elle vit les quatre hommes s'en aller. Le directeur général et le comptable de l'imprimerie, ainsi que les deux hommes d'affaires qui lui avaient vainement proposé une énorme somme d'argent, plus qu'il n'en fallait pour sauver Danny et laisser amplement à Rosemary de quoi vivre. Elle adressa un signe à Brenda. Cela faisait longtemps que les deux femmes se connaissaient.

— Brenda, il y a un malentendu, une vieille facture qui n'a jamais été réglée. Voici ma carte. Inutile d'envoyer le reçu à Barney McCarthy, c'est Danny qui règle la note, si vous comprenez ce que je veux dire.

Brenda comprenait parfaitement.

— La table a été réservée à votre nom, Mr Lynch. Dans le cas contraire, Mr McCarthy n'aurait jamais pu obtenir une réservation, dit-elle d'un ton sec. A son arrivée, il a affirmé qu'il était votre invité.

— Ce qui s'est avéré être le cas, conclut Rosemary.

— Passe devant le numéro 16, veux-tu, demanda Danny.

— Cesse de te faire du mal.

— Je t'en prie. Cela ne nous oblige pas à faire un détour.

Ils remontèrent Tara Road depuis son extrémité, tournant à l'angle de la rue où se trouvait la laverie de Gertie.

— Regarde, elle a installé une enseigne lumineuse. Chez Gertie. Quel nom stupide ! s'exclama Rosemary.

— C'est mieux que si elle l'avait appelée Chez Gertie et Jack, je suppose.

Il parvint à esquisser un pâle sourire.

Ils passèrent devant le numéro 68, la maison de retraite.

— Ils dorment tous et il n'est même pas vingt-deux heures, remarqua la jeune femme.

— Ils se couchent à dix-neuf heures. Imagine un peu, je n'aurai même pas les moyens d'y vivre quand je serai vieux et sénile.

Puis ils passèrent devant le petit pavillon de Nora, au numéro 48.

— Ce doit être l'heure de la promenade de Bobby,

déclara Danny. Il adore aller faire sa crotte là où ça ennuie le maximum de monde.

Cette réflexion leur arracha un petit rire. Déjà ils passaient devant le numéro 32, le superbe immeuble où ils avaient passé tant d'heures ensemble. Au numéro 26, Frances et Jimmy sortaient leurs poubelles.

— Kitty est enceinte, le savais-tu ? demanda Rosemary.

— Ce n'est pas possible ! C'est encore une gamine. Elle a l'âge d'Annie.

Il était stupéfait.

— Je ne te le fais pas dire, répliqua Rosemary.

Ils étaient arrivés devant le numéro 16, et Danny déclara :

— C'est une villa superbe. Elle le sera toujours, mais je n'y vivrai jamais plus.

— Tu as déjà déménagé, lui rappela Rosemary.

— Je n'aime pas du tout cette femme, Marilyn. Je ne supporte pas l'idée qu'elle passe là les dernières semaines pendant lesquelles la maison m'appartient encore.

— Elle m'a prise en grippe, déclara Rosemary. Elle était parfaitement agréable au début mais à présent, je ne sais pas pourquoi, elle est froide au point d'en être discourtoise.

— C'est une folle.

Ils passèrent devant le restaurant de Colm.

— Il y a beaucoup de voitures, remarqua-t-il. Nous avons été idiots de ne pas lui donner un coup de pouce. Regarde où j'en serais ce soir si je possédais une part de ce restaurant.

— Nous n'avons pas été idiots, nous avons été prudents.

— Toi, peut-être. Moi, je n'ai pas été prudent, je me suis trompé, voilà tout, déclara Danny.

— Je sais. Comment se faisait-il que tu me plaises à ce point ? murmura Rosemary d'un ton songeur.

— Peux-tu faire demi-tour ?

— Pourquoi ? Nous sommes sur la bonne route.

— Je veux aller chez toi. S'il te plaît.

— Non, Danny, ce serait absurde.

— Rien n'a jamais été absurde entre nous. Je t'en prie, Rosemary. Ce soir, j'ai besoin de toi. Ne m'oblige pas à te supplier.

Elle le regarda. Elle n'avait jamais pu lui résister. Elle se félicita de ce que l'attirance qu'elle éprouvait pour lui ne l'ait pas conduite à vendre sa société. Et il la désirait. Il l'avait toujours désirée plus que Ria et que l'étrange jeune femme avec qui il vivait aujourd'hui. Elle fit demi-tour dans l'allée du restaurant de Colm et reprit le chemin du numéro 32.

Nora, qui promenait Bobby avant d'aller dormir, vit Son Altesse Rosemary Ryan passer en voiture sur la route. Un homme se trouvait sur le siège du passager. Elle plissa les yeux sans parvenir à l'identifier. L'espace d'un instant, elle crut reconnaître Danny. Mais beaucoup d'hommes lui ressemblaient. Elle aimait bien Danny autrefois, et adorait qu'il l'appelle Holly. Le jour où elle l'avait rencontré, elle l'avait trouvé séduisant. Mais en fait, ce n'était qu'un homme dénué de vraie classe.

Danny enlaça Rosemary avant même qu'elle n'ait glissé la clef dans la serrure du numéro 32.

— Ne sois pas idiot, siffla-t-elle. Nous avons été prudents pendant si longtemps... Ne gâche pas tout maintenant.

— Toi, Rosemary, tu me comprends ; tu es la seule.

Ils prirent l'ascenseur. Dès qu'elle eut refermé la porte de l'appartement, il la prit dans ses bras.

— Danny, arrête.

— Tu ne dis pas ça d'habitude, murmura-t-il en l'embrassant dans le cou.

— Je n'ai pas non plus pour habitude de refuser de sauver ta société.

— Mais tu m'as dit que c'était impossible, que tu ne pouvais pas débloquer tes fonds.

Il essayait de l'empêcher de se dégager.

— Non, Danny, il faut que nous parlions.

— Nous n'avons jamais eu besoin de parler dans le passé.

Elle vit clignoter le voyant lumineux du répondeur, mais décida de ne pas écouter le message. Peut-être l'un des deux hommes avec qui elle avait dîné faisait-il monter son offre ? Danny ne devait jamais savoir quelle somme elle avait déclinée au restaurant, à quelques mètres de lui.

— Et Bernadette ?
— Il est tôt. Elle ne m'attend pas encore.
— C'est insensé.
— Cela a toujours été insensé, murmura-t-il. Insensé, dangereux et merveilleux.
Plus tard, ils prirent une douche ensemble.
— Bernadette ne va pas s'étonner que tu sentes le savon au santal ? demanda Rosemary.
— J'achète toujours le même que le tien pour notre salle de bains.
Il ne semblait pas particulièrement fier de sa ruse ; il avait simplement l'esprit pratique.
— Ria avait toujours le même savon que moi, je m'en souviens, dit-elle. A l'époque, je croyais qu'elle m'imitait. Mais c'était toi ! Eh bien !
Après avoir enfilé un peignoir blanc, elle se regarda dans la glace. Elle n'avait pas l'air d'une femme dont le temps est compté ou qui approche de la quarantaine. Jamais ces hommes ne mettraient la main sur sa société.
— Je vais t'appeler un taxi, déclara-t-elle.
— Ce soir, j'avais besoin d'être avec toi.
— J'imagine que moi aussi, en un sens, sinon je ne t'aurais pas laissé venir. Je ne fais rien par pure gentillesse.
— Je l'ai remarqué, répliqua-t-il sèchement.
Elle appela une compagnie de taxis en leur donnant son numéro de carte bancaire.
— N'oublie pas de leur demander de te déposer au bout de ta rue, et non devant ta villa. Moins ces chauffeurs en savent, mieux c'est.
— Oui, chef.
— Cela va s'arranger, Danny.
— J'aimerais savoir comment.
— Parle à Barney demain. Vous êtes dans le même bateau, vous ne gagnerez rien à vous disputer.
— Tu as raison, comme d'habitude. Je vais attendre le taxi en bas.
Il la serra tout contre lui. Par-dessus son épaule, il vit clignoter le voyant lumineux du répondeur.

— Tu as un message, annonça-t-il.

— Je l'écouterai plus tard. C'est sans doute ma mère, qui exige que je trouve un homme respectable et que je l'épouse.

Inclinant la tête sur son épaule, il lui adressa un grand sourire.

— Je devrais te le souhaiter, je le sais bien, mais en fait j'espère vraiment que tu ne le trouveras jamais.

— Ne t'inquiète pas. Même si cela se produisait, j'imagine que nous continuerions à nous voir derrière son dos, comme nous l'avons toujours fait.

A Tudor Drive, l'état de grâce se prolongeait. Bien que Ria déployât mille précautions, elle avait peine à le croire. Sean et Kelly devinrent rapidement amis avec Annie et Brian.

— Je voudrais que Sean soit plus jeune, se plaignit Brian. Ce devrait être le contraire. Kelly est gentille, mais c'est une fille.

— Moi, je suis ravie que Sean n'ait pas ton âge. Je trouve qu'il est très bien comme ça, répondit Annie en riant.

Ria ouvrit la bouche pour recommander à sa fille de ne rien faire d'irréfléchi simplement parce que Hubie et Sean se disputaient son attention, mais elle décida de garder le silence. Toutes les semaines durant lesquelles elle avait dû réfléchir avant de parler portaient enfin leurs fruits. Il lui avait été profitable d'apprendre à vivre dans un milieu entièrement différent, où on la jugeait d'après ses actes et ses paroles et non simplement dans le contexte d'une longue amitié. Ria avait le sentiment d'avoir mûri comme elle n'aurait pu le faire à Tara Road. Après tout, elle n'avait jamais vécu seule ; elle était partie de chez sa mère pour s'installer avec Danny. Il ne s'était pas écoulé de temps entre les deux, comme c'était le cas pour certaines jeunes femmes. Rosemary, par exemple.

Cette dernière lui avait envoyé un courrier électronique où elle affirmait que Dublin fourmillait de rumeurs et qu'il était impossible de distinguer la vérité de la fiction, mais qu'il en avait toujours été ainsi. Si elle découvrait quoi que ce soit, elle en parlerait à Ria. Et, bien sûr, si la situation avait été grave, Danny le lui aurait dit. Elle ajoutait que les enfants étaient partis sans lui dire au revoir, et que c'était bien dommage parce qu'elle avait eu l'intention de lui faire parvenir deux robes pour le pique-nique de l'université.

— Vous n'avez pas dit au revoir à Rosemary ? leur demanda Ria avant de partir chez le traiteur.

L'adolescente haussa les épaules.

— Nous l'avons oubliée, répliqua Brian. Nous sommes allés voir toutes les autres.

Il semblait penser qu'ils avaient négligé une source de revenus.

— Elle ne t'aurait pas donné un sou, Brian, rétorqua sa sœur.

— Tu n'aimes pas Rosemary, n'est-ce pas, Annie ? demanda Ria, surprise.

— Toi, tu n'aimes pas Kitty, rétorqua la jeune fille.

— C'est différent. Kitty a une mauvaise influence sur toi.

— Son Altesse Rosemary aussi, maman, quand elle te donne ses vieilles robes. Tu peux gagner de quoi acheter tes propres vêtements, tu n'es pas obligée de porter ceux qu'elle met au rebut.

— Merci, Annie, c'est vrai. Vous pourrez vous débrouiller seuls ? Je ne serai absente que trois heures.

— C'est vraiment drôle de te voir partir au travail, maman ! Tu ressembles à une personne normale, s'exclama Brian.

Ria prit la route pour se rendre chez John et Gerry, les mains crispées de rage sur le volant. Voilà tous les remerciements qu'elle recevait pour être restée à Tara Road afin qu'ils aient un vrai foyer ! Danny la quittait en affirmant qu'elle était ennuyeuse et qu'ils n'avaient rien à se dire, Annie pensait qu'elle était pitoyable et Brian qu'elle était anormale. Eh bien, elle allait se transformer en femme d'affaires accomplie.

Elle gara la voiture dans un grand crissement de freins et se dirigea d'un pas décidé vers les cuisines.

— Avez-vous pensé à préparer des pâtisseries spécialement destinées à la venue des anciens élèves ? lança-t-elle d'une voix sonore.

Les deux hommes levèrent la tête, stupéfaits.

— Non, à ce que je vois, poursuivit-elle. Eh bien, je suggère que nous en ayons de deux sortes : l'une décorée d'un rouleau de parchemin, l'autre de deux mains nouées en symbole d'amitié.

— Des pâtisseries spécialement destinées au week-end ? répéta Gerry d'une voix lente.

— Tout le monde aura des invités : n'auront-ils pas envie de quelque chose de particulier ? De quelque chose de symbolique ?

— Oui, mais...

— Alors, nous ferions mieux de nous y mettre tout de suite, non ? Je pourrais m'occuper de concevoir les affiches et les prospectus et demander à mes enfants d'aller les distribuer.

Ils la dévisageaient en silence, bouche bée.

— Vous n'êtes pas de cet avis ? murmura Ria, craignant d'être allée trop loin.

— Si, tout à fait, répliquèrent d'une seule voix John et Gerry.

— J'ai beaucoup de mal à te voir en tête à tête, se plaignit Hubie à Annie. Le week-end dernier, il y a eu cette soirée avec une foule d'autres garçons, et depuis Sean te suit partout comme ton ombre. Le week-end prochain, il y aura la réception des anciens élèves, et puis tu iras quelques jours chez les Maine

— Il nous reste beaucoup de temps.

Ils étaient étendus au bord de la piscine et faisaient naviguer un bateau en papier de l'un à l'autre en agitant l'eau de leurs mains. Brian s'entraînait à faire des paniers de basket.

— Je pourrais peut-être t'emmener à New York ? demanda Hubie.

— Ce ne serait pas une bonne idée. Maman tient beaucoup à nous faire visiter la ville elle-même.

— Tu ne lui dis jamais non, Annie ? Tu ne fais jamais ce dont tu as envie ?

— Si, souvent. Mais pas en ce moment. Elle traverse une période difficile. Mon père l'a quittée pour une fille à peine plus âgée que moi, tu comprends. Ça doit lui donner l'impression d'être centenaire.

— Je comprends, bien sûr. Mais nous pourrions aller ailleurs, dans ce cas ?

Il brûlait d'envie qu'ils se retrouvent en tête à tête.

— Ecoute, Hubie, cela me ferait très plaisir, mais pas maintenant. Nous venons juste d'arriver, d'accord ?

— D'accord.

— Encore une chose. J'ai éçrit à Marilyn et maman m'a demandé de ne pas lui dire que tu venais ici.

— Marilyn ?

— Mrs Vine. Nous sommes chez elle, tu le sais.

— Tu l'appelles Marilyn ?

— Elle me l'a demandé.

— Tu l'aimes bien ?

— Oui, elle est merveilleuse.

— Tu te trompes. Tu ne la connais pas. C'est une femme horrible et folle.

Il se leva et entreprit de rassembler ses affaires.

— Je dois y aller.

— Je suis désolée. J'aime bien être avec toi, mais je ne comprends rien à tout cela.

— Estime-toi heureuse.

— Je sais que tu te trouvais avec Dale au moment de l'accident, ma mère me l'a dit, mais c'est tout. Et je ne vais pas dire que Marilyn est une femme horrible et folle juste pour te faire plaisir, ce serait idiot.

Elle s'était levée à son tour, les yeux étincelants. Hubie la regarda d'un air admiratif.

— Tu es vraiment quelqu'un, dit-il. Tu sais ce qui me ferait plaisir ?

Annie ne le sut jamais, parce qu'à cet instant précis Brian entra en scène.

— Vous ne faisiez plus de bruit du tout, alors je suis venu voir si vous vous embrassiez, lança-t-il.

Il restait planté là, le visage et les épaules hâlés par le soleil, les cheveux hérissés, s'intéressant comme à son habitude à quelque chose de totalement inapproprié.

— Hubie est sur le point de partir, déclara Annie d'une voix dangereusement calme, et étant donné la situation, il se peut fort bien qu'il ne revienne plus jamais.

— Oh, mais si, répliqua l'adolescent. Je reviendrai, et sache que la situation me convient parfaitement.

— Hubie est amoureux d'Annie, déclara Brian au déjeuner.

— Oh, je sais. Il était amoureux d'elle avant même de la rencontrer. Il contemplait sans arrêt cette photo.

— C'est absurde, maman. Arrête d'encourager Brian.

Mais l'adolescente était toute rose de plaisir.

— Eh bien, j'ai besoin que Hubie vienne ici ce soir, alors tu devras user de ton pouvoir de persuasion pour le convaincre.

— Je suis désolée, maman, c'est impossible.

— Je veux qu'il vienne, Annie. Il faut qu'il dessine une affiche pour mes pâtisseries sur l'ordinateur.

— C'est hors de question, maman, il croirait que c'est moi qui ai tout organisé.

— Mais non. Ce sera un vrai travail, je le paierai.

— Il va penser que tu le paies pour venir me voir, maman ! Ce serait terrible. Il n'en est pas question.

— Mais cela concerne mon emploi, Annie, j'ai besoin de son aide.

Brusquement elle s'interrompit, et reprit :

— Ecoute... Si tu étais sortie, il ne pourrait pas s'imaginer que tu as tout organisé, si ?

Annie réfléchit quelques instants.

— Non, c'est vrai.

— En fait, cela pourrait même attiser sa curiosité, il se demanderait où tu peux bien être ?

— Et où est-ce que je serai, maman ?

Ria se creusa la tête un instant pour trouver une solution au problème, et soudain une idée lui vint à l'esprit.

— Tu pourrais aller travailler deux ou trois heures dans le salon de Carlotta, tu sais, plier les serviettes, stériliser les brosses à cheveux, balayer, faire le café... Tu vois, ce genre de choses.

— Elle serait d'accord ?

— Sans doute, si je lui demandais gentiment de me rendre service, puisque je sais que tu n'as pas envie d'être à la maison ce soir.

— Oh oui, maman, s'il te plaît !

La jeune femme se dirigea vers le téléphone. En fait, cela faisait plusieurs jours que Carlotta le lui avait proposé, mais Ria avait deviné qu'il était préférable de ne pas en parler aussitôt à sa fille.

— Carlotta a accepté, annonça-t-elle en revenant dans la pièce.

— Maman, je t'adore, s'écria Annie.

Barney McCarthy déclara qu'il était prêt à rencontrer Danny où et quand celui-ci le souhaitait. Comment pouvait-il lui reprocher les mots prononcés la veille ? Ils étaient tous deux en état de choc à ce moment-là, mais ils se connaissaient beaucoup trop bien pour que de simples paroles puissent dresser un mur entre eux. Ils se fixèrent rendez-vous à Stephen's Green et se promenèrent dans le parc empli d'enfants et d'amoureux. Les deux hommes, mains nouées dans le dos, déambulaient en parlant de leur avenir et de leur passé.

En surface, ils se comportaient comme des amis. Danny déclara qu'il n'aurait jamais pu débuter dans le monde des affaires sans Barney. Celui-ci répliqua qu'il devait beaucoup à Danny, à la sûreté de son jugement et au travail qu'il avait accompli, sans parler de la rapidité avec laquelle il avait réagi le jour où Barney avait eu une crise cardiaque dans l'appartement de Polly.

— Comment le prend-elle ? demanda Danny.

— La tête haute, tu la connais.

L'un et l'autre pensèrent un moment à la femme élégante qui avait laissé échapper l'occasion de se marier en restant dans l'ombre par amour pour Barney.

— Elle est encore jeune, bien sûr, reprit celui-ci.

— Et elle n'a personne à sa charge.

Il y eut un autre silence.

— En avez-vous parlé à Mona ? demanda Danny.

Barney secoua la tête.

— Pas encore. Et toi, en as-tu parlé à Ria ?

— Non plus.

Après cela, ils continuèrent à marcher en silence, parce qu'ils n'avaient plus rien à se dire.

— Je crois que Sean aime beaucoup Annie, déclara Sheila au téléphone.

— Je sais. N'est-ce pas incroyable ? s'exclama Ria. J'ai l'impression qu'ils sont à peine sortis des langes, et les voici déjà en train de se conter fleurette.

— Je crois que nous allons devoir les garder à l'œil.

— Pour ce que cela a servi à nos mères ! répliqua Ria en riant.

— Mais nous n'étions pas aussi jeunes qu'eux. Je suppose qu'Annie ne prend pas la pilule ?

— Mon Dieu, non, Sheila, répliqua Ria, choquée. Elle n'a même pas seize ans ! Je parlais simplement d'un baiser échangé au cinéma, ce genre de choses.

— Espérons que c'est ce dont ils parlent, eux aussi. De toute façon, vous venez passer le week-end ici dans deux semaines.

— Mais oui.

Ria fut troublée par cette conversation, mais elle n'eut pas le temps de beaucoup y penser. Les commandes pour les pâtisseries dépassaient toutes leurs espérances, et ils durent embaucher de l'aide au magasin. En outre, elle devait se préparer à accueillir ses invités et préparer un immense buffet-déjeuner pour les amis de Greg et d'Andy ; ceci tout en s'efforçant de rester discrète afin de ne pas vexer Marilyn. Apparemment, celle-ci s'était contentée de servir des olives et des bretzels chaque fois qu'elle avait reçu des invités à l'occasion du pique-nique des anciens élèves.

Elle devait également s'assurer que ses enfants ne s'ennuyaient pas. Curieusement, Annie et Brian représentaient le dernier de ses soucis. Brian s'était fait un ami prénommé Zach, qui habitait quatre villas plus loin, et il s'était mis à porter une casquette de base-ball à l'envers et à utiliser des expressions qu'il ne comprenait absolument pas. Hubie rendait souvent visite à Annie et l'emmenait assister à des manifestations culturelles ; puisque c'était la journée, Ria n'avait aucune raison de s'y opposer. Chaque jour, à seize heures, Annie allait travailler chez Carlotta et leur racontait toujours des histoires invraisemblables à son retour. Ria avait loué un immense congélateur pour la semaine et cuisinait jusque tard dans la nuit.

Au moment où elle se glissait dans son lit à deux heures du matin, le jeudi précédant la réception, elle se rendit soudain compte qu'elle n'avait pas pensé à Danny de la journée. Elle se demanda si elle était en train de l'oublier. Mais, lorsque son visage lui revint en mémoire, elle éprouva un sentiment de perte et d'amertume aussi violent et douloureux qu'à l'ordinaire. Il lui manquait toujours autant, mais elle avait été trop occupée pour songer à lui jusqu'à cet instant. Peut-être n'en serait-il jamais autrement.

Marilyn apporta une tasse de café à Colm, qui jardinait dans le potager.

— De quoi vous occupez-vous aujourd'hui ? demanda-t-elle.

— Je plante du fenouil, répondit-il. C'est juste pour mon plaisir, pour me prouver que j'arrive à en faire pousser. Personne n'en demande beaucoup au restaurant.

Il lui sourit d'un air de regret.

Une fois encore, Marilyn le trouva séduisant et se demanda pourquoi il était toujours célibataire. Elle savait qu'il avait été alcoolique, mais cela n'avait jamais empêché personne de se marier.

— Combien de temps lui faut-il pour germer ?

— A peu près quatre mois. A en croire les livres, quinze semaines après les semis.

— Les livres ? Vous avez appris à jardiner dans les livres ?

— Où aurais-je pu apprendre ?

— Je m'imaginais que vous descendiez d'une longue lignée de jardiniers émérites, que vous aviez grandi les mains dans la terre.

— Rien d'aussi agréable et banal, j'en ai peur.

Marilyn laissa échapper un soupir.

— Lequel d'entre nous a eu l'enfance qu'il méritait ?

— C'est vrai. Je suis désolé de m'apitoyer sur mon sort.

— Mais non, absolument pas.

— Savez-vous comment se portent Annie et Brian ?

— Très bien. Ils semblent connaître la moitié du quartier, des dizaines d'enfants se baignent dans la piscine.

— Cela ne vous dérange pas ?

— Pourquoi cela me dérangerait-il ? La maison est à eux pour l'été.

— Mais vous êtes très solitaire.

— Je le suis depuis que mon fils est mort, l'an dernier.

— C'est un drame affreux. Je suis navré. Vous ne m'en aviez pas parlé, je l'ignorais.

— Je n'en parle jamai

— Certains sujets sont trop douloureux pour qu'on puiss les aborder. Nous pouvons parler d'autre chose, si vous l souhaitez.

Il était conciliant, et Marilyn savait qu'il n'aurait pas insisté

— Non, curieusement je ne le souhaite pas. Je me sui aperçue tout récemment que lorsque j'en parlais cela devenait un peu plus facile à supporter.

— C'est ce qu'on dit parfois. Les problèmes ont besoin d'être exposés à l'air libre, comme les plantes.

— Vous n'êtes pas d'accord ?

— Je ne sais pas trop.

— C'est la raison pour laquelle vous ne parlez jamais de Caroline ?

— De Caroline ?

— Ce pays m'a transformée, Colm. Autrefois, je ne me

serais jamais permis de me mêler de la vie d'autrui de cette façon. Mais dans moins de trois semaines, je repartirai d'ici. Je ne vous reverrai jamais. Je crois que vous devriez parler ouvertement de ce que vous faites pour votre sœur.

— Et qu'est-ce que je fais pour elle ?

Le visage du jeune homme était dur et froid.

— Vous tenez un restaurant pour lui permettre de se droguer.

Il y eut un silence, puis Colm reprit :

— Non, Caroline, vous vous trompez. Elle travaille dans mon restaurant pour que je puisse veiller sur elle. C'est un autre homme qui l'approvisionne en drogue.

Marilyn le regarda d'un air interrogateur.

— Cet homme, c'est son mari, Monto, un homme d'affaires... spécialisé dans le trafic d'héroïne.

— Ria ?

— Oui, Andy ?

— Je voulais simplement vous poser une petite question. Quand je viendrai, la semaine prochaine, serons-nous censés nous être déjà rencontrés ?

— Oh, je pense que oui, pas vous ?

— Bien sûr, mais je voulais vous laisser en décider.

— Je suis ravie de vous revoir et de vous présenter mes enfants.

— Moi aussi. A votre avis, pourrons-nous passer un moment seul à seule ?

— C'est très peu probable. J'aurai énormément de travail.

— Cela ne m'empêchera pas d'espérer le contraire. A vendredi.

— Zach m'a dit qu'ils allaient tous être très vieux et très ennuyeux, décréta Brian.

— C'est incroyable, non ? Brian traverse l'Atlantique et il ne lui faut pas trois jours pour trouver un ami qui ressemble comme deux gouttes d'eau à Myles et Dekko ! soupira sa sœur.

Brian ne vit rien d'injurieux dans cette remarque. En fait, elle lui fit entrevoir de fabuleuses possibilités pour l'avenir.

— Zach pourra venir à Tara Road ? demanda-t-il.

— Certainement. Nous en parlerons l'année prochaine, répondit sa mère.

— Crois-tu que nous serons encore à Tara Road l'année prochaine, maman ? demanda Annie d'une voix songeuse.

— Pourquoi ? Tu projettes de déménager ? demanda sa mère en riant.

— Non, c'est juste que... C'est plutôt cher et... Je me demandais si nous aurions les moyens d'y rester.

— Oh, ne t'inquiète pas, j'ai l'intention de travailler à notre retour à Dublin, répliqua Ria d'un ton désinvolte.

— De travailler, maman ? Mais qu'est-ce que tu pourrais bien faire ?

Annie contemplait sa mère, entourée de casseroles et de fourneaux.

— Quelque chose de cet ordre-là, j'imagine, répondit Ria.

Greg était grand, légèrement voûté et doux. Il se montra courtois et poli envers les enfants. Il sembla très impressionné par l'accueil que Ria offrait à ses amis.

— Vous devez vous échiner depuis des semaines, s'exclama-t-il lorsqu'elle lui montra les congélateurs, les tables et les nappes qu'elle avait louées.

— Je ne voulais pas me servir du linge de table de Marilyn, de crainte qu'il y ait un accident.

— Oh, je ne crois pas que cela l'aurait ennuyée, répliqua-t-il d'un ton incertain.

— Tout le monde m'a dit qu'elle s'était montrée très scrupuleuse chez moi, je ne veux pas l'être moins ici.

Elle lui montra le courrier qu'elle avait reçu en réponse aux invitations de Greg.

— Je vais vous laisser vous installer, ajouta-t-elle. Je n'ai réservé à personne la chambre de Dale... Et, à ce propos, je voudrais vous présenter mes excuses...

Il l'interrompit aussitôt :

— Non, c'est nous qui devons nous excuser. Il est impardonnable que vous soyez venue ici sans connaître toute l'histoire. Je suis vraiment navré. Tout ce que je peux vous dire, c'est que Marilyn n'en parle à personne, absolument personne.

Son visage reflétait une immense détresse. Il poursuivit :

— Je crois qu'elle est sincèrement convaincue que, si l'on ne parle pas de quelque chose, ce quelque chose n'est jamais arrivé... Que si l'on ne mentionne pas le nom de Dale, c'est comme s'il n'était pas mort de cette façon atroce.

— Nous réagissons tous de façon différente, murmura Ria.

— Mais c'était totalement insensé de vous laisser vous installer ici et voir sa chambre sans vous expliquer ce qu'il en était. Ce que nous avons à nous dire, elle et moi, n'a probablement plus d'importance aujourd'hui, mais pour son propre bien elle devra admettre ce qui s'est passé et en parler. En parler à quelqu'un.

— Elle en parle, maintenant, affirma Ria. Elle a tout raconté à mes enfants, absolument tout. Qu'il avait un appareil dentaire, qu'un jour vous êtes allés visiter ensemble le Grand Canyon et qu'il a pleuré devant le coucher de soleil...

— Elle leur a raconté tout cela ? souffla-t-il dans un murmure.

— Oui.

Les yeux de Greg étaient pleins de larmes.

— Peut-être... Peut-être devrais-je aller en Irlande.

Ria éprouva un pincement de jalousie plus violent qu'elle n'en avait jamais ressenti dans le passé. Pour Marilyn, tout allait s'arranger. Son mari l'aimait encore et allait la rejoindre à Tara Road. Comme elle avait de la chance !

— Je ne peux lui poser aucune question au sujet de ses affaires, déclara Finola à sa fille.

— Non, en effet.

— Il m'a gracieusement fait ses excuses et je les ai acceptées. J'ai les mains liées, tu comprends. Mais tu peux, et tu dois, lui poser la question. Ce n'est que justice envers toi et le bébé. Tu dois savoir s'il est ruiné.

— Il me le dira, maman, quand il pensera qu'il est temps que je l'apprenne.

On parla longtemps du pique-nique de Tudor Drive comme l'un des plus réussis de Westville. Ria avait demandé à Greg si Hubie pouvait être serveur et Zach son assistant.

— Hubie ?

— Oui. Il nous a appris à nous servir d'Internet et s'est montré d'une aide précieuse.

— C'est un adolescent sans cervelle, parfaitement irresponsable, répliqua Greg.

— Je sais qu'il était avec Dale ce jour-là. Il m'a dit que c'était le pire jour de sa vie.

— Je n'ai rien contre sa présence ici. Mais Marilyn... En un sens, j'imagine que je suis en train de vous conseiller de l'empêcher de fréquenter votre fille.

Ria sentit un frisson d'anxiété la parcourir, mais elle le réprima. Elle avait trop à faire pour le moment.

Lorsque Hubie arriva, il se dirigea tout droit vers Greg.

— Mr Vine, je comprendrais parfaitement que ma présence ici soit indésirable.

— Non, fiston, je suis heureux de te voir de nouveau chez nous, répliqua Greg.

Ria laissa échapper un soupir de soulagement. Un énorme écueil avait été franchi. Alors, entourée de visages souriants et de plats débordants de nourriture, elle se sentit parfaitement à son aise. Elle s'assura qu'il soit fait constamment référence à Marilyn ; elle déclara lui avoir parlé la veille au soir et que la jeune femme leur envoyait à tous son amitié.

— Je crois que le frère de Greg est un peu amoureux de toi, maman, déclara Annie après la réception.

Annie et Hubie avaient de concert rempli les verres de vin et servi d'énormes parts du succulent gâteau qui avait remporté un vif succès.

— C'est absurde ! Nous sommes presque des vieillards. A notre âge, il n'est plus question de cela.

Elle riait, admirant le regard perspicace de sa fille.
— Papa a pu rencontrer quelqu'un d'autre ; pourquoi pas toi ?
— Tu devrais ouvrir une agence matrimoniale, Annie. Mais ne m'encourage pas ou je risque de rester ici pour faire la cuisine et tomber amoureuse d'un vieillard. Que ferais-tu alors ?
— J'imagine que je pourrais rester ici pour étudier et tomber amoureuse d'un jeune homme, répliqua l'adolescente en riant.

Andy n'eut pas le temps de rencontrer Ria seul à seule.
— Peut-être pourrais-je revenir un autre week-end ? suggéra-t-il.
— Ce ne serait pas raisonnable, Andy. Je serais trop occupée par la cuisine et les enfants pour pouvoir m'occuper de vous.
— Vous ne l'avez pas fait, même quand vous auriez pu, répliqua-t-il d'un ton de reproche.
— J'étais très flattée que vous me le proposiez.
— Je ne vais pas renoncer aussi facilement. Je trouverai bien quelque chose.
— Merci, Andy.
Elle regarda autour d'elle pour s'assurer qu'il n'y avait personne en vue et l'embrassa sur le nez.

— Si seulement tu n'allais pas dans ce trou perdu pour voir les Maine, se plaignit Hubie.
— Mais non, je vais bien m'amuser. Ils sont très gentils.
— Et Sean est un garçon séduisant, marmonna l'adolescent d'une voix sombre.
— Ah oui ?
Annie feignit la surprise.
— N'oublie pas... J'habite à Westville et lui au milieu de nulle part, déclara Hubie.
— Je m'en souviendrai, promit l'adolescente.
Kitty ne la croirait jamais. Deux jeunes hommes se disputaient pour elle ! Mais Kitty demanderait : « Avec lequel des

deux as-tu couché ? » Et Annie n'avait l'intention de coucher avec aucun.

— Qu'est-ce que Mona vous a dit ? demanda Danny.
— Absolument rien.
— Rien ?
— Elle a gardé le silence. C'était bien pire que tout ce qu'elle aurait pu dire. Et Ria ?
— Je ne lui en ai pas encore parlé.
— Mais tu vas être obligé de le faire, Danny. Elle finira par en entendre parler.
— Je dois le lui dire les yeux dans les yeux. Elle mérite bien cela.
— Tu vas lui demander de rentrer ?
— Non, j'irai moi-même là-bas.
— Avec quel argent, si je puis me permettre ?
— Avec le vôtre, Barney. Vous détenez l'hypothèque de ma villa, bon sang. Vous pouvez bien me payer un malheureux billet d'avion.

Assises au bord de la piscine, elles décidaient de ce qu'elles allaient emporter chez les Maine.
— Tu fais toujours des listes, maman ?
— Oui. Cela rend la vie beaucoup plus facile.
Le téléphone sonna. Ria alla décrocher.
— C'est Danny, ma chérie.
— Je t'ai déjà demandé de ne plus m'appeler ainsi.
— Je suis désolé. Les vieilles habitudes ont la vie dure.
— Je vais chercher les enfants, devança-t-elle.
— Non, c'est à toi que je veux parler. Je prends l'avion demain.
— Tu quoi ?
— Je viens vous rendre visite pour le week-end.
— Et pourquoi ?
— Pourquoi pas ?
— Bernadette t'accompagne ?
— Bien sûr que non, répliqua-t-il d'un ton irrité.
— Excuse-moi, Danny, mais vous vivez ensemble...

— Non, je viens vous parler, à toi, à Annie et à Brian. Es-tu d'accord ou comptes-tu m'interdire de mettre les pieds aux Etats-Unis ?

Il semblait très nerveux. La gorge de Ria se serra. Avait-il rompu avec Bernadette ? Venait-il la supplier de lui pardonner ? Et s'ils repartaient de zéro ?

— A quelle heure arrives-tu ? Sais-tu comment te rendre ici ?

— J'ai toutes les informations que tu as données aux enfants concernant les bus à prendre. Je te passerai un coup de fil de l'aéroport Kennedy.

— Oui, mais... Danny, nous avons prévu de partir pour le week-end. Nous sommes invités chez la sœur de Gertie.

— La sœur de Gertie ! Tu peux sûrement changer tes projets, riposta-t-il avec impatience.

— Bien sûr.

— A demain.

D'un pas lent, Ria regagna le bord de la piscine. C'était trop important pour qu'elle l'annonce de but en blanc aux enfants. La femme qu'elle était devenue réfléchissait avant de parler. Et elle n'annulerait pas la visite chez Sheila. Peut-être les enfants pourraient-ils aller y passer une nuit ? Et la laisser en tête à tête avec Danny ?

Il venait la voir, elle. C'était ce qu'il lui avait dit au téléphone. « C'est à toi que je veux parler. » Il lui revenait enfin.

8

La sonnette retentit au numéro 16 Tara Road. C'était Danny Lynch ; il arborait un sourire chaleureux.

— J'espère que je ne vous dérange pas, Marilyn.

— Pas du tout. Entrez, je vous en prie.

— Merci.

Ils gagnèrent le salon où Marilyn était en train de lire à son arrivée. Un roman et des lunettes étaient posés sur la table.

— Vous aimez cette pièce, remarqua-t-il.

— Beaucoup. Il y règne un tel calme !

— Je l'aimais beaucoup, moi aussi. Mais nous n'y étions jamais. Nous restions toujours en bas, dans la cuisine. J'aurais beaucoup aimé passer une soirée à lire ici, moi aussi.

— C'est plus facile dans mon cas, bien sûr, puisque je vis seule. Quand on a une famille, c'est différent.

— Bien sûr.

Elle le dévisagea d'un air interrogateur.

— Je prends l'avion pour New York demain. Je logerai Tudor Drive. Je me suis dit que ce serait plus courtois de vous le dire.

— C'est gentil à vous mais ce n'était nullement nécessaire. Ria est [illegible] de recevoir qui elle veut.

— Et je dois emporter certains documents.

— Des documents ?

— Oui, ils se trouvent à l'étage. Puis-je aller les chercher ?

— Ria ne m'a pas parlé de...

— Ecoutez, votre prudence vous honore, mais vous pouvez décrocher le téléphone et l'appeler. Elle sait que je viens.

— Je n'en doute pas un seul instant.

— Mais si, vous en doutez. Téléphonez-lui.

— Je vous en prie, Danny. Pourquoi mettrais-je votre

parole en doute ? Vous ne m'avez donné aucune raison de croire que vous pouviez trahir Ria de quelque façon que ce soit.

La voix de Marilyn était froide et son regard dur. Danny tressaillit légèrement.

— Vous pouvez venir avec moi. Je sais où ils se trouvent.

— Merci.

Sans un mot, ils gravirent l'escalier et gagnèrent la chambre. Clément dormait sur le lit.

— Qu'est-ce que tu fais ici, mon vieux ? s'exclama Danny en le grattant sous le menton.

Puis il se dirigea vers la commode et ouvrit le tiroir du bas. Une chemise de plastique portant l'inscription « Documents concernant la villa » y était rangée. Il en tira quatre feuilles et rangea la chemise dans le tiroir.

Marilyn le regardait sans broncher.

— Si j'ai Ria en ligne ce soir, que dois-je lui dire que vous avez pris ?

— Des contrats ayant trait à la propriété de la maison. Nous avons besoin d'en discuter.

— Elle revient dans à peine trois semaines.

— Nous avons besoin d'en discuter maintenant, rétorqua-t-il.

Il balaya du regard la chambre spacieuse au plafond haut et aux vastes fenêtres. Marilyn se demanda à quoi il pensait. Songeait-il aux quinze années qu'il avait passées ici aux côtés de Ria, ou se demandait-il à quel prix il pourrait vendre la villa ?

Elle espéra que la jeune femme connaissait un bon avocat dans son réseau complexe d'amis. Elle en aurait bien besoin. La raison pour laquelle Danny allait à Westville gâcher le reste des vacances de sa femme n'était que trop claire.

Ria chantait tout en préparant le petit déjeuner.

— D'habitude, tu ne chantes jamais, maman, remarqua Brian.

— Eh bien, aujourd'hui, si, répliqua Annie pour défendre sa mère.

— Bernadette chante souvent, ajouta le petit garçon.

— C'est passionnant, Brian. Merci de nous en faire part, lança sa sœur.

— Que chante-t-elle ?

— Je ne sais pas. Des chansons étrangères.

— Elle fredonne, maman, c'est tout, corrigea Annie. Elle ne chante pas vraiment.

Ria se versa une autre tasse de café et s'assit à table avec ses enfants.

— Tu vas être en retard au travail, remarqua Brian d'un ton désapprobateur.

— Eh bien, au moins, nous, nous allons travailler, répliqua sa sœur. Ce n'est pas comme certains qui se contentent de jouer au ballon avec Zach toute la journée.

— J'irais travailler, si j'avais un travail ! s'exclama le petit garçon. Vraiment, j'irais !

— Tu n'as aucun souci à te faire concernant les vingt prochaines années, Brian. Qui aurait envie d'être réduit à la faillite en t'engageant ? lui dit sa sœur pour le consoler.

— J'ai une merveilleuse nouvelle à vous apprendre, déclara Ria. Cela va vous faire plaisir.

— Ah, et c'est quoi ? questionna son fils.

— Tu as un petit ami ? demanda sa sœur.

Brian eut l'air indigné.

— C'est dégoûtant, répliqua-t-il. Maman ne ferait jamais une chose pareille !

Il les regarda et devina qu'il avait encore parlé trop vite. Lentement, il lui vint à l'esprit que son père avait une petite amie, après tout, et que tout le monde semblait l'avoir accepté. Il n'aurait peut-être pas dû affirmer que c'était dégoûtant.

— Sans nous en parler, je veux dire, corrigea-t-il piteusement.

— Votre père vient nous rendre visite ce week-end, annonça Ria.

Ils en restèrent bouche bée.

— Ici, à Westville ? demanda Annie.

— Il ne nous a rien dit quand nous sommes partis, s'exclama Brian. C'est génial ! Quand va-t-il arriver ? Où dormiront-ils ?

— Ils ? releva Annie.

— Eh bien, Bernadette ne sera pas avec lui ?

— Bien sûr que non, imbécile, rétorqua sa sœur.

— Ça veut dire qu'il l'a quittée et qu'il revient vivre avec nous ? demanda le petit garçon.

— Oh, Brian, nous en avons parlé des centaines de fois. Ton père ne t'a pas abandonné ; c'est toujours ton papa, il est simplement allé vivre ailleurs.

— Mais a-t-il quitté Bernadette ? insista-t-il.

— Non, bien sûr que non. Il avait envie de vous rendre visite, et il en a eu l'occasion... grâce à un voyage d'affaires.

— Alors, ils ne sont pas ruinés, remarqua Annie avec soulagement.

— Il sera là vers dix-sept heures. Il n'a pas voulu que nous allions le chercher à l'aéroport, il prendra un taxi.

— Mais, ce week-end, nous allons chez les Maine, se souvint Annie, horrifiée.

— J'en ai parlé à Sheila. Vous partirez demain en car, vous y passerez une nuit et vous reviendrez dimanche. Nous ferons alors un grand dîner d'adieux pour votre père.

— Je n'arrive pas à y croire. Papa vient ici ! Il va même rencontrer Zach !

— Cela vaut bien la peine de faire des milliers de kilomètres, persifla sa sœur en haussant les sourcils.

— Papa pourrait bien mettre un terme à ce que vous fabriquez, Hubie et toi, se défendit Brian, indigné.

— Maman, on ne fabrique rien du tout ! protesta l'adolescente.

Mais Ria ne semblait pas s'intéresser le moins du monde à la question.

— Réfléchissons un peu à ce que nous allons faire ce soir, quand votre père arrivera. Allons-nous lui faire visiter Westville ? Aimerait-il dîner au bord de la piscine ? Qu'en pensez-vous ?

— Papa est beaucoup plus tranquille qu'avant, tu sais,

répondit pensivement sa fille. Il reste souvent assis sans rien faire, maintenant.

Pour une raison ou une autre, cette remarque emplit Ria de gêne. Il n'était pas facile d'imaginer Danny assis à ne rien faire. Lui qui ne se reposait jamais, qui était toujours sur la brèche. Pourquoi était-il si calme aujourd'hui ? Annie était observatrice, elle n'aurait pas imaginé une chose pareille. Et, d'après ce que savait Ria, Bernadette n'était pas très bavarde. Leur maison semblait être aussi silencieuse que les vacances sur le bateau avaient été tranquilles. Tout cela différait tellement de ce que le jeune homme vif et débordant d'énergie avait voulu toute sa vie !

Elle ne laissa cependant rien transparaître de son inquiétude.

— Eh bien, si votre père aime la tranquillité... il a choisi le bon endroit, n'est-ce pas ? Maintenant, je dois aller au travail. Je vous retrouve à l'heure du déjeuner.

Après son départ, les enfants se dévisagèrent.

— Tu es un petit crétin, un imbécile et un crétin.

Brian regarda sa sœur avec colère.

— Et toi, tu n'es qu'une teigne, une horrible vieille teigne. Qu'est-ce que Zach t'a fait ? Rien du tout, et tu passes ton temps à te moquer de lui ! hurla-t-il, le visage soudain rouge et empreint de fureur.

— Bon, on fait la paix ? proposa sa sœur.

— Tu parles ! Dès que tu reverras Zach, tu te remettras à grogner.

— Très bien, ne faisons pas la paix. Mais papa va être ravi de nous voir nous disputer.

— Pourquoi vient-il, à ton avis ?

— Je n'en ai aucune idée. Mais je ne crois pas que ce soit pour nous annoncer une mauvaise nouvelle, répondit Annie d'une voix songeuse.

— Non, il l'a déjà fait. Mais ça pourrait être une bonne nouvelle, non ?

— Quoi, par exemple ?

— Il va peut-être quitter Bernadette ? supposa Brian, plein d'espoir.

— Ils ne donnent vraiment pas cette impression, remarqua Annie. Ils passent leur temps à se dire des mots doux.

— Crois-tu que papa va coucher avec maman pendant qu'il sera ici ? demanda soudain le petit garçon.

— Je ne sais pas, Brian. Mais, s'il te plaît, je te demande de ne pas leur poser la question. Ni à l'un ni à l'autre.

— Non mais, tu me prends pour qui ? répliqua Brian avec indignation.

Ria rapporta deux grands sacs en papier de chez le traiteur.

— Nous avons beaucoup à faire. Dois-je dresser une liste ? leur demanda-t-elle.

Ils échangèrent un regard.

— Que faut-il faire ? demanda Annie.

— Nous devons ranger la maison pour que votre père voie comme elle est belle, ramasser les feuilles qui flottent dans la piscine, préparer un excellent repas, faire le lit...

— Il ne va pas dormir avec toi, maman ? demanda Brian.

Il y eut un silence.

— Je suis désolé, murmura-t-il. Ça m'a échappé.

Danny se trouvait au bureau, en train de ranger ses affaires dans des cartons, lorsque le téléphone sonna.

— Rosemary Ryan, déclara sa secrétaire en haussant les sourcils d'un air interrogateur.

— Passez-la-moi.

— J'ai entendu dire que tu partais pour les Etats-Unis, déclara Rosemary.

— Tu es toujours au courant de tout, ma chérie.

— Tu ne m'en as pas parlé la dernière fois que nous nous sommes vus, répliqua-t-elle d'un ton sec. Au lit.

— J'imagine que tu n'es pas au bureau.

— Tu imagines bien. Je t'appelle de mon portable, dans ma voiture. Je suis tout près de ton bureau. Je vais te conduire à l'aéroport.

— Ce n'est vraiment pas la peine.

— Bien au contraire. Je serai garée en bas de l'immeuble dans dix minutes.

Quelques instants plus tard, il sortit du bâtiment où il ne travaillerait sans doute jamais plus. Les locaux seraient saisis le lundi suivant. Il emportait dans un sac de voyage et deux cartons tout le contenu de son bureau.

— Ce serait vraiment gentil si tu pouvais les garder jusqu'à mon retour. Ça m'éviterait d'aller les déposer chez moi. Et je ne peux pas les laisser au numéro 16, la commandante en chef ne me laisserait pas franchir le seuil.

— C'est elle qui m'a appris que tu allais aux Etats-Unis, répliqua Rosemary.

— Ah, vraiment ? releva-t-il, visiblement mécontent.

— Oui. Je l'ai rencontrée ce matin et elle m'a demandé si j'étais au courant de tes projets. Je lui ai conseillé d'appeler Ria pour s'assurer de ta bonne foi. Elle m'a répondu, je cite, qu'elle ne voulait pas faire de vagues.

— Ah oui ? grommela-t-il.

— Tu ne penses pas qu'elle puisse être au courant pour nous deux, Danny ?

— En tout cas, tu peux être sûre que je ne lui ai rien dit.

— Simplement, elle me regarde froidement et m'assène des réflexions du genre « votre chère amie Ria... » d'une voix qui me semble pleine de sarcasmes. Tu n'as rien remarqué [illegible] ?

— [illegible]

— [illegible]

— [illegible] les yeux.

— Cela ne vous rendra pas les choses plus faciles. Tu fais le voyage pour rien.

— Pourquoi dis-tu cela ?

— Même si tu lui dis la vérité, elle n'y croira pas. Pour elle, les choses désagréables n'existent pas. Elle te dira : « Ne t'inquiète pas, tout va s'arranger. »

Rosemary avait pris une voix enfantine pour imiter celle de Ria. Danny lui lança un regard froid.

— Que t'a fait Ria pour que tu la méprises autant ? Elle n'a que des choses gentilles à dire à ton sujet.

— Je suppose que c'est parce qu'elle m'a laissée coucher avec son mari juste sous son nez sans s'en apercevoir. Ce n'était pas très malin.

— La plupart des gens n'ont pas besoin de se méfier autant de leurs amis, lui fit remarquer Danny.

Rosemary garda le silence.

— Excuse-moi, reprit-il. C'était une remarque mesquine et hypocrite.

— Je ne t'ai jamais aimé pour ton esprit chevaleresque, Danny.

— Ce que je vais faire n'est pas facile, mais, esprit chevaleresque ou non, je crois qu'elle mérite de l'entendre de ma bouche.

— Lui as-tu dit pourquoi tu venais ?

— Non.

— Elle croit probablement que tu vas reprendre la vie commune.

— Pourquoi s'imaginerait-elle une chose pareille ? Elle sait bien que c'est fini.

— Non, elle ne le sait pas. Dans vingt ans, elle ne le saura toujours pas, répliqua Rosemary.

A l'aéroport, Danny croisa Polly.

— Alors, on s'enfuit à l'étranger ? demanda-t-elle.

— Non, je vais tout raconter à Ria. Et vous ? Vous abandonnez le navire ?

— Non, Danny, répondit-elle, le regard froid. Vous devriez le savoir. Je laisse Barney passer le week-end avec Mona, il en a bien besoin. Vous n'êtes pas le seul à avoir des choses éprouvantes à raconter.

— Polly, j'ai passé la matinée à m'excuser. Je suis énervé, irritable. Pardonnez-moi.

— Les gens vous pardonneront toujours, Danny. Vous êtes jeune, charmant, vous avez toute la vie devant vous. Vous recommencerez à zéro. Barney n'aura peut-être pas cette chance.

Avant qu'il ait pu répondre, elle avait disparu.

Le taxi redémarra. Immobile dans l'allée, Danny contemplait la villa où sa famille passait l'été. Elle était beaucoup plus somptueuse qu'il ne l'avait imaginé. Marilyn lui aurait-elle plu s'il l'avait rencontrée dans d'autres circonstances ? Peut-être. Après tout, elle s'était souvenue de lui après une brève rencontre datant d'une éternité. Ils auraient pu être amis, partenaires en affaires. En tout cas, à présent, il était sur le point d'entrer chez elle.

Il entendit Brian s'écrier : « Le voilà ! », et son fils dévala l'allée pour se jeter dans ses bras.

Un jeune garçon portant une casquette de base-ball, visière à l'arrière, et un ballon à la main, les observait avec curiosité. Sans doute était-ce le nouvel ami de Brian. Annie, mince et bronzée dans son jean rose, suivait son petit frère de près. Elle se jeta dans les bras de son père avec autant de tendresse que lorsqu'elle était petite fille. Au moins, il ne les avait pas perdus.

Les yeux emplis de larmes, Danny aperçut Ria. Elle était venue à sa rencontre, elle aussi, mais elle ne se précipita pas vers lui comme elle l'aurait fait dans le passé. Elle était sereine, heureuse de le voir, un sourire aux lèvres. C'était la femme qui avait refusé d'admettre que son mariage n'était plus qu'un souvenir qui avait perdu toute dignité la nuit précédant son départ pour les Etats-Unis, et qui l'avait supplié de quitter Bernadette. Mais à présent, elle semblait différente. Sûre d'elle et consciente du monde qui l'entourait, pour la première fois.

— Ria, s'exclama-t-il en lui tendant les bras, conscient des regards que les enfants posaient sur eux.

Il savait que les enfants les observaient. Elle l'embrassa comme elle aurait embrassé une amie, sur la joue.

— Bienvenue à Westville, dit-elle.

Danny laissa échapper un long soupir. Dieu merci, Rosemary s'était trompée. Pendant tout le vol, il s'était demandé s'il avait pu induire Ria en erreur au téléphone. Mais non, manifestement, elle savait qu'il lui rendait une simple visite amicale. Quel dommage qu'il doive tout bouleverser en lui parlant de la villa de Tara Road.

Il n'eut pas l'occasion de le lui dire le premier soir. Il y eut beaucoup trop à faire. Quelques brasses dans la piscine, la visite de voisins et amis. Bien sûr, Ria avait fait la connaissance de tout le quartier. Heidi, Carlotta, deux homosexuels cultivés qui s'occupaient d'une petite épicerie fine en ville, et, également, un étudiant, manifestement très épris d'Annie. Ils étaient venus dire bonjour au père des enfants, déclarèrent-ils. Danny nota avec soulagement qu'ils ne le considéraient pas comme le mari de Ria. Après avoir dégusté un verre de vin et une assiette de toasts au saumon fumé dans le jardin, les amis s'en allèrent et la famille dîna au bord de la piscine.

Ria informa Danny que les enfants passeraient la nuit suivante chez les Maine. Sans doute avait-elle compris qu'ils devaient discuter seul à seule, puisqu'elle les envoyait là-bas en bus. Il la regarda d'un air admiratif. Elle le prenait beaucoup mieux qu'il n'aurait pu l'espérer. A présent, il ne lui restait plus qu'à lui apprendre quel sombre avenir se profilait devant eux, tout en lui ménageant une lueur d'espoir qui ne lui donnerait pas le sentiment que son univers entier s'écroulait.

— Il est vingt-trois heures pour nous, mais quatre heures du matin pour votre père. Je crois que nous devrions le laisser aller se coucher, déclara Ria.

Ils débarrassèrent la table et rapportèrent les assiettes sales à la cuisine.

— Merci de m'avoir facilité les choses, Ria, murmura-t-il alors qu'elle l'accompagnait dans la chambre d'amis.

— Mais il n'y a aucun problème, répliqua-t-elle en souriant. J'ai toujours grand plaisir à te voir, alors pourquoi serait-ce différent aujourd'hui et dans cette superbe maison ?

— Tu es contente d'être venue, alors ?

— Oui, vraiment.

Elle l'embrassa sur la joue.

— A demain matin, dit-elle en refermant la porte derrière elle.

Moins d'une minute plus tard, il dormait.

Pendant une grande partie de la nuit, Ria resta assise sur une chaise, contemplant le jardin. Elle vit un tamia traverser la pelouse en quelques bonds. Il était incroyable qu'elle n'ait jamais vu d'animal comme celui-là avant de venir aux Etats-Unis. Les arbres étaient peuplés d'écureuils, et un raton laveur vivait dans le jardin de Carlotta. Celle-ci essayait de ne pas le nourrir parce qu'il ne fallait pas les encourager à rôder près des maisons ; mais il était adorable. Brian avait affirmé vouloir rapporter clandestinement un tamia en Irlande et ouvrir une boutique d'animaux à Dublin.

— Il t'en faudra deux si tu veux qu'ils se reproduisent, avait dit Annie. Même toi, tu devrais le savoir.

— Je ramènerai une femelle qui attend des bébés, avait répliqué Brian.

Ria s'obligeait à penser à ce genre de choses, et non à l'homme qui dormait dans la chambre voisine. Plusieurs fois, au cours de la soirée, elle avait dû se faire violence pour se souvenir des mois passés. Ils formaient une famille si heureuse, to[illegible] qu'il les a[illegible]

Il deva[illegible] raison p[illegible] l'avait-il [illegible] demandé[illegible] ? Peu impo[illegible] choses. E[illegible] ses bras e[illegible] en disant que tout était oublié. C'était une sorte de jeu et elle devait en respecter les règles. Danny lui revenait et, cette fois-ci, elle allait le garder.

Mona écouta Barney sans prononcer un seul mot. Son visage resta parfaitement impassible.

— Dis quelque chose, Mona, murmura-t-il enfin.

Elle haussa légèrement les épaules.

— Que puis-je dire, Barney ? Je suis désolée, c'est tout. Tu t'es énormément investi dans ton travail, et je suis navrée que tu ne puisses pas en récolter les fruits et te reposer.

— Je n'ai jamais été le genre d'homme à me reposer. Mais tu ne me demandes pas à quel point c'est grave ?

— Si, je t'écoute.

— Cette villa est à ton nom, c'est déjà une bonne chose.

— Mais nous ne pourrons pas la garder !

— C'est tout ce que nous avons, Mona.

— Tu vas laisser tous ces gens perdre leur travail et Ria être chassée de chez elle, et tu t'attends à ce que je vive dans cette somptueuse villa ?

— Ce n'est pas ce que je veux dire...

— Que veux-tu dire, alors ?

Il ne sut quoi répondre.

— Je suis navré, Mona, murmura-t-il.

— Peu m'importe d'être pauvre, nous l'avons déjà été, mais je ne serai pas malhonnête.

— Ce sont les affaires. Tu ne peux pas comprendre, tu ne connais rien à ce monde-là.

— Tu vas être surpris, répliqua Mona. Très surpris.

Le lendemain matin, de bonne heure, Ria apporta à Danny une tasse de café dans sa chambre.

— En règle générale, nous faisons quelques longueurs de piscine avant le petit déjeuner. Veux-tu te joindre à nous ?

— Je n'ai pas apporté de maillot de bain.

— Quel dommage... Si seulement tu avais fait une liste... répliqua-t-elle d'un ton moqueur. Je vais t'en chercher un dans la chambre de Dale.

— Dale ?

— C'est leur fils.

— Cela ne va pas l'ennuyer ?

— Il est mort.

Ria quitta la pièce et revint en lui tendant un caleçon de bain.

— Mort ? répéta Danny.

— Il s'est tué en moto. C'est la raison pour laquelle Marilyn voulait s'en aller d'ici.
— Je croyais que son mariage était un échec, répliqua-t-il.
— Non, je crois que son mariage se porte bien.
— Mais son mari n'est pas à Hawaï ? Cela ne me semble pas être très bon signe.
— Je pense qu'il va prendre l'avion pour l'Irlande ce week-end, répondit Ria.

— Tu ne pourrais pas rester plus longtemps, papa ? demanda Brian.
— Non, je dois repartir lundi soir. Mais je serai resté trois jours entiers ici, répondit Danny.
Ils étaient sortis de la piscine et s'apprêtaient à aller dévorer les omelettes préparées par Ria.
— Pourquoi es-tu venu, en fait ? demanda le petit garçon.
— Pour vous voir tous les trois. Je te l'ai déjà dit.
— Mais c'est un long voyage, répliqua pensivement son fils.
— C'est vrai, mais vous en valez bien la peine.
— Maman nous a dit que tu étais en voyage d'affaires.
— En un sens, oui.
— Alors, quand est-[illegible]
[illegible]
vaille avec toi ?
— Mais non, Brian. Tu dois choisir tout seul ta voie.
— Et toi, tes parents, que voulaient-ils que tu fasses ?
— A mon avis, ils espéraient que j'épouse la fille d'un riche fermier et que je mette la main sur ses terres.
— Je suis content que tu ne l'aies pas fait. Mais si je voulais vraiment être un homme d'affaires, ce serait possible, n'est-

ce pas ? Alors je pourrais te voir tous les jours au bureau, même si tu ne revenais pas habiter à la maison.

— Bien sûr, Brian. Cela me ferait plaisir de te voir tous les jours. Nous trouverons bien une solution.

— Et quand le bébé de Bernadette sera né, tu auras encore du temps pour nous ? demanda le petit garçon, manifestement inquiet.

Danny en resta muet. Il serra très fort l'épaule de Brian, et quand il put enfin parler, sa voix semblait étranglée.

— J'aurai toujours du temps pour vous deux, Brian, crois-moi. Toujours.

— Je le savais. Je voulais juste en être sûr, répondit son fils.

Ils emmenèrent Danny visiter Westville et lui montrèrent les plus beaux sites de la ville. Leur promenade prit fin dans le petit restaurant situé près de la gare routière où Annie et Brian allaient prendre leur car.

Zach et Hubie passèrent leur dire au revoir.

— Qu'est-ce que je vais m'ennuyer sans toi, déclara Zach.

— Moi aussi, je vais m'ennuyer avec Kelly. C'est une fille, tu sais, répondit Brian.

Zach hocha la tête d'un air compréhensif.

— Si Sean pose une main sur toi, je le saurai et j'arriverai plus vite que... commença Hubie.

— Arrête de parler de ça, siffla Annie. Mes parents t'écoutent !

Danny et Ria remontèrent dans la voiture et prirent le chemin de Tudor Drive.

— Tu as eu raison de les emmener ici. Ils passent des vacances merveilleuses.

— C'est toi qui as payé leurs billets, lui rappela Ria.

Elle lui rendait justice quand il le méritait. Sur sa liste, elle avait écrit : « Facilite-lui les choses. Sois réservée, calme, et non enthousiaste. Ne le culpabilise pas. Ne lui dis pas que tu savais qu'il reviendrait. Ne t'occupe pas de l'avenir de

Bernadette, c'est à lui de le faire. » Ria esquissa un sourire intérieur. Ils pouvaient bien se moquer de ses listes, elles étaient fort utiles.

— Es-tu heureuse ici ? demanda Danny.

— Mais oui.

— C'est quoi, là-bas ? questionna-t-il en désignant un bosquet d'arbres au loin.

— C'est Memorial Park. Un endroit magnifique.

— Nous pourrions aller nous y promener, nous asseoir un moment ?

— Tu ne préfères pas rentrer ? Le jardin de Tudor Drive est tout aussi agréable.

— J'aimerais me trouver dans un lieu... comment dire... un lieu plus neutre.

— Très bien. On peut se garer par ici.

Ils se promenèrent côte à côte dans le parc, déchiffrant les noms des habitants de Westville tombés au champ d'honneur durant la Première et la Seconde Guerre mondiale, ainsi qu'en Corée et au Vietnam.

— La guerre est une chose affreuse. Regarde, ce garçon avait seulement quatre ans de plus qu'Annie, murmura Ria.

— Je sais. Il aurait pu être l'un de ces vieillards qui jouent aux échecs là-bas, [illegible] une simple inscription sur une stèle de pierre, répliqua Danny.

[illegible] le bruit [illegible] dans ses [illegible] elle se souvint de ses résolutions. [illegible] s'assirent sur [illegible] et il lui prit la main.

— Tu sais sans doute ce que [illegible] éclata-t-il.

[illegible] fut traversée [illegible] Il aurait dû dire qu'il voulait lui annoncer quelque chose, et non qu'il devait lui annoncer quelque chose. Mais il ne lui fallait pas s'attacher à ce détail. Les mots n'avaient pas grande importance.

— Vas-y, Danny.

— Je t'admire énormément, vraiment... Tu ne peux pas savoir à quel point je déteste devoir t'apprendre une mauvaise nouvelle. La seule chose que tu devras m'accorder, c'est que je suis venu te le dire en personne.

Elle sentit un poids énorme naître dans sa poitrine, juste sous l'élégant foulard qu'elle avait noué gaiement le matin même.

— Alors ? souffla-t-elle, incapable d'en dire plus.

— C'est une très mauvaise nouvelle, Ria.

— Ce n'est sûrement pas aussi dramatique que tu le crois.

Elle était en train de comprendre qu'il ne reviendrait pas vivre à ses côtés. Il n'en était pas question. Sa liste s'avérait inutile, en fin de compte. Peu importait que Ria fût calme, réservée ou expansive, il ne reviendrait pas.

— Danny, tu m'as déjà annoncé la plus terrible des nouvelles. Rien ne peut être pire, s'entendit-elle murmurer.

— Mais si, répliqua-t-il.

Et, sur un banc de Memorial Park, il lui annonça que leur villa ne leur appartenait plus. Elle faisait partie du capital de Barney McCarthy, qui serait bientôt entre les mains d'un administrateur judiciaire.

— Il y a une fête ce soir. Nous avons la permission d'y aller, annonça Sean à la minute même où Annie arriva.

— Avec Brian et Kelly ?

— Absolument pas. Ma mère leur a loué une cassette vidéo.

— Je n'ai rien à me mettre, déclara Annie d'un ton dépité.

— Tu es très bien comme ça.

Le regard de Sean trahissait une admiration évidente.

Jamais Kitty ne pourrait le croire. Quel dommage qu'elle ne soit pas là pour assister à ce triomphe ! Evidemment, à ce stade de la relation, Kitty aurait déjà arraché le jean du jeune garçon, songea Annie avec désapprobation. En ce qui la concernait, il n'en était pas question. Elle devait le faire savoir clairement dès le départ. Selon Hubie, il était injuste d'être aussi séduisante et de refuser de flirter. C'était « comme si l'on mettait un excellent plat sur la table et qu'on le retirait avant que les gens aient pu y goûter ».

— Très bien, Hilary, qu'y a-t-il ? Qu'essaies-tu de me dire ?

— Comment sais-tu que j'ai quelque chose à te dire, maman ?

— Tu es comme Bobby. Quand il essaie de me faire comprendre qu'il veut sortir, il tourne en rond. Tu fais la même chose. Allons, dis-moi ce qu'il y a.

— Si Ria était là, je lui en toucherais un mot avant de te dire quoi que ce soit...

— Va-t-il falloir que je te tire les vers du nez, Hilary ?

— Martin et moi, nous nous demandions si tu verrais un inconvénient à ce que nous allions vivre à la campagne.

— A la campagne ?

— Je savais bien que cela t'ennuierait. Martin prétendait que non.

— Et où donc, à la campagne ? demanda Nora, stupéfaite.

— Eh bien, dans la ferme où Martin a grandi. Aucun de ses frères ne veut y vivre, tu sais, la maison tombe en ruine. Un poste de professeur s'est libéré au collège du village, et je pourrais y travailler aussi.

— Tu vivrais à la campagne ?

En vraie Dublinoise, Nora considérait la campagne comme un endroit où l'on allait seulement en vacances.

— En effet, maman, si tu n'y vois pas d'inconvénient.

— Bien sûr que non ! Mais, au nom du ciel, Hilary, pourquoi irais-tu là-bas ?

L[illegible]eille [illegible] aurait dû [illegible] iner..

— [illegible] ait nos co[illegible] [illegible] mama[illegible] Le [illegible] de la vie est [illegible] ins élevé, [illegible] dépen[illegible] [illegible] d'es-sen[illegible] [illegible] jets, et bie[illegible] a ven[illegible] de [illegible] maison nou[illegible] petit pac[illegible]

— [illegible] vous de ce [illegible]

— [illegible] rons de c[illegible]é. [illegible] qu[illegible]nd nou[illegible]

N[illegible] la[illegible]ête. Peut-[illegible]re [illegible]ait-ce [illegible]urce de plaisir de Martin et Hilary.

— Et qu'est-ce qui vous a décidés ?

— La dernière fois que nous sommes allés là-bas, je me suis aperçue que la ferme était entourée d'arbres, répondit la jeune femme. Alors, j'ai compris que c'était l'endroit où nous devions vivre.

— Je suppose que tu couches avec les clients ? rugit Jack.

— Oh, Jack, arrête ! s'écria Gertie en se débattant pour se libérer. De quoi parles-tu ?

— Tu es ma femme, et tu ne vas pas te conduire comme une catin pour un billet de dix livres !

— Lâche-moi. Tu me fais mal, Jack !

— Où fais-tu ça ? Debout contre le mur, hein ?

— Tu sais bien que c'est faux.

Elle était terrifiée. Cela faisait longtemps qu'elle ne l'avait pas vu ainsi. Elle savait que Ria et les enfants passaient le week-end chez les Maine. Son amie allait raconter une histoire bien différente à sa sœur. Si Sheila les avait vus en cet instant...

— Tu savais que je le découvrirais, hein ?

— Jack, il n'y a rien à découvrir.

— Pourquoi as-tu envoyé les gosses chez ta mère hier soir, alors ?

— Parce que j'ai vu que tu étais un peu... un peu agité. Je ne voulais pas qu'il y ait de problèmes.

— Tu ne voulais pas qu'ils sachent ce que leur mère fait avec le premier venu pour un billet de dix livres !

Il la frappa.

— Jack !

— Je suis un homme parfaitement normal. N'importe qui ressentirait la même chose si sa femme était incapable d'expliquer la présence de billets de dix livres dans son sac.

— Je les gagne en faisant des ménages, Jack.

— Où ? Où fais-tu le ménage ?

— Chez Marilyn, parfois chez Polly, chez Frances...

Il éclata de rire.

— Et tu t'imagines que je vais te croire !

Le visage enfoui dans ses mains, Gertie sanglotait.

— Si tu ne me crois pas, Jack, alors tue-moi, parce que cela ne servirait à rien de continuer ainsi, gémit-elle à travers ses larmes.

— Je n'avais jamais vraiment eu de petite amie, avoua Sean à Annie.

Ils étaient assis près d'une fenêtre. La fête battait son plein : des jeunes dansaient dans la pièce, d'autres préparaient le barbecue dans le jardin. Sean avait passé son bras autour des épaules de l'adolescente d'un geste fier, presque protecteur. Annie lui sourit, se souvenant qu'elle ne devait pas lui laisser penser qu'elle avait l'intention d'aller plus loin.

— Je n'ai vraiment pas de chance, reprit-il, la fille que j'aime va bientôt retourner en Irlande.

— Nous pourrons nous écrire.

— A moins que j'aille en Irlande, moi aussi ? Je pourrais habiter chez ma tante Gertie et mon oncle Jack, aller au lycée là-bas et habiter près de chez toi.

— Pourquoi pas ? fit Annie, sceptique.

— Cela ne te plairait pas ?

— Oh si ! C'est juste que...

Elle ne savait pas trop comment finir sa phrase. Sa mère lui avait demandé de ne pas donner de détails sur la vie de Gertie, sa famille n'étant pas forcément au courant.

— Gertie est très occupée, tu comprends, acheva-t-elle maladroitement.

— Elle trouvera bien du temps pour quelqu'un de la famille, affirma Sean, très sûr de lui.

— Oui, probablement.

— As-tu été surprise que ton père revienne vivre avec vous ?

— Je ne suis pas sûre que ce soit vraiment le cas.

— Mais Brian m'a dit...

— Oh, Sean, qu'est-ce que Brian peut en savoir ? Papa avait l'air un peu triste, c'est tout. Mais il est très amoureux de Bernadette. Il ne va pas déjà l'abandonner avec son bébé.

— Pourtant, il est à Westville avec ta mère, ça ne peut pas être mauvais signe.

— Non, acquiesça Annie, ça ne peut pas être mauvais signe.

Dans Memorial Park, les ombres des arbres s'allongeaient. Danny et Ria étaient toujours assis sur le banc. Ils se tenaient la main, mais non comme ils en avaient l'habitude lorsqu'ils étaient jeunes, ni même comme des amis. Ils semblaient être deux naufragés s'agrippant l'un à l'autre de peur de lâcher prise et de se retrouver absolument seuls. Parfois ils restaient silencieux, parfois Ria posait des questions d'une voix neutre et Danny lui répondait. A aucun moment il ne l'appela « ma chérie », ni ne lui fit miroiter de faux espoirs.

— Pourquoi es-tu venu nous l'annoncer aux Etats-Unis ? demanda-t-elle. Cela n'aurait pas pu attendre notre retour ?

— Je ne voulais pas que quelqu'un d'autre vous l'apprenne.

Elle lui serra légèrement la main en signe de gratitude. Elle n'avait élevé aucune protestation. Ils savaient l'un et l'autre que la villa était hypothéquée. Mais jamais ils n'auraient imaginé la perdre un jour.

— Barney regrette-t-il beaucoup que Tara Road doive être vendue ? demanda Ria.

— Il est tellement anéanti par tout ce qui lui arrive... Ça n'en représente qu'une partie, répondit Danny, s'efforçant d'être honnête.

— Pourtant, il t'a envoyé me le dire en personne. Cela doit bien lui faire quelque chose ?

— Non, c'est moi qui ai insisté.

— Et Mona ?

— Selon Barney, elle n'a rien dit. Pas un mot.

— Elle a forcément dû réagir.

— Si c'est le cas, il ne m'en a pas parlé.

Danny était devenu un autre homme. A présent, il n'était plus sûr de rien ni de personne. Même le grand Barney McCarthy ne représentait plus une référence dans sa vie.

Ils parlèrent évasivement de ce que Danny ferait désormais. Il y avait à Dublin d'autres agences immobilières susceptibles de l'engager, mais il commencerait à un échelon bien inférieur.

— Et Polly ?

— Elle va déménager et chercher un emploi. Barney affirme que c'est un roc ou une battante, je ne me souviens plus du terme qu'il a employé.

Ria hocha la tête.

— Sans doute l'un ou l'autre
— Quant au personnel de l'agence, c'est un autre problème, poursuivit Danny.
— Qui leur a annoncé la nouvelle ?
— Moi.
— Tu as eu beaucoup de choses à assumer.
— Oui, mais j'en ai aussi beaucoup profité quand tout allait bien.
— Je sais. Nous en avons profité tous les deux.
Leurs silences n'étaient pas teintés d'inquiétude ou de gêne. Ils semblaient tous deux s'efforcer de comprendre ce qui leur arrivait.
— Qu'en dit Bernadette ?
— Elle ne sait rien.
— Danny !
— Elle ne sait rien, je t'assure. Je vais lui en parler à mon retour. Elle gardera son calme. Sa mère, non, mais elle, si.
Le vent s'était levé et balayait les feuilles et les fleurs fanées.
— Rentrons, Danny.
— Je ne te remercierai jamais assez.
— De quoi donc ?
— De ne pas m'avoir accablé. Je t'ai annoncé la pire nouvelle qu'on puisse imaginer.
— Oh, non, murmura-t-elle.
— Que veux-tu dire ?
— Tu m'as déjà annoncé une nouvelle bien plus terrible encore.
Il garda le silence. Puis, côte à côte ils traversèrent Memorial Park et regagnèrent la voiture de Marilyn.

Colm sonna au numéro 16 Tara Road.
— Vous avez vraiment travaillé dans un centre de désintoxication ?
— Oui, bien sûr.
— Dans ce cas, pouvez-vous m'aider ?
— Vous savez bien que non. Caroline doit prendre elle-même la décision ; alors seulement je pourrai vous aider

— Mais nous ne pouvons pas la forcer à y aller, n'est-ce pas ?

Il semblait totalement dérouté.

— Avez-vous trouvé un centre ? demanda Marilyn.

— Oui, un excellent centre. Mais à quoi cela m'avance-t-il ?

— Pourquoi ne pas y aller, consulter leur programme de désintoxication, rencontrer le personnel ? Puis vous pourrez en parler à Caroline.

— Elle refuserait de m'écouter.

— Pourtant, elle n'aime pas Monto ?

— Non, mais elle aime la drogue qu'il lui fournit. Et maintenant, il rencontre des trafiquants dans mon propre restaurant.

— Vous plaisantez ?

— Hier soir... c'est ce qu'ils faisaient. J'en suis sûr.

— Vous ne pouvez pas le laisser faire, Colm. Les autorités finiront par fermer votre restaurant, et quel espoir vous restera-t-il, à votre sœur et à vous ?

— Que puis-je faire ? Je pourrais le faire arrêter, mais cela reviendrait à détruire Caroline.

— Votre sœur et vous avez partagé suffisamment de choses pour que vous puissiez en parler. Dites-lui que vous risquez de perdre votre restaurant, suppliez-la d'entrer dans ce centre de désintoxication. Dites-lui que je l'accompagnerai et que j'assisterai avec elle à l'entretien, si elle le souhaite.

Après son départ, Marilyn se regarda dans la glace. Elle avait toujours la même chevelure rousse, légèrement plus longue qu'à son arrivée. Son regard était toujours méfiant, son menton résolu. Pourtant, intérieurement, elle était totalement différente. Comment était-il possible qu'elle ait autant changé en l'espace de quelques semaines, au point de lier connaissance avec des inconnus et d'essayer de modifier le cours de leur existence ?... Jamais Greg ne pourrait y croire.

Greg. Elle décida de lui téléphoner au bureau. A sa grande surprise, elle s'entendit répondre qu'il avait pris quelques jours de vacances. Cela ne lui ressemblait pas du tout. Elle composa le numéro de son appartement ; le message enregistré sur la bande de son répondeur annonçait qu'il serait absent une semaine. Pour la première fois depuis qu'ils étaient mariés, il ne lui avait pas dit où il allait ni pourquoi.

Soudain, elle se sentit très seule.

Quand ils arrivèrent à Tudor Drive, Ria proposa de préparer du thé.

— Non, Ria. Assieds-toi, parle-moi... Essayons de discuter. Ne t'agite pas comme tu le faisais toujours à la maison.

— C'est ce que je faisais ? s'étonna-t-elle, se sentant soudain blessée, irritée.

— Chaque fois que je rentrais et que j'avais envie de te parler, il y avait quelque chose dans le four ou sur le gaz, et un défilé permanent de gens.

— Seulement la famille et nos enfants, si j'ai bonne mémoire.

— Et la moitié du quartier. Tu n'avais jamais le temps de me parler.

— Est-ce pour cela que tu es parti ?

— Je suppose que toute cette agitation servait à masquer ce qui avait disparu, répliqua-t-il avec tristesse.

— Tu le penses vraiment ?

— Oui.

— Bon. Je ne préparerai pas de thé. Je vais m'asseoir et discuter avec toi.

— Tu me donnes l'impression que je suis un rustre, répliqua-t-il. Allons, buvons une tasse de thé.

— Alors c'est toi qui le prépares. Je vais rester assise là.

Il posa la bouilloire sur le feu et mit les sachets de thé dans les tasses. Peut-être aurait-elle dû le laisser s'occuper davantage de ce genre de choses.

— Il y a un message sur le répondeur, annonça-t-il.

— Occupe-t'en, Danny, tu veux bien ?

Autrefois, elle aurait bondi avec un stylo et une feuille.

« Mrs Lynch, c'est Hubie Green à l'appareil. Je n'ai pas le numéro de téléphone d'Annie et j'aimerais bien la joindre ce week-end. Je vous ai envoyé un courrier électronique, mais je suppose que vous n'avez pas eu le temps de consulter vos messages. Saluez Mr Lynch pour moi. »

— Veux-tu que je l'appelle pour lui donner le numéro d'Annie ? demanda Danny.

— Non. Si elle avait voulu qu'il l'ait, elle l'aurait fait, répliqua Ria.

Danny la regarda, agréablement surpris par cette réponse.

— Tu as raison. Veux-tu que nous allions consulter ta boîte à lettres électronique, au cas où tu aurais d'autres messages ?

— Je croyais que tu voulais discuter. Qui repousse ce moment, à présent ?

— Nous avons toute la soirée et toute la nuit.

Jadis, Ria se serait inquiétée de savoir ce qu'elle allait préparer pour le dîner et de l'heure à laquelle ils allaient passer à table. Mais ce jour-là, elle se contenta de hausser les épaules.

— Très bien. Allons dans le bureau de Greg ; je vais te montrer mes nouveaux talents.

Pianotant sur le clavier, elle consulta sa boîte à lettres électronique : elle avait trois messages. L'un provenait de Hubie, l'autre du bureau de Danny et le troisième de Rosemary.

— Veux-tu lire celui de ton bureau ? demanda-t-elle.

— Non, j'ai bien assez de soucis comme ça.

— Très bien. Lisons celui de Rosemary.

— Encore des mauvaises nouvelles, j'imagine.

— Elle est au courant ? Rosemary est au courant ? demanda Ria, stupéfaite.

— Elle l'avait déjà appris par ses propres sources. Et je l'ai rencontrée hier, au moment où je quittais le bureau. C'est elle qui m'a conduit à l'aéroport.

Ria imprima le message de son amie sur l'écran.

Ria, Danny, vous devriez aller sur le site du Irish Times *de ce matin. Vous y trouverez un article concernant Barney qui vous intéressera. Profitez bien de la Nouvelle-Angleterre.*

— Elle nous conseille de consulter le site du *Irish Times*, déclara-t-elle.

— En es-tu capable ? demanda-t-il, admiratif.

— Bien sûr. Attends un instant.

Bientôt, ils accédèrent au site et localisèrent l'article en question. Ce dernier affirmait que les rumeurs annonçant la mort financière de McCarthy étaient quelque peu prématurées. L'homme d'affaires semblait avoir été sauvé par des sources extérieures à la société. Ria lut l'article à haute voix, d'un ton de plus en plus léger.

— Danny, n'est-ce pas merveilleux ?

— Oui.

— Pourquoi cela ne te fait-il pas plus plaisir ?

— S'il y avait vraiment du nouveau, Barney m'aurait téléphoné ici ; il a ton numéro. Il fait son travail de relations publiques, voilà tout.

— Eh bien, voyons ce que ton bureau en dit. Peut-être t'a-t-il envoyé un courrier électronique.

— J'en doute.

Message pour Danny Lynch : pourriez-vous rappeler Mrs Finola Dunne chez elle de toute urgence.

— Je t'avais bien [illegible]ue ce seraient encore d'autres embêtements, marmon[illegible]anny.

— Veux-tu l'appeler [illegible]

— Non, je veux att[illegible]d[illegible] d'être rentré pour m'entendre dire que je suis un par[illegible]responsable, soupira-t-il.

— Ma mère te dira [illegible]s toute la même chose.

— Non, cette pauvre [illegible]ly va sans doute faire retomber toute la faute sur le [illegible] de jupons, comme elle l'appelle. Bien qu'aujourd'hui il soit difficile de savoir qui elle désigne par ce terme.

Ils étaient retournés s'asseoir dans la cuisine pour boire leur tasse de thé. Au-dehors, les lampes s'allumèrent automatiquement, illuminant le jardin. Ria s'assit et attendit. Elle brûlait d'envie de prendre la parole, de le rassurer, de l'encourager à appeler Barney et Mona chez eux. Mais elle n'en ferait rien, elle se contenterait d'attendre. Comme, apparemment, elle aurait dû le faire plus souvent dans le passé.

— Qu'est-ce qui te fait le plus de peine ? commença-t-il alors.

Elle n'allait pas lui dire qu'elle avait cru une fois encore à son retour. Cela rendrait toute conversation impossible.

— Je regrette que ce soit la fin de tes rêves et de tes espoirs, j'imagine, déclara-t-elle après quelques instants de réflexion. Tu voulais offrir tant de choses aux enfants ! Les choses seront bien différentes, à présent.

— Nous faudra-t-il leur en parler demain ?

— Oui, je suppose. Je me demandais si nous devions les laisser profiter de leurs vacances, mais ce serait leur mentir.

— Je ne veux pas non plus que tu sois obligée de le faire seule et de me trouver des excuses. Je sais bien que tu le ferais, ajouta-t-il.

— Je n'ai pas d'excuses à te trouver. Tout ce que tu as fait, tu l'as fait pour nous.

Danny semblait anéanti, et elle décida de le réconforter.

— Ils rentrent demain. Essayons de deviner ce que Brian pourra nous dire d'abominable.

Il esquissa un sourire forcé, et Ria poursuivit :

— De toute façon, ce ne sera jamais aussi terrible que ce qu'il nous dira vraiment.

— Pauvre Brian, il est tellement candide, murmura-t-il.

Ria le regarda, plus calme qu'elle ne l'avait été depuis longtemps. Il aimait vraiment sa famille. En cet instant, il ne portait aucun masque. Pourquoi était-elle incapable de savoir ce qu'elle devait faire pour l'aider ou lui faciliter les choses ? Elle savait juste ce qu'elle ne devait pas faire. Presque tout ce que son instinct lui dictait était voué à l'irriter.

Bientôt, les larmes de Ria ruisselaient sur son visage et tombaient sur la table. Elle ne leva pas la main pour les essuyer, espérant à moitié que la pénombre l'empêcherait de s'en apercevoir. Mais il se dirigea vers elle, lui prit doucement sa tasse des mains et la posa sur la table. Puis il la força à se lever de sa chaise, la serra dans ses bras et lui caressa les cheveux.

— Ma pauvre Ria, ma chérie, murmura-t-il.

Serrée contre lui, elle sentait son cœur battre dans sa poitrine.

— Ria, ne pleure pas.

Il embrassait ses joues ruisselantes de larmes, mais d'autres venaient remplacer celles qu'il buvait.

— Je suis désolée, souffla-t-elle, le visage pressé contre sa poitrine. Je ne voulais pas pleurer.

— Je sais, je sais. C'est le choc, ce terrible choc.

Sans cesser de lui caresser les cheveux, il l'éloigna de lui, souriant pour la réconforter.

— Je crois que je suis un peu secouée, Danny. Je devrais peut-être m'allonger un moment.

Ils se dirigèrent vers la chambre où elle avait espéré qu'il la rejoindrait cette nuit-là. Il s'assit sur le lit et lui ôta doucement son chemisier mauve et blanc, qu'il accrocha avec soin au dossier d'une chaise. Puis elle enleva sa jupe de soie, et il la plia également. Elle resta debout, seulement vêtue d'un slip blanc, comme une enfant fiévreuse que l'on met au lit, tandis qu'il repliait le drap et l'édredon.

— Mais je veux profiter de ta présence ici, souffla-t-elle.

— Chut. Je vais rester près de toi jusqu'à ce que tu t'endormes, murmura-t-il.

Il alla chercher un gant de toilette humide à la salle de bains et lui essuya le visage. Puis il s'assit sur une chaise près du lit et lui caressa la main.

— Essaie de dormir, ma chérie. J'ai beaucoup d'affection pour toi, tu sais.

— Je sais, Danny.

— Cela n'a jamais changé, le sais-tu aussi ?

— Oui.

Les paupières de Ria étaient lourdes. Il avait l'air épuisé, assis là, le visage baigné par la lueur émanant du jardin. Elle se redressa sur un coude et murmura :

— Nous arriverons à peu près à nous en sortir, non ?

Il la serra de nouveau dans ses bras.

— Oui, Ria, à peu près.

Sa voix était lasse.

— Danny, allonge-toi sur le lit et dors, toi aussi. Ferme les yeux. Cela a été encore plus difficile pour toi.

Elle ne voulait rien dire d'autre que cela ; qu'il s'allonge tout habillé sur le couvre-lit et dorme à ses côtés une heure ou deux.

Mais il continua à la tenir contre lui et elle comprit qu'il n'avait pas l'intention de desserrer son étreinte. Ria s'obligea à ne pas réfléchir à ce qui allait peut-être arriver. Elle se rallongea dans le lit et ferma les yeux pendant que le seul homme qu'elle ait jamais aimé lui enlevait doucement le reste de ses vêtements et lui faisait l'amour.

Greg avait l'intention de dire à Ria qu'il partait pour l'Irlande, mais il tomba sur le répondeur. Il hésita à laisser un message, puis décida de s'en abstenir. Immobile dans la cabine téléphonique de l'aéroport Kennedy, il se demanda s'il devait appeler Marilyn. Mais si elle lui disait de ne pas venir ? Alors la situation serait encore pire. Son seul espoir était de lui téléphoner et de lui dire qu'il était à Dublin. Où, d'ailleurs, il arriverait très bientôt.

Il entendit l'annonce de l'embarquement de son vol. A présent, c'était sûr : il était trop tard pour appeler sa femme.

Danny n'avait pas répondu au message de Rosemary. La jeune femme en était très contrariée. Elle l'avait conduit à l'aéroport, et il se trouvait dans une maison où il avait accès à Internet et à un téléphone. Il aurait pu lui dire ce que signifiait cet article de journal énigmatique. Il devait pourtant être fatigué de jouer au bon père de famille. Pourquoi ne l'avait-il pas appelée ? Comme elle se l'était si souvent répété, Rosemary songea que cela ne pouvait plus durer.

Les sentiments qu'elle éprouvait pour Danny étaient loin d'être raisonnables. En fait, il s'agissait d'une impulsion presque viscérale. Aucun homme n'aurait pu le remplacer. Elle avait supporté de le partager pendant des années avec

Ria et d'autres femmes, Orla King par exemple. Elle avait même supporté qu'il s'entiche de la jeune Bernadette. Mais il s'était toujours montré poli et courtois dans le passé. Aujourd'hui, il ne s'en donnait même plus la peine.

Elle était heureuse de n'avoir pas volé à son secours, mais elle brûlait du désir de savoir qui l'avait fait. La journaliste du *Irish Times* était très bien informée ; il ne pouvait s'agir d'une simple rumeur. Rosemary était convaincue que Danny et Barney étaient tirés d'affaire. Mais restait à savoir par qui.

— Frances, je vous avais demandé de ne jamais dire à Jack que je faisais le ménage chez vous, vous vous en souvenez ? demanda Gertie.

— Et je ne lui en ai jamais parlé, répliqua Frances.

— Mais, à présent, c'est différent. Je préfère qu'il sache. Il s'imagine que je me procure l'argent autrement, vous comprenez.

— Mais il ne va pas venir me poser la question ? demanda Frances avec crainte.

— Non, mais à supposer qu'il le fasse...

— Très bien, Gertie.

Comme beaucoup de gens, Frances redoutait de plus en plus la présence menaçante de Jack.

— Merci, Frances. Je vais aller le dire à Marilyn et à Polly, et je serai tranquille.

Marilyn se trouvait dans le jardin, vêtue d'un jean et d'un tee-shirt. Elle semblait très jeune et en forme pour son âge, songea Gertie.

— Cela m'ennuie beaucoup de vous embêter avec mes problèmes...

— De quoi s'agit-il, Gertie ?

Marilyn l'écouta, maîtrisant son impatience à grand-peine. Elle dut se faire violence pour ne pas ordonner à Gertie de cesser de se comporter aussi bêtement, encourageant la violence de Jack et négligeant ses propres enfants. Mais un seul regard au visage terrifié de la jeune femme la réduisit au silence.

— Très bien, soupira-t-elle. Cette semaine, il est préférable que je lui en parle ; prévenez-moi si cela change la semaine prochaine.

— Vous avez de la chance et vous êtes une femme forte, Marilyn. Ce n'est pas mon cas. Je vous remercie.

Gertie se dirigea vers l'arrêt de bus situé de l'autre côté de la route. Polly Callaghan était la troisième personne qu'elle devait prévenir.

Rosemary gara sa voiture le long du trottoir.

— Puis-je te conduire quelque part, Gertie ?

— Je vais voir Polly. J'ai quelque chose à lui dire.

— Elle est à Londres, elle revient mardi.

— Eh bien, je suis ravie de t'avoir rencontrée. Merci, Rosemary, tu m'évites un voyage inutile. Je vais rentrer à pied.

— Il existe un appareil qui s'appelle le téléphone, tu sais. Tu aurais pu l'appeler, répliqua Rosemary.

Sa remarque semblait teintée de mépris et de cruauté.

— Es-tu fâchée contre moi, Rosemary ?

— Non, simplement de mauvaise humeur. Je suis désolée, je n'avais pas l'intention d'être méchante.

— Il n'y a pas de mal. Tu as des problèmes de cœur ?

— De quel ordre, à ton avis ? demanda Rosemary avec intérêt.

— Je ne sais pas. Tu n'arrives peut-être pas à choisir entre plusieurs hommes, répondit Gertie en haussant les épaules.

— Non, ce n'est pas ça. Je suis nerveuse sans trop savoir pourquoi, et les gens me semblent difficiles à vivre. La femme qui habite là ne m'a pas adressé la parole depuis des siècles. Qu'ai-je pu faire pour lui déplaire ?

— Je l'ignore. Je vous croyais très amies. Vous n'avez pas assisté à un défilé de mode ensemble ?

— Oui. C'est la dernière fois qu'elle m'a parlé, répondit Rosemary avec perplexité.

— S'est-elle montrée froide à ce moment-là ?

— Absolument pas. Elle m'a reconduite chez moi en voiture, mais je ne l'ai pas invitée à entrer.

— Elle ne peut pas t'en vouloir pour ça.

Alors, Rosemary se souvint que Danny lui avait rendu visite

cette nuit-là. Mais il était impossible que Marilyn ait... Elle s'efforça de se reprendre.

— Tu as parfaitement raison, Gertie, je dois me faire des idées. Est-ce que ta famille va bien ?

— Oh, très bien, merci, répondit Gertie, soulagée que Rosemary ne s'en soucie pas vraiment.

Ils dormirent enlacés comme ils l'avaient fait durant des années à Tara Road. Lorsque Ria s'éveilla, elle devina qu'elle ne devait pas bouger. Elle resta étendue, revivant en pensée les événements de la journée et de la soirée. Le réveil indiquait vingt-trois heures. Elle aurait aimé se lever et prendre une douche, puis leur préparer une omelette. Ils auraient discuté de ce qu'ils allaient faire, échafaudé des projets, comme autrefois. Tout finirait par s'arranger. L'argent n'était pas important. Même la villa qu'ils avaient aménagée ensemble pouvait être remplacée. Ils en trouveraient une autre, plus petite. Mais Ria ne prendrait aucune initiative ; elle resterait étendue là jusqu'à ce qu'il s'éveille.

Elle feignit d'être endormie quand il se glissa hors du lit, ramassa ses vêtements et se rendit dans la salle de bains. Lorsqu'elle entendit la douche, elle le rejoignit, une serviette drapée autour du corps. Elle s'assit sur l'une des chaises en rotin de la salle de bains et attendit qu'il prenne la parole.

— Tu es bien silencieuse, Ria, remarqua-t-il enfin.

— Comment te sens-tu ? dit-elle seulement.

Elle ne prendrait plus d'initiative. De mauvaise initiative.

— Qu'allons-nous faire maintenant ? demanda-t-il alors.

— Une douche, un petit dîner

Il sembla soulagé.

— Bois de santal ? devina-t-il en désignant le savon.

— Tu aimes ce parfum, n'est-ce pas ?

— Oui.

Il semblait triste. Il alla chercher des vêtements dans la chambre d'amis. Elle se glissa sous la douche à son tour, puis enfila un pantalon jaune et un pull noir.

— Tu es très élégante, remarqua-t-il quand ils se retrouvèrent dans la cuisine.

— Annie prétend que je ressemble à une guêpe dans cette tenue.

— Annie ! Qu'est-ce qu'elle en sait ?

Ils se montraient très prudents. Ils ne firent aucune allusion à ce qui venait de se passer. Ou à ce qui allait peut-être suivre. Ils ne parlèrent pas non plus de Barney ou de Bernadette, de l'avenir ou du passé. Mais le temps s'écoula agréablement. Ils préparèrent une omelette aux herbes et une salade, et burent un verre de vin. Ils ignorèrent les clignotements du voyant lumineux du répondeur. Quel que soit le message, il attendrait bien le lendemain.

A minuit et demi, ils retournèrent se coucher. Dans le grand lit de Greg et de Marilyn.

Le téléphone ne cessait de sonner, comme si quelqu'un refusait d'accepter que personne ne réponde.

— Maudite technologie moderne, marmonna Danny en bâillant.

— C'est sans doute Hubie, qui brûle d'envie d'avoir le numéro de téléphone de notre fille, déclara Ria, amusée.

— Je vais faire du café. Dois-je mettre fin au supplice de ce garçon ? proposa-t-il.

— Oui, je crois.

Ecoutant la cassette des messages se rembobiner, Ria se sentit gaie et enjouée. Quoi que Danny fasse ce jour-là, ce serait parfait. Elle était en train d'enfiler son maillot de bain pour aller nager quelques brasses quand elle entendit une voix angoissée s'élever sur la bande du répondeur.

— Danny, peu m'importe l'heure qu'il est... Ria... Vous devez décrocher, il le faut. C'est une urgence. S'il vous plaît, Danny. C'est Finola. Bernadette a été emmenée à l'hôpital. Elle a une hémorragie. Elle vous réclame. Je dois vous parler, il faut que vous rentriez à la maison !

Ria enfila une robe par-dessus son maillot de bain et gagna la cuisine sans un mot. Elle mit la cafetière en route, puis s'empara d'un répertoire où étaient notés des numéros de compagnies aériennes et le tendit à Danny en silence. Il allait rentrer ce jour-là, et elle ne devait rien faire pour l'en empêcher.

Elle aperçut son reflet dans la glace. Un demi-sourire flottait sur ses lèvres ; elle devait l'effacer immédiatement de son visage. Il ne fallait pas que Danny devine ses pensées. Si Bernadette perdait le bébé, ce serait peut-être la fin de leurs problèmes.

Danny la fixait d'un regard angoissé.

— Habille-toi, dit-elle. Je vais te conduire à l'arrêt du car pour l'aéroport.

Il s'approcha d'elle et la serra très fort dans ses bras.

— Personne ne parviendra jamais à t'égaler, Ria, murmura-t-il d'une voix brisée.

— Je serai toujours là pour t'aider, tu le sais, murmura-t-elle, le visage enfoui dans ses cheveux.

Marilyn avait vu Rosemary se garer près de l'arrêt de bus et bavarder avec Gertie. Elle était soulagée que la jeune femme n'ait pas profité de l'occasion pour lui rendre visite. Il lui était de plus en plus difficile de dissimuler son ressentiment. Elle enfonça furieusement sa binette dans le sol, se demandant si, dans ce pays catholique, les gens penseraient qu'elle ne respectait pas le repos dominical. Mais Colm Barry l'avait rassurée ; le jardinage était un simple loisir, et puis tous les magasins étaient ouverts le dimanche à présent, il y avait même des matchs de foot.

Elle entendit une autre voiture se garer le long du trottoir. Pourvu que ce ne soit pas une visite ; elle n'avait envie de parler à personne. Elle voulait se perdre dans le travail. Il y avait tant de choses auxquelles elle ne voulait pas penser ! C'était curieux, autrefois, il n'y avait qu'un sujet qu'elle s'efforçait de chasser de son esprit. Mais, aujourd'hui, non seulement elle devait éviter de songer à Dale, mais également au mari violent de Gertie, à la sœur droguée de Colm ou à Rosemary, l'amie déloyale.

Elle entendit des voix s'élever à l'extérieur du numéro 16. Et soudain, alors qu'elle était agenouillée, Marilyn aperçut la silhouette légèrement voûtée de son mari s'avancer dans l'allée et le vit lever les yeux vers la villa. Elle jeta sa binette à terre et s'élança en criant :

— Greg... Greg !

Il eut un mouvement de recul. Les mois durant lesquels elle l'avait rejeté l'avaient marqué de leur empreinte.

— J'espère que je ne te dérange pas, murmura-t-il d'un ton d'excuse.

— Greg !

— Je voulais t'appeler de l'aéroport.

— Ne t'inquiète pas.

— Je ne voulais pas te déranger ou empiéter sur ton territoire. C'est juste... C'est juste... Eh bien, c'est juste pour deux ou trois jours.

Elle le regarda, bouche ouverte. Il s'excusait d'être là. Quelle terrible froideur elle avait dû lui témoigner !

— Greg, je suis ravie que tu sois venu, affirma-t-elle.

— Vraiment ?

— Bien sûr. Tu pourrais peut-être m'embrasser ?

En croyant à peine ses oreilles, Greg serra sa femme dans ses bras.

Consultant les horaires de bus, Ria en trouva un qui pourrait ramener les enfants plus tôt. Elle appela Sheila.

— Pourrais-tu les mettre dans le car en faisant preuve de diplomatie ? Je t'expliquerai tout demain.

Sheila devina qu'il s'agissait d'une urgence.

— De mauvaises nouvelles ?

— Non, pas vraiment, c'est un peu compliqué. Mais Danny doit repartir ce soir et je veux qu'il puisse dire au revoir aux enfants.

— Que dois-je leur dire ?

— Simplement que le programme a été changé.

— Je vais m'en occuper. Mais il va me falloir du courage pour en parler à Sean et Annie.

— Papa, c'est Annie. Je n'arrive pas à croire ce que m'a dit Mrs Maine. Elle prétend que tu t'en vas ce soir.

— C'est vrai, ma princesse, et cela me ferait vraiment plaisir que tu puisses rentrer.
— Mais pourquoi, papa, pourquoi ?
— Je t'expliquerai tout à l'heure, princesse.
— Nous devions pique-niquer cet après-midi et passer la journée de demain à Manhattan. Tout tombe à l'eau, maintenant.
— J'en ai bien peur, ma chérie.
— Tu t'es disputé avec maman ? Elle t'a demandé de partir, c'est ça ?
— Absolument pas, Annie. Ta mère et moi avons passé un merveilleux moment ensemble et nous voulons vous parler ce soir, voilà tout.
— Bon, d'accord.
— Je suis navré d'avoir gâché ton idylle, ajouta-t-il.
— Quelle idylle, papa ? Ne sois pas si vieux jeu.
— Désolé.

Pendant le trajet en bus, Annie et Brian s'efforcèrent de deviner ce dont il s'agissait.
— Il va peut-être revenir vivre à la maison ? suggéra Brian, plein d'espoir.
— Ils ne nous auraient pas demandé de rentrer pour nous dire ça, grommela l'adolescente.
Elle avait manqué un merveilleux pique-nique au bord d'un lac. Sean avait été très fâché par son départ, et il avait même insinué qu'elle voulait retourner à Westville pour y retrouver Hubie.
— Alors, quoi ? insista Brian.
— Moi, je crois qu'il est ruiné.
— Je l'ai toujours dit ! s'exclama le petit garçon, triomphant.
— Non, c'est faux. Tu n'arrêtais pas de répéter que c'était une idée de Finola.
— Nous aurons bientôt la réponse, rétorqua-t-il avec philosophie. Nous arrivons à Westville.
Quand ils descendirent du bus, Hubie les attendait.

— Votre mère m'a demandé de venir vous chercher et de vous ramener à Tudor Drive, déclara-t-il.

— C'est bien vrai ? Tu n'es pas en train de nous enlever ? plaisanta l'adolescente.

— Non. J'étais ravi d'avoir l'occasion de te revoir, mais c'est vraiment elle qui me l'a demandé.

Ils s'installèrent dans la voiture du jeune homme.

— Vous vous êtes bien amusés ?

— Pas mal, répliqua Annie en haussant les épaules avec désinvolture.

Brian décida qu'il fallait absolument donner plus d'informations à Hubie.

— Sean et elle étaient répugnants, presque autant que vous deux. Je ne sais pas comment ils faisaient pour ne pas s'étouffer, et je ne vois vraiment pas comment on peut respirer en même temps !

Le visage de Bernadette était exsangue.

— Répète-moi ce qu'il a dit, maman ?

— Il m'a dit que je devais bien l'écouter et te répéter ceci : qu'il prenait l'avion ce soir même, qu'il serait là demain et que rien n'était changé.

— A-t-il dit qu'il m'aimait ? souffla-t-elle d'une voix faible.

— Il m'a dit que rien n'était changé. Il l'a répété trois fois.

— A ton avis, pourquoi n'a-t-il pas dit simplement qu'il m'aimait ?

— Son ex-femme devait être là. Il voulait te dire que si tu perdais le bébé, Bernadette, ce qui ne sera pas le cas, la situation resterait la même.

— Est-ce que tu le crois, maman ?

— Oui. Je l'ai écouté me le répéter trois fois et je le crois, affirma Finola.

— Assieds-toi, Barney. Il faut que nous discutions, déclara Mona.

— Mais tu as refusé de parler quand j'essayais de le fairc, se plaignit-il.

— Je n'en avais pas envie à ce moment-là, mais à présent c'est nécessaire. Beaucoup de choses ont changé.

— Quoi, par exemple ?

— Par exemple, cet article dans le journal.

— Mais tu m'avais dit avoir des économies et être prête à m'aider.

— Nous n'avions pas précisé dans quelles conditions. Et je n'imaginais pas que tu avertirais la presse.

Elle était calme et sereine, comme toujours, mais il émanait d'elle un soupçon de dureté que Barney n'aimait pas.

— Mona, tu sais très bien que, dans une situation pareille, il est nécessaire de restaurer la confiance du marché, commença-t-il.

— Tu n'avais pas à le faire avant que nous ayons discuté des termes de notre accord.

— Ecoute, ma chérie, arrête de faire des mystères. Qu'entends-tu par là ? Tu m'as dit que tu avais des économies, une somme qui pourrait nous tirer d'affaire.

— Non, je n'ai pas dit ça.

Elle était impassible. Elle aurait pu être en train de parler d'un motif de broderie ou d'un défilé de mode organisé pour ses bonnes œuvres.

— Alors qu'as-tu dit, Mona ?

— J'ai dit que j'avais une somme d'argent qui pouvait vous tirer d'affaire. Ce n'est pas du tout la même chose.

— Ne joue pas sur les mots, ce n'est pas le moment.

Un tic nerveux faisait trembler la tempe de Barney. Il était impossible que Mona se soit moquée de lui, qu'elle lui ait raconté des histoires. Ce n'était pas son genre.

— Il n'est pas question de jouer, je peux te l'assurer, répliqua-t-elle froidement.

— Je t'écoute, Mona.

— J'espère bien, répliqua-t-elle.

Alors, d'une voix neutre, elle lui apprit qu'elle avait investi suffisamment d'argent au fil des années en fonds de retraite et polices d'assurance pour le tirer d'affaire. Mais tous les titres étaient à son nom et elle ne les vendrait que s'il acceptait de payer ses dettes ; de vendre la superbe villa dans laquelle ils vivaient et d'en acheter une autre, plus petite et moins prétentieuse ; de lever l'hypothèque du numéro 16 Tara Road ; et d'annoncer à Miss Callaghan que toute relation entre eux — financière, sexuelle ou sociale — était terminée.

Barney l'écoutait, bouche bée.

— Tu ne peux pas exiger tout cela, murmura-t-il enfin.

— Tu n'es pas obligé d'accepter.

Il la dévisagea longuement.

— Tu as toutes les cartes en main, déclara-t-il.

— Il est toujours possible de se lever et d'arrêter la partie. Personne ne te force à jouer.

— Pourquoi fais-tu cela, Mona ? Tu n'as pas besoin de moi. Rien ne t'oblige à me garder dans ta vie comme une sorte de gadget.

— Tu n'as aucune idée de ce dont j'ai besoin et de ce dont je n'ai pas besoin, Barney.

— Fais preuve d'un peu de dignité, pour l'amour du ciel. Tout le monde est au courant de ma relation avec Polly. Nous ne pouvons pas étouffer une affaire qui est déjà de notoriété publique.

— Ils sauront également qu'elle est finie, répliqua-t-elle.

— Cela te fera plaisir ?

— Ce sont mes conditions.

— Avons-nous besoin d'avocats pour officialiser notre accord ? demanda-t-il d'un ton sarcastique.

— Non, mais nous ferons appel aux journaux. Tu t'en es déjà servi, je peux faire la même chose.

Si quelqu'un avait suggéré à Barney qu'un jour sa femme discrète et soumise lui parlerait ainsi, il aurait éclaté de rire.

— Qu'est-ce qui t'a amenée à faire cela, la crainte d'être pauvre ? demanda-t-il, les lèvres pincées.

— Si tu penses vraiment cela, je te plains. Je n'ai jamais voulu être riche. Jamais. Cela m'a toujours gênée. Mais il se trouve que je suis riche, et je le serai plus encore si je ne t'aide pas à sortir du gouffre dans lequel tu t'es enfoncé.

— Et pourquoi le ferais-tu ?

— En partie parce qu'il me semble que ce n'est que justice.

Tu as travaillé dur, très dur, et j'ai toujours mené une existence agréable. En outre, j'aimerais que nous faisions preuve d'une certaine élégance à cette période de notre vie.

Il la regarda, les larmes aux yeux.

— Je ferai ce que tu souhaites, murmura-t-il.

— A ta guise, Barney.

Hubie les déposa dans l'allée.

— Les choses ne sont jamais telles que Brian les décrit, déclara Annie avec tristesse.

— Je sais.

— Alors, est-ce que tu reviendras me voir ?

— Bien sûr. De toute façon, ni Sean ni moi n'allons te revoir quand l'été sera fini, alors...

— Eh oui, malheureusement.

— Pour lequel de nous dis-tu cela ?

— Pour vous deux.

Puis les enfants Lynch se précipitèrent à l'intérieur de la villa. Le sac de voyage de leur père était posé dans l'entrée.

— Tu t'en vas vraiment, alors ? demanda Annie.

— Tu pensais que je mentais ?

— Je me suis dit que tu voulais peut-être nous obliger à rentrer de chez les Maine.

— Vous auriez beaucoup aimé voir Annie et Sean commença Brian.

— Non, certainement pas. Pas plus que nous n'avons aimé voir l'état dans lequel tu as laissé ta chambre, Brian. Mais ne perdons pas de temps ; dans une heure, je dois conduire votre père à la gare de bus. Nous avons beaucoup de choses à vous dire, alors nous devons nous y mettre dès maintenant.

— Zach a dû me voir arriver, il va peut-être me rendre visite... commença Brian.

— Eh bien, nous lui demanderons de revenir, répliqua sa sœur.

Danny prit la parole :

— Je suis venu vous dire qu'il allait y avoir beaucoup de changements dans nos vies, et qu'ils ne seront pas tous agréables.

— Mais certains le seront ? demanda Brian.

— Eh bien, en fait, non, répondit son père.

Ils attendirent en silence. Danny semblait incapable de trouver ses mots. Ils se tournèrent vers leur mère, mais celle-ci se contenta d'adresser un sourire d'encouragement à leur père. Au moins, elle ne s'était pas disputée avec lui et cela les rassura un peu.

Enfin, Danny s'éclaircit la gorge et parvint à tout leur raconter. Les dettes, les coups de dés qui n'avaient pas été couronnés de succès, la faillite. Ils allaient devoir vendre le numéro 16 Tara Road.

— Bernadette et toi allez vendre votre nouvelle maison aussi ? demanda Brian.

— Oui, bien sûr.

— Elle n'est pas à Barney ? questionna Annie.

— Non.

— Alors nous pourrions peut-être nous y installer tous, non ? s'exclama Brian en balayant la pièce d'un geste ample. En fait, peut-être pas, ajouta-t-il, se souvenant de la situation.

— J'avais l'intention de vous en parler ce soir. Nous aurions eu plus de temps pour en discuter et j'aurais pu vous dire à quel point j'étais désolé. Mais je dois rentrer.

— Mr McCarthy est en prison ? demanda Brian.

— Non, ce n'est pas ça du tout.

Il y eut un silence. Les enfants interrogèrent une nouvelle fois Ria des yeux. Mais elle garda le silence, se contentant d'encourager Danny à poursuivre.

— Bernadette ne va pas très bien, reprit-il alors. Nous avons reçu un message de Finola. Elle a eu une hémorragie et il est possible qu'elle perde le bébé. Elle est à l'hôpital. C'est pour cela que je dois rentrer plus tôt.

— Cela veut dire qu'il n'y aura pas de bébé, finalement ?

Brian voulait être sûr d'avoir bien compris.

— Il n'est pas entièrement formé, alors, s'il naissait maintenant, il serait très faible et ne pourrait peut-être pas survivre, expliqua Danny.

Annie jeta un regard à sa mère et se mordit les lèvres. Jamais la situation n'avait été aussi claire et sans fard. Et son père lui avait dit la vérité au téléphone ; ils ne s'étaient pas disputés.

Brian laissa échapper un grand soupir.

— Cela résoudrait tous nos problèmes si le bébé de Bernadette ne voyait pas le jour, hein ? s'exclama-t-il. Alors nous pourrions recommencer à vivre comme avant !

Danny donna au chauffeur de taxi l'adresse de la maternité.

— Faites aussi vite que possible. Je devrai vous payer en dollars, je n'ai rien d'autre.

— Ça me convient très bien, déclara le chauffeur en démarrant dans le soleil du petit matin et en fonçant sur la route déserte. C'est votre premier ?

— Non, répliqua Danny d'un ton sec.

— Mais c'est toujours aussi excitant, pas vrai ? Ils sont tous différents. Moi, j'en ai eu cinq, mais c'est fini. Ils lui ont fait un nœud, à ce qu'ils m'ont dit.

Il rit à sa propre plaisanterie et croisa le regard de Danny dans le rétroviseur.

— Vous êtes peut-être un peu fatigué après le vol. Vous devez avoir envie de vous reposer, suggéra-t-il.

— En effet, répondit Danny avec soulagement avant de fermer les yeux.

— Eh bien, profitez-en. Vous n'aurez plus beaucoup l'occasion de dormir pendant un certain temps, je vous le promets, déclara le chauffeur.

Orla King procéda à des examens de routine à l'hôpital. Les analyses de sang avaient révélé que son foie fonctionnait beaucoup mieux. Depuis la rechute catastrophique dans le restaurant de Colm, elle ne buvait plus.

— C'est bien, déclara le médecin avec gentillesse. Ce n'est pas facile, mais vous tenez le bon bout.

Au moment où elle quittait la pièce, Orla aperçut Danny.

— Nous nous rencontrons vraiment dans les endroits les plus inattendus, déclara-t-elle.

— Pas maintenant, Orla.

La voix de Danny était dure.

— Le bébé n'est pas déjà né ?

— Laisse-moi passer, s'il te plaît, intima-t-il en essayant vainement de poursuivre sa route.

— Viens boire un café à la cafétéria pour tout me raconter, demanda-t-elle.

— Non. Je dois voir quelqu'un, je suis pressé.

— Allons, viens, Danny. Je ne bois plus, c'est une bonne nouvelle, n'est-ce pas ?

— Je suis très content pour toi, répondit-il tout en essayant de forcer le passage.

— Ecoute, je me suis mal conduite voici quelque temps. Je n'ai ni téléphoné ni écrit pour te demander pardon, mais tu sais que je ne suis plus moi-même sous l'influence de l'alcool.

De l'autre côté du couloir se trouvaient les toilettes pour hommes.

— Excuse-moi, Orla, murmura-t-il avant de franchir la porte.

Une fois à l'intérieur, il se pencha au-dessus du lavabo et contempla son visage hagard, ses yeux enfoncés dans leurs orbites, sa chemise froissée.

Une infirmière lui avait annoncé que Bernadette se trouvait encore en service de soins intensifs et qu'il pourrait la voir dans une heure ou deux. Sa mère serait bientôt de retour, elle avait passé la plus grande partie de la nuit à son chevet. Oui, la jeune femme avait perdu le bébé ; il avait été impossible de l'éviter. Bernadette le lui raconterait elle-même, il était contraire au règlement de l'hôpital de lui dire si c'était un garçon ou une fille, la patiente s'en chargerait. L'infirmière lui avait alors conseillé d'aller prendre un café.

Ses épaules étaient secouées de tressaillements et des larmes ruisselaient sur ses joues. Un jeune homme, costaud, entra dans les toilettes et l'aperçut.

— Vous avez assisté à l'accouchement ? demanda-t-il.

Danny fut incapable de répondre, et le jeune père s'imagina qu'il hochait la tête en signe d'assentiment.

— Moi aussi. Bon sang, cela m'a bien secoué. Je n'arrivais

pas à y croire. J'ai dû venir ici pour me remettre. Mon fils, et je l'ai vu naître !

Il passa maladroitement le bras autour des épaules de Danny en signe de solidarité.

— Et on prétend que ce sont les femmes qui font tout le travail ! s'exclama-t-il.

Polly revint de Londres le lundi suivant, tôt dans la matinée. Barney l'attendait dans sa voiture devant l'immeuble.

La jeune femme fut enchantée de le voir.

— Je ne t'ai pas appelé, je voulais te laisser un peu tranquille, déclara-t-elle. Comme c'est gentil de venir me souhaiter la bienvenue !

— Ce n'est pas ce que tu crois.

Il semblait très abattu. Polly décida de le réconforter et poursuivit :

— J'ai acheté l'*Irish Times* à Londres et j'ai lu l'article te concernant. C'est merveilleux !

— Oui.

— Ce n'est pas ton avis ?

— En un sens.

— Eh bien, descends de voiture et rentrons. Je vais nous préparer un café.

— Non, Polly, nous [illegible] discuter ici.

— Dans ta voiture ? [illegible] pas ridicule.

— S'il te plaît. Fais-m[illegible]isir, pour une fois.

— N'ai-je pas passé [illegible] à te faire plaisir ? Raconte-moi tout. Est-il vrai que tu s[illegible] d'affaires ?

— Oui, Polly, en effe[illegible]

— Alors comment s[illegible] que nous ne soyons pas en train de sabler le champ[illegible]

— Je dois en payer le prix, Polly. Et c'est un prix terrible.

— Polly, c'est Gertie à l'appareil. Avez-vous un instant ? Je voudrais vous demander un service.

— Non, Gertie, je ne peux pas vous parler.

— Je suis désolée. Barney est là ?

— Non, et il ne reviendra plus.

— C'est impossible ! Je savais qu'il avait des problèmes, mais...

— Il n'a plus de problèmes. Tout a été arrangé, mais il ne reviendra plus jamais. Cela fait partie de l'accord. En fait, je vais bientôt quitter cet appartement, moi aussi. Cela fait aussi partie de l'accord.

— Comment ça ?

— Sa femme. Les épouses finissent toujours par gagner.

— Mais non. Ria n'a pas gagné, n'est-ce pas ?

— Qu'est-ce que ça peut bien faire, Gertie ?

— Je suis navrée pour vous. Il ne parlait peut-être pas sérieusement.

— Si. Soit c'était cela, soit... Alors, quel est votre problème ?

— Juste que... Cela n'a pas d'importance, ce n'est rien comparé au vôtre.

— De quoi s'agit-il, Gertie ?

— C'est absurde, mais Jack s'est mis en tête que je gagnais mon argent... Vous n'arriverez jamais à croire ce qu'il s'imagine ! Alors j'ai dû lui avouer que je faisais des ménages pour vous. Il est donc possible qu'il vienne vous poser la question. Pourrez-vous le lui confirmer ?

— C'est tout ? C'est cela, votre problème ?

— Eh bien, cela m'a causé de gros ennuis, et ça pourrait se reproduire s'il se fait encore des idées.

— Y a-t-il eu des points de suture, cette fois-ci ?

— Mais non.

— Gertie, vous êtes une imbécile. J'aimerais vous secouer jusqu'à ce que vous reveniez à la raison.

— Cela ne m'aiderait pas. Pas le moins du monde.

— Je sais.

— C'est juste parce qu'il m'aime, vous comprenez. Alors, il se fait des idées.

— Je vois.

— Et je sais que Barney vous aime aussi, Polly. Il reviendra.

— Bien sûr, répliqua cette dernière avant de raccrocher.

Marilyn annonça à Greg qu'ils iraient passer la journée de lundi à Wicklow. C'était à moins d'une heure de route, et l'endroit était superbe. Elle allait préparer un panier de pique-nique.

— Viens, je vais te montrer la carte. Tu adores les cartes ! s'exclama-t-elle. Tu pourras voir où nous allons et me guider si je me perds.

Il l'observait avec stupéfaction. La métamorphose était extraordinaire. Sa femme avait retrouvé son enthousiasme d'autrefois.

— La campagne n'est qu'à une heure d'ici ? demanda-t-il, surpris.

— C'est une ville extraordinaire : la mer et la montagne se trouvent juste à ses portes, déclara-t-elle. Je veux te montrer l'endroit que j'ai découvert. On peut garer la voiture et marcher pendant des kilomètres sans rencontrer âme qui vive. On se croirait en Arizona, sans le désert.

— Pourquoi allons-nous là-bas ? demanda-t-il gentiment.

— Pour que personne ne puisse nous interrompre. Si nous restions au numéro 16 Tara Road, c'est comme si on se trouvait au beau milieu d'un hall de gare ! répondit Marilyn avec l'éclat de rire que Greg avait redouté de ne plus jamais entendre.

Bernadette était très pâle. Quand Danny l'aperçut, son cœur se serra douloureusement.

— Allez lui parler, chuchota l'infirmière. Elle a compté les minutes qui la séparaient de votre retour.

— Mais elle dort, murmura-t-il, redoutant presque de s'approcher du lit.

— C'est toi, Danny ?

— Je suis là, ma chérie. Ne dis rien. Tu es fatiguée et très faible. Tu as perdu beaucoup de sang, mais tu vas rapidement te rétablir.

— Embrasse-moi, souffla-t-elle.

Il embrassa sa joue maigre et pâle.

— Mieux que ça.

Il déposa un baiser sur ses lèvres.

— M'aimes-tu encore, Danny ?
— Bernadette, ma chérie... Bien sûr que oui.
— Tu sais, pour le bébé ?
— Je suis triste, très triste que nous ayons perdu notre enfant, répondit-il, les yeux noyés de larmes. Et je suis désolé de ne pas avoir été près de toi quand c'est arrivé. Mais tu vas bien et je suis là, maintenant. Cela nous donnera la force de continuer.
— Tu n'es pas soulagé, tu ne te dis pas que cela va régler tous tes problèmes ?
— Mon Dieu, Bernadette, comment peux-tu imaginer une chose pareille ? s'exclama Danny, horrifié.
— Eh bien... Tu comprends...
— Non, je ne comprends pas. Notre bébé est mort, tu es faible et tu souffres. Comment pourrais-je être soulagé ?
— J'avais peur que... Quand tu étais aux Etats-Unis...
La voix de la jeune femme s'éteignit.
— Je devais aller aux Etats-Unis pour leur annoncer de vive voix la faillite de la société, tu le sais. A présent, c'est fait, et je suis rentré à la maison. Auprès de toi.
— Cela s'est bien passé ? demanda Bernadette.
— Oui, tout s'est bien passé, répondit Danny.

Ria téléphona à Rosemary.
— Tu n'es pas encore partie au bureau ?
— Non. Mais quelle heure est-il aux Etats-Unis ? Ce doit être le milieu de la nuit.
— Oui, je n'arrive pas à dormir, répondit Ria d'une voix neutre.
— Quelque chose ne va pas ?
— Eh bien, oui et non.
La jeune femme confia alors à son amie que, Bernadette ayant fait une fausse couche, Danny était rentré plus tôt que prévu. Elle ne connaissait personne à Dublin susceptible de la tenir au courant de la tournure des événements. Rosemary pouvait-elle se renseigner ? Elle voyait Danny de temps en temps, il lui dirait sans doute ce qu'il en était.
Elle lui annonça également qu'elle projetait de lancer une

petite affaire de plats cuisinés à son retour en Irlande. A Westville, tout le monde avait apprécié sa cuisine. Elle demanderait à Colm de lui confier la préparation de ses desserts et irait solliciter le grand traiteur de la ville. Elle espérait que tout allait enfin s'arranger.

— Comment s'est comporté Danny pendant son séjour ? demanda Rosemary.

— Cela s'est bien passé. Un peu comme au bon vieux temps, répondit Ria.

Elle n'entra pas dans les détails, mais Rosemary eut l'intuition qu'il s'était passé plus de choses que Ria ne le laissait entendre. Cependant, même Danny n'aurait pas été suffisamment bête pour faire l'amour avec son ex-femme dans de telles circonstances. A moins que...

Alors que Rosemary se dirigeait vers sa voiture, encore plongée dans ses pensées, elle tomba nez à nez avec Jack. Il n'empestait pas l'alcool, mais il n'était pas à jeun.

— Je voudrais juste te poser une petite question, Rosemary. Paies-tu ma femme pour qu'elle fasse le ménage chez toi ?

— Absolument pas, Jack. Gertie est mon amie, pas ma femme de ménage. J'ai signé un contrat avec une société qui m'envoie quelqu'un deux fois par semaine.

— Quelqu'un d'autre lui donne-t-il de l'argent ? Ria et l'Américaine qui loge chez elle ? Polly ? Frances ?

— Ne sois pas ridicule, Jack. Bien sûr que non, répliqua Rosemary en claquant la portière de sa voiture.

Finola conduisit Danny à son bureau.

— Je dois demander à Barney ce que signifie toute cette histoire concernant un possible sauvetage de la société. Ce n'est probablement rien, une simple ruse, mais il y a peut-être aussi un espoir. Je serai de retour au chevet de Bernadette avant le déjeuner.

— Vous devriez dormir. Vous avez très mauvaise mine, dit Finola.

— Je ne peux pas dormir, pas dans un moment pareil.

— Maintenant que Bernadette a perdu son bébé... Etant donné la situation...

— Je l'aime encore plus et je tiens à prendre encore davantage soin d'elle, acheva Danny à la place de sa belle-mère.

— Mais d'une certaine manière...

— Vous devez bien savoir que je l'adore, Finola. Je n'aurais pas quitté ma femme et mes enfants pour elle si je ne l'aimais pas plus que tout au monde. Vous devez bien le savoir.

Une importante réunion se déroulait au bureau. La réceptionniste fut étonnée de voir surgir Danny.

— Ils pensaient que vous ne rentriez que demain, déclara-t-elle, troublée par son apparence négligée.

— Eh bien, me voilà. Qui est dans cette salle ?

— Le comptable, les avocats, le directeur de la banque et Mrs McCarthy.

— Mona ?

— Oui.

— Quelqu'un allait-il me parler de cette réunion, ou étais-je censé en être informé après coup ?

— Je l'ignore, Mr Lynch. Je vais être licenciée, comme tout le monde ici. On ne me tient pas non plus au courant de ce qui se passe.

— Très bien. Puisque je suis là, je vais y participer.

— Mr Lynch ?

— Oui ?

— Pourrais-je vous suggérer de... de faire un brin de toilette ?

— Merci du conseil.

La jeune femme avait raison. Il suffirait de cinq minutes dans les toilettes pour parer au plus pressé.

Les rayons du soleil se glissaient à travers les feuillages. Assis devant une table de bois, Greg et Marilyn déballaient leur pique-nique. Toute la matinée, ils s'étaient promenés dans les collines en bavardant.

— Pourquoi es-tu venu ? demanda Marilyn.

— Ria m'a dit que tu avais parlé de Dale à ses enfants. Alors, j'ai pensé que tu pourrais peut-être m'en parler aussi.

— Oui, bien sûr. Je suis navrée qu'il m'ait fallu si longtemps.

— Cela prend le temps qu'il faut, répondit Greg.

Il posa sa main sur la sienne. La nuit précédente, il avait dormi aux côtés de Marilyn. Ils ne s'étaient pas caressés, n'avaient eu aucun élan l'un vers l'autre, mais s'étaient tenu la main un instant. Il savait qu'il devait se montrer prudent. Il n'allait pas lui demander pourquoi elle avait changé ; elle le lui dirait elle-même.

— J'ai compris grâce à un détail idiot et dénué d'importance, déclara-t-elle enfin, les yeux emplis des larmes qu'il ne lui avait jamais vu verser. Annie m'a dit que nous avions eu raison de ne pas lui permettre de faire de la moto, pas plus qu'on n'aurait pu le laisser jouer avec des armes. Et Brian m'a dit qu'il était sûr que Dale était au paradis et qu'il regrettait toute la peine qu'il nous avait causée.

Les larmes de Marilyn tombèrent sur leurs mains jointes.

— Alors, j'ai ouvert les yeux, Greg, murmura-t-elle à travers ses sanglots. Je veux dire... Je ne crois pas vraiment [illegible]

[illegible]

— Je suis désolée, Danny, nous ne savions pas que vous étiez à Dublin. Nous n'avons pas essayé de vous exclure de cette réunion, déclara-t-elle.

Mona prenait la parole au cours d'une réunion comme celle-là ?

— Eh bien, dites-moi donc si l'article du *Irish Times* était fondé ou non.

Barney semblait curieusement silencieux. Danny joua donc son rôle, essayant de prendre le contrôle de la situation.

— Assez plaisanté, Danny, intervint Larry comme s'il s'adressait à un écolier.

Danny se tut. En l'espace d'un quart d'heure, il apprit que Mona avait décidé, sans y être contrainte légalement ou moralement, de sauver la société de la faillite. Les actifs seraient vendus, les créanciers payés. Danny n'aurait plus d'emploi puisque la société n'existerait plus. Le directeur de la banque lui laissa également entendre qu'il lui serait extrêmement difficile de retrouver une place dans une agence immobilière respectable. Leur mauvaise gestion était de notoriété publique.

En revanche, il apprit que l'hypothèque du numéro 16 Tara Road était résiliée. La villa ne serait pas vendue pour éponger les dettes de Barney McCarthy. Danny sentit sa respiration revenir lentement à un rythme normal. Mais Larry ajouta qu'en ce qui concernait Tara Road, ce n'était que partie remise. Danny n'avait en effet pas de capital, pas d'emploi et était submergé de dettes. De toute façon, il lui faudrait vendre la villa.

Un homme que Colm connaissait un peu pour l'avoir rencontré aux réunions des Alcooliques Anonymes vint lui rendre visite. Il s'appelait Fergal et, d'après les souvenirs de Colm, était inspecteur de police.

— Vous savez que nous sommes censés nous épauler, comme les francs-maçons ou les chevaliers, déclara Fergal avec un léger embarras.

— Je sais. Avez-vous quelque chose à me dire ou à me demander ? demanda Colm pour lui faciliter les choses.

— A vous dire. D'après la rumeur, votre beau-frère rencontre des trafiquants de drogue ici, dans votre restaurant. Il se peut qu'il y ait une descente de police.

— Merci.

— Vous saviez ce qu'il faisait ?

— Je le soupçonnais.

— Allez-vous le prévenir, lui demander de s'en aller ?

— J'aimerais qu'il aille en prison, mais je dois faire quelque chose avant.

— Cela sera-t-il long ? Vous n'avez pas beaucoup de temps.

— Alors je vais devoir le faire rapidement, répondit Colm.

Il s'arma donc de courage, en prévision de la pire conversation de toute son existence. Il avait promis à sa sœur de veiller sur elle. Longtemps, cela avait signifié fermer les yeux sur le fait qu'elle se droguait. Colm espéra que Marilyn tiendrait parole.

Dans la salle du conseil d'administration, Mona parlait toujours. Barney et Danny sortirent ensemble. Leur présence n'était plus nécessaire.

Le jeune homme était résolu à faire preuve d'entrain.

— En des temps plus heureux, nous aurions jugé la journée rêvée pour appeler Polly et réserver une table chez Quentin.

— Il n'y aura plus jamais de jours comme ceux-là, répliqua Barney, abattu.

— Cela fait partie de votre accord ?

— Tout à fait. Comment cela s'est-il passé, aux Etats-Unis ?

Danny haussa les épaules.

— Vous pouvez le deviner.

— Au moins de cette façon, [illegible] quelque chose.

— Oui.

— Pourquoi es-tu rentré plus tôt ?

— Bernadette a perdu le bébé.

— Oh, mon Dieu. Mais peut-être est-ce mieux ainsi, en un sens.

— Non, en aucune façon, répliqua froidement Danny.

Puis il quitta le bureau afin de prendre un taxi et retourner à l'hôpital.

Greg était retourné aux Etats-Unis. Marilyn s'était lamentée à l'idée de ne pouvoir prendre l'avion avec lui.

— Je ne peux pas déserter sa villa, abandonner une maison qu'elle va bientôt perdre, ce serait trop cruel.

— Bien sûr.

— Je serai de retour à Tudor Drive le 1er septembre, avait-elle promis.

— Je reviendrai dans le courant de cette semaine-là, moi aussi.

— Et Hawaï ?

— Ils comprendront, avait affirmé Greg avec confiance. Ils m'avaient attribué ce poste par pure gentillesse. Ils seront ravis d'apprendre que je vais mieux.

— Quel dommage que la situation ne se soit pas arrangée pour Ria !

— Nous n'en savons rien, peut-être est-ce le cas.

Greg était plein d'espoir.

— Non, elle veut que son mari revienne vivre avec elle et elle n'arrivera pas à ses fins. J'ai entendu dire qu'il était de retour et qu'il était de nouveau auprès de sa petite amie.

— Ria survivra, avait déclaré Greg.

— Au fait, à quoi ressemble-t-elle ?

— J'avais oublié que tu ne la connaissais pas. Elle est chaleureuse et un peu candide, en un sens. Elle est très expansive. Au début, je pensais qu'elle ne te plairait pas, mais maintenant je crois que si. J'ai l'impression que mon frère Andy l'aime bien, lui aussi.

— Nous serons peut-être belles-sœurs un jour ! s'était écriée Marilyn.

— Je n'y compterais pas trop, si j'étais toi.

Après son départ, assise à table, elle déclara à Clément :

— Tu sais, nous allons adopter un chat exactement comme toi, petite bête.

Colm entra par la porte-fenêtre ouvrant sur le jardin. Il était blême.

— Cela me fait plaisir de vous entendre parler au chat, dit-il.

Marilyn était étonnée. En général, il n'entrait jamais sans s'être annoncé. Il n'attendit pas qu'elle prenne la parole.

— Je dois me décider. Je vais lui parler aujourd'hui. Vous m'aiderez ?

— Vous êtes allé au centre ?

— Oui.
— Sont-ils prêts à l'accueillir si elle est d'accord ?
— Oui.
— Alors je vous aiderai, promit Marilyn.

— Ria, c'est Danny à l'appareil.
— Oh, Dieu merci ! J'attendais ton appel.
— J'ai traversé des moments un peu difficiles.
— Comment vas-tu ?
— Nous avons perdu le bébé, mais il fallait s'y attendre.
— Je suis désolée.
— Oui, je sais, Ria.
— Mais en un sens...
— Tu ne vas pas me dire que c'était la meilleure chose qui puisse arriver, toi aussi, l'interrompit-il.
— Non, bien sûr, mentit Ria.
— Les gens ne s'en privent pas et cela nous fait beaucoup de peine, à tous les deux.
— Je comprends.
Elle était déconcertée, mais elle ne devait pas le lui montrer.
— Les enfants vont bien, reprit-elle, ils se préparent à l'idée de rentrer à la maison. Nous pourrons bientôt nous revoir et faire des projets pour l'avenir.
— Oui. Tu sais, la situation n'est pas aussi grave qu'elle semblait l'être.
— Que veux-tu dire ?
— Mona avait des économies. Finalement, Barney ne mettra pas la main sur notre villa.
— Danny ! s'exclama Ria, soudain submergée de joie.
— Il faudra quand même la vendre, mais, au moins, l'argent nous reviendra. Nous te trouverons une autre maison où vivre.
— Bien sûr.
— C'est pour te dire cela que je t'ai appelée.
— Oui...
— Ça va ? demanda-t-il d'un ton soucieux.
— Bien sûr, pourquoi ?

— Je croyais que tu serais ravie. Quelque chose de positif s'est dégagé de tout ce désastre en la personne de Mona McCarthy.

— En effet, je suis très heureuse, répliqua-t-elle. Excuse-moi, Danny, je dois te laisser, on sonne à la porte.

Elle reposa le combiné. Personne n'avait sonné, mais elle voulait raccrocher avant qu'il n'entende les sanglots dans sa voix. Elle éprouvait une immense détresse à l'idée que ce qui s'était passé ne signifiait rien pour lui, et qu'ils n'avaient aucun avenir ensemble.

— Ce soir, Monto occupera une table de six personnes. Il veut celle qui se trouve le plus près de la porte, déclara l'un des amis anonymes du beau-frère de Colm.

— Elle est réservée, répliqua ce dernier avec prudence.

— Ça m'étonnerait.

— Dites à Monto de m'appeler lui-même, s'il a le moindre doute sur la question.

Colm avait demandé à son ami inspecteur d'informer la police anti-drogue de l'admission de Caroline dans un centre de désintoxication. Son mari n'avait aucun moyen de la joindre et de lui fournir de la drogue.

— Monto n'aime pas qu'on se moque de lui.

— Bien sûr que non, répliqua Colm avec courtoisie. Mais je suis certain qu'il vous croira quand vous lui annoncerez qu'il n'y a pas de table libre ce soir. D'ailleurs, pourquoi mettrait-il votre parole en doute ?

— Vous aurez de ses nouvelles.

Colm le savait bien. Mais Fergal lui avait promis que deux de ses hommes se trouveraient dans le voisinage, dans une voiture banalisée.

— C'est très gentil à vous, Fergal, avait répliqué le restaurateur. Il y aura toujours ici une table pour vous et l'élue de votre cœur.

— Oh, l'élue de mon cœur m'a quitté après que j'ai cessé de boire, avait tristement avoué Fergal.

— Et moi, je ne l'ai jamais trouvée. Mais peut-être la chance nous sourira-t-elle cette année, qui sait ? avait déclaré Colm avec une désinvolture qu'il était loin d'éprouver.

Marilyn se rendit au restaurant.
— J'ai l'intention d'inviter Gertie à dîner ce soir, déclara-t-elle.
— Avec grand plaisir. C'est la maison qui invite, annonça Colm.
— Il n'en est pas question.
— Pensez à tout ce que vous avez fait pour Caroline.
— Mais elle était prête. Elle s'imaginait simplement que vous vous sentiriez abandonné si elle s'en allait.
— Nous sommes tous absolument fous, à notre manière, vous ne trouvez pas ?
— C'est vrai, acquiesça-t-elle en riant. Gertie et moi allons cependant passer une soirée bien calme comparée à notre premier dîner ici. Vous souvenez-vous de la chanteuse qui avait bu l'eau du vase d'œillets ?
— Je ne suis pas près de l'oublier... En revanche, je ne jurerais pas que la soirée soit aussi paisible que vous l'imaginez.

[illegible]

— C'est vrai, murmura Ria.
— Ça va, maman ?
— Oui. Mais je ne veux pas que tu t'attaches trop à un garçon que tu ne reverras plus dans dix jours.
— Tu voudrais encore moins que je m'attache à un garçon que je verrais jour et nuit pendant le reste de ma vie, répliqua Annie, les yeux pétillants.

— Très bien, tu peux leur téléphoner, murmura Ria.

Cela n'avait plus d'importance, désormais. Plus rien n'avait d'importance.

Rosemary sonna à la porte du numéro 16.

— Je ne fais que passer. Gertie m'a dit que votre mari vous avait rendu visite ?

— C'est exact.

— Tout s'est bien passé ?

— Très bien, merci.

— Avez-vous des nouvelles de Ria ?

Si Rosemary trouvait curieux que Marilyn ne l'invite pas à entrer, elle n'en laissa rien paraître.

Soudain, Marilyn ouvrit la porte plus grand.

— En fait, oui. Entrez, je vais tout vous raconter.

Bernadette était rentrée de l'hôpital. Elle était étendue sur le canapé ; Danny lui apporta un bol de soupe.

— C'est gentil, murmura-t-elle. Qu'est-ce que c'est ?

— Juste du bouillon avec un peu de cognac dedans. Pour te redonner des forces, l'encouragea-t-il en lui caressant le visage.

— Tu es l'homme le plus gentil du monde, dit-elle.

— Je ne suis bon à rien. Je dois revendre notre nouvelle maison avant même que nous ayons commencé à la payer.

— Ça m'est égal. Tu le sais bien.

— Oui, je le sais.

— Et Ria ?

C'était la première fois qu'elle en parlait.

— Elle n'est pas trop fâchée à l'idée de vendre Tara Road ?

— Je crois que non. Elle m'a donné l'impression de bien l'accepter quand j'étais là-bas. Mais elle semblait différente au téléphone, je ne sais pas pourquoi.

— A-t-elle dit quoi que ce soit au sujet du bébé ?

— Elle m'a dit qu'elle était désolée.

— Je suis sûre que c'est vrai, murmura Bernadette. Et tes

enfants devaient l'être aussi. Tu te rappelles le jour où Brian nous a demandé s'il avait les pieds palmés ?...

Elle sourit à ce souvenir, puis fondit en larmes en songeant au petit garçon qu'ils avaient perdu.

Marilyn s'était assise en face de Rosemary dans le superbe salon.

— Un verre de sherry vous ferait-il plaisir ? demanda-t-elle d'un ton courtois.

Elle s'empara d'un carafon et remplit les deux verres de cristal posés sur un plateau.

— A son retour, Ria a l'intention de monter une petite affaire, poursuivit-elle.

— Oui, c'est ce qu'elle m'a dit.

— C'est une excellente cuisinière, vous le savez sans doute.

— En effet.

— Et le pâtissier qu'employait Colm est parti, elle pourra donc s'occuper de la préparation des desserts. Je crois qu'elle a également l'intention de proposer à Quentin quelque chose de différent, de telle sorte que les deux restaurants ne soient pas en concurrence.

Marilyn avait l'air impitoyable et déterminée. Rosemary se demanda où elle voulait en venir.

— Elle va également offrir ses services au grand traiteur qui se trouve au croisement de trois rues, vous savez lequel ? Et elle préparera des gâteaux pour la maison de retraite. Sa mère et moi en avons déjà discuté.

— Vous avez été très efficace, remarqua la jeune femme, impressionnée.

— Mais ce dont Ria a vraiment besoin, Rosemary, c'est d'une personne qui puisse l'aider à un niveau professionnel, comme vous.

— Mais je ne sais pas cuisiner. Je sais à peine ouvrir une boîte de conserve !

— Je veux dire quelqu'un qui puisse imprimer une brochure, des cartes de visite, des menus...

— Ma foi... Si je peux faire quoi que ce soit pour l'aider, ce sera avec plaisir...

— Et la recommander à un certain nombre de gens, lui confier la préparation de petites réceptions dans votre bureau, dans les lieux où vous vous rendez...

— Allons, à vous entendre, on croirait qu'il va s'agir d'un emploi à plein temps !

— Je crois que vous devriez lui consacrer une somme de temps considérable, en effet, répliqua Marilyn d'une voix tranchante. Et même de l'argent.

— Je suis désolée, mais je ne vois vraiment pas en quoi...

— Je vais téléphoner à Ria demain, l'interrompit Marilyn. J'aimerais pouvoir lui dire quelles dispositions nous avons prises pour elle. Elle déborde de bonne volonté, elle en a même plus qu'il n'en faut, mais elle a besoin de tout le soutien que vous pouvez lui apporter.

— Je n'investis pas dans les projets de mes proches, répliqua Rosemary. Je ne l'ai jamais fait. C'est une question de principe. Je me suis échinée au travail pour gagner mon argent, et je veux conserver mes amis. Quand on ne perd pas d'argent à cause d'eux, il est plus facile de leur garder son amitié, si vous voyez ce que je veux dire.

Le silence s'installa dans la pièce.

— Bien sûr, je me ferai un plaisir de la recommander autour de moi, reprit-elle.

Le silence se prolongea.

— Et si j'entends parler de quoi que ce soit...

— Je crois que nous devrions dresser la liste de ce dont vous allez vous occuper, insista Marilyn. Nous pourrions rédiger par écrit tout ce qu'une excellente amie comme vous a fait pendant l'absence de Ria.

Ces mots ressemblaient à une menace. Rosemary lança un regard éperdu à Marilyn. Que pouvait-elle bien vouloir dire ?

— Elle a besoin de savoir que ses amies sont capables d'agir et ne se contentent pas de paroles. A quoi servirait une amie qui l'aurait trahie ?

— Je vous demande pardon ?

— Ce serait une trahison, n'est-ce pas, qu'une femme

s'empare de ce que Ria aime le plus au monde, tout en continuant à prétendre être son amie ?

— Que voulez-vous dire ? murmura Rosemary d'une voix presque inaudible.

— A votre avis, qu'est-ce que Ria chérit le plus au monde ?

— Je ne sais pas. Cette maison ? Ses enfants ? Danny ?

— Oui. Bien sûr, vous ne pouvez pas lui rendre la villa, et elle n'a pas perdu ses enfants. Alors ?

— Alors ? répéta Rosemary d'une voix tremblante.

Marilyn savait, songea-t-elle, elle savait absolument tout.

— Alors, vous pouvez l'aider à conserver sa dignité, acheva Marilyn d'un ton vif.

Le nom de Danny n'avait pas été prononcé une seconde fois.

Les deux femmes entreprirent de dresser la liste de ce que Rosemary pouvait faire pour lancer la carrière de Ria.

Gertie venait de finir de repasser une robe pour Marilyn.

— C'est une teinte superbe. Fuchsia, n'est-ce pas ?

— Je crois. Elle ne me va pas très bien au teint, je la porte rarement.

— Quel domm[illegible]ussi belle couleur ! Il [illegible] a des années, quand je [illegible]ez Polly, nous avions [illegible]e robe de cette couleur [illegible] la louaient toujours [illegible]our les mariages.

— Vous ferait-[illegible]emanda Marilyn. Vra[illegible]ent, je ne la porte jamai[illegible]eaucoup vous la don[illegible]r.

— Vous en ête[illegible]

— Mettez-la ce[illegible]m elle vous ira très b[illegible]n.

Le visage de G[illegible]rit.

— Nous sortons toujours ce soir, n'est-ce pas ? demanda Marilyn.

Si Gertie se ravisait maintenant, songea-t-elle, elle l'étranglerait.

— Bien sûr, Jack en est très content. Mais je ne crois pas qu'il aimerait me voir porter une robe aussi élégante. Une robe qu'il ne m'a pas achetée lui-même.

— Alors, venez vous changer ici avant d'aller au restaurant.

— Pourquoi pas ? Ce sera tellement agréable de me mettre sur mon trente et un ! s'exclama Gertie avec un sourire si touchant que Marilyn se félicita de n'avoir rien dit de désagréable concernant Jack.

A dix-neuf heures, Monto et deux de ses amis entrèrent dans le restaurant, et se dirigèrent vers la table qu'ils croyaient avoir réservée. Le restaurant était encore vide ; personne n'arriverait avant au moins une demi-heure. La situation était encore meilleure que Colm ne l'aurait imaginé.

— Désolé, Colm, mais il y a eu une erreur, commença son beau-frère. Nous allons rencontrer des amis ici. Deux viennent d'Angleterre, et un du nord de l'Irlande. Ce sera une réunion importante, et elle se tiendra ici.

— Pas ce soir, Monto.

— Ah non ?

Monto esquissa lentement un sourire. Il avait les cheveux très courts et une nuque épaisse. Son costume coûteux ne parvenait pas à dissimuler son embonpoint, et les soins de manucure qu'il s'offrait régulièrement n'embellissaient pas ses mains boudinées et ses ongles carrés. Colm le regarda droit dans les yeux.

— Vous avez la mémoire courte, reprit Monto. Il n'y a pas si longtemps, vous m'avez dit que vous me deviez une fière chandelle.

— Et je m'en suis acquitté. Vous avez traité suffisamment d'affaires ici.

— Des affaires ? Des contrats ?

Monto lança un regard à ses deux associés, et se mit à rire.

— Le mot « repas » ne serait-il pas plus approprié, Colm ? C'est un restaurant que vous tenez. Il y est question de repas, pas de contrats.

— Au revoir, Monto.

— Ne vous imaginez pas que vous pouvez me parler ainsi.

— C'est pourtant ce que je fais. Et, si vous avez le moindre bon sens, vous allez sortir d'ici.

— Donnez-moi une bonne raison de le faire.

— Le numéro de la voiture en provenance d'Irlande du Nord a déjà été relevé. Vos amis anglais vont être interrogés. Vous serez fouillés.

— Ce ne sont que des mots, Colm. Qui va s'occuper de votre sœur ? Elle n'a pas suffisamment de réserves pour tenir jusqu'au week-end.

— Elle est en bonnes mains, merci.

— Personne, dans cette ville, ne lui vendra quoi que ce soit. Ils savent que c'est ma femme.

— Eh bien, ils en savent plus que vous. Cela fait trois jours que vous ne l'avez pas vue, répliqua Colm d'une voix très calme.

— Vous déclencheriez une guerre entre trafiquants dans votre restaurant simplement parce que vous lui avez trouvé d'autres fournisseurs ?

— Je ne déclencherai rien du tout. Je vous demande simplement de partir.

— Et qu'est-ce qui vous fait penser que je vais obéir ?

— La voiture de police garée à l'extérieur.

— Vous m'avez tendu un piège !

— Non, absolument pas. Je leur ai dit qu'il n'y aurait aucune réunion ici, qu'aucun contrat ne serait conclu [illegible] soir ni jamais.

— Et ils vous ont cru ?

— Ils étaient certains que je parlais sérieusement. [illegible] revoir, Mont[illegible].

Lorsque Marilyn et Gertie entrèrent, Colm avait retro[illegible] son calme.

— Gertie, vous êtes ravissante ! Vous devriez toujours porter des vêtements de cette couleur.

— Je le ferai, Colm, merci, répondit-elle, enchantée du compliment.

— Allons-nous assister à un feu d'artifice ce soir ? demanda Marilyn.

— Il est déjà fini, et j'en suis le premier surpris. Tout s'est évanoui avec les premières gelées d'automne.

— Vous partagez beaucoup de secrets, tous les deux, remarqua Gertie en riant.

— Seulement des secrets de jardiniers, répliqua Colm.

De l'autre côté de la salle se trouvait Polly Callaghan. Elle dînait en compagnie d'un homme d'allure distinguée.

— Barney est très compréhensif ; il la laisse dîner avec d'autres hommes, remarqua Gertie avec admiration.

— Je ne crois pas que Barney fasse encore partie de sa vie, répliqua Colm.

— C'est vrai, vous avez raison. Maintenant que j'y pense, elle quitte son appartement demain.

— Comment savez-vous tout cela, Colm ? demanda Marilyn, qui, quelques semaines plus tôt, n'aurait pas été le moins du monde intéressée par ces commérages.

— Dans un restaurant, on voit tout, on entend tout, mais on ne dit rien, déclara-t-il en leur tendant les menus avant de s'éclipser.

Rosemary, assise à une autre table, leur adressa un signe de la main.

— Avec qui est-elle ? se renseigna Marilyn.

— Sa sœur Eileen et sa petite amie, Stéphanie. Mais elles, elles sont vraiment lesbiennes, chuchota Gertie en riant.

— Espérons que la chanteuse ne reviendra pas faire éclater la vérité au grand jour, dit Marilyn.

— Oh, elles ne se cachent absolument pas. Ce qui ne plaît pas beaucoup à Rosemary.

— Ah, vraiment ? répliqua Marilyn en souriant.

Quand Gertie rentra du restaurant, Jack l'attendait.

— Tu as passé une bonne soirée ?

— Oui, Jack, très agréable, une soirée entre filles.

— Et qui t'a donné cette robe de catin ?

— Marilyn. Elle ne lui va pas très bien.

— Elle n'irait à personne, sauf à une catin.

— Oh, Jack, ne dis pas ça.

— Je t'ai aimée toute ma vie. Toi, tu n'as fait que me trahir et m'abandonner.

Jamais il ne lui avait parlé ainsi dans le passé.

— Ce n'est pas vrai, Jack. Je n'ai jamais regardé un autre homme que toi. Jamais.

— Prouve-le-moi.

— Serais-je restée à tes côtés chaque fois que tu avais des problèmes ?

— Non, c'est vrai, murmura-t-il. C'est vrai.

Ils allèrent se coucher. Elle resta étendue près de lui, n'osant bouger de peur qu'il ne la frappe. Elle l'observait du coin de l'œil. Jack était éveillé et fixait le plafond. Il semblait dangereusement calme.

— Bonjour, Marilyn, c'est Ria à l'appareil. Inutile de me rappeler, je suis toujours par monts et par vaux. Je n'ai rien de particulier à vous dire. Je suis navrée d'avoir l'air un peu déprimée. C'est idiot de vous appeler si c'est pour vous donner l'impression que je vais me jeter par la fenêtre. C'est juste que... que... En fait, je vous appelle pour vous remercier du courrier électronique que vous m'avez envoyé du cybercafé. Rosemary est merveilleuse de se donner tant de mal, n'est-ce pas ? Que serions-nous sans nos amies ? Je vais vous laisser. Je dois reconduire les enfants de Sheila Maine chez eux. Annie a le cœur brisé, elle semble très amoureuse du neveu de Gertie. On se moque toujours des premiers fl[illegible], [illegible]ais Danny a été mon premier amour. Je vous embr[illegible]

Le lendemain matin, Jack se saoula très tôt. [illegible]a [illegible]ut d'abord chez Nora, au numéro 4[illegible].

— Ma femme fait-elle le ménage chez votre [illegible]e [illegible]es amies ? cria-t-il.

— Je n'ai rien à vous dire, que vous soyez ivr[illegible]n, répliqua la vieille femme avec colère. Chaque fois [illegible]e [illegible]ois votre femme, je lui conseille de vous quitter. Au revoir.

Il continua sa route jusque chez Rosemary.

— Jurez-moi sur la Bible que ma femme n'a jamais fait le ménage pour vous ou pour quelqu'un d'autre !

— Sortez d'ici avant que j'appelle la police, répliqua Rosemary avant de tourner les talons.

Puis il s'arrêta chez Jimmy Sullivan. Celui-ci l'aperçut par la fenêtre et alla lui ouvrir.

— Dites-moi...

— Je ne vous dirai rien, Jack, si ce n'est que je soigne les dents de votre femme chaque fois que vous la frappez et que je n'ai aucune envie de recommencer.

Enfin, il alla tambouriner à la porte de chez Marilyn.

— Avez-vous donné une robe de catin à Gertie ?

— C'est ce qu'elle vous a dit ?

— Arrêtez de jouer au plus fin avec moi.

— Je crois que vous devriez vous en aller, Jack.

Elle claqua la porte et regarda par la fenêtre pour voir où il allait : il traversa la route en courant pour rejoindre l'arrêt de bus.

Polly avait préparé toutes ses affaires. Ce jour-là, elle partait s'installer dans l'appartement qu'elle avait loué, non meublé, afin de pouvoir emporter son mobilier. Au moins, l'épouse effacée de Barney, qui avait économisé des milliers et des milliers de livres, n'avait pu le saisir.

La veille au soir, Polly avait dîné avec un homme fort plaisant qui essayait depuis longtemps d'obtenir un rendez-vous. La soirée avait été mortellement ennuyeuse. Polly redoutait la pensée de vivre sans Barney. Elle aurait voulu le détester, mais elle n'y arrivait pas. C'était elle-même qu'elle détestait, pour avoir pris la mauvaise décision, voici bien longtemps.

Les camions de déménagement arrivèrent. Polly soupira et entreprit de donner aux hommes les instructions qui réduiraient à néant une grande partie de son passé. La ligne de téléphone était coupée, mais son portable fonctionnait. Il sonna à cet instant précis.

— Polly, je t'aime...

— C'est faux, Barney, mais ça n'a aucune importance.

— Pourquoi dis-tu ça ?

— Ça n'a aucune importance, répéta-t-elle, puis elle raccrocha.

Elle avait prévu de rouler en voiture devant le camion de déménagement afin de le guider jusqu'à sa nouvelle adresse. D'un dernier regard, elle balaya l'appartement et s'apprêta à refermer la porte. Elle laissa échapper un soupir. Il lui était difficile d'affirmer à Barney que rien de tout cela n'avait d'importance, mais elle devait garder l'esprit pratique. Elle avait toujours vu Barney tel qu'il était. Il ressemblait à Danny, à la différence que ce dernier n'avait jamais eu de maîtresse dotée d'une forte personnalité. Barney resterait toujours l'époux d'une femme sécurisante comme Mona. Danny avait quitté Ria, qui l'aimait et lui était fidèle, pour Bernadette, une jeune fille tranquille et soumise. Il avait seulement eu quelques liaisons entre les deux, Orla King et deux ou trois autres femmes. La vie était ainsi faite. Polly ne se sentait pas trahie ou trompée. Elle avait toujours été lucide. Et il lui restait encore de longues années à vivre.

Par la fenêtre, elle lança un dernier regard au camion de déménagement. Tout avait été emporté, elle n'avait plus qu'à prendre son sac à main. Des cris s'élevèrent dans la rue, un ivrogne vociférait à tue-tête. Polly ne distinguait pas bien ce qui se passait. Puis elle entendit un choc sourd, le bruit d'une collision suivi d'un crissement de freins. Les passants hurlèrent. L'un d'eux aida le chauffeur du camion à descendre de sa cabine.

— Je n'ai rien pu faire, il s'est jeté sous mes roues, je vous le jure, bégayait-il.

Il désignait Jack Brennan. Et celui-ci était [illegible]

9

Quand ils arrivèrent, la laverie tournait à plein régime. Le repassage des chemises remportait un franc succès et Gertie avait également pris en charge la blanchisserie de plusieurs entreprises. Colm avait parlé d'elle en termes élogieux, et les recommandations personnelles sont toujours très importantes. Levant les yeux, Gertie vit Polly entrer et elle porta les mains à sa poitrine en s'apercevant que deux gendarmes la suivaient.

— Jack ? s'écria-t-elle d'une voix étranglée. Jack a fait quelque chose ? Il était très calme la nuit dernière, il n'a pas dit un mot. Qu'a-t-il fait ?

— Asseyez-vous, Gertie, murmura Polly.

L'un des gendarmes alla lui chercher un verre d'eau, se frayant un chemin parmi les clients et les employés curieux.

— Un accident... Tout s'est passé très vite, il n'a pas souffert. Les ambulanciers ont affirmé que tout avait été terminé en l'espace d'une seconde.

— Qu'est-ce que vous dites ?

Gertie était livide.

— Nous aurions de la chance si nous pouvions tous nous en aller aussi vite, Gertie. Certaines personnes souffrent tellement avant de mourir !

Le jeune gendarme tendit un verre d'eau à la blanchisseuse. Il portait l'uniforme depuis seulement une semaine, et c'était la première fois qu'il était chargé d'annoncer une mauvaise nouvelle. Il était soulagé que Miss Callaghan les ait accompagnés. La pauvre Gertie semblait sur le point de s'effondrer et de rendre l'âme, elle aussi.

— Mais Jack ne peut pas être mort, répétait-elle inlassablement. Il n'a même pas quarante ans, il a encore de nombreuses années à vivre !

— Mrs Vine, bonjour, je m'appelle Polly Callaghan. Je vous appelle de la laverie de Gertie Brennan.

— Oui ?

— Il y a eu un terrible accident. Le mari de Gertie a été tué et elle est effondrée, bien sûr. Quelqu'un est allé chercher sa mère... Mais je dois m'en aller afin d'ouvrir la porte de mon nouvel appartement aux déménageurs, et je me demandais...

— Vous voudriez que je vienne à la laverie ? devança Marilyn.

— Si c'est possible, oui.

Marilyn perçut l'angoisse, presque le désespoir, qui teintait la voix de Polly.

— Je viens tout de suite.

Par la fenêtre, elle appela Colm, qui travaillait dans le potager.

— Je vais voir Gertie. Jack a eu un accident.

— Grave, j'espère ?

— Fatal, à ce que j'ai cru comprendre, répliqua-t-elle sèchement.

[illegible]

[illegible]

[illegible] moitié du pays. Elle avait du mal à réaliser ce qui venait de se passer. Jack, qui avait tambouriné à sa porte deux heures plus tôt, était mort ? Elle repensa à ce qu'elle lui avait dit : « Je crois que vous devriez vous en aller. » A supposer qu'elle lui ait demandé d'entrer boire un café, qu'elle ait essayé de le rassurer, serait-il encore en vie ? Mais Marilyn se ressaisit. Elle ne devait pas culpabiliser une nouvelle fois. Ce qui était arrivé au mari de Gertie n'était pas de sa faute. Désormais, elle ne se sentirait plus coupable et responsable du monde entier. Elle se contenterait de faire de son mieux pour aider les vivants.

La mère de Ria était exactement la femme de la situation. Elle sut précisément quoi faire. Elle encouragea le personnel de la laverie à poursuivre son travail. C'est ce que Gertie leur aurait demandé si elle avait été capable de parler, déclara-t-elle. Non, ce n'était pas faire preuve de dureté de cœur, mais de conscience professionnelle vis-à-vis des clients. En revanche, si chaque employée voulait bien lui donner cinquante pence, elle irait acheter un gros bouquet de fleurs et une carte de condoléances pour qu'elles soient les premières à lui témoigner leur sympathie. Les jeunes femmes fouillèrent alors dans les poches de leur tablier. Quelques instants plus tard, Nora revint avec un bouquet qui avait coûté trois fois ce qu'elle avait récolté.

— Que doit-on écrire dans un cas pareil ? chuchota l'une des filles.

— Si vous écriviez : « Pour Gertie, avec toute notre affection », cela vous irait-il ?

Nora savait qu'aucune d'elles n'avait la moindre envie de mentionner le nom de Jack sur cette carte. Elle repensa à ce qu'elle lui avait dit à peine quelques heures plus tôt. Elle ne le regrettait pas du tout. En effet, elle avait toujours conseillé à Gertie de le quitter. Bien sûr, il était hors de question de le dire à la jeune veuve maintenant.

Marilyn vit avec stupéfaction une petite foule affluer dans l'appartement situé au-dessus de la laverie. Quelqu'un prépara un buffet avec le jambon et le pâté que Colm avait apportés. Jimmy et Frances avaient fait livrer un cageot de bouteilles de vin et de limonade. Hilary avait téléphoné en disant qu'elle viendrait après le travail pour apporter des vêtements noirs à Gertie. Les enfants, John et Kattie, venaient de rentrer, désorientés et ahuris, de la colonie où leur grand-mère les avait envoyés pour qu'ils puissent passer des vacances normales. La mère de Gertie était là. Ses lèvres dessinaient une moue sévère, mais elle parlait à sa fille avec gentillesse. Comme tous ceux qui l'entouraient, elle feignait de croire que Gertie venait de perdre un homme merveilleux, un mari aimant et un père dévoué.

La scène semblait totalement irréelle à Marilyn. Mais elle se persuada que tous s'appliquaient à donner satisfaction à Gertie, et à lui dire ce qu'elle aspirait à entendre.

Ria était en train de prendre le café chez Sheila quand la mère de Gertie téléphona pour leur apprendre la mort de Jack. Il était difficile de parler car il y avait beaucoup de monde, ajouta-t-elle. Mais Ria devina que c'était aussi une façon de soutenir la version du mariage idyllique.

Sheila était effondrée.

— Que va-t-elle faire sans lui ? Elle doit être anéantie ! s'exclama-t-elle. Nous croyons tous être heureux en ménage, mais jamais un couple n'a connu autant de bonheur que Jack et Gertie...

Polly chercha à joindre Rosemary à son bureau. On lui répondit que celle-ci était en ligne et ne pouvait être dérangée.

— [illegible]

[illegible]

— Ce n'est pas le moment, Rosemary.

Il était assis et tenait la main de Bernadette tandis que celle-ci s'endormait.

— Vas-y, Danny, prends l'appel, si c'est en rapport avec ton travail, murmura faiblement la jeune femme.

Il emporta le téléphone dans la pièce voisine.

— Que se passe-t-il, Rosemary ?

— Tu ne m'as pas appelée depuis ton retour.
— Il s'est passé beaucoup de choses.
— Je sais. Je t'avais prévenu, n'est-ce pas ?
— Je ne te parle pas du travail. Nous avons perdu le bébé.
— Oh...
— C'est tout ce que tu trouves à dire ?
— Je suis navrée.
— Merci.
— Mais la vie continue, Danny. Et nous avons des problèmes dont nous devons discuter. Pouvons-nous nous voir ?
— Absolument pas.
— Nous devons parler.
— La réponse est non.
— Ta société est-elle tirée d'affaire ? Vas-tu conserver la villa ?
— La société a fermé ses portes, la villa devra être vendue, mais au moins elle ne sera pas considérée comme un élément du patrimoine de Barney. Maintenant, je dois retourner auprès de...
— Mais toi, Danny, que vas-tu faire ? Tu dois me le dire. J'ai le droit de savoir.
— Tu n'as aucun droit. Tu n'as pas pu m'aider lorsque j'avais des problèmes. Tu me l'as clairement fait savoir, et je l'ai accepté.
— Mais il y a encore autre chose... Attends... Marilyn sait.
— Elle sait quoi ?
— Pour nous deux.
— Vraiment ?
— Ne le prends pas sur ce ton-là, Danny.
— S'il te plaît, Rosemary, laisse-moi tranquille, j'ai déjà beaucoup trop de soucis.
— Comment peux-tu me dire cela ?
— Rosemary, cesse de faire des drames. C'est terminé.
Elle raccrocha, parcourue de tremblements. Son assistante entra dans la pièce.
— J'ai un message pour vous, Miss Ryan. Une mauvaise nouvelle. Le mari de Gertie Brennan est mort.
— Parfait, répliqua Rosemary.

— Nous allons devoir rentrer deux jours plus tôt, déclara Ria. J'ai pu obtenir des places d'avion.

— Oh, non, maman, non ! protesta Annie. Pas pour l'enterrement de cet affreux Jack Brennan ! Tu ne l'as jamais aimé. C'est tellement hypocrite !

— Mais Gertie est mon amie, et je l'aime beaucoup.

— Tu nous avais promis que nous pouvions rester jusqu'au 1er septembre !

— Eh bien, je pensais que cela te plairait de voyager dans le même avion que Sean, mais je devais me tromper ? répliqua Ria.

— Quoi ?

— Sheila emmène ses deux enfants en Irlande pour assister à l'enterrement, et nous devions voyager ensemble... Mais bien sûr, si tu n'en as aucune envie, je suppose que...

— Oh, maman, tais-toi ! Tu n'es vraiment pas bonne comédienne, rétorqua l'adolescente, submergée de joie.

Andy avait un rendez-vous professionnel non loin de Westville. Du moins, c'est ce qu'il prétendit.

— Me permettez-vous d'emmener votre mère au restaurant thaï ? [illegible] Brian.

— C'est [illegible] d'amoureux ? [illegible] garçon.

— Non [illegible] st [illegible] sc[illegible]t[illegible]r, entre [illegible] affr[illegible]uemen[illegible] y[illegible]

— D'acc[illegible] ra[illegible] ac[illegible]. Allez-[illegible] ensemble ? [illegible]-i[illegible]

— Non, [illegible] p[illegible]ss[illegible]ons pas [illegible] répliqua sa [illegible]

— Moi, j'irai au cinéma avec Hubie, déclara Annie. Et, avant que tu me poses la question, Brian, ce n'est pas un rendez-vous d'amoureux non plus, et nous ne passerons pas la nuit ensemble.

— Vous avez de merveilleux enfants, remarqua Andy.

Ria laissa échapper un soupir.

— J'essaie de m'obliger à leur laisser un peu de liberté, à ne pas être une mère insupportable.

— Vous en seriez bien incapable, répliqua-t-il en riant.

— Oh, si, facilement. Je ne sais pas du tout ce qui nous attend à notre retour en Irlande. Je ne veux pas me servir d'eux comme de béquilles.

— Vous n'avez pas besoin de béquilles, Maria, répliqua-t-il. Allez-vous rester en contact avec moi ?

— Je l'espère.

— Mais simplement en tant qu'ami, n'est-ce pas ? insinua-t-il, à la fois déçu et réaliste.

— J'ai besoin d'amis, Andy. Je serais ravie de vous compter parmi eux.

— Très bien, dans ce cas. Et je vous enverrai des recettes. J'en chercherai activement afin de faire de vous une cuisinière légendaire.

— Je crois vraiment que cela va marcher, vous savez. Mon amie Rosemary est bien décidée à m'aider et c'est une véritable machine de guerre.

— Je n'en doute pas une seconde, répliqua Andy.

— Je n'ai pas couché avec Sean et je ne coucherai pas avec toi non plus, Hubie. Sommes-nous bien d'accord ? demanda Annie.

— Tu ne me laisses pas le choix, répliqua-t-il. Mais, ce qui m'ennuie vraiment, c'est que tu feras bientôt l'amour avec un garçon et, comme tu seras à des milliers de kilomètres, ce ne sera pas moi !

— Je ne le ferai peut-être pas, tu sais, déclara sérieusement Annie. Je ne veux pas dire que j'ai l'intention de devenir nonne, mais je ne ferai peut-être jamais l'amour.

— Ça m'étonnerait.

— Un jour, j'ai vu deux personnes le faire... Il y a des années et des années de cela. Je ne sais pas comment le décrire... Ce n'était pas beau à voir. Ce n'était pas ainsi que je l'imaginais.

— Mais tu étais très jeune, remarqua-t-il.

Elle hocha la tête.

— Et tu n'as sans doute pas compris.

— Tu comprends, toi ? demanda-t-elle.

— Un peu, je crois. En tout cas, mieux que quand j'étais plus jeune. A cette époque-là, c'était teinté de mystère et d'excitation. Il fallait le faire, et pourtant on en avait peur.

Il sourit en songeant à la sottise dont il faisait preuve quand il était adolescent.

— Et maintenant ?

— Maintenant, ça me semble plus naturel. Ça se passe tout simplement, avec une fille qu'on aime.

— Ah oui ?

Elle n'était pas convaincue.

— Je ne l'ai pas fait si souvent que ça, Annie, crois-moi. Je ne me moque pas de toi.

— Mais c'était bien ?

— Oui, vraiment, déclara Hubie Green, conscient que cette conversation portait sur des généralités et non sur la façon dont la soirée allait se terminer.

— Allez-vous vivre dans une caravane, à votre retour en Irlande ? demanda Zach.

— Non, je ne crois pas [illegible] cur[illegible]é.

— Mais [illegible]

— Je ne [illegible]

Remarque, [illegible]

— C'est [illegible]

pourrais qua[illegible]

l'an prochai[illegible]

— Oh oui [illegible] avec désinvolture.

— Et je ferai la connaissance de Myles et Dekko ?

— Evidemment !

— C'est super ! s'exclama Zach. Je n'aurais jamais pensé voyager un jour !

— C'est drôle, répliqua Brian. Moi, j'ai toujours su que je voyagerais. J'irai sans doute visiter des planètes. Je voulais être homme d'affaires, comme papa, et travailler avec lui, mais maintenant qu'il a perdu sa société, je crois plutôt que je serai astronaute.

— Vous allez me manquer, déclara Carlotta. J'aurais aimé mieux vous connaître. Dans un premier temps, je me sentais intimidée, je suppose. Marilyn nous tenait tellement à distance... Et comme nous vous pensions amies...

— Vous allez vous apercevoir qu'elle a beaucoup changé en l'espace de quelques mois. A présent, elle n'hésite pas à parler de Dale, et Greg va revenir vivre ici. Tout sera bien différent, vous verrez.

— Sait-elle que Hubie vient ici ?

— Oui, je lui en ai parlé. Elle n'y voit aucune objection. De toute façon, il ne viendra plus aussi souvent quand Annie sera partie !

— Et vous, avez-vous trouvé ce que vous étiez venue chercher, Ria ?

— Non, mais je demandais la lune, répondit-elle.

— Quand votre mari est venu passer le week-end ici, j'ai pensé que vous l'aviez peut-être trouvée.

— Moi aussi, mais je me suis trompée, en fin de compte, conclut Ria.

— Greg nous a dit que votre villa, en Irlande, était absolument superbe. Je suis désolée que vous soyez obligée de déménager, déclara Heidi.

— Ce n'était qu'une maison, des briques et du ciment, voilà tout.

— C'est une façon parfaitement raisonnable de voir les choses, répondit Heidi, admirative.

— J'essaie de m'en convaincre, voilà tout, avoua Ria. Si je le répète suffisamment souvent, je finirai par le croire le jour où je devrai en refermer définitivement la porte.

— Savez-vous où vous irez ?

— Le marché de l'immobilier est au plus haut à Dublin en ce moment, alors nous en obtiendrons un bon prix. Nous ne pourrons cependant rien acheter dans le quartier. Il nous faudra nous installer bien loin de Tara Road.

— Quel dommage. Votre mari et vous vous entendiez si bien pendant son séjour ici… Mais vous avez déjà dû y penser une centaine de fois.

— Un millier de fois, Heidi.

John et Gerry lui firent part de leurs regrets : elle leur manquerait beaucoup. Une fois de retour chez elle, Ria devait monter une petite affaire d'exportation et être répertoriée dans le magazine *Bon Appétit*. Ils figureraient alors parmi ses premiers clients.

— Voilà ce que j'aime aux Etats-Unis : vous croyez vraiment que les rêves peuvent se réaliser ! s'exclama Ria.

Quelques minutes avant leur départ, elle téléphona à Gertie.

— Je n'arrive pas à croire que tu reviennes plus tôt pour assister à l'enterrement de Jack, sanglota son amie.

— C'est normal, Gertie. Tu aurais fait la même chose pour moi.

— Merci, Ria. Jack t'admirait beaucoup, tu sais. Tu te souviens de la soirée que tu avais organisée chez toi, où il avait bu de la limonade et t'avait aidée à faire le service ?

— Oui, [illegible]

[illegible]

Dans l'avion, Sheila dormit. Kelly et Brian jouèrent aux cartes et regardèrent le film. Annie et Sean échafaudèrent en chuchotant de multiples projets concernant l'avenir.

Ria ne parvint pas à s'assoupir. Mille pensées ne cessaient de tourbillonner dans son esprit. L'enterrement et les mensonges présentant Jack Brennan sous un jour très différent. La rencontre avec Danny, durant laquelle elle devrait discuter de l'avenir. La mise en vente du numéro 16 Tara Road. La recherche d'une nouvelle maison. La mise en place d'une petite affaire de plats cuisinés. La rencontre avec Marilyn, après tout ce temps.

Ria espérait que l'Américaine lui plairait. Elle savait tant de choses à son sujet désormais, plus que Marilyn elle-même ne pouvait le soupçonner. Quand elle avait entendu dire que la jeune femme prenait possession de son jardin, de sa villa, de ses amis et de sa famille, elle avait commencé à la prendre en grippe. Marilyn lui avait semblé froide et insensible, revêtue d'une armure depuis la mort de son fils et fermée à toutes les mains tendues vers elle.

Mais l'été avait changé cela. A présent, Ria était touchée par tous les petits secrets qu'elle avait découverts. Le fait que Marilyn ait un flacon de teinture pour les cheveux sur lequel elle avait écrit à la main « Shampooing spécial ». Qu'il y ait des boîtes de Kleenex achetées en promotion dans ses armoires et des sachets de préparation pour gâteaux dans son placard à provisions. Ria savait que les amies de Marilyn se sentaient blessées et rejetées, et qu'elles considéraient sa passion pour son jardin comme quelque chose de maladif, et non d'admirable.

Mais surtout, Ria avait découvert un secret bien plus important. Un secret qui ne serait jamais dévoilé au grand jour. Elle savait ce qui s'était produit le jour de la mort de Dale. Si Marilyn l'apprenait, elle n'en deviendrait pas plus forte. Au contraire, elle en serait anéantie. Ria avait promis à Hubie de ne jamais en parler, et l'adolescent lui faisait confiance.

Elle n'avait prévenu personne d'autre de son retour. Elle les verrait tous lors de l'enterrement.

Marilyn avait promis de préparer un petit déjeuner à Tara Road. Ils auraient le temps de manger un morceau, de se changer, puis partiraient tous ensemble pour l'église. En se remémorant cette conversation, Ria esquissa un sourire.

— Le seul côté positif de ce terrible accident, c'est qu'il nous donnera l'occasion de nous rencontrer. S'il n'était rien arrivé, nous nous serions encore une fois croisées, avait-elle dit à Marilyn.

— Je crois qu'il a bien plus qu'un bon côté, avait répliqué Marilyn. Même si, bien sûr, aucun de nous n'y fera jamais allusion.

Marilyn était en Irlande depuis deux mois. Elle avait bien changé.

A cet instant précis, le commandant de bord annonça qu'en raison de mauvaises conditions climatiques l'avion devait être détourné sur l'aéroport de Shannon. Il leur présenta ses excuses pour le contretemps, qui n'excéderait sans doute pas deux heures. Ils arriveraient très certainement à Dublin aux alentours de onze heures.

— Mon Dieu, s'exclama Ria. Nous allons manquer l'enterrement !

— Je dois aller assister aux funérailles de cet ivrogne de Jack, déclara Danny.

Bernadette leva les yeux.

— Qui était-ce ?

— Un alcoolique et une brute. Gertie, sa femme, nous rendait souvent [illegible]

[illegible]

— Eh bien, je suppose qu'elle y va seulement pour réconforter un peu la pauvre Gertie, comme nous tous.

— Elle n'a jamais eu le moindre égard envers Gertie, répliqua Nora d'un ton méprisant.

— Ne sois pas injuste, maman. Nous répétions toutes que Gertie aurait dû le jeter dehors depuis des années, non ?

— C'est vrai, et nous avions raison. Mais nous ne le disions pas avec le même mépris que Son Altesse Rosemary. Elle traitait Gertie comme un chien.

— Tu ne l'as jamais aimée, maman.

— Et toi ?

— Elle est drôle et plutôt gentille, répliqua Hilary à contrecœur.

— C'est faux, elle vous traite tous avec condescendance. Vous valez pourtant dix fois mieux qu'elle !

Sur certains sujets, Nora ne changerait jamais d'opinion.

A l'aéroport de Shannon, le contretemps annoncé semblait interminable. Sheila passa un coup de fil à sa sœur.

— Si nous n'arrivons pas à temps pour l'église, nous irons directement au cimetière, dit-elle.

Pleine de gratitude, Gertie sanglotait au bout du fil.

— Oh, Sheila, tu devrais voir comme tout le monde est gentil. Si seulement le pauvre Jack avait su combien il était aimé, finalement !

— Mais il le savait. Personne n'ignorait quel merveilleux couple vous formiez, n'est-ce pas ?

Ria appela Marilyn.

— Nous risquons de ne pas pouvoir prendre le petit déjeuner ensemble, déclara-t-elle.

— Alors, vous ne saurez jamais quelle mauvaise cuisinière je suis.

— Si seulement vous n'étiez pas obligée de partir demain, que vous puissiez passer encore deux ou trois jours avec nous !

— Cela me semble tout à fait faisable. Nous en parlerons plus tard... Oh, j'oubliais... Bienvenue chez vous !

— Pourriez-vous chanter *Panis Angelicus* lors des funérailles ? demanda Gertie à Jimmy Sullivan au téléphone.

— Oh, je ne crois pas que ce soit une bonne idée... commença-t-il.

— Je vous en prie, Jimmy. Jack adorait cet hymne. Cela me ferait tellement plaisir que vous le chantiez.

— Il conviendrait mieux à un mariage qu'à un enterrement, Gertie.

— Mais non, il y est question de la sainte communion. Il convient aussi bien à l'un qu'à l'autre.

— Ma foi... Si cela vous fait plaisir, je le chanterai, bien sûr, déclara-t-il.

Il raccrocha le combiné et leva les yeux au ciel.

— S'il existe un Dieu, ce dont je doute, il devrait nous condamner à l'enfer pour notre hypocrisie.

— Que pouvons-nous faire d'autre ? répliqua sa femme en haussant les épaules.

— Nous pourrions avoir le courage de dire à Gertie que Jack était un fou furieux et qu'il faudrait se féliciter d'en être débarrassés.

— Mais bien sûr, cela consolerait énormément sa veuve et ses enfants, riposta-t-elle.

Sur la porte de la blanchisserie, un panonceau entouré d'un liseré noir annonçait le décès du propriétaire et indiquait l'heure de la messe funéraire. Un certain nombre de clients vinrent y assister par respect envers Gertie.

Quand celle-ci, ses enfants et sa mère arrivèrent, l'église [illegible]

[illegible] l'église. Un léger murmure d'approbation parcourut la foule. La famille était venue des Etats-Unis, c'était un signe supplémentaire de l'estime et de la considération prodiguées à Gertie.

Ria, Annie et Brian s'installèrent discrètement sur un banc, tout au fond.

— Mon Dieu, murmura Nora à Hilary. Ria est revenue. Comme c'est gentil à elle.

Danny aperçut sa femme et ses enfants et se mordit les lèvres. Le voyage de retour avait dû être difficile à organiser. Ria était vraiment une amie fidèle. Colm les vit, lui aussi. Il songea que Ria était superbe, bronzée, mince, et qu'elle dégageait davantage d'assurance. Il s'était douté qu'elle essaierait d'être là. Gertie et elle étaient amies depuis si longtemps...

Polly était assise seule. Elle évitait de regarder le banc où Barney se trouvait aux côtés de sa femme. Si Mona aperçut Polly, elle n'en laissa rien paraître, comme à l'ordinaire.

Bien sûr, Rosemary s'était soigneusement vêtue pour l'occasion. Une robe et une veste de soie grise, des talons hauts et des collants noirs. Elle fut très surprise d'apercevoir Ria et les enfants. Personne ne lui avait dit qu'ils allaient revenir. Mais, à cet instant-là, elle réalisa avec stupeur que peu de gens étaient susceptibles de lui dire quoi que ce soit. Hormis Ria elle-même, elle semblait ne plus avoir aucun ami.

Frances Sullivan écoutait la voix grave et chaude de son mari chanter *Panis Angelicus*. Elle savait combien cela lui coûtait. Il avait toujours méprisé Jack, et il avait le sentiment qu'en chantant cet hymne il lui laissait le dernier mot.

Ria parcourut l'église du regard afin d'essayer de reconnaître Marilyn. Elle n'était pas assise à côté de Rosemary, de Nora ou de Colm. L'un d'eux avait pourtant dû la prendre sous son aile. Ria n'arrivait pas à se concentrer sur les prières. Elle contemplait les fleurs et les couronnes envoyées par des gens qui n'éprouvaient que mépris pour le défunt.

Où était Marilyn Vine ?

Au moment où l'assemblée entonna *Le Seigneur est mon berger*, elle l'aperçut enfin. Elle était plus grande que Ria ne l'imaginait. Grâce à son flacon de shampooing spécial, ses cheveux étaient teintés de reflets roux ; elle était vêtue d'une robe très simple, bleu marine. Un missel entre les mains, elle chantait avec les autres. A cet instant précis, elle leva les yeux et croisa le regard de Ria. A travers l'église bondée, elles échangèrent un sourire radieux : celui de deux amies qui, enfin, se rencontraient.

Le soleil brillait, l'orage de la nuit précédente s'était enfui. Les gens bavardaient devant l'église. Il s'agissait de funérailles irlandaises traditionnelles, où le temps semblait trop court pour tout ce qu'il y avait à dire.

Chacun embrassait Ria et lui souhaitait la bienvenue. Elle s'éloigna pour aller serrer Gertie dans ses bras.

— Tu es tellement gentille d'être revenue plus tôt ! murmura celle-ci.

— Nous avons voyagé avec Sheila et ses enfants, nous n'avons pas vu passer le temps. Ils vont loger chez toi ?

— Oui, oui, les chambres sont prêtes. Quel dommage qu'ils soient venus pour cette occasion, n'est-ce pas ? Jack aurait tellement aimé les revoir !

Ria dévisagea Gertie avec stupeur. Son amie réécrivait le passé. Ce n'était plus la peine d'affirmer à Sheila que Jack était un homme merveilleux, Gertie s'en était elle-même convaincue. Elle était persuadée que son mariage avait été le plus merveilleux dont on puisse rêver.

Curieusement, Danny avait l'air d'un étranger. Ce n'était plus l'homme qui allait jadis d'un groupe à l'autre, serrant des mains, administrant des bourrades. Mais Ria ne d[illegible]t pas pense[illegible] plus parti[illegible] leur ancie[illegible] due dans [illegible] l'apercevr[illegible] un g[illegible]s[illegible].

A[illegible]nie [illegible] nouvel ar[illegible] grand-mère [illegible] rendrait visite l'été prochain. Ria pouvait l'entendre expliquer d'une voix haut perchée et retentissante : « Nous vivrons peut-être dans une caravane, mais il viendra quand même. »

Hilary parlait à Ria de ses projets de déménagement. Ils s'installeraient là-bas à l'automne, et Martin prendrait ses fonctions en janvier. Ria ne parvenait pas bien à comprendre où ils allaient.

— Tu viendras nous rendre visite, Ria, n'est-ce pas ? Il y a des arbres partout. Comme l'avait prédit la voyante.

— Oui, oui, bien sûr.

Elle se sentait étourdie. Trop de gens se pressaient autour d'elle, trop de choses se bousculaient.

— Je vous accorde vingt-quatre heures pour vous remettre du décalage horaire, puis vous commencerez à travailler pour moi, déclara Colm. Et, Ria... Vous êtes absolument ravissante.

— Merci, Colm.

Dans ses yeux, elle crut retrouver l'admiration avec laquelle Andy Vine la regardait ; mais elle chassa cette idée de son esprit. Elle ne devait pas commencer à s'imaginer que tous les hommes s'entichaient d'elle.

Curieusement, Rosemary ne vint pas la voir. A l'image de Danny, elle se tenait à l'écart d'une foule où elle connaissait pourtant beaucoup de monde. Ria se dirigea vers elle, les bras grands ouverts. Elle vit son amie jeter un coup d'œil un peu gêné par-dessus son épaule. Suivant son regard, Ria aperçut Marilyn, qui avait cessé de bavarder avec Annie et les observait. D'un regard très attentif.

— Vas-tu au cimetière ? demanda Ria.

— Mon Dieu, non. C'était déjà bien assez difficile d'être ici.

— Gertie est si contente que nous soyons tous venus.

— Je sais, et elle a téléphoné au Vatican pour demander à ce que Jack soit canonisé. Crois-moi, Ria, il n'est pas impossible qu'elle parvienne à ses fins.

La jeune femme éclata de rire.

— C'est merveilleux d'être rentrée, s'exclama-t-elle en glissant son bras sous celui de son amie. Dis-moi, as-tu passé un bon été ?

— Non, il a été absolument affreux sur tous les plans.

— Tu es adorable de déployer tant d'efforts pour m'aider à lancer mon affaire, déclara Ria. Je t'en suis vraiment reconnaissante.

— C'était le moins que je puisse faire, marmonna Rosemary en jetant un nouveau regard en direction de Marilyn.

— Votre villa est vraiment magnifique, Marilyn, déclara Annie. Vous ne nous aviez pas dit qu'elle était aussi belle.

— Je suis ravie qu'elle vous ait plu.

— Vraiment, elle ressemble aux maisons qu'on voit dans les films. Nous nagions avant le petit déjeuner, et même le soir.

— C'est fantastique.

— Et puis nous avons fait du patin à roulettes dans Memorial Park, nous avons mangé d'énormes pizzas, nous sommes allés deux fois à New York et nous avons pris le bus tout seuls pour aller chez Sean. Jamais nous n'avions passé de vacances comme celles-là.

— J'en suis ravie, répondit Marilyn.

Elle savait que Ria et elle retardaient le moment où elles se parleraient enfin. Pourtant, chaque fois que l'une esquissait un pas vers l'autre, quelqu'un l'interceptait. Cette fois-ci, ce fut Colm.

— J'ignorais que Ria devait rentrer aujourd'hui, déclara-t-il. Je vous apporterai quelque chose du restaurant. Pour vous éviter de cuisiner.

— Pour m'éviter de les empoisonner, vous voulez dire, répliqua Marilyn en riant.

— C'es [illegible]

[illegible] ney [illegible] la [illegible] ve.

— C'es [illegible] trè [illegible] pr [illegible] fur [illegible] lles [illegible]

— Oui, [illegible]

— Polly [illegible] que cela se soit produit devant chez elle, intervint soudain Mona.

Gertie faillit en tomber à la renverse. Jamais Mona ne parlait de Polly. Auparavant, elle se contentait de prétendre que celle-ci n'existait pas.

Barney eut l'air stupéfait, lui aussi.

— Ce n'était pas exactement devant chez elle... commença-t-il.

— Non, c'est vrai, murmura Gertie. Elle était en train de déménager et le pauvre Jack était venu la voir... Il voulait être rassuré, vous comprenez...

La lèvre inférieure de Gertie se mit à trembler. Mona vint à son secours.

— Je sais, j'en ai entendu parler. Il voulait être sûr que vous l'aimiez. Les hommes sont de vrais enfants, n'est-ce pas ? Ils veulent toujours que tout soit écrit noir sur blanc.

Stupéfaite, Gertie regardait à tour de rôle Barney et Mona. Cette dernière poursuivit, imperturbablement :

— Et Polly lui a répondu que vous l'aimiez, bien sûr. Ce sont les derniers mots qu'il a entendus.

— Oui, c'est ce qu'elle m'a dit. Mais je craignais que ce ne soit par gentillesse, vous comprenez, simplement parce que c'était ce que j'avais envie d'entendre.

— Non. Polly a peut-être d'autres qualités, mais ce n'est pas la gentillesse qui la caractérise, répliqua Mona avant de s'éloigner.

— Pourquoi as-tu fait ça, Mona ? siffla Barney.

— La pauvre Gertie a vécu un véritable enfer tant que cette brute était en vie. Ce sera différent maintenant qu'il est mort, crois-moi.

— Mais comment sais-tu ce que Polly a dit ou n'a pas dit ?...

— Je le sais, rétorqua Mona. Et ne crois pas que j'aie quoi que ce soit contre elle. Je pense qu'elle a rendu un immense service à cette ville en permettant à son camion de déménagement de tuer Jack Brennan. Elle devrait être décorée par le maire.

Enfin, elles se retrouvèrent face à face. Elles s'étreignirent. Et chacune prononça le nom de l'autre.

— Je vais vous conduire jusqu'au cimetière, proposa Marilyn.

— Non, non.

— Votre voiture est là, toute propre et étincelante après son passage dans une station de lavage. Je veux que vous l'admiriez.

— Nous aussi, nous avons nettoyé votre voiture, Marilyn, s'exclama Brian. Et nous avons même réussi à enlever toute la pizza écrasée sur la banquette arrière !

Il y eut un instant de silence. Puis Annie, Ria et Marilyn éclatèrent d'un rire presque hystérique.

Brian était déconcerté.

— Mais qu'est-ce que j'ai dit ? demanda-t-il en les regardant à tour de rôle, sans recevoir de réponse.

Quand elles arrivèrent enfin à Tara Road, le temps s'écoula trop vite pour qu'elles puissent tout se dire. Les enfants allèrent se coucher, mais Ria et Marilyn restèrent assises à table. Il leur était étrangement facile de discuter. Elles ne s'excusèrent de rien ; ni d'avoir laissé Clément dormir à l'étage, ni d'avoir taillé les arbres du jardin, invité des voisins à Tudor Drive et renoué les liens avec Hubie Green. Chacune demanda à l'autre comment s'était déroulée la visite de son mari. Et chacune s'exprima avec calme et franchise.

— J'ai pensé que Greg avait l'air vieux et fatigué, et que j'avais gâché une année de sa vie en étant incapable de l'aider à supporter ce qui était aussi difficile pour lui que pour moi, déclara Marilyn.

[illegible]

[illegible] pourrait vous laisser croire à une réconciliation ? demanda Marilyn.

— Si, il s'est passé quelque chose qui m'en avait convaincue. Mais je me suis trompée. Il venait de me raconter sa débâcle financière, la perte de la villa. Nous étions assis sur un banc à Memorial Park. Puis nous sommes revenus à Tudor Drive, et... En fait, si j'étais réaliste, je suppose que je dirais qu'il m'a consolée à sa façon. Mais je me suis imaginé que cela signifiait davantage.

— C'est normal, et sans doute était-ce le cas à ce moment-là.

— Tout dépend des hasards de la vie... Le lendemain matin, nous avons appris que Bernadette était en train de perdre son bébé, et il est parti précipitamment. Si nous avions eu une journée de plus...

— Pensez-vous que cela aurait fait une différence ?

— Pour être honnête, non, admit Ria. Ç'aurait peut-être été pire encore. C'est sans doute mieux ainsi. Ce qui est idiot, c'est que j'ai continué à croire que tout était lié au bébé. Qu'après la fausse couche leur idylle s'éteindrait. Mais je me trompais aussi sur ce point.

— Vous lui avez parlé lors de l'enterrement ? demanda Marilyn.

— Non. Il m'a semblé sur le point de le faire, mais je n'étais pas sûre de ma réaction et je me suis éclipsée. Je ne comprenais pas ce qu'il faisait là, mais il a dit à Annie être venu pour représenter la famille.

— Cela partait d'une bonne intention, remarqua Marilyn d'une voix douce.

— Danny déborde de bonnes intentions, répliqua Ria avec un sourire.

Marilyn avait pu changer la date de son billet de retour. Elle resterait trois jours de plus. Elle arriverait à Tudor Drive en même temps que Greg : ce serait le symbole de la nouvelle vie qu'ils commençaient ensemble. Ainsi, Marilyn pourrait aider Ria à se réinstaller chez elle et à se préparer à vendre la villa.

Elles parlèrent du projet de déménagement de Hilary, de la grossesse de la jeune Kitty, de Carlotta, qui avait envie d'un quatrième mari, et du succès rencontré par l'épicerie fine de John et Gerry cet été. Elles n'évitèrent aucun sujet personnel. Quand elles évoquèrent Colm, Ria demanda à Marilyn si elle avait eu une liaison avec lui.

— C'est ce que j'ai entendu dire, mais ma source était sans doute peu fiable, ajouta-t-elle d'un ton d'excuse.

— En effet. Je crois qu'il attendait votre retour avec beaucoup d'impatience, répondit Marilyn. Et pendant que nous parlons de cela, s'est-il passé quoi que ce soit avec mon beau-frère ?

— Non, votre mari s'est trompé, lui aussi, répliqua son amie en riant.

— Mais cela lui aurait plu, non ? insista pensivement Marilyn.

— Nous n'en savons rien, parce que nous n'en avons pas fait l'expérience, répliqua Ria.

Et, jusque tard dans la nuit, elles évoquèrent Gertie et la légende que leur amie allait bâtir autour de son mari. Elles étaient toutes deux beaucoup plus tolérantes qu'elles ne l'auraient été quelques semaines plus tôt. Et ce n'était pas seulement lié à la mort de Jack. Assises dans le superbe salon baigné par le clair de lune, elles songeaient que les légendes sont parfois nécessaires à la vie. Marilyn devait continuer à ignorer que son fils était ivre et conduisait la moto le jour où Johnny et lui avaient trouvé la mort ; et Ria ne devait jamais apprendre que le mari qu'elle aimait encore et l'amie en qui elle avait toute confiance l'avaient secrètement trahie pendant si longtemps.

— Tante Gertie n'est pas aussi riche que je le pensais, déclara Sean à Annie.

— Est-ce important ? répliqua l'adolescente en haussant les épaules.

— Non, bien sûr que non, mais cela pourrait jouer en notre faveur.

— Comment ça ?

— Eh bien... Imagine que je loge chez elle... Que je lui paie une pension et que j'aille au lycée ici ?...

— Ça ne marchera pas, Sean, répliqua la jeune fille d'un ton pragmatique.

— Pas pour la rentrée prochaine, bien sûr, mais après

Noël, je pourrais me renseigner au sujet des équivalences et obtenir un transfert...

Annie semblait troublée.

— Eh bien...

— Quoi ? Tu n'as pas envie que je vive ici ? Je croyais que tu m'aimais bien.

— Mais oui, Sean, je t'aime beaucoup. C'est juste que... Je ne veux pas te faire miroiter n'importe quoi. Ce ne serait pas juste de te laisser imaginer que...

— Le temps venu, murmura-t-il en lui tapotant la main.

— Mais il ne viendra sans doute pas suffisamment tôt pour toi, répondit-elle.

— Tu sais, je ne l'ai jamais fait non plus. Je me sens aussi dérouté que toi.

— C'est vrai ?

— Ce n'est pas forcément aussi bien qu'on le dit. Mais nous pourrons peut-être en décider par nous-mêmes.

Puis, la regardant dans les yeux, il acheva :

— Pas maintenant, bien sûr, mais le temps venu.

— Je suis sûre que Gertie serait ravie que tu habites chez elle, déclara Annie.

— Je vais donner davantage de cours particuliers cette année, maman. Pourrai-je recevoir les élèves chez toi ? demanda Bernadette.

— Bien sûr, ma chérie. Si tu te sens suffisamment forte.

— Je vais très bien. Simplement, je ne veux pas commencer les cours ici et les poursuivre ailleurs quand nous déménagerons.

— Danny sait-il quand il va vendre ?

— Non, maman, et je ne lui pose aucune question. Il subit suffisamment de pressions comme cela.

— Est-ce le cas en ce qui concerne Tara Road ? Le harcèle-t-elle sans cesse ?

Finola s'efforçait toujours de protéger sa fille contre l'ex-femme de Danny. Bernadette y réfléchit un instant.

— Je ne crois pas. Je ne pense même pas qu'elle l'ait appelé depuis son retour.

— J'aimerais bien revoir les enfants.

— Oui, moi aussi. Mais, à en croire Danny, ils veulent rester avec Marilyn jusqu'à son départ. Apparemment, ils l'adorent, répondit Bernadette avec morosité.

— C'est juste parce qu'ils ont habité chez elle et qu'il y avait une piscine. C'est l'unique raison, déclara sa mère d'un ton rassurant.

— Je le sais bien, maman.

— Cela ne vous dérange pas que Gertie et Sheila viennent déjeuner ? demanda Ria à Marilyn. Sheila ne va pas rester longtemps à Dublin et elle serait ravie de vous rencontrer... Elle nous a rendu visite quand nous habitions Tudor Drive, vous vous souvenez ?

— Bien sûr, répondit Marilyn.

Elle aurait préféré discuter avec Ria en tête à tête. Elles avaient encore tant de choses à se dire au sujet de Westville et de Tara Road, de l'avenir et du passé... Mais Ria menait son existence comme elle l'entendait, et ce déjeuner passait avant toute chose. Marilyn l'avait compris. Et Ria avait appris quelque chose, elle aussi, remarqua-t-elle.

— Je ne vais pas passer toute la matinée à cuisiner. Elles ont envie de bavarder, pas de dég[illegible]ser u[illegible] qu[illegible]re étoiles. Allons cherc[illegible] quelque chose de [illegible]p[illegible] chez le traiteur.

Alors qu'elles rem[illegible]taient Ta[illegible] Road, [illegible]es [illegible]ssèrent devant le numéro 26 [illegible]dressèrent un signe [illegible] ma[illegible] à Kitty, qui était assise [illegible] ur[illegible]alancelle avec sa mère. A[illegible]ze ans, enceinte et apeurée, [illegible]olescente éta[illegible] [illegible]oud[illegible] ca[illegible]ble de parler avec sa mère c[illegible]me elle ne l'avait jam[illegible] fa[illegible] dans le passé.

— Espérons qu'Annie n'ait pas la même expérience, déclara Ria d'une voix sèche.

— Vous croyez qu'elle a déjà eu des relations sexuelles ?

— Non, je ne pense pas. Mais les mères sont bien mal placées pour le savoir. Vous connaissez sans doute Annie mieux que moi.

— Elle m'a un peu parlé de ses espoirs et de ses rêves,

mais je ne sais vraiment rien sur ce sujet, se hâta de répondre Marilyn.

— Et, si c'était le cas, ce serait votre secret. Vous n'auriez pas à me le dire, répliqua Ria, s'efforçant de ne pas sembler curieuse et refrénant la légère jalousie qu'elle éprouvait toujours à l'égard de Marilyn.

Pourquoi était-ce à elle qu'Annie confiait ses espoirs et ses rêves ? C'était incompréhensible.

Passant devant le numéro 32, elles y jetèrent un coup d'œil.

— Appartient-il toujours à Barney ? demanda Marilyn.

— Non, l'immeuble a été vendu pour une somme faramineuse, les gens ne parlaient plus que de ça. Rosemary savait vraiment ce qu'elle faisait en achetant son appartement, conclut Ria, enchantée de la bonne fortune de son amie.

Puis elles arrivèrent devant la grille du numéro 48. Aucun signe de Nora et de Bobby. Sans doute étaient-ils partis vivre l'une de leurs nombreuses aventures.

— Vous allez manquer à votre mère, si vous déménagez. D'abord Hilary s'en va dans l'Ouest, et maintenant c'est votre tour.

— Ce n'est pas si nous déménageons, mais quand nous déménagerons. Aujourd'hui, c'est devenu la rue des millionnaires. Nous avons eu beaucoup de flair de venir ici à l'époque, n'est-ce pas ?

— Vous n'avez pas eu du flair, vous vouliez réaliser un rêve, je me trompe ?

— C'était le cas de Danny, je suppose. Il voulait vivre dans une superbe villa aux plafonds hauts et aux couleurs chaudes. Aujourd'hui, quand j'y pense, je ne comprends pas vraiment pourquoi, mais c'est ce qu'il semblait vouloir quand il était jeune.

Elles poursuivirent leur route en silence, et passèrent devant le portail de Sainte-Rita.

— Bientôt, ils auront droit à mes brioches et mes pâtisseries maison, reprit Ria, le visage plus détendu.

— Rien de trop difficile à mâcher, approuva Marilyn en souriant. Pas comme les biscuits au gingembre que j'avais achetés pour la première visite d'Annie et de Brian. Ils étaient immangeables !

Tournant à l'angle de la rue, elles virent que la laverie de Gertie était bondée.

— Cela me gêne un peu de parler de Jack, mais avait-il souscrit une assurance vie ? demanda Marilyn.

— Simplement de quoi couvrir les frais d'enterrement, je crois, répondit Ria.

— Va-t-elle s'en tirer ?

— Mais oui. Le petit appartement situé au-dessus de la laverie lui appartient. Et ses enfants peuvent vivre avec elle, maintenant que ce fou furieux n'est plus là pour les frapper ou les terroriser.

Gertie avait tellement l'habitude de faire le ménage au numéro 16 Tara Road qu'il était difficile de l'obliger à rester tranquille.

— Voulez-vous que je repasse vos vêtements avant que vous fassiez vos bagages, Marilyn ? demanda-t-elle.

— Mon Dieu, Sheila, votre sœur est vraiment adorable, remarqua Marilyn. Je déteste repasser, et elle m'a souvent aidée.

— Oui... Elle a toujours aimé prendre soin des vêtements. Ce n'est pas mon cas, répondit Sheila.

Une ou deux fois, Gertie se leva comme pour débarrasser la table, mais Ria l'obligea doucement à se rasseoir.

— Sean est impatient de revenir en Irlande après Noël pour étudier et retrouver ses racines, déclara [illegible]ne.

Les trois autres femmes dissimulèrent un sourire.

— Il est allé visiter les lycées du quartier et j'aimerais énormément qu'il vienne vivre ici, poursuivit-elle.

— Et Max ?

— Oh, Max sera d'accord.

— Il y a une petite chambre pour lui dans notre appartement, déclara Gertie, enchantée. Elle n'est pas très luxueuse mais il sera tout près des lycées, des bibliothèques et ainsi de suite.

— Arrête de dire qu'elle n'est pas très luxueuse, protesta

sa sœur. Ton appartement est si bien situé ! Sean sera ravi, au sein d'un foyer heureux. Je regrette seulement que son oncle Jack ne soit pas là pour le voir grandir.

— Il aurait pris bien soin de lui, c'est certain, répondit Gertie sans la moindre trace d'ironie. Nous allons repeindre la petite chambre pour qu'elle soit prête au retour de Sean. Il nous dira quelle est sa couleur préférée. Et il pourrait peut-être s'acheter un vélo. Beaucoup de gens m'ont demandé si j'allais m'en sortir financièrement maintenant que Jack n'est plus là, vous savez...

Ria se demanda qui lui avait posé la question, et pourquoi. Tout le monde devait savoir que les finances de la pauvre Gertie allaient s'améliorer considérablement maintenant qu'elle n'avait plus besoin de faire de ménages pour donner à son mari trente ou quarante livres par semaine à dépenser dans les bars. Elle allait pouvoir s'occuper pleinement de sa laverie. Peut-être certaines personnes n'étaient-elles pas au courant de la situation ?

— Mais tout va bien, poursuivit Gertie. Ma mère a regardé nos papiers et elle a découvert que Jack avait souscrit une excellente assurance vie. Et puis, la laverie attire de plus en plus de clients. Nous avons de beaux jours devant nous, c'est à cela que je dois me raccrocher.

Soudain, Ria se souvint de quelque chose.

— En parlant d'avenir, je me demande ce qu'est devenue Mrs Connor !

— Elle m'avait dit qu'il était impossible de parler aux morts et qu'un jour je n'en aurais plus envie, déclara Marilyn. J'aimerais lui dire que ce moment est venu.

— Et moi, elle m'avait dit que j'aurais une société florissante. J'aimerais savoir à quel point, ajouta Ria. Et que je voyagerais à travers le monde. Cela, je l'ai déjà fait.

Mrs Connor, déclara Sheila, lui avait affirmé que son avenir reposait entre ses mains ; et c'était bel et bien le cas. Quand elle pensait que son fils voulait revenir vivre avec les siens en Irlande !

Gertie essaya de se souvenir des prédictions de Mrs

Connor. Cette dernière lui avait affirmé qu'elle aurait quelques chagrins mais une vie heureuse.

— Eh bien, elle ne s'était pas trompée, murmura Sheila en tapotant la main de sa sœur.

— Voulez-vous que je vous laisse un peu pour que vous puissiez voir Danny ? demanda Marilyn tandis qu'elles débarrassaient la table après le déjeuner.

— Ce n'est pas la peine. Il sera bien temps de le faire quand vous serez retournée aux Etats-Unis. Ne gaspillons pas ces agréables moments.

— Vous devriez lui parler le plus rapidement possible, entendre ce qu'il a à vous dire et lui donner votre avis. Plus vous repoussez ce moment, plus ce sera difficile.

— Vous avez raison, soupira Ria. Je vais lui demander de venir me voir.

— Je dois rapporter des cadeaux à mes amis de Westville. J'irai faire mes achats dans une boutique, à Wicklow, cela vous laissera toute la matinée.

— Entendu.

— Et savez-vous ce que nous ferons demain après-midi, pour nous réconforter ?

— Non ?

— Nous irons voir [illegible] Connor, déclara Marilyn.

Elle voulait régler sa dette à la vieille femme qui lui avait dévoilé la vérité. Les morts souhaitent être tranquilles, ils veulent reposer en paix.

— Je dois rendre visite à Ria ce matin, déclara Danny.

— Autant que tu en finisses, répondit Bernadette. Es-tu triste ?

— Je suis plus angoissé que triste. Autrefois, je me moquais des hommes d'âge mûr qui souffraient d'ulcères et prétendaient avoir l'estomac noué. Je ne sais pas pourquoi cela m'amusait ! Maintenant, c'est ce que j'éprouve en permanence.

— Mais il ne faut pas, Danny ! Rien de tout cela n'est de ta faute. Et puis tu vas donner à Ria la moitié de ce que rapportera la vente de votre villa. C'est une somme énorme aujourd'hui.

— Oui, c'est vrai.

— Elle le sait ; elle n'attend rien d'autre.

— Non, murmura Danny. Non, je ne crois pas qu'elle espère autre chose, en effet.

— Brian, peux-tu aller jouer avec Dekko et Myles ? Ton père va venir me voir et nous voudrions discuter tranquillement.

— Tu veux seulement te débarrasser de moi ?

— Mais non, Brian. Marilyn va faire des courses, et Annie emmène Sean visiter Dublin. Tout le monde s'en va.

— Vous n'allez pas vous disputer, hein ?

— Tu sais bien que nous ne nous disputons plus, maintenant. Alors, peux-tu aller passer un moment avec Dekko et Myles ?

— Est-ce que je pourrais plutôt aller rendre visite à Finola ? Je lui ai rapporté un cadeau des Etats-Unis.

— Oui, bien sûr.

Sa mère se mit à rire en le voyant si inquiet.

— Je n'aurais pas dû le faire ?

— Mais si, Brian. Tu es adorable.

— Mais je ne suis pas comme tout le monde ?

— Non, absolument pas, c'est certain, répondit Ria.

A dix heures, Danny sonna à la porte d'entrée.

— Tu n'as pas tes clefs ? demanda-t-elle.

— Je les ai rendues à ton commandant en chef.

— Ne l'appelle pas comme ça, Danny. Qu'en a-t-elle fait, à ton avis ?

— Je n'en ai aucune idée, Ria. Elle les a peut-être enterrées dans le jardin ?

— Non, les voici, pendues au crochet derrière la porte. Tu les veux ?

— Pour quoi faire ?

— Mais pour que tu fasscs visiter la villa, Danny. S'il te plaît, ne complique pas les choses encore davantage.

Il se rendit à la raison.

— Bien sûr, approuva-t-il en levant les mains en signe de paix.

— Bon. J'ai apporté du café au salon. Veux-tu que nous nous installions là-bas et que nous dressions une liste, si tu me permets l'expression ?

Elle avait posé deux carnets et deux stylos sur la table ronde. Elle servit le café et regarda Danny d'un air interrogateur.

— Ecoute, je crois que ça ne va pas marcher, commença-t-il.

— Mais il le faudra bien. Tu m'as dit que nous devions déménager avant Noël. J'ai fait en sorte que les enfants et Marilyn ne soient pas là pour que nous puissions être tranquilles.

— Elle n'est pas encore rentrée chez elle ?

— Demain.

— Ah bon.

— Alors, à quelle agence allons-nous faire appel ?

— Pardon ?

— Pour la villa, Danny. Nous ne pouvons pas contacter McCarthy et Lynch, leur société n'existe plus. A quelle agence allons-nous nous adresser ?

— Ils feront la queue pour danser sur ma tombe, crois-moi, répliqua Danny d'un ton morose.

— Mais non, arrête de dramatiser. Ils feront la queue pour la vendre et toucher 2 % de son prix. C'est tout. Alors, quelle agence allons-nous choisir ?

— Cela fait longtemps que tu as perdu contact avec le monde des affaires. Aujourd'hui, ce n'est plus 2 % ; c'est devenu la foire d'empoigne.

— Que veux-tu dire ?

— Ce sera un véritable défilé. Ils viendront tous à tour de rôle. L'un d'eux t'annoncera 1,7 %, un autre 1,5 %, et le dernier finira par te proposer de ne rien prendre du tout.

— Vraiment ?

— Vraiment. Crois-moi, je connais bien ce milieu. Peut-être même reprendrai-je un jour le collier, qui sait ?

— A qui s'adresser, alors ?

— Laisse-moi te suggérer quelque chose, Ria. Beaucoup d'agents immobiliers me détestent. J'ai détourné leurs ventes, volé leurs clients. Tu dois vendre la villa pour ton propre compte et me donner la moitié de la somme.

— C'est impossible.

— J'y ai réfléchi, c'est le seul moyen. Et nous devrons faire semblant d'être en désaccord, comme si je refusais de te donner le moindre penny et que ton seul espoir était d'obtenir le plus possible de cette vente.

— Non, Danny.

— C'est pour nous, pour les enfants. Fais-le, Ria.

— Je ne pourrai jamais recevoir ce défilé d'agents immobiliers toute seule.

— Demande à quelqu'un de venir t'aider.

— Rosemary pourrait s'en occuper, c'est une femme d'affaires.

— Non, pas Rosemary, répliqua-t-il d'un ton ferme.

— Pourquoi pas, Danny ? Tu l'apprécies, et elle a un véritable don pour les chiffres. Il suffit de regarder sa société.

— Non, s'ils ont affaire à deux femmes, ils essaieront de vous escroquer.

— Allons, qu'est-ce que tu t'imagines ? Les hommes n'essaient plus d'escroquer les femmes, aujourd'hui.

— Crois-moi, Ria, tu devrais demander à un homme de t'aider.

— Qui donc ? Je ne connais personne.

— Tu as bien des amis.

— Colm ? suggéra-t-elle.

Il y réfléchit un instant.

— Oui, pourquoi pas ? Il est lui-même propriétaire d'un bien de valeur, plus ou moins par accident, mais il en est propriétaire quand même. Ils le traiteront avec respect.

— Très bien. Alors, quand dois-je commencer ?

— Dès que possible. Et dis-leur que tu veux acheter une autre villa. Ils seront encore mieux disposés s'ils s'imaginent pouvoir faire d'une pierre deux coups.

— Et les meubles ?

Il haussa les épaules.

— Qu'allons-nous en faire ? insista-t-elle.

— Si tu t'installes dans une maison où ils peuvent trouver leur place, tu dois les emporter, bien sûr, répondit-il.

— Mais ils pourraient convenir à ta future villa ?

— Je ne crois pas, ce sera tout petit, et de toute façon... Tu comprends...

— Je comprends. Bernadette préfère s'installer dans ses propres meubles.

— Je ne crois pas qu'elle remarquera quels meubles se trouvent dans la pièce, murmura-t-il.

Il semblait très triste.

Elle caressa le dossier d'un des fauteuils qu'ils avaient dénichés ensemble dans un vieux presbytère. Tous les meubles du salon avaient fait l'objet d'une quête passionnée. Et, à présent, moins de vingt ans plus tard, ils songeaient avec indifférence à ce qu'il allait en advenir. Elle n'eut pas le courage de prononcer un mot.

— Ce n'est pas facile, mais nous nous débrouillerons, reprit Danny.

— C'est moi qui vais devoir me débrouiller, apparemment, contredit-elle en espérant ne pas sembler trop amère.

— Tu comprends bien pourquoi ?

— Oui. Mais tu ne me reprocheras rien, ni que j'aurais pu obtenir davantage, ni que j'aurais dû choisir telle ou telle agence ?

— Non, crois-moi, je ne te dirai rien de tout cela.

Ria fut convaincue de sa sincérité.

— Eh bien, je poserai la question à Colm aujourd'hui. J'ai hâte que tout soit réglé afin de pouvoir commencer à travailler.

— Tu as toujours travaillé très dur, remarqua-t-il avec franchise.

A ces mots, Ria sentit ses yeux s'emplir de larmes.

— Et toi, pourras-tu trouver un emploi ? demanda-t-elle.

— Pas aussi facilement que je le croyais. En fait, on m'a en quelque sorte conseillé de prospecter dans un autre secteur. Très peu d'agences immobilières m'ouvriraient leur porte, leurs bras ou leurs livres de comptes, j'en ai bien peur. Mais je trouverai quelque chose.

— Par exemple ?

— Je pourrais m'occuper des relations publiques d'une entreprise de construction ou acheter des meubles pour les antiquaires ; de nombreuses personnes se débarrassent encore de choses superbes pour les remplacer par du pin et du chrome.

Il s'exprimait avec plus d'enjouement qu'il n'en éprouvait. Seul quelqu'un de très proche pouvait le deviner. Ria ne lui montra pas qu'elle s'en était aperçue.

Quand elles arrivèrent sur le terrain vague, il était déjà tard. Des chevaux étaient attachés aux piquets de clôture, des enfants jouaient sur les marches des caravanes. Un groupe d'adolescents avança vers la voiture.

— Nous cherchons Mrs Connor ? demanda Ria.

— Elle est partie, répliqua un garçon aux cheveux roux et à la peau d'une blancheur de craie.

— Savez-vous où elle est allée ? insista Marilyn.

— Non, elle a disparu du jour au lendemain.

— Mais vous devez bien avoir une idée de l'endroit où elle est partie, poursuivit Ria en esquissant le geste d'ouvrir son sac à main pour chercher son porte-monnaie.

— Non, sincèrement. Si on le savait, on vous le dirait. Des gens viennent sans arrêt pour essayer de la retrouver, mais on ne peut pas leur dire ce qu'on ignore.

— A-t-elle de la famille ici ? demanda Ria en balayant les caravanes du regard.

— Non, pas vraiment.

— Mais elle devait bien avoir des cousins éloignés. Nous tenons absolument à la retrouver.

— Et à la remercier, ajouta Marilyn.

— Je sais, des foules de gens viennent nous poser la question. En ce moment même, les passagers des deux voitures, là-bas, cherchent à savoir où elle est. Mon frère est en train de leur expliquer que nous n'en avons pas la moindre idée.

— Etait-elle malade, à votre avis ?

— Elle n'a jamais rien dit à ce sujet.

— Et personne n'a repris son... heu... son travail ? demanda Marilyn.

— Non. Il aurait fallu que quelqu'un d'autre ait ce don, n'est-ce pas ? répliqua l'adolescent à la peau diaphane.

Ils allèrent dîner une dernière fois chez Colm. Sean et Annie se tenaient par la main et dévoraient un plat d'aubergines et de haricots rouges.

— Sean ne mange plus de viande, déclara Annie avec fierté.

— C'est très bien, Sean, approuva Colm d'un ton admiratif.

— Finola m'a dit qu'elle avait vu votre sœur à l'hôpital. L'une de ses amies se trouve là-bas, affirma Brian.

Ria ferma les yeux. Marilyn lui avait tout raconté. Brian était la dernière personne qui aurait dû l'apprendre.

— Oui, c'est vrai, admit Colm. Elle a été très malade, mais elle va beaucoup mieux. L'amie de Mrs Dunne s'est-elle rétablie, elle aussi ?

Il avait gardé son calme. Ria le remercia d'un regard empli d'une immense gratitude.

— Je crois que son amie est droguée, pour être tout à fait honnête. Mais elle doit pouvoir se rétablir. C'est possible, n'est-ce pas ?

— Oh, bien sûr, répondit Colm.

Barney et Mona s'approchèrent de leur table.

— Je voulais seulement vous souhaiter la bienvenue, Ria... Et à vous, un bon voyage, Marilyn, dit Mona, qui s'exprimait désormais avec assurance.

— Maman va cuisiner pour gagner sa vie, maintenant. Alors, si vous connaissez encore des gens riches qui pourraient acheter ses plats ? demanda Brian avec espoir.

— Nous en connaissons quelques-uns, déclara Mona. Et nous leur passerons le mot, soyez-en sûrs.

Barney était impatient que la conversation s'achève. Colm les conduisit à leur table. A le voir, on n'aurait jamais pensé que Barney était venu ici avec une autre femme. Ou que ses factures étaient restées impayées jusqu'à ce qu'un avocat-conseil demande à les voir.

Bien sûr, cet avocat-conseil avait été engagé par Mrs McCarthy, et non par son mari.

— Voulez-vous que nous allions dire au revoir à Rosemary, ce soir ? demanda Ria.

Annie leur jeta un bref regard.

— Je crois que je vais me contenter de lui écrire un mot, répondit Marilyn.

— Bien sûr, pourquoi pas ? répliqua son amie sans insister.

A cet instant, Colm vint demander à Ria de bien vouloir l'accompagner aux cuisines. Il voulait lui montrer les desserts qu'il avait préparés ce soir-là, afin d'entendre ses suggestions.

— Je peux venir avec vous ? implora Brian, les yeux pétillants d'excitation.

— Seulement si tu ne dis pas un mot, Brian, répondit sa mère.

— Sean, pourrais-tu les accompagner et le bâillonner s'il ouvre la bouche ? demanda Annie.

Ravi d'être considéré comme un héros, Sean les suivit de bon cœur.

Annie et Marilyn échangèrent un regard.

— Vous n'aimez pas Rosemary, remarqua l'adolescente.

— Non, en effet.

— Pourquoi ?

— Je n'en sais trop rien. Mais ce n'est pas quelque chose dont je parlerai à ta mère, elles sont amies depuis des années. Et toi, Annie ? Manifestement, tu ne l'aimes pas non plus. Pourquoi ?

— Je serais incapable de l'expliquer.

— Je comprends. Ce sont des choses qui arrivent.

Il était prévu que le taxi arrive à dix heures trente, mais Ria prévint Marilyn qu'elle ne devait pas compter s'éclipser discrètement. Colm vint lui apporter un très ancien manuel de jardinage dont ils avaient parlé ; il l'avait déniché chez un bouquiniste. Nora vint lui faire ses adieux, elle aussi, et Hilary vint lui montrer une photographie de la vieille ferme de Martin. Un endroit d'allure sinistre, entouré d'arbres immenses.

— Quand toutes les corneilles regagnent leur nid, le soir, cela fait un bruit merveilleux, déclara Hilary.

— Nous sommes allées voir Mrs Connor. J'avais l'intention de lui parler de toi et des arbres, mais nous nous sommes aperçues qu'elle était partie, dit Ria.

— Bien sûr, son travail était fait, répliqua sa sœur comme si c'était évident.

Gertie vint saluer Marilyn, elle aussi.

— Vous avez été merveilleuse. Je ne m'attendais pas à ce que vous compreniez notre façon de voir les choses. Mais, comme les autres, vous avez deviné que Jack m'aimait et qu'il faisait tout son possible pour me rendre heureuse. Malheureusement, il pensait que personne ne l'estimait à sa juste valeur.

— C'était pourtant le cas, répliqua Marilyn, sinon, il n'y aurait pas eu tant de monde à son enterrement.

Puis arriva l'heure de partir.

— Je pourrais prendre un taxi, Ria, protesta Marilyn.

— Je vous conduis à l'aéroport. Inutile d'insister.

Au même moment, le téléphone sonna.

— Qui ça peut-il être ? grogna Ria.

Mais l'appel n'était pas pour elle. C'était Greg. Il avait fait escale en Californie et s'apprêtait à prendre un autre avion pour New York. Il attendrait Marilyn à l'aéroport Kennedy afin qu'ils regagnent Tudor Drive ensemble.

— Oui, moi aussi, murmura Marilyn.

Puis elle raccrocha.

— Vous a-t-il dit qu'il vous aimait ? demanda Ria.

— Oui, en effet.

— Vous avez bien de la chance.

— Vous avez vos enfants, répliqua Marilyn.

Et elles s'enlacèrent chaleureusement, comme elles ne pourraient le faire à l'aéroport.

Annie, Sean et Brian avaient décidé de les accompagner. Au moment où ils montaient en voiture, Clément sortit de la villa pour lui faire ses adieux sous la forme d'un immense bâillement. Ils devinèrent tous ce que cela signifiait.

— Je suis désolée de l'avoir laissé monter dans votre chambre, s'excusa Marilyn.

— Ça n'a aucune importance. Bientôt nous habiterons ailleurs, et il devra reprendre ses anciennes habitudes.

Colm se trouvait dans le potager ; il fit le tour de la maison pour leur dire au revoir.

— Vous travaillez encore dans ce jardin, demanda Marilyn, même si ce sont les nouveaux propriétaires qui en récolteront les fruits ?

— Mais non. Je vais déménager tous mes plants dans le jardin de Frances et Jimmy Sullivan. C'est ce à quoi je m'occupe.

— Pourquoi n'aménagez-vous pas l'affreuse surface de ciment qui se trouve derrière le restaurant ? Vous pourriez installer votre potager là-bas.

— J'espère pouvoir y faire construire, avoua-t-il.

— Y faire construire ?

— Oui, une vraie maison, pas seulement un studio de célibataire.

— C'est une excellente idée.

— On ne sait jamais...

— Je n'ai vraiment pas envie de partir, se lamenta Marilyn.

— Revenez quand vous voulez, nous pourrons toujours vous accueillir.

— Vous ne pouvez pas emmener quelque chose de vivant dans l'avion, Marilyn ? s'enquit Brian.

— Non, à part moi, répliqua-t-elle.

— Alors ce n'est pas la peine que je vous donne un cochon d'Inde pour Zach, hein ?

— Nous ne pouvons pas aller plus loin, déclara Ria au comptoir d'enregistrement des bagages.

— Nous nous sommes vraiment bien débrouillées, n'est-ce pas ? s'exclama Marilyn.

— Oui, c'était un véritable défi.

— Et tout s'est admirablement bien passé.

Elles ne parvenaient toujours pas à se dire adieu.

Annie se jeta dans les bras de Marilyn.

— Je n'ai vraiment pas envie que vous partiez. Vous êtes différente, vous savez. Vous reviendrez pour que j'aie quelqu'un à qui parler ?

— Tu vis dans une maison où beaucoup de monde peut t'écouter.

Ria se demanda comment il était possible qu'on parle d'elle ainsi en ignorant sa présence. Mais sans doute se faisait-elle des idées.

— Et vous continuerez à veiller sur nous quand vous serez à Westville, ajouta Annie.

— Et toi aussi ?

— Bien sûr.

Sean lui serra la main, et Brian l'embrassa gauchement sur la joue. Marilyn jeta un regard à Annie. La ravissante jeune fille blonde se dirigea vers sa mère et glissa un bras autour de sa taille.

— Nous ferons en sorte que tout se passe à merveille jusqu'à votre retour, déclara-t-elle. N'est-ce pas, maman ?

— Bien sûr que oui, répondit Ria.

Elle venait de réaliser qu'après tout ce serait sans doute possible.

Cet ouvrage a été imprimé par la
SOCIÉTÉ NOUVELLE FIRMIN-DIDOT
Mesnil-sur-l'Estrée
pour le compte de France Loisirs
en mai 2000

Cet ouvrage est imprimé
sur du papier sans bois et sans acide.

Imprimé en France
Dépôt légal : mai 2000
N° d'édition : 33412 - N° d'impression : 51097